这个夜晚太过温柔，

很多甜蜜冲穿头脑。

叶芷还没有发现

戒指里刻着一句英文——

No other love but you.

味娘

回南天

殊娓 著

Hui Nan Tian

江苏凤凰文艺出版社
JIANGSU PHOENIX LITERATURE AND ART PUBLISHING

Return to
Southern Heaven

“我们将永远热恋、相爱。
直到死亡将我们分开。”

目录

Contents

第一章
合作对象

时芷第一次见傅西泠，是给男朋友沈嘉庆祝生日那天。

他们一行二十来个人，乌泱乌泱都进了酒吧。沈嘉已经提前预订了最大的卡座，向服务员报过手机尾号之后，他们便由服务员带领着往里走。

深夜的酒吧有种震耳欲聋的沸腾，灯光忽明忽暗地频闪不断，DJ 的打碟节奏如同激湍，重重地轰炸着每个人的耳膜。

酒吧里的人大半都挤在舞池里，跟着节奏摇头晃脑地跳着，肆意地挥动着手臂。

时芷落后半步跟在沈嘉身侧，垂头看手机里的生日蛋糕配送信息。

舞池里有人后退，几乎撞到她，被沈嘉及时拦了一下，体贴地把她护到靠舞池外圈的位置。

环境嘈杂，根本听不清人说话，沈嘉对时芷笑了笑，用口型叮嘱她："人多，要小心点。"

时芷莞尔："好的。"

时芷的男朋友沈嘉是 B 大的理工科研究生，成绩优异，深受师长们的喜爱。

而且身为学霸，沈嘉并不是那种特别闷的性子，私底下朋友成群，也喜欢运动、喜欢宠物、喜欢旅行。

无论什么时候见到沈嘉，他脸上都挂着温和的微笑，举手投足、待人接物间也都能看出他良好的家庭教养，在学校里人缘极好。

挺多女生喜欢这种谦谦君子类型的男生，所以当初沈嘉追求时芷，没超过两个星期，时芷就同意了。

他们谈了小半年，感情还算不错，时芷自己对男朋友也比较满意。

穿越酒吧里喧嚣的人群，引路的服务员停在空着的卡座旁边。

沈嘉的朋友们挺快乐地高声调侃着："沈老板也忒大方了，订这么大的台，这显得我们哥几个多不是人啊？礼物送得普普通通，还要让寿星这么破费……"

"别贫嘴，快坐下吧，看看喝什么。"

沈嘉原本也是在笑着，只是落座前视线扫过某个方向时，时芷明显感觉到他脚步上有停顿，笑容也略显不自然，唇角缓缓落下。

时芷敏锐地顺着沈嘉的目光看过去，就这样，看见了隔壁卡座里的傅西泠——

隔壁卡座和他们这边的规格相同，也是二十五人的那种台子，只是偌大的灰色沙发里只有一个男生。

男生年龄和他们相仿，穿黑色短袖，坐姿不怎么端正，敞着两条长腿，正懒懒散散地靠在宽敞的沙发里。

周围欢腾热闹的气氛似乎和他无关，他手里捧着个iPad（平板电脑），低着头，不知道在看什么。

时芷看了两眼，直觉那个男生不像在等人，也不像有同伴，估计那件搭在沙发上的牛仔外套也是他自己的。

可能是察觉到这边的目光，男生也抬眼看过来。

他有着五官特别立体的长相，眉骨高，眼窝深，鼻梁又很挺。乍一眼看过去，会觉得他那双眼睛略带攻击性，心思也深沉不可测。

他半张脸隐没在酒吧乱闪的浅紫色射灯里，笑容被灯光切割得莫名邪气，他抬起手，很随意地和沈嘉他们这边打了个招呼。

从口型来看，像是在说"嗨，巧啊"。

沈嘉似乎深吸了一口气，转脸时又是面带和煦笑容的样子，放下双肩背包，和时芷他们说自己遇见了熟人，要过去打个招呼。

跟着沈嘉过去的，还有他一个发小。

时芷垂着眸子猜测，沈嘉他们和隔壁那位应该是认识了挺久。

不过关系应该一般，寒暄了两三句，两分钟都不到，沈嘉就已经回来了。

在沈嘉和发小的对话里，时芷知道了隔壁卡座里那位的名字，傅西泠。

时芷能感觉到沈嘉极其看不惯傅西泠，但也迫于教养，隐忍着没有真的说过人家什么坏话。

看不惯。

那原因呢？

时芷往身后瞧了一眼。

傅西泠那边的长方形桌面上摆着他点来的酒水套餐，麦卡伦和几瓶啤酒似乎都没动过，只有矿泉水喝了半瓶，服务员刚刚撤走他吃过的或馄饨或汤面的大碗。

至于傅西泠本人，依然捧着 iPad 在看。

不像找乐子来消遣时光的，倒像是饿了顺路过来吃饭。

“时芷，你要喝什么，啤酒？”沈嘉的朋友递过来一瓶红色百威。

时芷对酒吧里的各类酒水很熟，连成本价和销售提成都说得出来，但那瓶百威被沈嘉伸手给拦下来了：“别闹，时芷不喝酒的。”

说完，沈嘉帮她叫了鲜榨果汁，还贴心地插了吸管。

人以群分，沈嘉的朋友们也都是比较有正事的那种。

这群人来酒吧小酌，纯粹是为了来个饭后第二场多聚聚，健康地放松放松平时紧绷的神经。

他们酒不多喝，酒品都有保障，不泡妹子也不瞎胡闹，蹦迪都是和自己人挨得近。

顶多出了舞池后互相看看手表，比心率，比体力。

时芷喜欢这个圈子里的干净纯粹，也十分乐意配合着扮演乖乖女，坐在沈嘉身边捧着果汁瓶慢悠悠地喝着。

在夜里十一点多时，时芷和沈嘉打了个招呼，说自己要去洗手间。

其实不是。

她去了酒吧外，站在门口不远处，等着接收她精挑细选的三层生日蛋糕。

这是时芷第一次谈恋爱，确实还挺用心的。

蛋糕选了沈嘉喜欢的蓝色，图案也都是按照沈嘉的喜好定制的。

夜里风很清凉，厚重的门隔绝了酒吧里的吹唇唱吼，耳边一片舒适的清静。

时芷刷新着手机里骑手越来越近的距离信息，并没留意到身后不远处多了个人。

直到她收到蛋糕，转头，才对上傅西泠略含打量的目光。

傅西泠叼着烟靠在门外，手里把玩着手机。

他在看她，目不转睛。

时芷和他对视两秒，发现傅西泠并没有要移开视线的意思。

她觉得这人八成是有病，便皱了皱眉，冷冷地瞥了傅西泠一眼，提着蛋糕的大纸盒径自走开了。

时芷对傅西泠这个人的初印象实在不算好。

其实傅西泠的外貌条件真的很可以，算得上是她见过的相貌数一数二的异性了，但她觉得他像是那种拿酒吧当家，感情生活丰富的玩咖。

总之不像个好人。

时芷一路护着蛋糕纸盒穿越人群，回到卡座。

三米之外时她已经看见沈嘉有些惊喜的目光，也不出意外地收获了一阵起哄声，引得周围的人纷纷侧目。

沈嘉过来牵她的手，语气很温柔："让女朋友破费了。"

时芷不提钱，只说："生日快乐。"

他们这些反应让时芷感到很满意，主动蹲在桌边帮忙一起拆开缎带，还拿着蜡烛，转头看向沈嘉："你们有没有打火机……"

她心里自有盘算，知道自己这样微微向上看着人求助的样子，会让男朋友更爱怜；也知道自己点燃火焰、拢住烛光会显得眼睛格外明亮。

沈嘉揉揉时芷的头发："好了，快起来。这儿这么多人呢，让他们来弄就好，你别忙了。"

周围已经有朋友在起哄：

"嘉哥待会儿许愿，不得许个和时芷长长久久？"

"嘉哥，你这人生够顺遂的了，干脆帮我许个愿呗？就许我以后谈恋爱，也能找到个时芷这么好的女朋友。"

时芷浅浅笑着，在沈嘉浅吻自己额头时，隐约感觉到眼角余光里有个很高的身影拎着外套从他们旁边路过，落座在隔壁卡座的沙发里。

她不知道沈嘉到底在闭眼时挂着笑容许了什么愿望，还以为经过庆生这晚，他们之间的感情应该会往更好的方向发展。

没想到世事难料，切过蛋糕后，出了个小小的意外。

意外其实很短暂。

沈嘉放在桌面上的手机屏幕亮了，显示微博里收到一条新的评论。沈嘉本人没看见，他正探着身子在和朋友们喝酒聊天，手机还是时芷帮忙递过去的。

沈嘉顺手接过手机，看了两眼，说是脸色大变也不为过。

和刚才见到傅西泠的那种打心底里的烦是不太一样的，沈嘉现在是慌张。

慌张之下，似乎还有那么点藏不住的欣喜。

酒吧里已经换了一种光色，浅蓝色射线把酒精味的空气分割成无数个有棱有角的几何形状，像电影里构想出的那些未来世界。

时芷在冷色调的光线里，静静地看着沈嘉紧攥着手机对她说谎。

沈嘉说家里人刚刚发来信息，他要出去回个电话。

时芷没拆穿，点点头，特懂事地说："好啊，那你快点回来。"

"那我打完电话就回来……"

沈嘉慌慌张张地从坐满人的卡座之间挤出去，碰倒了沙发旁一个喝空的啤酒瓶，落在嘈杂中，不显声响。

朋友们不明所以，还在开玩笑："干什么啊，这么两瓶啤酒沈嘉就已经喝蒙了？这是要赶着去厕所？"

"要不说你们不懂事，怎么让人家寿星给喝多了呢？欸，时芷，你不去看看他？"

时芷面不改色，压下心底的思量还能露出些微笑："没事，他是去给家里人回电话，我就不跟着了吧。"

关于沈嘉的短暂失态，时芷没有诘问。

她心下当然也有疑问，但沈嘉在回来后选择延续了刚才的谎言。

酒吧里应该是出场了常客们非常期待的DJ，突然爆发出一片欢呼声，震耳欲聋。沈嘉动作很自然地拉住时芷举着叉子的那只手腕："等等。"

他知道时芷喜欢吃车厘子，把自己那块蛋糕上的两颗车厘子放在她托着的蛋糕碟里。

沈嘉说："剩下的蛋糕待会儿我带回去，女朋友订的蛋糕这么好吃，不能浪费，给我爸妈他们也尝尝。刚才在电话里，他们还问我有没有吃到蛋糕呢。"

时芷咽下巧克力奶油，转头去看沈嘉的眼睛。

冷色调灯光落在他眼里也显得柔和，她想，原来不只是她，沈嘉这样温柔的眼睛在打定主意要欺骗人时，也是能藏得住心思的。

沈嘉的态度时芷看得很明白。

无论那条微博评论是关于什么，他都不打算和她提起了。

说不出原因，时芷直觉沈嘉的失态，是和女孩有关的。

但那天之后，沈嘉没再表露出其他可疑的地方。

他还是和过去一样，偶尔会出现在宿舍楼下，给时芷送个早餐。

不忙时也会约时芷吃晚饭，饭后再把她送回宿舍楼下："快上去吧，我也走了，到家了再给你打视频。"

沈嘉是本地人，不常住校，得空还是会回家。

听说他父母在同小区给他购置了房产，但沈嘉不怎么去自己那边，说是想多陪陪爸妈。

时芷在视频里见过沈嘉的房间，从小优秀到大的人，书架上摆着不少奖状奖杯。

她留意过的，最近沈嘉说回家也不是说谎，睡前和她视频通话的习惯也没变过。

就在时芷几乎放下警惕时，沈嘉那边再次露出些端倪。

那是半个多月后的一个星期五傍晚，时芷和沈嘉在距离学校不远的美食街吃饭。

一起吃饭的还有两个沈嘉的朋友，席间，沈嘉时不时会拿起手机看两眼，放下时手机屏幕是扣在桌面上的。

时芷察觉到了，状似无意地看了沈嘉两眼，随后装作若无其事，又继续去听另外两人的谈话。

沈嘉的朋友提起工体那边的演唱会，问时芷他们有没有兴趣一起去看。

时芷摇头："你们约吧，我周末是要回舅舅家探亲的。"

开演唱会的是一位老歌手，当下已经不是很有人气了，但很多怀旧金曲都是他的歌，沈嘉看上去挺感兴趣的，放下手机，问是什么时候。

"我把演唱会的宣传网址发给你，你看看这两场的时间，票不好抢，定下来我们好提前蹲着。"

朋友说话时，沈嘉正好摘掉沾满辣油的一次性手套，举了手叫服务员加餐，没听真切。

朋友于是又重复了一遍，催促沈嘉去看手机里收到的网址。

时芷手上戴着透明的一次性手套，捏着小龙虾的中段，拔掉虾头。

沈嘉在校期间很忙，和老师们走得也近，会帮导师处理不少事情，因此手机从来不会调成响铃或者静音模式。

前者声音太大，后者容易错过重要电话。对沈嘉来说，用震动模式最为方便。

但刚刚沈嘉收到朋友发的网址信息，手机是没有提示的。

是什么原因让他频频查看手机，却仍然要用静音模式?

像之前一样，这个疑问被时芷藏在心底。

她又没有要和沈嘉散伙，也就不会去做任何冲动的行为。只是默默记下这些令她生疑的细节，打算静观其变。

沈嘉在这个时候转头："真的不去看演唱会？后面那场我有空。"

"我要陪舅舅舅妈的。"

在沈嘉面前，时芷总是很文静的样子。

她只坐塑料椅子的前半部分，腰背挺直，剥小龙虾动作也慢。

小龙虾店的生意很火，食客几乎都是附近几所大学的学生和住得近的居民。

这年头的食客都不傻，已经不太吃餐饮界的广告营销那一套了，只靠噱头根本留不住人。

像这家店，牌匾灯箱看着就不贵，光弱，装修也没有多高级，但三十多张桌子都坐着人，还有新客不断涌入，拉住店员问等位需要多久。

有人从身后挤过去，时芷往前挪了挪椅子，给别人让出空间。

沈嘉正和朋友们商量演唱会时间的事情，听到动静，转头，看见时芷面前寥寥无几的龙虾壳。

他笑着夹了两只小龙虾在碟子里，重新戴好手套："时芷，还是我来帮你剥吧。"

傅西泠赶到约定地点时，周朗也才刚到了没几分钟，正站在一张杯盘狼藉的餐桌旁，等着服务员清理干净。

"西泠，这边。"

傅西泠躲闪着人群走过来，站到周朗旁边，往周围扫了一圈："没有其他空桌了？"

"这家店的生意火，整天爆满，用不着排队都算是我们两个运气好了，哪来的其他空桌。"

周朗把眼镜摘下来，拿衣摆擦拭镜片，对几米开外一簇驻足的人影方向抬下巴："瞧见没，那几个就比我晚来两分钟，已经得排队了。"

店里天天这么忙，服务员也都是老手，收拾东西动作特别利索，三下五除二已经把桌面擦完，就是干活糙了点。

傅西泠挪开塑料椅子坐下，随手抽了两三张餐巾纸，把桌面上遗漏的油污擦掉。

周朗问："怎么突然有空过来找我吃饭？"

"你读研读得这么忙，约你去我家，你又没时间，可不就得我来？"

服务员拿了菜单过来，傅西泠接下菜单，大致扫了两眼，点完菜就把菜单递还给了服务员，继续说："凑巧下午来附近办点事，顺便找你吃个饭，看看你过得怎么样，瘦了？"

读研是挺辛苦的，在朋友面前也没必要逞强，周朗干脆拉着傅西泠倒起苦水。

傅西泠一边听，一边扫视四周，当目光越过周朗时，忽然一顿。

正在吐槽自己忙成狗的周朗见了，忙停住话头。

周朗看了眼顿住的傅西泠，不用猜都知道傅西泠在看什么：“看见沈嘉了？我刚才找空座位时也瞧见了。”

周朗和傅西泠是大学同学，也是同住一个宿舍四年的室友。

去年本科毕业后，周朗考到B大读研究生，傅西泠则开始接手家里的部分生意。

周朗不是本地人，读本科时，假期经常跑去傅西泠家里住着。两人关系处得好，他自然对傅西泠的人际关系也大概有了解。

“也不用这么盯着看吧，你和沈嘉又不是多么要好的铁哥们，怎么着，你还打算过去和他打个招呼啊？”

“没看他。”

“那你看谁呢？”

傅西泠指尖轻轻落在桌面上，敲了两下，忽然一笑：“看沈嘉的女朋友。”

周朗都让傅西泠给说蒙了，也跟着转头看了一眼。

同是B大的理工科研究生，沈嘉有女朋友周朗是知道的。研究生楼去食堂、宿舍、实验室只有那么几条固定的路线，偶尔也遇见过他们几次。

人家姑娘长得是好看，但毕竟有男朋友了，这么盯着人家瞧，是不是也太……

周朗正想开口说两句，傅西泠已经收回视线，聊起了正经事：“别给自己太大压力了，做什么总想着要做到完美，会把自己累垮的。”

周朗叹气：“不努力些不行啊，你也知道我家的条件，我又没什么人脉，想留在一线城市、想出人头地，可不就得往死里拼命吗。”

傅西泠指指自己，笑着道：“我不就是你的人脉？”

“你……幸亏我不仇富。”

周朗其实也有点动容，终于露出见面以来第一个放松的笑脸：“我还想着再努力努力的，读研期间能争取保博就好了。”

“努力没问题，顾着点身体。我呢，作为你唯一的人脉，先请你吃一顿给你加加油吧。”

周朗丝毫不客气，抬手就打了个响指：“您好服务员，我们这儿加份小龙虾。大份的，谢谢！”

小龙虾的味道确实不错，就是店家太舍得放料了，傅西泠也不是特别能吃辣的那种，连着吃了几个，就觉得辣嗓子。

他拧开矿泉水喝了两口，靠在不太舒适的塑料椅子里，再次抬眼看向沈嘉他们那桌。

那边是四人餐桌。

沈嘉当然是和女朋友坐同一边的。

沈嘉也算是个体贴的男朋友，一边和朋友聊着天，手也没停下，一连剥了好几只小龙虾，都是给女朋友的，还摘掉手套帮人家倒姜丝可乐。

他女朋友接过玻璃杯，转头对沈嘉笑，眼睛弯弯的。

前阵子在酒吧遇见，那群人起哄时叫过沈嘉女朋友的名字。

他们那么大声，傅西泠不聋，当然听见了，也知道沈嘉的女朋友叫时芷。

在傅西泠看来，时芷确实长得好看，气质也挺不错，吃东西时细嚼慢咽的样子，像个大家闺秀。

就是坐姿过于端正了，不够放松。

与其说是来和男朋友约饭的，不如说像在参加什么论坛会，还是马上就要上台发言的那种。

“欸，西泠，你要嫌辣就尝尝这个烤串，也好吃。”周朗嘬着小龙虾，口齿不清地关怀道。

“嗯。”

傅西泠和周朗也有挺长一段时间没见了，多聊了几句，这顿饭吃得也慢，但他们这边起身准备离开时，沈嘉他们还在。

傅西泠下意识看过去，被周朗给发现了，手很重地拍了他后背一巴掌。

碍着服务员在，周朗压低音量，从牙缝里挤出一句：“……你总看别人女朋友干什么？”

傅西泠没收敛，慢悠悠看完才把头转回来，拿出手机，扫码结账：“我以前见过她。”

“见过谁，沈嘉的女朋友？”

“嗯。”

傅西泠似乎觉得很有意思，笑了一声，才继续开口：“但她以前好像不是这种性格，也不叫这个名字。”

沈嘉和朋友们去看演唱会的那个周末，时芷按照惯例回了“舅舅家”。

下午四点多钟，还没到营业时间，满室桌椅间只有两个工作人员拿着手机，凑在一起不知道在聊些什么。

时芷推开玻璃门走进去，其中一个烫着波浪卷发的美女抬起头，倦倦地抬起夹着烟的手指，哑着嗓子和她打招呼：“回来了。”

这家酒吧是时芷的舅舅开的。老店了，曾经辉煌过一阵子，舅舅家也曾靠这个酒吧赚了些钱。

十几年过去，店里的装潢陈设和音响设备都已经过时，在那些如雨后春笋般一茬接着一茬冒出来的时尚夜店和club（俱乐部）的冲击下，还没倒闭已经算是奇迹。

舅舅和舅妈前些年投资失败，没有能力再给这家店投资升级，只好和这条街上其他老店一样，打着物美价廉的旗号苟延残喘地经营着，又怕入不敷出，店员数量一再精减。

波浪卷发的美女叫万冉，是店里的驻唱歌手。

坐在万冉旁边的玲玲比时芷还要小半岁，是个愣头青，客人间情侣吵架她都能冲上去帮忙吵的那种。

万冉说过，以玲玲的头脑，要是哪天时芷把玲玲卖掉，玲玲还得乐呵呵地帮忙数钱。

店里还有位负责调酒的老师，叫老钱。老钱当时顺着万冉的话调侃，说：“何止啊，玲玲数完钱，逢年过节还得给时芷寄礼盒感谢呢。”

时芷熟练地走进吧台，把背包放在椅子上，在电脑里输入密码，查看店里酒水饮料的库存情况：“少抽烟吧，嗓子都这样了。”

“已经减量到每天半盒了。”万冉把抽剩下的小半截女士香烟丢进喝过的可乐铝罐里，烟头遇到水，发出刺啦的响声。

时芷打印了库存单，拿着留有打印机余温的纸张往库房方向走。

进库房前，她给沈嘉发了信息，告诉他自己已经到了舅舅家，并祝他演唱会玩得开心。

沈嘉也许没看见，迟迟没回复。

当初她考上B大，小姨马上联系了在这边生活多年的舅舅，迫不及待地把时芷推给了舅舅家。

舅妈当然是不乐意的。

时芷刚搬过来时，舅妈整天板着脸，好在时芷还不算白吃白喝，能当店里的免费劳动力，算是有点利用价值。

舅妈说：“现在员工少，酒吧楼上还有个小房间，收拾收拾刚好能住人。时芷还是住在店里方便，能帮忙照顾生意。”

舅舅当时欲言又止，舅妈暗暗掐了舅舅一把：“时芷，你刚高考完，也知道备考多辛苦。妹妹明年也要高考呢，正是最关键的时候，你在家里住妹妹会分心的。”

这么多年来，时芷被亲戚们踢皮球似的推来推去，寄人篱下的生活过得太久，也看过太多脸色，听过太多指桑骂槐的抱怨，其实已经习惯了。

但她的这些情况，学校里的同学一概不知，连沈嘉也不清楚。

他们只知道时芷在这边有亲戚，是做生意的，时芷周末都会回亲戚家。

清点过库存，时芷分别给各个订购渠道都打了电话，和对方约定好送货时间，这才出门吩咐玲玲接收货物的时间点。

“记得按照订单点好数量。”

玲玲点头：“放心吧时芷姐，保证完成任务。”

已经到酒吧的营业时间，牌匾和室内灯一一点亮。老钱也踩着上班时间来了，正靠在吧台里刷着手机短视频。

也难怪这边的生意做不起来。

别人家的酒吧，调酒师都是帅到令人心悸，他们这边专门挑工钱便宜的雇佣。老钱人到中年，又喜好烟酒，眼角的皱纹深得都能插秧了。

舅舅和舅妈现在在经营其他生意，小酒吧都靠时芷在打理，她每个周末回来都有很多事情要忙。

已经到了月中该发工资的时间段，时芷的工作从库管转换到财务。她查了万冉他们上个月的请假扣款情况，核算提成，把工资列算出来发给舅妈。

拄着下巴等回音时，时芷听见玲玲兴奋地说：“来了来了，万冉姐，我们店最大的金主又来了，你说他是不是被你唱歌吸引来的？”

上个周末有考试，时芷没回来，不知道这半个月的时间店里还多了位金主，便跟着多听了两句。

还没到演唱的时间段，万冉闲闲地趴在吧台边，非常清醒：“不是，充值活动吸引来的吧。”

活动是舅妈想出来的，雇了人出去发了好几天的传单。

时芷原本觉得没什么用，没想到还真能招到顾客来消费。

时芷对金主不金主的没什么兴趣，实际上，她对人对事很少好奇。

背对着大厅都没转身，时芷又顺手在酒吧公众号上多发了一遍充值活动的宣传。

心想，既然有用就再多发几遍吧。

玲玲点完单从楼上跑下来，万冉正准备去调试麦克风唱歌，可恶习难改，敲敲吧台的桌面："给我来瓶啤酒，润润嗓子……"

店员们吃喝是要记账的，时芷拿起圆珠笔顺手在万冉账单上画了个"1664"的字样，拿了瓶常温啤酒，往桌边一磕，动作熟练地磕掉瓶盖，递过去给万冉。

"嘁，1664啊，不够劲。"万冉抱怨着接过啤酒，仰头喝了一口，往舞台走去。

玲玲躲在吧台旁边和老钱说悄悄话："……人是长得挺帅的，但感觉是个怪人。每次都点挺贵的酒，又不见他喝……"

类似行为的人，一个月前时芷刚遇见过。

她突然有了不好的预感，猛然转身，抬头往二楼看。

楼上位置最好的那张桌子旁果然已经坐了人，傅西泠就靠在沙发里，也在看她。

因为距离远，时芷看不清傅西泠眼睛里的情绪，只感觉他好像冲自己笑了一下。

B大离这儿还挺远的，跨了两个区，这边又不是沈嘉那帮人定居的区域，时芷从来没想过，自己会在酒吧里遇见眼熟的面孔。

她拦了玲玲一下，接下玲玲手里的酒："楼上客人点的？"

"是啊……"

"知道了，我去送。"

能在这么个破破烂烂的小酒吧遇见时芷，傅西泠也挺意外的。

意外之余，他还觉得刚才时芷站在吧台里淡着一张脸看他的样子，才更接近她原本的性格。

他有点走神，回别人的信息都心不在焉。

傅西泠刚收起手机，抬眼间，就看见时芷从楼下上来了。

她今天和之前见到过的两次都不太一样。

酒吧里遇见那次，沈嘉戴着买蛋糕送的硬纸板生日帽，切完蛋糕，周围的朋友都起哄着让沈嘉和时芷亲一个。

时芷特别害羞，捂着脸不肯抬头。

最后还是沈嘉笑着揽了她的腰，凑过去吻了吻她的额头。

沈嘉动作挺轻的，像怕吓着她。

吻完，时芷本人也往沈嘉身后躲，拉了拉沈嘉的衣袖，悄悄耳语。

吃小龙虾那天，时芷看着就更小女生性格了。

小龙虾都得男朋友亲手给剥，吃得细嚼慢咽，吃两口就要用纸巾擦拭唇角。

那天时芷的唇被小龙虾的调料辣得有些泛红，扭头冲沈嘉笑的时候，眼睛弯弯，鼻梁皱皱的，像布偶猫。

今天，时芷就不那么小鸟依人——

这姑娘不害羞了，也不笑了，紧身牛仔裤包裹着两条又细又长的腿，步子也迈得极大，手里提着两瓶冰镇过的科罗娜，杀气腾腾，像是提刀来取命的。

傅西泠就这么靠在沙发里，眼看着时芷迈大步走近，先开口抛了个问题："这店是你开的？"

很显然，彼此都知道对方记得自己，时芷也就没说废话。

刚刚上楼梯时，她想了很多。

她知道傅西泠和沈嘉看起来不太对付，却也觉得傅西泠应该不会是为了跟着她才来酒吧的。

但他出现得太巧了，时芷不放心。

她不答反问："你是跟着我来的？"

傅西泠说："那倒不是，我还没有跟踪女孩的这类癖好。"

只要傅西泠不是刻意在打探自己的身世，其他的都好说。

时芷坐到他对面的沙发里，无名指和小拇指垫在两瓶科罗娜的瓶颈间，用力往桌上一振，卡在上面的那瓶科罗娜的瓶盖便飞了出去。

她又单拎起另一瓶，往桌沿轻磕。两瓶啤酒都打开了，瓶口冒出绵密的气泡。

她说："今晚我买单，希望你不要和任何人说起在这里见过我，可以吗？"

从二楼下来后，玲玲八卦兮兮地凑过来："时芷姐，你认识咱们那位金主？"

"不认识。"

"哦……"玲玲像是有点犯难，"那他点的这瓶洋酒和矿泉水，还是你送上去吗？"

"……你去吧。"

时芷瞥了眼那瓶洋酒的牌子，有点无语。早知道他点了这么贵的酒，就不夸口说自己买单了。

刚才傅西泠答应得挺痛快，就只说了一个"好"字，表情也自然，时芷摸不清他在想什么，也不知道这个人能不能说话算数。

她略带怀疑地皱着眉，抬头往楼上看时，又对上了傅西泠的目光。

酒吧里生意冷清，只有三四桌客人。

万冉在舞台上唱着民谣，嗓子哑得倒是很有故事感，但客人少，万冉唱得也没什么精气神，唱腔懒洋洋的，颇有点糊弄的意思。

傅西泠像是知道时芷在想什么，人倚在楼上沙发里，隔着一段距离笑着给她做口型：

用，人，不，疑。

这人笑起来有点坏。

时芷为了不再看这张让她闹心的脸，直接走库房旁边的员工通道，上楼回了自己的卧室。

卧室昏暗狭窄，她按亮台灯，坐在床边。

手机里和沈嘉的对话，还停留在她下午发过去的那句。

沈嘉一直没回复。

就这么点小事，按照时芷的性子，她是不会在意男朋友有没有秒回信息的。

何况演唱会上那么热闹，不看手机也是正常的。

但不知道是不是突然在酒吧里遇见了熟面孔的原因，总让时芷有种什么事情脱离计划和掌控，正在向她预料不到的方向发展的感觉。

心里隐隐不安。

沈嘉那边一直没有消息，直到晚上十二点多，手机都没有动静。

万冉上来敲门，说客人走光了，问时芷她可不可以提前回去休息。

“去吧。”时芷起身，和万冉一起往楼下走。

平时时芷在学校，酒吧这边的当日收入明细都是玲玲整理好再发给她的。

玲玲不是个做财会的好手，马虎粗心，经常出错。周末赶上时芷在店里，就会自己理账。

走到最后几级台阶，时芷才想起什么似的：“二楼那个人走了？”

“走了。”

万冉摸着脖子，咳了两声：“金主买单时，系统好像出了点问题。显示已经结算过了，玲玲重新下单才成功结账的……”

时芷一愣：“他什么时候走的？”

“刚走。”

时芷追出去也是徒劳，人早就走了，整条街也瞧不见傅西泠的影子。

很多店面已经打烊，卷帘门落着，只有酒吧的灯箱还在闪着，有些冷清。

她看了眼手机上的时间，马上要十二点半了。

演唱会是十一点结束，就算演唱会结束后沈嘉再去和朋友们吃顿夜宵，现在也该能空出时间联系她了。

但沈嘉没有。

时芷拿着手机出神。

有车灯在身侧一闪，一辆哑光黑色的跑车从停车场的方向驶过来，缓缓停在她面前。

车窗降下来，傅西泠趴在方向盘上："等沈嘉电话？"

时芷不知道他葫芦里打算卖什么药，警惕地看着他，没说话。

傅西泠从旁边座椅上拿起他自己的手机，像是在确认什么似的，翻了翻。

看完，他把手机丢回座椅里："我猜沈嘉今晚不会联系你了，要打个赌吗？"

酒吧老街这一带，在深夜总是透露出衰败寂寥的景象，路灯年久，玻璃罩附着尘垢，光线也是暗的。

昏昏的暖黄色光线透过风挡玻璃，落在傅西泠额前到鼻尖之间，把他的碎发和睫毛染成金色，给人一种温柔、慈眉善眼的错觉。

傅西泠说打赌，却没有说赌注是什么。

更像是随口一提。

时芷抱着手臂，静静地盯着傅西泠，觉得这个人真的很莫名其妙。

刚才的酒水账单，他自己掏腰包结过账了，没用她请客，也不知道之前答应保守秘密的"好"还算不算数。

傅西泠说沈嘉不会联系她说得那么确定，时芷甚至疑心过，是不是傅西泠和沈嘉说了什么对她不利的话。

这个人看起来一副不靠谱的花花公子模样。

他不像沈嘉，沈嘉喜欢浅色系穿搭，总是穿样式简单的衬衫或者T恤衫，永远是那种温柔学长的形象。

而傅西泠，这学期时芷见过他的两次，都是在酒吧里。

上次傅西泠穿了件黑短袖，牛仔外套上面的装饰特别时髦，又是亮片又是毛绒玩偶的，能直接去走时尚T台了。

至于这次，黑色短袖外面干脆是一件花衬衫。

时芷不相信傅西泠，但她相信沈嘉，也相信自己看人的眼光。

沈嘉确实反常，却不是这个原因。如果真的是傅西泠和沈嘉说过什么关于她的话，她相信沈嘉绝不会轻信。

时芷警惕心很强，当然不打算和只见过两次的人打赌。

傅西泠也不在意，临走前还问了一句："要回学校吗，送你？"

她拒绝了。

跑车特有的声浪在身后渐行渐远，走进店里她还在琢磨沈嘉的反常。

到底问题出在哪里？

她这边思绪万千，店里其他人倒是很欢喜，吵吵闹闹的像是在过年。

万冉他们三个都在二楼，围坐在傅西泠坐过的那张桌子旁，已经在瓜分傅西泠碰都没碰过的那几瓶酒。

老钱还热情地招呼着，问时芷，要不要也上去和他们喝点。

看他们这样子，显然不是第一次这样做了，估计这阵子喝了傅西泠不少酒。

时芷摆摆手："你们喝吧，喝完把卫生打扫干净再走，锁门。"

万冉举着酒杯，眯着眼吐出一缕烟，跟个妖娆的妖精似的："先说好，客人结过账的酒水，不许再记我们的账哦。"

时芷无心再和他们继续开玩笑，她已经走到库房边的员工通道，举起手，背对着他们三个，比了个"OK"的手势。

楼上传来玲玲激动的声音："他可真像个财神爷啊，点这么多东西只喝矿泉水。我们拿了提成，还有果盘吃，太好了！"

老钱提醒玲玲："别吃那个西瓜，忒便宜。提子最贵，还甜，切果盘时我尝了。"

给沈嘉庆生那天，直到他们离开，隔壁桌的酒水也根本没动过。

那家酒吧贵得要命，就是个大型销金窟，普普通通的酸奶都要卖到二百多一扎，傅西泠敢在里面点麦卡伦。

点完还不喝。

就他那种败家劲儿，不像是能被充值活动吸引来的。

何况舅妈做的充值活动，根本不够吸引人。

充值五千块才赠送二百块。傅西泠那种开着超跑又挥金如土的人，怕是瞧不上二百块钱的代金券。

所以，他来这边做什么呢？

时芷停下脚步，看向窗外——

街道昏暗、寂静，破旧的垃圾桶边蹲着一只流浪猫，正埋头在垃圾桶里找吃食果腹。

她搬到酒吧里住时，听舅舅和舅妈说起过，附近要建大型的会展中心，客流量也许会有所增加。

那阵子几家相邻店铺的老板像看到了曙光，经常会凑在一起，热火朝天地讨论这件事。

只是时间久了，传言也渐渐变得不可信起来。大家的期待落空，这两年不再有人提及。

这地方，有什么是值得傅西泠惦记的吗？

傅西泠身上令人捉摸不透的行为太多，但有一点他的确没说错。

这天晚上，沈嘉确实没有联系过时芷。

沈嘉的电话是隔天早晨六点钟打来的。

温柔体贴如他，过去从不会在周末这么早的时间给时芷打电话的。

时芷还没睡醒，迷迷糊糊接了。

沈嘉那边比她还急，慌慌张张，不等她发问，已经讲起了昨天的经过——

他说，演唱会结束前他接到电话，在国外读书的发小突然回国了。他急着赶到机场接人，连最后的安可（演唱会结束前的加演曲目）都没听。

“我们定了回来后在我家聚聚，从机场回来折腾到家已经挺晚了，手机没电，想着充完电给你打个视频，可能是演唱会玩得太嗨，也可能是喝了酒的缘故……我睡着了。”

时芷沉默几秒，整理着措辞：“没事儿，你没回信息我有些担心来着。”

“抱歉抱歉，是我做得不对。”

沈嘉解释了很多，问时芷：“还在你舅舅家里？今天能出来吗，给我个将功补过的机会？”

“今天不出去了，明天回学校见吧。”

回学校当天，时芷没有早课，刚回到宿舍放下背包，沈嘉的电话就打了过来，她接通电话，推开阳台门往楼下看。

阳光很好，沈嘉在楼下和她挥挥手，没笑，表情很凝重，哄着问：“时芷，别生气了。我们一起吃早饭吧？”

他旁边的花坛上还放了深红色的纸箱，从图案和“Cherries”标语来看，应该是买给时芷的车厘子。

选沈嘉做男朋友，时芷是经过深思熟虑的，沈嘉这个人的各个方面她过去都很满意。

遇见这种情况，其实时芷也没想好要怎么办。

在时芷的成长过程中，曾换过好几次住址，住在不同的亲戚家里。

亲戚们都没什么大智慧，脑子里也没有那么清晰明确的生财之道，只是做些小生意维持生活。

包括麻将馆、理发店、饭馆之类的环境，时芷都不止短时间地在其中生活过。

她接触过各种各样脾性的人，也不是不谙世事的小白花。

沈嘉那些解释的说辞，有没有避重就轻的成分，其实她都清楚。

疑点并没根除，但真的要因为这些猜疑，立刻和他分道扬镳吗？

或者，再观察看看？

时芷沉默两秒，给男朋友台阶下："吃什么？"

沈嘉忽然变得很高兴，连忙说："你想吃什么都行啊，我今天开了车过来的，店多远都能去。"

"你不去实验室了？"

"起码先让你不生我的气啊，不然去了我也会分心，没效率。"

他们一起去吃早餐。

时芷没有埋怨也没有发脾气吵闹，她骨子里是个很干脆的人，凡事只要做好了决定就绝不会再叽叽歪歪。

路上沈嘉一直在找话题和她聊天，看样子很想让气氛轻松些："你们宿舍楼下那只狸花，我都喂过它好多次了，还和我不熟。刚才等你的时候我想摸摸它，它可凶了，还转头'哈'我……"

时芷说："狸花猫聪明，知道你是不回女朋友信息的坏人，不爱理你。"

趁着红灯停车时，沈嘉拉住时芷的手，连说两遍"我错了"，又说："下次有什么事情，我保证提前向女朋友报备，不让你担心。"

其实昨天接电话时，时芷想过要问沈嘉，像他这么周到的人，做事几乎完美，在据说最严最狠的导师手里读研，都没被挑出过什么错，那到底是什么原因，让他一次两次慌慌张张地乱了阵脚而不自知？

但她还是给沈嘉留了面子，笑着说："我已经在惩罚你了呀。本来想吃食堂的生煎包，为了罚你才选了家远的。"

他们在校外吃了早餐，沈嘉赶着要去实验室，跑出去好几步，又转身跑回来："晚上等我一起吃饭吧，我订了西餐厅，到时候你先过去，我找导师交完差就去找你。"

时芷是按照沈嘉发的定位过去的，坐在商场四楼的西餐厅里，等了半个小时，没等到沈嘉的人。

她打电话过去，沈嘉没接。

约好了六点吃晚饭，时芷在西餐厅里坐到八点多时，沈嘉依然没有出现。

服务员第三次过来询问时芷要不要点单时，时芷接下了菜单，点了牛排套餐，一个人慢条斯理地吃完。

九点半，时芷离开商场，到宿舍才接到沈嘉的电话：“对不起时芷，我发小不知道是不是在国外太久了，回国有点不适应，发高烧，我现在在医院里……”

时芷淡淡回应：“那你忙吧，我吃过了。”

之后沈嘉又打过一次电话，时芷没接。

隔天早晨，沈嘉在食堂生煎包档口附近的过道堵住了时芷：“我去宿舍楼下找你，遇见你室友，她说你来吃饭了所以我……”

时芷看着沈嘉，突然开口打断他：“你那位从国外回来的发小，是女生？”

沈嘉一愣。

“是女生吗？”

“……是。”

沈嘉拉住时芷的手：“但我……”

原来这才是症结所在。

时芷一直以为，在她和沈嘉这段关系里，她是占据着主导地位的。

她以为自己理性居多，能够永远知道什么时候说什么样的话、做什么样的事最正确，也能够永远不会失态。

但她这一刻感到非常委屈，也非常难过。

时芷眼眶红了，骄傲令她压住了心里的酸楚，勉强沉声：“沈嘉，你知道你是在对我们的感情做什么，对吧？”

她挣脱着甩开沈嘉的手，腕上那串白色的和田玉手串飞了出去。

大清早的，傅西泠会出现在B大校园里，令周朗也感到惊讶。

周朗昨天在实验室忙到夜里一点多，接过傅西泠带来的咖啡时，还打着呵欠，他问：“你最近往我这儿跑得可够勤的，怎么回事？”

“傅西沣回来了，不乐意和他碰面。”

“哦……”

周朗一副要猝死了的样子，猛灌两口咖啡：“那我带你去食堂吃生煎吧，好吃，高人气，和那天的小龙虾不相上下。”

“走吧。”

傅西泠没说另一个原因。

他想看看能不能碰到某个人，顺便来收赌注。

刚进食堂，周朗就用胳膊肘拐了他一下：“欸，那不是沈嘉和他女朋友吗，气氛不太对啊……”

可能生煎真的很好吃吧，档口附近挺多人的。

大多数人忙着自己的事，边吃边看书或者边吃边看手机，但也已经有人撂下筷子在看热闹了。

傅西泠想了想，也往那边走。

刚走几步，一串白色珠子迎面砸过来，被他反手接住。

时芷和沈嘉在食堂不欢而散，这是他们恋爱小半年以来第一次吵架。

她拒绝接听沈嘉的电话，对沈嘉这个人也避而不见。

所以在两天后的上午，同宿舍楼的女生跑过来敲响宿舍门，说楼下有男生找她时，时芷以为又是沈嘉。

她抱臂靠在阳台窗边往下看，却意外地看见了傅西泠。

沈嘉来找她，通常是站姿端正地立在楼下，仰头对她笑着。

傅西泠可不委屈自己，等人也得舒舒服服等，像个屈尊降贵来视察工作的领导，坐在花坛边，正逮着常年在楼下蹭吃蹭喝的狸花猫撸。

狸花猫很不情愿，几乎把自己缩成了双下巴，才从傅西泠的魔爪下逃脱，蹲在离他一米多远的距离，很不满地拖长声叫着。

傅西泠这个人性子很张扬，不顾及旁人眼光，抬眼看见时芷，很自然地和她招招手，隔着三层楼的距离问她：“走，去喝杯咖啡？”

说得好像他们很熟一样。

学校附近有几家咖啡店，时芷随便选了一家，进去前，她对傅西泠说：“待会儿我有课，只有二十分钟的时间。”

“知道。”

傅西泠有电话要接，举着响来电铃声的手机帮她推开门，自己却没进。

个人经历的原因，时芷看影视作品时最烦里面亦正亦邪的角色。

那种角色通常塑造得很受观众喜欢，但她始终觉得，他们的行为全凭喜好，有太多不确定性，猜不透，不够踏实。

在生活里也一样，像傅西泠这种人，一向是她最敬而远之的。

她喜欢沈嘉这种类型。为人处世低调内敛，踏实，靠谱，不激进不冲动，太过冒险的事情绝不会去做。

在这种人身边，生活方面大概率不会经历太大的动荡，安安稳稳。

可是沈嘉他……

明明只要举起三根手指，目光坚定地说“你要相信我，我和我发小不是你想象的那种关系”。

只要他敢这样说，时芷就会考虑去相信。

但他没有，这两天的信息发过来，也只是反反复复赘叙那些无法解决问题根本的话。

唉，沈嘉啊……

时芷叹着气，目光无意间落在窗外，傅西泠就在那个方向，叼着烟在接电话。

趁着他还在外面，时芷深深吸气，试图平复心情。

待傅西泠进来，她已经能冷静地抛出问题：“你怎么知道我住哪栋宿舍楼？”

“稍微托人打听了一下。”

傅西泠坐到时芷对面，把手机和烟盒一起搁在桌上，打量她两眼：“这两天睡得不太好？黑眼圈都出来了。”

和男朋友出现感情危机，换了谁能睡好？

时芷平时没什么交心的朋友，也不需要，不交心就不会被背刺攻击。

她也不是喜欢诉苦的性格，嘴硬，伸出手：“手串丢了，当然睡不好。”

这回答让傅西泠有些意外，多看了她一眼。

她真的很漂亮，是那种披麻袋出门都会好看的漂亮。

和沈嘉闹别扭之后明显精神不济，也还是漂亮。

那天在食堂，时芷甩开沈嘉大步流星就走了。她从傅西泠面前经过，目不斜视，仿佛他是一堵墙。

所以傅西泠从外套兜里拿出那串和田玉手串，放在她掌心，调侃地说：“我还以为，你没看见我呢。”

阳光很好，落在掌心的玉珠质地细腻温润。

手串是沈嘉送的，对时芷来说圈码有点大，不太合适，取掉两三颗珠子应该正好。

但沈嘉说过，这串和田玉是在寺院开过光的，可以保平安。她念着这个缘由，一直没去改动。

那时候自己还和沈嘉开过玩笑："怪你观察不仔细，我的手腕哪有这么粗呢。"

当时沈嘉说了什么？

他好像是挠了挠后脑勺："这次算长教训吧，以后再买首饰应该不会买错了。"

时芷走神了，看着手里的和田玉手串没说话，这点傅西泠也看出来了："沈嘉送的？"

时芷没回答。

她本来和傅西泠不熟，答应和他出来喝咖啡也不是为了聊闲天的。

这个时候沈嘉打来电话，被她给挂断了。

时芷用手机扫了桌上贴的二维码，待跳出点单页面后，把手机推过去给傅西泠看。

"你想喝什么，今天我来请客。感谢你那天说话算数，当然，也感谢你帮我捡到手串。"

她说这些完全是公事公办的语气，没笑，看着很高冷，边说着还边把手串戴回到手腕上。

说不上原因，傅西泠突然觉得有点不爽。

他没去碰时芷的手机，抱臂靠在沙发里，戴着戒指的食指在手臂上轻敲两下，也不绕弯子，直接拆穿她："你能和我坐在这儿喝咖啡，不是单纯为了感谢吧？"

确实不是为了感谢。

傅西泠之前那么肯定沈嘉不会联系她，大概是因为他和她有信息差。

时芷说："你认识沈嘉的发小？"

"算认识。'发小'这个词不准确，嗯，用'青梅竹马'合适些。"

傅西泠终于拿起时芷的手机，开始点咖啡："你是……想知道点关于他们之间的事？"

傅西泠点完自己想喝的，便把手机推回来。

点单页面的咖啡都配了精美的手绘水彩图片，配料也很清晰地用可爱的字体标注在图片里。

时芷没什么心情精挑细选，都没往下滑，随手在第一种咖啡后面点下"加号"键，然后下单结账。

她承认得坦坦荡荡："我是很想听一听，毕竟事关我后面的决定。但如果你不方便说，其实也没关系。"

两杯冰相同的咖啡端上来，傅西泠拿了一杯，很悠闲地喝了两口：

“做亏心事的是沈嘉，又不是我，我有什么不方便说的。”

他们在咖啡店里做了个交易。

傅西泠说，他可以给她讲讲沈嘉的青梅竹马，但她也要回答他两个问题。

时芷答应了。

傅西泠似乎没什么给人讲八卦故事的天赋，只说了沈嘉的青梅竹马叫陶佳，沈嘉和陶佳以前谈过一阵，后来陶佳出国他们才分手。

这家店的咖啡味道很香，可时芷已经听得没有半点胃口，冰咖啡只喝了两口。

傅西泠叩了两下桌面：“看手机。”

“……干什么？”

她刚问完，手机振动，有个微信好友给她发了消息，而这位微信好友的名字，叫“傅西泠”。

“别瞪我了，刚才用你手机加的。”

傅西泠给她发来一张截图。

图片里是他的微博消息页面，“未关注人消息”这一栏里，有个叫“陶子 Tsuki”的 ID 被他编辑时画了个圈。

“我和他们也不太熟，想知道更多，你可以自己试着去搜搜看。轮到我问问题了。”

傅西泠问了时芷两个问题。

第一个，“还没打算和沈嘉分手吗”。

第二个，“你名字不错，以前就叫这个，还是后来改过”。

时芷扫过那个微博 ID，在心里记住，又看了眼时间，刚好快到二十分钟了。

她也不是个多么诚信的人，自己的目的达到，就准备撤了。

因此，对于傅西泠的这两个问题，时芷回答得特别敷衍：“没想好。没改过。”

一共就说了六个字。

傅西泠端着咖啡杯听完，兀自垂头笑出声。

“我结过账了，再见。”

时芷赶到教室，班里同学已经来了大半。

有那么两三个人原本凑在一起聊着什么，见她从旁边经过，闭嘴不再说了。

这节课，时芷听得不够用心。

没有双亲的呵护，这些年她过得当然比其他同龄人艰难些，没太多时间去休闲娱乐，那些可以网上冲浪的APP账号没有几个。

时芷用手机注册了新的微博账号，搜到“陶子Tsuki”，点进去看陶佳的动态。

沈嘉晚餐放时芷鸽子那天，在晚上六点多，陶佳发了条文字动态——

好难受，我会不会是水土不服啊？

时芷在评论里找到了沈嘉，他的ID格式和陶佳很像，“沈嘉Zane”。

沈嘉问陶佳：在哪儿？

陶佳回复说：在家啊。

沈嘉发评论的时间，是那天晚上六点四十几。

那个时间，时芷已经在约定晚餐的餐厅等了他半个多小时了。她能够想象得到，沈嘉是在和导师汇报完实验数据，从教师办公室出来的第一时间，就打开了微博。

然后，沈嘉义无反顾地去找了身体不适的陶佳……

沈嘉去看演唱会的那天，陶佳也有发过动态。

是一张深夜里的自拍照片。

照片里陶佳坐在副驾驶座，戴着口罩和米白色的针织渔夫帽，只露出眼带笑意的半张脸。

她身后是开车的沈嘉的侧脸，还有坐在车子后排的、沈嘉的另一个男性发小。

那个发小时芷见过很多次，叫李辛博，李辛博笑着对镜头比了个“耶”。

照片的评论区依然有沈嘉的身影。

陶佳在回复另一个陌生ID的评论，有人说“哪个是陶子的男朋友呀”，陶佳回复“两个都是哈哈哈哈”，而沈嘉回复了陶佳。

他说：嗯嗯，都是。

教室里很安静，只有老师讲概率论公式的声音通过扩声器传到后排。

时芷感到胸闷，按灭手机屏幕，抬起头不着痕迹地深深吸气。

手机握在手里，连着振动好几下，她放空着思绪像是没察觉到。

时芷重新低头看时，才发现刚刚发消息过来的并不是沈嘉。

是傅西泠。

时老板可真会做生意。

一杯咖啡。

六个字。

有没有人说过，你学会计是屈才了？

傅西泠那几句调侃，时芷没有回复。

沈嘉也一直发消息过来，想要约时芷吃饭。吃饭是解决不了实质性问题的，所以，时芷也没有理会。

她心情很差，买回寝室的凉面只吃了几口就食不甘味地撂下筷子，但下午两节课时芷还是照常去听了。

一个男朋友而已，已经耽误了上午的学习，不能因为这点事，连下午的课也敷衍应对。

沈嘉再次联系时芷，是在时芷这两节课结束后。

他们之前感情好，她的课表也发给过他一份。沈嘉把她的上课时间都背下来了，经常踩点来教室外面接她。

也许是怕像在食堂那样闹得难堪，他没有直接来堵人，只给时芷发了信息——

对不起时芷，我不该隐瞒你，我怕说出她是女生你会多心。

我们见面谈谈。好不好？

时芷从不干涉男朋友结交异性好友，她认识沈嘉几个学姐学妹，和她们相处得还不错。

沈嘉庆生那天，也是有几个女生在场的。

沈嘉明明知道她不是那种小气的女朋友，之前却不敢提及陶佳的性别。

只能说明一点：

他心里有鬼，担不起时芷的信任。

而事实也确实是这样。

陶佳的微博往前翻，她发过的每一条动态，沈嘉几乎都会去评论。

在那些动态里，时芷能拼凑出一个鲜活的女生形象——

陶佳在国外读大学，学艺术，油画得过奖，还会拉小提琴。头像上色彩艳丽的图案，是她自己的绘画作品。

偶尔也会穿着小礼服，去参加朋友的小型聚会。

她和时芷身高相仿，体重刚到四十九公斤就会发动态说自己胖过头了，要放弃碳水，只吃蔬果沙拉和蛋白质。

更多时候，陶佳的动态只是艺术展或者美食的照片，连文字都不配。

即便这样，沈嘉也会在那些动态下面给她留言，和她聊几句。

半年前，陶佳发过一张龙虾意面和牛排的照片。

沈嘉在下面问：好吃吗？

陶佳发了个哭脸的表情，回复说：不好吃，等你来了带你尝尝，不能我一个人受苦。

时芷想起来，那时候她刚和沈嘉在一起没几天。

某天沈嘉实验室不忙，约了时芷去看电影。

电影院熄灯前，荧屏一直在播放消防安全知识的动画宣传片，沈嘉拿出手机不知道看到什么，忽然笑了一声。

时芷抱着大桶爆米花转头，纳闷地问沈嘉："笑什么呢？"

沈嘉摁灭手机屏幕，说："我一朋友，吃到了难吃的餐厅，非要拉我共沉沦。"

沈嘉过生日那天，拍了时芷送给他的三层生日蛋糕，发在微博上。

"陶子 Tsuki"出现在评论区。

陶佳评论说：吃到蛋糕啦？要不要听我亲口祝你生日快乐？

这大概是沈嘉从酒吧跑出去打电话的原因，只是他当时的说辞，是给他爸妈回电话，还告诉时芷问他有没有吃到蛋糕的人也是他爸妈。

时芷就这么翻看着，一直看到沈嘉几年前的第一条动态。

算算时间，那时候沈嘉应该是十八九岁。

沈嘉一身白色运动装，陶佳穿着白色连衣裙站在他身边，郎才女貌，特别般配。

他揽着陶佳的腰，两个人笑得都很灿烂。

沈嘉给这条动态配的文字是：佳佳，你是我唯一想要娶的人。

有人在评论里说：哇哇，祝久久，哈哈哈哈。

陶佳替沈嘉回复了，她说：那当然，我们可是最佳/嘉组合。

夜深人静，宿舍里只有室友们均匀的呼吸声。

时芷心里堵得要命。

如果沈嘉从那时候就只想过要娶陶佳，如果沈嘉从来没忘记过初恋，那为什么要来追她？

时芷突然想起上午在咖啡店里，傅西泠对她说的话——

他说："'发小'这个词不准确，嗯，用'青梅竹马'合适些。"

当时傅西泠有过瞬间的停顿。

其实他最初想说的词，应该不是"青梅竹马"，而是"前女友"吧。

时芷摸不准傅西泠为什么想要掺和进来，但在这些事情里，他显然也不是个多清白无辜的身份。

因为时芷很快发现，陶佳单方面关注了傅西泠的微博。

并且早年间，陶佳刚开通微博时，很多动态都是艾特过他的，只是他从来都不回复而已。

这种状态维持了很长一段时间。

时芷顺手点进去看“傅西泠”这个 ID.

什么动态都没有。

夜里沈嘉再次发来消息时，时芷回复了。

她心如明镜，不花费精力去消耗情绪做无谓的争吵，指尖一下下飞快地落在手机屏幕上，连着发了三条信息过去——

沈嘉，你可以有关系好的异性朋友和发小，也可以关心她们帮助她们。

但你只能有一个女朋友，喜欢一个人，娶一个人。

那个人是我还是陶佳？

沈嘉一定是看见了她的回复。

对话框上面变成“对方正在输入”的提示，很快又消失。

反复了足足三分钟。

时芷掐着时间看了三分钟，这是她给沈嘉的最后机会，时间一到，她拉黑了沈嘉的微信。

顺手也把傅西泠的给拉黑了。

管他们几个是什么三角恋四角恋的复杂关系，时芷都不再去想了。

她没怎么睡，给自己重新制订了后面的学习和生活计划，到天微微亮时才合眼。

这一周过得实在很快，转眼就到了星期六。

时芷给玲玲打了电话，借口说学校有事，没有回酒吧帮忙，让玲玲盯账。

时芷出去散心了，谁也没告诉。再回学校已经是星期日晚上，她在宿舍里听说了两件事。

第一件，沈嘉来找过她了。

第二件，除了沈嘉之外，还有一个男生也在找她。

室友和时芷平日里关系并没有很亲密。

她们只是表面上还算过得去的普通同学，很偶尔也会同路去食堂一起吃个饭，或者帮忙拿对方的快递，交心的话却几乎没有聊过。

见时芷没有追问另一个在找她的男生是谁，室友犹豫两秒，也就没再开口。

时芷放下背包，换了套衣服，准备出去。

室友突然问："时芷，你这是……打算去哪儿？"

这类对话，她们平时很少有。

但时芷了然地回头笑笑："宿舍里闷，我去学校湖边坐坐。"

B大校园里有一片占地面积极大的人工湖，时芷坐在水泥台阶上，看微风吹皱湖水、吹动杨柳枝条。

她所在的这一侧很静，鲜少有校友经过，所以傅西泠刚走过来，她就已经察觉到了。

时芷没转头："找我干什么？"

傅西泠把便利店的塑料袋放在台阶上，坐到时芷旁边："上次交易做得亏，找你讨债。"

时芷看了看他带来的便利店袋子，转过头，难得开了个玩笑："讨债还需要带礼物？"

天边挂着素月，夜风微凉。

傅西泠从便利店的袋子里摸出一罐啤酒，帮时芷抠开，递了过来："在小酒吧里待了两天也没瞧见你，学校里也没有你的消息。听说你和沈嘉分手了，怕你想不开，轻生。"

"不至于。"时芷接过啤酒，"分了也挺好的，我和他不算合适。而且这件事让我觉得，沈嘉性格上有些优柔寡断。他要是能果断承认就是余情未了、难以抉择，我可能会更舍不得些。"

傅西泠瞥了一眼时芷的手腕，那串成色不错的和田玉手链还在，调侃道："真舍得？"

不知道是有心不答，还是真的这么巧岔开话题。

时芷喝了口啤酒，皱眉去看瓶身的logo："这么淡？"

"在沈嘉面前，你不是滴酒不沾的乖乖女吗？我也摸不清你的酒量，买酒劲太猛的，怕你喝多了。"

说完，傅西泠自己也开了一罐啤酒，仰头喝了几口："……是太淡了。"

"你不是不喝酒吗？"

"今儿没开车。"

和上次拒人千里的态度不同，时芷今晚非常好聊天。

傅西泠发现了，却没立即拆穿，转过头和时芷对视："出门前，你是故意告诉你室友的吧？"

时芷早猜到了傅西泠找过她室友，也猜到傅西泠应该是给了室友一些好处，托她室友帮忙留意她的行踪。

“不是你想知道吗？”

“我现在更想知道，你什么时候能把我从黑名单里放出来。”

时芷这个姑娘，要是没有点感情基础，装好相处也装不了太久，这不，她已经忍不住问傅西泠：“你和陶佳是什么关系？”

问完，她感觉傅西泠极深地看了她一眼，那是一种令人无所遁形的目光。

时芷忽然觉得夜风很冷，手臂都起了鸡皮疙瘩。

她搓着手臂，心想，是不是自己找错了人？

傅西泠好像有些过于聪明了，和他合作，会不会是与虎谋皮呢？

但刚才的审视像是错觉，傅西泠没表达不满，也还在顺着她的问题回答：“陶佳以前追过我，大概一年多吧。沈嘉喜欢她，后来她和沈嘉在一起了。”

时芷满脸“陶佳为什么会喜欢你”的疑惑，把傅西泠都气笑了：“你那是什么表情？”

“没什么……”

傅西泠把喝空的啤酒罐捏扁，丢回袋子里：“沈嘉挺烦我的，估计你也看出来了。”

傅西泠和沈嘉小时候就认识，但因性格方面原因，他们不太能玩得到一块。

两家长辈都比较熟，所以最开始他们还没有闹得这么僵。

但沈嘉太好强，只要有傅西泠参加的比赛，沈嘉只能拿第二，老师会夸傅西泠脑子灵活，却只会夸沈嘉努力。

“再加上有一阵子陶佳不知道哪根筋没搭对，整天往我跟前凑，沈嘉可能看我就更不顺眼了。”

沈嘉确实看傅西泠非常、非常不顺眼。

那天在酒吧，碍于傅西泠在隔壁卡座里，时芷能感觉到沈嘉有好一会儿都是不自然的状态，甚至故意把动作和表情夸张化，像要刻意展示给某些人看一般。

他们三个之间的关系，也和时芷之前猜想的差不多。

她应该算是找对人了……

下一秒，傅西泠直接说出了时芷心中所想。

他说：“所以，你如果觉得咽不下这口气，不希望沈嘉过得那么顺心，想给他找点不痛快的话，恭喜你，算盘打对了，我确实是个不错的合作对象。”

合作的达成，往往是需要互利互惠的。

以目前情况来看，和傅西泠合作，明显只对时芷单方有利。

而且她已经糊弄过傅西泠一次了，在他眼里应该没什么诚信可言才对。

原本时芷还在想，自己要怎样才能说服傅西泠。

难道学舅妈送代金券吗？

没想到傅西泠自己送上门来了。

不止送上门，还说话不紧不慢，脾气好到哪怕知道自己会被利用也不会生气似的，放松地敞着腿坐在台阶上，一副淡然自若的神态。

傅西泠的举动太过诡异，时芷暂时没接话。

他当然不是来关心她有没有因为失恋而轻生，更不会只是为了路见不平拔刀相助……

时芷垂头，暗自揣摩傅西泠在打什么鬼主意。

然后她惊讶地发现，自从傅西泠出现在她生活中以来，他的那些行为，她竟然没有一件能琢磨得透。

时芷有点不耐烦了。

她已经好几天没睡好，实在懒得再费脑子：“这件事情，对你来说应该没什么好处吧，我怎么感觉你还挺积极的？”

他们坐的台阶，位于湖边一棵老树正下方。

老树有五十几年的树龄了，被学校工作人员照顾得很好。

粗壮的树干上吊着输液袋子，枝繁叶茂。

树影斑斑驳驳落在傅西泠脸上，让人无法看清他眼里的情绪，时芷只听见他说：“人都是无利不起早，谁说对我没好处的？”

时芷眸光微动。

如果他也有所图谋，那就再好不过了。

傅西泠说：“我这边呢，目前有个比较棘手的情况。”

最近长辈们突然热衷给他介绍对象，但傅西泠这个人自由惯了，不喜欢有束缚的情感关系。

时芷觉得奇怪：“那和我有什么关系？”

“这么说吧，他们介绍给我的是个挺认死理的姑娘，死活说不通……”

时芷想了想，大概明白了。

他们给傅西泠介绍的那姑娘，估计是信奉“精诚所至，金石为开”的，觉得什么事都可以事在人为，只要自己肯努力肯付出，总有一天傅西泠能被打动。

这类年糕一样甩不掉的追求者，时芷曾经也遇见过。

说什么“喜欢你是我自己的事情”，然后整天含情脉脉地看着时芷，掏心掏肺地付出那些她并不需要的照顾，沉迷于自我感动……

时芷很有经验地说：“这种情况，多说几次狠话就好了吧。”

傅西泠不知道想起什么，忽然偏头笑了一声，清了清嗓子，才继续说：“我倒是想。”

笑什么？

时芷莫名其妙地看了他一眼。

傅西泠又抠开一罐啤酒，和时芷讲其中的利害关系：“且不说生意上是不是合作关系，单就两家长辈互相认识，人家又是个小姑娘，我总不好做得太过分，不然影响长辈们的情分……”

“所以……你需要身边有个挡箭牌？”

“可以这么说，我看你挺合适的，要不我们互相帮个忙，你觉得怎么样？”

时芷对他的话颇有怀疑。

傅西泠的条件不差，宽肩长腿，长得也不错，还是个开超跑的富二代。

这样的人，身边会没有经常接触的异性？

有的话，找谁帮忙不行？

非得要找她这个才见过几面的人帮忙吗？

傅西泠似乎知道她心中疑虑，直接掏出手机，在通讯录里找了个电话号码拨了出去。

手机点开扬声器，就放在他们中间相隔半米的空台阶上。

忙音过后，那边很快有人接起电话。声音特别正经，几乎是美声唱调了，还自说自话：“喂，西泠，好好，知道，估价的事情是吧？那你稍等我一下，我换件衣服马上出来……”

傅西泠笑着打断：“你出来去哪儿？我不是找你吃夜宵，就问你个事儿。”

“靠，我以为约我出门呢。我爸在家发脾气，刚训完我，我正准备编个理由开溜……”

那边的声音压得低低的，然后传来关门时，又变成了正常音量：“要问什么事，你问啊。”

“姚姚那边，你帮我找个人，假扮我女朋友怎么样？”

“不是，你真当姚姚傻啊？”电话里的人语速挺快，“咱们平时熟悉的那几个姑娘，都是这圈子的。姚姚就算不认识，稍微打听打听也能查个知根知底，是不是假扮的她能看不出来？那丫头脑袋瓜好用着呢，可不是好糊弄的……”

傅西泠看向时芷，抬了下眉。

像在说：你看，没用。

“打不过，就加入。”朋友开始嘴欠了，“我说，干脆你和姚姚凑合凑合得了。人家姚姚就是性格跋扈了点，别的方面也还……”

傅西泠关了扬声器，手机举在耳侧又和那边聊了几句，挂断电话才转过头：“听见了吗，那姑娘聪明着呢，有把握吗？”

时芷不怕聪明人。

她能考到B大年年拿奖学金，能全权代表舅妈打理酒吧，自诩头脑不差。

至于沈嘉那边……

时芷不是个多么真善美的人，她不想做大度的前任，也不需要什么和平体面的分手。

谁让她不开心，她就必须要把这个不开心给还回去。

分手之后，沈嘉可能会愧疚一阵子，但那并不足够。

愧疚才能有多久的时效？

对于沈嘉那种性格的人来说，“不甘心”带给他的折磨才会更难受。

傅西泠在旁边叫她：“喂，时芷。”

时芷转头，看见他眼里揣着淡淡的笑意。

他问：“怎么样，要不要合作试试？”

“可以。”时芷抛出了自己的条件，“但你要和你其他的女伴说，我只是你的挡箭牌，无论她们怎么吃醋都不可以闹到我学校来，包括那个姚姚。”

傅西泠答应得很爽快。

时芷狐疑地问：“你呢，就没有什么条件？”

“条件没有。但我只负责帮你气气沈嘉，他家里那些生意我不能动，不然我家长辈以后没法做人了。”

时芷点头，指了指傅西泠脚边的袋子：“啤酒。”

傅西泠含笑问她：“我发现你指使起人来，还挺好意思的。”

他虽然这样说，也还是伸手拎了罐啤酒出来，单指抠开，递给她。

“互相利用的关系，我有什么可不好意思的？”

傅西泠举起啤酒：“合作愉快？”

时芷敷衍地用啤酒罐和他撞了一下：“嗯。”

这场交易达成得过于顺利，时芷总觉得哪里怪怪的。

这种怪异感令她不太自在，也不想和傅西泠多聊了，喝过啤酒就准备回去，任由傅西泠在她身后调侃：“过河拆桥啊，时老板，你和别人谈交易的时候也这样？”

傅西泠提了装着空啤酒罐的袋子丢进垃圾桶里，跑了两步，跟在时芷身旁，和她并肩走了一小段路程。

他没有借口说送送她之类的，也没和她聊过他们这个交易什么时候开始、怎么开始，走到校门口就干脆利落地和她分道扬镳了。

“回去睡个好觉。”傅西泠这样说。

时芷的宿舍在另一个方向。

她背对着他走出去两步，听见身后响起打火机点烟的声音。

有一点该感谢傅西泠，他的那两罐啤酒确实让她睡了个好觉。

梦里也没再出现那些烦人的“最佳／嘉组合”。

隔天早晨醒来，室友都已经出去了。

时芷收拾好自己，打开衣柜。

沈嘉喜欢浅色，所以和他在一起的时候，放在上面的常穿衣物，几乎都是白色或者浅色系的。

时芷从下层抽出一件黑色短袖，套在身上，又换上牛仔裤。

她没打算去食堂吃饭，想着路过小商店时买个面包填下肚子就算了。

时芷刚走到校门口，就被一辆哑光黑色跑车吸引了注意力。

跑车上系着好大一束各种颜色的氢气球，花里胡哨，像《飞屋环游记》里的气球一样，已经有路过的人拿出手机在偷偷拍照了。

傅西泠抱臂站在车边，竟然是一副事不关己的表情，还能悠闲地喝两口冰咖啡。

要不是时芷反应过来，知道这是昨晚他们达成交易的结果，她都以为傅西泠是家道中落，改行来卖氢气球了。

她走过去，拉着傅西泠的胳膊，声音从牙缝里挤出来：“你……有病吗？”

傅西泠笑得特别开怀：“你又不把我从黑名单里放出来，联系不上人，我怎么知道要做到什么程度，才能让我的合作伙伴满意？”

他摊开手，往身后的跑车指了指：“所以，这种程度满意吗？”

时芷懒得理他："……气球是你自己要买的，钱我不管出。"

"知道。"

傅西泠伸手从跑车里拎出一份早餐："亮完相就去幼儿园门口免费送给小朋友们了，献爱心活动，一起去吗？"

时芷干脆得很："不去。"

"要不一起吧，我自己去多傻啊。"

时芷还没开口，装早餐的牛皮纸袋已经塞进她怀里。

她一皱眉："你……"

傅西泠俯身，凑近了些："别多想，不是给你买的，沈嘉在你身后瞧着呢。"

听说沈嘉在身后，时芷深吸一口气，又走近些，挽上傅西泠的手臂。

她暗暗用力，拉着傅西泠往校园里走。

"送我去教室。"

阳光有些晃眼，傅西泠垂头看了看时芷此刻的表情，觉得她把唇抿成直线的冷漠样子，特别酷，像是要带着他去炸学校。

他忍不住好笑地问："时老板，你以前挽着沈嘉的手臂也是这种力道吗？说真的，我快要被你掐麻了。"

时芷的脾气不算好，今天被傅西泠那一大束氢气球激得尤其糟糕。

她其实是不满的，觉得傅西泠佯装的这种追人方式太土，让她前男友看见真的好丢脸，所以对着他也没什么好语气："你别说话！"

两个人沉默着走了没几步，傅西泠又问："你以前学过武术？"

时芷："……"

她本来忍着没理的，结果听见傅西泠说："其实……你倒也不用这么用力拉我，沈嘉没在，我逗你的。"

听完，时芷彻底来脾气了，直接用手肘狠狠杵了傅西泠一下，疼得他倒吸着冷气退了半步。

傅西泠揉着肋侧，看着时芷大步流星离开的背影，忍不住笑："早餐也不还给我了？"

前面气焰嚣张的姑娘不得不停住脚步，又气咻咻地走回来，把牛皮纸袋往他怀里塞。

傅西泠没接牛皮纸袋，而是顺势拉住她的手腕。

他从牛皮纸袋里面掏了个三明治出来，转身就走，边走边背对着时芷挥挥手："买一送一，剩下的你吃吧。"

时芷跳脚："谁稀罕！"

不远处的教学楼二层，沈嘉站在连廊上，单手扶着护栏，在接听导师的电话。

最近因为时芷和陶佳的事情，沈嘉已经连着几天没睡好了，他心神不宁，做事也难专心，连交给导师的实验数据也出现了最低级的错误。

沈嘉跟着导师将近一年，从来没有被批评过。

今天是第一次。

也许是念在沈嘉平时表现好，导师的话没说得太重。

这栋教学楼离校门近，这几天高温，外面又晒又热，很多校友都会选择在这边先进楼里，再从连廊穿到其他栋。

遇见熟人在所难免，有学妹路过，和沈嘉打了个招呼。

沈嘉勉强笑笑，捂着手机点头回应。

他无意间转头，瞥见了楼下路过的熟悉身影。

B大校园里绿化做得很好，路两旁树木葱茏，阳光把水泥路面照得有些晃眼。

宽敞的人行路上，时芷和另一个男生走在一起。

他们都穿着黑色短袖，举止亲密，一路打打闹闹地走过去。

时芷还用手肘杵了那男生一下。

沈嘉几乎疑心自己看错了。

他和时芷在一起也有半年时间，好像从来没见过她这么开朗活泼的样子。

而且，他也一直没听说过时芷在学校里有什么走得近的异性好友。当初他追求时芷时，她系里的学生干部还和他说过，时芷眼光高，很难追的……

那个男生是谁——

沈嘉几乎是下意识忽略了耳边的通话，举着手机愣愣地盯着他们看，终于在男生转头的瞬间，看清了他的长相。

是傅西泠？

沈嘉僵立在原地。导师在电话里语气加重地叫了第二遍"沈嘉"时，他才匆匆回神，面色惨白地开口："对不起老师，我这边，刚才手机信号不是很好……"

在上课前，时芷吃掉了傅西泠留下的三明治。

她想了想，还是决定要和她这位行踪不定，走诡异路线的合作伙伴说一下。

她把傅西泠从黑名单里放出来，给他发信息，警告他下次不要这样大张旗鼓：

我是想给沈嘉找点不痛快，不是想在学校里出名。

直到上午的两节课上完，傅西泠才回复。

正午的阳光太烈，时芷察觉到手机振动，便单手遮着太阳，边走边看手机。

傅西泠发来的内容简直答非所问，只有一段十秒钟的视频。点开来看，能看见周围好多小朋友开开心心地拿着氢气球。

给你留了一个。

在你宿舍楼下。

时芷抬头去看，不远处的宿舍楼道前有一个黄色的氢气球，线绳系在一截树枝上，气球上面被人用马克笔画了个龇牙咧嘴的笑脸，随风摇晃，很欠揍的样子。

她没认领，看两眼就上楼去了。

午休时听室友们说沈嘉在楼下等她，烈日炎炎，蝉都晒得不耐烦，不停在叫，这种天气在室外久了很容易中暑，时芷却没露面。

她像没听到一般，坐在床上打开笔记本电脑，戴上耳机，核算周末玲玲发送过来的流水账单。

她不知道沈嘉现在来找她还有什么意义，只是在用 Excel 表格拉公式时，还是走了神，突然想起初见沈嘉时的情景。

那天天气也热，入冬几场雪后气温突然回升，脱掉羽绒服坐在教室里听课也会有些汗意。

那阵子时芷会跑去旁听金融系的课。

寄人篱下的生活里，她见了太多社会底层的工作环境，总觉得太多人是吃了没有文化的亏。

她想要改命，想要比别人聪明些，因此逼着自己不停往脑袋里面塞知识。

那天很凑巧，沈嘉也去了那间教室附近，帮忙给旁边办公室的老师送东西。

沈嘉有点赶时间，不小心撞到了下课后顺着人群往外走的时芷，蹭掉了她搭在手臂上的羽绒服。

沈嘉连连说着“抱歉”，帮她把衣服捡起来，掸掉浮尘。

抬眼看向她时，沈嘉愣了愣。

沈嘉穿着牛角扣的大衣，里面是针织马甲和衬衫，很像电视剧里那种温柔、会照顾人的学长。

后来时芷再来听这位老师的课，在教室后排就遇见了沈嘉。

沈嘉是专门在等她的。

他说他找人打听了一圈，发现这届金融班级里根本没有长她这样的女生。

那天阳光很好，从教室后排的窗户透进来，明晃晃的。沈嘉笑起来眼睛里是有光的："当时我还挺失望来着，能等到你真的太好了。我叫沈嘉，嘉奖的那个嘉……"

想到这里，时芷的脑海里莫名其妙浮现出"最佳 / 嘉组合"这几个字。

时芷被恶心到了，不再分心，快速整理完流水账单，便点进手机相册。

她很少自拍，最近存下的照片，还是傅西泠之前发给她的那张截图。

截图里有陶佳的微博 ID.

而傅西泠圈出那个 ID 时的笔刷宽度，不足以完全挡住陶佳发给他的信息，对话框没有点开，只能看见少数几个字。

西泠，我要回国了，你最近过得……

ID 旁边显示的对话时间，就在沈嘉生日后不久。

时芷也是在后来留意到，才决定要找傅西泠合作的。

她删掉了手机里关于沈嘉的所有照片和视频，再也没和沈嘉有过联系。

只有沈嘉的朋友拦过时芷一次，说沈嘉最近过得很不好，经常出去喝酒，喝多了还哭，很痛苦的样子。

时芷微笑着反问："和我有什么关系？"

那些朋友不知内情，也许还以为时芷是脚踩两只船的坏女生，从此不再来找她，路上遇见也是表情僵硬地偏过头去。

时芷乐得清净。

在这学期的最后一个月里，她见到过的最频繁的人，除了同学和室友，就是傅西泠了。

除了第一次行事夸张之外，傅西泠并没有做过什么太奇葩的举动。

他偶尔开车过来陪时芷上一两节课、在食堂吃顿饭；偶尔接上她，装成是出去约会的样子，再送她去舅舅家的酒吧。

学期末的最后几天，气温前所未有的高。天气预报高温预警了几次，连新闻广播都在提醒市民做好防暑降温的工作。

B大很多教学楼和宿舍楼年头久，连空调都没有，老式电风扇兢兢业业地转着，但也不起什么作用。

食堂开始供应冰镇绿豆汤，时芷从食堂出来，意外地看见傅西泠皱着眉站在楼下，正拿了手机举在耳侧，不知道在给谁打电话。

然后，时芷的手机振动起来。

显示是傅西泠的来电。

她挂断电话的同时，傅西泠也看见她了，便朝着时芷的方向走过来。

最近是B大的考试周，再加上高温，学校已经停课了，让学生自行复习。

时芷之前和傅西泠说过，复习期间他们不需要再见面了。

毕竟自习教室离研究生实验室、沈嘉的导师办公室都很远，傅西泠就算天天来，沈嘉估计也是看不到的。

所以时芷问他："你怎么来了？"

傅西泠拉着时芷的手腕，把她往背阴处带了两步，才开口："下午有没有空？"

之前一直都是傅西泠在配合她的时间，时芷也问过，问他什么时候需要自己出面，去气跑那个据说很聪明的姚姚。

傅西泠每次都不太着急，说有机会自然会通知她的。

所以这种满大街都没个人影的酷暑天气，傅西泠突然跑来问她有没有空，时芷还以为，是时机到了，需要她出面了。

"有空。"时芷指了指自己身上的吊带装和短裤，"但我下午本来要去自习教室复习的，就穿成这样陪你出去，可以吗？"

傅西泠完全没觉得时芷穿得哪里不好看，细细的吊带下是白皙细腻的皮肤，匀称好看的锁骨线条凸出来，流畅又精致。

顺着她手指着的方向往下看，只能看见阳光下一双白得晃眼的大长腿……

"我听说你们自习教室不是没空调吗，还去？"

时芷热得不耐烦，抬手擦掉额角一滴汗，随口回答："总比在宿舍好，宿舍阳台在朝阳面，下午像个烤炉。"

"那你去拿复习资料吧，下午和我去个地方。"

时芷没多想。

这种天气，站在食堂门口说两句话都已经汗流浃背了，还哪有心思想那么多。

她坐着傅西泠的车子到宿舍楼下，取了复习资料下楼，又坐回车里。

空调风驱散了暑气，时芷终于舒服些，拍了拍放在腿上的复习资料："你还给你的挡箭牌立了个勤劳好学的身份吗？"

傅西泠半天没回答，最后只说："我看你本来也挺好学的，四十摄氏度了，还惦记自习呢。"

车子开到市中心的酒店门口，停了下来。

酒店门厅富丽堂皇，看起来非常高端，时芷盯着酒店的英文 logo 看了两秒，突然转头，眯起眼睛问："傅西泠，你什么意思？"

傅西泠对着酒店的玻璃旋转门扬了扬下颌，浅浅一笑，问时芷："走吗？"

车内空间很安静，时芷依然眯着眼，神色淡淡地看着他。

傅西泠觉得再多逗她两句，不，用不上两句，哪怕他再多说几个字，时芷也会马上拿起她的复习资料，摔车门走人。

说不定走之前还要先给他一巴掌。

"想哪儿去了？"

傅西泠在时芷爆发前及时开口，还反咬一口说是人家自己想多了："我在这边有个会要开，一个人没意思。"

时芷对他此举的评价是："你有病吧。"

傅西泠下了车，随手把车钥匙丢给了门前迎过来的侍者，对着时芷一偏头："走吧，总比你们学校的自习室舒服。"

这话他倒是没说错。

时芷随他走进酒店的旋转门，香薰和冷气迎面而来，确实令人非常舒服。

酒店里的瓷砖地面擦得锃亮，映着水晶灯的光亮和他们并肩而行的身影。

傅西泠说："我要真有病，就应该带你去隔壁街 23 号位置的酒店。"

想了想，他忽然笑了："早知道就带你去那边了。"

时芷没听懂傅西泠的意思，侧头看了他一眼。

捕捉到她的视线，傅西泠说："那家酒店是沈嘉家开的。他没和你说过他家做什么？"

沈嘉确实没说过。

在一起半年，时芷和沈嘉还没进入到谈论各自家里情况的相处模式。

只不过沈嘉是不喜欢张扬，而她是故意隐瞒。

最张扬的人此刻就走在她身边，按下电梯，大言不惭地自吹自擂：“不过他家旗下的酒店弱了点，没有我们做得好。”

时芷往周围看了看——

这家酒店确实做得不错，估计是五星级，装潢华丽，宽敞又气派。

路上遇见的侍者也都带着柔和的微笑，彬彬有礼地和他们说着“下午好”。

前台有几个外国人在办理入住。看样子是有什么团体活动，集体订了酒店。

电梯里也进了两个外国人，正展开手里的三折页宣传手册，对着密密麻麻的英文字体研究。

其中一个人用英文问身旁的同伴，有没有看见开会地点。

估计是宣传手册设计得太复杂，两个外国人没搞明白，拦着电梯门一直没关，听对话像是打算重新去前台问问工作人员。

傅西泠帮他们按了六层的按键，用英文和对方交流，告诉他们会展厅在六层。

外国人做出恍然大悟的表情，终于按了关门键。

他们很热情地询问傅西泠，是否也是来这边参加交流会。

傅西泠笑了笑，说他不是，他只能算酒店的工作人员。

外国人应该是第一次来这边出差，于是问起傅西泠附近的美食和好玩的地方。

傅西泠英语说得很流利，和他们侃侃而谈，介绍离酒店不远的美食街，还推荐了几家特色菜馆。

楼层抵达，互相告别。

刚刚时芷一直没说话，直到电梯门重新闭合，她才开口：“听起来，你英语不错？”

还以为傅西泠会谦虚一下的，结果他说“我很多方面都不错”，于是时芷不再搭理他了。

傅西泠带时芷到酒店顶层，他这边有一间商务套房规格的办公室。

有工作人员进来，听吩咐跑了一趟，把傅西泠需要的相关文件送过来，又送来了水果、茶点和一壶泡好的菊花茶。

这房间很大，沙发能容纳十来个人。

傅西泠拿着文件在看，没抬头：“你复习吧，需要什么叫我一声，我让他们给你准备。”

中央空调温度很适中，时芷靠在沙发里翻看笔记，起初没太专心，分了部分注意力去听傅西泠和工作人员沟通——

“有很多新酒店开始做管家服务，一对一沟通，我们目前没打算做这类业务，但也要保证顾客二十四小时都找得到人……”

和傅西泠见面很少谈及正经事，时芷一直把他当成游手好闲的二世祖。

现在看来，他也不是只知道吃喝玩乐的。

后来傅西泠出去开会，时芷适应了周遭环境，认真复习起来。

再次分神，是傅西泠不知道什么时候坐到了她斜对面的独立沙发椅里，敲了敲桌面。

时芷脑子里还在想着知识点，冷不防被打断，皱着眉看过去——

傅西泠正端着杯子在喝茶：“东西也不吃，水也不喝，怕我给你投毒？”

“我要是只有那点胆子，就不会跟你出来了。”

时芷放下书，伸手去拿水果。

她手腕上还戴着和田玉手串，越过果盘里的小堆车厘子，用水果叉叉起一块西瓜，放进嘴里。

傅西泠放下茶杯，忽然问时芷：“最近沈嘉找过你吗？”

“没有。”

“我估计他也不会找你了。”

时芷看了傅西泠一眼，有点想问他为什么。

但她看着傅西泠像个太子爷似的端着茶杯慢悠悠喝茶的样子，突然非常仇富，不想给他装模作样的机会。

“他朋友来过。”

时芷把沈嘉的朋友来找自己的事，简单说了几句，说沈嘉似乎心情很差，还哭过。

傅西泠垂着头在看手机，好半天没说话，就在时芷以为这个话题已经揭过去了，他突然问：“心软了？”

时芷看向傅西泠。

他说：“劝你别太把沈嘉的眼泪当回事。”

时芷当然知道。

她看过陶佳的微博，最近的动态只发了一个很郁闷的表情包，沈嘉也反常地没有去评论。

沈嘉不理陶佳，却也不值得时芷欣喜。

以沈嘉的性子，会认为自己是坦坦荡荡的君子，他买醉流泪，可能只有极小部分原因是分手，更多的，是难以接受自己优柔寡断、不够光明磊落的另一面。

傅西泠和她的想法差不多。

他放下茶杯："我猜，沈嘉应该是真的挺喜欢你的，也还没开始准备重新追陶佳，他和陶佳只是暧昧。"

时芷说："我知道。"

这件事如果交给沈嘉来解决，按照他的节奏，和时芷分手，再和陶佳旧情复燃，至少需要一年的时间。

"但你太干净利落，没给他这个机会，还坐实了他原本藏起来的摇摆不定。"

傅西泠笑着说，"沈嘉措手不及，哭也不完全是因为你。"

"你觉得他为什么哭？"

"个人感觉，是因为对现状的无力和抗拒。可能还会想不通，和朋友诉苦'我也没做什么，怎么会变成这个样子'这种话。"

但沈嘉早晚会想通的。

想通之后，他会和陶佳走到一起吗？

时芷皱眉，放下手里的水果叉，靠回沙发里，不经意间转动着手串，生硬地换了个毫无意义的话题："开酒店赚钱吗？"

"你这问题有点难答。"

傅西泠视线往她手腕上落了瞬间，回答得和时芷的问题一样毫无意义："怎么说呢，事在人为吧……"

时芷打量着屋子里的陈设，目光从柜子飘到桌子又落到椅子上。

她看这些东西时，有种野心勃勃的感觉。

让傅西泠忽然想起几年前第一次见到她，她也是这种眼神，出手也非常迅敏……

傅西泠想起什么似的，又在垂头闷笑，过了一会儿才饶有兴趣地发问："你以前打过人吗？"

时芷很无语，完全不知道他在想些什么。

"……你又犯病了吗？别告诉我，你那位聪慧的姚姚小姐，不止性格跋扈，还是个搏击高手。"

傅西泠笑起来："那倒不是。"

关于他莫名其妙地笑，时芷没有多问。

她不是个喜欢刨根问底的性子，不多问的重要原因是她对傅西泠的举动并不在意。

只要不侵害到她的个人利益就好。

真正让她在意的还是沈嘉。

哪怕她身上几乎看不出失恋的状态，没有号啕大哭过、郁郁寡欢，还主动切断了和沈嘉的所有联系，也还是在意。

她只是看似波澜不惊，其实根本没放下。

甚至还在琢磨，到底要怎么报复沈嘉，才能给沈嘉“致命一击”。

这一点，傅西泠也很清楚。

所以在时芷忽然问他，有没有办法搞到这个月十七日某企业的度假山庄项目宴会邀请函时，傅西泠并不感到意外。

他早有准备般拿出手机，翻了翻，把邀请函的照片递到时芷眼前：“你说这个？”

所谓的度假山庄项目，是在郊区进行的，联合了不少投资人，主打“回归自然”的旗号，在山里建了不少别墅房型。

项目刚刚收尾。

项目的最大牵头人借着给长辈祝寿的由头，邀请了一批投资人和朋友过去捧场，为的就是打响名声。

做生意就是这样，关系利益错综复杂，也不能总做信息闭塞、闭门造车的孤狼，有些应酬也得适当参加。

但这些内情，时芷都不知道。

在她和沈嘉没出现龃龉隔阂时，曾经听沈嘉提起过这件事。

那时候沈嘉只和她说家里老人年纪大了，不想折腾，派他去参加，顺便和前辈们交流学习。

刚好是暑假前后，如果时间赶得合适，他可以带时芷一起去。

当时沈嘉说：“当是度假了，不远，两天就回来。时芷，你陪我去吗？”

刚才傅西泠说他家是做酒店生意的，时芷就在猜，会不会他有办法混进去。

但当傅西泠真的拿出邀请函，她又有些说不清的奇怪感觉，像有人写好了什么剧本，引着她往里跳。

“用人不疑”这个词，时芷并不认同。

她经历过一些事情，得到过足够的教训，便条件反射地去怀疑：“你怎么知道我想去？”

傅西泠反应很快，没有直接回答，只说那天姚姚也会在场，看时间时芷这边考试也应该结束了，就想麻烦时芷去亮个相。

顿了顿，他又说："当然，如果你想去，就更好了。"

时芷不怎么高兴地吃了块西瓜，又没理由拒绝，就这样应了下来。

高温的几天终于熬过去，考试周也在余温中结束了。最后一科考试的隔天，就是要去参加度假山庄项目宴会的日子。

邀请函上写的是晚宴，傅西泠是在那天下午开车去接时芷的。

他换了一辆更舒适的SUV，后座放着两个很大的礼盒。

时芷随口问一句，他便说："一个给明天过寿的老寿星，另一个是给你的。"

她不喜欢无功受禄，很不适应："是什么东西？"

"战袍。"

车子在高速路上开出去将近半个小时，傅西泠才忽然问时芷："我发现你挺放心我的，要过夜的行程，都不问问我住宿问题怎么安排，就敢跟着出来？"

第二章
你认错人了

时芷没打算在郊外过夜。

她不喜欢跟着别人的节奏。

时芷已经计划好了，宴会上如果能够同时遇见沈嘉和那位姚姚，一次性解决完，这件事就算到此为止。

和沈嘉是。

和傅西泠的交易也是。

暑气熬人，又连着考试有些疲惫，傅西泠车子开得稳，空调风刚好驱散高温，音乐也是舒缓的曲调，时芷扛不住困意，睡了片刻。

只是她睡得不安稳，梦见一些往事：

一辈子没有顺遂过的女人，形容枯槁，头发像是蓬草披散着。

女人已经瘦得不到四十公斤，却爆发出惊人的力气，紧紧攥着时芷的双肩："不能低头，做女人一辈子不能低头。低头，一切就都完了……"

时芷皱着眉睁开眼睛。

车子正行驶在隧道里，光线昏暗，之前放着的音乐也关了。

她一动傅西泠就察觉到了："醒了？"

"嗯。"

"喝水吗？车门储物盒里有矿泉水。"

时芷抽出一瓶，自己拧开喝了两口。

车子驶出隧道，外面阳光已经没有那么强烈了，她问："还有多久？"

"快了，十几分钟。"

抵达目的地后，时芷才发现自己把这个度假山庄项目想得过于简单了——

入口处车辆排成队。

六七个穿保安制服的男人拦在停车场门口，严查每辆车子的邀请函，核对并登记人数。

时芷耐心有限，正抱臂等得烦不胜烦时，终于轮到他们了。

傅西泠降下车窗，把邀请函递出去。

保安核对过，把对讲机举到嘴边：“放行。”闸机抬杆升起，傅西泠开车驶入停车场。

停车场里满眼的名车，几辆大型商务车附近站着携带录像设备的工作人员，也有人拿着麦克风在调试。

时芷问：“是记者？”

“不用管那些，主办方请来做宣发的。”

傅西泠把车子停进车位里，按开车门锁，偏了偏头：“走吧。”

他们在前台登记。

时芷把证件递给傅西泠时，说不上是不是她过于敏感，总觉得他接过去时多看了两眼。

她用眼睛斜傅西泠，想问他在看什么。

但酒店的工作人员比她更快一步，声音亲切地询问：“请问傅先生有带行李吗？我们可以帮忙送到房间的。”

“车后座有两个礼盒，帮忙送过来吧，谢谢。”

傅西泠在前台登记了车牌号，留下车钥匙，带着时芷乘坐观光车往山坡上走。

别墅建在缓坡上。

有些已经入住的宾客，身影出现在露天阳台和落地窗里。

邀请函上写了可以带家属，时芷看过去，有好几处其乐融融的家庭画面。

很多时候，时芷会觉得这个世界太不公平。

那些人既有漂亮皮囊，又有聪明大脑，家庭和睦又生意兴隆，简直得天独厚。

而这样的人，她身旁就坐了一个，正在和别人通电话。

车里只坐了她和傅西泠，时芷听见电话里的人提到了姚姚。

挂断电话，傅西泠说：“姚姚的车在高速路上被剐了，正在和肇事司机吵架，估计会晚点来。”

时芷点头。

傅西泠继续说：“下面的别墅房型大些，离宴会餐厅也近，基本都是安排给占股多的投资人、业内资历老的前辈住。像我们这种小辈，都是住在最上面……”

时芷对这些生意场上的人情来往不在意，左耳朵进右耳朵出，根本没有专心在听。

“所以沈嘉——”

时芷点头时的那种敷衍态度，早已经被傅西泠看在眼里，他故意顿了几秒，等时芷终于把视线转落到他身上，才弯了弯嘴角：“沈嘉就住在我们隔壁。”

时芷很快反应过来：“你做的？”

“稍微托人帮了点小忙。”

傅西泠笑着，随手指了两栋别墅的距离：“大概就离这么近，他那栋在偏上方一些。”

话是这样说，但他们入住别墅后，并没有见到沈嘉的身影。

酒店侍者送来傅西泠车上的礼盒时，时芷刚好在楼下，她开门接了东西，往别墅外面看看，傅西泠口中属于沈嘉会入住的那栋，仍然黑着灯。

傅西泠换了一身黑色正装，靠在楼上护栏边，边扣袖口边问：“不打开看看我精心为给你挑选的战袍？”

这人平时着装风格太张扬，时芷对他所谓的“战袍”并没有太多期待。

拆开礼盒时时芷还在想，如果他弄来一条粉嫩嫩的公主裙，那她宁愿穿短袖和牛仔裤去参加晚宴。

“如果衣服不适合我，我就不穿了。”

傅西泠只说：“先看看。”

缎带落在地上，时芷拿开礼盒的盖子。

盒子里躺着一条样式简洁的黑色吊带礼服，还有一双高跟鞋。她把裙装拎出来看了两眼，没再说拒绝的话，转身进了洗手间。

换好礼服出来，时芷转头看向楼上。

傅西泠两只手肘拄在二楼护栏上，垂着眸子正在看她。

在傅西泠看来，跟在沈嘉身边的时芷是紧绷的，装温柔，装开心。

他更喜欢看时芷现在的样子。

她嘴硬，喜欢也不会说出口，只会冷着脸默默换好，仰头展示给他看时，一丁点勾引的意思都没有，眼神凌厉得像是在挑衅。

礼服是高开衩设计，每走一步都能露出白皙的长腿。时芷走到沙发旁，拿出那双黑色的缎面高跟鞋，单手扶沙发，向后抬腿、穿鞋。

非常酷，也非常迷人。

傅西泠无声地挑了下眉梢。

时芷再次向楼上看时，他对着她比了个大拇指。

晚宴时间是八点钟，但入场时间是六点半。

时芷是在入场后见到沈嘉的。

不知道晚宴的座位傅西泠有没有动过手脚，也或许，她和沈嘉就是有这种孽缘，沈嘉就坐在旁边桌位。

在这之前，时芷和傅西泠协商过，无论是对沈嘉还是姚姚，他们都会展露出情侣的状态，只不过说辞不同。

不知道那位姚姚小姐的车子事故问题处理得怎么样了，沈嘉是一直在看时芷这边的，神色复杂，目光渐渐从震惊转化为痛苦。

时芷很了解沈嘉，知道怎么样让他更难过。

但还不等她出手，傅西泠已经把手臂搭在她的椅背上，凑过来，用一种说悄悄话的亲密姿势："我们说点什么好呢？"

时芷好笑地看了傅西泠一眼："你那位姚姚小姐，还没到吗？"

"没看见，估计没到吧。"

傅西泠看着她的目光倒是演得挺含情脉脉，就是嘴上不正经："要不，我给你背几句文言文？我记性还行，高中那些还记得。"

时芷用手捅他肋侧："没得说就坐好！"

台上有主持人做开场致辞，那些受邀前来的记者和摄影团队也围在前排。

那些经过修改的广告词冗长且乏味，时芷听得犯困，和傅西泠打过招呼，就去了洗手间。

从洗手间出来，沈嘉就等在外面。

沈嘉今天穿了整套白色西装，垂着头不知道在想什么，看见时芷，他慌忙拦在她面前，急急去抓她的手腕："时芷，时芷我们谈谈！"

时芷很平静："谈什么呢？"

"我不知道傅西泠和你乱说过什么，他没安好心你知道吗？我和陶佳不是你想的那样，我明明没有……"

沈嘉很少露出这种激动的神情，但他越激动，时芷就越平静："所以……陶佳微博里的那些评论是傅西泠发的，隐瞒陶佳存在的是傅西泠，犹豫不决、不知道自己究竟喜欢谁的也是傅西泠？你现在，是在和我谈论这些吗？"

沈嘉张了张嘴，最终只问出一句："你什么时候认识他的？"

"你生日那天。"

时芷开始杀人诛心，慢慢细数着："傅西泠比你长得好，比你聪明，也比你有钱……"

身旁突然传来一声轻笑，傅西泠不知道什么时候来的，正靠在旁边看热闹。

时芷不着痕迹地瞪了傅西泠一眼，警告他不要乱说话。

傅西泠慢慢走过来："我们呢，也算是一见钟情吧。本来小芷还有些犹豫，但刚好你不老实，让她伤心了。说起来，你也算是我们的媒人，回头我们办婚礼给你坐主桌？"

傅西泠比沈嘉高出半个头，长相又不是温文尔雅那一类的，站在时芷旁边，皮笑肉不笑地垂着眼睛看人时，很有压迫感。

他说："所以，这位主桌嘉宾，你打算什么时候放开我女朋友？"

时芷把手抽出来，抱歉地对沈嘉一笑，傅西泠虚揽时芷的肩，带着她往外面走。

沈嘉像是终于稳住情绪："傅西泠，时芷她不喜欢你这种的。"

傅西泠停下脚步，却只说："这个就不劳你费心了。麻烦你转告陶佳，别再给我发信息、打电话了，谢谢。"

合作这么多天，时芷第一次对自己的合作伙伴做出评价："我发现你比我刻薄多了。"

傅西泠把她的话当夸奖来听，还笑了两声："不敢当。"

"你刚才叫我什么？"

"小芷。"

"再让我听见你这么叫我，我会动手的。"

宴会厅里不知道是哪位业内人士在发表讲话，说度假山庄项目旨在打造新型酒店，让人与自然更加亲密……

时芷胃口很差，山珍海味也只动了几筷子，傅西泠问她："坐烦了？"

时芷皱眉反问："你那位姚姚小姐还没来吗？"

"不用等她，走吧，带你回房间。"

离席时，她往沈嘉那桌瞥了一眼。

有个座位是空的。在洗手间外碰面后，沈嘉似乎没再回到宴会厅。

回到别墅，时芷靠在户外的露台栏杆上，向沈嘉住的那栋看去。

傅西泠走到她身边，陪着她一起看了两眼，忽然开口："别想着吃回头草啊。我这边为了跟你合作，算是放弃了和沈嘉做生意的所有可能。"

"你们不是同行吗？"

"同行也不都是纯粹的竞争关系吧，商场里哪有永远的敌人。"

沈嘉那边的灯亮了。

沈嘉顿住脚步，隔着不远的距离，在往这边看。

时芷问傅西泠："你很介意得罪未来有可能的生意伙伴？"

"不介意。生意伙伴有得是，怎么了？"

时芷不答，攥住傅西泠的衣袖，靠近些，举止暧昧地抬起手，解开他衬衫领口的一颗扣子。

傅西泠是背对着沈嘉那边的，但他看见了落地窗上映出来的影子，也明白时芷在打什么主意。

"确定不找沈嘉复合了？"

时芷"嗯"了一声。

"那你别动，我来。"

傅西泠忽然揽住时芷的腰，把人按进怀里，他目光深沉地看着她的眼睛，然后低头凑了过来。

傅西泠没碰时芷。

他只是做了个错位的动作，也许从沈嘉的角度来看，会觉得他们是在拥吻。

他们确实挨着很近的距离，几乎在交换彼此的气息。

谁都没闭眼，就这么静静对视着。

傅西泠在晚宴上没有喝酒，用半杯柑橘味的苏打水打发了所有和他举杯的人。

见面次数多了，时芷发现傅西泠这个人并不像她想象中那么自我，某种程度上来看，他也是有绅士风度的。

在和时芷共处的空间里，傅西泠不吸烟；开车或者有事情要处理时，傅西泠也不喝酒。

刚才在宴会场里走了一圈，他身上也还是清爽干净，只有木调香水沉稳柔和的味道。

傅西泠偏了偏头，拨开时芷脸颊上一缕被夜风吹乱的头发。

他的鼻息落在她脸侧，带着若有若无的温热。

过去时芷和沈嘉接吻，都还没有过这样暧昧的氛围。

沈嘉太过于彬彬有礼，亲吻前总要问一问"可以吗""能亲你吗""时芷你害怕吗"，而且吻她额头的次数更多。

相比之下，傅西泠的侵略性很强，哪怕他什么都没做。

时芷很少有这种感觉，像是被微小的电流爬过皮肤。

他们不是没有过身体接触，之前和傅西泠在B大校园里“演戏”，她也经常挽他的手臂，都是心无旁骛，并没有过丝毫紧张。

今晚有些反常。

时芷呼吸乱了些，皮肤发烫。她不喜欢自己这种反常，皱了皱眉，突然踢了傅西泠一脚。

傅西泠“嘶”了一声，躬身，笑着把额头抵在时芷肩上：“你对你的合作伙伴，就这么下得去手？”

时芷高傲地仰着头，像只黑天鹅。

风吹动她的裙摆，她说：“抱我回屋里。”

傅西泠调侃：“怎么抱，公主抱？”

“可以。”

傅西泠轻轻松松把时芷抱起来，往敞开着的阳台门里走去。

夜色沉沉敌不过人工光源，别墅与别墅间连接的木制阶梯遍布灯带。

光线足，时芷能看清沈嘉僵立在那里，身形像周遭寂静落寞的一棵树，也能看清他通红的眼睛。

回屋后，时芷在傅西泠怀里挣了一下，傅西泠便松了力道。

她落地站稳，拿起遥控器，关了落地窗的所有窗帘，坐进沙发，没有再说话。

沈嘉应该有很多个不解。

不解为什么她会出现在度假山庄项目，不解为什么她会和傅西泠搅在一起，不解她和傅西泠究竟说过陶佳些什么……

也许沈嘉会感到难过、不甘心、迷茫。

那样最好。

因为时芷也经历过这些情绪。

明明他们感情很好很好，沈嘉生日会前的某个晚上，他们还约过会。

那天沈嘉送她回学校的路上，钩着她的手指，和她商量：“时芷，等你放暑假后没那么忙时，想不想和我爸妈见见面，一起吃个饭？”

时芷是答应了的。

那次的隔天早晨，沈嘉突然出现在楼下，提着一盒烧卖对她笑：“家里阿姨做的，太好吃了，我尝了一个就赶紧给你送来了。”

时芷也的确很心动。

可能沈嘉永远都不会明白，在时芷这种生活环境里长大，见过了那么多人性的复杂、善变，她对感情这件事有多不信任。

这个世界是巨大的敌人，她选择了沈嘉。

选沈嘉来做她同盟抗敌的伙伴，想和沈嘉并肩同行一路走下去。

但沈嘉犹豫了。

是他在只属于他们两个人的路程里，先写进了第三个人的名字。

之前时芷非常生气，也非常烦闷。

她很理智地想要把自己的所有情绪波动也归为理智，所以她没说过“分手”这个词，以为自己的所有情绪都因为“背叛”。

也是直到今晚，时芷才想明白，自己其实只是失恋了。

时芷很想像个女侠一样快意恩仇、果断、绝不拖泥带水，但她突然发现，自己好像比想象中要脆弱些。

所以在报复过沈嘉后，她也没有想象中那样开心到想要仰天大笑……

想做的都做完了，时芷只觉得有些累。

是那种万事尘埃落定后的疲惫。

她靠在沙发里，闭着眼，好半天都没说话。

再睁眼时，她发现傅西泠就坐在自己对面的椅子里，手里玩着酒店房间里配备的一盒火柴，正在看她。

“看什么？”

“看你打算什么时候理我。”傅西泠随口开了个玩笑，然后把客房服务的菜单递过来，“要不要叫点东西吃？”

时芷摇头，从沙发里摸出自己的手机，点开打车APP，想要叫出租车。

来之前她没想过这边不好打车，还以为是那种民宿遍地的老风景区，游客多，各类服务都已经成熟。

现在的情况是，附近车辆过少，需要等待的时间无休止地在增加。

晚宴上傅西泠也没吃几口，原本是想吃夜宵的。

可只有自己吃没意思。

他看时芷一直在摆弄她的手机，笑着凑过去，也跟着看了两眼：“别瞎忙活了，这地方叫不到外卖……”

等真正看清她手机界面的内容，傅西泠才敛起笑容。

可能是这边太偏远，根本没有司机接单。

时芷正在勾选更贵的车型，傅西泠的手已经伸到她面前。

他拿走了她的手机，语气不太好：“你要回市区？”

“对。”

傅西泠把行程取消了，手机丢还给她：“你胆子也是够大，大半夜的，这么个荒山野岭的偏僻地方也敢打车。走，送你回去。”

时芷结束之前的失神状态，抬眼看他：“你不用等那位姚姚小姐来了？”

傅西泠笑了一声，从表情来看，更像是被气笑的：“等有什么用？你人都走了，等她来，我给她说单口相声吗？”

傅西泠很干脆，拿了车钥匙就往外走。

那些栈道阶梯上的照明设备都很明亮，但作为新项目，酒店非常贴心地为客人准备了手提款的小夜灯。

他提了一盏，走在前面。

他们没叫酒店的车来接，一路走下山去。

路漫漫，夜幕缀满星光。

时芷穿着高跟鞋一步步远离沈嘉那幢别墅，没再回过头。

她情绪不高，但也知道傅西泠可能生气了，还是主动开口：“合作是我没有做到，下次有机会再帮你。”

傅西泠倒也没揪着不放：“不算完全没帮到。遇见那么多长辈和朋友呢，知道我身边有人，总会有人去和姚姚说的。”

宴会厅里的热闹还在继续，他们抵达山脚下的停车场时，主办方正组织工作人员燃放烟花。

那么璀璨的礼花炮，时芷没有抬头看，直接钻进副驾，扣好了安全带。

傅西泠也没看，他绕到车子后面，不知道在后备箱里拿了什么东西，又拉开副驾驶的车门，把三瓶红酒放在时芷怀里：“就这么多了。”

时芷意外地抱住酒瓶，第一次和傅西泠说了“谢谢”。

车里有一套开瓶器，时芷开红酒开得很熟练，拔掉软木塞，仰头喝了两口。

她身上还穿着那条黑色的礼服裙，坐在车里一声不吭闷头喝酒的样子，非常带劲。

傅西泠给了时芷一些安静的时间，在她开第二瓶酒时，才逗她：“喝这么多，别吐车上。”

时芷喝酒脸不红，好像还有点越喝越白：“太小看我了。”

顿了顿，她问：“陶佳真的还在联系你？”

“偶尔。电话没打过，我故意气沈嘉的。”傅西泠说，陶佳只是偶尔给他发个信息或者微博私信什么的，一般都是节日祝福，没有特别的内容。

他说完问时芷：“怎么，你又想到什么报复人的点子了？”

时芷拿着红酒瓶，晃了晃：“没有。我不会再做什么了，和沈嘉的事就到此为止，我已经不想在他身上费心思了。”

时芷承认这段感情里她不够纯粹，动过太多小心思。

过去沈嘉给她买便当，她也会留意。

她认为如果一个人觉得某种食物难吃，是不会买给别人的。

她揣摩着他的行为，很快摸清了沈嘉的喜好，故意把自己也伪装成他会更喜欢的那种形象。

“我以为我在利用他，但好像又不是。”

傅西泠还是第一次见时芷这样。

报复完前男友，也没觉得她有多么开心，还喝闷酒。

他当时并没有意识到什么，还在态度很随意地和时芷聊着天，问她：“他是你初恋？”

“算是。”

“……你喜欢沈嘉什么啊？”

时芷答得很流利：“成绩好，踏实，温柔，家境好。”

傅西泠还笑了笑：“就你说的这种人，在你们B大里应该一抓一大把才对。”

时芷没有回答，又仰头继续喝酒。

她喝空了两瓶红酒，静静看着窗外的夜色，很久之后才说：“是有很多。”

她说这句话时，车子刚好要换道，傅西泠分心看了岔路口的引路牌，等他真正反应过来这句话的含义，才蹙起眉心。

时芷是在说：

B大是有很多成绩好、踏实、温柔、家境好的，但她选了沈嘉。

因为，她只喜欢沈嘉。

这是傅西泠第一次察觉到，原来时芷之前攒足了劲想要报复的行为，也是一种余情未了。

时芷的酒量确实不错，车开回市区时，她已经握着第三瓶红酒喝了小半瓶。

B大刚进入暑假，宿舍回不回都无所谓。

至于酒吧，那不是她的家，她只是舅舅和舅妈手里的免费劳动力、不用花钱雇佣的多职员工。

她想喝酒。

想把自己那点不知道从哪里进化出来的柔情都忘掉。

酒伴也找不到合适的人。

想想酒吧里的那几个伙伴，万冉、老钱和玲玲这三个，酒品方面一个比一个差。

根本不是什么如她意的酒搭子。

万冉受过情伤，喝多了就开始骂男人，无差别攻击，恨不能让世界上所有雄性动物灭绝。

老钱喝酒时话倒是不多，就是烟一根接着一根不停地抽，喝仨小时能抽进去一盒半。因为工资低，买的也都是价格便宜的香烟，味道更辣，熏得人睁不开眼睛。

至于玲玲，三杯啤酒必醉。再多喝一点就能表演节目了，站在椅子上用破音的嗓子高歌各种 KTV 经典曲目……

时芷没想好要去哪里打发这一晚上的时光，偏头看了眼傅西泠，问：“带我去酒店吗？”

不得不说，傅西泠这个人真的很会来事。

他没有像纯情小男生一样，惊慌失措地问“去酒店干什么啊”，也不像那种脑子里都是乌七八糟废料的油腻男人，顺口就开带颜色的玩笑。

他握着方向盘下端，表情和语气都没变，好像她提出什么问题都并不奇怪，态度很平常地和她玩笑：“去我家开的，还是去沈嘉家开的？”

时芷说：“都行，随便。”

但傅西泠想了想，关掉车载导航，否定掉自己提出来的两个选项：“去我家，酒多，随便喝。”

时芷换过很多住处，但她已经很久没有家了。

她突然很好奇，像傅西泠他们这种有钱人的家，会是什么样子。

车子很快行驶到傅西泠家的附近，他偏头看了看时芷手里的红酒，酒瓶里还剩三分之一：“喝不动了？”

“没有。”

时芷把瓶口塞上软木，不打算继续：“总觉得你家的酒应该更好喝。”

傅西泠家确实有不少好酒。

他家老爷子高血压，私人医生和家里人都严格控制他酒量，但生病的事情又不好到处宣扬，生意上的合作伙伴和不常聚的朋友都不知道。

生意铺得大，人脉自然也广。逢年过节到了礼尚往来的时候，经常收到名贵烟酒。

大部分酒水都被傅西泠的母亲做主，差人送到傅西泠这边，免得老爷子馋嘴偷喝。

傅西泠把车停在地下车库里："倒是不怕我喝出酒精肝来。到了，走吧。"

时芷很少穿高跟鞋，又喝了不少酒，下车时趔趄了一下，一把扶住车门。

傅西泠从驾驶位那边绕过来，车钥匙放在了她手里，直接把她抱起来："锁车。"

时芷没拒绝："哪个是锁车？"

"图案像锁的那个，按一下。"

他一路抱着时芷，到家门口才把人放下来。

傅西泠家地段好，二百多平方米的平层只有他一个人住，用了一个房间专门放酒。

他推开那个房间的门，开灯："酒都在这儿，你自己选。"

时芷挑了瓶红酒，靠在墙边，回头去打量这套房子。

落地窗外不知道是什么公园，湖面映着灯光，视野极佳。

时芷一直很想有个家，看着傅西泠拉开和橱柜融为一体的巨大零嵌款冰箱，多少有点嫉妒。

在他递苏打水给她时，时芷问："你是不是，没遇见过什么真正让你不顺心的事？"

傅西泠拧开苏打水，还挺认真地想了想，然后很遗憾地说："可能没遇见过。"

他说："这世界上大多数问题都能用钱解决，很不巧，我们家非常有钱。"

听得时芷想把苏打水浇在傅西泠头上，灭灭他的嚣张。

时芷喝了一口，皱眉。

傅西泠问："不喜欢？"

"不喜欢。"

傅西泠重新拿了瓶矿泉水给她："我二姨说这东西对身体好，最开始我也不喜欢，现在习惯了。"

"我要是像你这么有钱，也会惜命的。"

"时芷。"

"嗯？"

"要是想大哭一场，我可以出去，把房子留给你。"

时芷只是笑了笑："我是伤心，但也没有你想象的那么伤心。追我的人有很多，选沈嘉很大原因是他家条件不错。我和他从最开始就有我自己的算计，我不是那种为爱情要死要活的人。”

虽然她这些话听起来，很像是不擅长示弱的人的自我安慰，但傅西泠没再说什么。

这个晚上，他们相处得还算和谐。

客厅铺着地毯，时芷坐在上面，背靠着沙发慢慢喝酒。

傅西泠就在旁边坐着打游戏。

时芷那边半天没什么动静，傅西泠察觉到了，盯着电视屏幕：“酒喝完了自己去拿。”

不知道她在想什么，没回答，于是傅西泠暂停了游戏，放下手柄，看过去——

时芷静静地看着窗外，眼睛很亮，目光很凉。

她是那种冷白色皮肤，喝了几瓶红酒，脸还是白皙的，只有唇色染得像玫瑰花瓣。

黑色礼服裙摆堆叠在膝盖处，露出线条迷人的小腿。

傅西泠去存放酒水的房间，拉开酒柜，挑最贵的红酒拿了两瓶，坐到时芷旁边：“需要我陪你喝？”

傅西泠最初是没打算碰酒的。

他带了个姑娘回家，进门要是先把自己给喝多了，算怎么回事？

“不需要。”

时芷喝红酒不用高脚杯，也不醒酒，有点暴殄天物地拿着酒瓶喝。

但她喝酒时，动作实在很美。

一头乌黑的长发散落肩头，脖颈向后仰，像黑天鹅。

喝完，时芷对着傅西泠露出微笑，很勾人。

她说：“你刚才想吻我了，对吧？”

傅西泠不置可否。

他用开瓶器开了一瓶红酒，拔掉软木塞，发酵过的果香弥漫开来。

傅西泠挺认真地看着时芷的眼睛：“但凡换个人这么和我说话，我都会觉得她是想勾引我。你要是没那个心思，就老老实实喝酒。”

时芷很有那个心思。

她对傅西泠这个人不算感兴趣，他是什么性格、行事究竟出于什么原因，这些她都不想深思。

时芷只是突然发现，自己不抵触和傅西泠身体接触。他抱她时，她也会心跳加速。

傅西泠可能点了什么外卖做夜宵，拿着手机在看订单配送信息：“还有二十分钟……”

时芷完全没在听。

和沈嘉在一起时，她精于算计和沈嘉的未来，甚至考虑过婚姻。她整天忙着扮演文静内敛，从来没做过什么特别随性的事情。

连接吻也都接得平平淡淡。

傅西泠不一样。

各取所需，不需要考虑这么多，她放下酒瓶，跨坐在他腿上。

傅西泠是没什么行动的，他蹙了蹙眉心，往后仰了一下，挺沉默地盯着时芷看，还问她是不是喝多了。

“没喝多。”

时芷是没喝多。

她就只是单纯地想试试，和傅西泠这样的人接吻是什么感觉。

这么想，她就这么做了。

时芷身上有酒香，眨眼时睫毛像蝶的翅膀，轻轻扇动两下，然后闭了眼睛。

傅西泠的定力还可以。

他本来还想说，算了，她毕竟才刚失恋，又喝了这么多酒，让她亲个一下两下的，就当是让着她吧。

但时芷非常猛。

根本不是酒劲上头的那种逮住谁都能吧唧亲一口的耍酒疯行为。

她张嘴了，傅西泠也就没忍住，扶着她的后脑勺狠狠亲了回去。

他们亲了十几分钟，直到外卖小哥来送餐，按响门铃，才停下来。

傅西泠去门口拿了外卖，关门，抬手抹掉唇边一丝血迹：“你是小学生吗，还咬人？沈嘉没教过你怎么亲？”

时芷眼睛很亮，唇很红。

她说：“那你教我。”

外卖没拆，被傅西泠随手放在玄关的柜子上。

他走回客厅，捞起沙发里坐着的时芷，禁锢着她的腰重新吻上去。

他们吻得有点凶，皮质沙发被压得发出声响。

但也只是接吻。

礼服裙的吊带从肩头滑落，傅西泠抬手帮时芷提起来。

他滴酒没沾，理智还在，手臂撑着沙发两侧，额头相抵：“睡主卧，还是睡客卧。”

时芷气息很乱，仰着头回视他：“客卧。”

他一笑："那就别再亲了，容易出事。"

隔天早晨，傅西泠起床时，客卧已经没人了。

只有定时来打扫卫生的阿姨，在客厅收拾那些喝空了的红酒瓶。

阿姨说："早晨有个小姑娘让我转告你，说借你一件衣服穿。"

傅西泠在衣帽间翻了翻，他衣服太多，也分不清时芷穿走了哪件。

他给时芷发了微信，问她人在哪儿。

时芷回复得并不积极，一上午都没个音讯。

一直到中午，傅西泠开车到B大接上周朗，两人到之前去过的那家小龙虾店里落座，手机才响了一声。

时芷只回他两个字——

学校。

周朗是真的爱吃这家小龙虾，点单时直接要了两大份。他边点单还边打量傅西泠："心情不错，中彩票了？"

傅西泠对着屋里录了几秒视频，发给时芷，说自己在B大附近这家店，问她来不来。

见时芷没回，傅西泠又多发了一条：我开车过去接你？

这条信息发出去，消息框前面多了个红色叹号。

显示着：信息已发出，但被对方拒收了。

时芷单臂抱着礼服裙，手提高跟鞋下车。

烈日炎炎，离开出租车的空调冷气，像被丢进蒸笼里。

难怪那些有钱人要跑去山里开酒店，确实是挺避暑的。

万冉已经等在酒吧门口，指间夹着一截细细的女士香烟，靠在屋檐下躲避阳光，声音懒得像刚刚睡醒："这么早找我过来，算不算加班？"

时芷从包里翻出酒吧钥匙丢给她："不算，午饭我来请客。"

舅妈是个"周扒皮"，加班费用就算填在万冉的工资条里，也不会结的。

这点她们都心知肚明。

万冉拿了钥匙去开卷帘门上的锁，随口问："这阵子干什么去了，气色不错。"

这阵子……

时芷心想，气色不错只能说明傅西泠家的酒好。

她昨晚喝了那么多酒，早晨起来头不疼，也没有浮肿，居然还能被人说气色好。

酒吧里空气浑浊，有种烟酒混合的味道。

时芷找了张洁净的桌子，推开旁边一扇窗，把礼服和高跟鞋放在桌面上："帮我估个价。"

万冉过去接触过一些有钱人，现在社交账号上还在回收、挂卖闲置的奢侈品。

算兼职，也算退路。

她拿起裙子和高跟鞋看了看，又拿出手机，不知道是在和谁联系，过了十几分钟，才重新打量坐在对面的时芷："这礼服你从哪里弄来的？"

时芷没提傅西泠的名字，只简单说了有人托她扮个挡箭牌的事情。

"这是品牌新款，国内买不到，挺贵的。"

"大概多少钱？"

"十几万吧。"

时芷知道傅西泠出手阔绰，但没想到一条裙子能贵成这样，当即皱了皱眉："……你确定？"

"前阵子某明星出席活动穿过一条，照片拍得特别好看，都出圈了，很多富婆想要同款，正火着呢。"

万冉看了眼群里的消息，估计着情势："你要是真想出掉，这个星期内我就能帮你搞定。鞋就没那么贵了，顶多卖到一万五。可以吗？"

时芷没犹豫："可以。"

万冉有自己的渠道，在群里回复着同行姐妹们，忽然指尖顿了顿，戏谑地看向时芷："肯在你身上花这么多钱，那个人是不是想泡你？"

"他花钱就这种风格。"

时芷没再多说，让万冉尽量想办法把价钱卖得高一些。

万冉比了个"OK"的手势："放心吧。"

天气热得人茶饭不思，午饭她们在隔壁饭馆随便叫了两个菜。

正吃着，时芷的手机响了。

来电号码是一串陌生数字，又是步步高的那种顺子号，她心里已经有了猜测。

接起来，果然是傅西泠。

时芷其实很少接到陌生电话的来电。

她平时用两张电话卡，给同学和老师留的都是校园卡号码。

那个号码常年设置"静音陌生来电"功能，非通讯录联系人的号码，一概不提醒。

她的人际关系简单，另一个号码知道的人也十分有限。

所以时芷接起电话，最先问的是："你又找人打听我了？从哪里找到我手机号码的？"

手机里传来傅西泠的轻笑。

他那边似乎很安静，和笑声一起漾在空旷里的，还有打火机点烟的声音，咔嗒。

时芷忽然想起昨晚，他们在沙发里接吻。

和傅西泠接吻很有感觉，唇齿间的辗转令她头晕目眩，是她从来没有过的体验。

但在她偏头想亲他的耳朵时，被傅西泠拦下来了。

傅西泠那时候的笑声，和刚才差不多。

他盯着她看了好几秒才说："你也别……太恃靓行凶了。"

电话里，傅西泠似乎是不紧不慢吹出一口烟雾，才回答她的疑问："之前你说过一次，我记性还可以。"

时芷忘了自己在什么情况下报过手机号码，仔细想想才反应过来，是昨天在别墅酒店前台登记的时候。

"找我有事？"

傅西泠那边不再笑了："没什么事，就问问拉黑我的原因。"

拉黑傅西泠的时候，她正在校门口等车。

天本来就热，稍微站几分钟就已经晒得人眼冒金星。傅西泠一直发信息过来，手机嗡嗡的在手里振个不停。

时芷手机的屏幕亮度调得低，阳光太刺眼时根本看不清里面的内容，她不得不走到公交车站的广告牌后面，找背阴处查看。

校门口的公交车站不让停车，时芷看完信息还要走回原地，等她的网约车。

折腾第二趟时，她的耐心告罄，抬手抹掉额头的汗，直接把傅西泠拉黑了。

时芷认为，成年人之间该有这种默契。

她和傅西泠昨晚之所以会亲到一块去，是因为他们在那个时候都想那么做。

并不是什么感情上的羁绊，也不是亲几下就代表她会把自己的所有时间拿出来和他聊微信。

所以她回答得也很简单："你话太多。"

意思是，除了合作的必要联系，不需要总是发微信过来打扰她。

傅西泠那边只说了个“行”字，就把电话挂了。

万冉已经在联系卖家了，午饭都没吃几口，就放下筷子去给礼服拍照。

很多人对那条礼服感兴趣，再加上万冉和她的姐妹们舌灿莲花。

仅仅半个小时之后，万冉非常欣喜地和时芷汇报情况：“能卖个好价钱，比原价还高，有人愿意多出钱。”

时芷没有说“谢谢”，只应许说，卖出去比原价高的部分会分给万冉三分之一作为报酬。

万冉嗓子伤成这个样子，要不了多久，就不能再靠唱歌吃饭了。

时芷知道她早晚要转行，也许会去当个专职的“倒爷”，这是需要钱的。

万冉行动很快，第三天已经把礼服寄出去了。

价格卖得非常好，比原价多了三万块，时芷的银行卡里一下子增加了近二十万的数额。

时芷也是在看到那些数字时，才突然明白之前答应和傅西泠合作时的怪异感。

有这笔钱，傅西泠完全可以找个小演员来扮他的挡箭牌。更专业，更听话，而且单方面的经济控制，总比双方各有所图的合作要省心得多。

他究竟为什么盯上她？

钱收到之后，时芷直接把属于万冉那部分先转了过去。

她不喜欢利用人情关系，更喜欢明算账。

算完万冉这部分，就到了傅西泠。

这三天里，时芷和傅西泠完全没有联系过。

她一直在酒吧里。

舅妈和时芷联系过，说的是：“有个生意需要出差，两星期左右才回来。反正你也放假了，帮舅妈多盯着点店里生意。”

其实是舅舅家的表妹也放暑假了，舅舅和舅妈带着表妹去了南方旅行。

表妹的朋友圈一天更新好几条动态，分享所见所闻、美食美景。

一家三口其乐融融。

待的时间长了，时芷渐渐发现酒吧里的反常。

尤其是在核对最近两个月的各类账单时，她心里突然有了个猜测。

也许，她知道了傅西泠来酒吧的真正目的。

时芷打算找傅西泠谈谈，但暂时不提这件事，只把卖礼服和高跟鞋的钱先还给他。

她打电话过去。

傅西泠在好几声忙音后，才终于接了电话。

时芷开门见山，直接问他人在哪儿。

傅西泠说："在家。"

"哪个家？"

"你来过的那个。"

脑海里浮现出一些暧昧片段，时芷下意识抬手摸了两下脖颈："今天要出门吗？"

"目前没打算。"

傅西泠应该是听懂了她的意思，问："你是要过来？"

"嗯。"

傅西泠却没答应："你别来了。"

顿了顿，他才补上一句："晚点我过去找你，在哪里见面？"

"酒吧。"

"到了给你打电话。"

酒吧的生意依然很惨淡。

九点多也只有四五桌客人，万冉在台上唱得心不在焉，忘词了好几次。

玲玲热伤风，又是咳嗽又是流鼻涕，吃了两顿药也不见好，整个人病怏怏地趴在桌子上，竟然提起傅西泠："唉，金主好久不来了，都拿不到酒水提成，钱哥，我这会不会是积郁成疾……"

老钱也说："免费洋酒也蹭不到了。"

玲玲更郁闷了："也没有免费果盘吃。"

正是在这个时候，时芷的手机振动。

她按断来电，提着早已经准备好的帆布袋子从酒吧走出去。

街道冷冷清清，傅西泠的跑车就停在不远处。

他大概是看见时芷了，闪了一下灯。

时芷不懂车，不知道他这辆超跑买的时候就是这种配色，还是自己改装过。

总之挺酷。

哑光黑色隐匿在暗夜光线朦胧的老旧街道，车灯是红色，像恶龙的眼睛。

傅西泠下车，周身清爽，时芷走到他身边都能闻到薄荷沐浴露的味道。

只是他的语气比平时略沉一些："找我？"

时芷心很大，没觉得拉黑傅西泠是什么得罪人的大事。

他们之间本来就不需要那么多联系，有事又不是找不到人。

她把手里的帆布袋递过去："给你。"

傅西泠没接，挺安静地盯着时芷看。

时芷被他看得不自在："你接一下啊，很沉！"

傅西泠这个人，说到底过的都是要风得风、要雨得雨的生活。

比旁人多了些涵养和耐力，但也不是完全没有脾气的。

那天电话里时芷说的那句，他其实是生气的。

但这个破地方，不像度假别墅那边，总有驱蚊香薰，在外面提着夜灯走一路也不会遇见蚊子。

现在就有一两只蚊子围着时芷在飞。

傅西泠就这么沉着脸，抬手帮她轰了一下："买的什么？"

"什么买的什么？"

傅西泠接过帆布袋。

比想象中沉，里面都是现金。

"礼服和高跟鞋卖来的钱。"

时芷把流程大概说了一遍，包括分给万冉那部分也说了："渠道是万冉联系的，没她我也卖不到钱还给你。多出来的两万块也在里面，就算是还你一点酒钱吧。"

天热，时芷只穿了吊带装和短裤。

她素着一张脸，头发很随意地用吧台里的碳素笔绾起来，抬手扇了两下，赶跑锁骨旁跃跃欲试的蚊子："后来你开的那瓶红酒太贵，我暂时先还你这么多。谢谢你的酒。"

他这边还气着呢，时芷却好像一点也没看出来，说谢谢说得还挺诚恳的。

傅西泠一股火就这么堵在胸腔里，不上不下。蚊子还特多，围着时芷凑热闹。

傅西泠把那袋子钱丢进车里："你回去吧。"

傅西泠的车一路开到限速最高值，回家时把防盗门摔得震天响，站在玄关生了几分钟闷气，又转身出门，去车库拿那袋子现金。

钱这个东西，傅西泠并不在意，他从小没吃过苦也没缺过钱。

但那袋子钱是时芷卖礼服换回来的。

他想起上次时芷来他家，站在客厅认真打量室内的每一处陈设。

当时他们在聊苏打水，她说："我要是像你这么有钱，也会惜命的。"

最初傅西泠托人在B大打听时芷这个人，听说过的版本都差不多——

他们说时芷长得好看，大一刚开学那会儿就有挺多学长跃跃欲试，但没有一个搭讪成功的。

她性格太傲，像个清高的小公主。平时也喜欢独来独往，上课、吃饭经常是一个人。

家境应该是不错，有亲戚在这边做生意，和沈嘉挺搭的。

在傅西泠看来，时芷手里的钱并不宽裕。

她只是气质好，穿什么都好看，又在沈嘉身上花过一些心思，懂得"服饰不在多而在精"这个道理，连小吊带都是质感很好的轻奢品牌。

成绩好，漂亮，神秘。

所以成了他们眼中的"清高小公主"。

那都是误判，就她那些强势的野路子，哪点像小公主？

哪个小公主收到礼服不高兴，她竟然卖了礼服来还钱。估计是懒得问他的银行账户信息，直接取了这么大一袋子现金。

界限分明，生怕和别人多挨上一点人情。

傅西泠提着那袋子现金回来，往沙发上一丢。

帆布袋装得太满，撞在沙发上堆叠着的软靠垫上面，歪了歪，里面捆成沓的现金就这么噼里啪啦掉出来，落在地毯上。

然后，露出一角黑色布料。

傅西泠把布料拎出来看。

是一件短袖T恤，黑色，是他的尺码，也是他最常穿的品牌。

新的，商标价签都还在。

前几天阿姨说时芷穿走了他一件衣服，估计这就是用来还给他的。

非得分这么清？

傅西泠气归气，但其实他是欣赏时芷的行事作风的。

爽快，利落。

说过"和沈嘉的事就到此为止"这句话，无论喝几瓶酒也绝不会为沈嘉掉一滴眼泪。

和傅西泠是合作伙伴，哪怕知道他不缺钱，也绝不多占便宜。

傅西泠把那件T恤换上，对着镜子看了两眼，拨通时芷的电话："找你有正事。”

她所在的那间小破酒吧，空调设备都是年久失修的老机器了，不怎么管用。

估计她是热得不舒服，声音都是懒倦的，还有点不耐烦：“有正事刚才见面时你怎么不说？”

傅西泠扯掉T恤的标签：“蚊子多，心烦，没想起来。”

过几天，他们这圈小辈有个聚会。

都是各家生意的接班人，每年都会按照惯例走动几次。

今年本来是定在户外的，烧烤、露营、玩飞盘。

但气温实在是过于折磨人，真要在户外，搞不好还得带着私人医生去，免得这群少爷小姐中暑。

他们玩乐的事情长辈们很少掺和，这次例外。

最近傅西泠家里和姚姚家里有意向让两个孩子多接触，姚姚妈妈联系过傅西泠的妈妈，姚姚也给傅西泠打了电话。

姚姚和傅西泠说，露营太热，他们想借他家酒店顶层的场地做个泳池派对。

傅西泠答应了，然后约时芷：“你来吗？”

时芷那边隐约有万冉哼唱的歌声，她没犹豫：“时间地点和我说一下。”

傅西泠一一回答：“到时候，是我去接你，还是你自己过来？”

“我自己过去。”

直到泳池派对前，他们都没再联络。

派对当天，挺多年龄差不多的朋友都在，傅西泠没上楼，就靠在酒店大堂里玩手机。

有朋友姗姗来迟，碰见他：“欸西泠，你怎么还在这儿啊，不上去？”

傅西泠看了眼时间：“我等人，你们先玩。”

那朋友哈哈笑着：“听说了听说了，谈女朋友了是吧？你等吧，我先上去找他们了啊。”

时芷记得和傅西泠约定的时间，她也没有迟到的习惯。

只是这天有点不巧。

酒吧里来了个无理取闹的顾客，闹事，喝了三杯酒，不知道是喝多了还是纯粹想讹人，非说酒调得不够地道，不想给钱。

生意不好的店是这样的。

价格定得都过于便宜，本来就很少能吸引来优质客户，也没有保安之类的工作人员，碰见无赖是常事。

对方嚷嚷几句，就把玲玲给唬住了，吓得她眼泪在眼眶里打转，看着就很好欺负。

这种人都欺软怕硬，见玲玲这样气焰更加嚣张。

时芷刚换完衣服准备出门，就听见楼下吵吵嚷嚷的声响，还有摔东西的声音。

她跑下楼就看见老钱护在玲玲前面，地上一地的碎玻璃。

万冉正举着手机录像取证，时芷镇定自若地对万冉略点了一下头，大步走过去，推开老钱："有什么问题吗？"

那人嗷嗷喊着："你一个丫头片子能解决什么，叫你们老板来！"

时芷沉稳道："我就是老板，和我谈。"

玲玲的热伤风还没好，边哭边咳嗽，有种撕心裂肺的感觉："时芷姐，他喝了酒不给钱，想逃单被我抓住了，还诬赖我们的酒……"

"什么诬赖！你们的酒调得难喝，搞不好是过期产品，我凭什么给钱？"

时芷很平静，拿起账单看了两眼，慢条斯理地道："三杯长岛冰茶，后两杯的下单时间间隔了不止二十分钟，同一种酒，尝半个小时还喝不出好不好，要点第二杯第三杯继续尝吗？"

那顾客摆明了胡搅蛮缠，纯靠音量输出，嚷嚷起来唾沫横飞。

老钱气得拳头握得嘎嘣响，但被时芷挡在身后，不许他出面。

时芷今天耐心出奇地好，对方说什么她都慢慢答着问着，还有点像怕事似的，唯唯诺诺地主动询问那个想吃霸王餐的家伙，希望怎么解决。

那人扬扬得意说了一大串，竟然还蹬鼻子上脸地想索要赔偿。

时芷不知道听见什么，打断道："那不可能。"

那人急了，又摔碎一个杯子。

警笛声由远及近。

时芷看了眼窗外，知道自己拖延时间成功了，瞬间变了表情，目光冷冷瞥回那人身上："我报过警了。剩下的话你留着和警察说吧。"

时芷推开门："万冉，录像记得给警察看，走的时候拿点冰镇过的饮料给人家，大热天出警太辛苦了。"

解决完酒吧这场闹剧，时芷已经比约定的时间晚了将近一小时。

她到酒店时一路跑着，根本没往大堂里看，恰巧碰见有人刷了卡去顶层，也就没联系傅西泠，直接蹭电梯跟着上去。

楼上很热闹，男男女女泡在泳池里，喝着香槟聊着天。

时芷看了一圈，没看见傅西泠的身影。她便坐了下来，正准备给他打个电话，就听见旁边有人在寒暄。

“姚姚，听说你去澳洲玩了？”

“去我姑妈那边住了几天，看看把我晒的，黑了好几个度。”

时芷闻声回头，看见了传说中的姚姚。

姚姚穿着泳衣站在泳池边，正在和另一个女生聊天，从防晒霜的品牌聊到前几天高速上发生的事故。

“可倒霉啦，路上都没几辆车，没想到也能有车剐到我。我不是赶着去赴晚宴吗，到那边时都结束了，听说还放过烟花，可我什么都没看到……”

姚姚长得挺好看的，是那种软妹风格的长相。

眼睛又大又圆，晒黑了点也可爱。

这群人特别有闲情雅致，有人说：“看，落日！”

几乎所有人都转过头去。

落日的确很美，半边天都是渐变的粉橙色。

几个女生举了手机在拍，姚姚四处张望着：“手机，我手机哪儿去了？喂，何凡诚，你看见我手机了没？”

时芷收回视线，给傅西泠拨了电话。

傅西泠在楼下开了两局游戏，甚至有工作人员找到他，让他看了一份文件。

等来等去，他都没见到时芷的人影。

这时，手机先响了一声。

不知道谁发信息过来，然后进了来电，傅西泠一看是时芷。

傅西泠接起来，已经做了最坏的打算，以为她是不打算过来了。

结果时芷说：“傅西泠，你人呢？”

傅西泠起身往外面走：“我在酒店大堂，你到了？”

“我在泳池旁边。”

傅西泠脚步一顿。

他听见电话里时芷在说：“算了，还是我下去找你吧，上面太热了。”

也不等他回答，她把电话就挂断了。

挂断电话，傅西泠才发现刚才发信息的是迟到的那位朋友。

朋友说：你女朋友好像来了。

傅西泠在大堂里等时芷。

顶层在开泳池派对，都是些有点家庭背景的小辈们。

酒店经理压力也大，生怕怠慢了，刚好发现傅西泠在楼下，便上前询问了些餐点供应方面的问题。

傅西泠和经理说着话，眼角余光看见有人从电梯里出来。

他以为这种天气，时芷会穿她平时穿的那套吊带和短裤。

结果没有。

她穿了他的衣服。

是从他家里穿走的那件，黑色，除了品牌 logo 没有其他图案。

傅西泠没穿过，是新的。

她直接把他的短袖 T 恤当裙子穿。

熟悉傅西泠的人都知道他的穿衣风格，难怪朋友没见过时芷，也会觉得是他女朋友。

看来，不止他知道怎么帮她气沈嘉。

时芷也知道，该怎么帮他在姚姚面前宣示主权。

经理还在说话，傅西泠和时芷对视一眼，转头打算继续听。

但他又看回去，没再收回视线。

大堂吊顶那盏层层叠叠的水晶灯亮着，镜面设计的墙体反射出那些光点，在视觉上呈现出一种璀璨的效果。

时芷迈着那双大长腿，一步步走来。

把经理那边的事情交代完，傅西泠问时芷："喝杯冷饮再上去？"

顶层泳池是露天的，没有空调风加持，哪怕太阳已经快要落山，也还是热。

时芷下来就是为了避暑，当然，有冷饮喝就更好了。

"走吧。"

楼上都是二十多岁的同龄人，喝点酒玩起来还挺疯的。

说了是泳池派对，就别想有人滴水不沾地离开。

估计会像泼水节似的，水枪都嫌不够过瘾，疯起来可能会拿酒杯、冰桶等一系列能盛水的工具互相攻击。

傅西泠和时芷提了这个情况："需不需要给你也备一套泳衣？"

"我有比基尼。"

但时芷没有背包，T 恤也没有兜，手里只拿着手机。

傅西泠疑惑地多问了一句："你带了？"

饮品吧里放着舒缓的音乐。

时芷端着冰镇果汁，很随意地答着："穿了。"

泳池派对里，所有人都穿得非常清爽。

时芷挽着傅西泠的手臂上楼时，那群人正在泳池中央狂欢，嚷嚷着要开香槟。

不知道是谁先看见的，喊了一嗓子："傅少爷这是带着女朋友来了啊！"

其他人也看过来，跟着起哄。

时芷迎上了姚姚打量的目光，静静地同她对视。

姚姚掩饰什么似的，鼓着腮转头，把骑在独角兽造型泳圈上的男生拉进泳池里："你下来，我要坐这个！"

跋扈得有点可爱，像宿舍楼下那只被盯着看就会偏开头的狸花猫。

傅西泠带着时芷给朋友们介绍，说是女朋友。

她大大方方地迎接那些或好奇或善意调侃的目光。

泳池旁摆了几个冰桶，里面插着香槟和啤酒。

有个朋友抱着两瓶香槟过来，和他们打过招呼又急匆匆地要往外跑，被傅西泠给拦住。

傅西泠看着那位只穿了沙滩短裤的朋友："我这酒店楼下还正常营业着呢，你穿成这样往哪儿跑？"

"我去找个人帮我们开香槟啊……"

朋友话没说完，怀里一轻。

是时芷伸手过来，提走了那瓶香槟。

她在桌上拿了支高脚杯，找好角度，用杯托往上削，动作又迅速又优雅。

软塞飞出去，香槟泡沫飞溅落在泳池里，弥漫开一股樱桃香草的醇香。

那朋友愣了愣，周围立刻发出一阵小范围的欢呼。

时芷没什么表情，把香槟递过去，对着他怀里的另一瓶香槟扬了扬下颌："还开吗？"

"开！"

朋友乐呵呵地把另一瓶也捧到时芷手里，比着大拇指："谢谢嫂子，嫂子好酷。"

时芷开完香槟，傅西泠往旁边稍安静些的角落偏了偏头，她跟着走过去，坐进遮阳伞下面的椅子里。

这边只有他们两个人，傅西泠说："在你身后方向，坐独角兽泳圈的那个，就是姚姚。”

“我知道。”

“看出来了？”

“不是，刚来那会儿听见有人叫她名字了。”

时芷往身后看。

姚姚换了向日葵黄色的泳衣，正和几个同伴泼水打闹。

说实话，姚姚是时芷很羡慕的那种女生。所以她问傅西泠：“你这位姚姚小姐，看着挺不错的，为什么不试试？”

傅西泠看了时芷一眼：“不来电。”

这时，不远处一阵嘈杂，有人在骂“你是活阎王吧”“这是给哥几个安排凌迟套餐呢”……

被群嘲的，是刚才时芷帮忙开香槟的男生。

可能觉得时芷开香槟的动作潇洒，男生也学着用高脚杯尝试。

结果，香槟没打开，酒杯碎了一地。

一群穿着泳衣、光着脚的人鬼叫着跑开，请了保洁员过来打扫碎玻璃。

男生灰溜溜地跑过来，拎着香槟：“嫂子嫂子，你再开一瓶香槟给我看看呗……”

话都没说完，就被傅西泠打了一下后脑勺。

傅西泠说：“我带人过来，是给你开香槟的？”

男生比傅西泠小个两三岁，性格也更活泼些，笑嘻嘻地跑开了，还大肆宣扬，说傅西泠那边谈恋爱呢，让别人也不要去打扰。

话音刚落，就被姚姚冲过去猛推了一把，以狗吃屎的姿势摔进了泳池里。

这群富二代玩起来，没什么矜贵样子。

既幼稚，也中二，吵吵闹闹地互相开着玩笑，打水仗还赖皮，互相问候着祖宗，把对方的头往水里按。

在别人为工作、前途迷茫的年纪，他们仍然拥有把自己活成天真孩童的资本。

时芷收回视线：“你和姚姚的事，他们都不知道吗？”

“我这边只有两个玩得好的朋友，撞见过她去找我。”

傅西泠从刚才开始，一直有点心不在焉。

他从烟盒里抽出一支烟，听见时芷说话，又放回去，没点燃：“家长们乱点鸳鸯谱的这种事情，没人会放心上的。”

太阳落入西侧楼群之后，天色暗下来。

傅西泠忽然伸手，把时芷连椅子带人拉了过来。

突然来这么一下，时芷的心跳都跟着漏了半拍。

傅西泠的呼吸和声音同时落在耳侧，他说："十五秒之后，给你看个东西。"

他就这样凑近在她身旁，平静地倒数着：

十五，十四，十三……

直到他数到一，顶层露台上的所有灯光忽然亮起来。

泳池像发光的帕拉伊巴宝石。

远处楼群也逐一点燃灯火，街灯盏盏，勾勒出蚰蜒路况。

傅西泠低下头，问她："好看吗？"

时芷近距离和他对视着："骗骗姚姚那种小姑娘还行，你追女生就这套路？"

傅西泠笑得特别邪气："没追过，没经验。"

他们挨得近，呼吸交错。

人群里有一双眼睛紧紧盯着这边在看，时芷也知道傅西泠是在做给旁人看，便配合着挂上一脸乖巧的惊喜："灯光好美哦。"

傅西泠轻笑出声："学过川剧变脸？"

本来是没人打扰他们这边的，但泳池里的泼水大战如火如荼，终于殃及这对正在认真飙戏的合约情侣。

不知道是谁的水枪，加了压，水流直接冲过来猛地砸在时芷的肩颈处。

傅西泠把人拉着往怀里护。

那边"哎哟，抱歉啊抱歉"的声音传来，但其他人也已经玩得上头了，哪还有什么顾忌，接二连三的水喷射过来。

还有人玩笑着拱火："都已经这样了，西泠你还不来参战？""嫂子也来啊，情侣联手！"

傅西泠帮时芷理着脸侧被水打湿的头发："要不要我帮你报仇？"

时芷有仇必报。

而且喜欢自己报。

她把手腕上那串和田玉摘下来，拢着头发用它束起，在头顶卷成个丸子。

短袖T恤也脱掉丢在椅子上，她直接拿着冰桶往人群里去。

时芷平时不交朋友。

但她的性格其实是讨喜的，不娇气，就事论事，玩得起。

水桶到底没有水枪出击快，报完仇时芷自己也变成落汤鸡，干脆游着躲到傅西泠身后去，用他来当盾牌。

傅西泠抬手把额前滴水的碎发撩起来：“你倒是挺会玩？”

时芷抓着他的手臂，又泼出去一桶水，理所当然地答：“我不是在演你小鸟依人的女朋友吗？”

“你开香槟那样儿，就不像小鸟依人。”

傅西泠还有一句没说。

刚刚她单手掀掉T恤，穿着比基尼、提着冰桶上阵的样子，更不像。

这群人喝酒、打水仗，胡闹到半夜十二点才渐渐散了，三五成群地去楼下房间里休息。

到处都是喝空的啤酒瓶、香槟瓶，有几个酒量不济的已经不行了，路都走不利索，需要人扶着。

傅西泠帮忙去安排房间，问她要不要一起。

时芷懒得动，摆摆手，趴在泳池边看手机。

姚姚没走，装作若无其事地从她旁边走过。

没留心，踩到沉落池底的啤酒瓶盖子，险些跌倒在泳池里。

时芷及时出手，扶了一下。

姚姚有些意外，站稳，别扭地说了声“谢谢”。

想了想，她又认真发问：“你真是傅西泠的女朋友？不是他找来搪塞我的？”

时芷装得挺像那么回事，醋坛子翻了似的：“凭什么要搪塞你？”

姚姚踩着旁边的扶梯上岸，披上浴巾：“别担心，他有女朋友的事情，在郊外别墅那天我就听说了。那他有没有和你说过，我之前在追他呢？”

“说过一点。”

姚姚对时芷的好奇都明晃晃地写在脸上：“他们刚才都在猜，说你可能是个模特。”

“不是，我是学生。”

“哪个大学的？”

涉及隐私的问题，时芷就不会那么好心地答疑解惑了，便没再说话。

姚姚察觉到了：“好吧。你长得漂亮，但我也不差，插足的事情我不会做，更不会去你学校里闹笑话，这点你可以放心。”

有人在门外问：“姚姚，快走啊，我们点夜宵去啊？”

姚姚没再说什么，披着浴巾离开了。

傅西泠回来时，只剩下时芷一个人在楼上。

夜里起了风，池水被吹得波光粼粼，水光清透地落在她的身上。

她跪在火烈鸟造型的大泳圈里，在打电话，胯侧比基尼的细带子系成蝴蝶结，滴着水。

时芷胆子不小，喝过酒还敢去深水区。

傅西泠走过去，拉着火烈鸟的头，带着泳圈和她往浅水区走。

手机是她的贵重物品，时芷怕它进水，接完电话就伸长手臂把手机丢在池边一团浴巾上。

动作大了些，她重心不稳，直接掉进水里。

她是会游泳的。

不是体育馆里正经辅导出来的游泳技术，是小时候在河边练的旁门，还算好用。

时芷反应很快，在水里翻身，蹬水浮回水面，一口水都没呛到。

刚一出水，就看见傅西泠蹲在池边笑话她，伸手问："拉你上来？"

傅西泠刚换了衣服，浑身干爽，唇角微扬。

凭什么就她一个人湿淋淋的像个水鬼？

时芷看傅西泠这样子特别不顺眼，便握住他的手直接用力，拉他下水。

泳池里溅起水花。

傅西泠人都落水了，愣是没松开她的手，紧紧握着，把时芷堵在泳池壁上："刚才姚姚留在最后才走，找你麻烦了？"

"没有，聊了几句。"

"和情敌也能聊起来？"

时芷看他一眼。

心说，又不是真的，你还挺入戏。

"听姚姚的意思，只要你有女朋友，她就不打算纠缠了，挺拎得清的。不像你说的那么难缠，比我以前遇到的强多了。"

傅西泠忽然问："你以前，什么时候遇到过？"

时芷防备心很重，哪怕今天玩得还算开心，她也不会对别人吐露半点过往。

这反而提醒了傅西泠，他们答应对方的事情，都已经完成，合作也该到此结束了。

他们挨得很近，能看清彼此脸上的水痕。

说着结束的话，气氛却暧昧不明起来，攀升起夜风吹不散的沸热。

傅西泠喉结滑动，时芷看见了，抬手去碰。

他没躲开，反迎着她的手向前，慢慢靠近，在她呼吸渐乱时，亲了过来。

只有一下，亲完也不说话，傅西泠就这么目不转睛地盯着时芷，目光和她纠缠在一起。

一些不错的体验记忆涌入脑海，她没经受住这种诱惑，主动搂上傅西泠的脖子。

这个区域的水高有一米五，时芷靠在泳池边，攀附着傅西泠，和他一次又一次地亲在一起。

时芷的头发是用手串绑的，很松，玩了半天早已经乱得不像样。

傅西泠扶着她的后脑勺加深这个吻时，碰掉了那串和田玉手串。

手串落进水里，时芷的头发散落下来。

她几乎没有犹豫，推开傅西泠，潜入泳池。

傅西泠眯了下眼睛，想都没想，跟着一起进水，伸手握住时芷的脚踝，把人给拉了回来。

他们几乎是在水里打了一架。

时芷在被傅西泠拉回来的同时，动作十分敏捷地踢出去一脚，蹬在他胸口。

可惜她力量方面不如傅西泠，借力失败，没能脱身游出去，反被他拉回怀里，钳住手腕。

耳边充斥着水声，隔绝掉顶楼的月明风清。

池水被烈日灼晒过一整天，如同温暖丝绸。他们旁边是一米八的深水区，目之所及都是幽幽的蓝色。

时芷去瞪傅西泠。

水域清澈，也还是有些刺激性，她眼周的皮肤泛红，楚楚可怜般，下手却一点都不留情面。

傅西泠刚擒住时芷的手腕，就被她狠狠地咬住手臂。

她的唇形很美，柔软地贴在他手臂上。

他在水里无声一笑，托起她的下巴，吻上去。

他们像两只水兽，在水里争来斗去，最终傅西泠单手擒住时芷的两只手腕，按在自己胸前，和她互相吮吻着沉入水底。

氧气几乎耗尽，傅西泠才拉她浮出水面。

时芷蹬上一级池底阶梯，重新回到水深一米五的区域。

灵魂出走般的刺激感令人着迷。

她几乎脱力，背靠在池边，仰头轻喘着，努力平缓自己的气息。

他们像刚经历了暴雨，头发一直在滴水。

傅西泠淌水走过来，搂着她的腰，把人抱上池边坐着，自己也拄着砌了防滑砖的边沿跳上来。

时芷很安静。

老实说，她是有点薄情，也有点翻脸不认人。刚才和傅西泠确实亲得很愉悦，但现在平复了一些后，时芷并不想有人打扰。

尤其不想听那种犹犹豫豫、唯唯诺诺的发言。

类似于“我们刚才……”“对不起我只是……”这种。

不得不说，傅西泠在某些方面，真的非常对她的胃口。

他身上有种痞劲儿，很随性，很松弛。

亲就亲了，绝不优柔寡断，也绝不做任何事后才去弥补的伪善行为。

他很坦荡，大大方方地问她：“想喝酒吗？”

今天时芷是过来帮傅西泠的忙，喝酒不用再给酒钱了。

所以那些或进口或国产的啤酒，她一样都没看上眼，而是毫不客气地指了指冰桶里最贵的几瓶：“香槟。”

傅西泠也确实大方。

他直接拎出里面最贵的，按住瓶塞晃几下，不借助任何工具，极娴熟地拧掉了软塞，随手丢进旁边的垃圾桶。

怕碎玻璃伤人，泳池附近没有摆放香槟杯具，要用就得去露台门口那边拿。

两个人都懒得折腾，干脆不用杯子。

他们并肩坐在波光漾漾的泳池边，沉默地轮换着喝掉了那瓶香槟。

时间太晚，那些远处楼群只剩下星星点点的灯光。

月亮依然明亮，时芷看了两眼，并没有生出“月色真美”的这类感叹。

她很偏执地认为，只有在有钱人的世界里，看月亮才是更美的。

哪怕月亮亘古不变地挂在天边，那些平常的夜晚里，它并不美。

那些夜晚，她要么在宿舍里埋头苦学，要么在酒吧里解决那些因喝多酒言行失格的客人。

核对酒吧当日的收支、检查水电和天然气、关掉灯牌灯箱、走出酒吧拽下轴承生锈的卷帘门、用杀虫剂喷掉房间里的蚊虫……

琐事一堆，她从没有过闲心去看月亮。

傅西泠仰头喝掉最后一点香槟，放下酒瓶给工作人员打电话，吩咐他们可以找人上楼做清理工作了。

他举着手机走到休息区，拎了两套浴袍和毛巾过来，一套递给时芷。

时芷擦擦头发，披上浴袍，转头打量傅西泠。

傅西泠单手扯着衣服下摆，脱掉身上早已经湿透的黑色工字背心。

他穿上浴袍，又把毛巾搭在头上，随便揉了两下头发。

整个过程中，傅西泠都没有回避时芷。

甚至在感觉到她在看他时，也把目光回视着落在她身上，和她对视。

电话里的人不知道说了什么，傅西泠盯着时芷的眼睛"嗯"了一声。

挂断电话，他才抬起胳膊，有意往自己手臂上看了看。

时芷顺着他的视线看过去。

自己刚才咬他的牙印还清晰可见，挺深的。

"真狠。"

傅西泠半干的头发支棱着，系上浴袍带子，问时芷："要不要留下一起吃夜宵？"

时芷不得不承认，刚才在水下的感觉很好，是前所未有的愉悦。

时芷没拒绝，拿起手机放在浴袍口袋里，跟着傅西泠回了房间。

房间在办公室隔壁，里面有一些他的个人物品，大概是他在这边的固定落脚处。

进门处摆着几只十倍大规格的 bearbrick 潮玩摆件，沙发里放着游戏手柄和平板电脑。

没有电视机，投影幕布占据了大半面墙壁。

时芷说："我需要洗个澡。"

傅西泠点头，带着她往卧室里的淋浴间走："你在这边吧，衣服去我衣柜里拿，有新的。"

他话是这样说，但时芷没碰那些贵得要死的短袖 T 恤。

她已经没有钱再去买一件新的还给傅西泠了。

洗完澡，时芷直接穿着浴袍走出来。她拿起吹风机打量几眼，觉得傅西泠太会享受了，连吹风机这种小电器都很讲究。

风力舒适，不像她的那个，吹不好还会把头发卷到后面去。

头发吹干，带着余温柔顺地散在颈侧。

傅西泠就坐在外面的沙发里。

他应该也洗过澡了，头发吹得半干，短碎盖没有特意吹造型，额前碎发软软地趴着，显得没有平时看上去那么坏。

不过，当他抬眼，还是一张海王脸。

傅西泠钩手："出来得正好，过来看看夜宵吃什么。"

时芷皱眉，作为经常被压榨的劳动力，敏感地发问："夜宵谁给你做？酒店厨师？"

"厨师是有工作时间段的，谁在深夜一点半给你做饭吃？我不是那种假公济私的老板，点外卖，过来挑挑看。"

很多人是介意其他人碰手机的，傅西泠好像没这种习惯。

他把手机丢给时芷，让她随便点。

酒店地段好，在最繁华热闹的街区，附近二十四小时营业的店有很多。

时芷喜欢吃辣，无辣不欢，且越辣越好。

是个早起去食堂吃生煎包，也要在碟子里连放三勺辣椒油的人。

让她挑，她点进去认真看的当然都是酸辣粉、麻辣烫、香辣蟹、麻辣小龙虾、毛血旺……

傅西泠站在她身后，也跟着看了几眼，渐渐品出时芷的偏好。

点餐中途，进来一通电话。

时芷转身，傅西泠却没接过自己的手机，就挨在她身边抬手往屏幕上一滑，接听，然后按了扬声器。

朋友说："西泠，楼下8911，我们几个凑局子打狼人杀呢，来不来？"

傅西泠说："不去，你们玩吧。"

他没说原因，朋友反应很快，扬着声音"哦"了一声，大笑着："那可不打扰了，不打扰了哈哈哈哈，你忙，你忙吧。"

说完就把电话挂了。

通话结束，页面自动返回到外卖APP.

时芷置若罔闻，点完单，发现傅西泠依然没有要拿自己手机的意思，好像接个手机能累死他。

于是她问："你瘫痪了？"

傅西泠对答如流："被咬了，很疼。"

"……要输付款密码了！"

"你输呗。"

傅西泠像是困了，坐回沙发里，仰靠着，对她完全不设防一般，懒洋洋地开口："选7777尾号的那张银行卡，密码是991107。"

点完外卖，房间陷入安静。

时芷和傅西泠隔着不到半米的距离。

窗子敞开了一扇，隐约听见楼下某个房间爆发出来的吵闹笑声。

时芷和傅西泠静静地对视着，目光千丝万缕般勾缠在一起。

傅西泠伸手，时芷把手递过去。

他握着她的手腕拉她入怀，扶住她腰侧，直接亲上去。

洗澡后傅西泠换了套衣服，黑 T 恤，宽松的休闲裤。他敞着两条大长腿陷在柔软的皮质沙发里。

现在加上时芷的重量，陷得更深。

她单膝跪在他腿间空隙的沙发上，手按在傅西泠心脏的位置。

掌心下强有力的心跳，扑通，扑通，令人指尖发麻。

傅西泠突然偏头，笑道："是不是太过分了，真就只穿浴袍？"

时芷的浴袍带子松了，领口松开向下延伸。

他的指尖落在她皮肤上，轻轻向下滑，停触在某处。

时芷紧绷一瞬，呼吸瞬间就乱了。

结果听见他调侃："我妈妈脾胃不好，中医老师给她针灸时，会落针在这个位置，听说，叫中脘穴。"

说完，他帮她把浴袍领口拉起来，整理好，连浴袍带子都解开，又重新打结。

时芷感觉被耍了，很暴躁地想要找回场子。

她去咬傅西泠的耳朵，又被他挡住了。

傅西泠语气有些无奈地说："我定力没有你想得那么好。"

看见他耳根处皮肤泛红，时芷才满意地退开。

刚觉得自己算是扳回一局，发现傅西泠不知道什么时候从她浴袍口袋里拿走了她的手机。

"傅西泠。"

他似乎也没有乱看的习惯，做完自己想做的，就把手机递回来。

时芷拿到手机，看了看。

傅西泠果然把自己从黑名单里放出来了。

"原来你的黑名单里不止我一个人，这么多，都是追求者？"

"我不加追求者的联系方式。"

"为什么，嫌麻烦？"

如果是之前，时芷应该是能察觉到傅西泠的反常的。

他在套话，很明显。

但刚才他低着头帮忙系浴袍带子时，头发碰到时芷颈间皮肤，有些痒，惹得她多少有那么一些心不在焉。

她随口说着：“我谈恋爱并不会因为哪个人追求我、做过什么，被感动了才去谈，这种情况不存在。我要想谈了，才会去谈，所以加追求者的联系方式没必要。”

傅西泠若有所思地看她一眼，像无意间一句好奇之言：“现在呢，遇见差不多的人，会有想谈的想法吗？”

“完全没有。”

时芷回神时，有些狐疑。

他却没看她，垂头看着手机上的订单信息，还在用开玩笑的语气说：“刚才看见，你黑名单里还有几个老师，连老师都拉黑，厉害了。”

外卖点了香辣蟹和小龙虾，距离近，配送也快。

房间的座机电话响起，傅西泠了然地拿起电话，听都没听就直接放下挂断。

然后，起身往门口走。

酒店的送餐机器人就站在门外，显示屏上亮着一双笑眯眯的眼睛：“您好，您的物品已送达，请您尽快取出……”

在深夜，傅西泠对着机器人竟然展现出难得一见的温柔语气。

他拎出外卖袋子，说：“辛苦了。”

时芷愣了一下。

她在酒吧见过许多深夜不归的客人。

有人离开后，满地废餐巾纸和果皮；有人烟头乱丢，把沙发都给烫出窟窿；有人酒后无德，出门随地吐痰、小便……

傅西泠是她见过的许许多多人中，面相最偏冷感的那个，甚至有些攻击性。

但这一整晚，他在她身边却连根烟都没点过。

看来面相不准确。

只从面相来看，傅西泠还像个重口味的家伙。

结果真正吃起东西来，时芷才发现，傅西泠其实不太能吃辣。

半只香辣蟹都没吃完，他的唇色已经深了几个度，拧开矿泉水，一口气喝掉小半瓶。

喝完，他又开始盯着时芷看。

在泳池边那些餐食点心口味都很淡，时芷没吃两口，这会儿确实饿了，剥虾吃蟹动作都挺快的。

傅西泠说：“帮你剥？”

时芷直觉他这句无厘头的话没安好心，但又不明缘由，于是冷瞥他一眼："什么意思？"

傅西泠也不明说，只说在B大附近那家小龙虾店遇见过她。

那家店在学生间口碑很好，时芷经常是跟着沈嘉他们去的。

想想就知道他是什么意思了，肯定是见过沈嘉给她剥小龙虾的样子。

"无聊。"

过去没仔细想过。

她的确是喜欢沈嘉身上那种温文尔雅的气质，也喜欢他的彬彬有礼。

但当沈嘉不用她亲自动手、帮她剥掉所有的小龙虾壳，或者，当沈嘉小心翼翼地靠近、吻一吻她的额头……

时芷并不觉得心动。

甚至有些扫兴。

所以，那些和她向往相悖的情绪，是为什么？

酒精的作用，夜又太深，脑子浑浑噩噩转不开。

直到夜宵吃完，这个问题她也没想明白。

傅西泠说自己喝过酒，时间也太晚，不打算送时芷回去了，让她在这边暂时休息一下。

反正就在酒店里，房间有的是。

他把自己的卧室留给她，离开前说酒店有供应早餐，到上午九点半："直接拿着房卡过去就行。"

时芷睡了一觉，醒来刚好在上午九点钟。

简单洗漱过后，叫玲玲帮忙寄闪送过来的衣服也都到了。

她拆开闪送纸箱看，多少有点哭笑不得。

玲玲是个实心眼，之前时芷和沈嘉在一起总买浅色衣服，就觉得，时芷肯定是喜欢浅色的。

也是难为玲玲，生生把她压箱底的一条米黄色衬衫裙给翻出来了。

时芷换上裙子，下楼吃饭。

天热，穿衬衫裙实在不舒服，在电梯里她忍不住把最顶端那颗扣子给解开了。

傅西泠看见她时，她正在喝一杯鲜榨的果汁，盘子里的煎蛋和吐司已经吃得差不多了。

和时芷隔壁两桌的几个人，是昨天在泳池派对里见过的熟面孔。

姚姚也在其中。

所以傅西泠端着餐盘走过来，时芷还抬头对他笑了笑。单从表象来看，还挺温柔的。

他们没太聊天。

显然，深夜的情绪已经过去了，今天万里无云、阳光明媚，理智也重回脑海。

彼此都知道，之前的合作关系到昨晚已经结束了。

时芷对傅西泠这个人，感觉很复杂。

以她的直觉，他对她有着某种莫名其妙的高关注度。

如果是合作期间，这种对她的关注是不需要计较的，因为对她有利，甚至会让合作变得更顺利。

但现在合作结束了。

时芷想起两句话。

一句是万冉问的："肯在你身上花这么多钱，那个人是不是想泡你？"

一句是昨晚傅西泠问的："现在呢，遇见差不多的人，会有想谈的想法吗？"

如果他……

傅西泠此刻就坐在时芷对面，慢条斯理地在喝一碗早餐粥。

他手臂上的牙印还在。

比昨晚冷淡些，没怎么抬头看她。

时芷摸不清傅西泠这边的情况。

她当然不希望傅西泠对她有意思，更愿意他们之间是没有任何感情掺和的荷尔蒙吸引。

这样方便些，后面的合作也比较好谈。

如果他有其他心思，那合作不谈也罢，起码不至于惹麻烦。

酒店餐厅很大，有不少商务型住客在这个时间已经抱着笔记本电脑在餐桌上谈项目了。

姚姚他们吃过早饭，陆陆续续离开餐厅。

在姚姚走后，时芷和傅西泠不约而同地放下手里的餐具，看向对方。

眼里都有些类似思索的感觉在。

餐厅里弥漫着烤面包的甜香，住客们的声音交汇在空气中——

"请给我们煮两份面，一份小馄饨。"

"您好，这边有宝宝椅吗？"

"爱丽丝，你要不要也喝一杯牛奶？"

……

环境温馨，他们这边却充斥着剑拔弩张的气氛。

早晨起床，傅西泠已经接到过酒店员工的电话。

工作人员告诉他，他们在楼顶泳池里捡到过一串白色的和田玉手串，被他的朋友认领走了。

是位姓时的小姐。

而时芷手腕上，正戴着那串白色的手串。

傅西泠看了几眼。

她对手串的关注度出乎他意料地高。

细思却又不太像睹物思人、爱屋及乌这类有些放不下的情绪……

傅西泠摸不透时芷的想法。

但他很清楚，她刚才瞥过来那一眼很警惕，是对他抱有怀疑的。

时芷应该已经开始怀疑，他刻意卷进她和沈嘉感情问题里的目的。

或者说，她早在怀疑，只是选择在这个节点把问题拿出来计较。

傅西泠垂头想了想，觉得问题不大，笑了一声才抬起头，直视着她的眼睛："嗨，林萌。"

时芷比他想象中反应要强烈些，她眉心皱得非常紧，眼神也很凶。

总觉得下一秒，她就会拿起手边那把切吐司的餐刀给他两下。

"你查我？"

傅西泠摇头："你为什么不会觉得，我以前就认识你呢？"

时芷疑惑地看着他："你吃错药了？"

最早见到时芷，是在傅西泠上大学的时候。

那时候家里有个项目在外省，打算把酒店建在旅游业发展得比较好的城市。

傅西泠家在他很小时，就在培养接班人。

他五岁跟着长辈去酒店建筑工地查看施工进度；

十二岁已经能听懂高层会议里的发言站队；

初中毕业开始读曼昆的《经济学原理》；

到高中时期长辈已经像和成年人对话一样，认真地和傅西泠商讨酒店里的工作安排和商业策略。

所以傅西泠的父亲去外省考察时，顺便带上了放假在家的傅西泠。

父亲希望拓宽他的商业视野，让他吸取更多经验。

出门办事少不了各种人情往来，谈完正事之后，当然也会有些应酬酒局。

一群中年人，喝多了就会开始聊过去、聊曾经、聊他们那个年纪里很多无法避免的压力和无奈，然后渐渐都红了眼眶。

全场只有傅西泠一个晚辈没喝酒。

他不太想以醒眼去看醉人的脆弱，于是从饭局里抽身，叼着烟往饭店旁边的胡同里走。

席间某位叔叔提过，说附近有一所高中，以管理严格出名，假期天数也少得可怜。

但升学率是很不错的，叔叔的两个孩子都在那所高中上学。

他也确实碰见了几个穿校服的，连走路都在看学习资料。

也有例外。

一个女生走在前面，步子迈得很大，身后一个男生追着："林萌你等等我，求你了，等我把话说完好吗？"

他们路过傅西泠面前时，男生几乎马上要追上女生，打算拉她的手腕，被女生避开了。

人影匆匆而过，停在离他几米远的地方。

"林萌，我真的很喜欢你，你就不能看看我吗？我已经很努力了，你到底要我怎么做，你才会感动？"

相较男生的情绪激动，女生的声音明显平静太多了。

她说："你的意思是，让我把学习的时间分出来一些，用来浪费在没用的感情上面？"

别说那个男生，连傅西泠听见这句话都跟着一愣。

他就没听过谁拒绝人会是这种说辞。

真是学霸吗？

这姑娘不会是已经不耐烦到极致了，跟那儿演戏吧？

男生声音更高了："我不会耽误你学习的，你也知道，刚开学我们坐同桌的时候，我就已经对你有好感……"

女生打断他："所以，我容忍你够久了。"

傅西泠坐在转角处的台阶上，以他的角度，是看不见他们的。

那天他可能真的有点无聊，也可能是女生清冷的声线和发言让他感到好奇。

他夹着烟，探头去看了两眼。

墙壁旁有一片私人栽种的大丽花，枝叶繁茂，巨大的花苞开得正盛。

他们的身影显露在花朵间隙中。

两人穿着一样的深蓝色校服，男生比女生高半个头的样子，挺白净的。

但没有女生白，气势也没有女生酷。

女生抱臂站在那里，脸上没什么表情，但总有种“有话快说、有屁快放”的感觉。

“林萌，我为你做了那么多，在晚会上那首歌也是唱给你的。全班同学都知道我喜欢你，别的班也有人知道。他们都说咱们还挺般配的，我真的不明白，你究竟为什么不能考虑我？”

女生沉默几秒：“麻烦你以后不要再有多余的行为，自我感动。”

她准备走了，傅西泠也准备坐回台阶开下一把游戏，但男生飞快地抱住了她。

这行为就很没品了。

傅西泠皱眉，打算出去帮个忙。

女生有自己的解决方式，直接一巴掌打过去，胡同里响起非常清脆的耳光声。

她说：“你刚才的话我录了音的，再做多余的事情，我会把录音发给班主任和你的家长。你的行为既然班里有不少人知道，相信会有人帮我作证。”

女生始终是一种很从容的态度，说完就转身走了。

过了好一会儿，男生才失魂落魄地离开。

傅西泠是在准备回饭店时，捡到了那个女生掉落的校牌，就在刚刚他们停留过的位置。

他不小心踩到，把上面的小夹子踩碎了。

傅西泠把校牌捡起来，用拇指抹掉浮灰，蓝底照片里女生的面容清晰地落入眼中——

一头柔顺的锁骨发，肤色很白。

长得漂亮，但没有半点笑意，臭着一张脸，目光非常犀利，给人很有野心的感觉。

傅西泠第一次看见女生有这种眼神，晚上回酒店房间后，躺在床上还琢磨过。

校牌上有她的名字和班级。

名字是，林萌。

他想，“萌”这个字取得过分不贴切了吧，就那姑娘的性格，哪里和“萌”沾边？

隔天傅西泠特地打车去了一趟那所学校，还算挺有心的吧，在早课前去的。

他在校门口对面的早餐店里坐了一个多小时。

那些学生进校门前，都需要接受检查，专门有人等在门口查校服、头发和校牌。

上学时间，满街道都是穿同样校服的人。傅西泠望眼欲穿，终于看见女生背着书包的身影。

傅西泠结账走出早餐店，打算把校牌还给她。

没走几步，发现不对劲，那女生根本没往校门方向走。

他把烟往耳朵上一别，跟着她拐进学校旁边的小路，眼看着那位叫“林萌”的小妹妹，冷着脸把书包丢进围墙。

然后她退后，助力跑两步，翻墙进了学校。

傅西泠手里的打火机都掉了：“我……去……”

他在那地方只待了几天，项目考察结束就跟着老爷子回家了。

校牌没还回去，他对“林萌”印象倒是挺深的。

“所以你说，我在遇见你时，会不会感到有些诧异？”

傅西泠端起咖啡杯，喝了两口：“你不止名字变了，性格也和我记忆里不太一样。”

他们坐在临窗口的桌位，阳光落进来，窗棂阴影像分界线一样，把桌子分割成两部分。

时芷皱着的眉头就没松开过：“你认错人了。”

傅西泠笑了一声：“我记性真的还可以。代表学校出去参加过记忆类竞赛的，冠军，记错人的概率很低。”

时芷没有认下“林萌”这个名字，也没再举例否认。

她沉默着，像在思考。

“我接近你的目的，就是这个，第一次和你做交易时就问过了。”

傅西泠放下咖啡杯：“现在，你应该可以和我说说，你昨晚没走，今早也愿意留下吃个早饭，是为了和我谈什么了。”

餐盘里只剩下半块吐司，金属餐刀映着阳光，有些晃眼。

时芷垂着眼，很像在看吐司边缘的切割痕迹。

其实没有，她在逐帧回忆遇见傅西泠后，他的所有举动。

傅西泠确实在第一次交易时就问过她：“你名字不错，以前就叫这个，还是后来改过。”

那时候，时芷觉得他是不会与自己再有交集的陌生人，便敷衍地回答：“没改过。”

傅西泠还问过她，有没有打过人，以前什么时候遇见过纠缠不清的追求者……

当时觉得他有病，现在仔细想想，那些莫名其妙的试探，倒也能够说得通。

所以，傅西泠对她的接近，仅限于好奇？

时芷仍有不解：“就算我改过名字，也应该是陌生人才对。你的好奇心是不是太过了些？”

傅西泠很从容，正慢条斯理地吃着他那份松露滑蛋。

听完她的问题，他放下叉子，用纸巾擦了擦唇角，发言非常嚣张：“我有钱，有时间，为什么不能对自己好奇的事情一探究竟？”

时芷一时语塞。

他说的，好像也有道理？

九点半，早餐结束供应，周围时常有工作人员走动，收拾餐桌卫生。

食客退去，那些嘈杂也消失了，只能听见餐具堆叠时的轻微碰撞声。

餐厅已经不再是方便说话的地方。

时芷和傅西泠很默契地停住对话，打算回房间再继续谈。

路上遇见两个漂亮女生，傅西泠应该和她们很熟悉，走过去聊了几句。

时芷等在电梯旁，目光探究地看了两眼。

她想起初次见面，傅西泠倚在酒吧沙发里那副浪荡公子哥的样子。

这种人，应该不会轻易对谁有意思吧？

时芷暂时放下对傅西泠的猜疑，回房间后，开门见山地谈正事：“前两年，酒吧那边有传言说要建会展中心，后来这个传言不了了之了。你之所以会出现在酒吧，是不是因为那个会展中心的项目，有些眉目了？”

房间里被打扫过，地面整洁，喝过的矿泉水瓶也都收走了。

时芷坐在沙发里，用手遮了一下阳光。

傅西泠其实没想到她要谈的是这件事，颇为意外地看了她一眼。

她今天穿的是乖乖女风格的连衣裙，米黄色，像奶酪。

眼神却不是那么回事，很有势在必得的坚定。

时芷是在暑假后发现端倪的。

近两个月酒吧的收益比过去好一些，最开始她是没有多心的，还觉得那些多出来的收益，搞不好是傅西泠消费出来的。

但她整天在酒吧里，留意到这条街来了一些非常眼生的面孔。

那些生面孔，玲玲他们都见过。

老钱也说最近有几个人常来，他们还去光顾街上的其他店，在面馆、炒菜店也遇见过。

时芷花了点心思，把单日流水都找出来。

傅西泠的账单非常好认，他花钱大手大脚，哪桌是他点过的，一目了然。

去掉他的花销，酒吧也还是比之前收益好些。

作为一条被时代淘汰掉的老街，附近没有娱乐场所，也没有商圈和办公楼。

所以时芷猜想，那些新面孔是过来完成某种工作的。

傅西泠给她比了个大拇指："你很敏锐，会展中心那个项目是有些消息了，但你想要什么？"

如果连傅西泠这种身家都会出手，应该是块肥肉。

时芷想了想："我猜，现在除了你家，还有很多人都想要分一杯羹。"

毕竟会展中心项目顺利启动，附近流量会大增。

时芷的舅舅和舅妈属于底层没什么消息渠道的普通小生意人。

但有钱的企业很多，能嗅到商机的人也很多，绝不可能只有傅西泠。

时芷说她了解那条街上的店家，可以帮傅西泠透露一些外人难以打听到的消息。

"如果你能利用我的消息得到想要的，那我需要一些酬劳。"

傅西泠挺喜欢看时芷放慢语速、边说话边留心思索的样子，比他还像个生意人。

"你想要多少？"

"我要多少，取决于你能在那条街得到多少。"

傅西泠忽然笑起来："我堂哥要是有你这种头脑，我大伯都不会被他气到脑出血。"

傅西泠的野心也很大。

他知道那附近不只要开展会展中心项目，还要建商场和地铁站。

如果能在那边铺开生意，收益会非常可观。

所以，他要的不是几家商铺那么简单，对时芷也不需要有所隐瞒："我想要所有店面。"

傅西泠等着时芷狮子大开口，时芷却只说："十五万。"

如果时芷再多一些生意场上的实战经验，她就会知道自己把底线暴露得太早了，没有给自己留下博弈空间，反而给了对方拿捏她的可乘之机。

还好，她的谈判对象是傅西泠。

他并不想压榨时芷，提醒道："少了。"

时芷并不贪心："我只需要十五万。"

十五万。

还没有她还给他的那袋子现金数目大。

很多老生意人面对金钱的诱惑，都不一定能够守住本心。

时芷身上，却很有种"君子爱财，取之有道"的味道。

傅西泠喜欢她的行事风格："如果你是我合作名单里的企业代表人，我会排除所有名字选择跟你合作。"

时芷皱眉："什么意思，你现在……是不想和我合作？"

"很想和你合作。"

但傅西泠也不会放过打听她的机会："我现在更好奇，你对你每个追求者都那么心狠？还是说，那个男生做了什么惹你不开心的事情？"

傅西泠提到的男生，是当年被时芷打过一巴掌的那位。

她没什么和人推心置腹的经历，这种问题换个场景，无论谁来问，她都一定不会回答。

但现在，时芷是卑微的乙方。

那些商铺间的消息如果她不说，傅西泠也应该能查到，只是时间早晚的问题。

所以她的优势只在帮他争取时间。

傅西泠笑盈盈地坐在对面，等她开口。

时芷忍着脾气回忆——

她只是不谈恋爱，不是有暴躁症。

如果不是那个男生的所作所为真的过分，她不会动手。

男生叫李明韬，和时芷做过一个月同桌。

后来班级里按照成绩名次安排座位，李明韬的成绩只能占到班级十五名左右，而时芷一直在前三名里。

座位自然就分开了。

记忆里，时芷没和李明韬说过几句话。

她本身就不是开朗活泼的性格，对别人也不太关注。

在她的视角来看，李明韬和班上其他同学是一样的，属于她无感的范畴。

李明韬最初和时芷表示对她有好感时，她就明确拒绝过了。

真正让她反感的，是李明韬之后的一系列操作。

李明韬很高调，和很多人说过喜欢她。

经常时芷一进班级，就会感觉到气氛不对，拉开座椅，果然能够发现他买来的各种东西。

包括但不限于零食饮料、早餐、文具用品、毛绒玩偶、鲜花……

时芷把东西统统退还。

但李明韬不罢休，继续表演他的深情人设。

运动会假借给运动员加油，在台上读带有表白意味的藏头诗；

文艺表演上台唱歌，暗暗窜改和她相关的歌词；

有时候时芷做完课间操回来，会发现自己书包里的书都被包了新的封皮……

这类事情应该还有很多，具体的时芷已经记不清了。

只记得生活多有被打扰，真的很烦。

"如果你从外面回来，发现保温杯里的水被人动过，还敢喝吗？"

也许李明韬只是"好心"，把水换成了牛奶、温水之类。

但应该没有人会喜欢被并不熟悉的人触碰私人物品，时芷也一样。

傅西泠给的评价是："他那巴掌，挨得不冤。"

他其实还想问问名字的事情。

但时芷讲完这些，已经开始不耐烦了，面无表情地看着傅西泠，眼睛里的意思很明显：你还有完没完，能不能谈正经事？

傅西泠都没问她的内部信息大概关于什么，爽快地说："合作愉快。"

"嗯。"

这是他们之间的第三场交易，基本信任还是有的。

时芷把自己知道的情况告诉了傅西泠——

街上一共三十六家商户。

其中二十多家都是租房在做生意，房产最多的房东，姓田，是一位已经年过六旬的老爷子。

时芷的舅舅舅妈和田老爷子关系很好，一度叫人家"老爹"，逢年过节都要去探望。

有机会和田老爷子把事情谈拢，能得半条街。

"茶叶店和烟酒批发是同一个老板，去年提到生意转让，心理价位是七十五万。面馆后面的三家店是租户再出租的，和他们谈没用……"

傅西泠认真倾听着。

他忽然意识到，时芷不是天生具有商业头脑，她只是为生活所迫，不得不步步为营，为自己谋求生路。

她想抓住每一个机会翻身。

可是时芷才大三。

应该给予她保护的家人都去哪儿了？

合作谈完，时芷打算走了，她还要回酒吧看店，坚持不肯留下来吃午饭。

傅西泠拿了车钥匙："送你回去。"

"不用，既然和你合作，暂时别被街上邻居们看见我们在一起比较好。"

"那给你打个车吧。外面太热，免得你中暑。"

对于这次合作，时芷唯有一点不放心。

她站在门前："傅西泠，这次只谈钱，我们之间不用走得那么近。"

傅西泠听懂了时芷的意思。

"不用走得那么近"就是不挽手臂、不接吻、不亲密。

她是在划清界限，也是在试探他。

"没问题。"

傅西泠不动声色，表情很像"本该如此，没必要特地提出来"。

时芷比了个"OK"的手势，然后离开。

在这之后，傅西泠真的没联系过她。

再收到他的消息，是某个闷热的夜晚。

几点忙完，我去找你。

正事。

时芷让傅西泠夜里一点钟以后再过来。

还叮嘱他，来的时候不要到酒吧正门，从后门进来，右转，走库房旁员工通道的楼梯。

三楼最里面那间，是她的房间。

时芷难得有耐心打了这么长一串文字过去，结果傅西泠回她一句语音。

他声音里带着些调侃的笑意："时老板，这是打算和我偷情吗？"

时芷没理他。

夜里一点钟，酒吧关店。

万冉、玲玲和老钱他们都回去了，走前高高兴兴和时芷摆手，说要去逛夜市。

她也摆摆手，打开后门门锁，回到楼上卧室。

时芷戴着耳机在听网课，没留意傅西泠是什么时候上来的。

察觉到有人时，耳机已经被摘掉一只。

时芷下意识用手肘向后击，被傅西泠挡住了。

“你进来怎么不敲门？”

“敲了，也听见你哼歌了，你没理我。”

傅西泠在工字背心外面穿了件短袖衬衫，很有设计感，像刚从 T 台上下来：“你平时住这里？”

“嗯。”

时芷的房间并不宽敞。

窗子很小，显得有些闷；衣柜是过去年代的老款式，柜门上镶嵌镜子的那种，又大又占空间。

电风扇立在角落，敬业地工作着。

刚从外面抱回的几件晒干的衣服，放在单人床上，还没来得及收。

屋里只有一张椅子，是时芷学习时坐的。

她把那张椅子拖出来：“坐吧。”

“来和你说说你舅舅和舅妈的事情。”

傅西泠没坐，跟着时芷一起拿着衣服去往衣柜里挂。

刚说了个开头，他敏锐地停下来，问时芷：“店里还有其他人？”

除了万冉和玲玲，不会是别人了，平时她们并不会经常来找时芷。

不是说逛夜市去了？不会这么巧吧？

时芷凝神去听。

那种上楼梯慢悠悠，像梦游般的踢踏声一听就是玲玲……

玲玲进人房间不喜欢敲门，时芷当下拉了傅西泠的手臂，把他推进衣柜里。

“你先……”

傅西泠不知道犯什么病，反手把她也拽进衣柜，然后关上柜门。

空间逼仄，已经能听见玲玲的脚步声越来越近。

时芷压着声音：“你有病吗？”

傅西泠笑着：“我怕黑。”

他似乎抬手推了推那些衣架，头顶一阵刺啦啦的声音。

没等时芷说什么，房间门被推开。

然后传来玲玲疑惑的声音：“时芷姐去哪儿了？”

玲玲拨了电话，时芷的手机在床上振动。

小姑娘满腹狐疑地自言自语："出门怎么手机也没拿？"

衣柜里一片黑暗，充斥着木料和洗衣液混合的味道。

时芷的背贴在傅西泠身上。

电风扇在外面做无用功，根本吹不开盛夏夜的燥热。

傅西泠的呼吸声清晰地落在耳边，很暧昧。

玲玲这个死心眼，一直不肯走，留在房间里等时芷。

衣柜缝隙透进来的光源微不足道，傅西泠碰了碰时芷的肩，在她转头瞪他的同时，他也刚好垂下头要和她说话。

傅西泠的鼻尖或者嘴唇，从她的眼角处扫过脸侧，时芷呼吸一滞。

他也顿了几秒，才轻声说："你家那个傻姑娘，是不打算走了？"

第三章
既生嘉何生泠

玲玲是个善良的傻姑娘。

她留在房间里，没有乱碰时芷的私人物品，哼着跑调的广场舞曲，很好心地帮时芷点燃了一盘蚊香。

衣柜是舅妈不知道从哪里捡回来的老物件，柜门不严。

时芷侧抬着头，从她的角度，刚好能看见那道缝隙漏进来的光源落在傅西泠脸上。

光线不足两指宽，斜晃于他眼睛和鼻梁处。

傅西泠的眼睛盛满光，像琥珀，呈现出金棕色。

衣柜没有那么高，他不得不一直垂着头，开口说话时，温热气息扑在时芷的颈窝里。

被她瞪得不再说话后，呼吸又一声声落在时芷耳中。

衣柜里越来越热，时芷已经感觉到自己的发根有些汗意。

玲玲不知道在臭美什么，走到衣柜前照镜子，转圈和摆 pose 的脚步声和他们只有一门之隔。

傅西泠轻笑。

时芷不满地伸手，向后摸索，掐他。

时芷能清晰地听到他倒吸冷气，随后，傅西泠握住了她的手臂。

他这样的动作，几乎是在环抱着时芷。

两人手臂处皮肤贴靠，柜中空气闷塞。

他们身旁挂了两件衣服，稍有大动作衣架就会发出声音，所以他们谁也不敢轻举妄动。

也不是。

不敢轻举妄动的只有时芷。

玲玲离他们这么近，傅西泠还不知道收敛，甚至对她吐槽了在衣柜里闷着的感受。

他说："热。"

他的唇近在咫尺，脸都挨到她的耳侧皮肤，吐出这个字的气息，像有人用羽毛在她颈窝扫过。

时芷有种感觉，只要他再向下一点点距离，就能吻上她的脖颈。

的确很热。

热到呼吸都不再顺畅。

外面突然响起一阵手机铃声，玲玲接起电话："喂，万冉姐，我在等时芷姐回来呢，可是她不在房间里啊，手机也没拿……"

实在是太安静了，连电话里万冉的声音都能听个大概。

万冉一定是又喝多了，声音又懒又无奈，说教着玲玲："你把东西放那儿不就行了，非等她回去干什么？快来接你姐，你姐困了，要回去睡觉。"

玲玲连声应着，终于走了，下楼梯的脚步声渐渐远去。

时芷几乎是在确认不会被听见的同时，推开衣柜门。

房间里都是蚊香的味道。

她没回头，不自在地摸了摸耳垂。

刚刚在衣柜里，有种生理上被勾引的感觉。

脑子不清明，想到的都是以前激吻的刺激感。

她去拉开了一扇窗，才转身去看傅西泠。

傅西泠正抱臂靠在衣柜门上，垂着视线，若有所思般。

他抬眼看时芷，目光绝对算不上清白。

非常蛊。

半夜把人约到卧室里来谈事情，是欠考虑的。

时芷和他对视着，能察觉到彼此间某种贪念来势汹汹。

是傅西泠先扯开了话题，他居然若无其事地谈起正经事。

他自顾自拉开那张椅子，坐下，说他们已经联系过那位姓田的房东，也联系了街上几家商户……

时芷坐在床边，难得分神。

手机里播放着的网课没关，她拔掉耳机，关掉网课。

桌上放着一盒车厘子，是刚才玲玲送来的。不应季时卖得很贵，小小一盒，贴着"53.07"的价格。

她眼睛扫过这些，最终还是不受控制地看向了傅西泠。

傅西泠已经起身，旧折叠椅发出声响。

他走到她面前，打了个响指，俯身平视时芷，眼睛里带着笑意："走神了？"

时芷微微仰头，硬是板着脸："没有，你继续说。"

原本时芷以为，傅西泠会顺着她的那些消息，先约见她舅舅和舅妈，许他们一些好处，再由她舅舅和舅妈引荐他去见房东田老先生。

没想到，傅西泠比她想象中更有心机，他直接找到这条街上舅妈最大的"敌人"。

那家女老板长得漂亮，和舅舅眉来眼去被舅妈看见过，从此成了舅妈最恨之入骨的人。

傅西泠的人高价收了"敌人"那家店，还放出消息，有个富二代人傻钱多想做点买卖，傻兮兮地看中了这条街。

这破地方不值钱，不如赶紧脱手。

很多人主动联系，想要把半死不活的店面盘给脑子里有泡的富二代，生怕错过这个大冤种，以后就再也没有这样的好机会了。

"敌人"那边拿到钱，脸都要笑烂了，舅妈眼红得不行。

"人不患寡而患不均"。

舅妈主动联系过几次傅西泠的人，都没得到积极回应，她不甘心，便直接去找了田老爷子。

店面是田老爷子主动提出要卖的，算是傅西泠比较理想的成交价位。

其他盯着这条街的企业，要走的流程非常多。

他们要派人评估考察，要开项目报告会，要经过层层领导签字点头，还要商讨价格……

傅西泠越过了所有流程，亲力亲为，比所有人下手更快，也更准。

他说："你舅妈真是个煽动天才，没有她在中间夸大其词，有几家还不会这么容易就愿意把生意转手。"

舅妈确实是那种性子，只要她想，死的都能说成活的。

滔滔不绝，危言耸听，特别适合做销售。

时芷刚这样想完，就听见傅西泠说："你舅妈该去找个销售类的工作。"

顿了顿，他接着说："明天我的人和你舅舅舅妈约了见面，你能不能透露一下，他们的心理价位大概是多少？"

时芷拿出电脑，开机，开始清算库存。

店里的所有囤积商品都加进去，按照卖价的百分之八十计算，很快拉出一个价格。

她把电脑转过去，给傅西泠看："我舅妈肯定希望你把货物接手，你只需在这个价格上再加两三万，就能拿下来。"

椅子已经挪到床边，傅西泠的手肘支在膝盖上。

他只扫了电脑屏幕一眼，就开始偏头看时芷，看得时芷心慌慌地差点翻脸，才笑着说："我怎么觉得，店里的存货按售价的百分之七十计算，你舅妈就会接受？"

时芷没说话。

他继续说："不但会接受，还会配合我撺掇其他人尽快把店出手。这个时候，我才会答应多付她三万。"

时芷知道，傅西泠说的才是对的。

舅妈会接受他这个价格，还会眉飞色舞地感恩戴德。

傅西泠还揶揄她，说什么"到底是一家人，还是胳膊肘往里拐的，连合作伙伴都不顾了"。

他明明都知道该怎么谈，才能利益最大化，还过来假惺惺找她咨询什么？

时芷有些生气："那我明天联系供货商，挑最贵的酒送来几十箱。"

傅西泠环顾这间陈设简陋的房间："没觉得你舅舅和舅妈多偏爱你，你还挺向着他们。"

"所以，你给他们什么价格？"

"你都发话了，就按你说的给呗。"

聊完这些，已经是夜里两点半。

傅西泠起身："我走了，萌萌。"

他的原意只是逗逗时芷，觉得她这种一点就炸的脾气，过去能起名叫"林萌"还挺有意思的。

时芷的反应不太好。

不是被叫"小芷"时那种酷酷的状态，反而像是被人狠狠戳了一刀。

她在听见"萌萌"这个称呼的同时，腰背猛然挺直。

神经紧绷着，缓缓转过头……

傅西泠的愣怔只有一瞬间。

他不明原因，也还是在反应过来的第一时间给时芷道歉："抱歉。"

时芷保持着紧绷的状态，将近半分钟后才摇头，淡淡地说："没事。"

看着真不像是没事的样子。

傅西泠突然有点后悔那天答应的"不用走得那么近"。

也不算突然，刚才在衣柜里他就挺后悔的，现在更后悔而已。

“萌萌”这个称呼，应该是戳中了时芷某段不好的回忆。

傅西泠有意分散她的注意力，便说道：“我们怎么说也是合作关系，收购没结束前，还要再见挺多面的。你有什么忌讳，要不要和我说说？”

他还说，不然哪天惹到她都不知道，怕时芷公报私仇，订百八十箱死贵的洋酒，让他买单。

“我不喜欢萌萌，也不喜欢林萌。以后不要叫这两个称呼。”

时芷依然坐在床边，腿上架着笔记本电脑，抬头看着傅西泠：“你之前说好奇我为什么改名字对吧？原因很简单，我爸死了。”

时芷像是在讲别人的事情，面色平静。

她说，她的生父是个赌鬼加酒鬼，每天回家只有两件事：

翻箱倒柜找钱；带着满身酒气对家人动手。

“有一年冬天他在外面喝多了，醉倒在马路边，是冻死的。”

“后来我妈妈带着我换了座城市生活。”

蚊香盘燃烧了四分之一左右，香灰落在地板上。

纱窗上趴着一只灰色的蛾，窗外传来流浪猫的叫声。

傅西泠听完时芷的话，第一个反应是非常心疼。

她越平静，越让人心疼。

第二个反应是想去抱抱她，但忍住了。

最后他才反应过来，时芷这种性格，为什么会忽然愿意和他说这些？

傅西泠看着时芷，确定她不是在谈心。

所以……

时芷知道他是顾及她，才肯过来谈谈给酒吧的停业赔偿款。

在酒吧这件事上，时芷帮舅妈明着占了他这边一点便宜，所以用他好奇的事情，和他做了交换？

要是时芷在为自己争取利益时，能这么上心，傅西泠会更心甘情愿一些。

时芷显然不需要任何同情和安慰，说完这些，把电脑关机，起身道：“走吧，我跟你下去锁门。”

酒吧装修已经很多年了，当年流行的木制楼梯边角漆体掉落，踩上去有咯吱声响。

他们并肩走过狭窄的楼道，下楼到后门。

时芷推开门板往外看了看，确定街道上没人，才冷漠地说：“可以走了。”

这一刻他们真的非常像偷情。

在傅西泠眼里，时芷冷静地用她的过往经历交换利益时，不如在衣柜里呼吸错乱时可爱。

他更愿意她是在某次喝酒时，认真和他谈谈这些事情。

傅西泠在外面谈生意，从来没这么吃亏过。

总有点憋屈。

他从她身旁走过，忽然停下来，收回已经迈出门槛的脚，转身靠近时芷。

“你……”时芷皱着眉后退。

身后是装了空酒瓶的几摞纸箱，退了两步就被逼进死角。

傅西泠目光很深，沉沉地看着她。

某种情绪被瞬间点燃，叫嚣着，跃跃欲试。时芷仰起头，几乎是有些挑衅地回望。

她看着他垂头凑近。

就在时芷想要违背约定和他缠吻在一起时，傅西泠偏头了。

他没吻她，只在她耳边说了句“晚安”。

走前，还用指尖玩弄时芷发烫的耳垂，坏笑着轻轻一拨：“走了。”

傅西泠这个浑蛋。

时芷盯着他的背影骂人，关掉酒吧后门，连落三道锁。

回楼上看到那盒车厘子，才分了部分注意力，她稳下心绪，给玲玲发微信。

时芷不太会说漂亮话，拍了照片发过去：水果收到了，谢谢。

熬得太晚，但时芷睡得不算安稳。

凌晨四五点钟时窗外传来一阵电动自行车报警的声音，吵醒了她。

她摸到枕头下面的手机，发现是玲玲的回复。

很长，写作文似的，把过来送车厘子但没找到人的过程给叙述了一遍。

玲玲大概是睡蒙了，夜里三点半还在梦游操心，说过来时看见酒吧后门没关，提醒时芷一定要记得锁门。

我昨晚看见想逃单的那个人，就在酒吧附近转悠，看见我还瞪我。我怕他会报复咱们，时芷姐一定要锁好门呀！

时芷怕吵醒玲玲，没再回复，想着有什么事情白天见面了再说。

她是该和玲玲他们三个好好谈谈，舅妈这么急着把店出手，他们这边一点风声都没听到。

玲玲就不说了，大大咧咧的不会在这方面藏心眼，老钱和万冉也没能察觉就很不对劲。

按照傅西泠说的，他的人今天就会跟她舅舅和舅妈见面。

事情谈妥，只要合同一签，玲玲、万冉和老钱就会面临失业。

只是不知道舅妈打算什么时候说这件事。

待舅妈来找时芷时，已经是一个星期之后。

舅妈进门一脸忧愁，先和三个员工说酒吧经营困难，一直在赔钱，打算出手不再继续做了，说过之后，再叫来了时芷。

舅妈的开场白是——

“时芷啊，你也知道我和你舅舅这几年过得多辛苦。

“你妹妹是学艺术的，花销大，舅妈还想送她出国读书的。

“你也知道舅妈手里不宽裕，现在有人肯接手咱们这个酒吧，舅妈觉得是个不错的出手机会。

“店里多少存货你也知道，就砸手里了，赔进去不少钱，还得给员工发补偿工资……

“唉，舅妈不能再照顾你了。

“再开学你也大四了，是大姑娘了，找找实习工作什么的，也不是没有办法照顾自己。

“人总要独立的，对吧？”

如果不是时芷早就知道傅西泠那边会赔多少钱给舅妈，只看舅妈这种眼睛通红的可怜表情，她可能真的会相信。

只不过时芷没想到，舅妈会这么快让她搬家。

她在酒吧的行李不算多，有一部分在学校的宿舍里。

搬走的那天，一个二十八寸的行李箱，收进了时芷的全部家当。

学校还在放暑期，时芷没地方可去，便找了家开在医院附近的小招待所。

五十块钱一晚。

天还是那么热，时芷戴了一顶鸭舌帽，拖着行李箱往医院方向走。

手机响了一声。

是傅西泠在联系她，他在微信对话框里发来位置共享。

时芷从来没和人位置共享过，不知道傅西泠又在打什么馊主意。

她点了“加入”后，便没再管。

又走了几分钟，傅西泠打了电话过来：“要去哪儿？”

时芷没打算和傅西泠说太多，回得很简单：“医院附近。”

"生病了？"

"没有，在搬家。"

傅西泠那边沉默片刻，才开口："顺着现在走的这条路，再往前走两百米左右，有一家叫Aurora的咖啡厅。你进去坐坐，我安排人给你送冰咖啡和冰激凌蛋糕。二十分钟我就到了。"

"……你来干什么啊？"

傅西泠只说"找你有事"，说完就把电话挂断。

时芷在咖啡厅里坐了十几分钟，喝完了冰咖啡，蛋糕只吃了半块。

她眼角余光里，一辆SUV很利落地停进路边的车位里。

她如有所感地转头，看见傅西泠表情很冷地甩上车门，大步走过来。

门口的风铃丁零当啷，傅西泠推门而入。

他坐在时芷对面的单人沙发里，瞥一眼放在她身侧的行李箱："准备搬去哪里住？"

前几天傅西泠一直在事必躬亲地忙工作，衣服都连着穿了两天没换，今天才终于空出时间洗了个澡。

本来想着约时芷吃个晚饭，没想到下午坐在办公室里听人汇报工作进度时，听见了这样的话——

"……合同还差两家，酒吧那边速度最快，住店员工今天就能搬走，明天我们的人就可以去验收了。"

酒吧里唯一住着的，就是时芷。

傅西泠在派人谈合同时，特地没有要求过交房时间。

但手底下的工作人员说，酒吧老板自告奋勇地要求尽早停业，想快些把赔偿款拿到手。

傅西泠想起和时芷的上次见面。

她不惜剖开伤口，也希望帮舅舅和舅妈争取到多一点的赔偿款。

她舅妈的行为，在他看来是妥妥的背刺。

傅西泠不认为时芷的舅妈会让她搬去家里住。

现在看来，他猜对了。

时芷捏着一个金属小勺子，在搅动餐碟里融化的一摊冰激凌蛋糕。

她有些漫不经心地说："招待所，在人民医院附近。"

傅西泠听完，连个犹豫的时间都没有，直接站起身，提了她的行李箱就往外走。

时芷一愣，放下勺子，追着他快步走出去："傅西泠，你干什么？"

"带你去我家。"

下午三点钟，很热，阳光很刺眼。

离开空调房间，晒得人连眼睛都睁不开。

时芷不愿意去，皱了眉打算反驳，但傅西泠没给她机会，直接把行李箱装进车子后备箱里："有事找你帮忙。"

"什么事？"

他不答，语气发沉："上车。"

时芷跟着坐进车里。

车子发动，她听见傅西泠说："你胆子也是够大的，那些招待所楼下一排寿衣店、花圈店，卫生堪忧，估计还会有蟑螂和老鼠……"

蟑螂和老鼠，酒吧楼上也有。

重要的是，离她开学还有十几天，招待所的价格算下来比较合适。

她反问："所以呢？"

后面傅西泠没再说话，沉默地开了一路车。

也不知道这位二世祖遇见什么不顺心的事了，满身戾气。

时芷索性闭着眼，靠在副驾驶座里闭目养神。

车子一路开到傅西泠居住的小区，驶入地下停车位。

时芷来过，不陌生。

傅西泠下车，从后备箱里提出她的行李箱，对她一偏头："走吧。"

回到住处后，傅西泠的脸色才有所缓和，丢了瓶矿泉水给时芷，终于愿意开口说话了："你舅妈怎么和你说的？"

时芷简略总结："哭穷，说是赔钱出兑。"

看傅西泠的表情，他似乎很想骂脏话。

但他只是皱了皱眉，坐在沙发里喝掉了半瓶矿泉水才说："我给她按百分之八十算的，额外多加了五万块。真就一分钱都没给你？"

时芷摇头："没有。"

她情绪并不高。

换了平时有精气神的时候，在傅西泠拎她行李箱往咖啡厅外面走那会儿，她就会跳起来和他打一架，根本不可能莫名其妙地跟着他回家。

但今天，她确实没有这份心情。

傅西泠就坐在她身旁，用矿泉水瓶戳了她手臂一下："欸，你要是不爽你舅妈的处事方式，那五万就不给她了，反正也没写进合同里。"

"不用。"

时芷已经习惯了亲戚们对她避之不及的态度，她不想听谁安慰她，也不想在背后议论亲戚们的不是。

她只想安静地待会儿。

还好，傅西泠不是个啰唆的人。

他陪着她安静地坐了很久，然后拉着她的手腕，把她带到家里存酒的那间房间门口，和之前说的一样："自己选。"

"不怕我喝多了，在你家里耍酒疯吗？"

不知道傅西泠的戾气是什么时候消的，他一脸无所谓地笑了笑，说他有的是钱。

"你要真喝多了砸个十件八件的东西，也犯不上心疼。"

他拿了两瓶红酒出来："可以试试这个，国外酒庄的好年份葡萄酒，口感不错。"

傅西泠家里采光好，光线过于明媚。

他关了窗帘，遮住那些刺眼的光，像给内心失落的人，造了一场提前到来的黑夜。

他家里挺多昂贵的设备，投影仪的幕布落下来，傅西泠找了个美剧在放。

画面很高清，像在自己家里拥有一个小型的电影院。

时芷问了一句："这东西贵吗？"

他说："十几万吧。"

是什么高科技这么值钱？

时芷又多看了两眼，仰头喝空第一瓶红酒。

傅西泠扯回刚才的话题。

他指了家里的几样陈设，和时芷开着玩笑，告诉她：

待会儿真要是喝多了，混凝土风格的那个小边几别砸。虽然挺丑的，但那是他表姐送的。他表姐很小心眼，发现了要找他算账。

咖啡机最好也别冲动摔掉。

那是他这儿装修时，他二姨父特地从国外买回来的。他二姨常年做美甲，他怕他二姨"九阴白骨爪"下不留他小命。

说到这里，傅西泠补充一句："就是逼我喝苏打水的那个二姨。"

至于他家里的那些潮牌手办、游戏机、音响，包括十几万块的投影仪，都随便砸。

那些是他自己买的，坏了正好可以换新的。

时芷能听出来，傅西泠的家庭氛围很好。

时芷垂着眼睑想，他可真幸福啊。

这个下午，时芷边喝酒，边被傅西泠拉着胡扯。明明他自己都没看过的美剧，还非要给时芷当解说。

但时芷那些消极的情绪，好像也是在他那堆胡扯里，慢慢散掉的。

酒瓶喝空三个，她才想起来问："你不是说，有事找我帮忙？"

傅西泠拿出手机，说是姚姚的妈妈前几天和他妈妈一起逛街，提到了他有女朋友的事情。

知子莫若母，他妈妈不信，明里暗里问过他好几次了。

时芷又开了一瓶红酒："不会是要我和你去见家长吧？"

"你愿意吗？"

"不愿意。"

"那不就得了。"

傅西泠拿手机对着时芷拍了一张照片："不用那么麻烦，反正你也不用回酒吧，就住我家吧。"

时芷猛然抬眼，看着傅西泠。

他也看她，看着看着，渐渐弯起唇角："没别的意思，就是方便我偶尔拍张照片发群里，让他们知道我的确是有女朋友了。"

傅西泠把手机丢给时芷，里面是他的微信页面。

他刚刚往家庭群里发了张时芷的照片。

没拍正脸，只是拍了她垂头在开红酒的样子，头发散落在肩头。

时芷的疑问是："这种在你家喝酒的女孩子，你爸妈知道了会同意？"

而傅西泠的回答是："他们不管这些，只会觉得我能喜欢的女孩，肯定是有过人之处。"

傅西泠叫了外卖。

时芷喝完第四瓶酒就不再喝了，跟着他一起吃了些东西。

傅西泠吃相很好，为人也还算绅士。

他说今天时间太晚，他懒得折腾，暂时留下休息休息。

后面他会把房子留给时芷，自己住酒店那边，刚好也方便工作。

夜里十一点钟。

时芷在目睹了傅西泠用消毒湿巾把指尖擦干净的动作后，忽然说："我之前说的，喝多了在你家里耍酒疯，不是砸东西。"

傅西泠垂着头，还在擦手。

他的指骨修长，皮肤似乎很薄，被擦得关节处有些发红，手背透着淡青色的筋。

他没意识到时芷在想什么，还玩笑了一句："想吐的话也随便，明早阿姨会来收拾。”

时芷是在他起身去丢那团湿纸巾时，跟着一起站起来的。

傅西泠把一团湿纸巾丢进垃圾桶，转身，差点撞到时芷。

他脚步一顿，下意识发出疑惑：“嗯？”

“我说的酒疯，是这个。”

时芷迎着他，一步步靠近，再靠近，几乎贴在傅西泠身上。

她攥了他的衣领，凑过去。

时芷身上带着好闻的葡萄酒香气，在几乎碰到他的嘴唇时，才堪堪停下来。

傅西泠表情挺克制的。

但也还是在时芷的身体继续靠近时，难以抑制地滑动了喉结。

气息交错。

时芷微微向上抬眼，安静地看着傅西泠，她知道他眼底的某种情绪越来越汹涌。

就在他把手扶上时芷的腰侧时，她突然后退了。

傅西泠抬了下眉。

时芷就在灯光璀璨的客厅里，倒退着往卧室的方向走。

她笑得特别要命，把前些天那两句话全部还给傅西泠。

“走了，晚安。”

借住在傅西泠家里，时芷的生活突然变得格外清闲。

她不用忙那些酒吧里的各类杂活，也不用对付蚊虫和老鼠。

傅西泠本人不常回来，只有他雇的家政阿姨会在每天上午十点钟，准时用钥匙打开门锁，提着一些新鲜蔬果，来清理卫生。

偶尔也会带来些鲜花，去叶剪枝，插在花瓶里。

阿姨话不多，时芷也一样。

有时候，她看着阿姨打扫过的这个“家”，干净整洁又宽敞明亮，会在心里冒出很多感慨。

这是时芷居住过的，最舒适的环境了……

小时候她跟着爸妈住在厂房家属楼里，面积不算大，只有四五十平方米。

时芷对那里最深的记忆，是床底下那些没打扫干净的灰尘积块。

半夜里林孝平带着浑身酒气推开家门，时梅就会暗示惊醒的时芷，让她快点躲到床下。

她在床下听见林孝平的咒骂，也听见时梅的惨叫和哭泣。

在时芷小学三年级那年，林孝平死了。

妈妈时梅带着时芷离开了那座城市，回到老家。

她们借住在大舅家里。

尽管时梅每天抢着做各种家务，时芷放学回来也会在麻将馆帮忙收垃圾、被人差着跑腿买烟买啤酒，也还是听见大舅妈的抱怨。

“你妈瘫痪了我们是该照顾的，尽孝道。但现在你妹妹也带着孩子住过来……时勇，我们的生活也不宽裕啊！”

后来时梅出事了。

时芷在小学六年级时，搬到大舅妈娘家亲戚经营的小饭馆里，住过不到一年。

上初中后，又辗转搬去过二姨家里、小姨家的理发店。

最后才是酒吧。

但这些经历，没有让时芷变得自怨自艾，反而成了她的“垫脚石”，激着她一往无前。

环顾四周，有钱人的房间又大又明亮，傅西泠说过，那台小小的投影仪要十几万。

时芷盯着它，种种野心全都写在眼里。

“总有一天，我也会有的。”

她开始找实习工作，对着电脑研究怎样把简历做得精彩，再对着手机研究招聘类 APP 里释放出来的信息。

高端社区哪里都好，就是离热闹街区有些远，不如普通居民楼方便。

时芷做好简历后出门寻找打印店，没有车可以代步，她走了将近两个小时才回来。

外面热得要命，时芷用简历扇着风进门，没留意玄关桌上放着车钥匙。

她随手拿了一支笔，把头发绾起来，正打开冰箱拿矿泉水，身后响起傅西泠的说话声：“在找工作？”

时芷有些意外，转身：“什么时候回来的？”

“半小时前。”

傅西泠显然是刚刚洗过澡，穿着一件黑色浴袍，站在刚才她路过的餐桌旁。

他正拿着她刚打印好的简历在看。

A4 纸张被连续翻了几页，他笑着读出来：“有耐心，能很好地进行团队协作……真的？”

“自我评价”这种东西，当然是揣摩着用人单位的心思，编出来的。

不然怎么办？

难道要她写“耐心有限，钱多就干”“团不团队不重要，想搞钱”“想买房子，想买车，还想买十几万块的投影仪”？

时芷走过去，把那份简历夺走了。

傅西泠拦了她一下，却没抢简历，很欠揍地拿走了她手里那瓶没开封的矿泉水，据为己有。

她在发作的边缘，深吸一口气……

结果吸入肺里的，都是傅西泠身上清爽的沐浴露味道。

傅西泠的头发是半干的，是被空调风吹得过分干燥的空间里，唯一潮湿的存在。

他在时芷爆发前拧开矿泉水，拿了两个玻璃杯出来。

一人倒一杯，平息了她的怒火。

傅西泠喝着矿泉水，问：“要不要我帮你找份工作？”

“不用。”

之前傅西泠答应过时芷，在酒吧停止营业后，会帮助万冉、玲玲和老钱提供一些工作机会。

他说到做到，确实有给安排过。

玲玲和老钱会去酒店做最基层的工作。万冉则拒绝了工作邀约，准备跟着姐妹去南方，发展二手奢侈品倒卖的生意。

傅西泠说过，他用她那些情报换来的利益，远远比她想象的多。

如果她坚持只要十五万，可以在其他方面多提些要求给他。

“像找工作这种事情，帮你个小忙，对我来说也没什么损失。”

时芷是不准备欠傅西泠太多人情的。

何况，她自信自己这么多年的努力，凭本事找到一份好工作，应该不会太难。

但傅西泠的确是个可靠的合作伙伴。

时芷也是真心感谢他，语气也就比以前相处时缓和了不少。

在拒绝他的帮忙之后，还会顾着这位富二代的自尊心，多加了一句：“等我实在找不到，再找你吧。”

难得听到时芷这样说话，还和他来处事圆滑这一套？

傅西泠笑着应声：“好像是比以前耐心了些？”

然后就看见时芷瞬间变脸，目光里像掺着小刀似的，嗖嗖飞过来。

他大笑着走回房间，换了一套衣服，再出来直接坐到时芷身旁的沙发里。

“和你说个事儿……”

傅西泠懒洋洋地陷在阳光里，头发变成金棕色。

他说，他让他的人和其他房主谈合同时，都提了时芷的舅妈。

看见时芷猛然看过来，他才笑了：“听懂了？”

时芷明白傅西泠在做什么。

他在布局。

那些店铺老板现在拿到的赔偿款项，只在眼下来看，肯定是比他们的心理预期要高，因此个个欢天喜地。

但其实，他们是吃亏了的。

他们有信息差，不知道有会展中心和大商场的项目，未来两三年，那附近就会繁华起来。

如果店铺能到那个时候再出手，价值会翻上好几倍。

他们也许会有拍着大腿后悔的时候。

而傅西泠的人，把功劳都算在了时芷的舅妈身上。

现在那些老板有多感谢她舅妈的煽动，未来就会多恨她舅妈。

“你的人怎么说的？他们会觉得舅妈是额外收了钱吧？”

“怎么，不忍心？”

时芷摇头。

哪怕东窗事发，舅妈顶多是精神层面的压力，绝交几个好友，受几句埋怨或者几记冷眼，仅此而已。

这种程度的“报复”，能帮时芷出一口气，又顾着是她的亲戚，没有真的在利益上伤害到他们。

不得不说，傅西泠的尺度拿捏得刚刚好。

“谢谢。”

“客气了。我这个人喜欢双赢，最不乐意看见的就是合作伙伴吃亏。”

投在招聘 APP 里的简历有很多人事联系，消息叮叮咚咚不断从手机里传出来。

傅西泠跟着凑过来看了几眼，他眼光可高了，那几家公司他一个都没瞧上。

时芷准备记下来，查查看，他已经都在心里给 pass 掉了。傅西泠拿了她手里那支笔，在指尖灵活地转了几个花样。

“别看了，都不行。”

“为什么？”

傅西泠自己就是老板。

还是他家里爷爷、爸爸、大伯和小叔联手培养出来的预备役接班人，多少也有点本事。

他直接俯身过去，在时芷面前的本子上写了十几个公司名称和联系电话。

写完，用笔点了点纸张：“这些企业都比较适合你。招不招人我不知道，你可以去他们的官网看有没有招聘信息，或者打电话过去问。”

他挨在她背后，距离很暧昧。

但正事分了时芷的心。

她没见过谁能够默写出这么多电话号码，因此有些怀疑：“不会都是你家亲戚开的吧？”

“我家势力哪有这么大？”

傅西泠拿出手机，给她看，通讯录里一个人都没存过：“和你说过了，我记性还行。”

“不要帮我打招呼。”

“放心。你都已经拒绝我了，我为什么要做狗拿耗子的事情？”

说完这些，傅西泠起身准备走了。

走前让时芷配合他，拍了一张她埋头看电脑的照片，发进家庭群里。

然后对她晃晃手机：“走了。”

傅西泠偶尔会回来。

提一大盒加麻加辣的小龙虾，和她吃个夜宵；或者只是回来换个衣服、取份文件。

某次傅西泠去B大的朋友那边过夜，隔天早晨，给时芷带来了生煎包当早餐。

也有一次，傅西泠是在早晨回来，进门刚好撞见时芷在做早饭。

在生活上，时芷的技能点挺满。

能自己换电灯泡，也能自己解决水管堵塞和电脑死机的问题。

做饭也算娴熟。

傅西泠进门时，时芷人在厨房，一心二用。

她用右手里的汤勺，搅动着锅里的白粥。同时，左手拿了颗鸡蛋，在料理台边沿轻磕，游刃有余地单手把鸡蛋打入煎锅中。

粥锅沸腾的蒸汽和煎蛋的油烟，统统被排烟机吸走。

她穿着短袖家居裙，头发绾了个很随意的髻，几缕碎发落在耳侧和后颈。

似乎是听到关门声，时芷转过头，把鸡蛋壳丢进垃圾桶，随口问他：“吃早饭吗？”

傅西泠说：“好啊。”

时芷便多煎一颗蛋，白粥也分一碗给他，还用冰箱里的沙拉醋拌了生菜和焯过水的西兰花。

平时的时芷看着都太酷了，突然露出这么居家的风格，令傅西泠很不适应：“我是第一个吃你做的早饭的人？”

“不是。”

“还有谁吃过，沈嘉吗？”

时芷看他一眼：“当然不是，你想什么呢？”

前几天傅西泠写下的一串公司名称，时芷都去查过了，还真的有几家的招聘岗位很对口。

时芷投了简历，昨天下午还和其中一家的HR联系过。

鉴于这些，时芷今早的话也多了那么一丁点。

她说她以前借住在亲戚家，有弟弟妹妹，上学前需要做三个人的早饭。

傅西泠了然：“找工作的事情，挺顺利？”

时芷看着他：“不顺利。”

“不顺利早冷着脸把我轰出去了，还能给我做煎蛋？”

不知不觉间，傅西泠成了和时芷走得最近的异性。

当时她并没有意识到。

也没想过，哪怕是在和沈嘉谈恋爱的时候，她也没有这么轻松、自然地同沈嘉对话过。

开学前的最后几天，七夕节到了。

时芷对这类节日缺少关注，并没有什么特别的感觉。

所以，当傅西泠抱着一束玫瑰花出现在玄关时，她真的是愣了一下。

“送你。”

“……你有病吗？”

时芷甚至怀疑，傅西泠是和哪个情人表白，被人拒绝了。

傅西泠不闹了。

“我表姐非要我把女朋友带回去吃饭，我说我们二人世界呢。来，拜托你抱着这玩意儿，让我拍个照。”

时芷臭着脸，把玫瑰抱在怀里，低头避开正脸，理了理长发：“拍。”

傅西泠拍完照片，才把纸袋递给时芷。

纸袋里是一瓶红酒，说是报酬。

说完，他很利落地转身，往门外走。

时芷调侃他：“去见真女朋友？”

傅西泠眼睛里噙着笑意：“很惨，没人约。要不你这瓶酒分我喝两杯？”

这里本来就是傅西泠的家，酒也是他带来的。

不管他的那句“没人约”是不是鬼话，时芷都没办法拒绝。

难道要她阻止人家回家吗？

时芷让开玄关的过道，提着那瓶红酒，转身往厨房走：“还没做饭。”

傅西泠问她：“你本来打算吃什么？”

“西红柿炒蛋，白米饭。”

“就没了？”

“嗯，没了。”

傅西泠换了拖鞋，进门。

他从时芷身侧路过时，顺手拉了她的手腕，接过她手里提着的红酒袋子。

“别做了，我叫外卖。好歹是个传统节日，怎么也得有点仪式感。”

时芷的亲戚缘分十分淡，没什么和节日相关的美好记忆，也不太能理解有钱人的仪式感。

尤其是当外卖小哥按响门铃，送来足足五个黑色的大号纸袋时，她几乎以为，傅西泠还叫了其他朋友来一起过节。

傅西泠提着那些鼓囊囊的纸袋子，没往餐桌那边走，直接去了客厅。

纸袋拆开，锡纸盒被他拿出来放在茶几上，散发出高级餐厅烹饪出的香气。

“在这儿吃吧。”

傅西泠只拿了两个高脚杯就坐在地毯上，背靠着沙发，去开红酒。

看样子，是没叫其他人过来了？

时芷坐过去，偏头看着傅西泠开酒。

过去在酒吧，没什么客人的闲暇时间里，老钱教过时芷她们很多种开酒方法。

她和万冉还试过用直板夹烫红酒瓶口，等个十几分钟，软塞受热会自己“蹦”出去。

傅西泠没有那些花把式，用最常见的手法——海马刀开酒。

他的手好看。

往外拔软塞的那个瞬间，手背上骨骼的形状和浮现的青色都更明显，挺性感的。

时芷盯着看了两秒，然后移开视线。

不知道什么原因，他们在夜晚的独处总会让她有些心猿意马。

傅西泠喝过水，唇是润的，看上去很好亲。

他的唇轻轻开合，对她说：“这家店的厨师是国外请回来的，牛排做得不错，你尝尝看……”

时芷没细听，挪回视线看他的唇珠。

眼角余光里有一片和装修配色不相称的火红色，是傅西泠刚刚带来的玫瑰花。

就是那束玫瑰，及时拉回了时芷的理智。

她在接过傅西泠递过来的牛排时，不动声色地打破了这个夜晚的暧昧，主动发起第一个话题：“沈嘉最近有什么消息？”

牛排切面中央是嫩粉色的，黄油的奶香和黑胡椒混合在一起，香气扑鼻。

时芷用筷子夹了块牛排，略显心不在焉地放进嘴里。

她不知道傅西泠究竟有没有听出这个问题的弦外之音。

只听到他语气很平常地说：“没听说过什么特别的消息。起码朋友圈动态很孤寡，刚刚还在实验室看数据呢，没和陶佳过节。”

傅西泠拿了手机，把沈嘉的朋友圈找出来，递给时芷看。

在他们分手后，沈嘉只发过这一条动态，是在半个多小时前。

能看出来是实验室里拍摄的照片，没有配文。

沈嘉这个人，发朋友圈不太频繁。

一般就是发些出去玩的照片，还有些小动物。会拍朋友家的两只边牧犬，也会拍她宿舍楼下的狸花猫……

在沈嘉追时芷的期间，曾经发过凌晨还在学习的照片。

隔天，沈嘉给时芷打了电话，对她说：“昨天太累了，实在懒得起来吃早饭，但我想见你。”

基于了解，时芷在看见朋友圈的第一时间，已经敏锐地确定，沈嘉这条动态是发给异性看的，看来，他和陶佳混到一起是早晚的了。

但她内心毫无波澜，只看了一眼，就把手机放回茶几上。

话题依然是围绕着沈嘉在展开——

“你有沈嘉的微信好友，为什么上次那个泳池派对，沈嘉没有参加？”

“有我在的场子，除非有长辈在场，不然沈嘉不会来。”

“那陶佳呢？”

“陶佳不是我们圈子里的。她爸不做生意，好像是个文科类教授，在某所挺厉害的高校任职副院长来着，具体的我忘了。”

从郊外别墅回来后，他们再没有谈论过关于沈嘉或者陶佳的事情。

哪怕时芷刚失恋那几天，也没八卦过这么多。

今晚这么明显的“事出反常”，但傅西泠像是完全没意识到“必有妖”，依然吃得慢条斯理，聊得也很随意。

他们沉默地吃了几分钟。

在时芷继续询问关于陶佳的事情时，傅西泠忽然笑了。

很轻的一声。

他抿唇，饶有兴致地看向时芷，似拆穿，却又没有明确地说什么：“干脆也问问我和陶佳怎么认识的得了。”

“小提琴。”

时芷能猜到这点，傅西泠倒是有些意外的，想了想：“看见我的小提琴了？”

借住在傅西泠家里，时芷的确看见过收纳在衣帽间里的几把小提琴。

陶佳也会拉小提琴。

时芷当时就冒出过这样一个想法：也许他们是因为小提琴认识的。

“我们是同一个小提琴老师。”

做家长的，多少都会有点望子成龙的心思。

傅西泠上小学那会儿，某次家宴上，他大伯提起来，说自己结识了一位很有名的小提琴家，是著名乐团退休下来的。

大伯打算让傅西沣和傅西泠去学一学小提琴，陶冶情操。

傅西沣老早就放弃了，死活不肯继续。

至于傅西泠，他本来就是那种“要么不开始，要开始就会认真”的人。

再加上小时候看《福尔摩斯探案集》，里面的主人公会拉小提琴，他也算是带着点小兴趣，坚持跟着老师学了很多年。

第一次见陶佳，是高二。

那时候陶佳开始跟着傅西泠的小提琴老师上课，老师年纪大，不爱折腾，都是学生们去他家里上课的。

上课时间挨着，一个下课，另一个去上课，经常能碰见。

再加上偶尔有考级、比赛这类的事情，老师带着他们出过几次门，一来二去也算是认识了。

“陶佳比我水平高，我是学着玩的。”

在这些往事里，无论是沈嘉和陶佳，还是傅西泠和陶佳，他们之间的缘分纠葛，都没有引起时芷的内心波动。

她只是在想：

在他们学小提琴时，自己在做什么呢？

高中二年级，时芷住在小姨家。

小姨家开了理发店，时芷经常要在店里帮忙，给顾客洗头、扫地上的碎头发、调染发剂……

那次是小姨家的弟弟偷拿钱出去玩，被小姨发现钱少了。

面对盛怒的小姨，弟弟根本不敢承认，只能冤枉时芷说是时芷拿的，他亲眼看见了。

两相比较，小姨当然更相信自己的儿子不会偷东西。

他们在时芷的学习桌抽屉里，翻出了她没存起来的一部分奖学金，就觉得人赃并获了，没有给时芷任何解释的机会。

那天时芷放学回来，沉默地听小姨和小姨父说了很多难听的话。

他们不许时芷吃晚饭，让她回房间去自我反省。

房间里很安静，能听到外面他们一家三口吃饭的声音。

小姨父大概是给弟弟夹了排骨：“齐齐以后不可以和姐姐学，偷东西是不好的行为，知道吗？”

时芷喝了两口红酒，默默地想：

人和人真的是有差距啊……

傅西泠这个晚上特别好聊天。

就像他特地选这种日子过来小酌，完全没任何目的似的。

时芷说什么破坏气氛的话题，他都顺着，她提前男友，他也跟着聊她的前男友。

还问她，有没有和沈嘉一起过过情人节。

“没有。”

今年的二月十四日，情人节，时芷刚和沈嘉在一起不久。

酒吧生意赶上节日会有些忙，时芷跟着忙到夜里将近两点钟，终于耗走了最后一位客人。

大雪纷飞的冬夜里，她去锁了卷帘门，才看到手机里沈嘉的信息。

大概是“女朋友，节日快乐”这类的吧。

“就是这样。”

“给你发了一条信息，没了？”

“嗯。”

可能傅西泠也觉得她和沈嘉之间的故事无聊透顶，便主动提出拿小提琴给她展示。

时芷没得到自己预估的反应，也开始怀疑自己是不是想多了。

傅西泠取了小提琴回来时，时芷就抱臂站在客厅里。

审视着他，没开口。

她今天穿了露脐的短袖T恤，低腰运动裤露出紧实的腰和不太明显的马甲线。

傅西泠走到她面前，在离时芷不足一米远的位置停下来。

他目光幽暗，手里拿着的小提琴琴弓，顶端轻轻落在她的腰侧。

动作很轻，堪称温柔地缓缓向上滑。

时芷有些战栗，呼吸不受控制地顿了半秒。

她和他对视着，目光勾缠，又有些针锋相对的冷静。

彼此眼里都能探到一些强硬和危险。

傅西泠的琴弓落在她的锁骨处。

又沿着颈窝、脖颈，一路向上，触碰她的耳垂。

他走近些，用琴弓去托时芷的下颌：“你觉得我今天来，是该对你这样的？你在测试我能不能遵守合作约定？”

时芷推开琴弓，皱眉道：“我只是想不通你到底为什么帮我。”

他察觉到她句句不离沈嘉，却只是怀疑她在测他能不能遵守合作约定？

傅西泠真的没有其他目的？

真的只是为了偶尔拍她一张照片放在家庭群里？

傅西泠没有回答。

他慵懒地坐进沙发里，垂着头认真摆弄了几下小提琴，然后开始他的演奏。

时芷第一次看别人拉小提琴。

这种乐器真的很神奇，原本傅西泠是那种看着特别野的男生。

但他拉小提琴的时候，很优雅。

优雅之余，还有种随便动动心思就能把人玩死的蔫坏感觉……

这一曲之后，傅西泠没再有过任何暧昧行径，还主动和时芷聊起了她的工作问题。

他们只是小酌，两个人连一瓶红酒都没喝完，菜更是剩了好多。

收拾残羹剩饭时，时芷很无语地看着傅西泠，问他干什么要点这么多。

没吃过饱饭似的，点了牛排还要点鱼排和羊排，点了意面还要点比萨。

“明天你可以用烤箱加热。”

时芷说：“傅西泠，我后天可以搬走了。”

再过几天，时芷就要开学了。

学校宿舍后天开放，她会在第一时间搬回去。这大概率，是他们吃的最后一顿晚饭了。

傅西泠丝毫不意外：“所以说，稍微丰盛点也无妨。”

他没说的是：

刚才拉的那首曲子，叫作*Can't Help Falling in Love*。

情不自禁坠入爱河。

在傅西泠看来，如果在未来的某天，让他回忆自己二十三岁的这一年。

印象最深刻的应该不会是他开启了一个被长辈们连连夸赞的大项目，把整条街划入自己的商业版图。

而是遇见时芷。

遇见时芷那天真的挺神奇。

傅西沣从南方回来，喝了几口白酒，在家宴上发疯，矛头直指傅西泠，把大伯气得手抖，险些摔了酒杯，还是伯母拦下来的。

傅西泠懒得搭理傅西沣，但他不能像傅西沣那么无脑，得顾及大伯的身体。

饭没吃两口，他撂下筷子出门。

伯母追出来，拍拍他的肩膀，可能想说些什么。

傅西泠笑着安慰：“朋友在酒吧等我呢。”

酒吧里挺热闹，傅西泠正拿 iPad 看几份老爷子发给他的合同，突然察觉到有人在看他。

抬眼，便看见了沈嘉和沈嘉的朋友们。

沈嘉表情尴尬，还要撑着过来和他打招呼。

人在心口不一地做表面功夫时，微表情是很有意思的。

但那天傅西泠更感兴趣的，是沈嘉的女朋友。

他见过她。

她名字变了，性子也不太一样。

“时芷”或者说“林萌”的出现，让那个有点晦气的夜晚，变得有意思起来。

后来傅西泠和周朗说起这件事，周朗推了推鼻梁上的眼镜，说八成是他看错了，认错了人。

傅西泠扯了下嘴角：“我看错了吗？”

周朗想了想，找到一个逻辑 bug：“不应该啊，你记性那么好呢。”

傅西泠的记性是不错的，不然也不会和沈嘉结了梁子。

虽然这个“梁子”是沈嘉单方面的。

傅西泠和沈嘉是小学同学。

两家长辈认识，又觉得他们是同岁，两个男孩子肯定能玩得来，便特地找人安排了让他们同班级这件事。

小学开学第一天，老师要求做自我介绍。

会用三种语言做自我介绍的沈嘉，遇见了会用五种语言做自我介绍的傅西泠。

傅西泠还会做绅士礼的动作。

下课后，傅西泠约沈嘉去商店买冰激凌，沈嘉赌着气，别别扭扭地说：“我不去……”

开学第一个星期，学校要求班级后墙画板报。

午休时，年轻的男老师在后墙黑板上画了世界地图，沈嘉则贴心地拿着一本地理类书籍，帮老师看那些太平洋海域里的岛屿名称。

傅西泠小时候有点臭屁，也有点欠揍。

他抱着足球从外面回来，也凑过去跟着一起看了看，不用对照书籍，随口就把那些群岛的名称给说了个遍。

这对傅西泠来说不是难事，要不是他美术水平不行，他能把世界地图默画出来。

傅西泠心大，从来不知道嫉妒是什么滋味，还问人家沈嘉吃不吃冰激凌。

沈嘉深呼吸了一口气，鼻孔都大了一圈：“不吃！”

开学第二个星期，竞选班长。

老师选了沈嘉做班长。

放学时，沈班长找到傅西泠，晃了晃手臂上的班长袖标，有点小得意地问："傅西泠，今天老师找过你吗？"

那阵子，老傅在公司里弄了个职员的入职测试。

据说是根据英国心理学家瑞文发明的那个"瑞文推理测试"改的。

傅西泠正埋头做那些图形推理题，没看见沈嘉的袖标，也没想太多。

他在选项里勾着 ABCD，随口就说："找了啊，说什么让我当班长，被我拒绝了。班长那种吃力不讨好的职位，谁爱当啊？沈嘉，你吃冰激凌吗？"

沈班长又深呼吸了一口气，鼻孔再次大了一圈，恶狠狠地回答："不吃！"

初中时期，沈嘉在作业本后面写过"既生嘉何生泠"。

作业本落在饭局餐桌上了，偏偏是傅西泠的家人捡到的，让他拿给沈嘉。

傅西泠给沈嘉打过电话，等沈嘉来拿作业时，他已经看见了那句话，就问沈嘉："你写的'泠'是哪个'泠'啊，'傅西泠'的'泠'吗？"

沈嘉的脸通红，憋了半天才蹦出一句："你看我作业本干什么！"

初中、高中时期他们不同校，经常会在各类竞赛上遇见。

只要有傅西泠参加的比赛，沈嘉别想拿第一。

所以，长辈们不在的一些场合，沈嘉对傅西泠都没有笑脸。

但也算是点头之交，面上还过得去。偶尔凑在一桌吃饭，也能互相聊上几句。

真正让他们关系恶化的，是陶佳。

陶佳和傅西泠在同一个老师那里学小提琴，算是傅西泠的小师妹。

她比傅西泠和沈嘉小两岁。

在傅西泠上大学的第一年，陶佳不知道哪根筋搭错了，突然开始追他。

穷追不舍的那种。

天天在微博里艾特他，情书也写了厚厚一沓，到处堵着他送信。

大一暑假，傅西泠被老傅带着去外地考察，从外地回来那天是半夜的航班。

隔天他睡了个懒觉，睡到中午才起床，顶着大太阳出门，就遇见了等候多时的陶佳。

陶佳眼眶红红的："傅西泠，你为什么不接我电话？"

"静音，没看，找我有事？"

陶佳"哦"了一声，从她斜挎的名牌小包包里拿出一封信。

又是一封信。

傅西泠有点闹心，头疼地退后半步。

陶佳认认真真地说："傅西泠，我是真的很喜欢你，但我有个朋友说，这样会被你看不起，这是我最后一次和你告白。要是你不接受，就会失去我了。"

陶佳化妆了，头发也卷卷的，看起来比平时要成熟些。

她穿了一条浅黄色的小裙子。

傅西泠的第一反应是，浅黄色的裙子是真的不好看啊。

第二反应是，想起在外地考察的那几天，捡到的校牌。

傅西泠觉得这类告白场景相当没劲。

让一个拒绝过自己很多次的人喜欢自己，也是真的无聊。

他甚至走了神，想起"林萌"。

如果酷酷的"林萌"遇见喜欢的人，会用什么方式告白？

也化妆？也穿小裙子？也给人写情书？

她会吗？

傅西泠回神后，给家里的司机打了电话，让司机送陶佳回家。

他说："抱歉，我还是拒绝。你回家吧，外面太热，别中暑了。"

他觉得自己挺善良，没想到当天晚上，沈嘉就找上门来了。

当时傅西泠在打游戏，见老妈领着沈嘉进门，感到挺意外的，也还是招呼着："嗨，过来吃点冰激凌吗？"

老妈走后，沈嘉收起彬彬有礼的笑容："我不吃！"

沈嘉不吃冰激凌也不坐下，而是站在傅西泠的房间里，莫名其妙地说了一堆狠话，让他做人别太嚣张。

傅西泠做人一直嚣张。

也从来不觉得自己有什么问题。

后来他才知道，陶佳和沈嘉住一个小区里，两人认识比他还久。

陶佳是沈嘉暗恋不得的小女神。

他让人家的小女神伤心了，哭得梨花带雨，差点把沈嘉给心疼死。

但这也是没办法的事。

喜欢傅西泠的女生挺多的，他总不能遇见谁都哄着宠着。

跟谁都不来电，能怪他吗？

在傅西泠拒绝过一个又一个女生之后，他发小对他发出过三连问——

"傅啊，你不会是有什么情感障碍吧？

"从小到大，这么多年呢，就没有任何女生引起过你的注意？

“你和哥们说实话，实在不行，哥们陪你去医院瞧瞧？”

那时候傅西泠大学快毕业了，第二次想起丢校牌的“林萌”。

他突然笑了，和发小说：“还真有一个……”

发小被他看得毛骨悚然，脏话都出来了：“你笑什么啊，滚犊子……我以为你喜欢我呢！”

傅西泠嫌弃地看发小一眼，很无语。

那时候他觉得谈恋爱没意思，不如做生意尔虞我诈带劲。

还觉得自己不一定会真的喜欢上谁。

但如果有人能引起他的兴趣，大概得是“林萌”那种性格的。

然后，傅西泠就在二十三岁这一年的初夏，遇见了被叫作“时芷”的“林萌”。

几年前，她还在小胡同里掌掴追求者。

再遇见，她温顺地坐在沈嘉旁边喝果汁，温顺地抿着嘴对沈嘉笑，温顺地被沈嘉亲吻额头。

再然后，周朗说傅西泠记错人了。

六岁时，世界地图他都能默背出来；

七岁时，被老傅带着出去喝酒，他在酒桌上表演的节目，是背圆周率后面五百位。

他不可能记错。

除非这世界上能有两个人长得一模一样。

在小酒吧遇见时芷那次，傅西泠就知道她肯定就是“林萌”。

那种从楼下吧台和他对视时的眼神，有种想要把他灭口的狠劲儿，很凶。

和他记忆里的形象逐渐重合。

但她为什么要改名字？

傅西泠开始对这个能徒手开啤酒的姑娘，感到无比的好奇。

是沈嘉和陶佳不清不楚，才给了傅西泠接近时芷的机会。

感谢沈嘉。

傅西泠从来没在早晨找过周朗，也从来没去B大食堂吃过饭。

在食堂接住时芷甩出手串的那天，连周朗都已经察觉到他的不对劲。

一般人捡到东西都是还给失主，傅西泠却直接给私吞了。

这算怎么回事？

周朗苦口婆心地教育他，就算再看不上沈嘉，也不能去抢人家的女朋友。

“我什么时候看不上沈嘉了？不都是他单方面找碴吗？”

“……我说的重点是这个吗？！”

傅西泠拿着那串白色手串，在指尖上转了两圈：“马上就要分手了。”

周朗是个正经人，瞬间就炸了：“傅西泠，你还想拉着人家姑娘劈腿吗？那么可爱、那么乖的小姑娘呢，你要教人家劈腿吗！”

不知道周朗是不是学业压力太大了，最近还挺暴躁的。

傅西泠只好说，其实是沈嘉不老实，心里藏了个白月光初恋。

人家才刚回国几天，沈嘉的魂就丢了。

“搞藕断丝连的戏码，被他女朋友给发现了。”

周朗读本科时就是傅西泠的宿舍长，是个特别能操心的人。

隔天晚上，周朗从实验室忙完，出来还给傅西泠打了电话。

“西泠啊，我仔细想过了，我觉得沈嘉他俩的事情，你还是少掺和比较好……”

“嗯。”

“听劝就好。你想想啊，沈嘉那种记仇又好胜的性格，你惹他干什么？”

“嗯……来不及了。”

傅西泠当时已经和时芷做了第一场交易，用陶佳的微博 ID，换来一杯咖啡和六个字。

正意犹未尽地准备继续勾搭时芷，想让她同意和他做第二场交易。

况且，傅西泠人都到酒吧了。

他挂断电话，推门，迈进酒吧，和酒吧里那个总是呆呆愣愣的小姑娘说：“帮我叫一下你们家老板，谢了。”

“哦……”

小姑娘茫然地瞪大眼睛，带着满脑袋问号走了。

过了片刻，傅西泠听见脚步声。

他心情很好，浅笑着回头，然后看见了满脸挂着灿烂、谄媚笑容的中年女人……

后来听说，那是时芷的舅妈。

时芷消失了整整两天。

还把傅西泠给拉黑了。

再见到时芷，是在 B 大的湖边。

傅西泠和她喝了啤酒，还和她做了第二次交易，答应帮时芷气气沈嘉。

时芷防备心特别强，也很敏感，所以傅西泠也提了个条件，让她帮忙挡走姚姚。

其实姚姚不难缠。

借口而已。

小叔曾经对大伯他们说过：

西泠这孩子谈生意时，有八百多个心眼子，他就不可能吃亏。

和时芷合作时，傅西泠把至少四百个心眼用在了时芷身上。

还总吃亏。

傅西泠知道时芷余情未了，但……

还是那句话，“来不及了”。

那天在郊外别墅，时芷换上黑色礼服裙，换高跟鞋时，傅西泠就在楼上看着。

他突然发现，自己对时芷的兴趣，已经浓厚到超出了自己之前的预期。

想知道时芷为什么改名字。

想知道时芷会怎么报复不老实的前男友。

想知道她为什么那么珍视那串破玉珠。

想知道她有过怎样的人生经历，喜欢吃什么、玩什么、看什么类型的书籍和电影……

但又不只是这样。

时芷对傅西泠来说，好像有种天生的吸引力。

老傅说，做生意不宜多结仇。

沈嘉他老爸更争强好胜、更小心眼，老傅和老沈的关系这么多年都没恶化过。

傅西泠为了时芷，直接把人家小沈给得罪完了，还落了个无怨无悔。

在合作期间的那些相处里，傅西泠发现时芷勤奋好学，是个拿奖学金的好学生。

她有很多个切面——

对人生有清晰的规划，有思想也有行动力；

嘴比钻石硬，心又有些软；

强势、独当一面，看上去天不怕地不怕、敢爱敢恨，却又有很强的防备心，喜欢把所有人都挡在自己的世界外面。

傅西泠带时芷去过郊外别墅，拉着她在烟花和星空下走过下山的阶梯。

带她看过顶楼泳池的灯火，和她在水里打过架。

和她喝过酒、接过吻。

时芷对傅西泠说过最多的两个字，是“不用”。

即便这样，傅西泠还是对她非常、非常感兴趣。

感兴趣到，已经模糊了自己原本的喜好。

过去傅西泠不喜欢黄色。

浅黄色、深黄色、鹅黄色、橘黄色……统统都不喜欢。

但泳池派对的隔天早晨，时芷穿了条浅黄色的衬衫裙，坐在酒店餐厅里和他谈合作。

傅西泠觉得，浅黄色的裙子真好看。

在重新遇见时芷前，傅西泠想起过她两次。

在主动掺和进时芷的生活后，傅西泠为她失过两次眠。

第一次失眠，是从她舅舅家那间酒吧回来。

夜半三更，傅西泠知道了时芷改名的原因，她很轻描淡写地说“我爸死了”。

以时芷目前这种借住在亲戚家的处境来看，她妈妈那边的情况……

要么是在生病，要么是已经抛弃她了，要么就是也去世了。

总之不乐观。

傅西泠挺心疼时芷，想着酒吧楼上那间简陋但整洁的房间，他几乎一夜没合眼。

第二次失眠，就是时芷在他家里，攥着他的衣领勾引他。

当时他们距离太近，她的唇珠已经若即若离地触碰到他的唇角、唇峰。

呼吸里都是温热的酒气，轻轻松松就挑起他所有的贪念。

时芷的目光里带着点小妩媚，往上看着，和他对视着，身体紧紧贴着他。

但……撩完人她就跑了，后退得毫不犹豫。

那天晚上傅西泠抽了三根烟，上火，又是一夜没合眼。

傅西泠和生意人打过很多交道，自认擅长推敲人心。

可时芷有一套独属于自己的行事风格——

她敢在他的房间里洗澡，敢在深夜独处时和他喝酒，敢在他面前自信大方地穿比基尼，敢只穿一件浴袍和他亲在一起。

还敢在他家里，攥着他的衣领勾引他。

却不敢欠别人的人情。

还巨讨厌有她不喜欢的人喜欢自己。

和沈嘉分手之后，时芷身上那点深夜惆怅的柔情一夜之间死光了。

对谈恋爱这件事没有任何想法。

变成了那种会支持“去父留子”“男人影响出剑速度”这类思想的姑娘，心坚如钢。

时芷可能是觉得，情情爱爱的纠葛很麻烦，耽误搞钱吧。

这种状态傅西泠也有过，他能明白。

二十岁时，傅西泠在大学宿舍里，面对室友们的追问，不耐烦地回答:

他觉得喜欢一个人没意思，谈恋爱也没意思。

拉手和去看电影，无聊。

吃饭和眉来眼去，无聊。

发信息说“想你了”和打电话说“想见你”，无聊。

过情人节也无聊。

现在傅西泠二十三岁。

他突然觉得在七夕这天，找时芷吃顿饭也挺有意思的。

出发去找时芷之前，周朗打来电话，说实验室那边没什么事，导师也没找，问傅西泠要不要和自己一起吃晚饭。

傅西泠特别果断：“不去。”

周朗问他：“难道你有约了？”

“嗯，要去找时芷。”

周朗还不知道时芷借住在傅西泠家里，但他对傅西泠和时芷走得近这件事，特别不赞成。

还觉得傅西泠和时芷很不搭：“本科时候你不是说，不喜欢和文文静静的乖乖女相处吗？”

傅西泠想了想家里那位“文文静静”的祖宗，曾在泳池里毫不留情地给过他当胸一脚，不由得莞尔：“现在喜欢了。”

至于买玫瑰花这件事，傅西泠真不是故意的。

他也很怄气。

小叔他们在酒店宴会厅请合作方吃饭，傅西泠特懂事，把车位让给小叔他们了。

自己的车停在广场那边。

过去拿车时，傅西泠想到前些天时芷做早饭的样子，一时忘形。

刚好又遇见推荐鲜花的小商贩。

小商贩步步紧逼地跟着他走了好几米，推销话术源源不断地输出，有点聒噪，影响到他回忆那个温馨的早晨了。

傅西泠想都没想，顺手就把花买下来了。

就是这束玫瑰花的失策，让时芷怀疑了他整整一晚上。

还句句不离“沈嘉”。

傅西泠记得，时芷第一次来他家里时，问过他一个问题：“你是不是，没遇见过什么真正让你不顺心的事？”

当时他说“可能没遇见过”，话说早了，现在他遇见了。

一束玫瑰锤死了这个晚上的所有暧昧，这太不顺心了。

但傅西泠很稳得住，在调试小提琴时，突然冒出个想法——

如果人这一辈子一定要谈恋爱。

他想和时芷谈。

时芷显然不这么想。

她可能只想赶紧开学，并且很乐意傅西泠和她聊工作这类的、没什么温度的话题。

时芷的防备傅西泠看在眼里，也了然于心，便顺着她的话题继续，聊她投简历的公司和 HR 通常怎么判断职员是否合适入职。

时芷其实很聪明，很适合做生意。

所以他说：“人类的大脑确实是不存在性别二态性，说女性没有男性聪明那是扯淡，要是给你和沈嘉相同的物质条件做支撑，你比沈嘉厉害。”

时芷问他：“为什么不用你举例？”

傅西泠逗她：“就算给你我的条件，你也很难超越我了。”

然后，他被一团裹着酒精湿巾的卫生纸击中。

傅西泠把纸团丢进两米外的垃圾桶里，收起小提琴盒，结束了这个七夕。

他起身告别：“后天大概率会忙，就不过来送你了，提前祝你新学期愉快。”

时芷说：“好。”

她坐在略显狼藉的茶几旁，帮傅西泠拿了放在沙发上的车钥匙，抛给他时，动作很随性。

他除了想爱她，想吻她，还对她有很多其他的想法。

但都不是今天，来日方长。

从傅西泠家搬走前，时芷先去见过两家不同企业的 HR.

两家企业距离有些远，跨区，很不方便。

要倒公交和地铁，回来时公交车堵在车水马龙间，过个红灯路口用了将近十分钟。

时芷是在傍晚时赶回来的。

进门图省事，她没开灯也没开空调，简单巡视过是否有遗漏物品，便提上行李箱，又把钥匙留在玄关，准备离开。

傅西泠家的入户门是多用门锁，可以输密码，也可以刷卡或者用钥匙。

在时芷住进来的当天，他就把密码告诉她了。时芷当没听见，坚持在用钥匙开锁。

她不止知道傅西泠家的门锁密码，还知道他的银行卡密码。

甚至于，傅西泠出门不爱带卡，就只拿着手机，银行卡就放在玄关的收纳盒里，包括她知道密码的那张。

傅西泠这种行为，在时芷看来非常奇怪，且不可思议。

她是不能理解的。

傅西泠毕竟是个富二代，在很多怀有歪心思的人看来，他都应该是块肥肉。

怎么就能对外人这么不设防呢？

正想着，肥肉叼着烟进门了。

他们在玄关相逢，颇有些面面相觑。

傅西泠似乎对时芷还在家里感到意外，往她身上扫了两眼，很快得出结论：“去面试了，还不止一家？”

“你又知道了？”

“没有事情耽搁你，你早走了。”

傅西泠说得对，如果不是面试，她不会到傍晚才走。

他很聪明。

这种聪明经常让时芷感到自己被挑衅了，也经常激起她的胜负欲。

所以她说：“没有面试。”

傅西泠叼着一根没点燃的烟笑了笑，不反驳时芷的嘴硬：“你穿白衬衫挺好看的。”

换了其他女生，可能会矜持地点头，说一声“谢谢”；可能会被他盯得有点不好意思，偏开视线，悄悄红了脸；当然，也可能会有听习惯了的，态度很坦然地说句什么。

可时芷说“你别找碴”，把傅西泠都给逗笑了。

白衬衫是为面试做的准备。

外面天气太闷了，面试结束后时芷把衬衫袖子挽到手肘，胸前扣子也解了几颗，露出里面的黑色抹胸。

从公交车站一路走回来，又忙着拿行李，时芷流了些汗，亮晶晶地挂在脖颈。

她抽了两张纸巾，偏头，一只手拢着头发，另一只手拿着纸巾去擦汗。

黄昏的光线是掺了灰色的橘红，时芷不清晰的影子投在玄关墙上，朦朦胧胧。

她不知道自己的动作多撩人。

傅西泠的视线随着时芷手里那张纸巾一起，擦过她清晰的下颌线、颀长的颈侧、精致的锁骨……

被汗水打湿的发梢，像一绺蘸过墨的毫毛笔，特别好看。

他把那根烟别在耳朵上："晚上有暴雨，刚好赶上了，送你回学校？"

时芷没拒绝。

她和傅西泠之间还有合作没完成，傅西泠欠她十五万块的信息费，她也还需要配合着让傅西泠偶尔拍张照片。

只要不搞什么七夕晚餐和玫瑰花，他们都能很自然地相处。

时芷问傅西泠："你有酒吧钥匙吗？"

"没有，怎么了？"

时芷也是在昨晚收拾行李时才想起来，自己的图书馆借阅证忘在酒吧里，没有带出来。

她想回去拿，但离开时，已经把所有钥匙都还给舅妈了。

傅西泠听说之后，给手底下的人打了电话："我叫个闪送，待会儿把钥匙给闪送员。"

手机放在柜格上，开了扬声器模式。

他的员工说不用那么麻烦，反正自己也已经下班了，开车很近，半小时就能过去："老板，我给你送一趟吧。"

"那谢了，晚点见。"

电话挂断，手机屏熄灭。

傅西泠转身往衣帽间走："我换件衣服，马上出发。"

他们离酒吧稍近，到得早些。

只是十几天没回来而已，这条街道就变得更加衰败和寂寥。

很多店家都已经搬离。

老旧的灯牌不再被点亮，贴着各类小广告的卷帘门落着。

酒吧和隔壁小饭馆之间，放着一把旧椅子。

那是饭馆淘汰下来的，以前生意惨淡的店主们凑在一起闲聊，扯几句家长里短，总有人会在上面坐一坐。

如今只剩半截断树枝在上面。

时芷在傅西泠的车子里等人送钥匙，傅西泠先下车了，说去打个电话。

今天见过的两个HR都给时芷留了话，让她回来等通知。

不知道结果究竟如何。

她思索着面试时的那些问题，无意间抬眼，看见傅西泠站在三米开外的地方，点燃了一支烟。

烟头火光忽明忽暗。

傅西泠叼着烟的样子很痞，手机贴在耳侧，不知道在和谁通话，脸上是挂着笑的。

时芷脑子里仍在想面试的事情，目光却落在傅西泠身上。

看见他挂断电话，靠在电线杆旁玩手机，然后抬头，和她对视。

傅西泠估计是误会了时芷的意思，以为她有话要说。

他吐出最后一口烟，摁灭烟蒂，随手丢进垃圾桶里，朝着她走过来。

外面响起闷雷，听起来像暴雨将至。

时芷感觉到眼角余光里有个黑影，在往酒吧后门去的小路上，一闪而过。

大概是生活在附近的流浪猫、流浪狗，或者喜鹊吧。

傅西泠没上车，站在车边："看我呢？"

"你想多了。"

"那就是……"傅西泠想了想，"在琢磨白天面试的事情？"

时芷不喜欢被看透，刚起了些脾气，想怼人家几句，傅西泠的员工就赶到了。

员工拿着一串钥匙下车："老板，我来了，钥匙都在这里呢。"

时芷也下车，接过钥匙，去开门。

半个月而已，卷帘门的轴承似乎更锈了些，第一次用力，只抬起来巴掌宽的距离。

她皱眉，准备再试试时，傅西泠走过来，边和员工聊着公事，边帮她抬了一把。

卷帘门的确锈得很严重，提到一米多高的位置已经很难再向上了。

傅西泠还要继续，被她拦住："能进去，抬太高容易放不下来。"

时芷进门，熟练地摸到开关，打开吧台上面的三盏射灯。

室内陈设还是老样子，没人打扫，桌椅上都落了一层浮灰。

傅西泠他们没进来，在酒吧不远处聊着有关于这条街的后续工作，规划未来的商业蓝图。

时芷蹲在吧台里，翻柜门里的杂物盒。

在开瓶器、中奖瓶盖、打火机这类杂物下面，她很快找到自己的图书馆借阅证。

忽然，有脚步声传来，窸窸窣窣。

时芷顿住动作。

不像是傅西泠和他的员工，他们在外面对话的声音还隐约能听见。

这个脚步鬼鬼祟祟，像从后门那边摸索着慢慢走过来……

小偷吗？

时芷摸了一下身后的酒柜，那里本该摆着满满当当的啤酒，却摸了个空。

她反应是快的，迅速换了方向，从旁边拎起洋酒空瓶，几乎是在那人拔腿往正门跑的同时，把酒瓶掷了过去。

酒瓶在那人脚边炸开，躬身隐匿在昏暗处奔跑的身影一惊，绷直身体逃窜，撞上了没完全抬起来的卷帘门，"哎哟"一声，摔倒在地上。

街道寂静冷清，碎啤酒瓶的声音已经引起了傅西泠他们的注意。

傅西泠腿长，步子迈得也大，跑过来，上前按住刚刚踉跄着爬起来的人。

他的员工也跟着跑过来，帮忙逮人："怎么回事啊老板，这是小偷吗？我们是不是得报警？"

傅西泠没顾上回答，转头往酒吧里看。

里面只有吧台是亮着灯的，灯泡不太亮，看不清，他问："时芷，你有没有事？"

"没事。"

时芷拿着借阅证从后面走出来，借着路灯的光亮，认出被他们合力按着的男人："是你？"

是之前在酒吧闹过事的人。

想要逃单被玲玲发现了，在酒吧大吵大闹，还摔过酒吧两个杯子。

他这次气焰也一样嚣张，顶着额头红肿的包："我没有偷东西，你们这是污蔑！污蔑！报警要讲证据的！”

没人理他。

傅西泠始终在看时芷：“见过他？”

“之前在酒吧闹事，我报过警。”

员工死死拉着那个吵吵嚷嚷的人，拨通了报警电话。

那人喊冤的声音一声赛一声高，脸红脖子粗，好像是真的很无辜。

搞得员工都有点犹豫了，看向傅西泠和时芷。

傅西泠和时芷这两个，遇见突发事件都还挺镇定的。

时芷出来前就查看过了，那人是从后门旁边的窗子爬进来的。

“报警吧，酒吧后窗被撬了。大件物品应该没少什么，但酒水肯定是缺了的。其他的，我再去看看。”

报警后，员工没走。

傅西泠的员工和他气质很不像，戴眼镜，像个书生。

心眼也挺好，对着大吵大嚷的嫌疑人，他还苦口婆心地规劝：“你别吵了，警察来了会调附近监控的，没偷东西又不会冤枉你……”

大概是那人太狂躁，吵个不停，又总想着挣脱逃跑这种不切实际的行动。

时芷从店里出来时，员工正拉着那人，看向傅西泠和她，指了指自己的太阳穴，用口型问他们：

这人脑子没病吧？

傅西泠说：“别理他了。”

他走到时芷身边，说了句：“还好和你一起回来了。”

但也只是这么一句，后面的话题就变成：“你银行卡号给我，明天给你转钱。”

还逗她：“或者，你更喜欢现金？”

他们这边正说着话。

身后的员工突然“欸”了一声，然后喊：“你干什么！”

那是一个非常短暂的瞬间。

傅西泠转身，就看见那人挣脱了员工，目露凶光，举起门外的旧椅子砸过来。

那人是冲着时芷来的。

太近了，傅西泠来不及多想，转身，用背挡住了那把丢过来的椅子。

事情发生得太快。

时芷还拿着傅西泠的手机，银行卡号码刚输入了一半。

察觉到危险时，已经被傅西泠护住了。

时芷猛地抬头："你没事吧？"

"没事。"

傅西泠没皱眉，甚至半声都没哼过，还活动了一下肩膀，看上去根本就是没有受伤的样子。

在员工死命拽住那人，对已经赶到的警察们呼喊时，他还踢开横在脚边的椅子，走过去跟着描述大概情况。

员工的注意力全在抓小偷上。

时芷背对着没看见傅西泠具体的承重位置，还以为那人没什么力气，真的没伤到他。

而傅西泠的表情又太过自然。

他们都被骗了。

雨星星点点落了几滴，路面几乎没湿意，真正的雷声大雨点小，和天气预报的暴雨完全不是一回事。

和警察们交流完，傅西泠从时芷身边路过，很随意似的，拿走了自己的手机。

时芷是在看见傅西泠拨通 120 时，才发现他脖颈上的冷汗。

"傅西泠，你……"

他对她比了个"嘘"的动作。

然后搂过她的肩，把手肘搭在她肩上，压给她一部分重量，声音很温柔："稍微借个力。"

电话被接通，傅西泠和急救中心的接线员描述自己的情况："伤在后脑勺，嗯，挺疼，头晕，稍微有点想吐……"

自始至终，他都表现得很镇静。

时芷听着傅西泠的话，脸色越来越差。

在他挂断电话后终于忍不住开口，难得有些发慌："傅西泠，他刚才砸到你头了？"

傅西泠吸过烟之后没太靠近过她，这会儿身上的烟味已经很淡。

他眯着眼睛，缓了两秒，才把搭在她肩上的那只手肘抬起来，揉了一下时芷的头发。

"可能会晕倒，但顶多是个脑震荡，别担心。待会儿让小程开车送你回学校，我去趟医院。"

闷雷又响了几声。

这场突如其来的意外，让时芷对那条街的最后记忆，变成了关于傅西泠的画面——

救护车上警示灯闪烁，把破落的街道染成忽明忽暗的冷调蓝色。

一滴雨落在傅西泠的眼睫处，他合了下眼，又缓缓睁开，雨水顺着眼皮折痕滑入眼角。

傅西泠垂着睫毛，唇色浅淡，语速慢、虚，轻声说：“晚点再联系你。”

然后被医护人员边询问症状，边扶着躺进车里，他们往傅西泠手臂上绑了生命检测类仪器，车门关闭。

被抓的那人在警察面前直哆嗦，不敢再吵闹，怯声怯气地交代了作案经过。

据说是因为发现附近商户搬走，才起了贼心。

来偷过几次，胆子小。

基本就是偷些酒水饮料、打火机、盆栽之类的小物件，最贵的，是隔壁饭店冰箱里的冷冻牛肉。

傅西泠的员工很认真，时芷拒绝无效，被小程开着车给送回了学校。

要不是宿管阿姨不让，小程可能还想把行李箱帮她提上去。

回宿舍后，时芷给傅西泠打过电话，是他一位朋友接的。

他们在泳池派对上见过。

朋友告诉时芷，傅西泠去做头部 CT 前特地叮嘱过自己，如果她打来电话，就说没大碍。

“急诊这边有熟人，把西泠认出来了，他爸妈和大伯都在。放心吧，不会有问题的。”

到夜里十一点多，雨势由淅淅沥沥转变为倾盆大雨，拍打着宿舍的玻璃窗，把窗外世界变成扭曲模糊的景象。

傅西泠回了电话来。

他的声音比之前精神些，还和时芷开玩笑：“轻微脑震，住院观察两天也就没事。其实住院都夸张了，但没办法，我们有钱人都怕死。”

时芷问傅西泠：“你家人还在吗？”

“在，寸步不离。明天我二姨、表姐和小叔也要来。”

他的家人都见过时芷的照片，她不方便出现在医院里，所以说：“那等你出院，我再去看你。”

九月，时芷正式开学。

大四的课表还算轻松，一星期五节课。她偶尔收到傅西泠发来的照片或者信息，从中得知，他在出院后被带回父母那边住，过着被无数人关心的养伤生活。

也会开玩笑，说现在在傅家人心里，他就是个比不过学业的小可怜。

女朋友只顾着读书，男朋友都住院了，也得不到女朋友的照顾。

时芷反戗："你那边缺人照顾？"

"不缺。他们太夸张了，要不是我每年都能看见自己的体检报告，都得以为自己得绝症了。"

在傅西泠养伤期间，时芷去参加过两次初面、两次复试和一次终面。

其中一场复试结束后，时芷作为最晚走出考场的人，和HR、部门经理几乎同路，并在去电梯间的路上，遇见了集团里的领导。

是位女领导，卷发，很干练，也很美。

看见时芷后，那位女领导突然问她："来参加复试的？叫什么名字？"

"时芷。"

"哦，对，时芷。"

女领导始终盯着时芷的眼睛，把手伸向旁边，抽出HR怀里抱着的一沓简历。

她翻了几页，找到时芷那份，看着："最终面试名单里没有你。"

这种话相当于是在告诉求职者，结果早已经有定数。

HR似乎想要阻拦女领导，刚张开嘴，就被女领导身旁的秘书使了个眼色，又把嘴闭上了。

时芷把这些都看在眼里，不动声色。

女领导告诉时芷，他们内部开过会议，复试后会有三个人进入终面，最终入职的会是其中一个。

里面没有她的名字，她今天来，纯粹属于陪跑的。

时芷进了电梯："现在知道了，谢谢。"

女领导也跟着进了电梯，身后的其他人，则由秘书带着去乘坐另一趟电梯。

四方空间里只有她们两个人。

"他们的决定我不认可，财务部门的职位可能不需要你，你愿不愿意跟着我干？"

女领导对时芷伸出手："我叫付倩，中北地区总经理。"

从见到这位女领导开始，时芷就听见他们叫"fu总"，始终有些怀疑。

时芷问："可以给我一张名片吗？"

时芷的回答有些出乎付倩的意料，付倩拿出名片递给她，电梯抵达楼层，付倩先迈出去，踩着高跟鞋离开："考虑好联系我。"

名片上印得很清楚。

还好，不是时芷以为的那个"傅"。

工作的事，时芷还在考虑，毕竟机会不止一个。

比 HR 们更先联系她的，是傅西泠。

他的声音懒洋洋地从手机里传出来："不是说等我出院来看我吗，不是挑理，你这多少有点说话不算数了吧？"

"你回家了？"

傅西泠笑着"嗯"了一声，问："来吗？"

时芷说："一个小时左右。"

"行，等你。"

挂断电话前，傅西泠说："别买水果鲜花，家里放太多了，过来帮我吃点得了。"

傅西泠坚称自己伤得很轻，但他毕竟被他爸妈扣在家里照看了十来天，时芷还是有些不放心他的伤势，怕傅西泠起床不方便，到他家门口，是自己输密码进门的。

结果，进门就闻到一股花果混合的香味。

鲜花、果篮、营养品堆满了客厅，傅西泠很悠闲地坐在地毯上，背靠沙发，拿着游戏手柄在打游戏。

没有虚弱，也没有憔悴。

手机开着扬声器放在一旁，里面传来陌生男性的声音："……好的老板，那我明天早晨八点钟过去找你签字。"

"嗯，你挂吧，手没空。"

傅西泠大概是听见开门声，看向时芷，眼里露出一丝笑意。

那边把电话挂断，他才开口，招呼她："过来坐。"

傅西泠不仅一副没事人的样子，不沾一丝病气，还过着神仙都羡慕的悠闲生活。

时芷又多打量他几眼："你真的好了？"

"嗯。"

"还有哪里不舒服？需要再去医院复查吗？"

投影幕布上是一片雨林景象，傅西泠操纵着的人物骑着个什么兽，走在里面："突然这么关心，搞得我有点受宠若惊。"

时芷皱眉，不太高兴："我问你话呢。"

傅西泠被凶了一句，笑得还挺开心。

他丢掉游戏手柄，说已经被他家的私人医生看着检测一个星期了，没有任何不舒服，也不用去复查。

说完，他随手拉过一个黑色的大盒子，把装饰缎带扯下去，从里面拎出几样进口水果："坐着吧，给你弄点水果吃。"

他没让时芷动手，自己去切了粉色菠萝，洗了阳光玫瑰葡萄和白色草莓。

唯独没碰里面那盒红到发黑的车厘子。

泳池派对那天，他们坐在池边吃果盘，傅西泠也没给她拿过车厘子。

过去和沈嘉谈恋爱，时芷在自己身上贴了个喜欢车厘子的标签。

所有人都信了，连玲玲和万冉遇见车厘子偶尔也会给她买点。

好像只有傅西泠发现了，时芷不喜欢吃那玩意儿。

时芷吃着水果，去看那些慰问品里的卡片。

很多落款一看就是女性名字，还有姚姚送的一束深蓝色郁金香。

她笑他："人缘不错。"

傅西泠不接这个话茬，说："来都来了，帮我涂个药膏？"

"什么药膏？"

"医生给开的，让每天涂，可能活血化瘀的吧。自己涂着费劲，找不到地方。"

时芷看了看茶几，又转头看沙发，视线里没搜寻到能被称为药膏的物品："药膏呢？"

"在卧室。"

傅西泠起身，时芷放下手里的水果叉，跟着他往卧室走。

主卧窗帘没拉开，阻隔掉外面所有阳光，室内一片暗沉沉。

他按亮床头灯，把药膏递过来，脱掉短袖衬衫，只穿着黑色的工字背心，背对时芷站着："还有瘀青吗？"

毕竟都是十天前的伤了，被砸伤的部位瘀血已经消了不少。

右肩现在是青黄色的，一大片，还有部分被衣服挡着，看不见。

时芷用她手里的那管药膏，碰了碰傅西泠的背："脱衣服。"

傅西泠单手把工字背心也掀掉了，丢在床上。

那片青黄色，从右肩一直蔓延到脊椎线。

时芷用食指指尖沾了一截药膏，涂上去，指腹轻轻抚过斜方肌，认认真真，严格按照说明书上写的"均匀涂于患处"。

和私人医生的手法太不一样了，不是那种以药膏渗透为目的的按揉。

太轻了。

像有人在用羽毛一下下，直往心脏上刮。

傅西泠渐渐反应过来。

他转身，握住时芷的手腕，笑着：“挺记仇，还记着琴弓的那事呢？”

时芷不答，看着他，把手上残留的药膏涂在他身上，一下，两下，三下……

动作特别故意，就是在撩他。

当初装修时，床头灯没想着以照明为主，更像是氛围灯的作用，光线是昏昏的。

也不怪灯光。

这种近距离对视，还有肢体接触，他们谁都不太能克制得住。

傅西泠用了点力道，按着时芷的肩膀，让她坐在床上。

自己则动作利落地从旁边钩了把椅子过来，坐她对面。

他始终握着时芷的手腕，把她往自己面前拉近。

椅子划过地板的声音，像是开启了某段回忆。

时芷看着傅西泠的眼睛，问：“傅西泠，你那天为什么帮我挡椅子？”

“还以为你要忍一段时间才问呢。”

傅西泠的回答逻辑很简单，说，也不为什么，情况那么突然，换了谁也不可能差劲到冒着身边女生受伤的风险，只顾着自己躲开。

“那太没品了。”

时芷对此不做评价，也不纠结，像在走流程，听完就继续问她的下一个问题：“玫瑰真是随便买的？”

“真是。”

傅西泠甚至举了三根手指发誓：“商贩不容易，支持一下。”

时芷点头，问了最后一个问题：“我工作的事情你有没有帮忙？”

“没有。”

所有的对话过程中，他们始终是四目相对，那种感觉，像克制良久后的蓄势待发。

问题都问完了，时芷不再说话，眼里映出暖黄色的灯光。

傅西泠了然地问：“可以亲了？”

都不等听到回答，他已经拉着她的手按到胸前，另一只手不紧不慢地扶上她的后颈。

偏头，吻过去。

傅西泠的这个吻，只有最初的贴近是轻柔的，特别坏，故意引着时芷乱掉呼吸。

真正开始后，眼睛半阖，紧盯着她看。

拽过来坐着的那把椅子，是有些类似于单人沙发的摇摇椅。

时芷被拥着，几乎整个人贴在傅西泠身上，不稳地跟着椅子的惯性摇晃，只能用手肘拄着他的腹部。

最开始她有些游离。

哪怕窗帘再密不透风，室内再昏暗，这毕竟是在白天，光天化日之下，又是完全没喝过酒的清醒状态……

时芷是带着犹豫的。

但生理上对这种感觉很喜欢、很兴奋，丝丝缕缕蔓延开的愉悦感很快冲破理智。

时芷往后仰，退开。

她起身跨坐在傅西泠腿上，捧着他的脸，势头比傅西泠还足，直接就是深吻。

两人鼻尖相蹭，鼻息腻在一起。

他们每次接吻，都有点像打架。

谁也不让着谁。

时芷是好胜心非常强的人，她平时很少和身边的人交谈，也不太发表自己的观点。

但如果有什么事情是她觉得自己胜券在握的，她就不可能给别人留余地，连接吻都是“你吮我一下，很好，我也得回咬你一口”这样。

所以亲到最后，确实过于疯狂了，两人几乎窒息。

还是傅西泠叫停的，靠着椅背说：“别咬。”

傅西泠人是笑着的，问她，怎么总喜欢咬人呢？

他们气息都有些不稳，时芷盯着他看，他唇上有一点血迹。

空气里弥漫着药的味道，呼吸缓过来之后，她才说：“你背上的药膏蹭在椅子上了。”

“不碍事，面料比较特殊。上回我一朋友坐上面吃辣条，撒了油都能擦干净。”

时芷感觉傅西泠这个人很有分寸，在这种事情上也比较绅士。

接吻就是接吻。

只要她没有更多的行动，无论亲成什么样，他都不会缠着她做更多。

这让时芷很满意。

她从他腿上下来，心情有点好，直接就说："那我回去了。"

说完，她的手腕被拉住。

傅西泠也跟着站起来，拉着时芷往厨房走，带她去看放在料理台上的深灰色珐琅锅和几个同色系保温盒。

"东西太多，我一个人真吃不完。"

傅西泠捏捏时芷的手腕，意思是说，反正她回去也是要吃饭的，不如留下帮他解决掉一些。

时芷没有正面回复："你把衣服穿上。"

傅西泠听懂了，笑了好半天："我发现，你还真有点翻脸不认人的劲儿，用完就丢啊？"

毕竟傅西泠是刚住过院的人，那些送过来的都是些清淡饮食。

时芷喜欢吃辣，对清蒸的鲈鱼、虾仁笋丝、秋葵肉末蒸蛋这些，真的提不起什么兴趣。

连鸡肉都是和板栗一起蒸的。

但装在珐琅锅里的五指毛桃山药排骨汤，意外地好喝。

时芷突然想起傅西泠刚才说的那句"一朋友坐上面吃辣条"，皱眉道："这汤谁做的？"

傅西泠拿着汤勺，给时芷碗里添了几块山药和排骨："郑青曼女士。"

是女生？

时芷很不满地放下汤匙，抱臂："傅西泠。"

她觉得这件事过分了。

傅西泠身边当然可以有各类女生的存在，他这种条件，看着也不像个老实人。

但拿别的女生精心准备的菜肴来给她吃，这种行为在她眼里很不好。

"吃吧祖宗，郑青曼是我妈，要我给你看看她的身份证照片吗？"

有钱人家不都是雇人做饭的？

大概是她表情太明显，傅西泠就这个话题展开聊了几句。

他说他妈妈是南方人，在煲汤方面挺有天赋，特擅长。

但现在不太下厨做饭了，上次进厨房还是他爸打高尔夫把腰闪了。

要不是他生病，也难吃到郑青曼女士的手艺。

"今天还行，是排骨汤。前些天我在家里，整天给我煲天麻猪脑，我真服气了。"

他们谁都没把刚才疯狂的亲吻拿出来聊，也没给这个行为做任何定义。

反而聊到时芷的工作。

傅西泠问她：“刚刚你问我，有没有帮忙工作上的事情，是什么意思？”

时芷把遇见付倩的事情说了。

她故意没提大名，只说遇见了一位“fu 总”，对她有些格外关注，甚至愿意跳过终面给她工作机会。

傅西泠似乎对她遇到的事情，并不知情：“你跑到哪个公司找工作去了？遇见我亲戚了？”

“不是你这个‘傅’。”

傅西泠垂着睫毛想了两秒，直接报了那个公司的名字：“遇见的是付倩？”

“嗯。”

时芷自己还在犹豫，把收到的几封邮件拿给傅西泠看：“如果是你，你会觉得哪边好一些？”

几家企业各有利弊，时芷自己做过背调，心里已经有了大概权衡。

问傅西泠，主要是因为付倩。

那是不在时芷计划之中的选项，犹豫的点基本也都在付倩身上。

傅西泠是聪明人，知道她在想什么。

他不提其他几家，只和她谈付倩这个人：“付倩是兴荣集团中、北两个地区的总经理，我在活动上见过她几次，是个挺厉害的人。”

在兴荣集团这种级别的企业，能当上某个地区的部门经理，都已经是人中翘楚。

付倩在三十多岁时就挤掉了竞争对手，跻身企业高层，现在身兼两职，是中、北两地区的主要负责人。

“如果你以后接触到更多人脉，应该会听说一些关于付倩的八卦。说付倩的升职手段不光彩，不婚不育是因为身后有人，建议你不要信。”

看起来，傅西泠对口味清淡的菜还挺吃得惯的，比吃麻辣小龙虾、香辣蟹胃口好一些。

他放下筷子，拿纸巾擦嘴，没留心，碰到被时芷咬破的地方，眯着眼睛“嘶”了一声。

时芷才不吃傅西泠这套。

被砸成脑震荡都能忍着不吭声的人，嘴唇破点皮还装什么脆弱？

她叩了两下桌子："你为什么觉得我有机会听得到那些八卦？"

"因为你大概率会选付倩。"

时芷的确有这种偏向。

只是，通过终面的那家企业，毕竟是研究过她的简历、满意她的面试发言的。

某种意义上说，算是对她的能力感到认可。

付倩这边不太一样。

如果傅西泠没有在其中出力促成，那付倩选自己的原因还未可知。

摸不透，意味着风险更高。

好处也是有的。

能直接跟着区域总经理的团队工作，肯定算是职业上更高些的起点，也能见识到更多……

到底要不要赌一把？

"感觉你和付倩脾性很合，其实你可以试试。"

"我的试错成本会很高。依你看，付倩选我的理由是什么？"

难道是她简历上那几句违心的"有耐心""能很好地进行团队协作"，打动了那位看起来就很雷厉风行的女老板？

太扯了吧……

"时芷，你信不信有的人一眼就能定缘分？"

时芷性子很直，想到什么就说什么："信过。"

傅西泠挺无语地看了时芷一眼，顿了顿，估计也知道她"信过"的人是谁。

但他没把话题往沈嘉那边引，继续讲了几个关于付倩的事情。

他对付倩评价挺高，说完，把餐巾纸丢进脚边的垃圾桶："另外，你衣服脏了，要不要换？"

时芷穿了短袖T恤，深色的。

大概是刚才和傅西泠亲吻时，沾到了他身上的药膏，胸前有几块污渍，很像牙膏或者口香糖。

她没有借傅西泠的衣服穿，直接脱掉了T恤，穿着牛仔裤和运动背心走到洗手池边，按了点洗手液在布料上，轻轻搓洗。

傅西泠不知道在想什么，足足有两分钟没说话。

在她把污渍搓掉后，他才开口问她："今晚还打算走吗？"

"衣服干了就走。"

他笑她："你这是来看病人的，还是来占病人便宜的？"

最初决定过来，时芷真的只是想看看傅西泠的身体状况。

毕竟是跟着她去酒吧拿东西，又是帮她挡了椅子才受伤的，只要人性未泯，应该就做不到完全不担心。

谁能想到，事情会发展成这样？

这事是时芷理亏。

她登门拜访什么都没带，进门后吃了他家里的水果、饭菜，问了他一堆关于工作上的见解，还抱着他亲了半天。

确确实实是有点占傅西泠便宜的意思了。

时芷没有对人示弱、低头的习惯，嘴硬，顾左右而言他：“你算什么病人，显然已经好了。”

“那倒是。”

傅西泠把餐盘收进洗碗机：“你今天在我这儿住得了，明早送你，刚好我要去B大。”

温热的水流冲洗掉衣服上的泡沫，令时芷感到奇怪的是：“你怎么总往我们学校跑？”

“我一朋友在B大读研，读得快疯了。一个月能瘦好几斤，不定期去投喂他，我都担心他可能会营养不良。”

时芷在他说“一朋友”时，抬眼，从面前的镜子里看了眼傅西泠。

多少带着点探究，还带着点对花花公子的调侃意味。

类似于“女、朋友可真多啊”这种。

反正是周末，又没有课，时芷并不着急回学校。

既然有顺风车可以搭，总比自己坐公交地铁要舒服些，她也就没坚持要走，也没用吹风机去吹干衣服，直接走到傅西泠家阳台，找了个衣架把衣服挂上。

傅西泠问她：“要不要借你件衣服穿？”

既然傅西泠听起来“朋友”挺多，时芷也就完全没有心理负担了。

觉得可以和以前一样，亲开心了就行，不用负责任。

她大大方方地摊开双臂，展示自己的身材，挑衅地说：“怎么了，不穿，你会把持不住吗？”

傅西泠笑了一声：“会。但我打算给家里人拍张女朋友的照片，你确定要这样拍？”

“穿了再拍。”时芷转身往衣帽间走。

路过傅西泠收到的那些花束，她放慢脚步又多看了两眼。

花不错，和学校里校友创业在路边卖的那种简易花束很不一样，包装看着都很高级。

只是后面堆在一起的几束玫瑰花，她并不感兴趣，扫一眼就走了。

时芷想找件家居服换上，傅西泠就靠在门口，和她聊天：“你是对玫瑰花有什么偏见吗？”

“算是。”

“说说？”

其实也不是什么大不了的事情。

从小到大追时芷的男生都不在少数，在这些追求者中，恰巧好几个惹人心烦的，都送过红色玫瑰给她。

人嘛，思维定式总是会有的。

自己很讨厌的人，做出来的讨厌行为里总有“红色玫瑰”这个元素，渐渐地，时芷也就对玫瑰花有些喜欢不起来。

大学还发生过一次。有个学长突然搞告白，买了九十九朵红玫瑰站在楼下，用喇叭喊时芷的名字，还说情话。

可能觉得自己挺帅，找了几个兄弟起哄，人类返祖似的在楼下乱叫，最终被宿管阿姨给轰走了。

那时候时芷刚上大一，本来新生里有长相出挑的也会有人注意，但不会过多打扰。

“九十九朵红玫瑰喊话”这件事，不知道从什么渠道发散开，时芷一下子就“出名”了。

学校里，甚至校外有更多男生注意到时芷，可能有人觉得她难追、有挑战性，然后追得更起劲。

越是这样，时芷就越觉得讨厌。

现在想起这件事，时芷仍然觉得挺烦的。

她从衣架上拿了傅西泠的睡衣，只拿上装，没解扣子直接套头穿上。

脑袋从衣领里钻出来时，还在皱着眉：“白瞎长相了。”

“什么白瞎长相？”

时芷评价大张旗鼓送玫瑰的学长：“不看行为的话，其实他长得还算可以，就是做事情像脑子被门夹了。”

时芷说异性“长得还算可以”，就表明那种长相是入了她眼的。

在时芷走出衣帽间时，傅西泠伸手，帮她把身后叠卷在背上的睡衣拉下来。

他曲着食指，第二个指节向下，缓缓刮过她的脊窝：“长得还算可以，是个什么样子？”

第四章
特别的生日

时芷的审美其实很单一。

动荡生活过得太多了，亲爸又是个会家暴的烂赌鬼加烂酒鬼，导致她从小就比较喜欢看那些面相温柔的异性。

温文尔雅，一眼看上去就觉得脾气应该很好，也比较有涵养。

所以傅西泠问的时候，时芷也是这么说的："看着斯文、干净，笑起来温柔的那种吧。"

傅西泠在她身后嗤笑："不就是沈嘉那种？"

其实是的。

时芷不置可否，傅西泠再问"你是不是对自己有什么误解，确定喜欢那样的吗"，她也没回答。

面相这东西，可能没她之前想的那么靠谱。

刚才说的都是过去的印象，真要让时芷说说现在的看法，她就没有看法。

比起研究异性面相，她觉得，把几家愿意给她实习机会的公司先研究明白，更重要。

这天晚上，他们相处得还不错。

时芷过了失恋的那股难受劲，对喝酒也没那么感兴趣，之前在酒吧里守着那么多种类的酒水，她都不碰的。

傅西泠对喝酒这件事好像也不怎么热衷，也不知道是哪个话题勾起来的，两人居然坐在客厅里打了半宿游戏。

跟着傅西泠去翻找游戏手柄时，时芷在储藏间的箱子里看见一大箱奖杯、奖状、证书这类荣誉证明。

有一些比赛，沈嘉也参加过。

过去和沈嘉视频时，沈嘉给时芷看过他书架上的那些奖杯。

那时候时芷对男朋友上心多了，仔仔细细看过、留意过是什么种类的比赛，以此推断分析沈嘉这个人。

时芷蹲在箱子旁边，拿出一个奖杯在看。

傅西泠不知道从哪儿翻出个红色游戏手柄，在她面前晃了晃："甭看了，你那位长相斯文、干净的前男友没比过我，菜瓜一个，拿了个第二还是第三……"

过去那么多年，时芷就没碰过游戏机。

以前小姨家有个游戏机，很老款的那种，能打街头霸王，但都是小姨家的弟弟霸占着玩的。

本来也是别人的东西，人家不让碰，时芷就不会心痒手痒。

她要帮忙做理发店的活，也没有时间玩。

所以跟着傅西泠这种手眼灵活、头脑又好的游戏老手玩，时芷被虐得不行，把把输。

她就琢磨着，在傅西泠这种嚣张的人眼里，凡是赢不过他的，估计都是菜瓜。

然后，她的好胜心又被激起来了。

时芷虽然聪明，但傅西泠仅在经验这方面就比她强太多。

游戏里打架被傅西泠操控的人物按在地上揍、闯关发现线索也没傅西泠快、赛车都跑不过他……

几个小时下来，时芷直接沉默了。

傅西泠可缺德了，懒洋洋地往沙发上一靠，吃水果都堵不住他那张嘴："要不这样吧，你说几句好听的，我让让你？"

时芷面无表情地盯着屏幕，几秒过后，忽然灿烂地笑了，看向傅西泠："好听的不会说，亲你一下好不好？"

那笑容挺有阴谋感的，怎么看怎么像陷阱。

陷阱还挺深，直通十八层地狱的那种。

但是，是迷人的陷阱。

傅西泠当然怀疑，眯着眼睛看她一会儿，还是丢了游戏手柄凑过来。

都没碰着她呢，就直接挨了时芷一脚。

她说："我需要你让让？"

傅西泠不后退，反迎过去，拉着时芷的小腿把她拉过来，压在沙发上。

他在她颈窝闷头笑："输急眼了？"

他还挑衅："亲我一下，我拿出全部实力，认真和你玩。"

"……你刚才没认真？"

“没，和你……认真什么？”

时芷怀疑傅西泠咽下去没说的那句，补充完整会是：“和你这种菜瓜，认真什么。”

她咽不下这口气，便狠狠咬在傅西泠的肩膀上：“那你就给我认真点！”

就这么互相较劲着玩到凌晨，才各自回房间去睡觉。

游戏这种东西，多少有点令人上瘾。

有游戏机勾着，时芷偶尔也会被傅西泠接回他家里。

和他吃个晚饭，让他拍张照片发家庭群里秀个假恩爱。

然后和他坐在客厅里，边吵嘴边打游戏。

傅西泠赢了还要说风凉话：“你这种品学兼优的学生，玩游戏不擅长很正常。”

说完，就被时芷操纵着赛车撞出了赛道。

她向后仰着脖子，摇头，借这个动作，把没空整理的碍事长发从眼前弄走。

时芷对自己认知很清晰地说：“‘品学兼优’这词你用错了。‘学’我确实还行，‘品’就算了，我没有这方面的志向。”

说着，冲破终点，赢了傅西泠。

“为什么觉得自己‘品’不行？”

“你第一天认识我？”

在傅西泠面前，时芷从来没有伪装过。

傅西泠知道她为了钓沈嘉装有钱装文静，也知道她为了报复沈嘉用过什么手段。

知道她说话不一定算数、经常翻脸不认人，也知道她出卖了整条街的消息换了十五万块。

结果傅西泠这样说：“那条街的事情，你根本不用想太多。”

他说，那条街被太多人盯上了，就算商户们知道未来那边会建造会展中心和大型商场，也不一定就能坚持到那个时候。

他们这种有大企业投资的，耗得起，小个体户是耗不起的。

而且经商都有赚有赔，不是说坚持到那地方变成繁华地段，他们就每家都能赚钱的。

“但凡换个投资人去接手，少数商户吃得到甜头，另外那些则被压榨到极点。

“而换个人和我开口，至少会要我五十万。”

时芷对这个数字并不感到惊讶，她安静地看着傅西泠："道理我懂。"

她只是不想标榜自己是个品德高尚的人，像时梅那样，太累。

傅西泠凑过来，把时芷的头发掖到耳后，指腹沿着她的耳廓轻抚，最后捻挑她的耳垂。

时芷转头，和他接吻。

他们偶尔会接吻。

也不是故意要怎么样，就是对视时来了兴致，彼此都有点想，也就不压着这份贪婪，直接去做。

只有一次例外。

那天他们游戏打完，又聊了几句关于时芷当天面试的公司情况，熬得太晚了，对话时都有些思维卡顿，最后靠在沙发上睡着了。

凌晨，时芷醒过一次，发现他们是躺在地毯上睡着的。

她枕在傅西泠肩上，被他用手臂松松揽着腰，腿上盖着一件男款T恤，显然是傅西泠脱下来的。

时芷一动，傅西泠也跟着转醒，他闭着眼睛，抬手揉了两下肩颈："回房间去睡？"

所有的灯都已经熄了，只有游戏手柄上的RGB灯亮着微弱的光。

傅西泠说话时带着半梦半醒的懒音。

等了几秒，可能是因为没等到时芷的回答，他才缓缓睁开眼睛，和她目光撞上。

他在幽暗的客厅里吻了她一下，很轻，没有欲，用陈述的语气又重复："回房间去睡。"

有种不合时宜的温馨感。

时芷愣了一下。

心跳也许乱过，但她的手机里显示，邮箱里收到了最后一家面试公司的通过通知。

所有选择摆在她面前，可以做决定了。

傅西泠欠的十五万已经全部到账。

这笔钱让时芷在工作选择上有了更多容错率，再三思量过后，她拨通了付倩名片上的那串号码。

付倩约了时芷见面。

她们坐在付倩宽敞明亮的独立办公室里，红茶飘香。

付倩告诉时芷，哪怕是她看中的人，也不会直接坐在办公室里享清福。

“你愿意跟着我，就要先去集团下属的餐饮部门做最基础的工作。”

时芷说：“好。”

付倩饶有兴趣地看了时芷一会儿：“你不问我为什么？”

不需要问。

没有哪个企业招人是因为缺喝茶的。

时芷的回答是：“我只想知道，为什么是我。”

付倩吹开茶杯上的一缕蒸汽：“眼缘吧。”

这答案居然和傅西泠那天说的差不多。

可能他们这些当老板的都有点神道，信这些第一眼、第二眼的玄学。

在时芷拿到兴荣集团的工牌那天，傅西泠打了电话过来，问她人在哪里。

她说刚和付倩的人见过面。

傅西泠就说：“那你找个地方等我会儿，我过去找你。”

“又要去我们学校？”

“嗯，十五分钟左右到。”

时芷在咖啡厅里等傅西泠，冰咖啡做活动，于是帮他带了一杯。

在她上车后，傅西泠接过去喝了一口，问她：“怎么了，店里做活动，第二杯半价？”

“买一送一。”

他边开车边笑：“我说呢。”

傅西泠往B大跑得挺勤。

时芷总觉得他在B大里有那么一两个固定的约会对象。

她想过消停日子，懒得惹麻烦，总在宿舍楼那边下车，避免和她们碰面。

傅西泠就很不在意，经常还会发出邀请：

“晚上我们吃小龙虾，一起来吗？”

“火锅局，来吗？”

“烧烤吃不吃？”

……

有时候，时芷觉得傅西泠这个人很神奇。

难道他那些女朋友相处得很和谐，还能一起凑一桌吃饭聊天？

今天也问了。

傅西泠扶着方向盘，问她：“晚点我们要去吃烤肉，牛肉挺新鲜的，来吗？”

“下午最后一节有课。”

“下课之后呢？”

“去图书馆做作业，你们吃吧。”

“那行。”

傅西泠把车停在校外停车位，跟着时芷一起往学校里面走。

时芷背了个很小的双肩包，两根链条带子单肩挂着。

从兴荣集团那边拿回来的工牌就系在包上，随着她的走动，轻轻晃着。

她问傅西泠，进校园是打算去哪儿。

“朋友在实验室那边，我过去找他。”

他们有一段顺路，傅西泠挺新鲜地捞起她的工牌看，还给解开了，自己戴脖子上，拿着工牌逗时芷：“你照照片总这么酷呢，不爱笑？”

为什么是“总”？

时芷问：“你什么时间见过我的照片？”

“多了。”

“比如？”

“你高中校牌、身份证、图书馆借阅证，最近我发家庭群里的那些。”

好像是的。

不知不觉间，她和傅西泠已经走得这么近了吗？

时芷瞥了傅西泠一眼，拉他脖子上的工牌绳带，说的却是另外一件事。

“傅西泠，要是让我知道是你托付倩在工作方面帮我的，我会勒死你。”

阳光挺晃眼的，傅西泠迁就着时芷的力道躬了些身子，摘掉自己的墨镜，随手给时芷戴上了。

他说：“我和付倩真不熟，你要是想暗示我在事业上成为你的助力，也不是没办法，下次活动上遇见，我去和付总搭个讪？”

时芷直接对着他胳膊打了一下。

“你学过铁砂掌？”

他们手里拿着同款冰咖啡，边走边闹，感觉到有旁人视线，便都停住动作，很默契，同时抬眼看过去。

沈嘉和陶佳正迎面走来，脸色都不太好看。

他们四个人擦肩而过。

走得足够远了，傅西泠才说：“这是光明正大在一起了？”

时芷没说话。

这件事她没有发表任何观点，就像没看见，走到自己上课的教学楼，把墨镜丢还给傅西泠，进楼去上课。

下课后，时芷在图书馆里做完了选修课作业，又搜集了一些关于毕业论文选题方面的资料，忙到很晚。

回宿舍路上，她买了晚饭。

和沈嘉分手已经两个多月了。

亲眼看见沈嘉和陶佳这对“最佳 / 嘉组合”走在一起，说不上来是什么心情。

总之，她不可能是高高兴兴去祝福的心情。

闷声吃晚饭时，时芷在朋友圈动态上看见了傅西泠的头像。

点进去看。

发现这个人在五分钟前刚发了一条动态。

文字内容是：

女朋友挺喜欢看这些，没白得奖。

至于照片内容，是傅西泠精心挑选出来的奖杯和奖状。

可谓是满肚子坏水，十分刻意，专门挑沈嘉参加过的比赛，把他拿的那些第一名都给晒出来了。

完事还要艾特沈嘉的微信名——“沈学长”。

时芷盯着那条动态，忍不住轻笑出声。

她想，难怪傅西泠会觉得她品学兼优，他这个人，真的疯得彻彻底底，比她还黑心。

时芷入职后，比之前管理酒吧更忙。

付倩给她安排的工作是餐厅领班，她每天穿着一套黑色职业裙装和高跟鞋跑来跑去。

入职半个多月，时芷只见到过付倩一次。

是在时芷的工作时间。

付倩有个商务饭局刚好在这边，酒过三巡她从包间里出来，不带半分醉相，站在过廊里的一棵巨大绿植旁，喝经理吩咐时芷端过来的解酒茶。

付倩问时芷，像她这种 B 大的优秀苗子出身，做目前这类工作，觉不觉得委屈。

这是挖坑呢。

时芷很平静，面对领导她就没有过紧张：“以前我管理过一家酒水定价比较低廉的小酒吧，接触到的客人比这边难缠很多。”

老板们的心思都难猜。

付倩格外开绿灯给时芷，不可能只是为了给兴荣集团旗下的这家餐厅找普通领班。

付倩点头，没说什么虚话，只把茶杯递给时芷：“代我谢谢你们刘经理。”

时芷对付倩的安排并不心急，除了相信自己的判断之外，还有另一个原因。

那个原因是傅西泠。

是傅西泠告诉时芷，如果入职后付倩只给她安排基层工作，是不用急的，当老板的都变态，喜欢考验人。

他说这些话，丝毫不介意把自己也骂进去。

“如果付倩只给你画大饼，说很多漂亮话，那才是要小心。”

合作过这么多次，其他方面不谈，仅工作建议这点，时芷对傅西泠的话还算有信任可言的。

除了工作以外，时芷还要准备毕业论文的开题报告。

偶尔忙起来，她晚饭可能就不吃了。

傅西泠愣是能在她如此忙碌的时间表里，时常挤进她的生活。

有时候，傅西泠会出现在时芷工作的餐厅，笑盈盈地接她一记警告的眼神。

他倒也不做什么，就安静地坐在餐厅靠窗位的座位里，随便点几份东西吃，吃完拿着笔记本电脑办公。

时芷问他，你没有办公室？没有家？

傅西泠就说是办事顺路，让她不要对“上帝”无理。

有时候，傅西泠会出现在 B 大的校园里，还跟着时芷听过一节课。

也不算是真的听。

他就坐她旁边，披着一件长袖衬衫趴在桌上睡掉大半节课，睡醒了就用她的废草稿纸折青蛙。

时芷说他折得不好看，看着像癞蛤蟆。他就给他折出来的宠物起了个名字，叫“嘉嘉”。

无聊到这种程度，搞得时芷严重怀疑，他是被某个约会对象放鸽子了，才跑到她这儿打发时间。

时芷不记得自己被傅西泠拍过多少照片，不耐烦的时候也会问：“你能不能去找别人谈个正常恋爱？”

傅西泠半点犹豫都没有，开口就说不谈。

不谈就不谈，时芷向来懒得管闲事，她又不是他家的七大姑八大姨，干涉不了他那么多。

而且这种自由状态也好，照片不是白给他用的，她还能偶尔勾他接个吻。

和傅西泠的关系转变，在十一月份。

过了国庆节，早晚天气开始转凉。

到十月底、十一月初那几天，连着三四天都是阴天。

下过雨，气温骤降，已经变成能穿薄绒外套的温度。

这天，时芷加完班已经是晚上九点钟，回宿舍换掉高跟鞋，洗漱过后，又手洗了工作时需要穿的白色衬衫。

阳台上有微风，她把衬衫挂好，站在清凉的夜风里走了个神，思考自己的开题报告是否有欠缺。

然后听见室友在叫她：“时芷，你手机在响。”

傅西泠过生日，喝了大半天酒。

在家被傅西沣那个缺心眼的拱着喝了三杯白的，出去和朋友又喝了几瓶啤酒、几杯洋酒。

酒类混着喝多少有点不舒服，电话就打到了时芷这边。

“他们可能想灌死我，时老板，过来帮个忙？”

“什么忙？”

“送我回家。”

时芷关了阳台门：“你喝到回家的路都忘了？”

手机里传来懒懒的轻笑声，他说，那倒也真不至于，他是不想喝了，但女朋友不过去接，那群猪队友不放他走。

“不去。”

十分钟后，时芷披着外套推开宿舍门。

出门后，她仍然觉得自己是忙傻了。

大半夜的，离傅西泠他们聚会的地点又不近，她居然真的同意去接他。

刚到楼下，已经听见露天酒吧上喧闹的声音。

时芷沿楼梯走上去，一眼看见人群里的傅西泠。

富二代们出手挺豪，把酒吧整个包下来在给傅西泠过生日。

氢气球层层叠叠在头顶飘着，他很安静，穿了件黑色衬衫，坐在朋友之中，没喝酒，靠着椅背在玩打火机。

地上满是亮晶晶的彩带碎片，酒瓶横七竖八到处都是，七八层高的蛋糕已经被挖得看不出原来的样子。

几乎是在时芷看过去的同时，傅西泠也看向她。

他忽然笑了，很顺手地抽出坐他旁边那位朋友指间夹着的烟，给人家按灭了。

傅西泠拎着外套起身："女朋友来了，你们继续嗨，我回去了。"

这群人借着傅西泠过生日，一个个正在兴头上，当然不乐意放寿星走。

也就是看见时芷这个"家属"来了，他们才肯松口，还有拿着好几把车钥匙追着相送的，问需不需要车。

时芷说："不用，我有车。"

看起来傅西泠也没喝多，手插兜下楼梯时步伐悠闲又利索。

时芷说她有车，这位过生日的少爷也就伸着两条大长腿，坐在最后一级台阶上，等着她的车。

两分钟后，时芷骑着电动自行车从旁边路口拐过来，停在他面前。

她把头盔丢给傅西泠："上车。"

"……这就是你的车？"

电动自行车是时芷从毕业的学姐手里淘来的，方便她这阵子上下班。

不用等公交、挤地铁，她自己觉得非常方便。

时芷绷着脸："你坐不坐？"

时芷非常有脾气，傅西泠就迟疑了那么一两秒没回答，她就甩下一句"那你找有车、有驾照的朋友接你"，说完就要加油门走人了。

"欸……"

傅西泠瞬时起身，迈着长腿跨坐在电动自行车的后座上。

身高将近一米九的寿星感到很憋屈，不死心地询问："要不，我们打个车？"

"能打车为什么不能自己回家？"

时芷直接出发了。

坐在身后的人不再抗议，随遇而安地用手臂虚揽着她的腰，把下颌往她肩膀上搁，慵懒地放慢调子，哼唱着*Animal*。

夜风是凉的，他鼻息温热，带着些酒气落在她脖颈皮肤上，很痒。

"你闭嘴。"

时芷的手机没电了，没开导航，电动自行车骑到路口，一时难辨是要转弯还是直行，问了傅西泠一句，好几秒没得到回应。

她侧头去看傅西泠。

他正在笑："不是让我闭嘴吗？"

"不说就下去。"

傅西泠回答得很快："直行，下个路口再转。"

时芷第一次载人，本来就不习惯，觉得傅西泠这种身高坐在后座十分碍事。

尤其是，这个碍事的人过个生日还挺矫情的，路过没打烊的西点店，非要她停车，说去买块蛋糕。

"那么多层的蛋糕，没吃够？"

"没有。"

不知道傅西泠进去买了什么，出来时提了个不算大的盒子，挺精致。

折腾到傅西泠家时，已经快十二点了。

进门后，傅西泠换掉黑色衬衫。

他穿着工字背心和家居裤，拎着一瓶苏打水往洗手台走，路过时芷面前，像是无心一问："好歹都撞见了，连句生日祝福都不和我说？"

时芷皱了眉。

其实她很早就知道傅西泠的生日，毕竟他家的门锁、银行卡密码都是"991107"。

而且，他们两个生日只差一天。

只是"生日快乐"这句话，让时芷这样面对面用心去说……

她没有过能够经常表达祝福的环境，包括"新年快乐""中秋快乐""端午快乐"这类祝福，都很难说出口。

只有对着沈嘉演戏，不用太走心时，她才说过"生日快乐"这句话。

傅西泠家里暖风吹得太足，时芷进门就开始一层层脱掉衣服，穿了一件他的短袖 T 恤，状似很随意地回答："你过生日这么大阵仗，应该不缺我一句祝福。"

在时芷到酒吧前，朋友们玩得嗨了，互相往脸上抹过奶油。

傅西泠在洗脸，顶着一脸洗面奶的泡沫抬头，打量镜子里的时芷。

但他没说什么，洗完脸，擦掉那些挂在脸上的水珠，换了个话题。

"也不是年年都这种阵仗，有时候只和家里人吃个饭就算了。今年有点例外，几个弟弟妹妹都从国外留学回来，闹得很，我这生日也就是他们通宵胡闹的由头。"

里面是有年纪小的，之前在泳池派对上时芷都见过。

打水仗最菜的几个都在，人菜瘾大，被攻击得最猛的也是那几个。

包括之前时芷帮忙开过香槟的那个男生，今天时芷到酒吧时，那男生满头奶油，还给自己用奶油做了个发型，像白凤头鹦鹉。

傅西泠坐在她旁边喝苏打水，喝完问她："你平时怎么过生日。"

"不过。"

没什么可过的。

刚出生那几年有没有过过生日，她完全不记得。

只记得家里的钱都会被林孝平拿走，五岁还是六岁那年，时梅给她买过蛋糕。

她们正在唱生日歌，赌输了的林孝平从外面回来，打翻了蛋糕，也打了时梅和小时芷。

林孝平说的是，谁让你们拿老子的钱去买这种没用的东西。

这么想着，十二点到了。

日期从十一月七日变成了十一月八日，傅西泠的生日过完了。

但他把从路上买的小蛋糕从盒子里拿出来，点了蜡烛，对她说："生日快乐。"

太过意外，以至于时芷没有感到惊喜，而是瞬间起了防备心，怀疑地看向傅西泠。

傅西泠笑着说："都这么熟了，我查你干什么？"

就像时芷不需要傅西泠特地说明，就会知道傅西泠的生日是哪天。

时芷的生日在身份证和简历上明明白白写着，傅西泠不瞎，一定看到过。

他们太熟了，熟得有些过头，超过了以前时芷和任何人相处时设定的边界。

但，这种感觉她并不讨厌。

奶油散发出香甜，烛火明亮地摇曳着。

傅西泠问她："真不打算尝尝？"

时芷不喜欢许愿，也并不饿。

她拔下蛋糕上的蜡烛，甩灭明火，没拆盒装刀叉去切，直接伸手，用食指抹了一块奶油，放进嘴里。

算是给傅西泠面子，尝过了。

蛋糕吃不吃，傅西泠并不在意。

他做的是，把时芷的手腕拉过去，轻吮她的食指。

傅西泠问她"想不想过个特别的生日"，而时芷在和他对视的同时，把他的问句简化翻译成三个字：

想不想？

和傅西泠发展成这样，时芷并不意外。

她清晰地知道自己想要什么。

也知道每次他们激吻过后，那种藏匿在满足里的贪婪，迟早要被点燃，转化成具体行为。

傅西泠问她"想不想"，她没回答，只是推开他手里的蛋糕，跨坐到他腿上。

他要顾着手里的蛋糕，所以开始得挺温柔，轻轻搂着她的腰，探身把蛋糕放到了茶几上或者地毯上，然后吻住她。

手机响了，不知道谁这么扫兴，傅西泠偏头吻着时芷，眼睛都没睁过，摸到手机长按，直接给关机了，丢去一旁。

弥漫在空气里的奶油味道变得遥远，傅西泠唇齿间淡淡的酒味刺激着时芷的神经。

背后的搭扣被捻开，扶在她腰侧的手向下，托住她的臀，抱着她坐稳。

傅西泠只是帮她，但他自己也很难克制，一直缠着时芷接吻。

时芷能感觉到傅西泠的反应变化，也看见他隐忍地皱眉，耳朵和脖颈都是红的。

傅西泠抱着时芷，给了她几分钟缓和的时间，然后拍了拍她的背，声音有些沉："下去吧，我去洗个澡。"

时芷问："洗澡就行了吗，要不要我帮你？"

傅西泠脚步一顿，但没回头。

他说，算了，你上班够累了，又是寿星，改天再说。

这的确是个特别的生日。

时芷睡得很好，只是在早起后，又犯了翻脸不认人的毛病。

当傅西泠推开主卧的门，靠在门边问她"几点上班"时。

时芷从床上坐起来，理了理领口，摸到手机看了眼时间，很冷静地对他说："傅西泠，我没打算和你谈感情。"

傅西泠看着她，沉默两秒，然后笑了："那你打算和我谈什么？"

他在明知故问。

昨天晚上也是，问她还要不要继续。

时芷很早就醒了，窗帘是她拉开的。

阳光落在宽敞的双人床上，把她小腿上一截皮肤照得晃眼。

时芷直接反问回去："你觉得呢？"

傅西泠挂着令人琢磨不透的笑容走进来，托起她的下颌，飞快地亲了她一下。

他身上有沐浴露的清爽味道，额前碎发估计是洗脸时弄湿的。

在时芷发脾气前，傅西泠把手伸到她眼前："我觉得，你昨晚可能体验不错，想和我发展感情以外的关系。"

时芷很满意这个答复，放松下来，往后仰倒在床上。

她很慵懒，看着傅西泠："你觉得的对。"

时芷眼波柔和，带着点浑然天成的媚，长发散在床单上，像女妖。

傅西泠也很干脆："也行。"

说完去了隔壁衣帽间，拿出一件长袖T恤换上。

时芷也没能多赖床几分钟，手机闹钟突兀地响起来，该起床上班了。

她起身往浴室里走，路过傅西泠面前，也学着他刚才的样子，伸手到他面前，暗示地动了动手指。

她对他说："等我学会了，我也会帮你的。"

傅西泠眯眼，问："你要和谁学？"

时芷没理他，关上浴室门，心情很不错地冲了个热水澡。

在时芷生日这天，她和傅西泠发展成了一种新的关系。

本该见更多的面，做更多事，但她被忙碌的正经事绊住了。

时芷选的论文导师很严格，在开题报告后，让他们几个学生两周内提交细化后的论文提纲和文献综述。

听同学间的传言，论文导师要升任副院长，卡论文各项都会更严格些，不用心很难过得去。

本来毕业论文也是个耗精力的事情，又遇上连续加班。

时芷忙，傅西泠似乎也没有很空闲。

几天里，他只打来过一次电话，约她吃饭，被时芷拒绝了。

傅西泠给她的还是那句话——

"时老板可真会做生意。"

时芷听懂了。

傅西泠指不定在心里怎么调侃"用完就扔""过河拆桥"呢。

令时芷比较意外的是，在没和傅西泠见面的几天里，她遇见了姚姚，还莫名其妙地听姚姚讲了些关于傅西泠的事。

时芷工作的地方，是兴荣集团旗下最受追捧的高级餐厅，人均价格卡着呢，遇见几个傅西泠圈里的熟面孔也是早晚的事。

姚姚是在和家人用过晚餐后，才看见时芷的，似乎很诧异，凑近了确认后才打招呼：“你……在这里工作吗？”

“实习。”

“那你等我一下。”

姚姚先下楼送走了长辈，这才跑回来：“你现在有没有空，我们聊聊？”

换成傅西泠，时芷可能直接说“没空”。

但毕竟对方是个姑娘，她拒绝得比较委婉：“没到下班时间，不能闲聊。”

姚姚还挺高兴：“那我去找你经理说，让你提前下班。我家和兴荣集团是合作伙伴，刘经理认识我，不会不给我这个面子。”

早知道就说“没空”了。

时芷提前半小时打了下班卡，随姚姚坐到餐厅楼下的咖啡厅。

姚姚说话没什么重点，说了些傅西泠小时候的事情——

在他们小时候，几家人去国外海岛旅行。

大人有大人们要谈的话题，孩子们就凑在一起玩。

那天，姚姚被几个和她同龄的朋友带着换了装备，顺着水屋楼梯下海浮潜。

他们玩得太开心，追着一群长长的、发光的热带鱼，偏离了海岛酒店规定的安全区域。

姚姚在追鱼的过程中腿抽筋了，转身才发现，她离水屋和朋友们都有一段距离。

水下触手可及的珊瑚，已经变成了深不见底的黑蓝色海域。

姚姚逆着水流，不蹬水就会离海岸越来越远。

巨大的恐惧吞噬了姚姚，她浑身僵硬，连吐掉吸管咬嘴喊“救命”都忘了。

姚姚说：“我当时以为自己会死呢。”

是傅西泠及时出现，拉着姚姚游回去的。

他一直在阳台上看着他们几个，发现不对劲就入海往姚姚那边去了。

那天傅西泠发了脾气，臭着脸，把几个弟弟妹妹都训了一顿。

时芷想，这是英雄救美的戏码。

“傅西泠只是看着吊儿郎当的，其实比谁都更靠谱。”

“不像西沣哥，只有在大人们在场时，才会对我们有好脸色，是个笑面虎。”

时芷很不擅长这类煽情聊天，她试图抓取这些故事里的重点，也只提取到，傅西泠的大伯家有个哥哥，叫傅西沣。

姚姚还提到沈嘉。

“我也是后来才听说的，你和沈嘉谈过，他劈腿了是吧？”

说到这个，姚姚是挺不开心的，颇有点同仇敌忾的感觉，还安慰时芷：“沈嘉这行为不对，我们都替他觉得丢人。傅西泠比沈嘉好多了，你犯不上难过。”

在姚姚看来，他们圈子里的那些人，好多都是从小一块长大的，性格上千差万别，总有互相看不上眼的。

但真要论起来，总比外人情分多一些。

“沈嘉和傅西泠一直不对付，但都是沈嘉单方面的。

“前些天傅西泠发的朋友圈我看见了，可能是为了你，他彻底和沈嘉翻脸了。”

时芷想起在郊外别墅，和傅西泠的对话——

“你很介意得罪未来有可能的生意伙伴？”

“不介意。生意伙伴有的是。”

“时芷，我真羡慕你，你们感情一定很好吧？”

“一般。”

“不会啊，我看他超级在乎你啊。”

这位跋扈的小公主自顾自叨叨完心里话，还想拉着时芷去吃夜宵，这次被时芷果断拒绝了。

她计了时间的。

四十分钟，已经算是她给萍水相逢的人最大的耐心了。

听傅西泠的倾慕者讲关于傅西泠的故事，显然没有回去搞毕业论文重要。

至于姚姚提到的傅西沣，时芷在两天后就见到本人了。

傅西沣开了辆白色玛莎拉蒂，堵在时芷的宿舍楼下。

晚上挺冷，时芷裹着厚围巾往宿舍走，冷不防被人叫住。

转头，她就看见了傅西沣。

傅西泠家的基因应该是不错的，他大伯家的这位哥哥长得也高。

模样也还算顺眼，但也属于行为像脑子被门夹了的那种。

时芷很警惕，不着痕迹地往回退了半步。

她在宿管阿姨的监控室里看到过，退后半步就进了摄像头覆盖区域。

傅西沣说："时小姐，我等你很久了，我叫傅西沣，是西泠的堂哥，不知道西泠有没有和你提起过我？"

外面天气这么冷，时芷才不会和他话家常，也不打算按照对方的语言节奏，老老实实回答问题。

她直接问："有事找我？"

"是这样的，有个问题我想和你谈谈。"

"你说。"

傅西沣死死盯着时芷看："时小姐，其实你只是西泠找来假扮他女朋友的人，对吗？"

对。

但这个答案没必要说给傅西沣听。

时芷摆明了不愿搭理："你应该去问傅西泠。如果没有其他事情，我先回去了。"

傅西沣还在说，是笑着的，但笑意未达眼底："他找你假扮女朋友，故意迷惑我，让我觉得他整天都在玩，然后暗中努力弄了个大项目，对吗？"

之前姚姚说过，傅西沣是个笑面虎。

看来没有说错。

"西泠给你多少钱？如果我愿意出更多钱，你要不要考虑和我合作？"

"合作""钱""更多钱"这类字眼，发生在和漂亮女生的对话里，很容易引人遐想，已经有路过的人向他们这边投来好奇的目光。

时芷最后瞥了傅西沣一眼，转身往楼道里走。

傅西沣的问题，不该是她去解决，时芷直接把电话打给傅西泠。

接通后，傅西泠声音含笑："时老板这是终于想起我了？"

"你在哪儿？"

"家，来吗？"

"嗯。"

傅西泠没想到时芷来得这么快，连一份文件都没看完，就已经听见密码锁被按响了。

入户门传来"门锁已打开"的电子音。

时芷还穿着上班时的职业装，没脱高跟鞋，大步走过来，气势汹汹地把沾着室外冷空气的外套丢进他怀里。

"傅西泠，你那个笑面虎哥哥来找我了。"

傅西泠把她的外套理了理，放到一旁，拉着时芷往自己怀里坐："傅西沣吗？"

时芷挺凶："不然你有几个哥哥！"

"知道了，我解决，没有下次。"

显然有人找到学校打扰她这件事，让她很生气。

傅西泠故意逗她，说"笑面虎"这个词用得还挺贴切，她就绷着脸说，是姚姚起的。

傅西泠说："姚姚去你那儿吃饭了？"

时芷没回答，从他怀里站起来，走到落地窗边，皱眉看着外面的夜色。

她在思考。

思考过后，她转过身，对他说了个结论："傅西泠，我们的合作到此为止，我不会继续扮演你女朋友了。"

傅西泠闻言起身，直接朝着时芷走过去。

他在她面前，很少展露出这类带有侵略性的危险气息，步步靠近，突然伸手，扶着时芷的脖颈吻她。

吻过之后，傅西泠盯着时芷，目光不悦，像要看透她："来和我划清界限的？"

时芷有些喘，也盯着傅西泠看，然后搂住他的脖颈，吻回去。

"不是。"

是来和你发展感情以外的关系的。

背后紧靠的玻璃窗很凉，傅西泠托着时芷的臀单臂把她抱起来，另一只手脱了她的高跟鞋。

他们激吻在一起，有种誓要把对方氧气耗尽的较劲。

时芷想起自己还有工作和论文，便推了傅西泠一下。

傅西泠停下来，用指尖钩她已经从职业裙装里散出来的衬衫下摆。

像在示意她，她下班后没休息就过来这件事，他是知道的。

傅西泠低头，把笑声闷在她颈窝里："带你去放松。"

毕竟刚接吻过，时芷还以为傅西泠没安什么好心，被抱进浴室时还在用眼睛斜他。

浴室很宽敞，水汽氤氲。

浴缸每天都会被阿姨擦拭得锃亮，时芷是图省事的人，之前留宿也都是用淋浴，从来没试过按摩浴缸。

傅西泠说，当初这套房子在装修时，刚好酒店有两层也在翻修。

进货单都要拿给傅西泠签字，他在豪华套房的配置里，看见了按摩浴缸这一项，验收时又瞧见过实物，觉得这东西挺不错。

没隔几天，他就和朋友一起飞了趟原产地的总部旗舰店，要了当季最新款。

傅西泠把时芷放在浴缸边："这浴缸的导购说，国外哪个球星来着，每次打完比赛都得用这个浴缸做水疗，功能挺多，你试试吧。"

时芷嘲讽他："诓你们有钱人的吧？"

"也有可能。"

嘲讽归嘲讽，时芷每天踩高跟鞋确实很需要试试这个浴缸，她解开衬衫扣子，看见浴缸边的一抹黄色："你泡澡还需要小鸭子玩具？"

"那是狗玩具，年初朋友带狗过来玩，落下的，估计阿姨没处放，就放这儿了。"

时芷已经脱了衬衫，闻言扬一捧温水在傅西泠身上："你让狗在这里面洗澡了？"

傅西泠扯着T恤衣摆把下颌的水擦掉："我疯了吗？"

享受水力按摩的只有时芷一个人，傅西泠去了隔壁淋浴间。

她把头发用手串束了个松散的髻，仰靠在浴缸边。

是舒服的，她都有些相信导购关于球星的那句广告语了，看一眼浴缸的电子屏，她拿了手机去搜。

挺贵，价格上给她的冲击力，不亚于外面客厅里那台投影仪。

时芷从浴缸里站起来，披上浴袍，吹头发时还在野心勃勃地对未来做构想。

也许她努努力，也能拥有。

傅西泠推门进来，坐在浴缸边，看见时芷手机里的网页内容："喜欢吗？等你装修送你一套。"

"不用。"

时芷对自己的未来有很多设想，但都和男人的馈赠无关。

她不需要依靠其他人。

和傅西泠的关系也越简单越好，最好只维持在身体层面上。

傅西泠也刚冲过澡，和她一样浑身清爽。

时芷钩他的浴袍带子，也试图去帮傅西泠来着，结果把状况搅得非常糟糕。

他撩一把额前沾湿的头发，露出光洁的额头，额角青筋凸起，像在极力隐忍："我再去冲个澡。"

时芷不是那么轻易服输的性格，她很轴，紧皱着眉，根本不愿意承认自己不行，要求再试试。

傅西泠拿了瓶冰过的苏打水，喝掉小半瓶："真别试了。"

那段时间，时芷经常会被傅西泠带回家，生理上确实有过迷恋，甚至主动打过电话，让傅西泠接她。

有时候心情好了，也会和他在一张床上睡觉。

睡醒了就会看见傅西泠靠在床边，一脸无奈地看着她："你学过太极？被子是半个角都不分给我是吧？"

不知道傅西泠用了什么办法，傅西沣果然没再出现过。

只有姚姚偶尔会跑到餐厅，依然拉着时芷聊那种很没有重点的话题。

姚姚问过时芷："时芷，我知道你在B大成绩很好，有没有考虑过换份实习工作？在餐厅也太辛苦了，我姑妈说总这样穿高跟鞋站着，会得静脉曲张。"

时芷摇头："目前没考虑过。"

时芷工作上的转机，发生在十二月初。

发工资前的第三天，时芷被刘经理叫到办公室。

刘经理告诉时芷，按照集团总部那边的安排，明天开始，她就可以去总部找HR报到了。

时芷明白这是付倩的安排，也进了据说是付倩的团队。

但她到总部的第一个星期，并没有接触过付倩本人。

反而是在某次送文件时，透过付倩办公室那扇明亮到几乎察觉不到存在的玻璃墙，看见了熟悉的身影。

男生手里拿着几张A4纸，垂着头在翻看。

他穿了件宽松的毛衣，露出里面的衬衫领子，很松弛地靠在桌沿边，偏着头，不知道在和付倩说着什么。

这个角度其实看不清长相。

但时芷知道，站在付倩办公室里的人，一定是傅西泠。

他们在浴室里热烈地缠吻过；在客厅里因为追逐打闹，撞倒过花瓶；也在同一张床上，互不相让地吻噬过对方。

她不可能认错。

但那些亲密错觉，只能存在于他们独处的私人空间里。

一旦到了这种公共场合，就变了味道。

尤其是现在这种情况下。

时芷看到傅西泠，并不觉得有多惊喜，反而脚步迟疑，起了防备。

时芷在兴荣集团的处境并不十分好，调职到总部后，HR 没有给她安排具体职位和工作。

工位倒是在核心工作区域，说付倩那边需要她随叫随到。

总部的员工很忙碌，走起路来脚下生风，而时芷只负责写她在餐厅工作期间的感想报告。

像在完成小学生作业。

她想过，也许付倩也开始觉得第一眼、第二眼那类印象判断并不准确，在考察过后，发现她并不是自己所需要的人。

上位者的心思真的很难猜。

即便她不认为自己在工作上的表现有什么欠缺，也无法摸清付倩的这些安排，是准备逼她离职，还是在考察她的耐心。

每年到十二月初，时芷的心情都不会太好，加上工作上有可能的变动，让她食欲比平时更差些。

兴荣集团的员工餐比较清淡，属于少油少盐的营养型健康餐。

她食不知味地吃掉白灼西兰花和炒山药，把餐盘放进清理间窗口，走出食堂。

食堂在集团的 B 区，时芷在联通 AB 两区的玻璃连廊里，再次看见了傅西泠。

傅西泠在楼下，和付倩一起走出集团入口的旋转门。

入冬后，傅西泠的穿衣风格更显个人特色，连时芷都发现他很喜欢叠穿，今天的长款大衣里面是宽松款的帽衫。

付倩最近剪了短发，更显干练。

只是傅西泠肩宽，腿长，走在气场一米八的女强人付倩身边，竟然把付倩衬托得娇小，颇有点小鸟依人的感觉。

周围有集团同事匆匆而过，付倩对他们点头。

几只鸽子在喷泉旁漫步着，啄食地面缝隙里遗落的食物。

鸽子不怕人，傅西泠路过它们身旁，它们也只是疾走几步躲开。

他笑着侧过半边身，和付倩对话。

时芷记得，傅西泠几次和她说过，他和付倩并不熟。

当然，傅西泠那句“我和付倩真不熟”后面，也这样说过：“你要是想暗示我在事业上成为你的助力，也不是没办法，下次活动上遇见，我去和付总搭个讪？”

那是骗人的鬼话，时芷不可能信。

但傅西泠为什么连续两天和付倩见面？

他们这两天没有联系，是时芷说赶论文忙，让他不许打扰的。

也许，后面再见面时，他会主动提及来见付倩的事情？

晚上，时芷回宿舍赶论文到半夜。

在睡梦里果然见到了时梅。

时梅仍然是生命最后阶段的样子，瘦得腮颊几乎塌陷、眼窝很深，目光是癫狂的，穿着病号服死死盯着时芷的方向看，嘴里不断重复着那句：做女人一辈子不能低头。

时芷在夜里睁开眼，拿出手机订了火车票。

她需要请假，打算主动去找付倩，但到工位后，付倩的助理先找到时芷："付总约你去她办公室里坐坐。"

时芷进门时，付倩正拿着小喷壶，在给桌面上的迷你盆栽喷水。

付倩说："时芷，我果然没看错人。"

时芷和付倩在办公室谈了整整一上午，基本敲定了她在未来三年的工作方向。

但这个谈话的节点，令时芷生疑。

她工作上得到的这些机会里，究竟有没有傅西泠的手笔？

离开办公室前，时芷和付倩请假："付总，我需要请两天假。"

"听说你在餐厅都不需要休息的，宁愿拿加班费抵掉休息日，怎么到我这里又想休息了？"

时芷把时梅的死亡证明拿出来："母亲忌日。"

晚上傅西泠约了时芷见面。

没有直接约在家里，先去了一家餐厅，吃那些制作精美的创意类菜肴。

时芷有些恹恹的，傅西泠打趣她："不至于和我见面只有一种事可做，总得吃饭吧？"

其实她是在等傅西泠提起付倩。

但一直到这顿饭吃完，回到傅西泠家里，她也没从他口中听到任何关于他那两天去兴荣集团的事情。

时芷知道自己受时梅忌日的影响，脾气和耐心都差得要命，但她控制不住，进门在玄关处就直接说："傅西泠，我升职了。"

傅西泠察觉到某种端倪，语气也严肃起来："恭喜。但，升职为什么这个语气？"

"你不是应该很清楚吗？"

傅西泠知道时芷在怀疑什么，如果不是觉得事情和他有关，她不会是这种眼神。

但他也心情差。

这问题他解释过不止一次了，他什么时候做事情需要和人解释过？

“和沈嘉在一起时你不是挺能摸透他的，到我这儿懒得上心……”

话没说完。

傅西泠知道自己说错话了。

时芷果然脸色一变，穿衣服就走人，傅西泠在身后叫了好几声，她都没理，头都不回。

等他缓了半分钟，压着火追到楼下，时芷早都没影了。

傅西泠也来脾气了。

“沈嘉”这名字就这么提不得是吧？！

时芷接起傅西泠的电话时，人在火车站过安检。

她没带行李箱，随身背包放在安检传送带上。

手机铃响了，只能在抬起手臂接受安检员的金属探测器检查时，滑动屏幕，把手机顶端略靠近在耳侧。

按了几下音量加键，接听。

周围很嘈杂。

有人赶时间，穿着厚重的冬装从身后挤过来，撞到时芷，又匆匆地说着“抱歉”，拎着行李飞快地跑向候车大厅。

傅西泠前面可能说过什么，时芷没听清，等她接受完安检员的检查，终于把手机贴近耳朵，只听见傅西泠问：“你在哪儿？”

“外面。”

“发个定位，接你吃饭？”

时芷拿起自己的背包，眼睛往电子屏的列车时刻表上看：“不吃。”

“祖宗，道歉的腹稿我可打了二十四个小时，不打算听听？”

昨晚时芷离开傅西泠家，路上连续挂断傅西泠三个电话。

在当时的情绪下，“沈嘉”这个名字就是她的逆鳞。

沈嘉是她长这么大唯一的败绩，是她唯一一次真心结果喂了狗的教训。

提沈嘉根本就是在恶心她！

时芷赌气，给傅西泠发了条信息。

只有一句话，内容冷漠，然后傅西泠就没再联系过她。

但过了昨晚的冲动劲，时芷平静下来，又觉得自己其实根本没有必要生气。

换在平时，如果对工作上的事情有怀疑，她大可以直接去问傅西泠："为什么会跑去兴荣集团？""升职的事有没有你的手笔？"

甚至心情好时，她还可以半开玩笑地问："真为了我的事业去搭讪付倩了吗？"

无论怎么发问，傅西泠都会给她个回答。

一来，他做事向来磊落，不是个藏着掖着的人。

二来，他回答得合心，他们就继续来往；回答得不合心，他们就断。

这都是时芷自己能够做决定的事。

该平心静气去谈的。

但她的情绪把问题给复杂化了，只顾着宣泄，根本没有问到关键处。

以前在理发店、麻将馆、酒吧那些地方，时芷见过的各类无赖、流氓多了，她从来都没有真正动过气。

历练得久了，连高中时打李明韬，她也都是心平气和把巴掌甩出去的。

和傅西泠发脾气这事……

时芷甚至觉得，她这脾气发得多少有点暧昧了。

所以接傅西泠这通电话时，时芷重新镇静下来。

她说不去和他吃饭的理由，不再带有情绪："我在火车站，回不去。"

傅西泠问："出差？"

时芷一心二用，在看到屏幕上的列车信息，确定候车厅的号码后才回答："上坟。"

傅西泠那边沉默片刻，像查到什么，然后飞快地报出一串列车号码："哪趟是你要坐的？"

"323 那趟。"

时芷告诉傅西泠，火车站人多，听不清，有时间了再说，然后挂断电话。

"借过，麻烦借过一下，谢谢……"

有一对情侣推着行李箱从人群里挤过，去了不远处的检票口。

时芷是下班后直接过来火车站的，早了些，便找了个空位在候车厅里闭目养神。

每年到这几天，她的睡眠都不会太好。

很多人都说，有些事情靠时间是可以治愈的，她觉得这个方法并没有传说中那么靠谱。

至少，时梅已经去世很多年了。

她还是无法释怀。

要怎么释怀呢？

这个世界上，唯一一个用身体帮她挡过林孝平的拳打脚踢、给她唱过生日歌、紧抱着她说“面包总会有”、对未来的所有计划里都有她爱她的人，在多年前的这个日子里，悄然离去。

从此，这世界上再没有人全心全意地爱过她。

时芷闭着眼，回忆和时梅一起生活的时光。

想起时梅蹲在她身旁，笑着给她唱生日快乐的歌。

然后，她突然想到傅西泠。

他好像，也帮她挡过椅子，也准备了蛋糕和她说过生日快乐……

电子屏上信息变了。

时芷即将乘坐的列车开始检票，她收了思绪，不太着急地又坐了两分钟才起身，跟在检票队伍最后面。

即将进站台前，时芷猝不及防听见傅西泠的声音时。

她还以为自己是幻听了。

他说：“对不起。”

时芷猛地转头——

傅西泠就站在她身后，穿得比较单薄，高领毛衣外面只有机车夹克风格的皮衣。

他微喘，额边有汗，像是跑着赶来的。

见到时芷转头，他认真地看着她，重复了一遍：“对不起。”

时芷说不上是什么感觉，好像连日来在身体里横冲直撞的那些负面情绪，有了片刻的缓和。

还好，有身后的其他乘客挤着往前走，让她有思考的时间，不至于立即要做出回应。

时芷转过身，不再看傅西泠，把身份证按在闸机上：“有什么事情等我回来再……”

时芷没说完。

因为她发现，在她走进闸机之后，傅西泠也刷了身份证，跟着进来了。

“……我回去上坟，你跟着我干什么？”

“道歉。”

傅西泠临时买的车票和时芷不在一个车厢，并且是软卧。

在确认过时芷不会去软卧车厢后，傅西泠把他的软卧送给了时芷身旁的乘客，和人家交换，打算陪着她在硬座车厢坐一宿。

时芷说：“我是不喜欢躺着。”

“我也没有多喜欢。”

她好歹带了个包，傅西泠比她还潇洒，只拿着手机就上车了。

他帮她把包放在行李架上，坐下，认真打量她两眼，像在确定什么。

时芷心情复杂。

正琢磨到底该不该在火车上和傅西泠重谈关于付倩的事情，他已经把手机递到她面前，里面是一份和兴荣集团的合作合同。

“我去找过你们付总，但不是因为你。是我小叔的团队在和兴荣合作，我替他跑了两趟。

“私心当然也是有的。一时兴起，好奇你上班时会是什么表情，就去了。

“但如果兴荣集团肯重用你，是付倩看中了你的某方面能力，和我没有半点关系。

“昨晚提沈嘉的名字是我不对，对不起。”

时芷看了看傅西泠手机里的电子版合同，按灭他的手机屏幕，递还给他：“算了。”

连对别人说了三次“对不起”，傅西泠大概是有些不适应，耳根泛红。

时芷看着他的耳朵，就想起这位少爷说过，人生没遇见过不顺。

她竟然有兴致，还起了些坏心思，板着脸：“傅西泠，你有没有想过，有些事情不是你道歉了别人就一定会原谅你。”

“我知道，没逼你。不原谅也行，我再找其他方式道歉。”

“为什么？”

“希望你开心。”

“哦。”

“当然，也有私心。”

火车开了，轻微一晃，然后缓慢、平稳地驶离站台。

傅西泠偏头看着时芷，没笑：“不想和你断，至少现在不想。”

车厢里并不十分安静，傅西泠眼底有点黑眼圈，目光灼灼地看她。

时芷偏开视线，换了个话题：“你怎么知道我要去哪儿？”

“没找人查你。你的身份证和你舅舅的身份证我都看过，知道你父母家乡所在，瞎猜的，运气好而已。”

车程很长，要十几个小时，隔天早晨才能抵达目的地，再是刚生过气，他们也还是聊了几句。

时芷问傅西泠，你打了二十四小时的道歉腹稿就这么几个字？

傅西泠说，挺多来着，要不，给你写下来？

“那你不如写点别的。”

时芷是带着电脑上火车的。

她的人生就是这样，可以失眠、心情差，也可以惦记着请假给时梅上坟。

但不能偷懒停下，只能马不停蹄地向前。

傅西泠可能从来没坐过火车硬座，也一副完全没有睡意的样子。

他陪着熬夜，用手机帮她写了份英文摘要，还帮她翻译了一份外国文献。

天蒙蒙亮时，时芷靠着傅西泠睡着了。

不过她只睡了两个小时，醒来时傅西泠抱臂靠在椅背上。

对面的老大爷腿伸得比较直，他给人家让了不少空间，又不敢挤她，只能憋屈地收着一双长腿。

估计姿势不舒服，矜贵的少爷眉心紧皱。

时芷去了趟餐车，端着一碗泡面和一份白粥回来时，傅西泠已经醒了。

她把早饭放在桌上，问他吃哪个。

傅西泠看向她：“你挑。”

时芷口味重，拿走泡面吃了几口，觉得披散着的长头发很碍事，便停下来，放下叉子，习惯性地一摸，手腕是空的。

和田玉手串，应该在傅西泠家。

上次在他家留宿时还戴着的，睡前她摘掉放在床头。

早起傅西泠和她胡闹，两人在床上接吻，耽搁了许久，时间来不及，她只能匆匆赶去上班。

忘记了拿手串。

本来不该有这种想法的，但说不出原因，时芷看向傅西泠，很笃定地伸出手：“带了吗？”

傅西泠看她两秒，果然伸手从皮衣口袋里拿出手串，放在她手里。

“谢谢。”

车窗外是层峦叠嶂的白色，山间有些雾气，阳光像蒙着一层纱。

乘客很多都醒了，洗漱、吃早饭或者是去洗手间，在车厢里来来回回穿梭。

时芷用手串把头发绑起来，总觉得这个早晨和以往不太一样。

时芷一直知道傅西泠长得帅，也一直知道自己喜欢和傅西泠有各种肢体接触。

但从前晚吵架，到昨晚傅西泠追上火车、陪着她搞了一晚上论文，这些经历是她从没预料过的。

好像，感觉还不坏。

所以时芷在桌子下面踢了傅西泠一下，看着他顿住滑手机的动作，偏头看过来，她很直接地告诉傅西泠："我也不想和你断。"

傅西泠看着她，慢慢有了点笑容："行。"

"关系不变。"

时芷看了眼对面，老大爷已经要醒了，正在揉眼睛，老大爷旁边的小哥也开始掏手机。

她凑近傅西泠："就还是感情以外的关系。"

傅西泠仍然在笑："行。"

他们抵达目的地时，并不是这趟列车的终点站，停站时间短，旅客匆匆下车。

时芷的头发绑得松散，穿外套时刮了一下，头发上的和田玉手串掉下去，摔在地上。

人太多，手串差点被踩着。

傅西泠弯腰帮她拾起，拉着时芷的手，帮她戴在手腕上。

他揽着时芷的肩，帮她挡开拥挤的人群，带她走出车厢。

火车站外面的北方城市，是时梅的故乡。

林孝平去世后，时芷曾跟着时梅在这边生活过几年。

熟悉的街道、乡音，唤醒并不愉快的过往经历，让她沉默良久。

傅西泠打了车，直接带她去当地的星级酒店。

一直到进了酒店房间，各自洗过澡，又简单吃过午饭，时芷才发现手串上某颗和田玉珠有裂痕。

房间里挡着窗纱，光线并不特别好。

时芷起身，拿着手串走向窗边，拉开一截窗纱对着阳光仔细看。

越看，她的眉心皱得越紧。

傅西泠在旁边撑着额角看着，本来不想说什么，但时芷很少对什么上心，她那副皱着眉心疼的样子，他又做不到视而不见。

"这么珍视，找个靠谱的玉器店，换颗新的？"

“不用。”

时芷把手串戴上：“这东西开过光，也不知道碎个珠子会不会影响我的财运。”

“……你倒不像信这些的人。”

“本来是不信。”

林孝平酗酒之后，什么浑蛋事情都能做得出来。

有天半夜他从外面回来，和时梅推搡争执，发疯了般拿各种东西打时梅，砸碎了家里的观音摆件。

观音摆件是林孝平和时梅结婚时某个长辈送的，也开过光。

时芷穿上外套：“摆件碎掉的第二天，林孝平就在外面冻死了。”

和傅西泠这种聪明人聊天很省心。

他不会问林孝平是谁，也不会笑她迷信，安慰人的话说得毫不啰唆，又很令人熨帖。

“分人吧，我妈也失手摔碎过开光的平安扣，没见对她有什么影响。你要真信这个，有心摔的和无心失手，肯定还是有区别，佛祖没那么不讲道理。”

出门前，傅西泠问时芷：“去买鲜花吗？”

“不用买花，她不在墓地。”

让时梅的骨灰随风飘散，是时芷做的决定。

时芷带着傅西泠去了一处城市边缘的建筑，是当地的心理卫生中心，也是大众口中的“精神病院”。

他们坐在医院外面不远处的一棵枯树下，木制椅子漆体斑驳，脚下有些未化的积雪。

这是时芷第一次主动和人谈起时梅。

她当时还没有察觉到，自己对陪在身边的所谓床搭子是不同的。

时芷看着那栋墙皮脱落的老旧建筑：“她一辈子都不快乐。”

时梅本来在单位也是很出色的职员，颇受领导赏识，后来经人介绍，认识了林孝平，并和林孝平恋爱、结婚。

结婚后又很快有了孩子。

林家老人要照顾林孝平弟弟家的孩子，时梅的娘家又远。

林孝平说“梅梅，赚钱的事情交给我，我会照顾好你和孩子”，时梅信了，为家庭放弃了自己的工作。

不幸的是，婚后没两年，林孝平本性暴露，又赌又酗酒。

他打骂时梅嘴里经常说的一句话是：“钱都是老子赚的，老子想怎么花都行。”

被言语打压多年，哪怕林孝平去世后，这件事仍然是时梅的心病。

时梅太想证明自己的能力了，被以“闺蜜”为名的骗子钻了空子。

她们那时候处境已经很艰难，借住在时芷的大舅家，看着舅妈的脸色寄人篱下。

时梅满怀期待：“萌萌，妈妈很快就能赚到一笔钱，有钱了我们就不会被人看不起，到时候我们自己买个小房子。”

然后，那个要带时梅赚大钱的“闺蜜”消失了，连带着一起消失的，是时梅的所有积蓄和从姥姥手里借出来的一万块。

骗局破灭了时梅对生活的最后希望，亲朋的不理解和埋怨也击碎了她的自尊心。

可怜的女人崩溃了，变成街坊邻居都要躲着的精神病。

“她有攻击性行为，后来被送来这里，住封闭式病房，每周可以去探望一次。”

风吹过，枯叶在地上滑动，发出唰啦啦的细微声响。

傅西泠陪着时芷在那里坐到太阳下山，才打车回市区的酒店。

上楼后，时芷从房间的冰箱里拿出两罐啤酒，问傅西泠要不要喝。

这趟出来，傅西泠没什么准备，穿得少，被风吹了一下午，已经开始低烧。

他没说，舍命陪她。

傅西泠跟着时芷喝了几罐凉啤酒，在她冰凉的唇吻过来时，也没拒绝，搂着她的腰，顺着她的心意陪她折腾。

时芷什么都不说，亲完直接去脱他们的衣服，暗示得明明白白，傅西泠也就知道今晚该怎么做了。

只是他没想到时芷那么野。

时芷很傲气。

这种脾性一半来源于天生，一半来源于时梅对她的影响。

为家庭放弃工作，被一个劣迹斑斑的烂人打压多年，有过这种经历，在某些问题上时梅难免会偏执。

可事实证明，“做女人一辈子不能低头”这句话还是有道理的。

时芷记得时梅和“闺蜜”拉着手，彻夜长谈过；和大舅妈关系没那么僵前，也抹眼泪诉说过和林孝平婚姻里的委屈。

可时梅的脆弱，并没有换来呵护和疼惜。

只换来了“闺蜜”的背叛。

换来了大舅妈知道损失的财物中有姥姥的一万块时，歇斯底里地抱怨：“难怪林孝平活着的时候总对你动手。”

真心不一定会换来真心。

暴露软肋换来的可能是致命一击。

所以时芷从不掉眼泪，不示弱，也不低头。

这个晚上也一样。

窗帘密闭，万籁俱寂，只有茶几上的加湿器在插卡通电后自顾自地喷云吐雾着。

傅西泠其实是个不错的床搭子，不急色，为了舒缓她的生涩，连接吻都变得柔和、耐心。

这座城市曾在时芷的梦魇里反复出现，一切熟悉的景物都让她感到害怕。

每次回来“看”时梅，无论落脚在哪处，她都没办法睡得安稳。

这是唯一一个夜晚，那些对周遭事物厌恶与怀念的复杂感受，全部如同西沉的金乌般退去。

只有满溢的心悸，踏潮而来。

过了最初的紧张，时芷沉浸在愉快的体验里，只感觉傅西泠体温很高，完全没想到他是在发烧。

洗过澡后，傅西泠仍然像个暖炉，把她搂在怀里睡了整晚。

时芷终于睡了个好觉。

再次睁眼，手机上显示已经是上午九点半，窗帘和卧室的百叶窗都没拉开，房里暗沉沉的，仍然像深夜。

身边是空的，她腰肢酸，窝在被子里犯懒又眯了几分钟。

“嘀”，酒店房门被刷卡打开，傅西泠从外面走了进来。

时芷披着浴袍坐起来，看着他。

这个人真是半点不委屈自己，昨天来时只穿了皮衣，嫌冷了，竟然出门买了件长款羽绒服穿，还买了皮手套。

外面下着小雪，傅西泠摘了皮手套，掸掉羽绒服毛领上已经融化了的雪水粒。

时芷想到了昨晚发生的事，从他进屋起就目不转睛地看着他。

傅西泠抬眼，撞上她的视线，也开始看她。

不知道是不是时芷的错觉，傅西泠比平时话少些。

他把手套和脱掉的羽绒服都丢在沙发上，弯腰捡起沙发旁边的空啤酒罐，丢进垃圾桶。

顿了顿，他又捡起一个撕开的、小正方形包装袋，也丢进垃圾桶里。

他坐在沙发上，手肘搭在膝上，继续看她："去吃早餐？"

声音有点哑。

昨晚在耳边叫她放松的，也是这样的声音，很性感。

时芷对酒店餐厅里那些早餐不感兴趣，披着浴袍从床上起来，朝着傅西泠的方向走几步，停在离他一米远的距离。

浴袍带子没系紧，领口开得很低。

她故意的，撩他："你不是说过，有个穴位叫中脘什么的，是这里……"

傅西泠都没等她说完，起身靠近，双手捧住时芷的脸直接吻她。

她和他接吻着后退，脚跟踢到飘窗。

无路再退。

卧室门半掩着，挡着客厅的光，室内昏昏暗暗，像昨夜还未过去。

从始至终，傅西泠只问了一句"确定要吗"，在她用吻他耳朵这个动作回答后，床头的抽屉被打开。

傅西泠拿了个东西折返，动作干脆地擒了她的手腕，帮她转身，按下她的腰……

他们在酒店待到下午，乘飞机回去前，又去了一趟心理卫生中心。

傅西泠两只手插在羽绒服口袋里，问她："上学期不在你舅舅家的小酒吧和学校宿舍的两天，也是来这里了？"

漫天飞雪，时芷看着在院子里散步的三两个病人和医护人员，淡淡地"嗯"了一声。

"走吧，该去机场了。"

时芷走出去两三步，又转头去看。

雪花簌簌，不断落下，有个穿白大褂的中年医生站在门口，招呼着院子里的人说："回来吧，雪太大了……"

傅西泠抬手，帮她戴上了羽绒服上的帽子。

同样也是这句话："雪大了。"

飞机落地，先去了傅西泠家里。

在一起的两天时间里，傅西泠就只咳过那么一两声，时芷始终没有发现他在发烧。

她还以为，那种体温是某些时刻特有的。

在傅西泠自行吃过退烧药后，她缠着他接吻，还挺不满意：“你为什么不烫了？”

“因为退烧了。”

“……什么时候发烧的？”

“一开始。”

傅西泠笑起来还真挺帅，调侃着说，好歹对你的床搭子多点人道主义的关心，行吗？

时芷请假只有两天，要上班。

第二天早起，时芷站在浴室镜子前吹干头发，回卧室时，傅西泠这个刚病过的人，正懒洋洋地靠着床头在看手机。

她拉开窗帘，阳光斑驳地落在他脸上，他抬手挡了一下。

仔细想想，傅西泠这两天，话是真比以前少。

时芷莫名来了些占有欲，趁着还有时间，便和傅西泠谈判。

她拉了一下傅西泠家居裤上的带子，很强势地开口：“和你其他朋友都断了，床搭子就只能有我一个。”

傅西泠套上工字背心，“嗯”了一声。

“当然，如果只是出去喝酒、唱歌的时候和谁看对眼了，逢场作戏这种，无所谓。”

时芷上班的时间傅西泠是知道的，说不上几句话她就得走了。

他叼着烟回头，没点燃，表情不是很好看：“意思是，如果你有看对眼的男的，也会和人家逢场作戏？”

时芷赶时间，张口就来：“遇见合适的也不是不可能。”

傅西泠看她半天，给她比了个大拇指：“行。”

时芷提着自己的笔记本电脑走到卧室门口，又转头：“傅西泠，我警告你，不许在我工作上动任何手脚。”

“知道。”

从外地回来之后，他们见面比较频繁。

日子转眼到了平安夜、圣诞节那两天，时芷调职到兴荣集团总部就很少加班了，她按时打卡下班，走出公司。

天太冷，电动自行车不能骑，她只能去乘地铁。

时芷走过喧哗热闹、灯火璀璨的商业街，忽然接到傅西泠的电话。

“在哪儿？”

“还有三分钟到地铁站。”

“看见你了，站那儿别动，我过个红绿灯路口就到。”

时芷举着手机转头，就看见傅西泠的车停在斑马线后面。

他戴着无线耳机，没什么表情，等绿灯，可能是看见她看过去了，他勾起嘴角笑了一下。

上车后，时芷问傅西泠，这种日子怎么也没和朋友们出去热闹。

傅西泠说开了一整天的会，累，不乐意出去。

再遇见红灯时，傅西泠递给时芷一盒巧克力，说是合作方送的。

“送别的女生吧。”

“不是让我都断了吗？你吃吧，开过光的。”傅西泠说完就开始笑。

“……你有完没完。”

时芷对甜食没兴趣，拆开看看，觉得造型还都挺好看的，便拿起一颗塞嘴里。

是车厘子夹心。

她非常不喜欢，皱眉转头，想问傅西泠车上有没有纸巾，打算吐掉。

红灯还剩五秒。

傅西泠倾身过来，吻走了她嘴里的巧克力，在她还没反应过来时，发动车子，左手握着方向盘，递过来一瓶矿泉水。

傅西泠可能真的是累了，回家后没打游戏，就坐在沙发里处理文件。

他偶尔抬头，看两眼时芷写了删、删了写的论文片段，间或也和她说一两句的话。

论文就很难写。

时芷挺专心的，结果傅西泠突然凑过来亲了她一下，把她脑子里的思路都给打散了，气得她拿起桌上的纸抽盒要动手。

傅西泠躲开：“别动那盒纸抽，开过光。”

自从傅西泠知道她戴着的玉手串开过光，就经常拿这事和她开玩笑。

可气的是，只要他说“开过光”，无论是什么东西，时芷都会下意识先护一下。

本来她是挺在意“开过光”这件事的，傅西泠天天念，逮着个羊肉串、麻辣小龙虾也诓她说“开过光”，都把她给说脱敏了。

连那串和田玉手串，时芷也没以前那么重视，经常忘戴，落在傅西泠家。

可能是对傅西泠的防备心渐消，时芷自己都发觉，她落在傅西泠家的东西越来越多。

这天早晨，时芷站在公司门外等，等傅西泠来给她送工牌。

他开着他那辆张扬的跑车出现，可把时芷给气得不轻。

周围很多人好奇地投来目光，她拿了工牌转身就走，上楼还是遇见了付倩。

付倩端了杯红茶，站在窗边的阳光里若有所思，问时芷："你认识傅西泠？"

"算认识。"

说曹操，曹操就到。

傅西泠打来电话，被她挂断，等付倩走开，时芷才把电话回过去："刚才付倩看见你找我了，问我认不认识你。"

傅西泠居然还在笑："你怎么说？"

"我说你是我朋友的男朋友。"

"……你哪个朋友，能有我这么帅的男朋友？"

"姚姚。"

"真能编。既然我不方便露面，就不在楼下等你了，先走了。"

时芷本能地感觉到傅西泠话里有坑："你在楼下等我干什么？"

"你落在我家的不止工牌，电脑也在。晚上别回宿舍了，接着去我家写论文吧。"

"你故意的。"

刚刚傅西泠明明可以叫住她提醒一句，电脑也没拿。

她穿着高跟鞋，走路能快到哪儿去？

时芷打算晚上再找傅西泠算账。

但还没到下班时间，傅西泠已经发来微信。

在工作时间，他们很少联系。

时芷的微信挂在电脑上，正在工作群里回复付倩的消息，看见傅西泠的头像跃到最上面，颇有些意外。

傅西泠发的是个问句：你在准备出国资料？

早晨时芷开过电脑，把洗澡时想到的几句话添加进论文里。

电脑没关，就算关了，也没有密码。

估计是傅西泠看见了她电脑桌面上的那些材料，有一些是付倩发给她的，有一些是她自己准备的。

她回复傅西泠一个字：对。

之前付倩找时芷谈话时，已经帮她规划过了。

在兴荣集团里，付倩位置坐得很高。

地位越高越危机四伏，团队里很多都是跟着付倩一路走过来的。

有人忠心耿耿，也就有人见异思迁。

“时芷，最迟三年，我的团队会有很大的人员变动。我要你以我助理的身份，去国外留学，读全日制 MBA.”

付倩说的那所学校不算难考，主要是地点好，离兴荣集团分布在欧美地区的品牌餐厅很近。

付倩在那边有朋友。

时芷无法做悠闲读书的学生，周末和假期时间她也不能休息，需要在付倩的朋友手底下工作、锻炼，吸取更多经验。

“不和我讲讲条件？上一个我很想用心培养的人，和我说谈了三年的女朋友不接受异地恋，放弃了这个机会。”

时芷只问：“留学期间的费用，谁来出？”

“不用担心钱。我需要你快速成长，能独当一面更好，不能的话，也不要差太多。你能做到。”

付倩承诺时芷，留学期间的费用完全不需要时芷承担。

至于能在外面赚到多少钱，就要看她自己的表现了。

时芷当时一定流露过什么。

付倩看着她，微笑着：“时芷，我很喜欢你的眼神，很有野心。”

在付倩找她谈过话后，时芷用了一个下午的时间研究付倩给她的留学资料，迅速做好计划，并主动找到付倩，请她帮忙推荐了寒假英语班。

这都是去“看”时梅之前的事，只是这些事，时芷都还没告诉傅西泠。

也不是有意的，没聊到而已。

时芷的电脑是很老旧的款。

运行时那嗡嗡的动静，快赶上傅西泠家的油烟机了。

写个论文也能烫手的程度，还卡。

而她本人对电子设备又不是很有耐心，也没有这方面的虚荣心，总觉得能凑合用就行、不耽误正事就行。

傅西泠看着都替她心烦。

还不能直接买个新的给她。

时芷这人有个毛病，不爱欠人情。

“无功不受禄”“取之有道”这几个字，她就差刻在脑门上，顶着过日子了。

在时芷眼里，只有她自己赚到的钱才是钱，别人的钱财再多，她也懒得惦记。

放在古代，她应该是个挺牛的廉官。

傅西泠打算帮时芷把她的破电脑弄弄。

清清内部灰尘、换点散热硅胶、升级一下内存条和固态硬盘……

结果破电脑足足半分钟才开机成功，桌面缓缓地展现出来，他没看见别的，先看见一堆趴在桌面上的留学资料。

傅西泠当然会感到意外。

这是，要准备出国？

急火攻心。

傅西泠偏头咳了几声，摸出烟盒，又想到时芷下班后会过来，便心烦地把烟盒捏成一团，丢进垃圾桶里。

时芷讨厌烟味讨厌得挺明显，路过那种身上烟味重的老烟枪身边，她都会下意识皱眉。

这种在小事上的情绪，她向来很直接、很爱憎分明。

大事上，她的心思就难猜了些。

就像要出国这件事。

他们这阵子见面频繁，傅西泠一星期里有三四天都和她睡一张床，愣是半个字都没听说。

他给时芷发微信。

发完，拿着手机等回复。

前阵子，傅西泠大学室友聚会，两个在外地生活的室友刚好赶在同时间过来出差，便叫着周朗聚了顿饭。

还是吃麻辣小龙虾。

傅西泠在桌上给时芷发微信，问要不要给她打包一份回去。

时芷迟迟没回复。

他当时也是拿着手机等，比平时多看了几眼，马上被宿舍老大给发现了。

一个房间里住了四年，谁能不了解谁？

老大问：“傅啊，你有情况了？”

周朗在旁边擦着眼镜，不明意味地“哼”了一声。

宿舍的老幺眨巴着眼睛：“周哥你还不知足？傅哥这阵子不是总来投喂你吗？把你照顾得总算比夏天那会儿胖了些，离得近多好啊。”

周朗说：“他那是单纯为了投喂我吗？”

毕竟傅西泠以前对情情爱爱这类的事情表现得太过冷漠，身上一股“智者不入爱河”的酷劲，他这边突然有点情况，肯定是要被追着问的。

那阵子傅西泠刚受过伤，轻微脑震荡，在父母那边住了挺多天，才搬回来不久。

他和时芷相处得挺好，总凑一起打游戏，也总拥抱接吻。

但也只是这样。

亲也没少亲，抱也没少抱，愣是没能勾起人家姑娘一丁点感情方面的念想。

所以傅西泠说：“遇见个喜欢的，还没追到。”

老大喝完酒话多，可太乐意给傅西泠当感情方面的良师了，便频频提出建议。

“傅啊，你追人，那得用你的优势去追，钞能力用起来啊。”

傅西泠说：“她仇富。”

“那你就告白，直接点。告白完还不行就天天对她嘘寒问暖，各种关心照顾，准能成。”

傅西泠说：“成不了，得拉黑我。”

“那你就搞浪漫的，你给她买玫瑰花，买个九十九朵。实在不行就买九百九十九朵，要红的，热烈，表达你的好感。”

傅西泠垂头笑了半天：“你别害我。”

“你说你长得这么帅，脑子又贼聪明，按理说脸和智商上也能加点分吧？怎么，那姑娘都不觉得吗？”

傅西泠剥了个不辣的椒盐小龙虾吃，吃完，沉默几秒：“她可能觉得我帅，但不喜欢我这款。至于脑子，她也贼聪明。”

周朗了然地点头：“可不是吗，她前男友和西泠完全不是一个类型。”

老大和老幺于是都有点好奇，说，这得是个什么样的姑娘啊？

傅西泠又在笑。

他说，时芷能拿奖学金，受老师喜欢和夸奖，还长了个不做商人都可惜的聪明脑子。

能经营酒吧，喝好几瓶红酒都不醉；能用高脚杯开香槟，和人打水仗用冰桶泼，还不服输，昨晚刚破了他的游戏纪录……

老大和老幺就没听过傅西泠谈论女生，还是滔滔不绝的架势，直接听蒙了。

周朗更蒙：“你喜欢的是时芷吧？”

傅西泠说：“除了她还能是谁？”

“不能啊，她多文静多乖啊，是不是被沈嘉给刺激了，怎么突然这么酷了？”

傅西泠的笑容就收敛了，蹙着眉心：“你能不把沈嘉的名字和她放一块提吗？”

周朗就说：“能，那你别老来找我吃饭啊？”

这还真不行。

时芷脑回路清奇，总觉得傅西泠是个玩咖，还觉得他的朋友大部分都是异性。

傅西泠每次报备行程，说自己和谁有约，都是说“一朋友”，不提男女。

然后时芷就能自己脑补出点什么来，似笑非笑地瞥他一眼，特有风情。

就那一眼。

傅西泠很受用，从此再也不说朋友性别，就让时芷那么瞎胡猜着。

饭局吃到最后，老大举杯祝傅西泠成功：“你说你，生意做得风生水起，老街那么大的项目都扛起来了，还追不到个姑娘。你那八百个心眼倒是用起来啊？”

心眼子傅西泠是真用了的。

也确实换来时芷那么一丁点温暖——

她从他这儿赚了十五万，然后主动请他喝了一杯“买一送一”的冰咖啡。

他和大学室友吃饭那天的“诉苦”，其实都是开玩笑。

傅西泠就想跟人显摆显摆，有那么个姑娘成天吊着他，让他欲罢不能。

和往家庭群里发时芷照片，是一个心理。

傅西泠对自己还算挺有信心，他不傻，能分辨出来，时芷对他是感兴趣的。

不然不会大半夜骑着个二手电动车接他，换成时芷以前的脾气，早一巴掌把他扇飞了。

但傅西泠也不是有意折腾时芷。

他自己那生日过不过的，无关紧要，他是想和时芷说句“生日快乐”，还想给她过个比较特别的生日。

生日过得还行。

她是开心的，睡觉都让抱了，就是翻脸比翻书还快。

睡前还和他接吻呢，睡醒了就要找他聊聊。

时芷睡得不错，目光慵懒，唇红齿白，头发披散着坐在他床上。

很美。

傅西泠二十三岁时发现自己喜欢时芷，才没几个月，过个生日二十四岁，感觉有些糟糕了，喜欢得过头，自己要栽。

傅西泠看着她。

哪怕身体上再亲密，时芷表露出来的也不是面对有好感的异性的紧张羞涩，仍然是防备。

所以傅西泠也换了个聊法，不和时芷谈感情。

她缺合作伙伴，他就当合作伙伴；缺床搭子，他就当床搭子。

他有的是时间。

时芷挺满意他们之间的相处模式，放下防备，又开始撩人。

还说“等我学会了，我也会帮你的”。

因为她这句话，傅西泠连续两个晚上没睡好。

他在半夜从床上坐起来，撩了把额前的头发，对着夜色扪心自问：“我是不是让人下蛊了？”

上一次傅西泠这么想，还是在医院。

当时他爸妈都在，连大伯也在，他躺在病床上等医生看完CT片子，公布检查结果。

医生说了是轻微脑震荡，大家才终于放心下来松了口气。

大伯说，下次再遇见这种事别逞强，安全和健康是最要紧的，你小时候，请人给你讲过的那些安全知识都忘了？

“没忘。”

傅西泠脑子里想的是：

还好不严重，不然以时芷那种不愿意欠人情的性格，他都不知道怎么和她交代。

然后他就在充斥着消毒水味道的病房里，自嘲地笑了。

感觉自己真的很像被下蛊了。

那天傅西沣也被大伯逮着，不情不愿地跟着待在医院。

看见傅西泠笑，傅西沣就在旁边冷嘲热讽：“西泠该不会是挨一下砸，被砸傻了吧？”

然后傅西沣那个傻子就挨了大伯一巴掌，打在他后脖颈上。

对于傅西沣这类动不动就蹦出来的“狗嘴里吐不出象牙”的发言，傅西泠向来是懒得理的。

后来和傅西沣翻脸，也是为了警告傅西沣不许再去找时芷。

长辈们都没在，傅西沣在那边故意找碴：“怎么了，你那个冒牌女朋友还不能找了？怕大家知道你找了个假女朋友要心眼吗？”

第五章
出国留学

关于出国留学这件事，傅西泠的反应很平静，他拿给时芷的那些资料，在时芷看来，也算是好消息。

付倩需要得力干将，这很好。

眼下唯一有些棘手的，是准备出国留学这件事开始得比较晚了。

因此，时芷越来越忙。

要上英语班，要准备期末考试，要上班，也要准备毕业论文。

这些事加起来，时间过得就很快。

到寒假，宿舍楼里的人陆陆续续回家，傅西泠直接把时芷接到他家里住着。

时芷问过他原因，他很干脆地回给她两个字，方便。

结果搬进去第二天晚上，两人就差点打起来。

那天时芷下班回来，傅西泠没在家。

他早发过信息，说公司有临时会议要开，稍晚些才回来。

外面冷，在办公室里穿着高跟鞋坐了一整天，反正也要等傅西泠回来才吃饭，时芷打算先去泡个热水澡。

她是在给浴缸放水时，看见那支口红的。

名牌，放在洗漱台上，挨着傅西泠的剃须刀，金属色的 logo 在镜前灯光下反射着光泽。

所以……

晚上，傅西泠才进门，一把小提琴就挥到眼前。

逼得他往后仰了一下。

那把琴是送去保养的，拿回来还没来得及收，就放在玄关，现在成了时芷的武器。

她脸色很难看："你把女人带回来了？"

傅西泠抬了下眉。

他和时芷对视着，用脚踢关掉入户门，胸口顶着小提琴，把手里提着的一大袋钵钵鸡和辣子鸡放在玄关。

人往门板上靠，懒洋洋地强调："打扫卫生的阿姨你不是见过很多次？"

外卖袋子里飘散出迷人的辛辣味道，时芷往袋子上瞥了两秒。

是她挺喜欢的一家。

但也只是瞬间，她又继续冷眼看着傅西泠："打扫卫生的阿姨会把口红落在你家浴室，是吧？"

傅西泠像在端详她，然后开始笑。

他笑起来有点坏，死不正经，但好看："口红是新的，去买洗面奶时专柜里瞧见的，给你带了一支。"

"神经病。"

时芷把小提琴丢进傅西泠怀里，转身去拿了那支口红，打开，旋出来。

很明艳的红棕色，自带气场。

切面光滑得像镜子，确实是新的。

也是这个时候，时芷才后知后觉，察觉到傅西泠为什么要买口红给她。

寒假前的阳历年年底，就是元旦前，兴荣集团开公司年会。

应上面要求，每个人都要化妆，穿礼服。平时被工作压榨得再浑浑噩噩，这种场合也得精气神十足，展现集团的精神面貌和凝聚力。

礼服是租的，化妆师是公司请的。

化妆师技术不错，时芷带妆跟在付倩身边，被好几拨人多问了一句姓名。

夜里她从年会现场回来，傅西泠刚洗过澡，擦头发擦到一半，听见门声，出来看时芷两眼，然后把她拉进浴室。

他没说过什么，却身体力行地表达了他的兴趣。

后面的事情很自然。

他们没回卧室，就在沙发里抵死缠绵。

最开始搬到傅西泠家，他们这种一触即燃的状态还令时芷很满意。

一个星期之后，她吃不消了。

而且很耽误英文课作业和论文的进度，时芷在某个深夜里和傅西泠提出来，打算搬出去住。

他们刚洗掉一身薄汗，都累了。

傅西泠眼睛都没睁，揽着时芷的腰："你就别搬了，折腾，正好年底家庭聚会多，我得回我爸妈那边住。"

然后傅西泠就真走了，一个星期也没露人影。

再见着傅西泠，是除夕前的最后一个休息日。

时芷本来就是单休，去过英语班后，只剩下半天的假。

查论文资料时，她接到傅西泠的电话，说是他之前和理发师约过上门来帮他弄头发，但他临时有事，回不来。

时芷手机放在桌上，开着扬声器，接电话也没耽误看资料。

她翻了一页书："我让理发师回去？"

"刚和理发师打过电话，人都已经进小区了。既然都来了，让他给你弄弄头发吧。"

傅西泠那边有事，很嘈杂，能听见有人在和他说话，和时芷匆匆交代完，他就忙去了。

没过几分钟，理发师按响了门铃。

时芷嘴硬，但其实有些心软，尤其看不得劳动人民受伤害。

来都来了，也不能让人家白跑一趟。

时芷觉得赚钱不容易，理发师推荐什么项目，她就做什么项目。

一通捯饬下来，到理发师离开，她那头本来就很漂亮的乌黑长发，已经柔得像缎子，散发着健康营养的光泽。

傅西泠回来时，时芷披散着她高价护理过的秀发对着电脑敲论文。

几本专业书、回形针夹着的A4纸摊在地毯上。

她闻声回眸，顿了几秒，把思维从那些论述里剥离出来，看见傅西泠，说的第一个话题是："你平时弄个头发也这么贵？"

傅西泠走过来坐到她身边，顺手摸她的头发："怎么了，我卡里的钱不够？"

傅西泠有张理发店的储值卡，自己嫌费事不乐意拿着，就存在店里。

偶尔他那些发小、朋友、弟弟妹妹们过去，也会从上面消费，卡里多少钱，他自己也没个数。

时芷继续在电脑里敲了一行字："给你留了二十块。"

时芷戴了防蓝光的眼镜，年会上抽奖抽到的。

傅西泠钩着她鼻梁上的镜架，把眼镜摘下来拿在手里看了看。

他用眼镜去勾勒她的耳廓，慢慢下移，托起她的下颌："看你也忙了好久了，想不想出去放松放松？"

傅西泠进门没脱羽绒服，一看就知道后面还有行程。

他说是有个朋友们的聚会，顺路上来问问她，要不要一起。

时芷这阵子确实绷得太紧了。

没出去玩，也没和傅西泠约，简直是杜绝了一切能放松的活动，饭量还是老样子，体重却掉了两斤。

今晚写论文写得头昏脑涨，她也就没拒绝，跟着傅西泠去了，打算透透气。

熟人局，约在给沈嘉过生日的那家酒吧，连着几个大卡座都是他们这群人占着的。

时芷没喝酒。

傅西泠也没喝，只和他们玩骰子。

某一点上，时芷和傅西泠很像。

他们都不酗酒，不放任自己对任何事物上瘾，该忙的时候就往死里忙，忙完正经事也愿意出来放松放松。

中途时芷去了趟洗手间，再回来时，她之前坐着的位置，已经有人占了。

是女生，很漂亮，也很新潮，寒冬腊月里光着腿穿皮靴。

女生坐在傅西泠身边，和他说话，戴着很有设计感的耳坠，说话时坠子随着她的动作轻轻晃动，挺有风情的。

从傅西泠的表情来看，是他认识的人。

周围太吵了，舞池里都是扭动着的人影，年龄稍小的那桌弟弟妹妹们在玩“逛三园”，姚姚她们几个在自拍。

傅西泠手里摇着骰子，很难说有没有认真在听那女生讲话，只是笑笑，然后说了句什么。

时芷对这家酒吧多少有点坏印象。

毕竟这辈子第一次有男人敢对她睁着眼睛说瞎话，就是在这鬼地方。

无端惹她心烦。

女生说完话就走了，走之前，还拍了拍傅西泠的肩。

时芷回到傅西泠身边，坐下，他放下骰子不再玩了，偏头问她，怎么去洗手间这么久。

时芷说：“早回来也没用。”

傅西泠反应过来：“这么大个沙发呢，还能坐不下你吗？”

他们这群人，还在上学的那批都是照着通宵的架势玩的。

有事的这批一过十二点钟，就都默契地提前离场了。

时芷隔天要上班，傅西泠也不是个闲人，当然也不会太晚。

傅西泠把车停地下车库，跟着下车，又并肩跟着时芷上楼，在电梯里还捉了她一缕头发玩。

时芷以为他会顺理成章地留下。

结果他只是凑近了，把她困在入户门上吻了一会儿。

边吻着，边按开了密码锁，推开门，和她说“晚安”。

时芷皱了皱眉，没说什么。

之前和傅西泠相处，都是他主动多一些，突然这样她还有些不习惯。

两天后的晚上，有快递员按响门铃，送来七八箱苏打水。

收货人是“傅先生”，时芷帮忙签收了。

苏打水堆在玄关，时芷坐回电脑前，开始写她的论文。

越写心越乱。

她索性保存了文档，拿出手机，给傅西泠发了条信息。

你家收到几箱苏打水。

这种鸡毛蒜皮的小事，是根本没必要和傅西泠说的。

时芷知道。

二十多分钟后，傅西泠没回信息，直接按开了入户门的密码锁。

时芷戴着无线耳机，在听音乐。

她是看见落地窗上映出来的身影，才发现的：“你怎么来了。”

“不是你给我发的信息？”

傅西泠摘掉羊绒围巾，身上带着些酒气。

他拿出手机看了一眼，然后转头去看了眼玄关的苏打水：“我二姨知道你在我家，苏打水买了双份，找我就这事儿？”

既然人都已经来了，时芷也不装糊涂，直接确认傅西泠后面还有没有事：“你的酒局结束了？”

“和家里人喝的。长辈多，同辈少，我在不在都成，他们还能继续喝继续聊。”

“你想回去吗？”

他说：“看你。”

时芷摘掉一只耳机，给傅西泠戴上。

里面在放*Body Language*，她说：“那你别回去。”

傅西泠脱掉羽绒服前，从兜里掏出来个东西，“啪嗒”一声，丢在茶几上。

时芷顺着他的动作看了一眼。

长方形的盒子，他们又不是没用过，不用细看都知道是什么……

他就没打算走！

“你故意的？”

傅西泠笑了，然后搂着时芷的腰把她抱起来，接吻。

连日来的郁闷散掉，时芷的心防也不再像之前那么重，终于把这几天惹她心烦的问题给说了——

“你有女朋友之前，必须告诉我，我不和有女朋友的男生搞这种关系。”

“知道。”

他们还是一人戴一只耳机，单曲循环，始终在听同一首歌。

这一折腾，又到半夜。

傅西泠喝过酒不能开车，就没回他爸妈那边，说要留下。

还和时芷一起泡了个澡。

这么暧昧的氛围，泡澡竟然泡得相当单纯。

两部手机放在浴缸边，提示音一样，响起来分不清是谁的。

时芷的工作群里杂事多，怕耽误工作，她先擦掉手上的水去看。

响的是傅西泠的手机。

浴室里有块嵌进墙体的电视屏，里面在放美剧，傅西泠边看边随口问：“谁？”

他仗着自己记性好，从来不存联系人。

所有人在他手机里都是十一位数字，非常的一视同仁。

时芷没好气地扬他一脸水：“我哪知道是谁！”

傅西泠很好脾气地撩起头发，仰靠在浴缸边，拽了浴巾慢条斯理地擦脸，还得寸进尺：“眼睛碰水了，你帮我看下内容。”

时芷斜他一眼，原原本本把信息内容给读出来了——

傅西泠，我其实喜欢你挺久了。

从你帮我挡酒那次开始，就喜欢你，我知道这话说出来可能我们连朋友都没得做，但我还是想试试……

最开始，时芷还带着点看乐子的心态，读了几句后感觉有点不对劲。

往下滑了滑。

这女生写得也太长了，后面还又发来了第二条、第三条。

她耐心告罄，把手机塞给傅西泠：“自己看。”

傅西泠草草看两眼，放下手机，视线又挪回电视屏幕上。

没评价，也没回复。

浴缸开着水疗模式，水流翻滚，泡沫越来越多。

时芷玩着泡泡，调侃他：“现在知道不回了，帮人挡酒的时候想什么呢？”

“能想什么？我是挡酒，不是撩妹。”

“哦。”

手机又响了两声，傅西泠拨出去个电话，开口就是：“你家表妹喝多了，年底酒吧夜场都乱，出去找找人吧。”

发信息给他的女生是朋友家的表妹，没酒量，第一次见傅西泠那天，是跟着他们玩，两瓶啤酒下肚就去厕所吐过。

偏赶上几个二百五喝完酒都瞎了，根本没看出来，还拱人家喝呢。

“我出面挡一下，不是很正常？”

傅西泠话说得倒是挺坦荡，很明显那女生不这么想。

发信息来也不止这一次。

傅西泠是本地人，朋友多，到年底了聚会自然也多。

至于时芷这边，还要连续上半个月班才到春节假期，偶尔累了、闷了，下班后也会跟着傅西泠出去坐坐。

傅西泠懒，只要是和时芷在一起，手机、烟、打火机都放她这儿。

所以那女生再发短信来，她又看见了。

时芷瞥一眼就把手机拿给傅西泠。

他正和刚到的几个朋友打招呼，偏头看过，示意自己知道了，就要把这事揭过去。

时芷提醒：“不回？”

“换作是你，你会回？”

“不回。”

“那不得了。”

傅西泠接了朋友递过来的啤酒，放桌上，又丢了那边要的两副扑克牌过去，依然是喝矿泉水。

他说：“回不起。连她家里人都知道我有女朋友了，还能这样，这姑娘拎不清，回了更麻烦。”

时芷马上反应过来：“你现在，还在拿我当挡箭牌呢？”

之前她说过，不会再继续扮演他女朋友，在那之后他也确实没往家庭群里发过她的照片。

酒吧里太吵。

傅西泠的朋友刚点了一排深水炸弹，燃着火苗的小酒杯像多米诺骨牌，“扑通扑通”落进啤酒杯，引来欢呼。

傅西泠在喧嚣里凑近她，气息落在她耳廓：“这阵子长辈们见的亲朋多，都可热衷当月老了，时老板，别见死不救。”

时芷转头，在闪过的红色射灯光束下和傅西泠对视，听见他笑着说——

“再说，想换也换不成。我身边也没有别人，这不是只有你吗。”

现在没有，不代表以后不会有。

这句话，时芷没说。

其实有些事，时芷心里很清楚。

等她出国以后，她和傅西泠之间的这段关系差不多就会结束。

就像傅西泠说的那句，“太远”。

她想，可能最开始他还能有兴趣飞几趟，但时间长了，国际航班飞来飞去时间那么久，肯定是没有身边的女生们方便。

时芷做选择时，已经知道结果了，但她没有因为傅西泠犹豫过，还是选了留学。

无论什么关系，都不能和事业发展相提并论。

她说：“该换就换，不然你家里误以为你感情稳定，催你带女朋友回去给他们看，怎么办？”

傅西泠看她一眼，就回答了五个字：“到时候再说。”

正说着，和傅西泠玩得特好的那个弟弟来了，一进酒吧就喊着“嫂子”扑过来。

“嫂子可酷了，我开香槟的那招，就是和嫂子学的！”

弟弟满脸骄傲地和两个朋友吹嘘，还眼巴巴地瞧着时芷：“嫂子嫂子，你还有没有别的开酒办法了啊，待会儿我有个喜欢的女生来，我想……”

想给人家露一手。

时芷在心里补完了弟弟的吞吞吐吐。

时芷自己家里的弟弟妹妹和她都不亲近，很少有人和她撒娇。

她没拒绝，转头看了眼桌面，拿了瓶啤酒，顺手拿起他们蹦迪时的折扇，合上，用和上次开香槟时差不多的动作，用折扇把瓶盖给削掉了。

“我去！嫂子厉害！”

时芷还真像个好嫂子：“和开香槟类似，练几次就能会，好学。”

弟弟简直高兴疯了。

小伙子是留学回来的，性子又比较外向，扑过来就要拥抱时芷。

坐在时芷旁边的傅西泠“唰”一下展开折扇，给隔开了。

又合拢扇子，抵着那弟弟的脑门，推人往后退。

他说：“谢谢你嫂子。然后自个儿玩去，别总闹她，她明天还要上班。”

时芷是要上班。

每天下班回傅西泠那边，都能看见玄关多了不少大大小小的新年礼盒。

阿姨插花也换了颜色，用红色，和屋里的风格不太搭，但应景喜庆。

对时芷来说，年关不年关的，也没什么特别。

她的生活远不像傅西泠那么热闹。

真到除夕这天晚上下班，办公室里人人都洋溢着喜气，互相道别着离开。

时芷仍然住在傅西泠家里，没看春晚，也没和任何人通电话互相祝福。

她能想象得到，无论是舅妈、小姨还是哪个亲戚，看到她的来电显示，肯定都是心惊肉跳，生怕她再找到他们。

那就大步向前走吧。

好像也没有什么人值得她停留、回头。

所以临近夜里十一点钟，傅西泠提着袋子从外面进来时，时芷和过去的每个夜晚一样，开着她的旧笔记本电脑、戴着防蓝光眼镜，在写论文。

她依然嫌长发碍事，用一支笔绾起来，耳朵里塞着耳机，仿佛外面的热闹喜气都和她没有任何关系。

傅西泠就靠在玄关处看时芷，直到她在思考中无意识抬眼，从落地窗映出来的影子里和他对视。

时芷还是那句：“你怎么来了？”

傅西泠在外面很少喝酒，和家里人的聚会倒是会喝。

今天除夕，他估计也没少喝。

他脱掉外套仰靠进沙发里，缓了几秒才说：“过来陪你守岁。”

之前聚会时，时芷听傅西泠的朋友们聊过的。

除夕和大年初一他们都是要在家里的，再能作也不能违背，纯小辈的聚会最早也要安排在大年初二之后。

“你家里允许你出来？”

傅西泠说："有傅西沣在呢。"

傅西沣脑子有问题，整天想些没用的，不琢磨怎么把自己那摊子生意给做好，就知道给傅西泠使绊子，落井下石。

前天刚被大伯训斥过，酒也不准傅西沣喝了。

可是没用，他还是不老实。

听说傅西泠喝多了想溜出去找女朋友，傅西沣眼睛都亮了。

他装出一副"好哥哥必须惯着弟弟"的无奈样，亲自开车把傅西泠给送过来的。

傅西泠合着眼，脖颈泛红，喉结滑动一下，边说这些，边抬手，挺不舒服似的按了按眉心。

时芷很少见他有醉酒征兆，便去冰箱里拿了瓶苏打水递给他："你……喝多了？"

傅西泠睁开眼睛看她，然后接过水："也不至于多，他们开的53度白酒，喝急了。"

"你哥恐怕没安好心。"

"嗯，他是没安好心，我心里有数。估计这会儿他回家煽风点火去了，明天我回家得挨骂。"

"那你还出来干什么？"

傅西泠沉默了很久，久到时芷以为他已经醉到听不懂人话了，他才开口。

他说："想过来陪陪你。"

在傅西泠来了之后，确实多了点年味。

他开了投影仪调到中央台，让那些欢声笑语充斥着整个客厅，还去厨房煮了饺子。

春晚主持人和所有演员共同登台，齐聚在投影仪的幕布上，准备倒数。

傅西泠把从家里带出来的饺子煮了，热气腾腾地端来，放到时芷面前。

窗外开始放烟花，一簇簇炸开在夜幕，商厦灯光红彤彤地变成倒数时钟。

傅西泠突然丢了个红包给时芷。

绣花红布缝的，还有垂穗。

时芷拿着厚厚的红包，淡着一张脸，抬眼："你有病吗，红包不是给晚辈的？"

傅西泠就靠在沙发里笑，笑得肩都在抖。

这可把时芷气死了，直接跨坐他腿上和他动手，想掐他肋侧：“占我便宜！”

“你收着吧，我奶奶给我的，没多少钱，估计也就一万块。”

傅西泠躲掉时芷的攻击，抱着她，带着酒气的温热呼吸一下下落在她颈窝：“新年快乐，事事顺利。”

时芷愣了愣。

她一时不知道说什么，只能说：“谢谢。”

傅西泠松了力道：“下去吃饺子吧。”

时芷尝了傅西泠带过来的饺子，咬第一个，是麻辣小龙虾馅，她忍了。

没想到，第二个是辣蟹肉馅……

把她这种爱吃辣的人都给吃无语了，死死盯着傅西泠看：“你故意整我呢？”

“没有。”

傅西泠说，知道她喜欢辣的，特地托家里厨子秘制的。

说完他也凑过来，直接用她的筷子夹了一个，放进嘴里，然后眉心就蹙起来了：“我妈是不是拖欠人家工钱了……”

“还有什么馅？”

“好像是青花椒牛肉。”

“你自己吃吧！”

这个晚上，他们什么都没做，只是玩闹、聊天。

傅西泠说他妈妈是南方人，按那边的习俗，过年不吃饺子也不吃汤圆。

时芷说，时梅包饺子很好看，邻居阿姨都夸过，说像元宝。

在那个无论什么时候回忆，都有些过分温馨的除夕夜之后，新的一年开始了。

时芷确实如傅西泠祝福的那样，事事顺利。

春天，她成功收到留学录取通知书，论文答辩一次通过。

夏初，她作为优秀毕业生代表，穿着学士学位服上台发言。

到了这一年最热的季节，时芷已经整理好一切物品，准备出国。

出国前一晚，傅西泠从外地出差回来，深夜进门，看见时芷坐在客厅打游戏。

“怎么不睡？”

“失眠。”

时芷穿着吊带睡裙，光脚走过去，拥着傅西泠的脖颈。

他拨开她细细的肩带，和她接吻。

他们辗转到浴室里，蒸汽袅袅落满瓷砖，瓷砖上到处凝着水珠。

傅西泠说，这种潮湿侵袭的感觉，很像他小时候去妈妈家乡遇到过的回南天。

回南天总在落雨，潮湿侵袭每一寸空气，让人无力抵挡。

他说，时芷，你就像回南天。

那个深夜，傅西泠第一次当着时芷的面，在家里抽烟。

他穿着浴袍靠在灶台前，油烟机抽走了他指间的白雾。

傅西泠沉默良久，突然问时芷，要不要谈恋爱。

离时芷去机场还有三个小时，说完这句，他连续几天来的心神不宁似乎得到些安慰。

时芷可能有过瞬间的迟疑，但很快摇头，平静地说："我心里还有前男友。"

那条路她走过。

找个男生认真谈感情这种事情，时芷信过，也试过了，没得到什么好下场。

人心叵测，变数太多，付出和回报不成正比，她为什么还要再试？

时芷不是在说自己余情未了，而是在说，她那位前男友让她长的教训还在心里，没忘。

说得很简略，但她知道傅西泠肯定明白。

果然，傅西泠笑了笑，笑意很淡，把烟灰掸在身后的厨房水槽里："挺敷衍，但听懂了。"

最后三个小时他们谁也没睡，也没在刚才的问题上纠结。

傅西泠像什么都没发生过，在厨房油烟机下散尽烟味，套了件新的短袖T恤，搂着时芷的腰，和她坐在沙发里。

时芷脑子里要想的东西很多。

人生即将开始新征程，新的学校、生活环境、工作机遇……

付倩说过，到那边能赚到多少钱，要看她自己的表现和能力。

她自认为能力尚可，野心蠢蠢欲动，在出发前的最后几个小时里，对未来生活的期盼和紧张也一阵阵袭来。

阿根廷诗人曾在《恶棍列传》里写——

生活是苦难的，我又划着我的断桨出发了。

而时芷，她承认生活的苦难，却觉得苦难终将远去。

她将在这个闷热夏季，乘坐自己亲手伐木、锤钉而成的崭新船只，以戟为桨，乘风破浪。

这些之后，才是傅西泠那句“要不要谈恋爱”。

时芷在他的怀里转头，皱了皱眉，想去看看傅西泠的表情，狐疑着开口：“你刚才说的……”

“不用放心上。”

傅西泠看起来和平时一样，正在看手机，屏幕光亮落在他眼睛里，脸上除了通宵未睡的困倦，根本看不出其他神色。

他对他自己刚才的行径，只说了一句评价：“还没见过有谁这么上赶着主动离开我的。”

时芷说：“现在见过了？”

时芷觉得傅西泠之前问得突然又反常。

她出国又不是最近才决定的，可能傅西泠真是平时顺风顺水习惯了，不甘心，一时兴起冒出来的话。

这个话题到此为止。

傅西泠十分大方，送她到机场之后，趁着她取票和托运，在她腕间戴了个手镯。

玫瑰金，满钻。

行李过检。

时芷拿着机票，问：“干什么，怕我到国外见到金发碧眼的帅哥，把你换掉吗？”

傅西泠挺不屑地哼笑：“金发碧眼也不一定就有我帅，换完别后悔。”

托运行李的队伍里有和时芷同航班的乘客，小情侣大概也是因为留学分别。

男生背着大双肩包，眼眶通红，叮嘱女生要好好照顾自己，要按时吃饭，不要熬夜追剧，“假期一到我就回来”。

女生泪水涟涟，把薄外套的前襟都哭湿了，拼命点头。

时芷和傅西泠这边就简单多了。

他只是单臂拥了她一下，然后松开，对着闸机方向稍抬下颌：“去吧，有空去看你。”

安检，候机，登机。

这几天睡得不好，昨晚更是半分钟都没睡。也正是因为这样，这趟十几个小时的航程不算难熬，除了吃飞机餐和上洗手间，时芷几乎都在补觉。

梦里有发觉自己被骗前神采奕奕的时梅，也有关于傅西泠的场景。

一滴温热的汗顺着他的下颌滴落，轻柔地砸在她脊背。

梦境外的现实里，背部受到更大的冲击。耳畔嗡鸣，时芷睁开眼睛，飞机已经颠簸着落地，窗外是陌生的JFK机场。

最初到国外那些天，时芷忙着入学、入职、整理住处、适应不同文化影响下的新生活，并没有太多时间去留意腕上的手镯。

应付倩安排，时芷到国外直接接触到兴荣集团在欧美地区的高管Morgan，严肃，不爱笑，眉心有几道经常皱眉形成的纹路。

Morgan没有做出格外照顾时芷的样子。

人家根本不问她开学是否顺利，刚到国外是否适应，反而安排了大量工作，令她日无暇晷。

时芷不是抱怨型人格，很快平衡好学习和工作的时间。

结果Morgan在发现她还算游刃有余后，又安排了新的工作给她。

在开学后的第三个月，时芷在课堂上回答老师提出的问题，得到老师的夸奖和同学的掌声。

她突然反应过来，是在高强度工作的催化下，部分书本里的死知识才得以快速消化、掌握。

时芷买了咖啡，找到Morgan："Morgan，谢谢你的安排。"

Morgan接过咖啡，点头。

她们站在阳光明媚的落地窗边，阳光把时芷的满钻手镯装点得如同银河绕腕。

Morgan仍然是不爱笑的，但破例和时芷闲聊了两句："芷，你的手镯很好看。"

"朋友送的。"

Morgan的语气颇有深意："那你的朋友一定对你不一般。"

时芷警觉地看一眼手镯，没说什么。

她对各大奢侈品品牌的了解很有限，之前住在傅西泠家里，她的注意力也不在他那些东西上，只觉得他的投影仪不错，浴缸也挺舒服。

时芷拍了照片，发给万冉。

当初酒吧里的三个员工，老钱和玲玲去了傅西泠家的酒店。

后来听说，老钱受不了严格管束的工作时间和规定，主动离职，去了另一家酒吧。

玲玲还在酒店当客服，偶尔笨手笨脚被领班训斥狠了，会嘤嘤嘤地给时芷或者万冉发语音。

只有万冉独自去了南方，在做二手奢侈品买卖的工作。

还开了店，据说生意不错。

这些东西，没人比万冉更了解了。

时芷在夜里加完班回到住处，才看见手机里万冉的回复。

万冉发了张品牌官网的截图过来，上面显示，她手上的手镯价值四十多万。

时芷没管时差，直接把电话打给傅西泠。

国内应该是清晨，忙音三四声后，傅西泠才接起来。

他没睡醒，声音懒懒的，带着笑意调侃她："还不睡呢，没有我在身边，就这么孤枕难眠吗？"

"你给我的手镯四十多万？"

"差不多，具体的忘了，怎么了？"

时芷深吸一口气："傅西泠，你有病吗？"

被骂的人就在电话里笑，笑声坏坏的，直往她耳朵里钻。

她开了扬声器，把手机丢床上，开始脱衣服换睡裙："你下次来拿回去，太贵了，我不要。"

"买都买了，戴着吧。"

傅西泠有他的理由，在电话里不紧不慢地说给时芷听。

他说，留学生圈子里当然有很多像时芷这种刻苦努力类型的，但也难免遇见被家里送出去镀金的败家子。

有些人有点小钱小势在身上，本来上不得太大的台面，但仗着脑子不好，自我约束能力低，玩得挺花。

让她戴一两样贵的配饰在身上，他们瞎撩之前也得先掂量掂量自己配不配。

"你也知道自己漂亮惹眼，脾气又烂。万一真和谁动手了，手镯卖掉还能换医药费赔给人家。"

时芷特别会抓重点："你说谁脾气烂？"

傅西泠顿了几秒，说："当我没说。"

电话通了十几分钟，时芷看看手腕，仍然觉得不妥。

她到这边两个多月，傅西泠来过两次。

第一次傅西泠来时，时间很紧，只住了一天。

他们在酒店里折腾到凌晨，后来时芷太累，傅西泠还没洗完澡，她人就已经睡着了。

满身清爽沐浴露味道的人，擦着头发从浴室里走出来，不知道为什么那么欠，突然凑过来亲她。

毕竟是异国他乡，时芷这个人防备心本来就非常重，睡梦里察觉到有人靠近，条件反射就挥出去一巴掌。

傅西泠反应快，往后仰着躲开，也还是扇在他脖颈上。

力道挺大，“啪”的一声。

时芷慢慢清醒过来时，傅西泠就站在床头灯不算明亮的光照下，歪头捂着脖子，静静看她。

但他的问题和挨打没关系，他说：“时老板，说实话，出国之后不能经常见面，你有没有点不习惯？”

时芷无缘无故给人家一巴掌，有点心虚，撇开视线回答：“多少有点吧。”

傅西泠没计较，说：“行，下次多待两天。”

第二次傅西泠过来，果然有“多待”。

他在她公寓附近的酒店里，住了整整一星期，自作主张给她的公寓添了绿植、画框和一套电脑桌椅。

走前的上午，他还去过一趟时芷的公寓，在她冰箱里塞了些吃的。

时芷没空去送人。

她在午休时间和傅西泠通电话，对着被塞满的冰箱很无语，问他怎么买了那么多吃的。

傅西泠就说，昨晚他们在沙发上那次，他抱着她感觉好像轻了。

“多吃点。”

他们之间的关系，和时芷出国前似乎也没什么区别。

但时芷仍然不能保证，时间长了傅西泠还会这样兴致盎然地来回折腾。

他们总会断的，早晚而已。

时芷不喜欢做事没计划，未雨绸缪，她先问过傅西泠：“国际邮寄安全吗？哪天我们断了，还得特地给你送回国？”

他说：“断的时候再说。到时候，你要真不想要了也别浪费，我过去找你拿，拿回来送下一个，勤俭持家。”

就傅西泠那花钱的作风，他还能勤俭持家？

一听就是很没正经的废话。

时芷瞪了眼空气，直接把电话挂了。

傅西泠的手镯确实帮她挡了些烂桃花，但也不是完全能挡住的。

秋冬交替时，时芷身边出现了一位锲而不舍的追求者。

是校友，外国人，叫Dick.

Dick是在时芷看书时，突然跑过来搭讪的。

她当时坐在操场阳光下做作业，一道黑影落在书上，挡了她的光线。

时芷半点耐心也没有，直接皱着眉抬头，看见外国校友顶着一头金棕色卷发，正咧着嘴冲她笑，问她能不能和她认识一下。

时芷说："No."

但那位卷毛校友依然是笑着的，自顾自做完自我介绍就跑了。

在那之后，Dick就经常突然出现在时芷周围。

很阳光，很活泼，怎么摆脸色拒绝都看不懂，每次都带着一堆夸奖人的话出现。

不是说她像天使，就是说她像仙女。

还用"cute"形容时芷。在她看来，他已经热情活泼到有点烦人的地步了。

时芷是个习惯安静忙碌的人，非常不喜欢有人在她吃饭或者背书时，突然冒出来夸赞她，她只能置之不理。

不知道是不是傅西泠没尝过异地关系，觉得新鲜，每月都要过来一两次。

不来时，也偶尔会给时芷打个电话。

通话时恰巧撞见频繁出现在时芷身边的Dick，正在她公寓楼下，弹着吉他，笑呵呵地唱情歌。

时芷对傅西泠说："你等一下。"

她推开窗，示意这位"浪漫"的追求者离开，说他会吵到邻居休息。

Dick笑容灿烂地收了吉他，和她挥挥手，临走还高高兴兴地喊着："Good night my angel."

他们在用扬声器通话。

手机放在窗台上，时芷听见了，傅西泠自然也听见了。

手机屏幕上的通话时间还在跳，没挂断，但傅西泠也没及时说话。

时芷叫了他一声，他才说："很抢手啊。"

时芷评价了两个字："聒噪。"

Dick的正式告白在十二月份，时芷当然是拒绝。

在那之后时芷终于得以清静。

刚好学校放圣诞假，她不用去学校，在Morgan的安排下每天都排满了工作。

城市连续两天阴雨，这天加班后，时芷看到傅西泠的微信。

已经是两个小时前发来的，只有一张照片，拍的是机场的“Welcome”标语。

是JFK机场。

傅西泠来了。

下午时外面下了暴雨，现在雨几乎停了，城市的高楼顶端被雾气吞没，街灯朦胧。

空气潮湿，阴凉。

时芷把工牌摘掉，披上外套，踩着高跟鞋走出集团，拨电话给傅西泠。

“你在哪儿？”

“刚在酒店开好房间。”

“在我公寓楼下见，我要回去拿笔记。”

傅西泠在电话里笑：“晚上还打算学习呢？”

“为什么不学？万一你没有那么多精力呢？”

“没有万一。”

夜幕阴沉沉的，到处都是潮气。

时芷租住的公寓离学校和上班地点都很近，她戴着耳机，有一句没一句地和傅西泠保持着通话，往公寓走。

她躲过积水，在公寓楼下最先看见的，不是傅西泠，而是Dick.

Dick看见她，急忙走过来，支支吾吾地开始询问自己为什么不能被接受。

时芷不太理解这类男生的脑回路。

还能为什么，当然是因为不喜欢啊。

可这样说了也不行，Dick还在继续，问为什么她不能尝试一下。

最怕这样的。

她想起出国前在傅西泠家的深夜，和他对话就很轻松，甚至不用说太多，他都能听懂，也绝不会纠缠过多。

虽然，那只是傅西泠临时起意的一次不甘。

正这么想着，时芷的视线越过Dick，看见了傅西泠的身影。

零星的小雨里，傅西泠穿了件黑色皮衣，戴着鸭舌帽，闲庭信步地踱过来。

他手里还举着和她通话中的手机，贴在耳侧，和时芷对视两秒，然后瞥了眼站她对面的Dick.

傅西泠单手插在口袋里，停下，靠着不远处的电线杆看热闹。

估计是打火机被机场收了，傅西泠嘴里叼着根棒棒糖：“叫你angel 那位？”

他的问题，连同他咬碎棒棒糖的声音，一起从耳机里传来。

时芷平静地说：“知道还不过来帮忙。”

傅西泠轻笑，挂断电话。

他走过来，摘了鸭舌帽扣在时芷头上，帮她挡住零星细雨。

然后揽着她的肩把人带进怀里，很强势，垂着眸子，对 Dick 说：“She's mine.”

淡烟疏雨，傅西泠揽着时芷的肩离开，还钩着她的脖颈偏头，凑过来，挤歪她头上的鸭舌帽，亲了她一下。

鼻畔都是棒棒糖的水果味。

这种不用张嘴碰舌头的一触即离，在他们之间都是小儿科。

时芷没太当回事，抬手压住帽檐，提醒他：“演得有点过了。”

傅西泠闷头笑：“是吗。”

走进公寓前，他才漫不经心地询问：“后面那哥们，追你挺久了？”

确实是缠着时芷有一阵子了，倒也没做什么过分的事情，就是有些闹腾而已。

时芷有自己的考量，别有用心地开口：“这次来待几天？”

和傅西泠沟通非常容易。

他太聪明，动作都不带犹豫，毫不迟疑地拿出手机看日历，然后说，最近忙，最多推迟到第五天再回去。

之后的几天，傅西泠果然如时芷所愿，如影随形地跟在她身边。

她上班时，他就架着电脑在楼下咖啡厅里；下班后他们就去吃饭，饭后再回酒店厮混。

不知道傅西泠的交友范围怎么能广成这样，竟然趁她工作时，已经托朋友打听过了，还和 Dick 见过面。

离开前的晚上，傅西泠把 Dick 的手写道歉信交给时芷。

“这人以后不会打扰你了。”

时芷叼着果汁吸管，抬眼，严重怀疑傅西泠采取了不光明的手段：“你是威胁人家了，还是动手了？”

“怎么可能。”

傅西泠好笑地看了时芷一眼，很随意地坐到她身旁，手臂搭在她背后的沙发靠背上：“我说你是我女朋友，有婚约的那种，让他别做插足的事情。”

“……”

傅西泠弹一下她手里的信纸：“你那追求者名字是怪了些，人还行。听说你有婚约，挺抱歉，给你写了这个。”

这种阴雨天，酒店房间比时芷的公寓暖太多了，甚至有些热。

他们对话是坐在沙发上的，时芷看完道歉信，团一团抛进垃圾桶。

“谢谢。”

“就只是嘴上道谢？”

“不然呢。”

“简单。”

傅西泠解了两颗衬衫扣子，得寸进尺：“去帮我拿个冰激凌？”

时芷是挺感谢傅西泠的，但超不过十秒。

在他胆敢开口指使她后，感谢之情烟消云散，时芷和傅西泠在酒店里“打”了一架。

这事怪傅西泠。

他就非得惹时芷，还提议剪刀石头布，三局两胜，谁输谁去拿。

时芷才不可能用这种“好商好量”的方式，她打定主意不去，就一直看他。

“我自己拿……”

傅西泠挺认命似的起身，竟然偷袭，在去拿冰激凌前突然握了时芷的手腕，咬着吸管喝光了她手里的果汁。

来国外后，时芷挺喜欢这边某个品牌的果汁，经常喝。

从来没人敢和她抢食！

“傅西泠，你完了。”时芷气势汹汹起身，两人从沙发上开始打闹，一直闹到床上。

更热了。

果汁空盒掉在沙发边，汗水混合在一起。

事后洗澡时，傅西泠接到国内的电话。

似乎是他朋友打来的。

他已经快洗好了，举着手机，边听边冲掉身上的沐浴露泡沫，然后看着时芷，往浴室门的方向偏了偏头，披了件浴袍走了出去。

时芷吹干头发出来，发现酒店房间里没人，便也跟着换了衣服下楼。

夜深人静，傅西泠坐在酒店外面的台阶上，叼着烟，对着空落落的街道，不知道在想什么。

看起来心情不太好的样子。

时芷走过去，傅西泠没回头："你先回去睡，烟味大，不用陪我。"

她没走开："出什么事了？"

傅西泠似乎有些意外，看向时芷："家里的一些小事。"

是傅西泠通过朋友得知，他那位不争气的堂哥傅西沣，半个月飞了三次澳门。

据说折腾进去不少钱，连经常开的那辆车都悄悄卖了。

时芷问："他去赌了？"

"嗯。"

傅西泠呼出一口烟："生意赔钱，赔多少都可以认，毕竟际遇难料，尽人事听天命。赌就不行，长辈们明确说过，不让碰。"

"要告诉你家人吗？"

难办就难办在这里。

傅西泠说他大伯身体不好，以前被傅西沣气得住院过一次。

他说了，怕大伯情绪激动；不说，又没人能管得了傅西沣。

"还是说吧，赌这种事是会倾家荡产的。"

傅西泠叹道："傅西沣可能是疯了。"

时芷从来不是解语花类型的女生，却也没回去睡觉，而是到对面便利店里买了两瓶果汁，陪傅西泠在台阶上坐了很久。

街灯把他们的影子投在空旷的马路上，回房前，傅西泠对着成双的影子，拍了张照片——

傅西泠穿着浴袍单手插兜，时芷披着一头长发在他身边，手腕很细，拎着喝空的果汁瓶。

他们身影很近，看起来熟稔又亲昵。

隔了几个月，时芷发现，傅西泠这张照片成了他的手机屏保。

她问原因。

傅西泠说，挡箭牌功效，相当于护身符了，人人都知道他和女朋友感情稳定，没人烦他。

那阵子时芷已经到国外一年，修完了学分，开始上选修课和做论文选题。

她时间紧，非常明白这种不想谈感情时总有人追着烦着的感觉有多糟糕，便和傅西泠说："照片发我。"

"干什么？"

"设屏保。"

傅西泠靠在沙发里笑："怎么，又有追求者缠着你了？"

"是 Morgan，她想给我介绍个男朋友。"

傅西泠把照片发给时芷："互相挡吧。"

其实时芷最初到国外时，还以为他们很快就会断掉。

但很奇怪，他们到现在仍然保持着每月一两次的见面频率。

相处得还挺和谐。

有一次傅西泠来，赶上时芷经期。

她笑话他来得不是时候，这个疯子便用十分钟拟订了新计划，在夜里拉着她跑到车程两小时的小镇民宿。

带她在星空下烤肉、烤蘑菇、烤棉花糖。

他们也有吵架的时候。

有一次见面就很不愉快，傅西泠自作主张给时芷买了个挺贵的包。之前他偶尔买个什么，诓她是"开过光的"，价格不过分的话，她也会不计较地收下用用。

这包万冉在朋友圈发过，和手镯差不多价格了。时芷不肯要，又正好赶上她工作不顺心的时候，话赶话就蹦出一句伤人的。

她问他，是不是他们这种富二代，睡完女生都喜欢送点什么。

这句话把傅西泠给气着了，他撂下一句："你这么认为？"

后来就回国了。

人走之后，时芷才想起来过几天是自己生日，也觉得自己好像说过分了。

但她是不习惯主动道歉的，只是手机看得比平时频繁些，还主动查了傅西泠的航班信息。

见他落地后根本没发信息过来，差点给拉黑，不过她忍住了。

隔天，傅西泠给时芷打来电话："包不喜欢就算了，转送我表姐了。冰箱里的牛排别忘记吃。"

拉开冰箱，牛排塞得像要世界末日。

时芷问他什么时候买了牛排，傅西泠说："在你差点把我气死的时候。"

那次吵架的一个月后，傅西泠再来国外，是时芷主动的。

过程也是她主动的。

傅西泠笑着拆穿："还知道内疚呢？"

她直接翻脸，狠狠咬他一口，让他闭嘴。

他们就这么偶尔见面着。

不知不觉间，时芷在国外念书的时间已经过了一大半。

傅西泠发来信息，说航班早晨到。

时芷开好了酒店，提前过去，靠在房间窗边往外看。

窗外又是一年冬天。

没有下雪，风凛冽了些，街上行人步伐匆匆。

她走了神，想起很多个从前的自己——

躲在床底下，死死捂住嘴，避过林孝平的拳头的她；

住在大舅家里，发着高烧都要在晚上努力压住咳嗽声的她；

去心理卫生中心探望时梅，被同学嘲笑妈妈是神经病的她；

和沈嘉分手时，虽然对自己难得相信感到不值和失望，但没有停下步伐的她。

大概每个阶段，她都算是做到坚强了吧？

傅西泠到时，时芷刚抠开一罐啤酒喝了几口。

他进门，带着外面的寒气拥抱她，尝到她嘴里的啤酒味道，才略带诧异地扫视房间。

最终，他目光落在窗台的啤酒罐上："才早晨，就开始喝了？"

"嗯。"

傅西泠这个人精，根本没问她喝酒的原因，脱掉外套挂起来，也跟着拿了罐啤酒，和她碰杯，开口就说："恭喜。"

"……你知道什么就恭喜我？"

"是升职还是加薪？"

时芷终于露出笑容，举了举啤酒罐："都有。"

在和 Morgan、付倩联系过后的这个早晨，时芷难得和傅西泠推心置腹地说了点什么。

她平时很少喝酒，是有原因的。

第一次喝酒，是时芷收到 B 大录取通知书，她自己跑去喝了啤酒，越喝越心惊。

酒量好这件事，让她感到惶恐不安。

因为这让她想起了嗜酒的林孝平，也让她发现再厌烦林孝平，也摆脱不了和生父之间的血缘关系。

"我怕我会变成像我爸那样的人。"

时芷看了眼手机里的信息，昨晚转账进银行理财的钱已经扣除："不过现在看来，他的基因也左右不了我什么。"

时芷推开身后的一扇窗。

风吹乱了她的满头散发，她靠在窗边，拿起傅西泠的烟盒看了看："吸烟挺不好的，我小时候邻居家有个老烟鬼，就是肺癌死的。"

她心情很好，根本没意识到自己在关心他，说完，迎着冬风惬意地闭上了眼睛。

傅西泠看着时芷。

窗口吹来的凛冽空气里，有时芷的洗发水味道。

她比刚到国外那年稍瘦了些，但更自由。

自给自足让她拥有一种从未有过的快感，整个人神采奕奕，容光焕发。

她说："傅西泠，活着真好。"

活着真的很好。

总能熬到噩梦将醒的那天。

时芷转身，背靠窗台，手机银行里的存款数额让她心情不错，挺有兴致地主动提议："中午去吃中餐？"

傅西泠当然没意见。

他现在来回飞已经习惯了，完全不用倒时差，进门陪时芷喝了罐啤酒，然后和她纠缠到床上。

折腾完，洗过澡，刚好到了可以去吃午饭的时间。

时芷喜欢吃辣，他们去了一家经营川渝菜系的中餐厅，进门就是满室的辛辣鲜香。

菜单上最受欢迎的几道菜都点了，毛血旺和沸腾着的串串香锅端上来，傅西泠默默瞧一眼，叫住服务员，加了两瓶矿泉水。

他靠在椅子里，随口提起，说B大旁边也开了家串串香。

火爆程度和那家小龙虾店差不多，门槛都快被B大的学生踩碎了。

"最近有计划回国吗，带你去尝尝？"

"没有，不尝。"

"出来这么久，真就不惦记回去？"

时芷留学后，一直没回去过。

她忙，嫌折腾，也嫌浪费钱、浪费时间。最重要的原因是，她没有什么惦念的人在国内。

还有半年就毕业了，她早晚是要回去的。

又没有非回去不可的事情，中间跑来跑去对她来说性价比不高，她便打算干脆等到毕业后再说。

“没什么值得我折腾的。”

说完又吃了两口毛血旺，时芷才渐渐回过味来。

时芷抬眼，看向傅西泠，问他，怎么对B大周围开了什么店这么清楚？

“有朋友在。”

时芷记起来，她本科毕业前，傅西泠就经常往B大跑。

每次都是去见他口中的“一朋友”。

她心不在焉地夹了块火腿，隐约猜测着：“你那个读研的朋友，她还没毕业？”

傅西泠嫌辣，把沾满红油的肚片往温茶水里涮了两下，笑着回她：“他九月份已经在读博了，挺厉害的。”

时芷看他一眼：“这么厉害，你怎么不找她当挡箭牌？人又一直在国内，不是比我方便很多。”

傅西泠被辣油呛住，偏头，边咳边笑，耳根都红了。

时芷很不满，皱眉：“你笑什么？”

这个话题是被傅西泠的手机来电打断的，一串数字出现在他手机屏幕上。

他看一眼，眼里的笑意还在，就这么春风满面地接起来，但没听两句就已经敛起神情：“大伯还好吧？”

时芷闻言，放下筷子。

傅西泠的大伯住院了。

挂断电话后，傅西泠买了最近一班回国航班，吃过这顿饭，就和时芷告别，乘坐出租车匆匆赶去机场。

隔天傅西泠到医院后，给时芷打了电话。

她昨晚失眠，熬夜赶论文到三点多，才睡下没多久。

现在这边还是阳光熹微的清晨，半梦半醒间，她清了清嗓子问：“你大伯怎么样？”

“住院观察呢。”

“急症？”

“嗯。傅西沣借了别人的钱，要债的人堵到大伯家里去，大伯给气着了。”

时芷想到林孝平，睡意彻底消了：“你堂哥还在赌？”

毕竟接触的时间长了，傅西泠家里的事情时芷也是知道一些的。

之前他那位堂哥赌钱的事情，是傅西泠的小叔和傅西泠解决的。

他们一直瞒着，没告诉他大伯。

据说他们帮忙还清上次赌输的欠款时，他堂哥还哭过，涕泗横流地说自己会改过自新。

在那之后，他堂哥也确实是老实过一阵子。

傅西泠的语气很无奈："这次是借着出差谈生意的空隙，又偷偷去了澳门。"

时芷知道傅西泠和家人感情好，出了这种事他肯定烦闷。

可自己是外人，也不好多说什么。

之后几天，他得空时多在医院陪大伯，很少打来电话。

时芷是在某天夜里写论文时，突然做了决定的。

当时她敲完一行英文，又兴趣索然地逐字删掉，保存文件，关掉电脑。

夜幕漆黑，月亮挡在高楼之后。

公寓桌子下面塞了两箱果汁，是傅西泠上上次过来时买的。

时芷踢到纸箱，伸手拿出果汁，戳上吸管慢慢喝着，然后做了个决定。

她要回国。

在国外的一年半时间里，时芷几乎没休过假，把自己逼得很紧。

连她的直属领导都关心过，让她学会适当放松，享受生活。

找到Morgan请假时，Morgan还以为她家里出了什么事情，答应得很爽快。

Morgan说，付倩本来也在和她联系。

付倩想在国内春节假期里，抽时间到国外，和时芷谈谈她明年回国的工作交接问题。

正好年关将近，时芷可以自己去找付倩，直接待到春节后再回来。

休假的事情很顺利，沟通完，时芷订了回国的机票。

她没带行李，只背了链条包去机场。

落地国内机场时，是晚上九点钟，她打车直奔医院，在医院附近买了咖啡和烟，才给傅西泠打去电话。

她从傅西泠那里听说过，他伯母身体不好，在医院守了两天，就被傅西泠的父母强行带回家去休息了。

病房有护工在，但他们都不放心。

他堂哥被关在家里闭门思过，也没人敢让他去见大伯，所以指不上。白天，长辈们轮流去陪着他大伯，晚上，几乎都是傅西泠忙完工作就过去守夜。

傅西泠接通电话，声音有些疲惫，默认时芷没事不会给他打电话，开口就问："怎么了？"

"你在住院部几楼？"

"不在住院部，在国际部这边。"

天气冷，空气干燥，时芷提着咖啡走过楼群间的风口，被风吹得眯了眼睛："点了咖啡外卖给你，应该快到了，能拿到吗？"

傅西泠可能有些意外，顿了两秒，很快又说："能拿到，我下楼去取。"

时芷挂断电话，找路人询问后，换了个方向往国际部方向走。

国际部这边没几个人，走过去，一眼就能看见傅西泠拿着手机站在楼下。

个子贼高，非常吸睛。

天气这么冷，他连外套都没穿，又是熟悉的叠穿风格，工装衬衫里面套着针织帽衫。

他咳了两声，白色雾气在唇边散开。

时芷给他打电话，他接起来："已经在楼下等着了。"

"那你抬头。"

傅西泠抬头的瞬间，时芷在离他几米远的地方挂了电话，继续走向他。

傅西泠这么精明的人，难得愣神，足足半分钟没说话也没动作。

直到时芷提着咖啡走到他面前，抬手用手机戳了一下他肩膀："咖啡到了。"他才突然回神，张开手臂紧紧把她拥进怀里。

"进去吧，外面冷。"

时芷没来过医院这种国际部病房，和傅西泠走在长廊里。

左右看看，感觉像酒店。

避免打扰其他患者，傅西泠压低声音："特地回来关心我的？"

时芷沉默两秒，才说："付倩找我，论文也写烦了，回来待几天。"

"不是前几天才和我说过，没什么值得你来回折腾的？"

时芷把他手里的咖啡夺回来，不给了："想吃B大旁边新开的串串香，不行吗？"

傅西泠笑："行。"

这一笑，又咳了几声。

时芷把咖啡塞回他手里："抽烟抽多了？"

"没抽，有点着凉。"

国际部顶层是单间，傅西泠的大伯已经睡了，护工加了折叠床睡在旁边。

时芷透过门玻璃看，感觉他大伯看上去脸色依然不太好。

“还要住院多久？”

“至少再住十天。”

时芷陪傅西泠在医院坐了一会儿，他说：“坐飞机累，别跟着熬了，家里还是之前的密码，你回去休息吧。”

“你睡哪儿？”

傅西泠往病房里偏了偏头：“里面有沙发，凑合一夜，明早我还要回酒店开会。”

时芷走出去几步，转身，正撞上傅西泠灼灼的视线。

她把给他买的烟丢过去，什么都没说，打车去他家里休息。

傅西泠困于酒店和医院间，几乎没时间抽身，只送来早饭陪着时芷一起吃了两口，又匆匆离开。

下午，时芷去见付倩，和付倩聊工作上的问题，还一起吃了晚饭。

回到傅西泠住处已经是晚上九点多。

她脱掉外套和毛衣，穿着运动内衣和牛仔裤，刚从衣帽间翻了件傅西泠的短袖 T 恤，打算当睡裙换上，就听见有人按密码锁。

时芷提着 T 恤去客厅，眼睁睁看着傅西泠进门。

傅西泠进来时浑身戾气，她看着都顿了一瞬，没及时开口。

他面无表情地抬手碰了碰唇。

下唇有伤，血凝在唇边，被蹭过的血迹干在下颌上。

时芷皱眉：“你打架了？”

傅西泠这才看见时芷。

他慢慢松开蹙着的眉心，周身气压缓和了很多，语气也温柔下来：“没有，傅西沣在家里发疯，怕他气着伯母，拦了一下。”

时芷抽了张消毒湿巾，走过去，轻轻擦拭他下颌的血迹，调侃：“然后被人家打了？”

“不至于。”

傅西泠把外套丢在一旁，垂着头，任由时芷手里的湿巾擦过下颌皮肤，给她复述大伯家发生的闹剧——

他大伯昨天做了个决定，决定收回分给傅西沣管理的一部分生意。

今天，秘书公布过人事调动后，傅西沣坐不住了，在家里和伯母吵了起来。

话说得相当不好听，非说自己过得压抑，还不如个孤儿，很伤大伯母的心。

傅西泠的父母和小叔也在，出言呵斥过，都不管用。

长辈在场，本来傅西泠不打算插手的。

但在傅西沣不管不顾地推了伯母之后，傅西泠也烦了，挥了傅西沣一拳，让他冷静。

好几个长辈拉着，傅西泠也只顾着去扶伯母，谁也没想到傅西沣能直接冲过来，打架都不走人类的路数，居然用头撞傅西泠。

“就给我撞成这样了，属疯牛的。”

傅西泠总说话，唇上的伤口又开始流血。

这人皮肤是冷色调的白，流点血看着就很触目惊心。

时芷打他手臂：“你别说话，医药箱在哪儿？”

她顺着傅西泠手指的方向，想去拿医药箱帮他处理伤口。

门外又传来输密码的声音，然后门被推开，门板“哐当”一声砸在玄关墙壁上。

傅西沣冲进来，看见时芷倒是愣了一下，但还是很疯，隔空指着傅西泠——

“傅西泠，是不是你说的？！

“亏我之前还相信过你，我去澳门的事是不是你告诉我爸的？

“从小他们就偏心你，我爸、三叔、小叔、姑妈，他们个个都偏心你……

“都这样了，你还觉得不够吗，是不是要把我所有生意都抢走你才满意？啊？”

傅西沣左脸顶着块瘀青，估计是之前被傅西泠打的。

可惜没能把人打得清醒些。

他手里的手机一直在响着来电铃声，屏幕上显示来电人是“小叔”。

傅西沣不理，话也越说越离谱。

“我早知道是这样，我早知道！

“什么事情你都要比我做得好，连学个小提琴你都要和我比……

“我说我学不好，你就要去参加比赛、就要去考级！你多厉害啊！

“傅西泠，知道我输了钱你其实很得意是吧！”

傅西泠没说话，只是若有所思地安静听着。

傅西泠的手机响了，他接起电话，男性长辈的声音从里面传出来，声音很大，很急：“西泠，西沣去找你了是不是？听小叔的，别和他动手，小叔和你爸马上就到……”

傅西沣也听见了，大声和小叔对峙：“你装什么好人，你和傅西泠是一伙的！不就想把我手里的生意都抢走吗？”

“知道了，小叔。”

傅西泠挂断电话，转向傅西沣，很平静地道：“傅西沣你今年二十九岁，不是九岁，有些话你自己想想合理吗？”

他一说话，伤口又开始流血。

血顺着下颌流下来，落在地板上。

时芷早已经不耐烦，满腔火气。

她就是在那滴血落下来时，突然行动的，动作非常快，走过去直接就是一脚，把毫无防备的傅西沣踢出门外。

然后狠狠摔上房门，反锁。

世界清静了。

她还在气头上，猛地转身，指着傅西泠：“你不许说话！”

门外吵过一阵，十多分钟后也安静下来。

傅西泠收到语音，点开，小叔说已经把傅西沣带走了。

时芷两耳不闻窗外事，把傅西泠按在沙发上，蹲在他两腿间，揪着他衣领，用棉签蘸着碘伏，擦掉他伤口旁的血迹。

她用指尖抚他的唇角：“疼吗？”

“没感觉。”

“伤成这样，会影响接吻吗？”

傅西泠盯着时芷看，忽然伸手，小臂托着她的臀把她抱到腿上：“试试不就知道了？”

时芷和傅西泠之间很少有这种动作轻柔的吻，鼻尖慢慢挨靠，鼻息混在一起。

唇瓣摩挲，细细舔舐，暧昧地纠缠着。

最近两个月里，他们只有前些天在国外见面时亲密接触过，难以克制地想索要彼此更多。

顾着他的伤，时芷的气还没消，生生给她气出理智来了，问傅西泠：“还去医院吗？”

“去。”

“那别撩我。”

她直接拍掉傅西泠的手，后仰，躲开他的唇，然后意有所指地往下瞥：“你这样怎么去？”

傅西泠把人拉回来，额头抵在她锁骨上，微喘着笑：“我缓缓。”

时芷知道傅西泠嘴严，到他大伯那边肯定不会把家里的事说出去。

别说傅西沣只是嘴上发疯，就算过来把房顶给掀了，为了他大伯的身体着想，傅西泠也绝不会多说半个字。

时芷用手里的棉签点一下他唇上的伤，擦掉最新渗出来的一丝血：“伤怎么和你大伯交代……”

傅西泠反应很快：“女朋友咬的。”

时芷在他腿上转身，丢掉棉签，弯腰去收拾茶几上的医药箱：“少来，亲几分钟而已，什么都没做，这锅我不……”

动作和话都停住，她转头看傅西泠。

傅西泠的手臂还搭在她腿上：“讲道理，我伤在嘴上，还没瘫痪呢。真要一点反应都没有，就该去我大伯隔壁开个病房和他一起躺着了。”

时芷起身，去冰箱拿了瓶冷藏过的苏打水，丢给傅西泠：“那你继续缓。”

时芷能看出傅西泠和家人感情是真的好。

他妈妈打电话来时，他已经准备走了，手机插着充电线放在沙发里，开着扬声器通话。

时芷听见他妈妈问他伤得严不严重，也听见他伯母忧心地说：“西泠，要不要去医院看看。”

傅西泠安慰她们：“一丁点小伤，去看医生不得被人笑话死？还没有口腔溃疡疼，你们不用担心。”

他的针织开衫上沾到些血污，临走前脱掉，换了套衣服穿。

所有动作都当着时芷的面，问她：“去见过付倩了？”

“嗯。”

“这次回来打算待几天？”

“没想好，看心情。”

时芷订了明早的机票，要先回去看看时梅，其他安排要等她回来后再说。

傅西泠沉吟片刻：“我这边走不开……”

“知道。你忙你的，我忙我的，互不干扰。”

“什么时候回来？”

“后天。”

时芷独自出发，回去看时梅。

已经是年底，小城市的年味要更足些，连心理卫生中心的大门上都贴了红色对联。

天气不错，医生带着一些患者在院子里做操。

患者们不整齐地跟着音乐抻胳膊抻腿，还有一个突然怪笑着跑开，是被两个护士给逮回来的……

时芷坐在椅子上看了很久。

走时没回头，踏着枯黄的草皮，她在心里说：

妈妈，我现在很好，但以后会更好。

回去仍然是乘飞机，时芷还没登机傅西泠已经打来电话约她。

没人敢和身体尚未康复的傅家大伯说实话，最后傅西泠唇伤的锅，还是扣在了时芷头上。

时芷不得不出面，落地后坐进傅西泠的车，抱着一大束鲜花去看傅西泠的大伯。

她在电话里说过，不想见他其他家人。

傅西泠办事靠谱，她到医院时，果然没有其他人在场。

大伯的气色比前几天稍好些，后面还有两项检查要做，只和时芷说了几句。

生着病的长辈，语气很和善："国外读书很辛苦吧？西泠要是敢欺负你，你就告诉我，我帮你出气。"

时芷温顺地点头："好的，大伯。"

医生来催大伯做检查项目，护工便把人扶走了。

病房里只剩他们两个，傅西泠坐在沙发里，把剥好的蜜柚递给时芷："大伯要知道他儿子被你一脚给踢出去过，就不会担心你挨欺负了。"

时芷接过柚子。

傅西泠用湿纸巾擦手，像是随口一问："怎么气成那样？下手太狠了。"

"你堂哥太吵，像苍蝇，挺大个男人婆婆妈妈的那么多话，惹人心烦。"

这是时芷自以为的动手理由。

她这么以为的，当然也就这么说了。

只是现在想起来还是很烦，又补充："也就是你亲戚，不然我不会只踢肚子。"

"……可别。傅西沣脑子是不太行，但我大伯家不能断后。"

时芷动手这事，傅西泠好像挺高兴，总爱聊这个话题。

就像当初爱聊她那串开过光的和田玉手串。

还问时芷，明知道傅西沣不是君子，就这么和傅西沣动手，都不怕人家报复的？

时芷撕掉柚子肉上粘连的皮膜，都没抬头，直接把傅西泠那天说的话，怼还给他了："你伤在嘴上，还没瘫痪呢。"

意思是：傅西沣要报复的话，你傅西泠拦不住吗？

傅西泠听懂了，笑得挺愉快。

病房里堆着很多慰问品，总归是碍事的。

时芷在果篮上绊过一下后，傅西泠越看那些东西越碍眼。

他和护士长借了个推车，把用处不大的礼盒筛出来，打算放他车上，回头找个空闲送去他大伯家。

"用我帮忙吗？"

"不用，跟这儿等我吧，外面冷。"

傅西泠下楼后，时芷一个人坐在病房里吃蜜柚。

不知道这种病房多少钱一天，阳光透进来，把皮沙发烤得温热，温馨又舒适。

有人敲响病房门，时芷大大方方起身。

来的肯定都是探病的。

她觉得自己只需要和刚才一样，以傅西泠的女朋友自居，装成温顺的样子，端庄地把人迎进来，最多递瓶矿泉水，说两句。

反正傅西泠只是下楼送东西，很快就回来。

门打开，外面站着沈嘉。

沈嘉笑容尴尬地凝住，好半天才说："我……我是过来看傅伯伯的。"

熟人好，不用装了。

时芷让开："他去做检查了，进来坐。"

当初那些好感和信任，不甘和恶心……

时过经年，在时芷这里早已经成了前尘往事。

她面对前任，没有任何感觉，甚至连"冤家路窄"都没想过。她只觉得来的人是沈嘉的话，比傅西泠家其他亲友省事些。

挺好。

反常的人是沈嘉。

他把提来的几样东西放下，没坐："时芷，我听说你出国了。"

"嗯。"

沈嘉起身，走到时芷面前：“听说你进了兴荣集团，还听说你跟着付总做事……”

“你听说得过于多了。”

“我只是想问问你，这两年过得好吗？”

“挺好。”

时芷剥了瓣柚子，被沈嘉死盯着看得没胃口，便放在桌上没吃。

她很难理解这种延迟的感情，皱了皱眉，也看着沈嘉，没再说话。

门口传来轻笑。

傅西泠从外面回来，穿了件很宽松的毛衣，深红色的唇伤看着还有点性感，正风流倜傥地往门边一靠：“嗨。”

每次遇见傅西泠，沈嘉的脸色都不太好看。

沈嘉看看时芷，又转头看看傅西泠，最终走到门边，语气生硬地说：“我爸最近身体不太好，听说傅伯伯病了，托我过来看看。既然傅伯伯在检查，那我改天再来。”

“嗯，我送你下楼。”

傅西泠礼数还挺周全，跟着沈嘉一起走了。

出门两分钟不到，这人电话打过来，时芷一开始不知道他肚子里憋着坏，还以为傅西泠是落了什么东西，很快接起来。

傅西泠说：“忘问了，让你一个人回去看妈，妈没生我气吧？”

谁是你妈！

时芷没好气：“你和我讲灵异故事呢？”

电话里的人一本正经，听语气，是在和沈嘉告别呢——

“代我谢谢沈叔叔，这阵子大伯身边离不开人。等大伯出院，我一定空出时间带女朋友过去看望沈叔叔他老人家。”

没过几分钟，傅西泠就回来了。

时芷问：“你无不无聊。”

“帮你呢。”

“帮我什么？”

“你那前男友什么德行你不知道？典型的吃着碗里的，看着锅里的。过去和你谈时，陶佳是他的白月光；现在和陶佳谈，你回头去勾搭他几句试试看？魂都能给他勾没了。”

时芷见到沈嘉的感慨，是觉得时间过得很快。

她想到和沈嘉分手那年的自己，都已经那么失望了，还能一往无前，又有些为自己骄傲。

因此，她心不在焉地回了个音给他：“哦……”

“哦什么哦？”傅西泠调整坐姿，把时芷往怀里拉，“我就随口一说，你可别真那么干。”

“我有病？”

“嗯？还给前男友剥柚子了，这么贤惠？”

“看来是你有病，那是我给自己剥的。”

那瓣柚子被傅西泠给吃了，吃完犹嫌不足，趁着病房没人，缠着她亲了一会儿。

亲完，他问：“你别急着走，反正要年初二才上班。马上除夕了，过完再走？”

“除夕你不是出不来？”

傅西泠反问：“你怎么知道我出不来？”

像时光倒流，这一年的除夕夜，时芷又坐在傅西泠家里敲论文。

他家里没什么变化，只有投影幕布下面新安了一排雾化壁炉灯。

水雾像火焰般柔和地跳跃、摆动，还挺好看的。

傅西泠比那年来得晚些，快十二点了才到。

他身上依然有酒气，给时芷带了饺子和甜品。放下吃的，脱掉外套，他先摘掉她的耳机，拉着她接了个漫长的吻，然后才把东西拿过来给她吃。

甜品是傅西泠伯母做的，据说做了挺多，都是给时芷的。

但放了手作车厘子酱，他没拿，眼疾手快抢下这一份没放的。

“伯母说谢谢你肯去看我大伯，替傅西沣背锅。本来想请你去家里吃饭的，我说你害羞，帮你拒绝了。”

时芷已经吃过饭，尝了个饺子，还行，没有傅西泠乱指挥，馅料终于正常了。

他伯母做的焦糖烤布雷很不错，不特别甜，她吃了大半个。

傅西泠着急出来，酒喝得又有些急，靠在时芷身边醒了半天酒。

他喝完半瓶水才告诉她，今年除夕夜他们那边是几家人凑一起过的。

“大伯刚出院，傅西沣又不省心，大家想着人多热闹，让大伯换换心情。”

沈嘉也在。

姚姚和沈嘉吵起来了，起先长辈们没管，但越吵越凶，还摔了套餐具。

他们闹得挺大阵仗，长辈们不得已，这才下楼劝架。

傅西泠说："我被推去拉架了，耽搁了点时间，不然早过来了。"

时芷疑惑："沈嘉还会吵架？"

沈嘉在感情方面是个渣，优柔寡断了些，但也不蠢。

对女生还算绅士，对男生也还算够义气。

唯独对傅西泠不爱有好脸色，可能是因为事事比不过傅西泠。

他暗自努力之后还是比不过，所以更赌气。

起码，在时芷的印象里，沈嘉不是傅西沣那种无能狂吠型的，何况当着长辈的面……

傅西泠也说："算是姚姚单方面找碴，她好像看沈嘉不顺眼不是一天两天了，这两年总这样。"

时芷想起来，她刚进兴荣集团实习时，姚姚经常跑去找她聊天。

姚姚曾说过："我们这些人，真要论起来，总比外人情分多一些。"

那时候听姚姚的语气，姚姚是不赞同他们圈子里的人真正互相得罪的。

就像当初知道姚姚为什么总去找她聊天一样，时芷也知道姚姚为什么要找沈嘉的碴。

她不能理解，但也知道就是她想的那么回事。

时芷于是看着傅西泠："爱屋及乌。"

她是"乌"，沈嘉某种程度上也是反义的"乌"。

傅西泠才是那个"屋"。

窗帘拉着，电视没开，所有新年的热闹都被他们排除在外。

家里安安静静的，只有他们两个人。

克制了多天的情欲像雾化壁炉里的火焰，摇曳滋生。

傅西泠心猿意马，没听清她说的内容："什么？"

"我说，姚姚现在还喜欢你呢。"

傅西泠在她耳边问："你吃醋？"

"并没有。"

时芷不承认，傅西泠也不在意，抱起她往卧室里走。

卧室没开灯，光线昏暗，他压下来时，和她额头相抵。

"新年快乐。"

傅西泠嘴上说着"新年快乐"，开始也挺温柔的，后面感觉到时芷的状态，再无顾忌，惹得她狠狠在他背上抓了一道。

航班是年初一中午的。

出发前，傅西泠穿着家居裤迈出客卧浴室，头发被毛巾擦得蓬乱。

他转过身，把背展示给时芷看，声音听起来心情不错：“下手是真狠。”

时芷已经换好衣服，正拔下充电器往包里装，抽空看了他一眼。

背没擦干，抓痕明显。

她说：“新年礼物。”

傅西泠走过来，没安好心，单手擒住她的两只手腕，另一条手臂箍住她的腰，埋头在她锁骨上吮了一口：“礼尚往来。”

时芷挣脱，用包砸了傅西泠一顿。

知道他家里有老人还有生病的长辈，都等着他回去拜年，她没让他开车去送机，执意自己打车走。

傅西泠说：“下月去看你。”

“好。”

时芷没回头，踩着高跟皮靴应了一声，走得相当潇洒。

表象而已。

其实她在思考。

昨晚傅西泠逗她那句“吃醋了”，她答的是心里话。

姚姚对傅西泠的喜欢，她确实没有吃醋的感觉。

得出这个结论，是参考了当初知道沈嘉身边有陶佳存在时的心情。

那时候她还失过眠的。

昨晚她睡得非常好，虽然有可能是累的。

交通顺畅，时芷到机场过了安检还有将近一小时才登机。

时芷按群消息提示处理完工作，下载微博，登录她以前注册过的账号。

既然想起往事，就再去看看。

况且她在见过沈嘉当天，就收到过陌生号码发来的短信，内容简单：时芷，我是沈嘉。

时芷不可能回复。

进微博后，时芷搜索“沈嘉”，跳出来的微博用户里依然有“沈嘉 Zane”。

沈嘉的最新动态在一个多月前的元旦，分享照片，两只手拿着点燃的仙女棒，一男一女。

陶佳仍然出现在评论区里，只评了一串红色爱心的小表情。

看起来感情应该挺甜蜜的。

时芷点进“陶子 Tsuki”。

不像沈嘉，陶佳最近动态频繁，深夜里连发过很多文字。

为什么？

是我太敏感吗？太没有安全感吗？

没有晚安的一天。

连昨晚除夕，内容也没有很喜气，发的是经典老歌里的歌词——

电话响起了，你要说话了，还以为你心里对我又想念了，怎么你声音变得冷淡了，是你变了，是你变了……

这些动态底下，沈嘉不再像当初那样殷勤评论。

只有几个时芷看着陌生的 ID 在关心陶佳，问陶佳怎么最近这么 emo，也问陶佳是不是和沈嘉吵架了。

陶佳都没回复。

闹剧究竟是不是因她而起，时芷懒得去想。

她冷眼旁观，兴趣索然地翻看着这些打发时间，在登机音提示时，这才拿着机票走进登机口。

廊桥里不冷，空姐在前方机舱说着“您好”。

时芷犹豫后，没退出 APP，在搜索栏里打下“傅西泠”这三个字，搜到他的微博。

像是终于找到感兴趣的内容，她来了些精神。

可惜的是，傅西泠只有一条动态，还是两年前的，在深夜分享了歌曲：

Body Language——Sex Chill.

这首歌，是时芷放给傅西泠听的。

那时候她还没出国留学，在他家客厅里分了只耳机塞进他耳朵。

单曲循环着这首歌。

座位靠窗，入座后，时芷关掉微博，把手机调成飞行模式，戴上耳机，一直在听这首歌。

水滴声、女歌手的呼吸声，声声入耳，时芷在思考的是关于傅西泠的问题。

她一直觉得，自己和傅西泠之间来往频繁，且一直没断，是因为心照不宣的身体需要，也是生理上的互相吸引。

这两年里，她和傅西泠的相处，是否超过了床搭子应有的界限？

时芷很久没有考虑过情感问题。

认真谈的话，自己的择偶标准应该还是斯文、干净、笑起来温柔的那种吧？

但……

她为什么回国？为什么留在国内过除夕？

在这些问题还没想清楚前，时芷的生活里发生了两件事。

一件事关于万冉和玲玲。

玲玲下个月要结婚了，婚后决定趁着婚假去南方度蜜月。

途经万冉所在的城市，约万冉聚会。

她们知道时芷是毕业季，课程不多，和国内交接工作后每周有固定休息日，所以也约了时芷，叫她去南方玩。

时芷答应了。

至于另一件事。

时芷身边出现了新的异性。

那天时芷在工作，拿着两份文件，踩着高跟鞋去敲 Morgan 办公室的门。

办公室里除了 Morgan，还有个年轻男人在。

见时芷进门，男人主动让开办公桌前的位置，挪去沙发旁喝茶。

Morgan 请时芷坐下，和她谈了几句工作。

座机响，Morgan 被叫去和另一位高层沟通，让时芷稍等。

“芷，你用我电脑，把刚才我们商讨过的点改一改，我很快回来。”

在 Morgan 离开后，时芷埋头工作。

她效率很高，几分钟就完成了 Morgan 交代的任务。忘记了还有别人，她手臂向后，双手合十扣着拉伸了两下。

也是在这时候，办公室里的男人才开口：“时小姐，要不要过来喝杯茶？”

时芷转头，那男人已经倒好了茶，正笑吟吟地推过茶盏，说自己是 Morgan 的外甥，叫唐文庭。

时芷礼貌点头：“你好。”

“时小姐，可能你不记得我了，我们在学校遇见过的。食堂吃午饭还坐过同张桌子，不过，我去年已经毕业了。”

也许是见时芷不回应，唐文庭又说，他是修了双学位硕士，经常跟着某教授，还去听过另一位教授的课。

时芷对唐文庭没有丝毫印象，也没有喝他倒的那杯茶。

只是 Morgan 还没回来。

唐文庭说他上次在公司里见到她，就问过姨妈她的名字，一直挺想认识她的。

有一阵子，Morgan 确实试探过时芷的口风。

估计是想介绍男朋友给她，她察觉到了，便换了和傅西泠同款屏保——他拍的那张他们的影子。

挺有用。

Morgan 无意间看到后，没再提过。

而这个唐文庭，他应该是知道的，却绕过时芷的感情状态不谈，说：“我姨妈说，你兼顾学业和工作，很忙，让我别打扰你。不过，今天能见到你真是太好了。”

当年沈嘉也说过类似的话。

可能他们这种类型的男人，都喜欢用类似方式表达对异性的兴趣吧。

随后几天，唐文庭经常进出 Morgan 办公室，偶尔碰到，会主动和时芷搭几句话。

在时芷的休息日前一天，唐文庭又来了。

“时小姐，听姨妈说你明天休息，想厚着脸皮约你和我喝杯咖啡，不知道你愿不愿意？”

时芷正在订去万冉那座城市的机票，同一时间，傅西泠发来的微信也从屏幕上方冒出来。

以前他们都是通话联系，除夕之后，他偶尔会用微信和她聊天。

聊些无关紧要的话题，开开玩笑之类。

这种联系干扰到时芷思考，让她无法判断自己当下对傅西泠究竟是什么想法。

而唐文庭，斯文、干净，笑起来温柔。

时芷把手机屏按灭：“什么时间？”

唐文庭愣了愣，马上笑容灿烂地说：“时小姐什么时间方便？我都可以的。”

“下午两点。”

休息日，阳光很好。

时芷起床后去了趟学校，午饭也是在学校食堂吃的。

没有刻意打扮，就穿着普通的黑色长袖 T 恤和牛仔裤去赴约。

中途傅西泠发来信息，问她在干什么。

时芷回他，要去喝咖啡。

公寓楼下那家，还是学校附近那家？

都不是。

时芷找到唐文庭发给她的地址，转发给了傅西泠。

他不再回复，她也收了手机。

唐文庭已经等在咖啡厅，看见她过来，起身，很绅士地帮她拉开椅子。

“时小姐，这家店你来过吗？如果没有，推荐你尝尝他家的招牌，味道很不错。”

咖啡里加了肉桂，时芷不喜欢。

唐文庭聊的内容中规中矩，很符合一个性格温和的人初次约见女生的状态。

礼貌，也不失幽默。

和唐文庭在咖啡厅坐了一个多小时，话题都是唐文庭找的。

在唐文庭说，来国外这么多年，仍然无法适应这边的饮食时，时芷的手机响了。

傅西泠发来消息。

问她：还在咖啡厅？

时芷回了个“嗯”。

傅西泠很快又回了信息过来：心情挺好。

为什么是句号？

时芷没多想，当傅西泠是误打的，仍然按照自己的判断，当成问句去回复。

一般。

心情是真的很一般。

因为时芷发现，连对温文尔雅类型的男人，她好像也没有过去那么多耐心了……

这应该是她最容易产生好感的类型吧？

可当初面对沈嘉，她还能按沈嘉想听的话对答如流。

这会儿唐文庭说了个笑话，笑呵呵说完，期待地看向她。

她费挺大劲才调动面部表情，莞尔。

手机又响——

看着不像一般，高兴得很？

时芷盯着手机屏看了足足三秒，猛然抬眸——

傅西泠就坐在他们三米开外的桌子旁。

暗红色的遮阳伞遮住阳光，他懒懒地靠在单人沙发座里，墨镜反戴在后脑勺，手里拿着手机，侧对着他们。

他没点咖啡，只点了份冰激凌在吃。

可能是察觉到她的视线，他偏头，和时芷对视。

时芷打字问他：怎么会突然跑过来？

再抬头时，只看见傅西泠面无表情地瞥了唐文庭一眼。

他垂着眼睑，打字。

没回答，只发来三个字：

让他走。

时芷扣下手机，对唐文庭编了个理由。

她说想一个人再坐坐，理理论文思路。

"那好，和你聊天很开心，希望下次还能约你喝咖啡。我先走了，再见。"

"再见。"

唐文庭走后，傅西泠叼着冰激凌的木制勺子坐过来。

有点痞，皮笑肉不笑地问："交男朋友了？"

"没有。"

傅西泠也不纠结，只扬扬下颌："你这咖啡还喝吗？"

时芷说不喝了，话音都没落，他果断拉了她的手腕："那走吧。"

走出去几步，傅西泠突然偏头，扣着时芷的后脑勺亲她。

亲得挺凶。

松开力道后他身上那股跩跩的戾气消了，在阳光明媚的街上，把墨镜给她戴上，才问："又是追求者？"

"Morgan 的外甥。"

"挡都挡不住啊。"

"你不是知道我要去找万冉她们，明天的机票，怎么还过来？"

"想来。"

傅西泠带时芷去吃了中餐，还是她喜欢的川渝菜系，吃完照例去酒店房间。

接吻时，时芷察觉到他裤兜里有个盒子，人沉溺在贪欲里，以为是烟盒，没留意。

对于唐文庭这个人，傅西泠挺不在意，还和时芷开玩笑，问她，这次的追求者是不是也叫过她 angel.

他生气，是在隔天早晨洗过澡后。

前阵子，时芷的旧手机坏了，去问过维修店，人家说没有修的价值。

要换新的，她又懒得去对比挑款式。

她知道傅西泠这个人懂享受，直接问了他的手机型号，照着买的。

两人手机放在卧室窗台上，同款，同色，又是同样的壁纸。

傅西泠洗过澡穿着浴袍出来，随手拿了一个，划开，才发现自己拿错了。

时芷的手机停在微信页面。

所有对话框里，最上面的就是唐文庭。

半小时前唐文庭刚发来过信息，头像右上角有个红点数字“1”。

不用点开就能看见内容。

唐文庭在对时芷说，早安。

时芷吹干头发走出来时，看见傅西泠拿着手机靠在窗台上。

宽肩，窄腰，浴袍腰带系得敷衍。

他缓缓抬头，看向她。

时芷从来没见过傅西泠这种情绪。

不是傅西沣去家里闹事时的戾气，不是心烦，也不是看见她身边有追求者时看热闹的样子。

说不上来是什么感觉，沉寂，又冷漠。

“你加了唐文庭的微信？”

“……对。”

“你说过，你不加追求者的联系方式。也说过，不会因为谁追你、做过什么去谈恋爱，要你自己想谈，才去谈。”

傅西泠的记性是真的好，他平静地重复着当年她说过的话，然后问：“所以，你想和唐文庭谈？”

“我加他，只是有些问题没想清楚。”

“现在想清楚了？”

傅西泠顿了几秒，没等到时芷的回答，便走到她面前。

“我不和有男朋友、准备有男朋友的女人，搞这种关系。既然你有问题没想清楚，就等想清楚了再联系。”

傅西泠走得很干脆。

他走后，时芷长久地坐在酒店床边，有些失神地仰着头，听到手机铃声才回神接起电话。

点开扬声器，玲玲欢快的声音从里面传来，总算驱散了些弥漫在房间里的阴霾——

“时芷姐！刚刚给你打了两个电话了，你都没接呢。万冉姐说不让我再打了，但我有点兴奋，嘿嘿嘿……”

隐隐听到万冉的烟嗓：“结了婚也没变，肚子里藏不住丁点事。”

时芷翻了翻通话记录。

确实有过两通未接来电，一通在五分钟前，一通在八分钟前。

为什么她完全没听见？

“时芷姐，你出发去机场了吗？”

“还没有。临时有事，耽搁了。”

玲玲马上紧张起来，一口气甩来三连问：“是什么事啊？该不会是要加班吧？那你还能回来和我们聚会吗？”

时芷看了眼时间：“能。”

傻姑娘的忧心忡忡瞬间烟消云散，没心没肺地继续她的快乐——

“啊，那就好，吓死我啦。行李什么的我都让大诺搬回酒店了，现在正和万冉姐在逛商场。

“我们刚才看了裙装，超火辣的。

“这边好热，万冉姐说，再逛一圈没有合适的就去买三套。到时候我们蹦迪穿，穿一样的！”

万冉仍然淡淡吐槽：“就想着蹦迪看帅哥，新婚的老公都不要了，不怕他吃醋？”

“大诺才不吃醋。他知道我的，我就是看看而已，平时上班快被同事气到脑出血了，要不是度蜜月我哪有机会旅行、有机会出来玩？

“我只是想和你们多聚聚，反正后面还有好多天蜜月时间呢。”

“时芷姐，到时候我和万冉姐一起去机场接你！明天见哦！”

“明天见。”

时芷答的是玲玲的话，脑子里却始终有个冷静到决绝的声音。

他在问她：“现在想清楚了？”

床上的被子堆在一侧，早起时傅西泠还和她闹过的。

他从蓬松的白色被子里把她揪出来，躲开她的巴掌，帮她把脸上的长发拨开。

指尖钩着她的耳垂，笑着问她，你自己看看，我昨天晚上那么卖力连被子都盖不到，这合理吗？

垃圾桶里有几个喝空的矿泉水瓶，还有没吃完的水果。

而时芷，她没有为傅西泠改变原有行程。

耽搁了时间，没空再回公寓去收拾东西，时芷就只带着笔记本电脑和单肩包去了机场。

机场里人头攒动。

时芷可能依稀有过这种希望，觉得傅西泠也会乘坐回国航班，或许会在机场遇见他。

但没有。

回国挺折腾的。

航班时间久，到国内机场还要再倒一次。

时芷抵达万冉生活的城市时，是国内的晚上八点钟，万冉和玲玲等在出口处。

万冉还是老样子，满头大波浪卷发，染成了棕红色，是个时髦御姐。

玲玲胖了些，激动地猛挥手："时芷姐，这里这里！"

时芷从单肩包里拿出两条项链，分别送给玲玲和万冉，又多给了玲玲一个红包。

"新婚快乐。"

玲玲眼眶红了，扑过来，抱着她不放："啊，谢谢时芷姐！"

开车的是万冉的朋友，是个短发美女。

玲玲因为话太多，被万冉赶去坐在副驾驶。后排只有时芷和万冉。

玲玲兴高采烈地和人家打听，问哪家酒吧的调酒师长得帅，还拉踩了老钱："我有个朋友，调酒技术是不错，就是长相，咦——"

万冉转头，用胳膊肘碰碰时芷："心情不好？"

时芷往倒车镜里瞥，觉得自己面容平和："我看起来，像心情不好？"

"不是像吧，应该就是。"

这趟来找万冉和玲玲，除了聚会，时芷也有自己的目的。

她和傅西泠之间羁绊太深，现在无非两种情况：

要么，是他们睡得太久，身体上过于亲密，让她出现错觉。

要么，是她确实动心了。

结果也只会有两种：

彻底断，或者，尝试谈恋爱。

感情部分实在太难剖析，怎么都想不清楚。

但她可以先把理性部分解决。

时芷把手腕伸出来："万冉，看看这个走二手能卖多少钱？"

"有购物小票吗？"

“没有。”

“盒子、证书这些呢？”

“都没有。”

万冉看了看她腕上的手镯：“你戴得久，磨损痕迹明显，又没有配件，二十五万到二十八万之间出吧。具体多少，要碰运气，看看买家肯花多少钱了。”

“知道了。”

晚饭是好几个人一起吃的，火锅，结束后又换场子去了酒吧。

万冉喝多了些，估计想起了心酸往事，开始无差别攻击世界上所有雄性生物。

话说得难听，恨不能用啤酒瓶子爆掉所有男士的头，完全忘了好几个男的都是她万冉亲自给叫来的。

时芷给玲玲使了个眼色。

玲玲眨巴眨巴眼睛，终于看懂了，转头去支开她老公：“大诺，你先回去休息吧，我们好不容易聚聚，再玩会儿才回呢。”

这酒吧万冉常来，朋友多，熟人多，男男女女凑在一起，拉着时芷去舞池里蹦迪到后半夜。

这两天，时芷一直没收到傅西泠的消息。

倒是唐文庭联系过她几次，问她有没有空再去喝咖啡。

后面估计是听Morgan说她请假在家办公，又问她是不是回国探亲了。

时芷没回复。

关于傅西泠的情况，时芷还没想清楚。

但关于唐文庭的，她已有定论。

微信看来是白加了，她现在对这类男人彻底失去了兴趣。

反复点开傅西泠的对话框，平时没话找话拉着她闲聊的人，像人间蒸发。

万冉应景地在旁边骂：“男人都是狗！”

玲玲也喝多了，拍着万冉的背，大着舌头胡乱安慰：“可是狗狗又做错了什么呢，狗狗那么可爱的……”

夜里折腾得太晚，本来说好去万冉家住，聊个通宵的。

眼下的情况，时芷一拖二，只能把玲玲塞给她老公，拉着万冉在玲玲他们楼上开了间房。

隔天早晨，万冉宿醉醒来，睡意蒙眬地靠在床边伸手，摸到打火机和烟盒。

细细的女士香烟夹在指尖，烟雾徐徐升起。

时芷刚洗完澡，素着脸，散着头发躺回床上。

她突然问：“两广地区不是有回南天吗？是什么时候，这两天会有吗？”

万冉吐出烟雾：“少说这种晦气话，真赶上回南天有你骂的。当地人自己都心烦呢，北方人更受不了这个。”

“什么样？”

“就和你洗过澡的浴室差不多，稍不慎就有东西发霉，衣服晒不干，还有虫，烦都烦死了。”

时芷合着眼，淡淡应着：“是吗。”

“我说，到底是哪个男人把你惹成这样了？”

时芷依然没睁眼：“你怎么知道是男人？”

“你手机屏保上是双人照。”

“哦。”

“昨晚一起玩的朋友里有个看上你了，你没察觉吗？”

“没有。”

“阿晰蹦完迪就开始兴冲冲地往你身边凑，还想请你喝酒呢。献了半个晚上殷勤，然后看见你屏保了，emo 一宿。”

“谁是阿晰？”

“……长得像高中生那个，玲玲说他是奶狗脸。”

时芷隐约有点印象，不多，也不欲多聊这些，问万冉：“你那时候不是喝多了？”

“喝多了又不会眼瞎。”

“比起眼瞎，你可能先会变哑巴。”

万冉肯定听懂了时芷是在说抽烟的事情，但不以为然，抽完烟，开窗散烟味，又去拿了罐冰啤酒抠开喝。

生活习惯上，万冉简直五毒俱全，琢磨着：“你还想卖手镯……是在闹分手吗？”

“不是。”

不谈恋爱，何来分手？

时芷把自己和傅西泠的事大概说了，也算是让万冉帮自己梳理关系。

和傅西泠最开始的接触就很特别。

最开始，她连和他做交易都不诚心。

慢慢发现他这个人挺可信的，便互相利用着，也就和他越走越近。

不知道什么时候起，傅西泠成了知道她大多数野心和秘密的人，也成了最直接面对她真实性格的人。

万冉愣了一下："当年送你礼服的那个？你出国快两年了，没断过？"

"没有。"

万冉说，这是什么深情午夜剧场啊，国内那么多女的他不睡，非要折腾到国外找你？你也是，国外那么多帅哥都没让你感兴趣，非得是他？你们这难道不是异国恋吗？

啤酒罐被万冉捏扁，抛进垃圾桶："比真情侣的感情都稳定好吧？"

时芷仍然是闭着眼睛的，也仍然是一句淡淡的回应："是吗。"

万冉说："失恋搞怕了？"

时芷这才睁开眼睛，看万冉，"嗯"了一声。

万冉正在开第二罐啤酒。

以前时芷不爱和她们谈心，但万冉不像玲玲那么单纯，心机深些，有些事不说也能看明白。

"能理解，你看我，已经七年了。"

世界是巨大的敌人，时芷曾经选过同盟抗敌的伙伴。

也愿意与之并肩同行。

但人心可畏，她能判断一个人的性格、外表、人品、家世。

却无法判断人心。

最后万冉说："床搭子长期不换，本来也容易出事。而且转正这种情况，挺难有好结果，你还是三思吧。"

"思着呢。"

玲玲提着早饭来找时芷和万冉，进门看见万冉还在喝啤酒，便絮絮叨叨地说教，把这个早晨粉饰得特别热闹。

早饭是楼下买回来的粥，煲得不错。

吃饭时，万冉拿着手机问时芷："你那手镯有人出价，二十七万，这价格不算低了，卖不卖？"

"不卖。"

玲玲吞着粥，毫无心机地说，这镯子多好看又和时芷姐超配的，卖了可惜。戴在手上是四十多万的东西，卖了只剩二十多万，怎么想都是亏了的。

万冉则放下手机，意味深长地看着时芷："这么快就想通了？"

“差不多。”

刚刚挑起“回南天”这个话题时，时芷已经知道自己动心了。

只是，是什么时候的事情？

她是从什么时候开始，不止生理上对傅西泠着迷的？

或者说，她是什么时间开始喜欢傅西泠的？

是从什么时候开始，她回忆某个追求者，记不清细枝末节，只能记起来主动掺和进去、玩味地打趣她的傅西泠？

时芷试图用理智分析，却依然很混乱。

她唯一确定的是，她必须回去找他。

所以她说：“今天玩完，我坐最晚班的航班走，有些话我想当面和他谈。”

“啊？和谁谈？谈什么啊？”

玲玲茫然地看着她们，询问为什么她们说的话她一个字都没听懂。

被万冉搪塞过去。

万冉说：“这类话题你别听，你刚结婚就不要想那么多，只管守护好眼下的幸福就行了。”

玲玲也真听话：“好的，那晚上我们一起穿小裙子吧，化美美的妆，然后再去蹦迪。万冉姐，你今天还要把照片发网上吗？”

万冉做奢侈品二手交易，需要积累大量人脉。

只有现实中的圈层不足以达成交易量，也需要在社交平台上立一些人设，吸引顾客。

昨晚她们在酒吧的照片，拍得不错，万冉发到网上去了。

万冉说：“时芷，你这张脸可比我受欢迎多了，好几个人问我要你的联系方式了。”

“别给。”

“给什么啊？昨天没约到你，阿晰快疯了，在我评论区里发神经呢。”

据万冉说，所有想要她联系方式的评论，都被那个叫阿晰的人怼了。

万冉说：“阿晰真烦，耽误我生意。”

时芷订了末班航班，玲玲明天也要回归正常的蜜月生活。

今晚是最后的狂欢。

时芷被玲玲按着化妆，然后换了短裙跟她们去了夜场。

夜场纸醉金迷、纷乱喧嚣。

灯光交错在头顶，纸片如同雪花般纷纷落下。

台上的DJ化了浓妆，带着舞池里沸腾的人群做游戏。

干冰雾气弥漫，玲玲和时芷耳语，说这里像盘丝洞。

摄像头穿梭在人群里，椭圆形大屏幕上开始呈现各种风格的脸，人群更加疯狂。拍到的男女，被起哄着接吻。

不知道从谁开始，有人举起自己的微信二维码。

然后在沸腾的尖叫声里，大屏幕上的人大多都在举自己的二维码。

时芷对这些显然没兴趣，护着玲玲，目光凌厉地扫过，看退那些心怀鬼胎的男人。

有人开着玩笑，要把收款二维码放上去。

万冉则对着时芷的耳朵，大声说："摄像头快过来了，快点啊时芷，举你的二维码，反正你也不会通过，正好给我社交账号添点素材。"

不该听万冉的。

时芷去机场，手机里还在往外蹦添加信息……

微信通讯录里"新的朋友"那栏，已经多了百来条验证信息。

而有件事她需要思考出结果。

动心是真的，但谈恋爱……

床搭子是不需要负责，合拍就联系，不合拍就能断掉。

动心也不需要负责。

像阿晰，像唐文庭，像刚才狂欢场里每个举起手机二维码的人。刹那心动，转眼就能相忘江湖。

谈恋爱不一样。

何况要是真谈，傅西泠得比沈嘉难搞一万倍吧。

沈嘉身边只有个陶佳而已，她都不能容忍，傅西泠只会让她更头疼。

真的要试试吗？

时芷固执地认为，感情羁绊就代表着暴露软肋。

暴露软肋，就能换取真心的爱护吗？

像时梅对林孝平那样？

像发现了舅舅和别的女人发暧昧信息，吵了半月有余，仍然肯继续过日子的舅妈那样？

像病到后期眼睛不好的姥姥，明知道是大舅妈拿走了压在枕头底下的养老积蓄，仍然说可能是自己弄丢了那样？

还是像万冉，把所有存款都给了她所相信、支持的男朋友，陪伴他创业，结果发现对方有怀孕两个月的未婚妻。

这就是感情羁绊能带来的吗？

说喜欢，是不是就意味着，给了对方伤害自己的权利？

这些问题既然她一个人想不清楚，不如拉上傅西泠，和他聊聊。

夜里十二点半，时芷在登机前给傅西泠拨了个电话。

她当时在看酒店信息，打算选个离他家近的。想着，谈这种事情肯定不能住傅西泠家，他们这方面缺乏自制力，搞不好就谈到床上去……

电话在几声忙音后，被接通。

那边有些嘈杂声，隐约听见一个女声说："欸？你怎么给接了……你好，你是找西泠吗？"

时芷没应，挂断。

没人回拨。

很好，酒店不用订了，直接去傅西泠家里堵人就行了。

手机里还在增加新的好友验证，唐文庭刚好在这时候发来微信，问时芷大概要在国内待几天。

时芷情绪起伏非常大。

一腔盛怒的火气怎么也压不住，看见傅西泠的头像，终于找到宣泄点。

直接拉黑。

第六章
实习男朋友

傅西泠人从国外回来后，一直在郊外的别墅酒店里住着。

他落地机场时给家里打过电话，开口就是："妈，我心情不好，傅西沣还在家里住着吗？"

大伯身体刚好，和亲儿子见面总有口角。家里人都怕大伯动气，于是傅西沣被傅西泠的爸妈带回家。

是帮他大伯和大伯母看着些，怕人再偷跑去澳门赌。

也是照顾傅西沣的情绪，担心他心理上接受不了生意调动，一个人待着憋屈。

知子莫若母，傅西泠就这一句，傅西泠妈妈也就听懂了，知道他不乐意和傅西沣碰面，也知道他不想回自己住处："昨天你何叔叔来家里，说凡诚他们去了郊外别墅，要住几天，你也过去散散心吧。"

这个度假山庄项目，傅西泠上次来，还是陪时芷报复沈嘉。

那时候这里还没正式营业，只请了业界有头有脸的人来造势。

他在这地方陪时芷演戏，还听过时芷心平气和地气沈嘉。

她说他比沈嘉长得好，比沈嘉聪明，也比沈嘉有钱。

结果呢？

将近三年时间过去了，时芷喜欢的还是沈嘉那种类型的。

十来个朋友在客厅围着桌子喝酒、打牌。

有人在嚷嚷——

"活爹啊，你打对三？那我们不是稳输吗？"

"我怎么知道他手里剩两张牌！"

"人家举着呢！两张！你不会数数啊？"

……

这两天的娱乐活动，傅西泠都没心思参与。

今晚也一样，关了阳台门，他独自靠在露台的躺椅里，闭目养神。

夜风微凉，他像没知觉。

阳台门被敲了几下，然后有人“唰啦”一声推开门。

姚姚探头，把手机丢过来：“傅西泠，你手机电量充满了。”

傅西泠睁眼，接住：“谢谢。”

“刚才有人打电话来，何凡诚手滑给你接了，但对面没人说话。你看看吧，别是什么工作上的急事。”

傅西泠滑开手机，看一眼，然后长久地对着通话记录里的十一位号码沉默。

久到，站在阳台门口的姚姚都有些受寒，搓了搓被风吹冷的衣袖，他才开口：“接通之后，你说话了？”

“说了啊，问是不是找你，对面给挂了……”

看着傅西泠的脸色反应几秒，姚姚才摸到些端倪：“不会是时芷吧？”

傅西泠没答，扣下手机：“算了，无所谓了。”

“要不，你打回去问问……”

傅西泠沉默以对。

他有些落寞地霸占着露台这片区域，像是自带结界，满身“闲人免进”的气质。

他们在别墅住两天了，姚姚是刚刚才赶过来的。

八卦传得快，人刚到，已经掌握了情况。

“我刚听说，你和时芷之间出了点问题，需要我陪你聊聊吗？”

傅西泠抬头看了姚姚一眼：“不用，我失意的时候不和异性聊天。尤其是，对我有点意思的异性，太暧昧，不好收场。”

这话说得很直接了。

认识二十多年，姚姚也没想到傅西泠会是这种态度，愣了愣，忍着小姐脾气没动怒：“那我只说自己的事，说完就走。”

“说吧，不用关门。”

姚姚坐在阳台门口，往身后客厅看了一眼，朋友们吵吵嚷嚷沉迷于打牌，没人留意这边。

“我爸妈都在鼓励我多和齐家的小儿子接触，你听说了没有？”

“还没。”

“我不想和我不喜欢的人谈恋爱，结婚。”

“很正常。”

“傅西泠，如果，我是说如果，你和时芷彻底分手了，再也没有任何可能了，你会不会考虑和我结婚？”

“你当是拍狗血剧？”

“你就回答我，会还是不会。”

“不会。要是我和时芷没有任何可能，我就不结婚了。”

“为什么？”

傅西泠慢慢地、认真地回答了这个问题——

“除了她，我无论和谁结婚，心里都不会有那个结婚对象。我喜欢谁你们知道。连何凡诚家三岁半的小外甥，问他知不知道我女朋友叫什么，他都会说，叫时芷。”

姚姚没忍住，翻了个白眼：“还不是你教的！”

“对，我教的。”

他给人家三岁半的小豆丁买了一个月零食，终于给教会了。

傅西泠继续说：“和别人结婚，如果我肯对那个人笑，只会是因为那个人的某些行为让我想到了时芷。如果我对那个人没好脸色，肯定是因为时芷先对我没好脸色过了。”

姚姚想说什么，但被傅西泠抬手做了个噤声的动作，给制止了。

“我结婚后，哪天时芷要是脑子抽了，突然和我说让我离婚，或者说让我和她搞婚外恋，我想都不会想，一定照做。我家里、学校教了二十多年的道德底线，我全能丢掉。这种婚，你说我结它干什么？”

姚姚安静了好一阵子，可能是不知道如何反驳。

最后，姚姚说：“那万一有人就是能够接受你心里有别人呢？张爱玲不是写过，每个男人都会有红玫瑰和白玫瑰。”

“不是每个，我不是沈嘉。”傅西泠回答得很干脆，“我的红玫瑰和白玫瑰都是时芷精分的。”

“……也是，毕竟时芷那么好。”

好像话题只要是绕着时芷展开，傅西泠就没有那么不耐烦。

他甚至问了一句：“她哪儿好？”

姚姚叹着气：“你不是比我清楚吗，人漂亮得不行，又非常聪明，感觉内心很强大，脾气应该也比我好很多。”

听到这里，傅西泠露出他这几天的第一个笑，很浅，唇角略弯：“你从哪儿看出来她脾气比你好很多？”

“她一直对我很有耐心。有一阵子我总去找她聊天，话题又不多，有点没话找话，她也没有不耐烦过……”

傅西泠说："那是对你。对我，她脾气挺烂。"

话挑明了说成这样，也可以死心了。

姚姚不再继续，起身道："我进去玩牌了，之前说过的话都当我没说，这类话题我以后不会再找你聊。"

傅西泠在姚姚迈出阳台时，突然开口："以后别碰我手机，也别接我电话。"

姚姚猛然回头："我至于吗我！都说了是何凡诚接的，他递给我的时候已经在通话中了！"

说完把阳台门摔上，"哐当"一声，人跑了。

过了十几分钟，何凡诚摸着鼻尖来了。

何凡诚是傅西泠的发小，从小和他玩得好，进来就关了阳台门，坐到傅西泠旁边。

"那什么……"何凡诚酝酿着开口，"姚姚打牌打到一半，突然跑出去哭，大家都以为姚姚喝多了。我记得，刚才我让她给你送手机来着，是不是你把人家给怼了？"

傅西泠很漠然，反问："说开了不好吗？"

"好，断了不该有的念想也是挺好，省得那丫头没事总找沈嘉麻烦。但……"

何凡诚抽了口烟，找烟灰缸，没找到，便拿了个啤酒罐掸烟灰："傅啊，姚姚那是咱妹妹，从小看着长大的。我知道你心情不好，但你说话好歹委婉点。再说，刚刚那电话真是我不小心接的。"

"知道了。最近不方便，过了这阵子我去给她道歉。"

"行，姚姚也不是那么矫情的姑娘，早晚能想明白。那你呢，怼完人心里好受点了？"

傅西泠皱着眉："没有，更糟了。姚姚刚才和我聊时芷。"

换作是平常，傅西泠确实会对弟弟妹妹们更多耐心。

但今天不会。

尤其是面对姚姚，他会想到很多，想到时芷曾和他说过，她还挺羡慕姚姚的。

傅西泠想过，姚姚到底哪里值得时芷的羡慕。

然后他发现，姚姚的底气是来自家庭。

姚姚二十多岁了，现在遇见不满意的事情还可以回家和爸妈撒泼打滚，只要不过分，家人都会无条件退让、满足。

物质条件也好，情感条件也好，这些都给了姚姚跋扈的资本。

而时芷的酷，其实是一种麻木。

她没有家人的守护，在动荡的生活里受过太多次伤害，也有过太多次失望。

她已经习惯了，所以变得不期待。

不期待，就不会有难过。

姚姚掉几滴眼泪，连何凡诚都得跑过来帮姚姚说情，说他们大姚姚两三岁，不能这么对待妹妹，得让着。

那时芷呢？

她舅舅和舅妈大她三十岁，又是长辈，还不是把她当免费劳动力，用完就丢。

他们让着她了吗？

傅西泠对何凡诚说，他看见姚姚，只会更心疼时芷。

“但我现在不想心疼她。”

何凡诚说：“知道了，我让姚姚跟着他们，不上你眼前晃了。”

傅西泠和时芷之间具体是怎么吵的、闹过什么矛盾，何凡诚都不知道，只知道他们可能继续不下去了。

何凡诚只能劝着说：“你说你何必呢，真要是放不下人家，你回来干什么啊？女生说‘你走开’‘别理我’这种话，你不会信了吧？”

傅西泠没吭声。

“啊？你真信了？”

“没有。她没说过。”

宁愿时芷发发脾气，但时芷什么都没说过。

“那你就留国外多待几天，可能吵着吵着就好了呢？”

傅西泠抬手，掐了两下眉心。

他中指上有枚戒指，崭新的金属光泽在灯光下一闪。

“我不走，留在那里我会发脾气，但我现在没资格和她发这种脾气。”

傅西泠的躺椅旁边，有张木制桌子。

有 iPad 连着音响在放歌，何凡诚看见挨他近的桌角，放了盒烟。

只有烟，没有打火机。

烟盒没拆开，但有些旧，塑料封口翘着，像是买了很久了。

傅西泠已经戒烟有一阵子了，年后就没再抽过。

这盒被他随身带着的旧烟盒，能和谁有关联，彰明较著。

感情这种事，别人掺和也没用。

何凡诚陪着傅西泠喝了几罐啤酒，见他越来越不爱说话，便拍拍傅西泠的肩，叹着气回去玩牌了。

傅西泠给时芷拨了个电话。

关机。

时芷舅舅家那小破酒吧关门时，她曾托傅西泠帮忙给店里的三个员工安排工作。

简历他都看过。

里面有个叫万冉的，是酒吧以前的歌手。嗓子坏了，不能唱歌，改行做奢侈品二手交易，在某社交平台上有固定账号。

万冉当时这样说："谢谢傅总，工作机会就不用了，我决定去南方。你要是有闲置的奢侈品，倒是可以找我做做生意。"

傅西泠记得万冉的社交账号。

叫"万大冉爱记录"，拿手机一搜就出来了。

这几天万冉更新了挺多动态，大部分是二手奢侈品的展示和交易价格。

也有生活里的照片和视频。

九宫格照片小图都不用点，傅西泠一眼就看见了时芷的身影。

照片是LIVE动图。

时芷站在酒吧热闹的舞池人海里。

周围人甩着头发，双手举过头顶扭动身体。

有一对男女在她背后相拥、热吻。

以前她舅舅酒吧里那个傻姑娘也在，怯怯地瞪着大眼睛四处张望。

时芷面色如常，细腰松弛、自在地晃动两下，似乎察觉到镜头，慵懒地瞥过来一眼。

很美。

也很勾人。

傅西泠翻着照片。

几乎都是集体照，一群男男女女聚着，看起来挺热闹。

时芷有时候在喝酒，有时候在偏头听朋友们说笑。

有一张，时芷估计嫌夜场太吵，蹙了眉心，被万冉揽着肩膀，歪头，垂着眼睑在听万冉说话。

她柔顺的长发垂在耳后，落两缕在脖颈到锁骨处。

傅西泠看了很久，收回视线，仰头灌了一整罐啤酒，捏扁罐子，丢进垃圾桶。

然后低头，烦躁地看手机，无意识地往底下翻了一下。

评论区比照片更热闹。

有人在问时芷的信息，而万冉，她只回复那些对生意有利的、打听奢侈品的评论。

反倒有个顶着球星头像的人，每条关于时芷的内容都回复了。

语气很冲，都在怼人——

叫什么和你有关系吗?

有没有男朋友都看不上你!

她也是你能勾搭的?

凭感觉，这人是个男的。

甚至都能对号入座，猜到这男的是刚才那些他翻过的照片里，哪张殷勤的面孔。

挺好。

他这边颓着、丧着，心如死灰地等她想清楚，她那边夜生活过得风生水起，还有男的替她出头。

真挺好。

傅西泠闹心，没看几眼，便退出评论区。

万冉今天的动态是一段视频——

夜场里节奏劲爆。

时芷化了妆，眼妆让她看起来更傲了，有睥睨众生的感觉。

她很少这么打扮，穿着短裙在舞池里恣意摇曳。

皮肤白到发光，做成波浪的头发蓬松地随动作晃动，还不忘护着身边拘谨的玲玲，戴着满钻手镯的手臂搭在玲玲腰上……

镜头一转，又对准万冉他们。

傅西泠把进度条反复拉回去，只看时芷。

看完锁了手机屏幕，仰倒回躺椅，手腕搭在眼睛上。

以前周朗替傅西泠操心，总问他感情上有没有什么新进展。

傅西泠都说，不急，心里有数。

这是他感觉最无望、无助的一次。

偏偏时芷还有兴致去蹦迪。

再点进万冉的账号，动态又多了两条。

一条视频，一条截图。

视频里时芷被摄像头捕捉到，投放在大屏幕上。

她似是无奈，摇了摇头，然后在电音里对着摄像头，举起了自己的微信二维码。

人群沸腾着，台下有很多人举手机扫码。

万冉发的微信页面截图里显示，因添加申请数量过多，“新的朋友”这一栏的红色动态，已经呈现出“...”状态，不再显示数量。

截图的配文是：朋友颜值太能打。

底下有人追问：“冉姐，你朋友手上的手镯还出吗？”

傅西泠退出 APP.

行，手镯也要卖。

这行为预示着什么，他都不敢多想。

上次时芷突然回国，他们走在医院长廊里，傅西泠问她为什么回来。

时芷回答的是：“想吃 B 大旁边的串串香，不行吗？”

可后面几天，一直到她回学校，她根本没提过那家串串香。

她风尘仆仆地跑回来，给他买了咖啡，也给他买了烟。

他真的以为……

傅西泠看了眼手上的戒指，自嘲一笑。

无所谓了。

傅西泠头疼，在露台合眼睡了会儿，醒来时身上盖了件外套。

看样式，是何凡诚的。

啤酒罐也都收进垃圾桶，没装下，有几个掉出来落在地上。

何凡诚和傅西泠二十多年的交情，懂他，知道傅西泠在感情上有自己的想法，也根本不去劝“下一个更乖”这种屁话。

作为发小，再担心也只能是把 iPad 连着的音箱打开，低音量放了音乐。

还是头疼，傅西泠抬手，把音量调大。

他瞥一眼 iPad 屏幕上滚动的歌名：

Lalalalalalalalalala(Explicit)-Mikolas Josef.

不知道是谁的歌单，歌词挺酷，有种水泥封心的潇洒。

傅西泠起身，小臂搭在膝上，听了一会儿，便拎着何凡诚的外套走进客厅。

朋友们在通宵打牌，看见傅西泠，暂时停下和他打招呼，问他：

“西泠，来玩两局？”

“困了要不要去楼上睡？”

……

傅西泠把外套丢给何凡诚：“你们玩着，我回去了。”

何凡诚说："你回哪儿啊？"

"我家。"

"你喝酒了啊，怎么开车……"

傅西泠淡淡一笑："代驾，已经来了。"

代驾开着傅西泠的SUV回市区，中途和傅西泠搭过两次话，然后说："小伙子，听你鼻音挺重，是不是在山里玩着凉了？"

傅西泠是着凉了。

两点多钟那会儿只是头疼，现在感觉有点糟，可能在发烧。

车子开到地方，告别代驾，等电梯都已经需要靠着墙借力了。

最烦的是，他病成这样了，就在车上睡那么一会儿也不能安生。

他梦到了时芷。在夜场舞池里，和其他人狂热接吻的时芷。

时芷唇上的口红都花了，是他买的色号，她不在意地用手背一抹，转头挑衅地看向他。

他气都快气死了。

傅西泠回家没开灯，反正是自己的地盘，所有物品摆放都了然于胸。

他强撑着洗了个澡，就倒进床里。

迷迷糊糊间，他隐约听见有人按密码，开锁进门。

家里人都知道这地方的密码，但会直接按密码进来的、又是在半夜来的，除了在南方蹦迪的那位祖宗，就只有傅西沣那个神经病了。

傅西泠无声地骂了句脏话，头疼，他呼吸都费劲，但仍撑着床坐了起来。

进门的人脚步却很轻，推开了卧室门，走过来是长发披肩的身影，黑暗中驻足于他床边。

他堂哥再有病，也不可能安排个女人进来爬他床。

哪个女人进他家这么气势汹汹？

更何况，在傅西泠握住来人手腕时，纤细的手感过于熟悉，以至于他有些晃神。

"傅西泠你……"

没听时芷说完，傅西泠直接把人拉上床，拥进怀里。

三小时的航程，时芷气了两个半小时。

其余半小时在胡思乱想，想起各种关于傅西泠的事情。

她想起赶本科毕业论文那阵子，傅西泠怕她闷，带她出去散心。

去的大多是熟人局。

偶尔也会有那种，在酒吧里忽遇其他熟面孔，两三方人马聚起来一块玩的情况。

通常这种场合，傅西泠就在热闹里把手臂往时芷身后的沙发靠背上一搭。

毕竟公共场合，他不做太亲密的举动，但就是有一种“有主了”“家属在”“都别跑来沾边”的气质。

时芷不傻，稍看他两眼就能发现端倪。

那时候她有点看热闹的心态，就像后来傅西泠在国外街头看别人和她告白时差不多。

她故意靠近傅西泠，想扰他清静，对他点破，说场上有几个女生在看他。

时芷说：“只要我离开几分钟，你就能收到写着电话号码的纸巾。而且，还是印了口红印的。”

可能是白天工作用脑过度，入夜后傅西泠总是懒洋洋的，目光也慵懒。

他看她一眼，说，那你千万别乱跑了，要上卫生间、要接电话都叫我陪你。

时芷问他为什么，他就说，别给她们留和我搭话的机会。

后来时芷出去接电话，傅西泠还真跟着。

寒冬腊月，夜风呼啸，时芷背倚着露台护栏，对着风向仰头摇动，靠风力把吹乱在脸上的长发撩开。

傅西泠站在她身旁，手臂拄在露台护栏上，一言不发地偏头看着她。

他长了双特撩人的眼睛，被冬风吹得眼皮有些泛红，更像温柔乡。

时芷被傅西泠看得不自在，接着电话，伸手，推他侧脸。

傅西泠也不反抗。

他就这么浅浅笑着，顺着她的力道，换了个视线方向，盯着护栏外不知道谁丢的烟头。

这人笑着时，一副看什么都深情款款的死德行。

不知道的，还以为他选了那截烟头，要和它天荒地老过完这辈子。

也不怪那些女生对他感兴趣。

接完电话，时芷拢了拢头发，问：“里面的女生都挺漂亮的，怎么非要跟着我出来吹风，一点机会都不给人家美女留？”

傅西泠就嗤笑着反问：“追你的男生你就加过微信了？连老师都不客气地往黑名单里拽的人，你有资格说这话？”

所以……

傅西泠明明是和她一样嫌麻烦的人，怎么会让其他女生接他的电话？

让其他女生接他电话！

这股怒气在胸腔里熊熊燃烧，根本不是拉黑微信就能缓解的。

直到时芷抵达傅西泠家，走进卧室看见他的那一刻，她仍然想立刻问问他。

只是，质问的话都还没问出口，人已经被傅西泠拉了过去。

他像梦游，突然扣她的双腕压在她头顶，吻得很深……

刀剑她已经准备好，准备手刃敌人。

然后被敌人亲蒙了。

时芷下意识回应，在寂静昏暗的床上，昏昏沉沉地同他缠吻。

被压到头发，头皮微疼，才恍惚记起，自己应该还在生气才对。

傅西泠吻得凶，按她手腕的力气其实并不大，时芷很容易挣出右手，却被他的一阵深吮亲到指尖发麻。

她的指骨都软了，去推傅西泠的肩，推不动。

换个位置，推他额头，掌心只触到一片滚烫。

时芷愣住，皱眉："你发烧了？"

傅西泠也皱着眉，"嗯"了一声，仰躺到旁边还不忘把她拉进怀里。

他应该是喝过很多酒，沐浴露和洗发水的清香都掩不住酒气。

人也不太清醒，病恹恹的。

"……你吃药没有？"

傅西泠闭着眼，抬起手，用拇指和中指按着太阳穴，只说："头晕。"

额头烫成那样，像个锅炉，能不晕吗？

时芷按开床头灯，光源昏黄。

傅西泠正用力按着太阳穴，撑在眉眼上方的虎口处薄薄的一片皮肤，烧得泛红。

时芷这会儿也气不起来，连忙去拿医药箱，翻出耳温枪。

帮傅西泠测体温时，他的手机响了。

她拿给傅西泠，傅西泠只肯看一瞬，又很疲惫地合眼，说："你接。"

怎么谁都能接你电话？！

时芷超级想给他一拳，忍住了。

"傅啊，到家了吧？"

时芷听出来是傅西泠发小的声音："何凡诚，我是时芷……"

“啊？时芷，你回来了？太好了太好了，你回来就行了。他这几天心情不好来着，朋友们都不赞成他这么晚折腾回家。他可犟了，非不听，死活要回去。原来是你回来了，有你在身边我就放心啦哈哈哈哈哈……”

时芷不知道何凡诚在高兴个什么劲，因为担心傅西泠的病情，略微耐心，打断对面的“哈哈哈哈”，直接问：“傅西泠有药物过敏史吗？”

“啊？”

何凡诚还是靠谱的，只反应了几秒，立刻收了嬉笑，回答：“没有。怎么，傅病了？”

“嗯，他在发烧。”

时芷看了眼耳温枪上的数字：“已经烧到三十九度了。”

“准是在露台上被风吹的。他药物不过敏，就是晚上喝过挺多酒，用药上得稍注意点。”

“好。”

“这样，我给你个号码，是他家的私人医生。实在不行，可以叫医生过去帮忙。”

挂断电话后，时芷看了眼时间。

再有几个小时天就亮了，感觉不太方便打扰医生。

她打算先给傅西泠吃退烧药，到早晨还是没有效果的话，再找医生来。

傅西泠已经睡着，时芷端水喂药时，推了半天才把人叫醒。

他蹙着眉心睁开眼，一直盯着她看，目不转睛，吞完药片就拉着她接吻。

生病到这种程度，还这么霸道。

他手都是烫的，指尖摩挲着她的耳廓，又辗转扶她的后颈。

“傅……西泠……”

“嗯。”

“你需要休息！”

连“嗯”都没有了。

这个人现在又醉酒又生病，接吻像梦游，理智全无，根本什么都说不通。

推他，他就把舌吻改成轻柔地舔舐，有一下没一下地贴触在她唇上。

空调风很暖，怀抱是烫的。

时芷出了一身薄汗，被傅西泠亲得丁点脾气都没有。

好在他也确实难受，折腾片刻就睡着了。

时芷脱掉被汗水浸湿的衬衫，往浴室方向走，走几步，又停下来，折返，帮傅西泠盖好被子。

也是这个时候，她才看见傅西泠手上的戒指。

戴在中指上。

房间昏暗，傅西泠连睡着都是蹙眉的，脖颈沁着汗，喉结滑动。

时芷看着他手上的戒指，有那么某个瞬间，脑子里“嗡”的一下。

万冉说得对，床伴转正这种情况，是挺难有好结果的。

她怎么就给忘了呢？

他们各自的感情方面都属于自由状态，他身边有着谁，她是不知道的。

一直不知道。

时芷神色复杂地看他一眼。

可最终，还是没办法丢下傅西泠不管，去了趟浴室。

她用冷水浸泡过毛巾，拧干，叠好，没好气地“吧嗒”一声砸在傅西泠的额头上。

病来如山倒。

傅西泠这场病来势汹汹，头痛欲裂，动一下就又晕得像脑震荡复发。

睡着也难受，醒过三次。

第一次醒时，是天将明。

只能思维混乱地忆起一些场景。

他好像穿越过梦境，把化着勾人妆容、在夜场里和别的男人激吻的时芷给抓回来了，还和她亲了很久。

所以，时芷回来过？

好不容易摸到床头的手机，他给时芷发微信，打了几个字过去——

“你回来了？”

第二次醒，是被手机铃吵醒的。

手机就握在傅西泠手里，来电铃声响个不停。

身旁有人在走动。

他偏头，倒也是个熟悉身影，但不是他希望的那个。

私人医生找了个衣架，刚把输液瓶挂上去，见傅西泠醒了：“正好，把手伸过来，握拳。”

打电话来的是何凡诚。

在输液针头刺进血管的同时，何凡诚问傅西泠，病情怎么样。

“死不了。”

傅西泠的头快疼炸了，把手机开着扬声器放在被子上，闭上眼，说：“陈叔在呢，刚开始输液。别啰唆了，我再睡会儿。”

“那行，你睡，等你好点再打给你。”

手机恢复安静，傅西泠在混乱的思维里，再次想起时芷。

他忽然起身，被医生“欸，别动”地喊着，按回床上。

“行，陈叔。我不动，您帮忙看看手机在哪儿？”

“还不是你乱动，掉地上了。”

傅西泠接过手机，翻到微信界面。

早晨五点钟发给时芷的那句话，前面有个红色叹号。

他的头更疼了。

第三次醒时，卧室里拉着窗帘，不知道是什么时间。

傅西泠醒得也不彻底。

输液应该已经结束了，头疼比之前好些，也还是倦、疲惫。

私人医生就坐在卧室，守着他。

看见他动，用耳温枪测了个体温，然后说：“开始退烧了。”

半梦半醒间，傅西泠隐约听见时芷的声音。

她像在接电话：“放心，解决完这边的事情我就该回去了，不能一直电脑办公，学校那边也要露面……”

是谁，让她这么有耐心在交代行程？

家里有私人医生照顾傅西泠，在他没醒时，时芷出去见过付倩。

再回到傅西泠家里，已经是下午两点钟。

时芷按密码进门，意外发现傅西泠已经坐在客厅里。

应该是洗过澡，他周身清爽，完全看不出来精神不济，靠在沙发里，正垂着眼在看手机。

他肯定听见她进门的声音了，但置若罔闻。

也不像是病态的沉默。

直到时芷坐到斜对面的沙发里，傅西泠才缓慢抬眼，沉郁地淡着一双眸子，看她。

时芷心情极差。

被傅西泠这样看一眼，差点想和他动手。

她已经不记得上次有这种心情是什么时候了，也许是时梅去世后，家里那些亲戚们凑在一起，因为丧葬费谁来出的事情吵起来……

傅西泠的心情也好不到哪儿去。

他还有些低烧，医生走前叮嘱过要多休息，但他自认为不碍事。

现在最让他烦躁的是，种种迹象都表明，时芷这次回来，是来和他断关系的。

时芷在看傅西泠摘掉戒指的中指。

而傅西泠，他在看时芷空空如也的手腕。

客厅里凝聚着一种剑拔弩张的气场，火药味浓得仿佛马上要引爆。

他们都还算克制。

傅西泠和时芷几乎是同时开口，说出来的内容也差不多。

一个说“我们来谈谈”，一个说“我们聊聊”。

说完又各自沉默。

最后还是傅西泠先开口，声音很哑：“谢谢，何凡诚和我说，昨晚是你照顾我的，还帮忙叫了医生过来。”

时芷没吭声。

傅西泠于是问她，说他记得时芷之前是计划在南方多待几天的，这次突然回来，是不是想清楚了什么，来找他谈的。

“对。”

“那你说。”

“我本来有很多问题想和你沟通，现在看来，不是那么有必要了。”

傅西泠看着时芷，像在思考她的意思：“没必要的原因是？”

时芷为了压火，在脑子里过了一遍时梅去世后的闹剧。

她想起自己在亲戚们吵得如火如荼时，抱走时梅的骨灰，选了心理卫生中心对面那片荒废的小公园，在树下掀开盖子，让凛风细雪带走了时梅……

所有问题，只要发生，最终都能解决。

时芷深深吸气，控制着情绪：“有些事情还是要说清楚。你问过我，加唐文庭的微信，是不是想和他谈。我现在回答你，不是。”

傅西泠抬眼。

“唐文庭和沈嘉对我来说，属于同类型异性，也符合我过去给自己设计、规划的择偶标准。”

是过去。

时芷曾固执地认为，她只有和这样的异性走在一起，需要承担的风险才会更小。

傅西泠始终在看着她，眼里的冷漠似有动摇，目光灼灼，居然挺帅的。

谁知道他让女生接电话时、戴戒指时，是不是也这样勾搭的？

时芷的火气压不住了。

她把放在身旁的包使劲砸过去：“傅西泠你听着就行了，能不能别看我？我现在看你心烦。”

“……能。”傅西泠接住单肩包，拿在手上，“不看你了，你继续。”

他们曾经讨论过时芷喜欢的类型。

傅西泠也问过：“你是不是对自己有什么误解，确定喜欢那样的吗？”

那时候时芷一心研究找工作，根本没把这些放心上，没回答，也没多想。

现在，时芷想清楚了：“你说得对，我是对自己有误解。我看男人的标准变了，或者说，最开始靠理智推算出来的类型，其实并不是我本身就会喜欢的类型。”

傅西泠很快抓住重点：“你遇见喜欢的人了？”

“对。”

“是谁？”

“不关你的事！”

这话有些赌气的成分。

凌晨时，时芷忍着没有立刻买机票回学校。

现在，虽然也不能说是完全把事情谈清楚了，但她尽力了，能谈成这样已经用光了她所有耐心。

剩下的，随便吧。

时芷想走，也想把包拿回来，便走到傅西泠身边。

但他不肯松手，反拉了她一下。

他高烧那么久，力气还不小，是她大意了，被拉得坐进他怀里。

这么一折腾，火也彻底压不住了。

傅西泠的脸色很难看，沉着声音问：“时芷，你到底是喜欢上谁了？”

时芷则转身，直接骑跨在傅西泠腿上，狠狠揪着他衣领：“傅西泠，你只是喝醉、发烧又不是瘫痪了，为什么总让女生帮你接电话！”

傅西泠的反应，几乎称得上是其应若响。

他毫不犹豫地放弃了自己出口的问题，在时芷揪着他衣领发完脾气的第一时间，已经听出了她生气的关键。

他看着她的眼睛，答得很快：“没有‘总’。别的女生碰不到我手机，也接不到我电话。昨晚我和何凡诚他们在一起，手机在牌桌上充电。电话是何凡诚接的，话是姚姚说的。解决过了，没有下次。”

相处这么长时间，傅西泠向来说到做到。

当初傅西沣找事找到时芷的学校去，她不高兴，来找傅西泠告状。

他说过类似的话：“我解决，没有下次。”

在那之后，傅西沣还真就再也没在时芷的生活里出现过。

所以他说“没有下次”，就绝不会有下次。

只是，时芷的火气仍然没消。

傅西泠偏头，克制地闷咳两声，继续说：“我对你什么样，不代表也会这样对别人。除了你，我没让其他女生接过电话。”

外面阳光好极了，客厅很暖。

光线让室内一切都变得明媚，连他的目光都显得格外真诚。

时芷松开他的衣领，打算起身：“谁知道是真是假……”

傅西泠当然不肯，手臂揽着时芷的腰，把她带回怀里的同时，自己往后倒。

单肩包掉落，里面有东西散出来，发出些稀里哗啦的细微声响。

没人管。

他们距离很近，姿势亲密，几分钟前的剑拔弩张已经转变成拨云撩雨的暧昧。

他抬头，很温柔地吻上来，带着安抚性质。

很奇怪。

时芷那些横冲直撞无处发泄的怒火，在他辗转摩挲的温柔吻噬中渐渐消散掉。

如果说刚才，她是想挥剑取敌人首级的心情，那么现在……她可能只想用剑鞘打晕他。

吻到时芷呼吸乱掉时，傅西泠停下来一转话锋。

他问：“所以，刚才是在吃醋吗？”

见她不答，他继续说：“你喜欢的人是我。”

不是问句，很肯定。

时芷沉默两秒，也不反驳，只带着她小小的余火怼人：“是你又怎么样？”

傅西泠很聪明。

他根本不在这种问题上浪费时间，也不会婆婆妈妈地拉着人问“你什么时候喜欢我的”来扫兴。

他问的是："要怎么样你才能消气？"

时芷已经找到了能消气的办法，看着傅西泠，特别高傲："吻我。"

傅西泠浅浅笑了。

他轻轻吻过她的眉心、眼睑、鼻尖和脸颊，最后落在唇上。

不止吻她，还解开了她的衬衫纽扣和文胸搭扣。

这个人发着低烧，完全不知道节制。

要不是时芷清楚地记得医生来过、记得他手背上有针孔痕迹，几乎要怀疑他的病是演的。

长发被汗水打湿，黏在颈侧。

时芷恍惚间想到，原来这就是我喜欢的人。

时芷睁开眼睛，钩着傅西泠的脖颈。他顺着她，和她激烈缠吻。

越来越快，心潮起伏到几乎窒息，时芷只能紧紧抓他的肩……

结束后，傅西泠带她去浴室。

浴缸里放着的温水渐渐没过皮肤，水汽氤氲，他顶着满肩乱七八糟的红痕，撒了时芷喜欢的果香浴盐在水里。

时芷察觉到傅西泠肤色不对劲，皮肤稍薄些的地方，都在泛红，眼睑、耳廓和虎口……

她伸手过去摸他额头，果然又在发烧了，便递过去一个看好戏的眼神，意思是，刚才不是挺有力气的吗？

傅西泠答的是："你不挺喜欢？"

时芷的确是喜欢他的高温，不置可否，但就这么被说穿也有点……

她在水里踢傅西泠。

本来也折腾得没什么力气，脚踝很轻易就被傅西泠捉住。

他摩挲着她的踝骨："手镯卖了？"

"没有。"

因为听到其他女生接电话，生气，拉黑他，这像是时芷能做出来的事情。

但卖手镯不像，时间也对不上。

傅西泠很坦然，说他看过万冉的社交账号。

有人在评论区问万冉她的手镯还出不出，万冉的回复是："不好意思宝贝，已经出了哦。"

时芷累狠了，比他还像个病人，趴在浴缸边指了指淋浴那边。

满钻手镯挂在沐浴露的按压嘴上，在淋浴间的射灯下闪闪发光。

"可能是万冉的营销策略，为了向潜在顾客显示生意好。"

傅西泠又偏头咳两声，于是时芷也不打算继续泡澡了，催着他快洗，然后去吃药。

看过说明书，发现有些药空腹不能吃，傅西泠便点了外卖。

下午四点多，既不是午饭也不是晚饭，他们吃得都不算多。

吃到后面，时芷才想起来："生病吃药不是要忌烟酒和辛辣？"

"可能吧。"

"那你买川菜？"

傅西泠不回答："时芷，要不要谈恋爱？"

在时芷看来，和傅西泠谈恋爱风险非常高。

比起他身边可能隐藏的其他暧昧关系，这个风险更多来源于她自己。

当初喜欢沈嘉，虽然表现出百分之百的依赖和好感……

演的而已，好感只有百分之五十。

即便是只有百分之五十的好感，感情出岔子时，也让她感到失望和难过。

有一点，时芷很清楚。

她对傅西泠的好感更多，更喜欢。

这结论，仍然是她通过和上一段感情对比得出来的。

如果昨晚发烧的人是沈嘉。

她只会在有医生看管的情况下，装装样子，再带着为数不多的担心，继续忙她自己的事情。

如果是已经有精神出轨倾向的沈嘉。

那她根本不会去管。

医生来不来的，才不关她的事。

毕竟闹分手那阵，沈嘉在宿舍楼下站到中暑，惨白着脸离开，她也没心疼过。

但傅西泠……

他能牵动她太多情绪了，能让她心不在焉，也能让她发火失控。

从这点来看，真的很麻烦。

傅西泠钩住她的指尖："没想清楚？"

时芷也不矫情，大大方方地和他谈这个问题："总觉得，和你谈恋爱风险高。"

"错觉。"

"你喜欢我吗？"

"喜欢。别说你看不出来。"

时芷看着傅西泠。

他发烧难受得直皱眉，眉心都被他自己给捏红了，还在帮她盛汤。

她说："谈吧。"

傅西泠抬眼："确定？"

"出问题了再分。我确实非常、非常不喜欢承担风险。但目前来看，我还挺想和你谈的，心情也还行。"

傅西泠开始笑，一笑又咳嗽，咳到耳根都红了才止住，挺认真地看着她："和我谈恋爱没风险，以后你就知道了。"

关系定下来，时芷觉得，这件事情暂时谈完了也解决了，便拿出手机开始安排后面的行程。

傅西泠给自己倒了杯温水，吃过退烧药，也跟着凑过来看。

他手臂搭在她椅背上，躬身，温热的呼吸落在她耳侧，看完，吐槽她狠心。

他说："男朋友还病着呢，这就打算回去了？"

"我又不是医生，留下来有什么用？"

"陪伴，我很虚弱。"

机票流程已经进入到付款，时芷边输着银行卡密码，边说："但你刚刚连着两次。"

身后的人不吭声，清了清嗓子，装听不见。

"国外还有些收尾工作，要和 Morgan 告别，请同组的同事吃饭，学校那边也要参加毕业聚餐和典礼……"

顿了顿，时芷转头："买理财类保险还有十天的犹豫期呢，你这个刚上岗的人，还是少拿男朋友自居，现在也就是个实习的。"

傅西泠心情居然不错："实习也行。"

"就这点追求？"

"嗯，问你个事。"

"问。"

"和我谈恋爱感觉怎么样？"

"才多久！"

"一个小时零十二分钟。"

时芷还真回答了："……还行吧。"

傅西泠这个实习生真的非常得寸进尺，托着她的下颌，亲她："小芷，你挺可爱。"

"我以前是不是和你说过，再让我听见你这么叫我，我会动手的。"

订票成功。

时芷放下手机，去咬傅西泠，被他躲开跑掉了。

他们在沙发前的地毯上打闹。

包里撒出来的钥匙和充电器等物品被殃及，口红滚到沙发底下，而傅西泠认真重复了一遍：“我喜欢你。”

机票只有晚上十点钟的，再待两个多小时，时芷又得去机场。

傅西泠拿了手机，也调出购票页面，说要陪她一起。

医生说过，输液至少要三天。

他们凑一起，想都想得到，根本控制不住，病情肯定要加重的。

“你别去。”

时芷没问戒指的事情，也没问傅西泠身边有没有别人。

他们之前是床搭子。

情侣关系是在这个下午才生效的，时芷不想莫名其妙翻旧账。

何况，才刚因为姚姚接电话的事情发过火。

“傅西泠，我在国外的事情需要五天解决完。五天后，我就回来，在这期间你解决掉所有暧昧关系。解决不好，我们分手。”

离开时，时芷重新戴好手镯，拒绝傅西泠这个再次发烧到三十八度多的人送，坚持自己打了网约车。

傅西泠双手捧着时芷的脸，浅浅吻她：“一路平安，女朋友。”

时芷在飞机上补眠，十几个小时，睡足了刚好落地。

行程很多，她熬夜做完了照顾傅西泠生病时落下的工作，又去了学校。

她是在到国外的第二天晚上，发现那枚戒指的。

当时，时芷刚参加完毕业聚会，和同学们吃饭喝酒聊到半夜。

回公寓后，她站在门口，手伸进包里翻找钥匙。

时芷边翻找，边和傅西泠通话。

他的声音从耳机里传出来，问她：“到家了？”

“嗯，在找钥匙。”

“会不会在你背包暗格里？”

“不会，那里面我从来不放东西。”

傅西泠似是漫不经心：“是吗，你那天在我家时包里的东西不是撒出来过，我好像看见暗格里有东西。”

有时候人类的情感真的很奇怪。

以前他们也是偶尔才见面的，忙时整月都不太搭理对方，时芷从没觉得过什么。

这个晚上，她喝了点酒，突然特想见傅西泠。

人见不到，只能听见声音。

好烦。

她坚持着："暗格里面就从来没放过东……"

话没说完，她摸到了冰凉的金属质感。

在异国他乡温暖的春夜，她找不到公寓钥匙，却意外地从包里找到一枚戒指。

和傅西泠之前戴过的款式类似，相较男款，多了些钻。

时芷把它套在中指上，背靠门板，借月色打量它："戒指什么时候买的？"

"上次来找你前。"

随着这句话传入耳朵里的，还有嘈杂的外语。

时芷有个猜测，忽然心跳怦怦："傅西泠，你在哪儿？"

"JFK 机场。"

时芷还是忍不住，非要嘴硬一下："不是说好，五天我就回去了吗？"

电话里的人死不正经，说："出差。"

"少来，你后面的项目明明都在国内，到这边出哪门子的差？"

"看到我 iPad 上的行程了？"

傅西泠发烧那天凌晨，时芷没找到退热贴，只能用老办法，用冷水浸泡毛巾。

这办法挺折腾人，隔十来分钟就要换一换。

她也犯困，便在客厅里找了傅西泠的 iPad 过来，想看个视频提提神。

傅西泠的所有电子设备都没有密码，屏保和手机上一样，用的是他们的身影照片。

滑开屏幕，时芷不止看到了他的行程，还看到他没退出的社交账号。

沈嘉发了和陶佳的合影，配文是他们的"最嘉 / 佳组合"。

傅西泠估计是心情不好，在下面欠嗖嗖地拿沈嘉撒气，大半夜地评论人家："呵。"

时芷没提这事。

他大概是坐上了出租车，用外语和司机沟通过地址后，才和她说话。

傅西泠轻笑着说："五天太久，等不及……"

时芷在公寓附近的酒店楼下等傅西泠。

她坐在台阶上，偶尔抬手看看中指上的戒指，很精致，小碎钻闪着光，和她的镯子挺搭。

傅西泠在电话里说过，戒指是在上次来找她前买的。

所以……

在那些互相撩拨的生理吸引、心知肚明的暧昧关系之外，他动心更早？

这个结论，加之傅西泠很快就到了，让时芷今晚的心情非常好。

夜风轻柔，一阵一阵吹过，拂乱她的长发。

她从手腕上摘下和田玉手串，打算把头发绾起来。

其实她好久都没戴手串了，是昨天收拾公寓行李时，才在一些闲置杂物里找到的，当发圈倒是很方便。

不知道是不是总丢在浴室柜子里受潮的缘故，才绑到第二圈，绳子"啪"一声断了。

玉珠纷纷落地，四散而去。

傅西泠到时，时芷正蹲在地上捡那些白色的和田玉珠子。

他弯腰，从路灯下的凹缝里拾起一颗，介于之前她的态度，还挺担心的："明天陪你找个地方串上？"

"不弄了。"

时芷吹掉玉珠上的浮尘。

她去过酒店房间了，东西都放在楼上，下来时除了房卡什么都没拿，又只穿了裙装。

没地方收纳这些珠子，时芷便干脆往傅西泠的裤兜里放。

两人挨得很近，身影重叠。

傅西泠捉了她的手，看戒指："戴上了？"

"为什么不戴，你不是也戴了？"

她这个坦荡的反问，惹得傅西泠笑了好久，引起一阵咳嗽。

时芷发现端倪，伸过手去摸他额头。

明显比正常体温偏高。

她来了点脾气，觉得他还在发烧，病又没好，当然是留在家里有私人医生照顾着更容易养病。

"病都没好，你折腾过来干什么。"

傅西泠张开手臂，把她拥进怀里，还是那套没人信的说辞："出差呗。"

然后挨了时芷一脚。

既然他人还病着，时芷在进酒店房间前，就给傅西泠定了个规矩，严令禁止他们之间有任何亲密举动，简而言之，就是禁欲。

傅西泠问："男朋友就这待遇？"

时芷是听过他家医生的医嘱的，而且上次之后他就开始发烧，也算前车之鉴。

怕他们控制不住某方面的欲，加重他病情，时芷铁面无私："你有意见？"

傅西泠显然是有的，站在酒店万籁俱寂的走廊里，看她。

时芷就靠在门板上和他对视。

她拿着房卡，不往门锁上贴，大有种"你不点头，谁也别进去"的感觉。

十几秒后，傅西泠突然握住她手腕，门卡落在感应锁上。

"嘀"一声，门打开。

他扶着她后脑勺，边亲边往房间里走，厚重的房门"哐当"一声自动关上。

时芷倒退着，最终被压在墙上亲了半天。

她气得不行，狠狠咬他，傅西泠才肯摸着唇放开力道，还提前预判着躲过一拳。

"你再这样我要回公寓了。"

傅西泠拉着她手腕，把人往卧室里面哄："不闹了不闹了，电脑借我，有工作要处理。"

最开始还好，两个人都老老实实的，各占沙发一边。

傅西泠借用了时芷的电脑，时芷就用手机继续办公。

到准备休息时，气氛就有那么点不对劲了。

各自都洗过澡，香喷喷地躺一张床上，盖同一床被子。

肢体接触着，皮肤暖烘烘地挨靠着，难免有绵绵情愫暗里滋生。

吃过退烧药后，傅西泠的体温已经逐渐回复，他揽着时芷的腰把她抱着。

他倒也没有太不老实，只捉了她的手，玩她手上的戒指，和她聊天。

指腹在她手上游走，痒痒的。

到底还是时芷这个定规矩的人忍不住，凑过去亲他，在傅西泠忍不住想要深入时，又退开，十分故意："你不许动，好好养病。"

傅西泠眯着眼："刚才谁撩我？"

"不是撩，是安眠吻。"

时芷说完，就闭上眼睛，一副老老实实入睡的样子。

半晌，听见傅西泠在她身边咬牙叹着："……折磨人啊。"

傅西泠这趟过来，是在时芷计划之外的。

她事情多，隔天早晨出去，忙了整整一天，晚上八点多才回到酒店房间。

回来时，傅西泠正靠在沙发里，用她的笔记本电脑工作。

套房空间很宽敞，落地窗外是灯火辉煌的夜，他戴着耳机，专心盯着电脑屏，茶几上只有两个喝空的咖啡纸杯。

看起来有些形单影只。

到时芷走近，他才抬眼，估计是工作没做完，只从身侧沙发上拿了样东西丢给她。

是她散掉的和田玉珠子，他已经找地方帮她串好了。

其实，在时芷工作逐渐走上正轨，尤其是到国外留学，接触到来自世界各地的、信仰文化各有不同的同学之后。

她对"开过光"这种迷信的执念，已经不再像过去那么严重。

当年林孝平仰躺在雪堆上被冻僵的遗容、邻居间关于林孝平砸坏开光观音摆件的报应传闻……

往事所遗留下来的恐惧和冲击，渐渐愈合。

这些问题，时芷还没有和傅西泠聊过。

他大概是觉得她会在意，才特地重新串了手串，怕她忧心。

傅西泠继续在看电脑，眼睛里映着屏幕光亮，时芷走过去："还要工作多久？"

"怎么了？"

时芷用她自己的方式表示感谢："我们去吃夜宵吧。"

傅西泠看她，又看了眼时间："好，十分钟之内出门。"

但这个人，他不值得同情！

吃过夜宵回来，傅西泠把时芷堵在水流哗啦啦的淋浴间。

水汽氤氲，玻璃壁上挂满雾气，他用拇指摩挲她的唇，垂着头，呼吸在她耳边若即若离，叫她："时老板。"

在时芷准备好发生一切时，傅西泠坏坏一笑，从她身后拿走了沐浴露。

"傅西泠！"

"我在好好养病。"

时芷不可能示弱。

撩人她也会，在隔天忙完回酒店，时芷进门一言不发地跨坐到傅西泠腿上……

等傅西泠眸色深深地看她，她甩手走人："举手之劳，好好养病。"

两个人就这么比着做忍者，忙过几天后，时芷在国外的所有事情终于接近尾声。

学校的毕业典礼已经结束，工作也已经交接。

接下来，只需要等 Morgan 空闲，好请 Morgan 吃饭。

傅西泠连续几天都醒得特别早，时芷睁眼时，他总抱着电脑坐在床边。

时芷问过傅西泠，为什么他这段时间格外忙。

傅西泠敲着键盘："帮傅西沣弄个项目，是大伯的意思。"

用傅西泠的话说，大伯到底还是心疼儿子的。

傅西沣再浑蛋，也不可能真的不让他沾边家里的所有生意。

这段时间的停职，只是给傅西沣的教训。

其实大家都知道，很多事情，以后还是要交给傅西沣去做的。

前提是，他们需要确定傅西沣真的改了，不会再去沾赌；也真的得到教训、踏实做事。

现在傅西泠在忙的项目，是傅西沣的。

等他把前期接洽工作做完，给他堂哥铺完路，就把项目还给傅西沣。

傅西泠说，傅西沣在他家里养着，天天喝他妈妈亲手煲的汤，人都胖了两三斤。

"我在国外约个会都得带电脑。"

"你就不会不平衡？"

"不至于，冲我大伯呢。"

今天也一样。

傅西泠穿着浴袍，头发都没吹干，估计也就拿毛巾随便擦了几下，就抱着电脑在工作。

时芷想起他昨晚的浑蛋行径。

她说一句禁欲，他可真是给牢牢记住了，明明已经不再发烧，也只撩不做。

昨晚傅西泠翻身，手拄在她颈侧。

还以为他是要做什么呢，结果他伸手，在床头捞了个手机充电器就闷声笑着躺回去了。

看他来气，时芷闭上眼睛打算睡回笼觉。

倒是傅西泠见她醒了，放下电脑，说带她出去转转。

这座生活了将近两年的异国城市，时芷转起来还没有傅西泠门清。

主要是平时她都忙着学习、工作。

这是她唯一一次，可以有时间漫无目的地闲逛。

时芷和傅西泠去看了满树盛放的樱花、坐在喷泉广场喝咖啡、和地标性建筑物合影、在巨大的广告牌下面遮着阳光用手机查路线，也去大厦楼顶俯瞰城市夜色……

楼顶温差大。

傅西泠脱掉飞行员夹克，披在时芷身上，背靠着璀璨霓虹的夜色，问她："回国后，要不要搬来和我住？"

时芷拢了下外套："考虑考虑。"

在国外的最后一天，时芷约了 Morgan 吃饭，感谢她这两年的照顾。

约的是午饭。

手机响时，时芷刚吹好头发，在换衣服，把腿伸进牛仔裤里，给傅西泠递了个眼色，让他帮忙接语音电话。

傅西泠看见屏幕，不明显地抬了下眉。

接通后，说话的人不是 Morgan，是唐文庭。

唐文庭这种人，说话的语气总是慢悠悠，声音是柔和的、带着笑意的——

"时小姐，好久不见了。

"我过来看姨妈，听她说中午和你有个饭局，也听说你要回国了。我也想借这顿饭给你送行，姨妈说你才是东道主，让我问问你。

"所以，我就来问你了。时小姐，介不介意多个蹭饭的？

"我饭量不大的。"

傅西泠拿着她的手机，靠在沙发里，目光玩味。

时芷则是皱眉。

Morgan 很宠她这个外甥，既然肯让唐文庭打这通电话，说明 Morgan 不但不介意饭局上多一个人，多少还有些促成的意思。

不好拒绝，时芷只能说："不介意。"

手机里传来唐文庭爽朗的笑声："那好，半小时后我去接你。"

"不用，我自己过去。"

"是姨妈的意思，你没有车，不方便，把地址发给我吧。"

语音通话挂断，时芷穿好衣服，把长发从衣领里拢出来，转身，就看见傅西泠正看着她。

傅西泠没什么表情，语气也平静，只对她说了一个字：“行。”

“行什么？”

“我还在黑名单里躺着呢，发个什么都是拒收状态。你这追求者倒是能随时给你打语音，还能接你一起吃饭。”

时芷好笑地看他：“手机就在你手里，自己加回来。”

“好友申请够多的。”

他心里想的是，还不是怪万冉。

但时芷说的是：“你那些关系处理好了吗，就管我的。”

傅西泠笑笑：“等你回去验收。”

有这么容易？

她才出国两天他就追着跑过来了，连病都没好彻底呢，再除去航班时长，他根本没在家待多久。

他那些关系，这么好处理的？

时芷狐疑地瞥了傅西泠一眼，没说什么。

唐文庭的车开到楼下，发微信来，叫时芷下楼。

她拎着单肩包，大步流星就要出门。

傅西泠跟到房间门口，瞧她根本没有要回头的意思，“嘶”一声，拉她手里的包包肩带，把人拉回来，扶着她脸颊轻吻。

“傅西泠，你吃醋？”

“他不配。”

嘴上说着人家不配，席间，时芷还是收到了傅西泠发来的微信。

截图是他的消息列表。

截图显示，她的对话框下面，一堆顶着未读红点点的头像。

他们身处高层餐厅，全景玻璃擦得锃亮。

阳光明媚地落在桌面，Morgan和唐文庭身上笼着光，在聊公事，说起兴荣集团国内某几个旗下品牌的发展趋势。

时芷难得开小差，反复点开那张截图，还是没看懂重点。

她在桌下打字，问他：什么意思？

傅西泠回复她：待遇差距。

时芷大概懂了。

傅西泠是在说，她是他那边的消息置顶，而他，只能当她的黑名单常客。

Morgan 饭后约了人，有生意要谈，时芷送她到楼下。

两人轻轻相拥，说了几句告别的话，Morgan 就提着金棕色凯莉包离开。

只剩下时芷和唐文庭。

外面很晒，唐文庭说："我送你回去吧。"

时芷过去相中沈嘉那会儿，还挺吃这一套的，现在嫌磨叽。

明明看见她的戒指，也看见她手机的屏保壁纸。

却连她有没有男朋友、和男朋友感情好不好都不敢开口问，只一味地借各种名义讨好。

"不用。"

"其实是这样，姨妈常和我说起付总，我也一直不太喜欢国外的生活，所以，回国后我们可能会成为同事。"

唐文庭像看不懂时芷的界限，很友好，笑呵呵地伸出手："时小姐，哦不，时芷，要不要提前和我说合作愉快呢？"

时芷抱臂看了唐文庭一眼，没动，提醒着："不一定是同部门。"

"也是。"

唐文庭讪讪地抬起手，摸摸鼻尖，又询问时芷什么时间回国。

午后阳光正足，晃得人睁不开眼。

时芷刚抬手遮了一下，傅西泠的电话就适时打过来了。

傅西泠什么都不问，就一句话："约个会。"

比唐文庭干脆利落多了。

时芷有点喜欢，问："你在哪儿？"

傅西泠报了个咖啡店的名字，时芷总觉得耳熟，脑海里自动闪过 logo 形象。

然后……

她蓦然转头，往对面街上看。

傅西泠果然靠在咖啡店外面的椅子里，姿态特舒展，手机举在耳侧，似笑非笑地看着她这边。

时芷三言两语告别唐文庭，过马路，拉开椅子坐到傅西泠的斜对面。

"什么时候来的？"

"那家伙打算和我女朋友握手的时候。"

时芷用怀疑的目光看着傅西泠。

她很想知道，他又没安装摄像头，到底是怎么知道他们的用餐时长的，踩着时间来得这么准。

“多久能吃完这种事，估计着也能猜个大概。我每年，和各企业、集团里类似于Morgan这种强势型高管吃过的饭，比唐文庭刚才和你没话找话说的字数还多。”

时芷多少有点故意：“你也不用这么排斥，唐文庭也自请调职了，回国后我们是同事。”

傅西泠气定神闲：“那他不是更没希望，自己给自己判死刑。”

“你又知道了？”

不用明说，他们都知道。

时芷不喜欢无脑死缠烂打的类型，当然也不会觉得，为了儿女私情而去做工作变动的这种行为会多有魅力。

不够聪明，就不够性感。

时芷坐的位置不好，大半个身子都在遮阳伞的阴影外，手臂皮肤雪白，被阳光照得直晃眼。

傅西泠看她一眼，伸手，把她连人带椅子拉到自己身旁。

他把买好的冰咖啡递过去：“这么晒，流浪猫都知道躲树荫，满大街上就你们俩傻子在那儿站着聊。”

时芷喝咖啡的动作一顿：“几个傻子？”

“一个。”

她还是没动，就盯着傅西泠看。

至少一个，不能再少了。

傅西泠只能直接点出来：“唐傻子。”

时芷满意了，喝了两口冰咖啡，扭头看见咖啡店门口的黑板上画着些Brunch图片。

看着不错，于是问傅西泠有没有吃过午饭。

毕竟他昨晚几乎对着电脑熬了个通宵，凌晨四点钟，她睁开惺忪睡眼，想找水喝，还隐隐听到打字声。

当时酒店卧室里，只有电脑屏亮着微弱的光。

傅西泠把水递给时芷时，她看见他揉了眉心，也看见他眼里疲惫的红血丝。

问他睡不睡，他就把人往怀里搂着，揉一下她的发顶，让她先好好休息。

直到时芷午饭前准备离开酒店，他还赤着上半身坐在沙发上办公。

傅西泠指了指楼上：“吃过了。”

楼上那家餐厅，计划请领导吃饭前，时芷曾搜到过。

人均比他们刚刚那餐还贵，看来根本不用担心傅西泠，这位少爷是亏不着他自己的。

傅西泠是拿着电脑出来的，也依然没有让时芷久等。

不到十分钟，他便扣上电脑屏幕，带时芷去逛街。

逛街很耗时间，随便买买东西，就到了傍晚。

他们找了家餐厅吃过晚饭，在华灯初上的朦胧黄昏里散步。

可能是赶上了某艺术类院校的毕业活动，街上挺热闹，还有人在拉小提琴。

他们停驻在附近，听了片刻。

"这阵子忙，我没来得及准备你的毕业礼物，送你首曲子吧。"

傅西泠突发奇想说完，走过去，和褐色头发的少年提琴手聊了些什么，那位少年便很开心地把琴借给傅西泠。

"送给我们时芷，祝贺她顺利毕业。"

傅西泠站在夜幕降临的异国城市里，背对街道尽头的落日余晖，拉动琴弓。

周围很多听众，他很随性地演奏着舒缓曲调，落落大方。

他拉琴时很不一样，比平时多了些优雅，勾着唇角笑得很坏，不知道又是在打什么势在必得的算盘。

时芷坐在人群外的花坛上，看见傅西泠拉完一首曲子，在掌声中笑着做了个绅士礼。

他把琴递还给少年，少年问了句什么。

他就遥遥对着她的方向一偏头，少年看过来，然后转头，和他相视而笑。

时芷看懂了大概口型。

傅西泠是在说"女朋友"的相关字眼。

这种被人张扬地偏爱着的感觉，时芷以前从来没有过。

感觉还不坏。

这条街区离酒店很近，他们肩并肩，步行着往回走。

时芷说："你小提琴拉得不错。"

"一般，也就糊弄糊弄你这种外行人。"

"你说我听不懂？"

傅西泠挺认真地看着她："那你听懂什么了？"

时芷其实是不懂的。

这要是唱首歌之类的，好歹还有歌词可以参考参考情绪风格，纯音乐，她都不知道从哪儿下手。

时芷不肯低头："比上次那首好听。"

她指的是，以前情人节傅西泠在家里拉过的那首曲子。

"比上次那首好听？"

"嗯。"

"其实，是同一首。"

时芷面无表情地转头，傅西泠说完就开始笑，然后跑着躲开她的追杀。

跑了几步，他转身进了便利店，从货架上拿了时芷最喜欢的果汁，当免死金牌。

傅西泠举着免死金牌也并不老实，调侃她："老实说，上次我拉琴时，你根本没认真听吧？"

换时芷顾左右而言他："快走吧，逛太久，好累啊……"

回酒店后，时芷坐在床边喝果汁，傅西泠本来开了电脑在工作的，但渐渐走神，时芷能明显感觉到他的视线。

终于扣上电脑，傅西泠走到她面前，双手拄着床，慢慢地偏头靠近。

谁也不提禁欲，谁也不提养病。

他们的鼻息搅在一起，唇轻轻触碰，接吻，脱掉彼此的衣服。

情欲纷纷，像窗外被风吹落的樱花……

折腾完，又是深夜。

澡是傅西泠抱着她去洗的，洗过澡，时芷套了件傅西泠下午逛街时新买的短袖T恤，窝回床上休息，傅西泠则抱着电脑继续熬。

这个人淡着表情熬夜工作的样子，和箍着她腰用力时一样性感。

时芷趴着，偏头看了一会儿，打开微信，难得温柔："傅西泠，我给你改个备注吧。"

傅西泠工作太专心，根本没听见，只是有一下没一下地嚼着强薄荷口香糖提神。

时芷当时只顾着眯了眼睛犯坏，想找个备注名称气气他。

所以并没有意识到，傅西泠提神方式的问题。

真正发现，是在机场过安检时。

傅西泠身上没有烟也没有打火机，时芷才终于想起，好像很久没看见过他抽烟了。

之前以为他是因为发烧，后来药都停了，他还是没买过烟。

"你戒烟了？"

傅西泠很随意地应着："嗯。"

再遇见唐文庭，也是在机场。

当时傅西泠买了早餐回来，把两个牛皮纸袋都递给时芷。一份是牛肉堡，一份是鸡肉堡，让她先挑。

傅西泠坐到时芷身旁，屈指，用关节叩了下她的手机屏："给你发过微信，你没回。"

手机屏幕亮了下。

傅西泠的头像顶着未读红点。

他瞥了一眼，接过时芷递过来的牛肉堡，又突然顿住动作，揽住她肩膀，把人往怀里按："给我备注的是什么？"

时芷绷着表情："你自己不会看？"

傅西泠拿着她手机，人都气笑了："犹豫期？我没名没姓，就叫这个？"

时芷终于忍不住，也跟着笑。

他们拿着两份香喷喷的汉堡，正闹着："那改成实习生？"

"你改一下试试？"

有个人影坐到对面，也拎着汉堡，说："……好巧啊时芷，看来我们是同一班航班。"

是唐文庭。

时芷收敛笑意，和对方简单打过招呼，还介绍了傅西泠："这是我男朋友，傅西泠。"

就因为时芷这么一句话，傅西泠整个早晨的心情都好。

不知道是不是因为时芷明确说过，她已经不喜欢这种类型的男人，所以，他完全不把人家当回事。

居然还能在唐文庭搭话时，平静地和人家聊上几句。

登机后，唐文庭去了后面经济舱。

时芷的机票是傅西泠订的，头等舱，落座后他才问："真想好了，回去不打算住我那儿？"

之前是床搭子，时芷偶尔落脚也可以选择住在傅西泠家。

反正方便。

那种关系不需要负责任，随性就好。

现在他们是男女朋友了，做决定前反而要认真忖度。

时芷本来计划着都想好了再回去的，结果傅西泠突然追过来，打乱了她的计划。

和他在一起，她的脑子根本不清楚。

不过，和傅西泠谈恋爱的这几天，她确实挺开心的。

甚至可以说，现在的这种开心，上一段恋情根本无法相比。

但住到傅西泠家里，意味着他们会开始长期同居的生活。

这令她有所犹豫。

时芷点开手机订单："回去我先住酒店，房间我已经订好了。"

"别了吧，你订的这店，是沈嘉他家开的。"

时芷没多想。

她觉得，反正她和沈嘉也没关系了，沈嘉给她发信息她又没理过。

坦坦荡荡，没什么不能住的。

察觉到傅西泠的语气，时芷不解："你对沈嘉和唐文庭的态度相差很多，还跑人家评论区撒野。"

傅西泠的回答，倒是有些出乎时芷意料。

原来沈嘉前阵子闹过事，在和陶佳朋友的聚会上喝多了叫过时芷的名字。

据说陶佳当时就哭了，质问沈嘉心里到底喜欢着谁，沈嘉居然没回答。

闹得挺难看的。

时芷听着，觉得这剧情好熟悉。

她和沈嘉分手那会儿，好像也是类似步骤来着。

"都这样了，没分手？"

"可能分过几天，又和好了。你不是在我 iPad 上看见了吗，还发合照呢。"

时芷趁乘客还没全部登入机舱，果断把酒店给取消了。

她不想蹚浑水。

傅西泠又在用她的电脑，可能也是想赶在起飞前回复邮件。

他边敲键盘，边说："我家，我酒店办公室隔壁那间卧室，或者在我家酒店开间房，你选。"

怎么选还不都是他的地盘。

时芷都不想选，她想安静地考虑些事情。

她只沉默了两秒，傅西泠已经明白，根本不用她开口，就替她答了："知道，住哪里都没事，回去以后不打扰你，你想你的。"

"什么意思？"

傅西泠不答，反问："你那个犹豫期，是十天对吧？"

“嗯。”

“行。最近我是有些忙，回国后还要去外省出个短差，三天左右就回来，算是能把傅西沣这个项目彻底弄完。刚好犹豫期也到了。”

时芷说：“你的意思是，可以等你回来，我们再谈？”

傅西泠特别坏，趁空乘不在，搂着她脖子凑近了些：“时间留给你考虑，免得我在时，你总想睡我，影响你判断。”

国内是早晨，傅西泠的车就在 T3 停车场里。

他拉着她往停车的位置去，到达后行李箱往车里一放，便开车去吃早餐。

在外面久了，回来喝豆浆、吃油条都觉得好香。

只是傅西泠坐在早餐店里都不消停，工作电话连着接了三个。

吃得不多，买单时反应倒是快。

时芷刚要拿手机，就被傅西泠按住，手机“咔嗒”一声扣回桌面上，他从电脑前抬眼，掏出手机往墙上二维码上扫。

时芷到底还是被傅西泠给拐回家了。

但也没相处多久。

几乎没说什么话，傅西泠进门直接去洗澡，洗完披了件浴袍又开始对着电脑忙。

忙完，他看看时间，连午饭都没吃，拿了车钥匙就准备去机场。

时芷看着都累，皱眉：“你直接在机场里等着多好，折腾。”

傅西泠不说为了送她，或者为了陪她吃早饭这类理由邀功。

他只说：“机场不能洗澡。”

过了立夏节气，外面温度适宜。

傅西泠走后，时芷从行李箱里拿出职业裙装，午饭只吃了便利店的三明治，就赶去集团见付倩。

但就是这种彼此都忙碌的时间里，他们也还是会联系。

傅西泠的航班起飞前还发过微信，让时芷专心工作别想他。

时芷回他：“不然呢。”

在上一段感情里，时芷工于心计，需要根据聊天内容来判断感情进展得是否顺利。

偶尔主动联系，也不过是基于判断，认为某个时间段的主动会让对方增加好感。

却从没有过这类纯凭感情的互动。

她和傅西泠的联系自然很多，连无聊幼稚的互怼，他们也能发半天。

最后还是时芷忍不住，打电话过去："傅西泠，你很闲是不是？"

"不算闲，下班了？"

时芷没倒时差，直接连着工作一天半。

今天对着电脑看了整天的文件，太阳穴附近闷闷的，按了几下，时芷才慢悠悠地说："刚下车，快到你家了。"

她戴着耳机，慢慢走进傅西泠家小区。

电话没挂断，有一句没一句地聊着，话题不知道怎么七弯八拐地转到这里。

他说："等我回去，听听你承认动心的契机。"

大概是累，声音倦倦的，然后时芷听到他的喝水声。

"现在就可以说给你听。"

时芷按密码进门，脱掉高跟鞋，把包挂在玄关。

她在静谧的厨房里拧开一瓶矿泉水，喝完，准备给自己煮个面，按洗手液洗手时，随口讲起和万冉她们在一起的事情。

"手镯我确实问过万冉，让她估价。"

傅西泠说，这事他知道。

"按正常的行为逻辑分析，要是你没牵头，万冉就算再缺生意，也不会无缘无故把手镯挂出去找买家，你还真想过和我断是吧？"

"那时候没想好，要断也不会占你便宜，差价我会补给你。"

傅西泠没答，只笑了一声。

时芷在水龙头下冲掉手上的泡沫，擦手，扶了下耳机："不过万冉说，我那种自己琢磨出来的感觉，不一定靠谱，实践才能得出真理。"

傅西泠评价："馊主意。"

那天万冉出的馊主意，可不止让时芷举二维码那一件。

万冉还打电话叫来一堆夜店玩咖，十来个人，男生占大半。

他们在酒吧楼上最大的卡座里，围着沙发坐了满满一圈。

"也没做什么，就是玩个游戏。"

"酒吧里叫一群男的能玩什么游戏，来，你给讲讲。"

傅西泠的声音特别戏谑，时芷都能想象到他带着打趣目光的死样子。

昨晚还在不习惯打视频电话，今天她有点后悔，觉得该通视频。

这样想着，时芷从橱柜里选了锅具拿出来，轻飘飘一句："用嘴撕纸条。"

耳机里好一会儿没声音。

待她已经把煮面的水都接好了，傅西泠那边才吐了个“行”字，意思让她继续说。

其实也没什么好说的，在万冉那边的两天，时芷都有些心不在焉。

万冉安排的那些帅哥，也没怎么入她的眼。

玲玲可太高兴玩这种游戏了，左右分别坐着她老公和时芷。

和她老公撕纸时，玲玲的脸泛红；

和时芷撕纸时，玲玲的脸更红；

看时芷和男生撕纸时，玲玲的脸红得快要爆炸了。

倒是时芷本人，撕纸时目光十分冷静，双手抱臂，抿着唇上的纸巾，甚至有些杀气腾腾。

她身旁那帅哥都蒙了，愣是没敢靠近，火速叼了个纸角就跑了。

万冉还很可惜，以拳击掌，说早知道时芷这么浪费，她就该把最帅的安排在自己身边。

“玩挺嗨，乐不思蜀了是吧？”

时芷特别淡定：“一般，又没耽误去机场。”

傅西泠没继续聊游戏，只说：“通知你个事，我刚刚做了个决定来着。”

本来三天的出差时间，被傅西泠硬是给压缩到两天。

意思是，明晚他就要回来。

时芷把鸡蛋磕入锅里。

她挺不满地质问傅西泠：“不是说好给我三天时间理思路？”

“给不了了，我想和你玩撕纸游戏。”

时芷本来想捞一根面条，看看有没有煮熟，被他说得笑了笑，面条也落回锅里：“说得好像你没玩过。我和你比，小巫见大巫。”

她还提醒他，以前他身边的那些各种颜色的知己们，到底处理得怎么样，只有他心里最清楚。

大巫不知道在想什么，沉默了几秒：“想起个事，我B大那个读博的朋友，记得吧？”

时芷切青菜的力道加重，菜刀“哐”一声劈在菜板上，语气里不带分毫情绪：“还没断？”

“他有点难搞，听说我谈恋爱了，不放心，总想见见你本人。”

时芷冷笑，然后连问两个问题：

“她有什么资格不放心？”

“什么时候见？”

傅西泠说："这样，你要同意，等我回去立刻带你见他，约个饭？"

"随便。"

"他口味和你像，也挺爱吃辣的，估计你们能吃到一起。"

时芷连着三下，超用力，"哐哐哐"把青菜给剁完，丢进锅里："先说好，我不是那种会和你红颜知己谈笑风生的女朋友。"

傅西泠边说着"是是是"，边在电话里笑，越笑越愉快。

时芷直觉他一肚子坏水，又想不通缘由，心烦地说："挂电话吧。你提前回来打扰我思考，晚上我要好好想想了。"

傅西泠说："是得挂了，我大伯母连着给我打三个电话了，得回一下，问问她有什么事。晚点打给你。"

这个"晚点打给你"，傅西泠食言了。

时芷吃过面，把厨房收拾好，又处理过工作，泡了半小时澡，还用他的游戏机玩了两小时游戏。

手机一直是安静的。

接到电话，是在时芷准备睡时。

不是傅西泠，一串陌生号码，接起来声音倒是熟悉的，是傅西泠的发小，何凡诚。

何凡诚语气很急："时芷，你在哪儿？方不方便出来一趟？"

以前时芷和傅西泠相处时说过，她怕麻烦，所以他周围的所有人际关系，从来不会越过傅西泠直接找上她。

除非……

时芷绷紧神经："是傅西泠出什么事了？"

"没有没有，傅没出事，但我有不好的预感。"

时芷的手机开着扬声器，换衣服、换鞋，迅速做着出门的准备。

电话里何凡诚则在给她讲事情经过——

以何凡诚目前掌握的信息来看，傅西泠之前忙的那个项目，估计是黄了。

他堂哥傅西沣，亲手把内部消息卖给了对家。

这意味着傅西泠整个团队一个多月的忙碌，全白玩。

"我也不知道是这情况。傅打电话来，让我帮他查查傅西沣人在哪儿玩，没说原因，我以为是西沣哥又惹大伯生气才到处逮人，还是傅叔给我打电话我才知道……"

"地址发我。"

"时芷，你来我心里就有底了。"

何凡诚他们几个朋友刚喝了点酒，说怕拦不住傅西泠：“早年二英家弄过电玩城，里面那个拳击机，他上去随随便便一拳把纪录给爆了，好几个月都没人能破，这要是真逮住西沣哥……”

时芷在出租车上给傅西泠打过电话，他的手机关机。

到酒吧后跑到楼上，看见何凡诚和几个朋友正在和傅西沣争执。

他们劝傅西沣走，有什么事回去再说。

傅西沣喝得已经半醉，动作很熟稔地摇晃着瓶身打开香槟，泡沫喷射出来，溅了他们一身。

傅西沣在周围的尖叫声中，靠在沙发里，脚蹬着长桌，特浑不懔地瞥着何凡诚他们：“让他来啊，老子不怕！”

有人故意拱火：

“就是，傅西泠那是你弟，你怕他干什么？”

“你爸把你家生意真给你弟了？不会吧，那也太……”

傅西沣还真就失智到这种程度，嚣张地举起香槟瓶：“老子的生意，老子的钱，老子爱给谁就给谁！”

混乱的灯光中，傅西泠的几个朋友脸色都挺难看的，何凡诚更是咬牙到脸部肌肉都绷紧。

时芷走过去，把他拉开。

她拉着何凡诚的衣袖下楼，走到稍安静些的地方才问：“傅西泠手机关机，他最后一次联系你是什么时候？”

“我看过航班信息，要是没猜错，估计他一个多小时前已经落地，也快到了。”

何凡诚狠狠地抓了两下头发，然后转头：“大伯又进医院了，傅知道了。”

时芷压着情绪，尽可能平静地点头：“你看着他堂哥，我下楼去拦他。”

她跑下两级台阶，又停住，转头，死盯着人不动：“何凡诚。”

何凡诚咬咬牙：“……知道，我不动手！”

时芷站在酒吧门外。

她想起第一次见傅西泠，就是在这家酒吧，他靠在这地方抽烟，目不转睛地看着提了蛋糕的她。

他身上有股劲，又傲又张扬。

那时候时芷还觉得傅西泠不像好人。

前天，傅西泠到外省的第一晚，他给她打的视频电话。

后来她睡着了，他没挂断。

时差变动原因，她睡得并不安稳，夜里醒来，透过手机屏幕看见他还在熬着。

时芷一动，傅西泠就从屏幕里看过来，他似乎刚洗过脸提神，睫毛还湿着，问她怎么醒了。

时芷不答，问傅西泠，是不是又要熬通宵。

傅西泠揉着肩颈，很轻松地告诉她，这是最后一仗。他还说："忙完这个，回去转正。"

时芷在黑暗里盯着他看："这么有信心？"

"指哪件事，项目还是转正？"

"你对哪件更有信心？"

傅西泠从桌上拿了个装薄荷糖的小铁盒，单手搓开，往嘴里倒了两颗。

他咬着薄荷糖，抬眼："都有。"

说那两个字时，他眼里有点疲惫的红血丝，目光是胜券在握的坚定。

笑得也意气风发，非常帅气。

时芷刚才提醒何凡诚别动手，是因为她在看见傅西沣的第一眼，就已经气到想宰人。

那是傅西沣的项目，傅西泠却连发烧都没停歇过一直在赶工。

傅西沣在做什么？

他在傅西泠家喝了一个月清心养生的汤，然后做了内鬼。他背刺了所有为这个项目付出的人，也背刺了正在爱他、保护他的家人。

现在大伯又进医院了，傅西泠不可能放过傅西沣的。

傅西沣喝成那个鬼样子，她要想动手，都能打得赢、揍一顿，更别说傅西泠了。

头疼。

何凡诚又打来电话，火急火燎地说："傅西沣不走。他身边好几个看热闹的神经病，拱火都是高手，我觉得不对劲，你那边……"

夜风微凉，吹乱头发。

时芷打断何凡诚："他来了。"

她听见跑车的声音。

声浪越来越近，接着一辆哑光黑色的跑车从旁边街道转过来。

血红色的车灯，像恶龙的眼睛。

车子猛地刹停在酒吧门前，车门打开，傅西泠从里面迈出腿来。

他周身笼着寒气，像发现她加了唐文庭微信的那个早晨，阴郁、寂然地往这边走来。

气场大到可以归为一句话："傅西沣完了。"

时芷拦到傅西泠面前。

他看见她，没停，被她拉住手臂。

"傅西沣身边的人有问题，我刚才观察过了，那里面有人挑唆。你动手会被拍下来，我觉得他们有阴谋……"

时芷语速很快，第一次这么主动地紧紧拉着傅西泠的手，两只手都拉着他，拉不住，终于有些发火了："傅西泠，你敢上去动手试试！"

傅西泠终于停住步子。

他垂下眼睑，看着时芷："我大伯在医院。"

"我知道……"

时芷依然拦在傅西泠面前。

她松开一只手，改用手臂去环他的腰："我都知道。"

傅西泠身上的戾气没消。

他蹙着眉，却肯为她妥协，和她五指相扣："你希望我怎么做？"

这个时间段，酒吧门口很吵。

有带着酒气来续场的，也有喝到脚步踉跄打道回府的，来来往往。

时芷说："何凡诚都感觉到不对劲了，至少在这里，你不要动手。"

傅西泠心情差，只略点头，声音沉："行，那你拉住我。"

时芷给他的回答是——

"我不会松手的。"

时芷陪着傅西泠上楼，上去先看见何凡诚，傅西泠还算冷静，先和朋友们简单打过招呼，然后朝傅西沣那边走。

傅西沣刚被身旁的美女灌了杯洋酒，琥珀色的酒液过半洒在胸膛，他盯着傅西泠，用手背抹掉嘴边的酒，嚣张地说："哦，我当是谁呢，这不是我的好弟弟吗？"

周围那几个心怀鬼胎的家伙还在煽风点火："上次输钱，就是他给你家里通风报信的？"

"这就是要抢你家生意的弟弟？傅西沣，听说你家的钱和生意，都被你爸给他了？"

傅西沣从兜里摸出一沓钞票，扬手甩出去，粉色钞票四散纷飞。

人群沸腾中，傅西沣大笑着："他？我给狗都不给他，哈哈哈……"

这个人要是哪天被打死，真的不冤。

时芷始终和傅西泠五指相扣，感到他手臂肌肉紧绷，于是更用力地握着他的手，生怕他冲动。

但他也只是这样。

面对那些言语挑衅，傅西泠没给过更多反应，他答应过时芷不动手，就不会被任何人激怒。

他从兜里摸出手机，拨了个电话，调大音量，把手机放到傅西沣耳边。

周围的人还在抢钞票。

而傅西沣这个㞞包，在傅西泠伸手过去时，猛地躲了一下，听见大伯母的声音，才惊魂未定般地凑近些："妈？"

"西沣，你快回来！你爸爸不好了！"

傅西沣的酒醒了些，猛然站起来，撞开面前弯腰捡钱的人，被何凡诚他们几个趁机冲过去，半抓半架着把人给掠走了。

傅西沣身边的狐朋狗友挺不甘心："欸傅哥，傅西沣，你先别走啊——"

傅西泠顿住，回头，目光逐一扫过他们的面容。

那几个人噤若寒蝉。

他很轻地笑了笑，笑意不达眼底，像在说"记住了"，然后带着时芷下楼。

傅西沣嚷嚷着要去看他爸，被何凡诚他们七手八脚地塞进车里。

车门关上，落锁。

何凡诚家司机问去哪里，傅西泠说："麻烦您去傅二家。"

刚刚听过电话里的声音，时芷有些担心，但傅西泠的表情又不像真的出事。

果然，他说了句："大伯没到那种程度。"

"之前和你伯母商量过？"

"没有，我大伯母非常聪明，她知道什么时候该说什么样的话。"

那为什么傅西沣是个傻子？

时芷无意给傅西泠的怒火添柴，压下这句疑问，坐进跑车，跟着他去他爸妈的住处。

路上，傅西泠一言不发，单手扶着方向盘，依然和时芷五指紧扣。

大家都在医院，家里只有傅西泠的妈妈。

看到和傅西泠五指相扣的时芷，傅西泠的妈妈并没有表示出惊讶，反而很感激地看了时芷一眼。

毕竟家里有人入院，所以她笑容里是带着些忧心的，尤其看见张牙舞爪的傅西沣，更是无奈，语气里是不容置疑的威严：“凡诚，扶你西沣哥进去喝醒酒汤。”

何凡诚“欸欸欸”地答应着，拽着步伐凌乱的傅西沣进门。

时芷礼貌地叫了声“阿姨”，傅西泠的妈妈拿了双新拖鞋给她：“进来吧，小芷，今晚麻……”

他们这边正说着话，客厅传来碗被砸碎的声音。

傅西沣不断嚷嚷着“我爸呢”“我要见我爸”“是不是你们骗我”“我妈也跟着骗我”……

何凡诚估计忍下了八百句脏话：“西沣哥，大伯真的病了，在医院，你不方便去。”

“病了也是你们搞的鬼，你们一个个打什么鬼主意当我不知道？”

到家了。

不用再担心被人算计了。

时芷松开傅西泠的手。

傅西泠连半秒犹豫都没有，沉默着走进客厅，“啪”的一声给了傅西沣一个耳光。

“头脑清醒了吗？”

傅西沣骂骂咧咧，而傅西泠又是狠狠一下，然后拽着傅西沣的衣领，揪着往二楼走。

客厅里挂着全家福。

傅家大伯那时候还没生白发，眉眼俊朗，目光睿智。

每个人都是笑着的。

傅西泠和傅西沣站在一起，肩膀挨靠着，也在微笑。

打碎的汤碗已经被家里的阿姨收走，傅西泠的妈妈倒了茶，招呼时芷和何凡诚坐下。

楼上传来摔门声，以及物品被砸碎的声音。

时芷顿了顿去拿茶杯的动作。

傅西泠的妈妈轻轻握了下她的手：“别担心，他们兄弟之间的事情，让他们自己解决。”

何凡诚问：“姨，大伯怎么样？”

“没有生命危险，是情绪起伏太大了引起的晕厥。他心脑血管不好，怕出意外，要留院观察两天。”

楼上有打架的动静，乒啷作响，后来渐渐平息了。

不知道他们是怎么沟通的，傅西泠从楼上下来已经是一个多小时后。

傅西泠的妈妈起身，还什么都没说，傅西泠已经安慰道："放心，我有数。"

他拿了时芷用过的茶杯，倒了杯茶喝："妈，劝人我不会，傅西沣交给你，我去医院看大伯。"

傅西泠的妈妈是个优雅的女人，素颜也看得出气质。

她送他们到门口："谢谢你，小芷，听说上次也是你去医院帮忙解围的，这次又麻烦你，真是不好意思，有空阿姨请你吃饭。"

傅西泠忽然说："妈，她不喜欢被叫小芷，下回换个称……"

时芷没让傅西泠把话说完，暗暗掐他："好，阿姨我们先走了。"

何凡诚也匆匆蹬上球鞋："姨，我走了哈。"

出门后，傅西泠让时芷上何凡诚家的车。

时芷没听他的，直接开了跑车门，坐了进去。

他身上还有未消的阴郁气场在，两只手拄着车窗框，说着关心的话，听起来也挺像威胁："明天你上班，别跟着熬，让凡诚送你回去休息。"

结果时芷抱臂，比他更强势："明天周末。你到底上不上来？"

傅西泠拿她没辙。

他转头拍拍何凡诚的肩："那你回家吧，今晚谢了。"

"傅啊，咱们之间没有谢不谢的说法，改天请客吃大餐啊。"

何凡诚趁着傅西泠绕过车身，咧着嘴给时芷比了两次大拇指，这才离开。

医院里，大伯已经醒了，看见傅西泠，紧紧拉着他的手："西泠，是大伯对不起你……"

"大伯，一家人说这些做什么。"

傅西泠握着大伯的手，说傅西沣只是交了些烂朋友，被挑拨的。

大伯摇头："不用替他开脱，我自己的儿子，什么德行我最清楚。"

"我已经找他聊过，也帮你们教训过他了。您就好好养病，别多想，有什么事情出院了再说。"

面对长辈，傅西泠身上没有半点委屈或者盛怒下的激进行为。

他顾全大局，安慰过大伯，又去抱大伯母，还卸掉一身戾气，逗着长辈们开玩笑："怎么抹眼泪了，打你儿子几下，心疼啦？"

大伯母拿纸巾擦眼睛，破涕为笑："你哥哥啊被你妈妈喂得都胖了，打几下不疼。"

"我下手可重。"

大伯母说："该打，打得对。"

这个夜晚，傅西泠最忙碌，从医院出来就直奔酒店办公室。

傅西泠手底下跟这个项目的几个骨干都在，大家对项目失败当然不甘心。

他进去，直接说："项目失败怪我，各位的能力没的说，这段时间辛苦了，奖金照发。内鬼我知道是谁，HR 呢，过来拟两份开除声明。"

傅西泠开除了给傅西沣通风报信的员工，其他的事情时芷为了避嫌没再听，走出办公室，靠在过廊里等他。

她知道傅西泠心情不好，始终陪在他身边。

天光微亮时，他们才一起回家。

他寡言了一整晚，倒在床上，伸手把时芷抱进怀里，问她："折腾这么久，累不累？"

时芷仰头，看他："我也想问你，累不累。"

傅西泠很淡地笑了笑，吻她的眉心。

"在你家时，其实我有点不放心的，不是怕你受伤，是怕你真把你堂哥打坏了，没法向你大伯他们交代。"

"我知道轻重，我妈都没拦着呢。"

"你妈妈是担心的，一直在关注楼上的动静。"

"和我妈聊什么了？"

换个正常点的见面环境，可能她们是会多聊几句的。

但这个晚上，人心惶惶的，面对面坐了一个多小时，其实也没有细说过什么话题。

时芷只留意到："你妈妈似乎很了解我，把车厘子挪到何凡诚那边，让阿姨给我切了芒果和葡萄柚。"

她以为他家人对她的了解，是因为过去假装过他女朋友。

以为他为了挡桃花，回家编故事时随便说过。

也以为，何凡诚会打电话到她这边，只是因为喝过酒拦不住。

时芷太担心傅西泠的状态，卸去了平时的敏锐和防备。

根本没往深处想。

她把话题转回到傅西泠身上，问他，这些烂摊子处理得怎么样。

傅西泠把手背搭在眼睛上，遮住床头灯的光。

他以前从来没觉得，傅西沣是仇恨他。

一直以为他堂哥就是小时候跟着堂姐看电视剧，宫斗剧看多了，有点被迫害妄想，把现实生活也当成九子夺嫡。

上次傅西沣输钱的事情暴露，傅西沣追着闹到他这边来，说的那些话，才让他有所察觉。

“我和傅西沣，本来也不是什么能坐在一起好好聊天的融洽关系，但也没想到会发展成这样。”

傅西泠的大伯在医院里说过，以后生意上的事情不会让傅西沣碰。

那部分生意会由大伯母和小叔暂时帮忙。

如果傅西沣想要什么机会，也要和其他人一样自己争取，不会再有人帮他。

只是，他们都知道，这个机会“莫须有”。

因为太难了，股东们都不傻，谁都知道这次失败是怎么来的。

傅西沣把自己的路走死了。

他们什么都没做，只是相拥着，在晨光熹微时渐渐入睡。

时芷有生物钟，睡了两个小时。

她本来以为傅西泠刚丢了项目，又在亲情上失望，会放任自己睡个懒觉。

但等她洗完澡出来，这少爷已经醒了，估计是在客卧浴室里洗漱过，正神清气爽地站在厨房里煮粥，拌沙拉。

傅西泠做早饭的同时，电话也开着扬声器放在料理台上。

他拄着桌面，单手把柚子醋淋入沙拉碗，语气淡淡：“这两个项目我要定了。”

他甚至带着点笑意，聊天气般轻松随意：“他们不会觉得我的便宜那么好占吧，吃掉的项目，得加倍给我吐出来。”

时芷走过去，电话刚好挂断。

凌晨时还疲惫到嗓音微哑的人，转身看她，钩着她下颌吻了一下，说：“早。”

时芷开着玩笑：“项目丢了，改行回家做厨师了吗？”

“尝尝味道？”

“还不错。”

“表现这么好，不给转正？”

时芷才不松口，穿着浴袍从他身旁走开，穿过开放式厨房，走进衣帽间：“再说。”

最开始，傅西泠完全没反应过来。

因为时芷身上只穿了一件他的 T 恤，拢着头发，慵懒地从衣帽间走出来的样子，实在好看。

她抬手绾头发，衣摆堪堪遮到大腿根。

他多看了两眼，根本没摸到重点，满脑子只想着待会儿怎么把她骗回床上，睡个“回笼觉”。

时芷满身沐浴露清香，端着一碗粥从他身边路过时，傅西泠才有了点琢磨。

她身上穿着的 T 恤，不是他这两年新买的款。

有点眼熟。

是当初在酒店楼上的泳池派对里，她套在比基尼外面的那件。

这衣服后来归时芷了，还带到了国外。

有时候傅西泠过去找她，在外面过夜，她偶尔会带着这件衣服出来当睡衣穿。

而这些常穿的衣物，本来是收纳在她巨大的行李箱里的。

回国后，时芷一直说没想好要不要和他同居。

行李箱也始终没整理，就放在客厅角落，哪怕衣物换洗过，她还是会在晒干后叠好，收回行李箱里。

但她刚刚是从哪儿换了衣服出来？

衣帽间？

傅西泠挨着时芷坐在餐桌旁，用膝盖碰了碰她的腿：“衣服收进衣帽间了？”

“嗯。”

时芷并没说自己的决定，只是放下筷子，目光凉飕飕地看着傅西泠：“今天要是没什么事，不如把你 B 大那朋友约出来，我见见。”

第七章
我只爱你

傅西泠给他那位 B 大朋友打电话时，时芷刚巧收到付倩的邮件，临时处理了些小工作。

隐隐听到他在笑：“就吃你们学校旁边开的那家串串香，你不是极力推荐过？或者，我订我熟悉的餐厅？”

那边不知道说了什么，他继续笑：“知道了，时芷也喜欢吃辣。”

约的是晚饭。

时芷问过傅西泠，要不要去医院看看他大伯。

他给她看了手机，不知道是家里哪位亲戚通风报信发的，傅西沣正鼻青脸肿地在病床边抹眼泪。

“不方便，晚点再去。”

说这些时，傅西泠坐在卧室的单人沙发里，垂头拿手机打字，她问他在做什么，他说有些工作问题要回复。

这么说着，在时芷路过他身旁，刚要从床头柜上拿起文胸，傅西泠还是伸手了，不怀好意地拉着人往自己怀里坐。

时芷几乎是扑进他怀里，她的长发从肩头滑落，摇摇椅晃动着，长发跟着晃动。

连他们叠在一起的影子，也在地板上晃晃悠悠。

傅西泠这个人脑子好用，记忆力格外牛，完全记得住手机上 26 键的位置。

可以分心，一心二用。

他右手举开，手机上还在用拇指打字按发送，人已经扶着她的腰凑近了。

眼看就要亲到，时芷不愿意，往后仰，用虎口卡着傅西泠的脖子：“认识多久了？”

不用说得太具体，傅西泠不可能听不懂。

他回复完消息，手机往不远处的床上一丢，随口说着："七八年。"

他说话时，始终在看着她，喉结微振，还挺撩人的。

她皱眉，但没说什么，起身就要走。

他都抱到怀里了，没道理让人跑掉。

傅西泠箍着时芷不放，两人在摇摇椅上打架。

她伸手，他就握她手腕，她咬他肩膀，他就顺势吻她耳朵。

打到床上，最终变成暧昧缠绵……

傍晚，他们开车去 B 大。

时芷拿了本财经类书籍在车上看，偶尔才和傅西泠说两句话。

驶入一条较为拥堵的路，车子停停走走，时芷总盯着书上的文字，有些累眼睛。

她揉揉眼眶，说："讲讲你那朋友。"

傅西泠挺听话，还真就开始讲了。

他说他那位在 B 大读到博士的朋友，平时其实非常忙，能这么临时就把人叫出来吃饭，完全是看时芷的面子。

哦，还成了给她面子了？

时芷合上书，冷哼。

傅西泠还说了，那位朋友之前读研时心态没调整好，都快得厌食症了，有段时间巨瘦。

也是这个原因，他才总往学校那边跑，算是变相地看着人吃饭。

情谊深厚着呢。

时芷指尖敲在硬质书封上，气声哼笑。

他们勉强在红灯前赶上过了路口，没跑多远，已经看见前方拥堵的车龙。

不知道傅西泠是不是要见朋友太兴奋，今天特别没眼色。

她都这么明显了，他还在继续："他姓周，最近都让我们叫他周博士……"

时芷捕捉到关键词"我们"，语气似漫不经心地问："见过你其他朋友？"

"见过，何凡诚他们都认识。"

车子又堵住了，停在一排红色尾灯后面，时芷终于按捺不住，拿书打傅西泠，很心烦地说："傅西泠，你闭嘴。"

"不是你让我讲的？"说完又挨了两下。

傅西泠笑得趴在方向盘上，眉眼间透出某种坏坏的心机，问：“真吃醋？”

时芷用傅西泠说过的话，说“她不配”，换来了傅西泠更大的笑声……

车子开到串串香店门前，被划作停车场的空地已经停满了。

他们绕了一整圈，才找到了空位。

傅西泠单手控制着方向盘倒车，右手空出来捏了捏时芷的后颈：“生意还挺火。你不是一直说想来尝尝吗，待会儿多吃点。”

气都气饱了。

时芷根本不理傅西泠。

串串香店的生意确实好，外面暮色渐沉，而饭店玻璃窗里灯火辉煌，人头攒动。

估计味道也是真的不错，刚下车他们就闻到鲜辣的味道。

店门口有个穿着POLO衫短袖、气质很像老干部的男人，在对他们挥手。

隔着几米远的距离，路灯又不够亮，看不清长相和表情，最初时芷以为，是负责看管停车位的热心店员。

直到那个挥着手的人跑过来，咧着嘴高高兴兴地打招呼：“西泠，时芷，你们来了。”

傅西泠笑着说：“这是周博士，大名周朗。”

时芷有些意外：“你朋友是男的？”

周朗就更意外了：“怎么，我名字听起来像个女孩子吗？还从来没人这样说过……”

时芷很快反应过来。

难怪傅西泠今天一直都是坏笑着的样子，原来是在这儿等着看她笑话呢。

她不动声色，笑着回周朗：“是我误会了。”

然后她压低声音，皮笑肉不笑地问傅西泠：“你见男性朋友，出门前换好几套衣服？”

连头发都用心吹过，还喷了点香水的傅西泠，憋着笑：“怕给女朋友跌面儿。”

时芷心里只有一个声音：很好。

周朗根本不知道发生了什么事，张开手臂，乐颠颠地把朋友们往店里迎：“时芷啊，听西泠说你也爱吃辣，那你一定要尝尝这家……”

进了大堂，有店员端着浮满辣油的锅底走过，同一拨进来的食客都停住脚步，给店员让路，时芷趁乱回头，看了傅西泠一眼。

大有“你等着”的警告意味。

很像最初在她舅舅家的小酒吧遇见他时，那种要灭口的狠劲。

傅西泠双手插兜跟在后面，本就在笑，被店里四处飘散的辣味呛到，边笑边咳嗽。

当时他觉得，完了，这事到底是不好哄。

但没想到，入座后他只是接了两通工作电话的时间，时芷已经和周朗聊熟了。

时芷长得漂亮，不冷脸、淡淡笑着时，也挺有亲和力的。

而且她是理科生，国外留学回来的，贼聪明，也就是平时她不乐意，但真想和谁聊天，也挺容易。

周朗更无辜了。

周朗根本没见过时芷大学以前的样子，对时芷的第一印象，还停留在“是沈嘉身边的小公主女朋友”。

后来倒是也瞧见过时芷一改过去的风格，穿黑色吊带连衣裙，大步流星地走在校园里。

她步伐带风，很飒，拎着两本专业书像是拎着战刀，面无表情地穿过盛夏的艳阳天。

周朗还和傅西泠说过，沈嘉那个前女友好白，白得直晃眼。

但那时候，周朗没多想，以为时芷的风格变化是失恋造成的。

而且不只是时芷，沈嘉也有变化。

沈嘉那阵子整天丧丧的，还出错，被导师当众批评过。

周朗这个人很犟，觉得“休息就是退步”，把自己逼得读个研差点累死。

能分心关注时芷和沈嘉，已经算是例外中的例外了。

要不是担心傅西泠把人家乖乖女给带坏了，也担心傅西泠本人，周朗是根本不会留意那些“谁恋爱”“谁分手”的校园八卦的。

说到底，周朗是个老实人。

过去周朗不看好傅西泠和时芷，有两个原因：

一是觉得沈嘉小心眼，怕沈嘉报复傅西泠；

二是觉得时芷突然和傅西泠走得近，又迟迟不谈恋爱，可能只是利用傅西泠过渡失恋期，怕傅西泠受伤。

但现在，傅西泠开开心心谈着恋爱，恋爱后第一次和本科室友们视频那天，嘴角怎么压都压不住似的。

老幺问，哥，最近有好事啊？

傅西泠就垂着头，舔了下嘴唇，然后笑笑地说，也没什么，谈了个恋爱而已。

什么叫“也没什么”，什么叫“而已”，他那德行，简直比读本科那会儿，出去比赛拿了一等奖还高兴。

周朗也就觉得，好朋友能幸福最重要，就连带着对时芷也很关照。

时芷很好相处，很耐心，微笑着听周朗讲大学时期的傅西泠。

“西泠特仗义，我们宿舍老大，被人在球场给阴了，脚踝肿得像大象腿。

“你是不知道，要不是西泠出面帮忙，那群孙子不可能道歉。”

也微笑着听周朗讲傅西泠的投喂。

“嗐，那时候轴嘛，就觉得研究生读不好回老家更没出路，每天都很焦虑，暴瘦。

“西泠总来，揪着我出来吃饭，还给我买一堆吃的放宿舍。”

周朗滔滔不绝，反正就是讲傅西泠的各种好。

聊开了，不知不觉，周朗就进了时芷乖乖女表现下的圈套。

时芷不动声色地转移了话题，问周朗博士期间研究的课题。

周朗嗜学，提起自己的专业更是滔滔不绝了。

两人聊得欢，傅西泠被辣油里煮的串串呛得咳了两次，时芷瞧都没正眼瞧他。

他就默默加了两瓶矿泉水，喝着，也眯着眼睛看她。

这地方挨着B大，挺多大学生来吃饭。

可能有什么体育类社团活动，周围连着好几桌都是穿运动衣的男生。

不用回头看都知道，总会有人把目光落在时芷身上。

毕竟她吃着串串，唇色更深，明艳又漂亮，连傅西泠这种在她身边守了三年的人，都忍不住冲动，特想亲她，别说别人了。

在傅西泠喝空一瓶矿泉水，把空瓶“啪嗒”一声丢进桌边垃圾桶时，老实人周朗发话了。

周朗眼镜上溅到两个红油点，摘下来用酒精湿巾擦着：“欸西泠，你喝那么多水干啥，多吃啊，这个酥肉不辣。”

时芷也慢悠悠看过来，眉间都是“有仇我当场必报”的凛然，动作还挺体贴，给他拿了串裹着泡椒的麻辣牛肉。

搞得傅西泠特别没辙。

这顿饭吃了挺长时间。

周朗高兴，是那种发自内心地为傅西泠高兴，觉得时芷和他担心的完全不一样，人特好。

告别他们，周朗就匆匆赶着回去，打算给老大和老幺打视频报告情况。

时芷被耍这么一下，本来特别气的，但仔细想了想，又觉得自己也没输阵仗。

而且傅西泠说了多年的“一朋友”是男的，串串又很好吃。

她的心情也就还行，算不错。

只有傅西泠这个不爱吃辣的人，看着朋友和女朋友热火朝天聊了一晚上，还约了下次去吃水煮鱼。

完事上车了，还要被女朋友针对，得不到女朋友半个眼神。

吃完饭，傅西泠直接沉默了。

他们原计划是去听音乐会的，票是傅西泠学小提琴时认识的一朋友送的。

都是小众曲子，其实他们没什么太大兴趣，只是来B大这边比较顺路，又没有其他安排，打发时间。

路上，时芷用手机打字，傅西泠想着先给她低个头，便主动搭话：“工作？”

时芷轻飘飘地说：“给学长回邮件。”

傅西泠问她，哪儿又冒出来个学长。时芷就说是留学时认识的，后来人家变成博士后了，是重点培养的人才，挺厉害。

这一晚上又是博士又是博士后，傅西泠感觉自己地位要危。

车子开到路口，他拨转向灯，猛地掉头。

时芷愣了一瞬，下意识偏头，目光里带着询问。

傅西泠察觉，答她：“回家。”

“不听音乐会了？”

傅西泠表情从容，开着车：“突然想起来，没玩过用嘴撕纸的游戏，回去你教我。”

这个用嘴撕纸的游戏，就不可能玩得起来，时芷被诓了好几年，又不是没脾气。

进门只是亲了一会儿。

她没那么饥渴，亲到自己满足了、高兴了，便毫不留恋地把人推开。

傅西泠后退，靠在玄关墙壁上，眼睛里还都是未消退的欲望。

他笑得有点痞："当上男朋友后待遇也没怎么提升啊，还是用完就丢？"

时芷冷瞥一眼："活该。"

这个事情不能细想，想多了会更气。

傅西泠实在说过太多次模棱两可的"一朋友"这种话了，就是在故意引她误会。

时芷的记忆力虽然没有傅西泠的那么强，但好歹也是兴荣集团新上任的小高管，付倩手底下的小红人。

每天事特别多，职业素养都逼得她根本不可能健忘。

所以，过去那些关于"一朋友"的对话，总还记得七七八八。

每想起来一次，她就要拿东西往傅西泠身上砸。

包括但不限于沙发上的抽纸盒、湿纸巾包、薯片桶、遥控器、口红……

以前也就算了，尤其是在她发现自己动心之后那几次，提起不知性别的周朗博士，她都觉得自己表现特别逊……

好丢脸。

于是丢出去的东西也更沉。

最狠的一次，时芷丢了自己的手机过去。

傅西泠也练出来了，反应巨快，接到，拿着她手机滑开屏幕，嘴上说人心狠，手上却顺手给自己改了个微信备注。

从"犹豫期"改成了"唯一正牌男友"。

夜里趁时芷睡着，傅西泠还顶着这个备注，给时芷发微信。

发的是一家川菜店的地址。

就是吃饭时，周朗和时芷聊起过的那家水煮鱼特别出名的店。

时芷半夜醒来，习惯性按亮手机，看见备注，又在被子里踢傅西泠。

把人都给踢醒了。

傅西泠太久没睡过安稳觉，眼睛睁不开，微微蹙眉，但已经开始哄了："明天带你和周朗去吃水煮鱼。"

时芷挣扎，故意问傅西泠，怎么现在不说是"一朋友""周博士"了？周朗终于开始有名有姓了是吧？

身旁睡眼惺忪的人又开始闷声笑，把人往怀里拉，暖烘烘地和她凑在一块，半压着，在黑暗里轻车熟路地吻到她皱着的眉心："快睡吧，祖宗。"

计划没有变化快，这个水煮鱼没吃成。

傅西泠的大伯在医院里观察满了四十八小时后，医生同意出院了。

晚上家里宴请亲朋，长辈打电话过来，叫傅西泠回去。

说是庆祝大伯出院，实则另有缘由。

这次丢项目的事情说大不算特别大，但说小也不小。到底是损失，傅西沣闯了这个祸，大伯就得出面撑场子。

而傅西泠作为事件主角，不能不出席。

长辈多的饭局，傅西泠通常穿得稍正经些。

他找了件衬衫换上，把袖口叠到小臂：“你和周朗去吃？”

时芷说：“算了，周朗也忙，我刚好歇歇。”

她拎得清，还不至于为了吃顿水煮鱼，单独和男朋友的男性朋友见面。

“这顿饭，傅西沣会去吗？”

“我猜不会。”

傅西沣确实没去，不是避风头，而是所有人都知道，让他出现没有任何价值。

看似普通的饭桌上，摆满珍馐美馔，也可能摆满了不少暗地里的刀光剑影和利益纠葛。

傅西泠走前说过，不会太早回来。

果然到夜里临近十二点，他才带着酒气进门。怕吵到时芷，他轻手轻脚地在客卧洗了个澡，出来喝完水，直接睡在沙发上。

时芷夜里举着手机照明，走到沙发旁。

这沙发长度对傅西泠来说不太够，他蹙着眉，头半仰在边沿。

感觉到有人，傅西泠睁开眼，看见时芷。

“剪头发了？”

“嗯。”

晚上没什么事，时芷出去找理发店把长发剪了，到锁骨处，说太长碍事。

她随便有点什么改变，对傅西泠来说，都惊艳得不行。

在她俯身问他“怎么不去屋里睡”时，他钩住她的后颈，轻轻吮她的唇，答非所问：“好看。”

被傅西泠这么缠着亲完，时芷的睡意消了大半，回卧室也睡不着，便听他讲晚饭时发生的事情。

大伯带着手背上输液的瘀青，给一些元老们鞠躬道歉，说自己教子无方。

傅西沣会退出之前负责的所有生意，找机会重返校园，认真进修学习。

毕竟大伯刚出院，这杯酒，是傅西泠代大伯敬的。

项目结果是失败，那就是失败。过程再怎么努力过，都是没用的。

傅西泠向长辈们道歉，说自己仍有欠缺，又是一杯。

傅西泠的爸爸起身，说了些“感谢各合作伙伴多年支持”的客套话。

他也是生病的人，不宜饮酒，依然是傅西泠代喝。

反正喝来喝去，傅西泠自己喝了一瓶白酒，五十多度。

这人在外面叱咤风云，喝完脸色都没变，步子也没乱，回家后才和时芷嘀嘀咕咕，说自己头晕。

时芷伸手，帮傅西泠按太阳穴。

卧室没开灯，他们就在黑暗中聊着。

在外人看来，傅西泠并不多话。

就算和周朗、何凡诚他们这种多年兄弟聚会，他也不会是场上最活跃、最会搞气氛的那个，经常是淡笑着听他们逗贫、讲乐子。

但在时芷面前，他就想把什么都说给她听。

傅西泠说他三叔家的堂姐定了婚期，就在今年完婚。

他还说：“何伯伯他们也订了同一家饭店，遇见何凡诚带着他家小外甥在走廊里吹泡泡，小孩挺可爱，有机会带你见见，他知道你。”

时芷不知道傅西泠给人家小豆丁买过一个月的零食，就为了教人一句回答——

“小豆丁，我女朋友是谁？”

“是时芷。”

她记忆里自己没见过他们圈子里的小孩子，还以为傅西泠是喝多了，随口说的。

隔天，时芷起床时，傅西泠已经买了早餐回来。

他穿一身黑色坐在沙发上，完全不见宿醉痕迹，看见她起床，他抬下颌，指茶几上的早餐，和她说“早”。

傅西泠用 iPad 在玩游戏，挺认真，不怎么抬头。

他边玩着，边问她：“我昨晚有没有和你说过，我妈和大伯母想问问你，有没有空一起吃个饭，今早又发来信息了。”

其实去酒吧抓傅西沣那天，时芷只顾着担心在楼上打架的男朋友，可能还有过走神的行为。

多少有些失态，不知道傅西泠妈妈会不会介意。

以她的习惯，会觉得，如果有机会和傅西泠的妈妈吃饭，简单提及一下，也是好的。

这么想着，时芷摸着牛仔裤口袋，没摸到手机。

“看到我手机没？”

“没电了，在茶几上。”

沙发边的茶几上摆着两部一模一样的黑色手机，都在充电。

时芷随手拔下来一部，滑开，点进微信。

发现是傅西泠的。

对话框没有关闭，是傅西泠和他妈妈的对话。

他妈妈发的是语音，大概是问时芷方不方便一起吃饭。

还发了好几家大饭店的链接，都是川渝菜，让他挑。

傅西泠没有擅自决定，也没有满口答应下来，只回了两句：“看时芷的意思。”“我回头问问。”

她无意看他的手机，在屏幕上方通知栏跳出新消息时，她都没看清备注是什么设计师，就把屏幕给锁了。

也许是见时芷迟迟没有回答。

傅西泠以为她不想去，直接和她说：“去不去都看你。”

时芷回头。

傅西泠仍然靠坐在沙发里，敞着腿，拎着苏打水瓶子，手腕搭在腿上。

另一只手落在 iPad 上，在玩一款解谜类游戏。

昨晚他说过，是何凡诚的小外甥推荐的，还和他打了赌，只要破纪录，就答应他一件事。

不知道为什么傅西泠对三四岁小孩的赌注这么感兴趣。

过完当下关卡，他才抬头。

时芷有些难开口。

她知道，自己是个别扭的人。

她无法真诚地去表达“傅西泠我好喜欢你”，或者“傅西泠和你谈恋爱这几天我好开心”。

“犹豫期”“实习生”这些话，都有很多玩笑成分，但如果傅西泠不主动把微信备注改成“唯一正牌男友”，她可能也不会去主动提到“今天开始你转正了”这类话题。

就像她从未对傅西泠说过“新年快乐”“生日快乐”“某某节日快乐”。

就像她会紧紧拉住傅西泠，和他分析利弊，却不会说她那晚其实非常非常担心他。

就像她会默默打开行李箱，把自己的洗漱用品摆放到傅西泠家的浴室，把衣服挂进衣帽间，但她不会说“傅西泠，我们开始同居吧”。

感情发展不错，和对方家人吃顿饭，时芷也并不排斥。

但眼下，她依然不太能主动说出“我愿意和你家人吃饭”这一句。

但傅西泠这个人，他从来都替时芷着想。

他一眼看穿了她在做心理斗争，还安慰她：“别有压力，这个饭局不是逼你要怎么样。只是长辈们不知道我们之前的那些关系，以为我们交往了好多年，怕作为男方家长，一直不主动会有点冷落到你。而且这两次傅西沣闹事，你都有帮忙，他们想对你表达谢意，就这么简单。”

外面似乎很热，只是晨光就已经把沙发皮质烤得发烫。

这预示着今年会有一个炎热的夏天。

早餐摆在茶几上，是时芷喜欢的生煎。玻璃杯里是矿泉水，因为时芷不爱喝苏打水。

“我这边没有直接回绝，是因为……”傅西泠居然看起来有些紧张，放下平板，蹙了蹙眉，措辞道，“如果你愿意，可以去看看我父母、伯父伯母夫妻间的相处模式。”

傅西泠的意思，时芷听懂了。

他是在说，如果她对和他谈恋爱这件事还抱有犹豫，可以去看看他家庭里长辈们的夫妻相处。

虽然性格不同，但他从小耳濡目染，肯定会有受到他们影响的地方。

时芷说不出原因，只觉得鼻腔发酸。

“那如果我看过了，但不满、不喜欢呢？”

傅西泠就不是那种做小伏低的性子。

他走过来，手臂往她肩上搭：“再说，难不成让我放你去选别人？”

时芷答应了。

没有明说，她只问了一个问题：“是吃午饭还是晚饭？”

傅西泠几乎是瞬间就反应过来，知道时芷这是同意和他家人吃饭的意思。

他拿了手机，拨号，不忘问时芷：“你哪个时间更方便？”

“都一样。”

“那我问问他们。”

时芷吃了几个生煎，又洗过澡。

吹头发之前，她在浴室柜子里翻出吹风机的风嘴，扁扁的那个。

平时她性子急，吹头发只求快，仗着自己发质顺滑，从来不安风嘴的。这次她安了，对着镜子慢慢吹，想把新剪的锁骨发吹得乖些。

吹过头发，时芷找出化妆品，对着镜子化淡妆。

然后是换衣服，也站在衣帽间挑了半天。

以前和傅西泠出门，无论去见谁、和谁吃饭，时芷都是随便抓一套衣服，换了就走。

和唐文庭第一次喝咖啡，她也是普通长袖 T 恤和牛仔裤。

今天有点犯难，她的视线越过几条牛仔裤，往连衣裙上落。

有一条浅色系的，是在国外工作时，Morgan 送给她的礼物。

时芷做这些时，傅西泠也不玩 iPad 了，就靠在沙发里安安静静地看看手机、看看她。

他还是那套衣服，黑色短袖 T 恤，宽松的黑色工装裤，没打算换。

傅西泠看手机的时间短，多数时间只是拿着，在手里转着玩，目光却始终盯着她。

看她终于选好一条浅色连衣裙，穿着浴袍站在落地镜前，拿裙子往身上比画。

他垂头，闷声笑。

时芷在镜子里看见，有些疑惑："你干什么，中彩票了？"

傅西泠还是笑着的，挺嚣张地反问："中彩票才几个钱，值得我高兴？"

有钱人。

有病的有钱人。

时芷不能理解傅西泠的好心情。

因为她不知道，他之前也羡慕过她对沈嘉那种事事琢磨的小心思。

虽然她当时并不算特别真心。

时芷把连衣裙穿上，很自然地招招手，等傅西泠过来帮她拉背后的拉链。

她顺口问了两个问题："你家人也能吃辣吗？为什么选川渝菜馆？"

傅西泠走过来，撩开她颈后的头发，把拉链提上来，只答了一个："能吃。"

说完他就扶着她的肩，把她推到落地镜上。

连衣裙的布料轻薄透气，贴在镜面上一片冰凉，他压着她和她接吻。

傅西泠吻花了时芷的口红，被时芷追着用沙发靠垫砸了好几下。

傅西泠被砸也开心，笑着转身，把人拦住，说要不然他亲自帮她补妆。

时芷抱臂：“怎么，和女性朋友们练过这种？”

傅西泠说：“那倒没有，万一有天赋呢。”

鬼才信他的天赋。

出发前，时芷问傅西泠，最初和他家里提起她这个人时，是怎么说的，也问他给她立过什么人设。

傅西泠想了想，说也没什么。他其实只负责发照片，其他的都是他们自己脑补的。

“我家群里，主要话题发起者是女性长辈，没我插话的份。”

时芷觉得难办：“发过什么照片……”

傅西泠把 iPad 递给时芷，让她自己看，过去他发群里的照片，iPad 里都有备份。

然后，时芷看到了留学前的自己。

有垂着头开红酒的，有把手搭在眉骨对着电脑赶论文的，有和服务生一起专心研究菜单的，也有抱着红色玫瑰花束的……

她没怀疑过傅西泠存照片的动机。

只觉得那些照片的作用和屏保一样，是某段时间用来挡桃花的护身符。

“担心他们不喜欢你？”

“怕你谎话说太多，穿帮。”

傅西泠家的长辈，到底还是选了家川渝菜系的酒楼。

包间在楼上。

时芷跟着傅西泠上去，被他拉着手腕挨个介绍他的家人。

时芷粗略环视，傅西沣没在，看来还在禁足反省，连家宴都不让参加。

这感觉很奇妙。

很多人时芷虽然没见过，却也并不感到陌生。

她知道那个和傅西泠眉眼相似，趁人不备就笑呵呵地往白水杯里偷偷倒酒的，是患高血压、被医生以及全家人禁酒的傅西泠的爸爸；

知道穿搭素雅，看上去脾气有些硬的女生，是送过傅西泠混凝土风格小边几的表姐；

知道戴着订婚戒指，神情温婉，笑起来眼睛弯弯的是昨晚才说过的，婚期在今年的堂姐；

知道做了漂亮碎钻美甲、穿红色连衣裙的女人，是定期给傅西泠订购苏打水，会“九阴白骨爪”的二姨；

坐在二姨旁边，文质彬彬戴着眼镜的是二姨父；

知道没戴婚戒，却带着笔记本电脑，孑然一身的男人是傅西泠的小叔；

而和小叔讨论风险问题，气质和周朗相似的，戴眼镜的男人，是傅西泠的姑父。

这些人记起来并不困难，甚至不用解释就能对得上，因为时芷早就或多或少听说过这些人。

而傅西泠的家人也像认识了她很久。

他们和她聊她熟悉的话题，聊旧街改造项目，聊她留学的那座城市的气候，聊 MBA，也聊她在兴荣集团的工作……

小叔和她的上司付倩比较熟：“你们那边，听说最近隔壁省的分公司，有个新项目挺不错。”

时芷举着的水杯短暂地停顿下，只应了句“有听说过”。

大伯更是把时芷当女儿般照顾。

阳光落在他的白发上，他没有病气时，显得更和蔼可亲，把那些酒楼里有名的菜优先转到时芷面前。

“时芷，你快先尝尝，西泠说你喜欢吃辣，你尝尝看这家做得是否地道。”

时芷在自己家里的长辈面前，从来没这么香饽饽过。

哪怕时梅在世时，吃饭也只有两种情况：

林孝平活着，好吃的东西要留给林孝平，不然母女两个都会挨打。

林孝平死后，寄人篱下，好吃的都得让房屋主人一家先动筷子，时芷不能表现出太多的喜好，否则会被说没家教。

某个瞬间，时芷有些恍惚。

她今天真的不需要顾虑些什么？

傅西泠就没任何顾虑，拿着公筷，在这种时候他超听长辈话，长辈让夹什么就夹什么，夹完都往时芷的餐碟里放。

反正转过来的菜，大多是他早就和家人报备过的那些。

时芷爱吃这个、时芷爱吃那个，早在他们还没出门前，时芷吹头发换衣服的时候，他已经在群里都说过了。

甚至更早。

半年前，傅西泠还在过年期间举着手机问过他老妈：“妈，这种无骨猪蹄你能做出来吗？是我在国外的川菜馆吃到的，我女朋友挺喜欢。”

时芷还不知道，她身边坐着的这位看起来话不多的少爷，在家完全就是个炫女朋友狂魔。

他们是床搭子关系那会儿，他就整天把“我女朋友”挂嘴边，长辈们想不记住她的喜好都难。

连苏打水品牌的忠实客户，都吩咐挨着时芷近的傅西泠表姐：“别给时芷倒苏打水，倒果茶吧。”

二姨还教时芷：“小姑娘，姨妈告诉你哦。这钱呢，就不能放在男人手里。他们生意上那些资金链够他们琢磨的了，工资还是老婆管最好。”

姑姑也在开玩笑：“对嘛，你看你们小叔，就是因为没讨到老婆，没人给管钱，只能见天地请理财经理吃饭。”

小叔举了举酒杯：“姐，饶了我吧，前阵子西敏订婚时就拿我打趣。现在西泠带女友回来，又说我是吧？我是时髦，这叫不婚主义。”

其实时芷知道小叔的事，傅西泠什么都和她说。

有一次傅西泠去国外看她，临时起意订了出去玩的计划，把她带到风景很好的小镇，住民宿。

他在室外生火烧烤，手艺居然不错。她随口夸了他的烤蘑菇，他就说是他小叔教的。

以此为话题开端，傅西泠和时芷讲起他小叔的事情。

傅西泠说过，他小叔年轻时有个感情特别好的女朋友，已经订过婚的，后来因病过世。

小叔背着行囊环游世界，两年后回家，一头扎进生意里，没再谈过。

对过去的事情他绝口不提，只是在投资方面，会更看重医疗相关。

那天夜色很美，星星铺满天幕。

傅西泠把烤好的肉串递过来，说他觉得他小叔的情种劲，还挺牛的。

当时时芷接过肉串，用眼睛斜他：“你和你小叔可不一样。”

餐桌上没有人起哄催婚，也没有人太多过问时芷和傅西泠的感情进展。

他们像是把时芷当成傅西泠带回来的新家人一样对待，处处关怀，处处体贴。

临走时，大伯还叮嘱时芷，让她有空就去家里，说家里有很多好茶叶。

傅西泠在旁边乐：“时芷工作忙，有点时间还不得陪我？”

大伯母捅捅傅西泠手臂：“你还不知道你大伯安的是什么心？你大伯最喜欢女孩，当初生你堂哥时，他就觉得遗憾……”

提到傅西沣，大伯的脸色变了，“哼”了一声：“我要是有时芷这样的女儿，做梦都要笑醒。不像那个臭小子，当初送他去国外读书，三个月都没坚持到就给我跑回来……”

家人们都怕大伯又动气，劝着让司机先把大伯送回家去。

酒楼隔壁包间的食客也用过餐出来，两方人加起来好几十位，走在过廊里，有些嘈杂。

时芷趁乱拉了傅西泠的衣襟，悄悄问：“傅西沣留学没坚持下去？”

傅西泠好像很喜欢在人群里和时芷说悄悄话，顺着她的力道躬身：“嫌国外饭菜没家里厨子做得好。”

时芷摇摇头。

她大概能理解大伯那种恨铁不成钢的无奈了。

下楼送走大伯后，傅西泠的妈妈留人：“时芷，时间还早，下午去家里坐坐吧。”

说完对她眨眼微笑，一副有秘密的样子。

时芷答应下来。

转头去看，傅西泠正被他小叔拉着。

六月下午的阳光明晃晃的，小叔叮嘱他，一定要好好对女朋友。

他点头，笑着说：“好。”

和傅西泠的家人相处很舒服。

但时芷认为，这是他们骨子里的良好教养。也认为，傅西泠换个女朋友带回来，他们也会如此贴心。

傅西泠家住别墅，面积大。

上次来是夜里，又押着个吱哇乱叫的傅西沣，时芷都没好好看过他家的房子。

下车驻足，被傅西泠留意到，侧歪着头往她这边低靠过来，压低声音：“喜欢别墅？”

“多少钱？”

“这房子买得早，我小时候就有，现在涨了。”

听他这意思，应该是非常贵了。

时芷自己银行卡里的那点存款，不足够奢望这种房型，也就没兴趣再问，跟着长辈们进门。

下午茶时间。

傅西泠的妈妈去看家里阿姨烤的红茶曲奇有没有到时间，男士在客厅聊他们自己感兴趣的话题。

大伯母单独找到时芷——

“刚刚你们伯父在，不好直接说。时芷，我一直想和你说声谢谢，因为西洋，也是因为西泠。

“凡诚后来去医院和我讲过，多亏有你。生意场是吃人的地方，如果不是你们在，很难想象会发生什么事……”

大伯母说，傅西洋现在在家里每天抄书，抄的都是大学那些必修课本。

“他那些所谓的朋友，知道他的银行卡都被停了之后，居然怂恿他去不正规渠道借钱。

“西洋是冲动，但他也明白了，那些人有自己的目的，不是为他好……”

这毕竟是人家的家事。

时芷不会觉得自己和他家人吃过一顿和和气气的饭，就有资格置喙这些，只是静静听着。

大伯母只说了几句，话题就换到傅西泠身上。

两年前的夏天，有天晚上傅西泠突然跑到他伯父家里去。

大伯母说，你也知道，西泠这孩子并不贪酒。家宴或者应酬上喝几杯，多数都是帮长辈挡的，在外面的饭局他都很节制的。

但那天晚上，傅西泠是带着些酒气去的。

傅西泠从小就很傲。

他记忆力本来就很好，遇事又特别有钻劲，只要开始就必须做好。这种性格成功很容易，所以长这么大几乎没受过打击。

放在古代，大概会是那种战功赫赫，出手从无败绩的少年将军。

大伯第一次见侄子沉默寡言，挺心疼，拿出最好的茶叶给傅西泠泡。

傅西泠就坐在茶桌前默然喝着。

“问他怎么了，他也不愿意说。”

傅西泠爸妈那几天恰巧不在，去外地参加朋友家孩子的婚礼。

那天傅西泠特别失落，在大伯家待到大半夜，最后在大伯家住下。

他不肯住傅西洋的房间，也不愿意麻烦阿姨收拾客房，就睡沙发上。

家里是中央空调，温度低。

夜里大伯母不放心，提着夜灯下楼，想看看傅西泠有没有盖好被子。

大伯母笑了笑，眼角露出细细的纹：“我也是老了，总觉得他们还是孩子，瞎操心。”

结果沙发上没人，空调被团在角落。

傅西泠仍然坐在落地窗边的茶桌旁，静静看着手机。

察觉到光线，他才抬头，眼眶有些红："她落地了。"

大伯母说："也是后来啊，我才听说你出国留学的事情。我想，那天可能是你出国的日子。"

之前丢项目那么大的事，都没能让傅西泠的情绪隔夜，可见他抗压方面非常厉害。

前面听大伯母说傅西泠情绪低落，时芷还在猜原因。

现在听到这里，她是真真实实地愣了一下。

是因为她出国？

怎么可能……

"我第一次见西泠对一个女孩子这么上心的，以前我们想撮合他和其他晚辈，他都是躲人家躲得要命……"

之后的很长一段时间里，时芷坐回茶桌旁，脑海里仍然是大伯母说的那些话。

临走前，她才勉强回神，找到傅西泠的妈妈。

她还没开口，傅西泠的妈妈已经摇了摇头，轻轻拉着她的手："阿姨明白。"

回去的路上，傅西泠对时芷的走神略有察觉，询问她："怎么样，是不是有哪点特别看不惯的，可以说说。"

时芷摇头。

她只觉得他的家庭温馨、热闹、充满善意。

在饭店门口那会儿，大伯走前，虽然对傅西沣那个不争气的儿子多有抱怨。

但在姑姑追上来，说单点了辣子鸡和啤酒兔等菜肴打包，让给傅西沣带回去吃。

大伯说着"他配吃什么吃"，也还是拿上了。

"在你们家，打碎碗会被骂吗？"

"为什么被骂，碎东西不是岁岁平安的意思？"

"是吗。"

时芷想起二姨教的管钱说法，问傅西泠："那你家里那些夫妻相处模式，你都认可？真像你二姨说的，把所有钱都给我管着，你也愿意？"

"为什么不愿意？"

"小叔不是说，二姨父买东西要提前申请的，手头很不宽裕吗……"

傅西泠就笑："你看二姨父在人前装可怜，其实他都快幸福死了。"

某年过节，二姨在厨房煮饺子，不知道怎么把美甲上贴的那种银链条弄断了，一声惊呼。

二姨父本来和傅西泠的爸爸在下围棋的，听见呼声，以为二姨是被热水烫到了，立马往厨房飞奔。

拖鞋都跑飞出去了，还吓得脸色煞白。

“还有一次他们两个置气，二姨没问他拿当月的工资，二姨父出来喝酒都快哭了。”

讲完这些事，傅西泠突然换了个角度，眯着眼睛重新切入问题：“想管我钱？想嫁给我？”

时芷把手里刚剥开的薄荷圈糖打过去：“……想得美。”

在万冉生活的那座南方城市的候机厅里，时芷曾有过一些迷茫。

那时候她很犹豫。

她不知道感情的羁绊究竟能带来什么，也不知道承认喜欢，是否就会意味着给了对方伤害自己的权力。

这些问题在今天找到了答案。

如果在像傅西泠家这种温馨环境下成长，她应该会更愿意相信，感情的羁绊是能够带来正能量的。

傅西泠的手机在响，一声接一声。他趁红绿灯的时间看了两眼，放出声音。

说曹操，曹操到。

发来语音的是二姨，语气特别严肃：“西泠啊你说你，第一次带着时芷回来，你怎么穿得乌漆麻黑的？我连头发都是去外面做了造型的，你下次注意点啊，人家那么漂亮呢，你坐在旁边简直没眼看……”

傅西泠举着手机，气笑了，扭头看时芷：“什么没眼看，我还能不帅？”

其实是帅的。

穿一身黑尤其帅，可能长辈理解不了。

可他歪着头诧异地撇嘴表达疑惑时，嘴角那点笑就很邪气，很蛊。

看他按着语音，憋屈地给长辈回复：“我下次穿西装全套。”

时芷忍住笑意，偏开头，去看车窗外。

她一直以为，傅西泠和自己的动心时间差不多。

但他大伯母说的那些话……

明明傅西泠送她去机场都没有过太多情绪，会不会是误会了？

其实那阵子的事情，时芷自己也记不清。

她初到国外新的环境时，确实是有太多事情要处理，老实说，有那么几天，她对傅西泠这个人印象都很淡……

回到傅西泠家，门口有两个人正在按门铃。

他问是什么事。

那两个人指指身旁巨大的纸箱，说是过来送绿植的。何凡诚先生订购的，傅先生或者时女士谁签收都可以。

傅西泠拿圆珠笔签了名字。

绿植搬进屋里，电话打给何凡诚，手机里传来何凡诚八卦的笑声："傅啊，收到啦？"

"新接了绿植生意？"

"什么生意，庸俗。我是听说今儿时芷和你家里人吃饭，才送的。"

"送棵树？"

"什么树，放尊重点啊。那玩意儿叫百合竹，百合，懂吗？"

手机开着扬声器，时芷也听见了。

她这个下午一直有些分心，只觉得绿植长得挺不错。

没想到傅西泠居然懂他发小的奇奇怪怪，还笑了笑："行，谢了。"

傅西泠把绿植挪到落地窗边，枝干和叶片的影子落在地上。

时芷看着那些影子，想到付倩办公室里那盆很高的龙血树。

回国那天，她去找付倩。

付倩仍然穿着干练的职业裙装，拿着喷壶，在给龙血树顶端那簇细长的深绿色叶片喷水。

见时芷进门，付倩放下喷壶。

诸如"坐飞机挺累的吧""恭喜毕业"这类寒暄只说了几句，然后女强人坐进皮质转椅里，开门见山地和时芷谈了工作变动问题。

有两个职位，对时芷来说都很不错。

付倩认可时芷的能力，要她自己选，年薪上差个十几万。

只是，年薪高的那个职位，在外省。

傅西泠回来才不到四十八小时，又发生了这么多事，职位变动的事情，时芷还没和他提过。

她也没那种遇事先找人商量的习惯。

时芷脑子有些乱，总想到他大伯母的话，也想到玲玲之前发来的信息。

在傅西泠发烧那天，玲玲发来过很长的信息。

傻姑娘在信息里这样说——

时芷姐，我今早听万冉姐说过你的事了，犹豫了半天，还是觉得应该给你打个电话的。

万冉姐说，你之前失恋有过阴影。

我好迟钝，都没发现你恋爱过，只知道以前在酒吧里，舅舅和舅妈对你好像不是特别亲。

其实我自己家里也是这样的，我爸妈更喜欢我弟弟，他们不怎么乐意管我，我念完职高就没再上过学了。我爸说浪费，说我还不如出去打工。

我有过男朋友，很早，是在不认识你和万冉姐的时候。

也幸好你们没见过，不然肯定笑话死我的。

那时候我可喜欢他了，觉得他的黄毛都超级帅的呢。他比我大几岁，开网吧，生活条件比我好很多，对我也还算不错。

我以为我们会结婚。后来我有了一个孩子，他不要孩子，也不要我……

信息一条条蹦出来，有点吵，傅西泠身边有医生看着，时芷退出他的卧室，看完，给玲玲拨了电话过去。

那天玲玲在电话里哭了，但语气非常非常坚决。

“时芷姐，有段时间我也以为，我这辈子就这样了，可能再也不谈恋爱了。

“但你看，我现在过得超级幸福。

“老钱和万冉姐都说你比我聪明多了，等你遇到一定就会知道谁是对的人。过去的都过去了，我们都会更好。”

在时芷回忆玲玲带着哭腔的那些话时，傅西泠坐在沙发里摆弄着iPad，没说话，也像是在思考什么。

他们各怀心事，最后是傅西泠打破沉默。

他像随口一说：“我堂姐的结婚戒指设计得还挺好看的。”

这样说着，傅西泠把 iPad 转过来。

屏幕里是一份设计师的手绘稿件，像三视图，从各个方位展示着设计师加在婚戒里的巧思。

时芷瞥一眼，心不在焉地应着：“嗯。”

傅西泠没打算把话题翻篇，问她觉得他堂姐的婚戒看上去怎么样。

还说堂姐正问他意见，而他不太摸得清女孩子的喜好。

时芷勉强拉回半分注意力，又看过去两眼，说花纹太过复杂。

“所以，简洁的更好看？”

“……傅西泠，我对首饰也没研究。”

傅西泠好像对这个问题挺执着。

都不知道他堂姐那么温婉的性子，一看就是身边闺蜜无数的甜妹小可爱，为什么非要他这个堂弟来给婚戒出谋划策。

或许，是他堂姐今天见过面后，对她的审美产生了些信任，借傅西泠的嘴来问她的吗？

时芷有些头疼。

她尽可能耐着性子，给傅西泠说，她从小就对首饰没有特别多的关注。

她妈妈连婚戒都没有，只有一对金耳钉，还是姥姥送的嫁妆。

因为脑子里有其他事情思考，时芷不留神多说了几句。

说后来因为时梅被骗走的钱里，有借亲戚的，耳钉就被拿给亲戚抵债了。

傅西泠就特会看时芷眼色，从她多说的第一字开始，他已经发现这个时候的时芷，套话起来会特简单。

生意场上的磨炼不是白磨的，套话用什么样的语速、什么样的音调他最清楚。

傅西泠似是漫不经心：“哪个亲戚？”

时芷则沉浸在自己的思虑中：“我大舅妈。”

“是什么样的耳钉？”

他抛出这问题的同时，把 iPad 调出绘图软件递过去，还给时芷手里塞了电容笔。

时芷皱着眉想事情，她在一心二用方面没有傅西泠那么厉害。

傅西泠可以边接吻边回消息，她不行。

她现在脑子里都是“选外省工作就要异地恋”“异地恋那还谈个什么鬼”“但那可是十几万块不是十几块”“好像也没有很难赚”……

再加上时芷对傅西泠已经没那么多防备，被塞了支笔在手里，也只是在脑海里闪过“我画画不太行，能画好吗”这么一个问题。

时梅的耳钉非常简单。

就是那种金店里连工费都不需要加的款式，圆圆的纽扣形，有几道凹进去的刻痕，八芒星似的。

倒是也好画。

时芷画了几笔，把 iPad 丢回傅西泠怀里。

她已经想好了。

她觉得，自己和傅西泠是正儿八经谈恋爱的，虽然才谈了没几天，但也是男女朋友，白天还见过他的家长的。

有什么问题想不明白，也许可以问问他的意见。

傅西泠不说自己是唯一正牌男友吗，要是什么意见都给不出来，那还要他干什么？

时芷刚要开口，已经被坐她旁边的傅西泠拉进怀里。

他问：“出什么事了？”

性格原因，时芷就不会那种温柔的商量，人被搂着腰，也还是一副办公室谈事的大佬语气。

她说集团高层内斗，付倩算是小赢的一方，最近在尽可能地敛利益，所以她的职位会有调整，算是微幅升职。

“有两个职位，外省那边项目正火，比留下来年薪多十几万。你觉得怎么选？”

这问题让傅西泠心情复杂。

当年做床搭子可没这待遇，时芷决定出去留学，两年呢，都只是随随便便通知他一下。还一副随时能断的样子。

时芷能和他商量，他是挺高兴的。

但也难办。

按时芷的行事风格，她肯定是哪里给的钱多就会去哪里。小叔中午也说过，兴荣分公司的新项目正炙手可热。

傅西泠想了想：“你想我以什么身份回答？”

“男朋友。”

“那你留下。”

其实在问题出口的瞬间，时芷已经知道答案，她也希望听傅西泠这样说。

时芷换了个话题。

她说：“傅西泠，今天大伯母找我聊天，说两年前的夏天，你有一次喝过酒跑去大伯那里喝茶到半夜。她说你眼睛红了，都要哭了。”

“……大伯母和你说这个？”

顿了顿，傅西泠又说：“没要哭，她记错了。”

“嗯，我想知道你那天心情不好的原因。”

傅西泠没有犹豫：“因为你。”

好，问题解决。

时芷点头，拍开傅西泠揽在她腰间的手臂，拄着他大腿起身：“我要去喝水。”

傅西泠拉着时芷的手腕，问："决定呢，不打算和我说说？"

夏日下午四点多钟，阳光撤离得只剩下最后一小片，落在新搬来的百合竹盆侧。

十几万而已。

又不是没能力，无论赛道在哪里，她想要，早晚都能赚得到。

时芷说："我留下啊。"

iPad 屏幕还亮着，上面是时芷随手画的简易版耳钉的图案。

毫无美感，像盾牌。

时芷去厨房拿矿泉水，拧开，边喝水，边看向傅西泠。

这人挺淡定的，只在最初听见她回答的几秒钟里笑过，吻了她的指尖，却并没有她想象中那么欣喜若狂。

她把矿泉水瓶重落在料理台上，心想：

嘁，早知道选外省了。

周末就这样过去了，两个人回归到工作里，各忙各的。

傅西泠忙着抢对家的生意。

时芷则是在忙碌之余，想找付倩谈职位选择的问题。付倩没来公司，整天都不见踪影，听付倩的助理讲，是出去谈事了。

快下班的时候，傅西泠发微信来，问她想不想去酒吧坐坐。

时芷没问是谁组的局。

她有点饿，觉得酒吧里那个辣卤牛肉面做得还不错，也就同意了。

依然不用接，她坚持要自己打车过去。

路上，时芷接到一串陌生号码来电。

接通后她有些意外，是傅西泠的小叔。

小叔其实不太爱笑，身高和傅西泠差不多，面对家人还好，对着电脑敲键盘时，尤其有压迫感。

给人心思过于缜密的感觉。

哪怕有"情种"属性加持，也属于时芷在工作中最不想遇到的谈判对象类型。因为她觉得和这种人谈判，半点好处占不到，可能被坑都不知道。

但傅家人就很双标，对内对外态度上其实差别特别大。

时芷已经被划为"内"。

所以在电话接通后，小叔的声音温柔到有些夹的地步："时芷啊，你那边下班了没有？不知道方不方便聊几句，大概需要十几分钟哦。"

“……下班了，方便的，小叔。”

电话内容倒是很严肃。

小叔帮时芷分析了两个职位的优势和可能面临的问题。

外省项目太火，各方势力都想去分杯羹，小叔侧面打听过了，那边连行业咨询专家都塞了三位进去，正在风口浪尖上。

“你年轻，能力好，但资历浅。一边是求稳，一边是豪赌。如果你是西泠，我一定会建议你去外省项目上闯闯的。时芷，小叔这样说，你能明白吗？”

时芷明白。

傅西泠有家庭支撑，在外面怎么都不会被欺负，豪赌失败，也有家人托底。

哪怕不考虑感情问题，以她的情况来说，求稳也是个好的选择。

眼前利益不长久，还是要在付倩身边多学习。

“付总今天不在集团，是您约出去的吗？”

“是，没提你，放心。西泠说你不太喜欢在工作里提及私人关系，我也是刚好有工作要和你们付总聊聊，提前了几天而已。”

是为了帮她争取考虑时间。

从来没有长辈和时芷认真谈论过学业问题、职业规划问题。

也从来没有长辈肯这样为她着想过。

时芷语气很认真：“谢谢小叔。”

小叔在电话里夹着嗓子：“哎哟，谢什么，有机会我们再一起吃饭，小叔也爱吃辣的。”

出租车在路口前方换道，准备转弯。

酒吧快要到了。

时芷想起昨晚和傅西泠聊天时，傅西泠的态度。

他从来没有因为自己有钱，就觉得年薪十几万的差距微乎其微。

这个觉得“中彩票才几个钱，值得我高兴？”的富二代，是真的在担心她选错路、担心她选得不够顺遂自身心意，所以才拜托了小叔联系她。

连两年前第一次问她“要不要谈恋爱”，可能也不只是不甘心、一时兴起那么简单。

他那时候就喜欢她吗？

时芷觉得，傅西泠这个人真的心思深沉，还觉得他对她藏了许多秘密。

不过……

出租车停在酒吧门前，时芷扫码付款，然后背着包下车。

不过，她挺喜欢。

酒吧里，傅西泠懒懒地靠在沙发里，掐着时间抬手叫了服务生："加份辣卤牛肉面，一刻钟之后再上。"

朋友们在玩一个叫"我有你没有"的游戏。

何凡诚刚说完一个其他人都没有的经历，正得意呢，听见傅西泠加单，扭头问："饿了？"

"不饿。"

于是何凡诚就有点懂了："知道了，是时芷让你点的吧？"

时芷没说过，是傅西泠猜的。

她接电话后什么都不问，也不用他再说第二句撺掇，不到十秒就答应要来。

他就知道，这酒吧里，对她来说吸引力最大的就是辣卤牛肉面了。

连正牌男友都得靠边站站，给牛肉面让路。

有个朋友在外地跟了项目，忙了大半年，最近才有空回来。

朋友不知道傅西泠戒烟的事情，正好在外地买了几条不错的当地特色烟，挨个发。

递到傅西泠这边，他摆摆手："谢了。"

那朋友挺纳闷，强烈推荐："是不习惯这牌子？你试试，真不错。"

何凡诚叼着烟举着剩两根手指的手，继续着"我有你没有"，单手从兜里掏了根从他小外甥家拿的棒棒糖，递给傅西泠："他现在得吃这个。"

朋友愣愣地问："怎么着，返、返老还童了？"

何凡诚大笑，烟都掉了："烟戒了！"

傅西泠拆开棒棒糖的外包装，刚把糖放嘴里，就看见时芷从外面进来。

最近天气热，时芷下班后会把工装换掉，穿自己的衣服。吊带搭宽松长裤，或者是长度在膝盖上方的短袖 T 恤连衣裙。

今天是 T 恤连衣裙，黑色。

单肩背大号托特包，头发随便绾起来，有几缕长度不够的发丝垂在耳侧。

她习惯性地淡着表情穿过人群，气势一米九，特别酷。

从时芷进酒吧开始，隔壁有个男生就在看她。

一直到她落座在傅西泠身边，那男生和傅西泠懒洋洋的视线撞上，才转头回去。

朋友们和时芷打过招呼，挨得近的几个男生很绅士地按灭了烟。他们还继续着刚才的话题，刚刚发烟的那朋友问傅西泠，为什么戒烟。

有个朋友帮忙抢答："有阵子发高烧嘛，就顺便戒了，是吧傅哥？"

何凡诚是知道实情的，刚准备反驳，发现傅西泠看了时芷一眼，竟然点头认同："嗯。"

在朋友"发烧有什么可戒烟的啊"的疑惑中，何凡诚也疑惑地看着傅西泠。

后者一副懒得解释的样子，只拿了软饮放在时芷面前。

时芷放在桌面上的手机屏亮了。

有电话进来，她靠近傅西泠，说出去接个电话。

她往露台方向走。

傅西泠留意到，那个从时芷进门就开始看她的男生，又开始蠢蠢欲动，甚至整理着衣服，也跟着起身了。

何凡诚还在说："傅啊，你没告诉时芷，你是为她戒烟的吗？"

傅西泠看着时芷的背影："没。"

"那你捐款给那个神经……对不起，是心理卫生中心，翻修外面小公园的事情呢，也没和她说？"

"嗯。"

"戒指，设计戒指的事，准备去找金耳钉……"

何凡诚自己也有了判断，知道傅西泠肯定什么都没说起过："你不觉得你把这些都告诉时芷，她多少会有点感动吗？"

傅西泠的视线里，时芷已经把手搭在通往露台的门把手上。

她忽然停住，转身，遥遥对着傅西泠一偏头。

意思是：

傅西泠，你来。

示意完，时芷推开门，干脆地出去了。

傅西泠叼着棒棒糖，起身："我为什么要让她感动？"

何凡诚蒙了："啊？"

傅西泠的眼角余光里，那个男生不死心地往露台那边，试探着走了两步。

男生也有在留心这边动向，像是在确定时芷和他们的关系那样，被傅西泠和何凡诚同时冷冷地瞥过一眼，才局促地顿住，犹豫，又退回去坐下。

傅西泠这才收回视线："我要的不是她感动，我要的是，她爱我。"

露台外面闷热，夜虫扑着照明灯。

时芷接到的电话，是付倩打过来的。她和付倩说了自己的决定，挂断电话，傅西泠刚好推门走出来。

"小叔联系过我了。"

"嗯。"

露台之前有人抽过烟，烟味重，时芷不喜欢，便沿着钢结构的户外楼梯走到下面。

她仰着头去看傅西泠，目光里有询问——

明明昨晚她已经做过决定，为什么今天又让小叔打电话来？

傅西泠坐在楼梯上。

他身后是酒吧后方的寂静街道，月明星稀，宽肩挡住半轮月亮，他垂着眸子，小臂搭在腿上。

"昨天给你的建议，是以男朋友的身份。"

他说，毕竟是她的事业选择，怕她后悔，也怕她当局者迷，才找旁观者的小叔来帮忙分析。毕竟兴荣集团的情况，小叔也更了解些。

"小叔怎么建议你的？"

时芷没说小叔的建议，也没说她已经和付倩敲定了职位。

她走上来几级台阶，停到他脚边，鞋尖碰碰他的鞋侧，故意问他："那我选外省那职位，你也愿意？"

傅西泠说："我今天看了个项目。"

时芷被他带跑了："什么项目？"

"你要选外省，最多半年后我也过去，项目可能不太赚钱，就要靠时老板多出来的年薪养我。"

"晚了，我又不去外省。"

傅西泠只需略略思索，大概就明白，时芷这是和付倩谈过了。他伸手握住她的手腕，拇指轻轻摩挲她的手腕内侧："遗憾吗？"

"怎么，以我的能力，年薪想提那十几万难道只有这一次机会？"

傅西泠笑了："你知道我不是这个意思。"

时芷心情挺好，找碴："那你什么意思？"

"你等等。"

傅西泠拿出手机，拨了个号码，按下扬声器。

电话里传来小男孩的声音："傅舅舅，你找我干什么呀？"

"纪录我破了。"

"我知道，我都看见啦。"

这对话内容……

时芷听出来了，这大概是何凡诚家的小外甥，前天晚上傅西泠和人家小朋友打赌来着。

不知道赌了什么，感觉要找人家收赌注了。

傅西泠果然问："是不是该兑现你的诺言了？"

小男孩不知道在吃什么，吧唧几下嘴巴，慢条斯理地说："那好吧。"

傅西泠把手机递给时芷。

她下意识接过来，就听见他问人家："我女朋友是谁？"

何家小外甥对答如流："是时芷。"

时芷斜看傅西泠，眼神里都是"这就是你玩半天游戏赢的赌注"。

"不是，还有别的。"

傅西泠的心情比昨晚还好，浅笑着："小豆丁，我未来会娶谁？"

"时芷小舅妈。"

时芷愣了愣，被一句稚嫩童声的"小舅妈"给叫哑火了。

在傅西泠挂断电话后，她才回神，说："傅西泠你这是占我便宜，我什么时候答应过嫁给你？"

傅西泠也不辩解，看了眼手机上的时间，拉着她往回走。

室外没有空调，闷热。

他的手钩着她颈侧，皮肤相触，很快沁出汗意。

门板无法完全阻隔酒吧里的音乐，细碎的节奏杂音从门缝里传出来。

进门前，傅西泠偏头，凑近钩着时芷接吻。

奶茶棒棒糖味的。

他说："给你点的辣卤牛肉面估计来了，走吧，回去吃面。"

知道时芷的妈妈有过一对金耳钉后，傅西泠找了个没那么忙的工作日，和时芷说出差，然后跑去她妈妈的家乡。

傅西泠对这座城市不陌生。

甚至可以说，在这两年间，他比时芷来的次数都要多很多。

在他第一次跟着时芷来过后，就开始明着暗着铺关系，想出钱把心理卫生中心外面那片废弃的小公园翻修一下。

小公园是归心理卫生中心的。

傅西泠突然联系那边的领导，表示要捐款，这事还惊动了其他同行。

据说有的企业还警觉地派人跑去考察过，以为周边要建什么大型盈利商业街区，有利可图。

现在傅西泠的捐款已经到位，估计再到冬季，时芷回来“看”妈妈时，那边的环境就会变成新的。

傅西泠这次来，是来找时芷的大舅妈。

挺老旧落魄的小区，白红色的楼体漆层大面积脱落，颜色斑驳。

他收酒吧店面时，和时芷的舅舅舅妈打过交道。

这次能找到她大舅家的地址，也是找他们打听过的。

有偿打听，他不爱欠无关紧要的人情。

傅西泠按照地址走进单元楼，敲门。

房子是很老的配置，二十世纪八九十年代流行过的那种铁护栏的防盗门锁着，护栏上锈迹斑斑。

片刻后，里面的木门被打开。

有个女人站在铁护栏里面，问他：“你找谁？”

“您好，我找时勇。”

女人狐疑地看着傅西泠这张陌生面孔：“你……找时勇干什么？他要晚上才回来。”

看来面前的女人，就是时芷的大舅妈了。

还好，他们还没搬走。

傅西泠从手机里找出时芷画的金耳钉图样，说如果这对耳钉在的话，他愿意按照当下金价并加倍出钱，把耳钉买回去。

听完他的来意，时芷的大舅妈还挺不屑：“耳钉倒是在的，那丫头怎么说，不会说我们抢占她妈妈的遗物吧？”

傅西泠尽量礼貌：“没有。时芷说，是时阿姨欠了钱，用它抵债的。”

“你等着，我去找找。”

女人还是没开护栏门，人往屋里走，也还在抱怨着：“耳钉根本不够抵债好吧，她们还白吃白喝住了好久呢……”

傅西泠扫了女人的收款码，小小的金耳钉付了五千块。

拿到手后，他简单告别，走下楼。

小区里有个破旧的大象造型滑梯，已经看不出原来的颜色。两个和何凡诚家小外甥差不多年纪的小孩，在上面互相藏着玩。

戒烟后，傅西泠很少有犯烟瘾的时候。

今天的确闹心。

他摸了下裤子口袋，里面只有时芷早晨放进去的薄荷糖。

今早出门前傅西泠拉着时芷，问她，他要出差两天，怎么不见她有不舍得的感觉。

时芷说，才两天。

她倒是也亲了他一下，相当敷衍，然后更敷衍地塞了颗薄荷糖在他裤兜里，说是离别礼物。

傅西泠当时笑了好半天。

他还说她，时老板好歹是兴荣的小高管，出手这么小气？

现在他笑不出来，蹙着眉，剥开包装袋，把薄荷糖咬进嘴里。

傅西泠这两天分别联系了时芷的两位舅妈，没有一个人问过时芷的近况。

刚才在楼上，那位大舅妈只顾着转着眼珠想坑他点钱，连顺便问一句“时芷怎么样”也不愿意。

甚至不关心出现在家门口的陌生男人，到底和时芷是什么关系。

如此冷漠。

正赶上午休时间。

有穿着校服的孩子走进小区里，偶尔也能听到楼上某户人家的炒菜声。

这地方不是没有烟火气，是时芷的生活里没有而已。

傅西泠甚至能想象得到，上小学的时芷每天背着书包，郁郁寡欢地走进楼上那户人家，也许还要收拾碗筷，打扫卫生……

烦躁。

为什么他们就不能多爱她一点？

行，他们不爱没关系，他来爱，他的家人来爱。

他拨了电话给她。

时芷那边显然在忙，估计午饭都没吃，接起来直接问：“怎么了？”

“没什么，突然很想你。”

时芷沉默两秒，有点调侃地说：“那你赶赶工，早点回来。”

语调就像在暗指他上次出差，“你又不是没有过。”

“今晚就回。”

听到时芷压低声音质问他是不是没好好工作，还警告他注意点，她可是刚损失了十几万。傅西泠终于松开眉心：“哪敢。”

能拿到这对金耳钉，也算没白跑。

傅西泠乘最晚班的航班回程，到家后把耳钉拍照给设计师看。

他打算请设计师帮忙，看能不能在婚戒设计里融入这些黄金元素。

设计师的回复是：这对黄金耳钉看着克数不多，最多三克重。

可以镶嵌到婚戒的铂金圈内侧，但这样的话，之前的一些设计是要推翻的。

傅先生，您把耳钉快递给我，设计图三天后给您。

傅西泠坐在浴缸边回复：OK.

信息刚发送出去，时芷就从外面进来，看着坐在蒸腾水汽里的傅西泠，随口问："你这样回来，出差的事情真的都办好了？"

"办好了。"

傅西泠把手机锁屏，扣在浴缸旁边，伸手拉时芷的睡袍腰带："要不要一起泡澡？"

很难解释这种一触即燃的反应。

只是分别一天而已，就算不是出差，平时上班他们也是整天见不到对方，今天就格外反常，像分别了许久一样。

浴室墙壁上凝结的薄水汽，被时芷按到，水珠顺着她的手形滑落。

傅西泠拨开她被温水打湿的头发，轻吻她的侧脸和耳廓。

嵌进浴室墙体的电视屏里，仍然在放着美剧。

不知道是不是主角的男人开着车，然后被撞下高速路旁的山崖，在巨大的爆炸声中，时芷难耐地抓了傅西泠的颈侧。

她仰头，思维混沌间，刚好看见车辆在陡峭山坡上翻滚爆炸的一幕。

爆炸声和角色亲友的呼唤，音量盖过她的……

这个晚上时芷睡得不踏实。

时芷过去经常梦到时梅，梦到她在医院里油尽灯枯的干瘦模样。

今夜不是，她梦到了傅西泠——

傅西泠开着车，单手扶着方向盘，另一只手伸到副驾驶这边和时芷打闹，抢她手里的冰咖啡。

美剧里的镜头混入梦境。

有辆车子发疯般突然冲过来，时芷在梦里奇迹般地没有跟着一起跌落悬崖，她站在崖边，怔怔地看着傅西泠的跑车炸毁……

不行！

"傅西泠！"时芷满头冷汗地醒来。

傅西泠也跟着惊醒，抬手挡着时芷的眼睛，按亮了床头灯。

他拉她坐起来，轻轻拍她的背："做噩梦了？"

床头的时钟显示着时间，才夜里两点多钟。

他们才睡下没多久。

梦境太过真实，连车里刺眼的阳光都像真的，时芷惊魂未定地缄默着，好一会儿才抬眼去看傅西泠。

她眼眶红了，打他："傅西泠，你以后不许再看美剧。"

"好。"

"以后不许单手开车，不许在开车时和我闹，不许抢我的冰咖啡……"

无论时芷说什么，傅西泠都温声说着"好"，然后把人揽进怀里，继续安慰："是梦。"

在时梅去世后，无论遇见什么逆境，时芷都没哭过。

她不爱哭。

这是第一次忍不住眼眶泛酸，皱着眉给傅西泠讲她的梦："我梦到你被撞到悬崖下面去了……"

感觉到时芷在讲述过程中，情绪逐渐平复，傅西泠才半开玩笑地亲她一下："还挺担心我？"

时芷的眼眶不红了。

她这才意识到，自己是在对他表达喜欢和在意，然后非常不适应地偏开头，耳朵和脖子全红了。

好几秒之后，她才转过头来，强硬地威胁："傅西泠，这事你敢往外说试试！"

夜里两点多钟的梦和威胁，像幻觉。

傅西泠仍然和往常一样，在清晨闹钟响时按掉，把迷迷糊糊要起身的时芷拉回温暖的被子里，压着她，吻她的额头，和她说"早"。

再被睡意退去的时芷毫不留情地推开。

他们各自起床洗漱，然后一起吃早饭，再分开去忙各自的工作。

这个夏天异常炎热，天气预报和新闻里又开始高温预警。

某天晚上，时芷忙着工作时突然流了鼻血，在那之后傅西泠的妈妈每天都会煲清火的汤，托司机送过来。

在吹着空调风的傍晚和傅西泠一起喝汤，成了件家常事。

汤里面搭配的食材总有不同。

有时候是莲藕和莲子，有时候是黄豆和苦瓜，有时候是鲜鲍和石斛……

傅西泠的妈妈煲汤手艺超好，无论放什么食材，汤都鲜美到令人回味。

在喝这些汤时，傅西泠偶尔讲身边发生的事给时芷听。

他用汤勺盛软烂的排骨给她。

和她说起他陪三叔去定制堂姐婚礼时岳父要穿的西装，说起傅西沣待在家里郁郁寡欢暴瘦了十几斤，说起他爸又因为偷喝半杯白酒被家人轮番轰炸……

也说起过姚姚。

姚姚和齐伯伯家的侄子相亲，不知道对方说了什么过分的话，也可能是天干气燥心火盛，姚姚把咖啡泼人家一身，差点把桌子都给掀了。

为了这事，姚姚家最近都在请客。

还有何凡诚。

暗恋一女孩两年多，刚刚表白失败，变成了失恋的伤心人。

不知道这位伤心人到底是怎么想的。

三十八九度的高温天气，连暮色西沉后的傍晚都闷得人喘不过气，热射病和中暑成为各家各户最常谈论的话题。

何凡诚居然约了朋友们去室外篮球场打球。

下班后，时芷过去篮球场找傅西泠，看见他们个个满头大汗，像从隔壁喷泉池子里爬出来的。

何凡诚看上去状态还行，没有想象中那么郁郁寡欢，还指了指身后的球场和时芷说：“瞧瞧，这地方被我们包场了。”

是啊。

满市区里，估计也找不出第二群这么有病的人了吧？

都不怕中暑的。

刚刚打完一场，这会儿傅西泠坐在休息椅里，两只手肘向后搭在椅背上，仰着头，满额、满脖颈都是汗。

他穿了件黑红配色的球衣，里面搭了黑色短袖，有些微喘。

估计也是累，懒得动，偏头看着她走近，他挪开身旁椅子上的运动包，丢在脚边，示意她坐。

刚刚这边战况多激烈，争夺、防守多迅猛，时芷完全都没看见。

她加班，来得晚。

只瞧见这群人各自找地方坐着、瘫着的样子，丁点活力没有，像一群刚从对面市医院出来的老弱病残。

挺好笑的。

也就傅西泠还能看。

汗水顺着他的眉骨落进眼睛里，他眨眼的那一下特别帅。

时芷问他：“你篮球打得好不好？”

他说："一般。"

何凡诚就在旁边，躺在球场地上接话："一般个屁啊，上学那会儿，整天和体育学院那几个篮球队的打球。这还叫一般，我是搞杂技的是吧？让不让我碰篮球了？"

傅西泠亲口承认过的能力，只有记忆力。

但也没说过自己多么厉害，只说过一句"我记性还行"。

其他的，小提琴、篮球这类，他都说一般。

外卖小哥骑着电动车过来，送来巨大一箱加冰柠檬茶。

有个朋友头顶搭着毛巾，两眼放光地盯着那箱柠檬茶，快把箱子盯穿了："我去，这谁啊，买这么多？"

时芷说："我。"

傅西泠笑："时老板这么大方？"

"你们不是刚打过球消耗大吗，按一人两三杯的量买的。"

朋友打趣："还得是兄弟有女朋友啊。"

他们说球场旁边的商店，冰棍冰激凌冰棒全都卖空了，矿泉水都只剩常温的，简直不让人活。

天气实在热得过分，蝉鸣不断，连球场外面经常卖烤肠和烤冷面的阿姨都早早收摊回家了。

一群朋友蜂拥而上，乐颠颠地分着柠檬茶。

何凡诚失恋归失恋，看着精神还不错，一口喝掉半杯，两口之后杯里只剩冰块。

傅西泠先帮时芷插吸管，把柠檬茶递给她，才给自己拿了一杯。

何凡诚举着两杯喝空的冰块，看他俩，看完甩甩头上的汗，直叹气："难怪我单身呢。"

朋友们在讨论待会儿去哪里吃个饭。有个朋友家里是做餐饮行当的，全国连锁饭店，就说："出去吃什么吃，满身臭汗哪个饭店乐意接待，来我家得了，叫厨师来家里做。"

别人打场高温球，不累死也快热死了，都在想着吃点什么能补回来、缓过来。

就只有傅西泠，在想着怎么占时芷便宜。

"听说，你给沈嘉擦过汗。"

不知道傅西泠整天都托人打听过些什么，八百年前的事情了，这会儿翻出来吃醋。

时芷拿起运动毛巾："我也可以帮你擦。"

这话说得挺体贴，但动作不是那么回事，她太轻柔了，像调情，运动毛巾柔软的布料摩挲着扫过傅西泠的耳朵和颈侧。

他手里握着柠檬茶，耳朵开始变红："还是别擦了。"

时芷故意，挑衅道："不是你想要的吗？"

"再擦亲你了。"

他们没和朋友们一起去吃晚饭，傅西泠看了眼手机，说："我妈约你去家里喝汤，去不去？"

时芷答应得挺爽快："走吧。"

停车场外面有家花店，有个女孩刚抱了束鲜花出来。淡粉色的荷花搭配纯白的蝴蝶兰，看着很舒服。

时芷突然冒出些想法，转头问傅西泠："你妈妈会喜欢花吗？"

"会。"

花店老板动作很娴熟，包装花束用时才几分钟。

时芷抱着大花束坐进跑车。

这个举动对她来说，并不容易，令她想起一些小时候的事情。

那时候时芷和时梅借住在大舅家，遇上母亲节，学校周围会有很多卖东西的商贩。

各种颜色的康乃馨插在红色水桶里，带钻的发卡系在木棍上……

好多学生凑在那边挑选。

时芷从小几乎没有过零花钱，那次是姥姥给过她几块钱，她一直留着没舍得花。

站校门口看半天，终于还是下定决心，怀揣她的巨款，蹲在红色水桶边挑了好久，被商贩催促了好几遍"快点别挡着别人"，才选出两朵康乃馨。

一朵给妈妈，一朵给大舅妈。

可惜的是，时梅的心情并不好。

那已经是时梅察觉到被骗端倪的时候，无话不谈的"闺蜜"开始失联。

时梅收到花勉强笑了笑，说"谢谢萌萌"，但并没有记起把花放进水瓶里。

大舅妈收到花也不高兴，接过去看看，随手丢在菜板旁边，问多少钱。

时芷如实告知。

大舅妈就冷笑着说，有那些钱还不如买一斤鸡蛋回来，现在的孩子，除了乱花钱什么都不会。

仪式感、浪漫这类思考，大概就是那时候被扼杀掉的。

但今天不会了——

时芷抱着花束随傅西泠进门，他家里被空调风吹得清清爽爽，弥漫着淡淡的瓜果清香。

阿姨从厨房端了汤锅出来，很惊喜地打招呼，夸花束漂亮。

傅西泠的妈妈爸爸听见对话声，迎了出来。

他妈妈看见花束，又听说是送给她的，开心得不得了："谢谢时芷，真的很美，好久没在平平常常的日子里收到花束了。"

傅西泠说："爸，说给你听呢。"

傅西泠的爸爸摸摸鼻子，又马上说："前年淘回来的那个陶瓷花瓶是不是插这束花刚刚好，我去给你们找出来。"

"我记得家里有种茶和荷花很搭，也找出来泡上吧，我们晚点喝餐后茶。"

阿姨提议："茶点我也拿一些来吧。"

只是心血来潮的花束。

每个人都忙碌起来，像过年一样。

今晚的汤里放了绿豆和山药，骨肉软烂，山药又甜又糯。

傅西泠洗过澡下来，带着满身清新的沐浴露味道坐在她身边喝汤。

他坚持用左手拿汤匙，右手在桌下和时芷五指相扣着。

家里的阿姨笑着调侃，说西泠十几岁时她就在这里帮忙照顾家事，都不知道，原来西泠是个左撇子。

时芷脸红，埋头喝汤，暗自用力想甩开。而傅西泠坦坦荡荡地紧握着，死活不肯松手。

他说："我们热恋期。"

喝过茶后，时芷跟着傅西泠回房间，第一次参观他小时候住的地方。

有阿姨定期整理，很整洁。

雾霾蓝色的床品，柜子里放着很多书籍，从童年的连环画、漫画书，到后来的各类名著，以及生意场用得到的书籍。

傅西泠过去用的台式电脑摆在桌上，还有他淘汰下来的老款游戏本。

时芷坐进电脑椅子里，随手拿起放在电脑主机上的一本书，翻看着，问傅西泠："谁和你是热恋期了？"

傅西泠没说话，只灼灼地看着她。

他们之间从来没有互诉衷肠过，也不需要有，他有自己的判断：

时芷放弃十几万年薪，留下来，是喜欢他；

她做噩梦，为了他红掉眼眶，就是热恋期。

然后在这个蝉鸣噪音过大的夜晚，在傅西泠曾住过十几年的卧室里，时芷翻着一本厚重的历史类书籍，说了傅西泠所认为的，最动听的一句情话——

她说："傅西泠，我早认识你就好了。"

也只有这么一句。

时芷说完，书又翻了一页，里面露出信封。

浅粉色，印着樱花，字迹很好看地写着"傅西泠收"。

不用想都知道是情书。

时芷拿起信封对着傅西泠晃了晃，反悔了："刚才的话当我没说。"

"为什么当没说？"

"花心。"

傅西泠对信封印象不深，拿过来看看，上面没有落款，可能是哪个女生送完，他顺手当书签给用了，都还没拆过。

"这就花心了，会不会判断得有点草率？"

她把信封放回书里，夹好："我看面相的……"

话音刚落，连椅子带人都被傅西泠拽到床边。

他坐在床上，拉她过去，把人弄上床，温柔地亲吻着："面相不准，以后你再琢磨琢磨，我和我小叔挺像。"

"……你少往自己脸上贴金。"

手机铃声响。

傅西泠妈妈从楼下打来电话。

傅西泠接起，习惯性按下扬声器。

"西泠，刚刚时芷说不知道冰激凌怎么做，我和阿姨订的水果到了，打算做点牛油果冰激凌，你们两个要不要下来一起玩？"

傅西泠说："问我有什么用，又做不了主。"

说完看向时芷。

时芷已经对他们毫无防备，推开他近在耳侧的呼吸，像个孩子似的露出笑容："要要要，阿姨等我。"

在这个小店冰柜里冰激凌都被哄抢一空的闷热夏季，他们在厨房里，跟着长辈们把牛油果去核捣碎。

时芷第一次打发稀奶油，话不多，但眼睛里都是"嗯？""这好神奇！"的情绪。

时芷开始被爱。

也开始渐渐理解如何去爱一个人、一群人。

高温月余不降。

傅西泠在定制婚戒这件事，暗中进行，没几个人知道。

然后，时芷知道了。

那天时芷在用 iPad 看视频，傅西泠的微信账号挂在 iPad 上没有退出。

最开始是记得的，知道那是傅西泠的账号。

但视频看完，她已经忘了这件事，随着工作中养成的习惯顺手点开了 APP 图标。

她的头像依然在置顶的位置。

下面的头像上顶着红色消息未读点，对话框直接展示在旁边。

很明显就是傅西泠最后聊过天的人。

这次时芷看清了。

对方的备注或本来的昵称是“Ring& 设计师”。

傅西泠说洗澡，在浴室里半天没出来，对话框里的信息回得倒挺勤快。

就摆在眼前呢，时芷也就看了几句。

十几分钟后，傅西泠穿着浴袍从浴室出来，坐到沙发上，刚拿了苏打水在喝，冷不防被时芷问一句：“你在定制婚戒？”

傅西泠被呛住，偏头咳嗽。

咳完倒也不说那些欲盖弥彰的话，大大方方承认了：“看上一颗不错的钻，打算先把婚戒定下来。我微信没退出？”

“嗯。”

其实时芷有些不知道说什么好，她不排斥他的婚戒，就像不排斥何凡诚的小外甥叫她“时芷小舅妈”，也不排斥和他家人吃饭。

她甚至有些高兴。

可她也习惯了独自处理，那年得偿所愿得到兴荣集团的工作，激动、紧张、失眠，她都没和任何人倾诉过，也是自己沉默地消化完所有情绪。

傅西泠大概看出来她的心慌，安静片刻，给她留了时间。

他不提求婚，只让她看设计图：“既然知道了，给点意见吧，看看怎么样。”

是钻戒。

简洁的六爪镶嵌设计，很大气，戒圈里侧有一圈很精致的金色五瓣花。

设计图上有标注，五瓣花是接骨木花，花语是守护。

傅西泠说，他去找她大舅妈拿回了时梅的那对金耳钉，接骨木花图案所用的黄金材料，是那对耳钉熔来的。

黄金有剩余，剩下的一克多做了转运珠，可以穿手链戴。

“我和你妈妈一起守护你。”

时芷刚压下去的情绪，被傅西泠这句搅得翻天覆地。

她心悸到呼吸都乱了，连着皱了两次眉，完全没用，根本压不住。

最终还是被傅西泠抱起来，才稳了些心绪。

她在他怀里渐渐平复，然后提了要求：

“不要玫瑰、不要气球、不要音乐、不要有人起哄，也不要煽情惹我哭。还有，答不答应看我当天心情。”

傅西泠只回她一个字：“行。”

这事傅西泠和发小说过，被发小告诉了所有朋友。

有一阵朋友们出去吃饭，总有人调侃，听说西泠准备求婚，刚到婚戒定制那一步，就被时芷给发现了，哈哈哈哈哈！

夏天太热，朋友们又要在傅西泠的酒店顶层开泳池派对。

因为要玩通宵，所以星期五晚上就开始了。

时芷下班后过去，换了比基尼，然后去找他们。

一群人坐在泳池边，搞了个泳圈材质的充气骰子飘在池水里，用来玩真心话大冒险。

轮到别人都是特别刺激的问题：“上次接吻是什么时候？”“通讯录里联系最频繁的异性是谁？”“手机密码是多少？”……

到了傅西泠这儿，朋友们像是约定好了，只问他最近最开心的事是什么。

何凡诚他们小声嘀咕：“肯定是准备求婚。”

傅西泠偏头，盯着时芷看。

有那么某个瞬间，连她都信了，觉得他可能真的会答准备求婚这件事，搞得她还挺紧张，怕被人群闹着起哄。

结果，他对着她的方向抬抬下颌：“看她笑。”

一开始大家都没反应过来，静默几秒，才逐渐听懂他的意思——

最近最开心的事，是看时芷笑。

有人起哄，吵吵闹闹，然后又继续着游戏，磨刀霍霍，把刀光剑影对准下一位“受害者”。

时芷趴在池边，问："我什么时候笑了？"

傅西泠说："以前少，想惹你生气比想逗你笑容易，最近好些，还挺经常笑的。"

时芷仔细想想，好像是这样。

和他在一起确实挺开心。

三年前的夏天，时芷第一次来这个酒店顶层的泳池，那天傅西泠拉着她，说让她等十五秒，有东西给她看。

他倒数后，城市被灯火点亮，那时候她还笑话他追女生的套路差。

想到这件事，时芷扬水往傅西泠身上撩，完全忘了自己曾经对追求者们什么态度："我们谈恋爱这事，你追过我吗？"

"算追过吧。"

"我怎么没感觉，什么时候开始的？"

"自己想。"

回忆里揪不到端倪，时芷越想越觉得，自己倒是有过很早动心的痕迹。

她居然还在大晚上骑电动车去接过傅西泠？

总不可能是她先动心，那她动得也太早了吧！

有人想放音乐，去傅西泠房间搬了音箱，还找到了傅西泠常年丢在音箱上放歌的旧手机。

曲子挺多，都是他练琴那会儿听的，朋友连切好几首，嫌不够劲不够爽，从泳池里迈出来找自己的手机去了。

时芷却越听越熟悉，像傅西泠用小提琴拉过的那首，她从泳池里半游半走着过去，拿起那部旧手机看曲名——

Can't Help Falling in Love

她猛然转头。

傅西泠和她隔着整个泳池宽度的距离，含笑在听朋友们瞎侃着聊天。

额前的头发刚刚被她扬水淋湿了，他可能觉得碍事，抬手撩起来，露出额头。

但紧接着水仗就开始了，在场所有人无一幸免，互相伤害着都成了落汤鸡。

狂欢直到夜里十二点才结束。

和以前一样，这群人最知道怎么享受，打过水仗玩过游戏，体力消耗得差不多，就都跑回房间叫外卖吃夜宵去了。

时芷终于找到机会，问傅西泠小提琴曲的事情。

她心情不错，坐在池边晃着腿："所以，你从那个时候就对我有点意思了？"

傅西泠说："要不你再往前猜猜？"

时芷不理傅西泠，觉得他是在诓她玩。

第一次七夕他拉曲子给她听时，他们连床搭子都不是呢。

不可能更早了。

但傅西泠说："上次回家我找到个东西，拿到这边来了，要不要去我床头柜的抽屉里看看？"

泳池这边很安静。

他们穿着泳装坐在椅子里，水珠挂在皮肤上，膝盖和腿都挨碰着。

时芷皱眉，想歪了，以为和家里床头柜抽屉里放着的是同一种物品，狐疑地去看傅西泠，只看到他一脸认真。

她拿毛巾大概擦擦身上的水，穿了浴袍："要是我想的那个，你完了。"

"你想的是什么？"

问完，傅西泠反应过来，仰头大笑，被时芷用手肘毫不留情地撞进泳池里。

水花四溅，她走得头都不回。

傅西泠的床头抽屉里，有本书。

时芷想起上次在他书里翻出来的东西，拇指搓着翻，自动停在夹了东西的那两页间。

很意外，很眼熟。

时芷想过会是任何物品，却没想过是她高中时丢失的校牌。

傅西泠居然一直留着。

时芷和十几岁时期的自己对视片刻，回到顶层游泳池旁。

她蹲下，举着自己丢失多年的校牌，一言不发地看着傅西泠。

像是无声地在询问，他留存这个校牌的动机。

傅西泠站在泳池里，挺从容地拿过校牌看完，又放在池边稍远处："就是你想的那样。上次泳池派对隔天我没说完整，当时我们的关系也不适合说太多。但我喜欢的本来就是你这款，对你有好感也是挺早的事了。"

时芷皱眉，特别会听重点："说得好像现在没有了一样。"

"现在不是喜欢。"

傅西泠忽然露出笑容，拉着时芷的手，把她拉进水里："是爱。"

时芷和傅西泠一起沉坠于深水区。

耳边水声叮叮淙淙，他把她的手放在他胸腔的心脏处，让她感受。

傅西泠的心跳很快，拿出那枚她半月前看过设计图的钻戒。

实物比设计图美，亮晶晶的。

她愣了一下，被他吻住。

可能流过眼泪，但和池水融在一起，连眼眶的红都分不清是情绪使然还是池水刺激。

不要玫瑰，不要气球，不要音乐，不要有人起哄，也不要煽情惹她哭。

她说的所有要求，他都做到了。

傅西泠把钻戒戴在时芷的无名指上，如同三年前在水下那样，依然和她接吻到氧气几乎耗尽，然后浮出水面。

时芷趴在池边，喘着气，抬手看戒指。

很美，钻石亮得像一颗星。

傅西泠的求婚和别人不太一样。

他说，只要戒指她喜欢就好，至于什么时候愿意结婚，完全是她说了算。

月色很好，远处楼群灯火辉煌。

泳池里的池水很暖，傅西泠把时芷拉上来，给她披了件浴袍。

夜风轻柔地吹过，时芷把哽咽压下去："等我把十几万年薪差额赚回来，再考虑结婚。"

傅西泠笑着："那祝时老板步步高升。"

这个夜晚太过温柔，很多甜蜜冲昏了头脑，时芷还没有发现戒指里刻着一句英文——

No other love but you.

彩蛋篇
惊雷

这个小小的故事，发生在时芷还没毕业的时候。

那阵子傅西泠刚因为替时芷挡椅子受过伤，医院里能查的项目都查了，又在家里养了挺久一段时间。

傅家人在身体健康问题上是不容含糊的，平时傅西泠怎么鬼扯都行，遇到健康问题，他说什么也没用。

他们夸张到，把一位几年不回国的医学博士后远亲都给约回来了。

身体无大碍，最后傅西泠估摸着，长辈们应该也放心了，说："我真得回家，总跟这边住着，女朋友得和我分手了。"

女朋友是吹牛的。傅西泠回自己那边住，时芷根本也不来找他，他就只能赋闲在家里打游戏。

朋友们个个忙成狗，羡慕傅西泠这种神仙生活。但傅西泠这边给朋友们的说法是："有什么可羡慕的，这些个破游戏来来回回打，早都打腻了好吧。"

隔段时间，时芷终于肯去探望傅西泠，还迷上他家游戏机了。

朋友们再打电话说约傅西泠出去玩，傅西泠早已经改口了："不去，忙。嗯，是没去酒店，打游戏呢，还真挺上瘾的。"

傅西泠上瘾的哪是打游戏，他上瘾的是看时芷打游戏。

其实时芷也不是特别沉迷游戏的人，她只是那段时间压力大，又特别不擅长和人提这些，有什么就闷在心里，自己一遍遍地琢磨，能打打游戏也算是找到个放松的方式。

有时候时芷手里在打游戏，脑子里也在思考——

要不要选择去付倩那边工作？

"有的人一眼就能定缘分"，这种浪漫但不靠谱的话，也就傅西泠他们那些什么都不缺的人才能说得出口。

时芷的试错成本非常高，容不得任性。

这种压力下，她根本睡不安稳，总会做些乱七八糟的梦，梦见时梅，或者梦见其他一些清醒时不愿记起的往事。

这天雨夜里的梦境，把时芷带回到小时候生活过的麻将馆里。

麻将馆的环境很差，但价格低廉，吸引来的都是周围素质不太高的打牌人。

半地下的空间里永远是乱哄哄的。

到了夏季，吊在天花板上的一条条粘蝇纸上布满蚊蝇尸体，那些桌布上带着香烟洞、茶水渍的牌桌，就摆在下面。

廉价香烟味和旧空调机器味混合着，挤满每一寸空气。男男女女四人一桌，无论输赢，那群人都互相骂着脏话。

跟着时梅借住在大舅家后，时芷经常在这样的环境里帮忙干活。

扫掉地上堆积的烟头和烟灰、用脚踩着几张卫生纸擦干他们吐的痰、被老烟枪们塞几块钱差出去买烟，或者站在梯子上把粘蝇纸撕掉……

闷雷没能惊醒梦境，梦里的时芷站在漆体脱落的旧梯子上，她刚换好新的粘蝇纸，扶着木楞准备下木梯时，垂下视线，突然惊慌地发现麻将桌上有个中年男人正抬着头，不怀好意地往她宽松的短裤里瞥。

被发现后，中年男人咧开满口黄牙的嘴，笑着从麻将摞里摸过一张牌，拿回来瞧瞧，嫌这牌没用，又打出去："三万。"

时芷从吱嘎作响的梯子上爬下来，听见那个中年男人把话题引到她身上。

"那小丫头是老时家什么亲戚来着？"

牌桌上的人琢磨着手里的牌面，随口说："老时家的外甥女吧，他妹子不是刚死了老公吗，带着拖油瓶来投奔他们的。"

"哦哟，这么年纪轻轻就死了？可怜人。"

"可怜什么啊，喝酒喝死的。嘿，胡了，哈哈哈给钱给钱……"

梦境里就是这样，中年男人目光猥琐肮脏，同牌桌的女人毫无顾忌地说着"拖油瓶"这类的词语，而这些，只是时芷在小学时期曾经历过的、最普通的一天而已。

雨越下越大，冲刷着傅西泠家里一尘不染的落地窗。

时芷皱着眉醒来，最先映入眼帘的是他家里昂贵的装修，游戏界面还停在巨大的投影幕布上，有些晃眼睛，她抬手遮了一下。

她想起来了，时间太晚，她是玩游戏玩得太累才睡着的。

傅西泠就睡在旁边，抱着臂，仰头靠在身后的沙发上。

番外一 上心

时芷对首饰缺乏了解，估不出钻戒价格。但她了解傅西泠的花钱习惯，也觉得这种大小的钻，怎么看都是昂贵的。她晃晃手指，对傅西泠这样说：“钻戒送我，你不算吃亏，我这话撂这儿了。”

傅西泠笑着：“选我你也不吃亏，我这话也撂这儿。”

时芷撑着池边，“哗啦”一声坐上来，拂开脸侧的头发，像水妖，眼睛亮晶晶的：“那现在我们该做什么？”

傅西泠也坐上来，眼里满是笑意：“接个吻？”

是问句，可他在问出口的同时，就已经开始行动了。

泳池边的瓷砖还留有白日暴晒过的余温，隐隐能听到楼下树丛里的蝉鸣。他们身上滴着水，傅西泠扣着时芷的后脑勺，轻轻吻着她。

在朋友们蠢蠢欲动，时刻准备着听召唤，帮他们搞个超大型求婚现场时，时芷和傅西泠就这样秘而不宣地把求婚这件事给搞完了。泳池里被灯光打亮的水波、夜幕上皎皎的明月，还有两颗怦然悸动的真心。

以这些为见证。

当晚大家喝了挺多酒，大多数人在房间里聊天玩游戏，熬到凌晨才睡。哪怕是能爬起来吃酒店早餐的那批人，也是拖着没有灵魂的身躯，如同丧尸般端着餐盘，目光呆滞地游荡在自助形式供应的餐食间。

见面互相点点头，话都懒得讲。吃什么也懒得思考，撞见什么随便拿点，毫无观察力可言。更没人察觉时芷和傅西泠之间发生的变化，除了姚姚。

时芷和傅西泠也在吃早饭。他们从大堂那边的台阶走过来，甚至没有拉手，就很正常地一前一后下台阶。

两个人都穿黑色上装和牛仔裤。一个是吊带，一个是短袖T恤；一个是短裤，一个是宽松长裤。图案品牌都不相同，更不是情侣款，又很搭，气场上特别般配。

傅西泠走在后面接听电话。时芷快他两步下完台阶，停了那么两三秒钟，等身后的人。

这个时间大堂里没什么人，傅西泠右手举着手机略贴在耳侧，走到时芷身边时，左手很自然地搭在她肩上。

她回头，他边回应着电话里的内容，边看她，眼里噙着意味深长的笑意。那个笑容里，包含着一些只有他们自己才懂的隐晦含义。加密，外人无权访问。

果然，时芷像是被惹到，抬肩，挣脱掉傅西泠搭着的手，加快步伐。才迈出去一步而已，又很快被他给拉住。他的动作流畅得像做过千万次，轻轻握了下她的手腕，拉完人，用手臂钩住她的脖子，把她禁锢在身旁。

但时芷，她像某种脾气牛哄哄的小动物，很凶地瞪傅西泠。

让姚姚想起澳大利亚姑妈家那只纯黑色的、高冷不爱理人的猫。只要有人硬要凑近抱它，它就警惕地冷瞥着，时刻准备战斗。

直到走进餐厅，时芷还淡着表情用手肘杵了傅西泠一下。

姚姚想，真的好像啊……

傅西泠就像在姑妈家对黑猫上瘾的姚姚，完全被吸引了，目光着迷地腻在时芷身上。他被时芷打得躬了下背，还在笑，心情极好，看起来像刚中过头彩。姚姚都没见过傅西泠有这样高兴的时候。

他挂断电话，把手机收回裤兜里，垂头在和时芷说话。路过姚姚他们这边的餐桌时，姚姚的手机刚好响了一下。

是某个齐姓王八蛋发来好友申请。姚姚在看申请，没来得及抬头，只听见傅西泠在轻声哄着时芷："不是说过，定力没有你想的那么好……"

姚姚抬眼。便看见傅西泠还顺手拿了俩餐盘，递给时芷一个。

时芷接了，还是没什么表情。但她用夹子夹培根煎蛋时，在傅西泠的盘子里也放了一份。

当时姚姚顶着丸子头和黑眼圈在手机上骂人，不通过好友，只在申请页面骂姓齐的相亲对象，打了好长一段话。心里还感慨着，觉得今天日子不太好，大家心情都不怎么样。

因为姚姚觉得，时芷在和傅西泠生气。搞得自己多少还有点幸灾乐祸。

然而——

时芷和傅西泠落座在靠窗的餐桌旁，隔着不足两米远的距离。

姚姚被时芷无名指上的钻戒晃到眼睛，下意识往傅西泠手上看，只看见了傅西泠虎口上通红的牙印。傅西泠已经求过婚了？什么时候？

再想想刚才他们之间那种不容外人打扰的状态，哪里是赌气，分明是情趣。都是成年人，傅西泠是怎么把人给得罪的，变得一望而知。姚姚的脸红了。

时芷说："困。"

傅西泠把西柚汁递给她，说："没工作的话，吃完再陪你回去睡会儿？"

他们没太留意周围。到姚姚那桌吃完起身准备离开时，时芷和傅西泠才和已经站起来的这群朋友打了招呼。姚姚不知道为什么脚步慌乱，踩到朋友，还挺理直气壮，吐槽朋友真是碍事。朋友被这位大小姐怼习惯了，不痛不痒，注意力还在傅西泠身上，懒洋洋地打趣："同样是熬夜喝酒，怎么西泠看起来这么神采奕奕的啊，这不科学。遇上什么好事了？难道是中奖了？"

短暂的热闹过后，人走了，傅西泠才点头，意有所指地看时芷："是中奖了。"

时芷知道指的是什么，没理他。

突然戴上钻戒，其实时芷不太适应，钻戒太闪，也太有存在感，吃饭时她自己都看过好几次。之前戴在中指的戒指也还戴着，傅西泠那枚也一样戴着。

他们挨着坐，戴情侣戒指，话倒是没说几句。时芷有点累。都怪早起傅西泠的精力太充沛。

傅西泠的借口是：时芷双手拄着床，从被子里坐起来的那一刻，眯着眼，很慵懒也很迷人。她的肌肤沐浴在明媚的阳光里，推开被子，浑身上下只有俩戒指……

他定力不足，所以没克制住。

在那之后的一段时间里，屋子里被空调风吹得干燥，时芷额头和手心都是汗。傅西泠吻过她的眉心，又把头埋在她颈窝。他眼角余光里被他扣着的手指上，钻石在发光。

其实在这之前，他穿着浴袍从浴室里出来，安静地盯着她看的那种特别欲的劲儿，她确实也有被吸引到。

但他这人太坏。越是难耐酸胀，力道越狠。所以出门前被时芷连着打了好几下，又咬过他一口，才勉勉强强算是消气。最后一点火气消掉的动机，还真是被钻戒晃眼晃的。

时芷又看一眼无名指，终于愿意说话了：“钻太大。”

傅西泠秒回：“你戴好看。”

“不适合日常戴。”

她考虑了几分钟，慢慢吃掉迷你菠萝油，又用叉子叉起另一种迷你面包。某个瞬间，她眼睛非常亮，野心勃勃：“但等我坐到更高的职位……”

“那就再给你换个更大的。”

“不用。那种情况，我自己应该也买得起……”

话没说完，因为傅西泠握着时芷的手腕，叼走了她叉子上的面包。在她瞪过来时，他说：“这种放了肉桂，你不是不喜欢吗？”

叼着面包，傅西泠把他拿的红豆面包递给她：“要吃这个吗？”

时芷咬了口红豆面包，觉得挺好吃。她是不喜欢肉桂的味道，但她应该很少和别人聊自己的喜好，记忆里和傅西泠吃中餐的时候更多，没碰到过肉桂。

“你怎么知道？”

傅西泠只说了三个字：“唐文庭。”

是在国外喝咖啡那次？唐文庭推荐的咖啡确实有股肉桂的味道，她当时不喜欢，但也没说过什么吧？时芷并不觉得自己会在事后和男性吐槽咖啡的味道。太小女生的心思，不像她会做的事情。因此她百思不得其解。

“那杯咖啡，你每喝完一口都皱眉。喝到三分之二处，再没碰过。”

时芷自己下意识做过的事，都需要经过提醒才隐隐记起。傅西泠记得倒是清楚。她评价这件事，用的是这句：“你的记性是挺好的。”

说这话的原意，是时芷有点对傅西泠记忆力格外好这件事，感到羡慕。从提到升职起，她的思维已经跑偏到工作上。只会觉得，有这种能力用在工作上，哪怕只是用来记住细枝末节笼络人心，都能让好多事情事半功倍。

但傅西泠硬是把话题给拉回到热恋氛围。他说，用在她身上的，就不能叫“记性好”。

西柚汁很开胃，颜色也好看，时芷小口喝着，也看着傅西泠。他撑着脸，在笑。

于是时芷放下玻璃杯，忍不住问：“不然叫什么？”

几个朋友勾肩搭背走进餐厅，打着呵欠和他们打招呼。时芷和傅西泠同时偏头，说了声“早”，没有被打断，话题还在。

傅西泠转回头，继续说：“那叫对你上心。”

餐厅里飘着各种食物混合的香气，阳光透过锤纹玻璃杯在桌面烙出一片灿烂光斑。时芷叉了块西瓜去堵傅西泠的嘴，终于有些忍不住，笑起来。

傅西泠低头看了眼手机上的时间：“还行，我有进步。”

“什么进步？”

“逗笑你，十八分钟三十七秒。有进步，但有待提高。”

傅西泠脸上有些小小的得意，勾起嘴角，又痞又帅。就好像他今天零点钟之后求婚，把戒指套牢在她无名指上，并不急于听她一句“我愿意”或者听到婚期。他好像，只想看她笑。

在这种感情很好的时刻，时芷用西柚果汁和傅西泠的咖啡碰杯，心情不错地说：“合作愉快。”

没有山盟海誓，只有这句。

傅西泠垂着头笑：“行，合作愉快。”

时芷收下钻戒这件事，傅西泠家里的人很快也知道了。是傅西泠拍了时芷的照片，发朋友圈。

时芷坐在泳池边的躺椅上，穿着吊带和短裤。遮阳伞的阴凉只遮住她的上半身，两条又白又长的腿浸在阳光里，晃眼，微曝光。

池水清澈，被风吹皱，她低头，拿着自己的手机在看，无意间露出无名指的钻戒。

傅西泠的堂姐在备婚，对戒指这类物品很敏感。她把照片存下，发到家庭群里，又跟着发了两个字：“恭喜”。

中午，时芷就在酒店里收到了傅西泠妈妈特地订的花束。黑色包装纸，淡粉色郁金香，甜酷的感觉。

她抱着花束：“为什么你家里人连我喜欢什么类型的花都能猜到？”

“不是猜，我妈记性也不错。”

时芷很快反应过来：“你说的？”

但她其实在问的是：“你又是怎么知道我喜欢什么类型的花？”

傅西泠说，他脑震荡那次家里收到不少花束，而时芷只对郁金香最感兴趣，看得最久，其次是向日葵，最烦红玫瑰。

这是两三年前的事了。当然，他依然说用在她身上的不是记性好，是上心。

时芷给傅西泠的妈妈回电话道谢。挂断电话，她问傅西泠，收了戒指却不肯定结婚时间，这种行为，会不会有些奇怪。

傅西泠的回答是：“别人家不知道，反正在我家不会。”

他把手机拿出来，给她看群里一条接一条冒出来的消息——

男性长辈们在争着想请他们两个吃饭，还想订浪漫的餐厅，订那种厨师能用鸡蛋画爱心、做火焰冰激凌的铁板烧。而家里的女性长辈，已经在教育傅西泠。她们说，人家时芷答应收下戒指，并不代表答应被操控，让傅西泠必须明白这点。

也说时芷依然会有她自己的生活节奏，人只有一辈子，时芷也一样，依然应该按照自己想要的方式生活。她们要傅西泠懂得，互相尊重才能长远……

傅西泠耸肩：“你看，没人在乎我，倒是怕我欺负你。”

被尊重，被偏爱。也许是时芷喜欢傅西泠家人的原因。

也是因为对傅西泠家人的喜欢，时芷和他们之间的走动还算多，也很自然地亲近起来。

在后面的某个周末，她甚至临时起意，主动在下班前给傅西泠发了微信，提起去他爸妈那边吃晚饭。

傅西泠的心情相当不错，但下班前他被突发事件绊住，只能是时芷一个人先过去。

“琴姨在家，我很快就回去。”

家里有些安静，阿姨帮时芷开了门。傅西泠的妈妈和大伯母在参加商业活动，听说时芷要来，已经叮嘱过阿姨准备晚饭。

“她们要晚些才回来。冰箱里有芒果挞，特地给你做的。这几天太热了，阿姨帮你先舀一勺芒果冰激凌放上面，你解解暑，晚上我们煮佛跳墙火锅吃。”

“谢谢琴姨。”

“钻戒没戴着吗？听说很漂亮，还想看看呢。”

“没戴，今天上班，不是很方便，下次戴过来给您看。”

以为家里只有阿姨在，但阿姨悄悄拉了时芷的手臂，指着楼上，压低声音：“西沣也在呢，你……别往楼上去了。”

也是很巧。傅西沣不知道中午在哪里喝过酒，可能不想回自己家挨骂吧，跑到这边来，在楼上睡觉。

时芷工作事情多，下班也还是会接到一些公事电话。阿姨送来加了冰激凌球的芒果挞，她点头道谢。无意在客厅说太多话，免得引起傅西沣的注意，惹不必要的麻烦。

她看中外面一处树荫下的休息椅，和阿姨打过招呼，便推门去了庭院。

庭院造景可能是经专业人士设计过，长了青苔的石块和绿植相得益彰。时芷坐在休息椅上，听完电话，正用邮件和同事沟通问题。

客厅的玻璃门被推开。傅西沣也端了碟点心，坐到她身旁。许多天不见，傅西沣瘦了很多，眼窝深陷，脸色也不好看。像瘾君子。

时芷摘掉耳机，不着痕迹地挪了些距离，继续吃芒果挞。

他们沉默地坐了许久，还是傅西沣先开始对话。傅西泠身上还有酒气，但并不十分醉，说：“我不明白，为什么所有人都喜欢傅西泠，为什么所有人都觉得我不好。”

时芷没说话。而傅西沣像开启了某种自言自语的模式，根本不在乎有没有人回答，自顾自说起那些藏在腹中的怨气——

和傅西泠同时被送去学小提琴，自己明明不喜欢，为什么不允许放弃？

为什么傅西泠坚持学琴就要被说比他有耐性、比他有韧劲？

人不可以放弃自己不喜欢的东西吗？

同样是接手生意，为什么大家只对傅西泠夸赞有加？

为什么不能多看看他的进步？

小时候家里的翡翠摆件碎了，大人们从楼上下来时，只会先看向他，凭什么？凭什么在不明因果的时候优先怀疑他？

傅西沣讲着他从小到大的每一次嫉妒和不满，咳过几声，形容倦怠，声音也很不对劲。

就像是……

时芷静静听着，在某个傅西沣没有出声的空隙，问他：“傅西沣，你碰过不该碰的药物了吗？”

这话说得委婉。她是在询问这位面色看起来极差的堂哥，有没有碰过毒。

傅西沣从桌上拿过纸抽，擤鼻涕，冷笑道：“你看看，只要是和我挨边的事情，总会让人有不好的联想。”

顿了顿，又说：“普通感冒而已，我还没愚蠢到你们想象的那个程度。”

换作以前，时芷是不会有耐心和傅西沣这种人对话的。但傅家人对她太好了。她想起楼下那张温馨的全家福，也想起傅西泠求婚的晚上。时芷想，也许她也可以尝试着和身边的人沟通，不以那种公事类的对话方式。

“我对你印象差很正常。”

傅西沣可能也没想到时芷真的会理他，僵硬地慢慢转过头。他只是有些烦闷、有些憋屈。

在那些趋炎附势或者另有所图的狐朋狗友散掉后，他身边其实无人可以诉说情绪。时芷突然开口，让傅西洋有些怔住。

“傅西洋，如果我没记错，你第一次出现在我生活里，是开着豪车突然出现在我宿舍楼下，穿着一身 logo 巨大的名牌，说了些非常容易惹人误会的话。”

像是没想起来，傅西洋声音哑哑地说：“我说什么惹人误会的话了？”

和脑子不好用的人沟通，真的好累。时芷深吸一口气，耐心几乎告罄，沉默好久，才肯继续说：“你知道你长得不差，也足够有钱。站在女生宿舍楼下提起钱和交易，会被人怎么联想？如果我软弱一点，就会被那些包养之类的流言压死。”

B 大里确实有过不好的流言。从时芷和沈嘉分手时就隐隐有苗头，把过错方指为她，傅西洋的出现，有那么一阵子，让事情变得更加糟糕。

傅西洋像是完全没想到这些，恍然大悟：“傅西泠是因为这个和我发火的？”

“他和你发过火？”

“让我别找你。”

傅西洋的脸色不好看，说以为傅西泠是因为怕被他拆穿找人假扮女友的诡计。

“虽然……你们现在看起来，有点假戏真做。”

时芷不知道傅西泠什么时候和傅西洋发过火，但她说：“不是。两个原因都不是。”

“呵，不是吗？”

“我没和傅西泠说过学校流言的事。”

不是为傅西洋或者大伯着想，时芷那时候不认识他们。哪怕认识，她也不是傅西泠那种会以家庭大局为重的人。单纯是不爱分享而已。当然，现在她已经在尝试着做改变了。

目前来看效果还——

傅西洋说：“你不说，他也查得到。”

——好吧，效果不怎么样。

时芷懒得和傻子掰扯，耐心又耗了些，怒气值悄悄攀升了一格。

“你第二次出现，像疯狗。而我知道你赌钱，知道你把亲爹气住院，还和我男朋友动手了，他嘴在流血……”

傅西洋情绪有点激动，摔了手里的金属叉子，声音很大，喊着：“那次明明我更严重！”

阿姨跑到庭院门边，欲言又止，时芷对阿姨摇摇头，示意这边没事。阿姨很担心，一步三回头地离开。

而傅西洋现在非常敏感，他看到了，指着阿姨的背影，冷笑，估计又要说所有人都不信他的话。时芷没给傅西洋发疯的机会：“你还聊吗，不聊我走了。”

傅西洋在庭院走来走去，可能也真的找不到谁可以聊天了。几分钟后，他又坐下。

时芷试图给傅西洋讲明白，所有怀疑和不喜欢都是有原因的。像她，除了对傅西洋前两次见面印象不好，还听说男朋友辛苦熬夜的项目被傅西洋这颗老鼠屎给毁了。

“站在我的角度，我当然会觉得你这个人不值得同情。当然，还有一种骨子里的排斥，我讨厌赌鬼。”

傅西洋一定查过时芷很多，从他突然安静下来的反应看，他不止知道时芷讨厌赌鬼的原因，甚至可能知道林孝平的死法。好怕死的有钱人。

时芷语气淡淡地说：“在你看来，我可能生活得挺困难、挺惨的吧？”

傅西沣没反驳。

“我爸爸是酒鬼赌鬼，我妈妈被骗后精神出现问题，成了人们口中的神经病，这些你都知道。”

傅西沣说家里人都不爱他，可他明明被很多人保护着。只是他自己在计较、在不平衡而已。而在时芷的记忆里，只有两个人短暂地爱过她。

妈妈和姥姥。其他人可能有过爱，但生活实在太苦了，劳碌奔波。当时芷的存在会把他们拖到更苦难的困境中时，爱就不会再有了。

“我没有容错率，每走一步都要反复算计。

“你去赌，哪怕输掉上千万，也还是会有人默默熬夜为你打拼项目，有人给你煲汤，有人给你托底。

“你什么都拥有又什么都不珍惜。

“很多事情是你自己造成的，傅西沣，你凭什么觉得不公平？”

傅西沣被怼得半天没吭声，最后说：“我问你一句话，我赌的事情，真不是傅西泠和我爸他们说的吗？”

时芷的怒气值再加一格。

时芷想打人，也想敲开傅西沣的脑壳看看，里面到底是不是放着一颗猪脑。

“要债的人去你家了你不知道？”

傅西沣其实是知道的，他只是不愿意承认。不愿意承认那些借给他钱的所谓朋友，其实是在做局。不愿意承认项目的事情，也是和生意对手有关的圈套。不愿意承认自己的失败。

但，现实如此。

又过了很久，傅西沣用力揉搓着额头：“我已经废了，我的人生全完蛋了……”

很好，她的怒气值再加一格。时芷皱眉：“你这话未免说得太早。”

“你们还真像，傅西泠也这样说过。但股东和元老们不会再接受我。”

提到傅西泠，时芷的怒气值悄悄减掉半格。可是沟通太难了，时芷觉得傅西沣还不如和她打一架。傅西沣将近一米九的身高，这会儿缩着肩，颓丧得快要嘤嘤出来，而时芷恰恰最不会安慰人，能说这么多已经是她极限中的极限。

时芷吃了一口芒果挞，干巴巴地憋出几句：“可能还是会接受你吧，在你足够努力的前提下。古人不是说，三十年河东，三十年河西。”

天气还是很闷，像要下雨。

傅西沣碟子里的车厘子蛋糕奶油化掉，和深红的车厘子酱融在一起。

“我想出国留学，所有人都不敢放我走，他们怕我在外面学坏。”

“你够坏了，不用再学吧。”

傅西泠是在回家路上，接到家里阿姨的电话的。阿姨有些忧心地说，傅西沣来了，和时芷在院子里聊天。还说傅西沣看起来有点激动，摔了东西，还拍打过自己的头。

时芷曾经和他堂哥动过手。不知道他堂哥会不会抽风犯小心眼。

“我妈和大伯母没回来？”

“还没，估计也快了。”

傅西泠全程踩油门，匆匆赶来，进门时额头有些汗意。神色有些警惕。

听到开门声，时芷和傅西沣同时回头，看过去。傅西沣嗤笑着阴阳怪气道：“你看，所有人都觉得我是十恶不赦的坏蛋，连他都觉得我和你在一起没有好事发生。”

时芷的怒气值瞬间拉满。她差点就动手了。

她觉得自己花了这么长时间，讲“喜欢和讨厌都是有原因的，你为什么不从自己身上找原因”这个道理……

都白说了。时芷动了一下腿。过去被她踢过的傅西沣，猛地捂着肚子，警惕地躲了下。

“所有人都有自己的思维定式，但也会反思自己的判断是否正确。如果你的过去让人觉得你会有很多不好的行为，自怨自艾不如花时间改掉这个印象。”

时芷飞快地说完，垮下脸，走过去给傅西泠递了个眼神，意思是：你堂哥你自己安慰吧，我尽力了！

而傅西泠发现，时芷在看见他的那一刻，肩膀放松地塌了些力道。这是看见自己人的安心表现。

为这个发现，他心情不错地接下“安慰堂哥”的任务。

那天晚上，时芷和傅西泠的爸妈、伯父伯母在楼下餐厅里煮佛跳墙火锅，傅西泠陪傅西沣在楼上喝酒。时芷被长辈们用公筷夹了很多鲍鱼花胶之类的食材在碗里。楼上两位少爷也会享受，不光是喝酒，还订了好大一堆外卖、烧烤和麻辣鸭脖。

时芷满盘珍馐还没吃完，就收到傅西泠的微信——

上来。

她回他：不去。

楼下的佛跳墙不知道多好吃，花胶炖过的汤底胶原蛋白满到黏嘴，谁要上去看他们兄弟两个互怼呛人。

有好东西。

你骗谁？

明明只有两个酒鬼，哪来的好东西。

然后傅西泠给她回了四个字：鸭脖好吃，这条信息打动了时芷。

马上来。

楼上一股啤酒烧烤混合的大排档味，兄弟两个坐在阳台上。傅西沣竟然镇定了不少，傅西泠则像个纨绔子弟般倚在懒人椅里。

时芷上来后，眼睛只往桌上看。她挑了段最粗最壮的鸭脖就要走，被傅西泠给拉住：“就走了？”

时芷问：“不然呢？”

傅西泠不说话，钩钩她的指尖，最后只说：“吃串吗，给你们拿下去点儿？”

明明想问的不是这种。

作为被安慰的对象，傅西沣喝得有点多，人还是很颓很伤感的，又特别不能吃辣。都不晓得傅西泠为什么买一堆麻辣鸭脖，吃得他嘴都没知觉了。现在看着他们之间的气氛，傅西沣敏感地察觉到自己成了电灯泡，渐渐变得面无表情：“……你俩差不多得了！”

夜里，家长辈差司机送他们回家。路上，傅西泠问时芷：“我来之前，和傅西沣一直在聊天？”

“嗯。”

“一个多小时，都在聊？”

“对。”

傅西泠回家后，觉得好气。时芷好不容易愿意敞开心扉和人长篇大论地聊点什么，就第一次，竟然不是和他彻夜长谈，而是开导他堂哥？

傅西沣是真的运气不错。早知道不帮他和大伯说话了。

傅西沣想出国的事情，是傅西泠帮忙的。刚好有个朋友家的弟弟也准备留学，弟弟是那种痴迷学习型的，性格像周朗，特老实特正直，喜欢操心又有点保守。傅西泠告诉堂哥，如果能同意和朋友家弟弟住一起，他可以帮忙说服大伯，让他去留学。

傅西沣同意了。

时芷有些意外：“傅西沣没觉得你是找人在看着他？”

“觉得了。但没其他办法，看他怎么想。”

傅西泠说，“看着他”这件事的前提，是傅西沣真的要做出格的事。如果只是踏踏实实进修，人家弟弟的知识储备比傅西沣强，还能帮傅西沣讲讲各种知识点，就不叫“看着”，叫帮助。而且大伯身体不好，这几年都成医院常客了。傅西沣天天在家里颓着丧着，对大伯的身体健康也没什么好处。出去要是真能好好学点什么，也是好事。

聊完这些，傅西泠自己抛问题：“不问问我，我们喝酒的时候聊什么了？”

时芷抬眼，用目光顺着他的问题探寻：“聊什么了？”

“陈年旧账。”傅西泠说，小时候翡翠摆件碎那次，长辈们下楼先看傅西沣，是因为傅西沣吓得脸色惨白，实在太惹眼了，就差在脑门上用黑色记号笔加粗写上“我做的”三个字。

“你没和傅西沣说吗？”

“说了，不信，觉得我诓他。”

时芷不知道傅西泠拉着她说话，是因为也想搞个心灵沟通。她就觉得他喝得有点多，话也多些，语速慢悠悠的，挺勾人。他靠在沙发里，说话时无意识地摆弄着中指上的情侣戒指。推到指节处，又推回去，如此反复。手指皮肤蹭得泛红，圈环在拇指和食指的捻搓下，闪着金属光泽。很性感的小动作。

冰箱里拿出来的苏打水傅西泠嫌不够冰，又在杯子里加了冰块。在他把一块冰喝到嘴里咬碎时，她走过去，跨坐到他腿上。

傅西泠反应特别快，举开水杯，单手捧着时芷的侧脸，和她接吻。

唇是凉的，带着苏打水里的西瓜味。冰块在唇齿间渐渐融化，非常刺激。

吻后，傅西泠目光沉沉，眼里泅浮着不安分的情欲和贪念，说的却是：“又想睡我？”

夜晚的温存令人心悸。和傅西泠的堂哥尝试沟通这件事，让时芷多多少少也有些触动。

好像，敞开心扉也不是件很难的事。

隔天下班时间，傅西泠和朋友谈关于傅西沣留学的事。时芷不想去，下班后便自己回了住处。

闲着没事，坐在昨晚温存过的沙发上，她才有些后知后觉地反应过来傅西泠话多的用意。他在吃醋她和他堂哥聊得久？

想了想，她开始用写论文的方式，随便找了件事情和他沟通。想到之前傅西泠说，她黑名单里连老师都有。时芷就把这件事编辑在对话框里。

过程有点不习惯，像当众念自己的作文，有种说不清的羞耻。但她性子倔，想做的事，就会逼一逼自己。

当年的细节情况，时芷不太想得起来。只记得学校里有个男生是她的小学同学，不明白是出于什么样的心理，男生和其他同学说了时芷妈妈是神经病的事。

时芷最开始并没有什么反应。她很冷静，知道最重要的是准备高考。

但当那个男生用一种自以为是的幽默，指着自己脑袋，调侃她：“神经病能治好吗？”

时芷听见他们在她身后嘻嘻地笑着。她转头，没什么情绪，只盯着走廊窗台上坐着的男生：“没治好，死了，你想去陪她吗？”

那天时芷把手里提着的书包丢过去，砸了那个男生。周围有同学和老师及时拉住了，所以没有打架。

男生家长找来学校。

“老师，马上高考了，孩子们的心理压力是很大的，要是影响到考试，怎么办！”

家长很不讲理，问老师，家长精神方面有问题会不会也遗传了孩子，不然怎么会说出那么恶毒的话。

那是时芷本来很喜欢的一位老师。老师在家长说出这些话的那一刻，并没有及时呵斥，甚至还安抚地拍了拍家长的肩：“是的是的，我能理解您的心情，但林萌这边没有父母，其他监护人工作很忙没办法过来，您看……”

文字打到这里，时芷停下片刻。也许那个瞬间，老师的犹豫是在寻找更合适的说辞；也许生活所迫，人不能完全做自己，老师在其位也有自己的无奈。但时芷只是觉得，那一刻她非常不舒服。

所以，她拉黑了老师的微信。她当时是期待过有人能够偏爱她的。期待过有人可以无条件地挡在她面前，为她说一句话。

时芷沉思着往事，习惯性点了发送。发出去的内容不太完整，却也没什么想写的，就当是“沟通”完了，于是时芷放下手机，去泡澡。

其实傅西泠在收到微信的时候，还蒙了一下的。

时芷从来言简意赅。看见那么多字，傅西泠还真反复确认过两眼，确定是时芷发的，而不是什么乱七八糟的别人。

他看完，非常心疼。

泡完澡的时芷，发现充电的手机里有傅西泠的未接来电和一条未读消息。

他回复她的只有一句话——

但我非常非常爱你。

时芷把这句话看了两遍。看第二遍时，时芷敷着面膜浅笑，面膜浮起来些，又被她用指尖点着按到重新贴合。她拨傅西泠的手机号码，被他按断了。

下一秒，入户门密码锁被按响，傅西泠推开门，直接大步走进来拥住她。

时芷说：“我只是在沟通……”

傅西泠抱得很紧，回答她：“知道，我只是突然很想抱你。”

时芷脸上贴着的是万冉寄给她的面膜。特别贵，据说是国际名牌，单张面膜也要上到千块的。傅西泠这么一抱，面膜就掉了。

温馨气氛瞬间消失，时芷对着傅西泠一顿“拳打脚踢”。

时芷力气上是敌不过他的，在他想要认真抗衡时，略显花拳绣腿。傅西泠带着些酒气，迎着她的狂风暴雨把人给推倒了。但过程特别温柔，都只是顾着她的感受，在她极力皱紧眉心时，轻轻落下一吻。

求婚时没说过的“我爱你”，傅西泠在这个夜晚说了。

意思不仅仅是“我爱你”。还代表着，“我永远站在你身边”“我永远偏爱你”。

但面膜这件事，傅西泠还是挺心虚。趁着时芷上班，他跑去商场买面膜，直接买下二十盒。傅西泠平时有自己固定用的几个牌子，很少往这边逛。隔壁品牌的售货员小姑娘特别会来事，一看他面膜买那么多，马上说：“先生，我们这个品牌的面膜更贵，效果也更好，你要是送人绝对不会丢面子。”

傅西泠进去看两眼，介绍都没听完。他想着，我堂堂正牌未婚夫还能让个闺蜜给比下去？

不可能的，这个也得买二十盒。傅西泠这种购物方式，在晚上提着购物袋回家后得到了时芷的评价。

她探头往袋子里看看，皱眉：“傅西泠，你有病吗？”

挨骂的人就靠在门边笑，称这是一种“上心”。

他们一起贴着面膜打游戏时，周朗打来电话，约饭。周博士前阵子超忙，这两天终于有点空闲，第一时间想请求婚成功的这对吃饭，也想瞧瞧钻戒。

仍然是约在一家川菜店。吃饭时，周朗这种烟酒不沾的人，难得主动要求着喝了瓶啤酒。他借着酒劲儿说了些掏心窝子的祝福话。

周朗还红光满面地吐槽，以前傅西泠特别喜欢充那种高档餐厅的卡带宿舍的人去吃饭。还好现在有时芷了，不用再去吃那些奇怪的菜了。

傅西泠笑着：“让你们吃过什么奇怪的菜？”

周朗喝酒后，人更开朗：“各种！大三时候那个分子料理，人均四位数。勺子里装一坨柠檬味泡沫，还有个长得像石头的鹅肝夹松露，不够塞牙缝……”周博士对那些昂贵的奇怪料理记忆深刻，给时芷举了不少例子。

然后，时芷发现个问题。每次提到的“去吃饭”，好像都是傅西泠他们几个室友或者和其他兄弟。他身边没有过异性？

但她没细想，以为是那种不在现女友面前提朋友前女友的社交礼仪。周朗毕竟不常碰酒，只是一瓶啤酒，他饭后就已经晕头转向。

饭店在B大附近，傅西泠和时芷叫了代驾，先送周朗回去。到宿舍楼下，周博士走得摇摇晃晃，傅西泠也跟着下车，和时芷说：“我送周朗上楼，等我。”

进楼道后，周朗突然扶了下眼镜，转身就要往回走：“不行啊，我还有话要嘱咐时芷。你没谈过恋爱，我得让她多担待着你一些……”

楼道里灯火通明，一片整洁干净的白色。傅西泠偏头，微微笑着，对着有些醉的周朗比了个噤声的动作。

时芷说抽烟不好，他把烟给戒了。时芷喜欢吃辣，不喜欢故弄玄虚的菜系，他过去充值过的那些创意料理的餐厅他都很少再去，只陪着她吃辣。

过去小叔他们总说，傅西泠有八百个心眼子，做生意不可能吃亏。

最近改口了，自从他在对家手里成功抢了个项目回来，小叔欣慰地说现在傅西泠成长了，心眼子至少得有九百个了。但傅西泠自己知道。他哪怕真有九万个心眼子，里面也都是时芷。所以周朗这话，傅西泠没让嘱咐。

他说：“她不用担待我，也不用让她惯我，那都是我要对她做的事。”

番外二 饵

时芷和傅西泠吵架最“凶”的一次，是她在国外读书的时候。

那时候她很忙，也很拼命。某个夜晚，傅西泠打电话给她时，她正盘腿坐在床上抱着电脑在研究数据模型与决策，看几眼笔记内容，又切到 PPT 页面去完善。敲键盘的频率比回话的频率高出十几倍，傅西泠静听片刻，也不挂断，在电话里轻笑着：“猜我在做什么？”

时芷把整段内容敲完，才出声，眼睛还盯在电脑屏上。她根本没动过脑子，随随便便就给他安了几条玩物丧志的罪名：“酒吧，打游戏，B 大校园里泡妞。”

傅西泠的笑音传过来：“真看得起我啊，国内现在是上午十点钟，我泡哪门子妞？”

时芷“哦”一声，才意识到自己没算时差。也只意识到这么多。她根本没往更深处想。

没发现能让自己这样边接着电话闲聊，边去做工作、学习这类正事的名单里，除了领导和对接工作的同事，只有傅西泠。傅西泠，是唯一与工作无关的人。

傅西泠可能也感知到她心不在焉，便把话题往刺激上拉。他淡淡一句：“上次，也没见你这么冷淡。”

他故意的，暧昧地停顿。

确实是没有的。上次见面只有一天时间，他们在酒店房间里没出过门。到后半段，时芷难以承受地偏过头，紧咬下唇，流了生理性眼泪。一点点，潮湿地凝在睫根处。

他吻她，说她有种泪盈于睫的美，然后开启了第二次。忽然加重的呼吸声，被汗打湿的头发，攥出褶皱的床单。

一些头脑中的破碎片段和不错的体验感，轻而易举被傅西泠的话给唤醒，惹得时芷终于在电脑前走了神。键盘声没再响起，似乎是察觉到时芷的注意力已经被拉回自己身上，傅西泠才愿意继续关于“行踪”的话题。

他说他在南方出差，遇见回南天里下雨。满世界都是潮湿的，他挺不适应。他语气很无奈地说感觉像走在泳池里，但拿这种天气没有任何办法。

时芷不知道为什么他最后一句带着笑意。也不知道为什么他要执意和她说这些。

在这通电话之后，隔了几天，时芷和请病假的同事交接工作。不到十分钟时间而已，已经被传染了流感，她只能带病坚持学习和工作。时芷生病的当晚，天气不太好，云层沉，看起来阴沉沉的，像要下雨。她咳嗽着构思作业，翻看之前笔记里画的思维导图，完全不知道傅西泠落地机场。也不知道他已经打车到她公寓楼下。

手机是静音状态，所以时芷没接到傅西泠打来的电话，只听到了敲门声。

傅西泠敲门和其他人不一样，很轻。学过乐器的人，节奏感不错，总能很随意地在门板上敲出某个突然想起来的曲子节奏。

听到这样的敲门声，时芷停下动作，感到意外。不用问也知道是谁。

打开门，一阵过于清爽的风涌入，微凉。傅西泠就站在门口，特不正经地撩她，中指和食指间夹着 logo 眼熟的酒店房卡，见面第一句话就是：“出去住？”

公寓过廊的灯接触不良，忽闪忽闪的，像在拍鬼片。傅西泠在不稳定的光线里，风尘仆仆却不显半分疲惫，他戴着黑色鸭舌帽和口罩，长款风衣外套搭配马丁靴。

气质很好，很养眼，像躲开娱记进行私人行程的明星。但时芷病得没精神，头晕，生理上的欲求降到极限。再帅，再宽肩窄腰她也没心思多看。

所以这次，她对他不按常理出牌的到来，表现得无惊无喜，有那么丁点冷漠。傅西泠敲门前，时芷刚咳过也擦过鼻子，鼻尖和脸都微微泛红，神情恹恹的："不去。"

顿了顿，她继续说："有作业没写完。"

门口光线差，看不清脸色。她说第一句时，他大概没听出来她声音不对，这回听出来了，表情跟着严肃起来，躬下身子平视她，把手往她额上探："病了？"

"流感，传染的那种，你来得不是时候。"时芷说完这句，才抱着臂侧开身，去留都听凭傅西泠自己选择。时芷以为他会自己出去住酒店的。但他没有，进门脱掉风衣，随手丢在沙发上，戏谑地看她："我怎么觉得，我来得挺是时候？"

眼看着傅西泠指尖钩着把口罩都摘了，还以为他是这个时候想要，时芷都愣了愣。结果傅西泠路过身边时，只抬手，把鸭舌帽扣在她头上："想太多，都病成这样了，能对你做什么？"

他们平时见面不在公寓住，隔音差。但傅西泠也来过几次，屋子里有些闷，他脱了高领毛衣，上身只穿工字背心，轻车熟路地往厨房里走。

看见桌上的快餐袋子，傅西泠问她："就只吃了汉堡？"

她咳嗽几声，才回答："嗯。"平时时芷会自己做饭，煮面或者咖喱之类，这样生活成本低。付倩负责学费和房租，但不负责餐食等生活费用，能省还是要省的。今天是例外，太难受，还有作业，时芷没精力做饭。

"药吃了？"

"还没。"

傅西泠烧了壶热水，靠在厨房门边等水烧开时问她："作业是什么，我帮你。"

MBA 课业非常忙，花在作业上的时间比课堂还要多。水烧好后，傅西泠兑了杯温水给时芷吃药，也给自己冲了杯咖啡，然后用手机帮她做投资价值分析报告。

外面开始下雨，很小的那种，零零星星落在玻璃窗上。时芷靠在床头，对着电脑处理工作。等她的工作处理到差不多时，已经是夜里十一点多。

嗓子不舒服，时芷偏开头隐忍地咳两下，那边傅西泠也把作业搞完了。他仰头揉了揉眉心，先递温水给她喝，然后把他手机也给她："看看。"

时芷狐疑："抄的？"

被怀疑的人一脸从容："至于抄？"

她还是狐疑："你写报告这么快？"

"一般。听你咳嗽总分心，不然能更快点。"

时芷没往关心这个层面上想，还觉得，街边咖啡厅行人来往熙熙攘攘都能工作，怎么她咳几声就成打扰了？她心里响起"嘁"声。时芷想怼人，但又咳嗽了几下，嗓子疼，肺疼，懒得说话了，小口喝着水，认真看完了傅西泠代写的分析作业。

他竟然不是在糊弄。观点明确，逻辑清晰，外语也流畅。不得不承认的是，比起她原本构想的分析方向，感觉老师会更喜欢他的这种。

"谢谢。"

“只是嘴上道谢？”傅西泠坐在电脑椅里，姿态很松弛地敞着腿。这会儿看出来他是坐过许久航程的人了，撑着脑袋，眼里有困意，很慵懒。

时芷看着傅西泠。可能药效起了作用，她这会儿身体没那么难受。也可能是他们将近二十天没见，这样的深夜独处，情欲终于被唤醒。房间里能听到一点雨声，也能听到隔壁邻居几个男生在聊天的叽里呱啦声。

她握着水杯，继续喝两口润掉嗓子里的痒，若有所思：“别的道谢方式，你大概不敢。”

傅西泠手里拿着出机场后随便买的塑料打火机，按动着，“咔嗒”一声，火苗幽幽晃动。

闻言，他抬眼看她，让她说说看，他有什么是不敢的。

时芷放下水杯：“接吻。因为会传染……”话都没说完，傅西泠已经迅速丢下打火机，走过来吻住她。她刚刚的话是有点鬼迷心窍，撩一下，但真不至于像他这么疯……

所有声音都消失了，听不见，时芷耳畔只剩下急促的呼吸和心跳。时芷紧紧闭着嘴，又被傅西泠紧扣着后脑勺躲不开，皱眉，打他，眼里意思很明显——

傅西泠你有病吗？

他看着她，眼底闪过笑意，然后重新闭眼上前，偏头，继续吻住她。挺轻柔的动作。在她有些被勾起感觉，逐渐被迷惑着沉溺、放松警惕时，他才停住，强势地说了声“张嘴”，和她深吻。

呼吸乱得不成样子，时芷好不容易理智占上风，推开，说这样绝对会传染。傅西泠仍然只答这么一句：“反正已经亲了。”说完继续亲她。

他单臂紧揽着她的腰，和她紧贴着，亲了很久才克制住某种念头，埋头在她颈窝，缓了片刻，帮她整理好衣领。他闷声笑着，竟然还开玩笑，说：“这样……也还算是嘴上道谢。”

被时芷打了一拳。

她又在咳嗽，时芷下床找了两片药给傅西泠，开始赶人：“吃药，吃完你去酒店睡。”

“不去。”傅西泠已经坐回电脑椅里，没碰药片，也没有要走的意思。

时芷安静地等了片刻，才察觉到他的决定依然是那句“反正已经亲了”。

也算有道理，估计怎么都逃不掉传染。她没再坚持，先把话说在前面：“我明早要起早的，你别动其他心思。”

“刚才谁先开撩的？”傅西泠反问完，接住时芷砸过去的药盒，拿在手里玩，又问她早起要去哪儿。

“出差。”

一直到这时候，他们之间还挺和谐的。但深夜里时芷高烧三四个小时不退，有种被剔骨般的疼痛，她把自己咳醒时，傅西泠正坐在床边打电话。时芷迷迷糊糊听见傅西泠在讲电话。

她睁眼，在模糊天色里看见他坐在床边的背影，手机举在耳侧，赤着上身，宽肩，肩胛下肌有她抓出来的浅红痕迹。他咨询当地的朋友，问哪家医院更靠谱。他朋友是个女生，声音里还带着睡意，很温柔的那种：“还是别去医院折腾，大概率是流感。私人医生借你吧，我联系一下，让他过去……”

时芷伸手，双击自己的手机屏，看到时间，已经是早晨五点多钟。她每动一下都很疼，那种酸痛无力感导致她动作艰难，想要叫傅西泠，却被他先察觉到。他举着手机，没回头，只反手握她的指尖，近乎安抚地握了握。

她嗓子哑，说："不用。"

卧室里没开灯，只有半扇窗的熹微晨光。手机里的朋友在问地址，傅西泠偏头，蹙眉和她对视，她又强调一遍："不用。"

傅西泠对电话里的朋友说"稍等"，按了通话中的静音键，才问时芷："几点走？"

"六点钟。"

傅西泠看了眼手机屏，他应该是意识到医生赶过来看病这件事在时间上确实来不及，所以迅速制定了新的方案——

"我让朋友开车来，你去哪儿出差，我开车送你过去，让医生在路上给你瞧瞧。"

时芷仍然摇头。她想起床，站起时头晕，眼前有些发黑，便扶着床蹲下去，闭眼缓了几秒。再睁眼时，傅西泠蹲在她对面："请个假？"

"你少管。"

时芷扶着床边站起来，往浴室走。

傅西泠拉她手腕，语气挺严肃："时芷，你这样子出不了差。"

"我这样子能不能出差，你说了不算。"时芷的眼神太冷了，像看陌生人。

傅西泠也有些来脾气了，松开手不再拉着她，他甚至笑着做了个"请"的手势。

意思是：OK，行，你随便，我不管了。

关上浴室门前，时芷看见傅西泠重新拿起手机贴在耳侧。她强撑着洗了个澡。吹干头发，出来换衣服，时芷倒也没有刻意避开傅西泠，就坐在床上穿丝袜。

雨已经停了，他们没再对话。只有在时芷把手背到身后，受生病影响，扣内衣搭扣一下居然没成功时，傅西泠才沉默地滑了下电脑椅，伸手，帮她把搭扣给扣好了。

时芷空腹吃了药，脑子里在琢磨出差所需要带的物品。她把笔记本电脑和手机充电器装进包里时，思绪已经转到"带睡衣""带发绳""带耳机"上面去了。

这趟出差时芷是非去不可。Morgan团队的核心成员病倒了，就是传染她的那位。她之前一直以助理的身份协助项目，现在严重缺人，临时借调不现实，这才轮到她这种新人出面，跟着集团里的顶配团队出去。机会难得是一方面。另一方面，时芷其实非常在意这种临危受命的紧张感。越是难，越是不能退，某种意义来说，也算是她证明自己实力的某种方式。

在时芷快要把包收拾好的时候，傅西泠才终于说话了。好像刚才赌气做"请"这个手势的人不是他。傅西泠压着脾气，语气很平静："出差几天？"

"三天。"

"你脸色很差。"

"我知道。"

傅西泠把手机屏转过来，上面显示着的数字时芷并不陌生，是Morgan的手机号码。

她皱眉。

"如果我托人和Morgan联系，让你留下休息，你会怎么做？"

时芷摘下手腕上的满钻手镯，拍在桌面上，没再多说什么。这就是答案。她早警告过，不许他在她的工作上动任何手脚。傅西泠点头，删掉那串号码，语气冷淡："行，知道了。"

一直到时芷离开公寓，傅西泠都没再说过话。

下过雨的街道湿漉漉的，天色依然有些阴沉，公司的车子已经等在楼下，她上车，把口罩发给团队同事。时芷不知道傅西泠什么时候回国，也不知道手镯他会不会拿走。

眼下工作上的事情太多也太重要，时芷几乎是咬牙坚持着完成了后面的任务。出差的当天下午，对方团队里的某位领导笑呵呵地给 Morgan 介绍了效果不错的药。时芷试过了，还算有效，起码她不再高烧，其他症状也在吃第二顿药后逐渐减轻。

出差三天，时芷一直戴口罩。工作方面双方的接洽沟通非常顺利，时芷这个临时壮丁的表现也得到所有人的认可。Morgan 的团队里所有人都很兴奋。

第三天晚上，他们在当地找了很有情调的餐厅弄团队庆功宴，要吃完才回去。坐在有人拉琴的高档餐厅里，时芷没摘口罩，只安静地听着轻音乐、听着同事间热闹的交谈。

但其实思维突然从紧张的公事里解脱出来，她是会不由自主想到傅西泠的。这三天里他们没有联系过。时芷对傅西泠这个人的最后印象，停留在她关上公寓门前一瞬。

公寓里百叶窗只遮了一半，略昏暗，他垂头，背对着窗缄默地站在桌前。出国前她想过他们会断。却没想过断得这么……

有同事拍着她的肩，关心地询问她要不要摘掉口罩吃点东西。她摇摇头，说“谢谢”。

在职场中，时芷属于话不多但效率超高的那种类型。付倩很会安排。在 Morgan 已经成型的团队里，都是经过大浪淘沙的老手，没人会给能力强的新人使绊子，也没人会硬拉着话不多的她搞职场社交那一套。社交方面完全不会吃亏、不会被那些乱七八糟的事情绊住，让时芷可以全心全力去努力吸收各种经验和知识。

Morgan 隔着人群喧嚣对她举杯，片刻后又走过来，也询问她的病情怎么样。时芷简单答着，说自己已经快好了。

台上换了位男性小提琴手。她瞥了一眼，脑子里浮现的是傅西泠拦住她的样子，眉心紧蹙，有点压着火气。

坐时芷身旁的同事抽烟，用一款 S.T.Dupont 的打火机。这牌子的打火机傅西泠也有，不止一款。以前在国内，时芷见过他用金色的，也见过黑色的，还有两个造型花里胡哨的什么限定款、限量款。

时芷手腕空得有些不习惯。最初到国外时，时芷时刻做好了和傅西泠断的准备，但每一次她以为会断掉的那些契机里，他们的关系都没受到过丝毫影响。

没想到在她最毫无准备的时候，真的要断掉。她不喜欢被干涉工作。但傅西泠的本意，似乎是担心她的身体状况？时芷这样决定：

回去时，傅西泠如果没拿走手镯，她就当之前的对峙没发生过。

如果拿走，就算了。

并且，她坚持认为自己这是在凭理智做决定。绝不是什么不舍，也绝不是戒断反应。

只不过——“傅西泠”这个名字，已经和她的生活勾结得太深太深，总有些微小事物会提醒她想起来这个人。

比如，S.T.Dupont 打火机。

比如，台上的小提琴手。

也比如，她的作业。

庆功宴临近结束时，老师在群里点名表扬时芷的作业，说她的分析写得很不错，让其他同学参考学习。同事又在摆弄打火机了，开盖的声音十分清脆，叮铃……

时芷按灭手机屏幕，皱着眉咳嗽。咳完，她问同事：“你这种打火机，附近有店能买到吗？”

百叶窗只遮了半扇窗，玻璃窗上凝着雨痕。傅西泠亲眼看着时芷在沉闷的阴天里，坐进公司的商务车。她走后，傅西泠很烦。他从烟盒里掏出支烟叼进嘴里，想到是在时芷的公寓，又顿住动作没点燃。

时芷的脾气实在太差，有某个瞬间，傅西泠特别想一走了之。但出去购了物，回来叼着没点燃的烟把公寓贫瘠空旷的冰箱塞满后，他重新冷静下来。

差不多中午时间，在傅西泠拿着满钻手镯，坐在公寓沙发里思考要不要联系时芷的时候，他开始咳嗽，随后半小时内感觉到身体发寒。病毒非常一视同仁，激吻过后，傅西泠也跟着中招了。傅西泠没联系过时芷。也清楚这种联系没有任何意义。

冷静下来仔细想想就知道，时芷这趟出差肯定不普通，机会应该挺难得，也挺难临时换人。她又固执，总是对工作有着凌驾于一切之上的执着和热情。

他就知道，自己不能再干涉了。再出手，估计他这手镯只能自己留着落灰，再也送不回去了。有什么话要等她回来当面再谈。

私人医生来给傅西泠看过病，又差去买了药，双份。时芷如果三天没能康复，回来也可以吃。天气 APP 提示，最近几天这边都是阴雨天。傅西泠想了想，觉得不放心，时芷拼起命来可能真不会顾自己身体。

比国内麻烦些，他花了点时间找关系。先联系了大伯母，又联系了他小叔，辗转几轮之后，最终找到某位今天能和 Morgan 团队见到面的长辈。

他大费周折，只托人家帮个小忙，在无意间把医生说的最有效的那种药透露给 Morgan 团队。傅西泠的症状没时芷严重。

当天下午最难受的时候，他回忆着她决绝又冷清的目光，穿着高领毛衣坐在公寓楼下的台阶上抽了两支烟。听私人医生说是他病了，之前联系过的那位姐姐打来电话，表示关心。

也是长辈们都交好的那种关系，从小认识。姐姐大他十来岁，现在怀着二胎，不好接触他这种流感患者，便派了住附近的小表妹过来给他送吃喝和营养品。傅西泠说了不用，人还是来了。

小姑娘也是被差使的，最开始估计是没打算下车，只降了半扇车窗，不情不愿地说着："傅西泠是吧，我姐姐让我给你送……"

话没说完，小姑娘先改主意了。小姑娘逮着傅西泠看了好几秒，然后眨眼，下车，打开车门，把后座上两个巨大的购物袋展示给傅西泠。她一连串问了他特别多问题："你是留学生吗？自己住？听说你病了？用不用我帮你把东西提上楼去？"

反差之大，像双重人格。傅西泠偏头，闷咳两声。他一个问题也没答，只伸手在购物袋里拿了桶果汁："谢谢。剩下的都给你姐带回去吧，不用怕难交差，我和她在电话里说。"

"你不想知道我叫什么？"

"不太想。"

傅西泠道谢，然后往公寓楼里走。

"就这么走了？喂，傅西泠……"

傍晚，傅西泠下楼抽烟。他坐在楼下的台阶上想时芷，烟快抽完的时候，送东西那小姑娘又出现了。这姑娘换了辆红色的车停在路边，降下车窗，趴在上面，钩下墨镜，特别明显地搭讪着："傅西泠，找你借个火。"

傅西泠把他手里的塑料打火机丢过去。人家姑娘嘴撇了撇，下车，拿了支细细的女士香烟，问他到底知不知道女生说借火是什么意思。

傅西泠知道。这要是时芷借火，他得钩着她脖子拿自己叼着的那支烟帮她点。撩完人还得趁机占便宜。能亲到最好，但亲完，肯定也得挨两下打。

他没说话，小姑娘用塑料打火机点烟，很不满地嘀咕："看你长这样，不该是木头性格啊，怎么这么不浪漫。"

傅西泠低头，看了眼手机上的时间。十八个小时前，在楼上，在时芷那间并不算宽敞的公寓卧室里，他们腻在床上接吻。没开灯，百叶窗只落了一半。

光线朦胧，他在摘掉她的防蓝光眼镜时，刮到她的头发，她略皱眉头的样子很迷人，让他非常想要。外面的风声雨声统统听不见，他们共享着同一副耳机里的音频。

时芷用过某首微色的外文歌撩过他，他学以致用，录了在南方出差时遇到的回南天里的雨声，播放给她听。他要带她在一场夜雨里，听另一场雨。雨声时长他是算计过的，取悦她究竟需要用多久，这种事情，他太清楚了。

结束后，时芷撩开耳侧被汗浸湿的头发，听到了第二段雨声音频。音频里有窸窸窣窣的布料摩擦，然后是他重重的一声呼吸。很闷，有点色气。

时芷问："你是在……的时候录的？"

傅西泠当时达到目的，笑她思想不纯洁，然后挨打。边挨打边给她解释，说他只是在下楼梯时，踩到回南天里潮湿的台阶，滑了一下，那声呼吸是脚滑而已。

时芷无语的表情也可爱。她问他，脚滑，然后呢，摔了吗？

他说摔惨了。然后听到她夹杂着咳嗽的、幸灾乐祸含义的轻笑声。

他可以浪漫，也可以浪。但这些的操作对象，只能是时芷。

"喂，傅西泠。"小姑娘精心打扮过，穿着 over size 的棒球服，里面搭露脐装。混血，很高挑，棕色头发。

粉色墨镜被这姑娘拉到鼻尖，特别自来熟地评价起来："你这打火机也太逊了吧。"

小姑娘还说了，自己就住这附近，本来就只想着开车过来碰碰运气，看能不能遇见他。

遇见了就搭讪，遇不见就算了。说到这里，小姑娘很兴奋，眼睛都笑弯了："我们还是有点缘分的，你说对吧？"

傅西泠始终没搭话，只有在人家姑娘自我介绍说她叫"谭檬"的时候。

他才多嘴问了句："哪个'meng'？"

"'柠檬树'的'檬'。你终于开始对我好奇了吗？"

傅西泠无奈地摇头。像在说，你想多了。

谭檬琢磨着什么，思考半分钟，终于算是有点悟到了："哦，我知道了，你肯定是认识过其他名字叫'meng'的女生吧？"

傅西泠不置可否。他把烟沉进几乎喝空的苏打水玻璃瓶里，拎着瓶颈，很随意地指了指身后的公寓楼："回答你下午的问题，我不是留学生，这是她的住处。你姐姐没和你说过我有女朋友？"

谭檬说："我没问过。我要追你，有什么消息我更愿意从你这儿听到，而且你看起来根本不像有女朋友，刚才开车过来时我看你挺郁闷的，是失恋了？"

"失恋不至于，吵架，能哄好。"

之后的两天里，谭檬那辆车厘子红色的车子，像雨后冒出来的蘑菇，几乎是长在公寓楼下的街边车位里。她倒是也不主动上楼纠缠。遇见傅西泠下楼倒垃圾或者抽烟，人家就降下车窗搭几句话，得不到回应也不生气，一副志在必得的样子。

谭檬试图送过傅西泠烟，也试图邀请过傅西泠吃午饭。被拒绝也不走，自己买了比萨，坐在车里举着比萨吃，边吃边往楼上看。

只有一次，谭檬突然靠近，傅西泠反应很快地退开，提醒道："流感。"

"可是我愿意陪你一起生病呀。"

傅西泠垂头笑了笑："我就是这种心态才被传染的，懂了吗？"

他知道，谭檬能听懂。但谭檬没走，像那种看上橱窗里的玩具就必须搞到手的孩子，整天晃悠在公寓附近，还说这叫作"以自己为饵"。

到第三天晚上，傅西泠主动下楼，敲敲车窗，把手机递给谭檬。电话里是谭檬的表姐，依然温柔，但严肃："檬檬，不许再胡闹，人家是有女朋友的，感情很好，快点回家去！"

到底不是特别严厉的性子，姐姐加了一句："回去慢点开。"

谭檬撇着嘴说"知道了"，说完挂断电话："傅西泠，你不厚道，这种事情叫家长就过分了。"

傅西泠耸肩。追过他的女生还挺多的，叫家长帮忙挡确实是有点奇怪……

但没办法，时芷快要回来了。虽然眼下他们的这种关系，他不介意让时芷多来点危机感，多来点占有欲之类的。莫须有的情人可以有，怡情，但误会绝对不能闹大。

大家庭出来的孩子都不傻，眼前的混血妹妹脑子也够用。她稍微想想也就知道了，傅西泠是不能追、不能惹的人。谭檬从副驾驶的手套箱里拿出个盒子，递给傅西泠："既然这样，我最后送你个礼物吧，也算是对缘分的纪念。"

傅西泠只看了一眼包装："这个牌子的打火机我有很多，不如你自己留着。"

谭檬有点像姚姚，小公主性子。一再被拒绝，总是有点挂不住面子的，她把盒子往副驾驶上一丢，发动车子猛踩油门走了。走前，谭檬吸了下鼻子，和傅西泠狠狠地说："你这个人真的很直男也很无聊！"

其他异性的评价，傅西泠不怎么在乎。他到底直不直男，无不无聊，时芷清楚就行了。

然后，他听见身后的高跟鞋声。时芷穿着黑色西装外套和黑色西装裙，衬衫是浅蓝色，单肩背着托特包，两只手都插在西装外套的口袋里。

她戴着黑色口罩，头发仍然很随意地绾着，高跟鞋把时芷的腿部线条拉得更好看。碎发被风吹动，她嫌痒，抬手把脸侧的发丝理到耳后。然后那只手没再收回口袋里，而是对着傅西泠，轻轻一招。意思是，跟我来。或者是，给我过来。

傅西泠垂头开始笑。真正能钓到他的饵料，终于回来了。

两人一言不发地上楼。走到门口，时芷没动，傅西泠拿着一直留在他手里的备用钥匙把门打开。推开门的瞬间，他没回头，凭感觉判断方位，猛然拉住她的手腕往屋里去。

穿堂风是帮凶，门"哐"一声关上。

时芷两只细细的手腕被傅西泠单手钳在头顶，按在墙上。但他是扶着她后脑勺的，摸到她绾发用的黑色碳素笔，怕硌疼她，拔下来，往身后沙发上随手一丢。

长发散开，顺着肩颈落下。他垂头，和她额头相抵，呼吸错乱地混在一起。明明暧昧到极致，明明彼此眼中的"想要"火焰般燃烧着，傅西泠却不肯主动继续下一步动作。

反而退开些，就这么看着她。他是在告诉她，对她之前的行为，他并不是没有过脾气。

时芷没有主动仰头，拉住他衣领，让他向下，然后亲了傅西泠一下。傅西泠笑了笑，然后缠着她深吻。当他把手探进她衬衫下摆，她抗拒，挡住："我先去洗澡。"

他声音里还有未消的欲，有点哑，克制地吻了吻她的眉心："病好了？"

"差不多。"

这个吻意味着冰释前嫌。

时芷脱掉高跟鞋，换了拖鞋往浴室走："浴室有别人用过吗？"

"没有。"

时芷在楼下时看见那辆车厘子红的车子了，因此转头，盯着傅西泠，要个解释。傅西泠也不隐瞒，特磊落，也特清晰："刚才开红色车子那姑娘，是朋友家表妹，不熟。你走的那天下午过来帮忙送过东西，之后来过几趟，我和她说过的话不超过十句，更没把人往你这儿带过。"

她自以为，和人要解释的动机是："我不希望以后有莫名其妙的人找到公寓来。"

"放心，刚才解决过了，没有下次。"

时芷点点头，比了个"OK"的手势，走进浴室里。

症状几乎好了，洗过热水澡出来，时芷只穿了件短袖T恤，靠在浴室旁打量公寓。

公寓里多了些东西。正在喷云吐雾的加湿器，两箱她喜欢的果汁塞在桌子下面，光线有些暗的台灯被换成了新的……

连续阴雨天的早春夜晚，房间里渗着丝丝缕缕的微凉空气。傅西泠坐在沙发上看她。

她走过去，从沙发扶手上拿起他的风衣外套给自己穿上。她穿着他的外套，跨坐在他腿上，问："为什么没回国？"

"还想见你。"

后面的事情发生得非常顺理成章。在这场漫长、持久的运动结束后，满钻手镯也重新回到时芷的手腕上。风衣下摆压得有些褶皱。

傅西泠准备拿去干洗时，从口袋里掉出一枚打火机。很熟悉的牌子，金色，打开盖子有清脆的、带着余音的叮铃声。他熟练地点燃双火焰，问她："哪儿来的？"

"捡的。"

"不像，这玩意儿是新的。"

隔天，时芷去上班，傅西泠坐在公寓楼下给之前麻烦过的姐姐打电话，说自己准备回国，刚订了机票，这次流感没好，下次再来一定去拜访他们。姐姐在电话里笑着问："女朋友也带来给我看看吗？"

"我说实话，还没追到。"

"之前说感情好得不得了，合着是骗人呢，追都没追到的？"

"是没追到。不过，感情也是真的有点好。"傅西泠叼着烟，摸出打火机，翻开盖子。

阴雨天过去，阳光落在手里的金色物件上，亮堂堂的，格外顺眼。他想起昨晚最后的对话。在他发现打火机是新的之后，时芷并没有过任何慌乱。她身上有股迷人的慵懒劲儿，没有否认，也没有掩饰过打火机是她买给他的。特别酷，不说是礼物，更不提什么纪念不纪念的由头。

她是这样说的："以后少拿塑料打火机在我眼前晃，我更喜欢和有品位的人做。"

想到这儿，傅西泠咬着烟呼出白色烟雾，兀自笑起来。

他早说过了。

她才是让他总能心甘情愿咬钩的饵。

番外三 感情史

关于傅西泠“丰富”的感情史——

在某个阳光过于明媚的周末下午，时芷接到玲玲的电话。她当时守在落地式大型打印机旁，抱着笔记本电脑，边等材料的打印，边查看邮件。

玲玲的电话来得突然，时芷戴着耳机接听。耳机里传来玲玲的爆哭声，哽咽到断断续续，话都说不清楚。她关了打印室的门，费力分辨着。

她听了好久才从各种抽噎的哭泣声、无用的情绪发泄里拼凑出事情原委。

概括起来只有六个字：和大诺吵架了。

北方频繁高温预警，南方却在下大暴雨，航班停飞，万冉过不来。时芷因刚换职位，周末也要加班，忙到三点钟连午饭都还没吃，根本走不开。

天气热，又不能放玲玲自己在外面哭，哪怕只是中暑也很危险。

时芷要了地址，直接把人托付给傅西泠照顾。在她的认知里，好歹傅西泠是当过海王的。

经验丰富，哄女生的路子总该比她多。然后……

哭到眼睛、鼻头都通红的玲玲，坐在人民公园旁边的小奶茶店里，和傅西泠面面相觑。

傅西泠挺头疼。他还真就不会哄人，很多时候对时芷能够耐心且有效，大概是因为——

爱她像是他的本能。对别的女生傅西泠真就半点主意都没有，束手无策。

天气很闷，下午这会儿阳光最毒，水泥路面直晃眼。时芷家这傻姑娘哭得快脱水了。眼睛和鼻尖都通红，费力擤着鼻涕，抽噎太久唇色都开始发白。

傅西泠听半天，觉得吵架原因就是鸡毛蒜皮的普通小事。理智来想，不难解决，但玲玲就是陷在难过的情绪里没出来。

这都十多分钟了，总这么坐着哭也不是办法。解铃还须系铃人吧。

傅西泠问玲玲，要不要给大诺打个电话。像按到尖叫鸡，玲玲哭着猛嗷一嗓子：“不要，大诺要上班啊，请假过来不但要扣工资，还扣全勤！”

路人侧目，傅西泠摸着脖子，拿出哄何凡诚家小外甥的方法给了个建议。

“那要不……先去吃个冰激凌，再继续说？”

还行，这方法算好用。在傅西泠指了对面商场那家有名的冰激凌店面之后，玲玲抹掉眼泪，半分钟内回头看了三次，然后瘪着嘴答应了。

玲玲两口子平时都是月光族。刚好到月底，玲玲穷得叮当响，盯着橱窗里那些口味看半天，再看看价目表。真贵！她差点又哭出来。

傅西泠点完自己的，扭头看见玲玲还在磨蹭，问了一句：“要什么口味？”

玲玲特别没主意地左瞧右看，怕买到不好吃的口味，花冤枉钱：“姐夫，我没吃过……”

“叫我什么？”

“姐夫啊，时芷姐不是都戴钻戒了吗。”

行。冲着这声“姐夫”，傅西泠当即做了个决定，所有口味都给点一遍，然后掏出手机扫码付款。

冰激凌店外面的遮阳伞下，桌面摆满。玲玲亮着眼睛拿了个木制小勺子，挖一口这个，尝一口那个，没再掉眼泪，终于有点风雨欲止的好兆头。

傅西泠叼着勺子，墨镜很随意地落在鼻尖处，手里转着手机："平时有什么爱好？"

"吃零食，追剧，看男人，买刮刮乐。"

好歹是结了婚的人，傅西泠也不好把人带着去酒吧里看帅哥。但刮刮乐好办，买就完了。

"姐夫"这称呼好使，刮刮乐傅西泠直接买了二百张，厚厚一沓。但玲玲刮起来也要算计着。嘴里念着"一百万"的白日梦，中了二十块钱倒是挺高兴的，再连着刮几次"谢谢惠顾"，她干脆瘪嘴，又要哭。

傅西泠的手机响。时芷刚发来微信，问玲玲状态怎么样。这是时芷第一次主动交代他做点什么，表现得挺信赖他。怎么也得完成任务啊。

傅西泠愁了几秒，抬眼，问玲玲："要不，我给你转一百万？"

玲玲还在那儿埋头用钢镚刮那些刮刮乐呢，被问蒙了，愣愣地回："啊？"

当然是不敢要什么一百万。但傅西泠也坦白说了，"上面"给他下达过命令，不哄好不行。他让玲玲自己琢磨琢磨，要怎么着，心情才能好点。

玲玲刮着涂层，吸吸鼻子："可是，我也不知道啊……"吵架是因为两个人想省钱在家做饭，柴米油盐酱醋茶里最容易有口角，引起一系列小矛盾，慢慢累积，酿成这一架。最后玲玲说："要不，我再吃点好吃的吧，吃完可能就好了。"

傅西泠打了个响指："行，好办。"

时芷在临近傍晚时分，收到玲玲的微信。照片里玲玲和大诺已经和好，自拍挨得很近，亲亲密密地坐在高档餐厅里吃烛光晚餐。

时芷趁着不忙，给玲玲回拨电话。玲玲挂断，为了展示高级餐厅的环境和餐食，特地打了视频回来。摄像头转过牛排和高脚杯，玲玲给视频画面配了人声旁白："时芷姐，你说得没错，姐夫真的是超级会哄人的啊！你好幸福！我和大诺也好幸福嘿嘿嘿……"

据玲玲这个傻姑娘说：她见面和傅西泠只吐槽了十多分钟，心情已经开始好转（没提自己吃了十二个冰激凌球），宛如得到重生。并且现在对生活充满新希望（没提刮刮乐中奖共计一百二十五元），和大诺的感情也好到了新高度。

后来玲玲把这事给万冉讲了。万冉看问题清楚些："傅西泠哪是哄你，那是哄他女朋友呢，小傻子，你跟着沾光了。"

这些时芷都不知道。

不知道傅西泠对别人只会问"吃不吃冰激凌"；

不知道傅西泠哄人是问人家给一百万会不会心情好些，还让人家自己想办法高兴；

更不知道除了吃和钞能力，傅西泠根本就没有别的办法。要不是玲玲心大又好哄，这一下午指不定怎么鸡飞狗跳。

她心里想的是：傅西泠那些丰富的感情史，看来还算有些用途。

时芷从来没和傅西泠聊过他感情史这方面的话题。

有两个原因——

她本身对这类事情的好奇心并不旺盛；

以及，她认为傅西泠是海王，也认为他感情史丰富到估计聊个通宵都聊不完。理智的时候，时芷不爱聊这些情情爱爱。感性的时候，时芷不乐意给自己添堵，找不痛快。

隔天，何凡诚来家里等傅西泠，要和他出席同一场合。人家还在告白失败的状态里，心情不是很明媚，落座沙发后，问："家里不能抽烟是吧？"

本来时芷在家时是不能的。这是傅西泠定的规矩。顾念着发小的状态，傅西泠站在衣帽间门口，套了件深色短袖，指指厨房，让何凡诚去开着油烟机抽。

结果何凡诚摸完口袋，发现烟落在车里了。想抽还得下车库去拿，天热，犯懒，何凡诚嫌麻烦，便踌躇着没再吭声。

时芷最近有了她珍视的人际关系，对身边人挺照顾。她从电脑前抬头，右手还按在鼠标上，伸左手拉开茶几抽屉随手拿了盒烟，说是傅西泠戒烟前剩的，问何凡诚是否习惯这个牌子。

"我倒是不……"

"挑"字的尾音没发完，手也伸到一半。仔细看清楚烟盒，何凡诚收回手，意味深长地笑笑："还是算了。"

时芷不是刨根问底的性子，只点头，打算继续忙工作。她不抽烟不了解，但隐隐有印象，在成长过程中不知道是听谁讲过，烟放太久不好抽，烟丝会变干还是什么……

以为是这个理由，时芷把烟放回茶几上。何凡诚是个特别懂眼色的人，一看就知道时芷心里是另一种解释。

挺多事傅西泠不说，懒得邀那些功。何凡诚趁着傅西泠没注意这边，压低声音给抖搂出来了："这烟不是你给傅买的吗，他宝贝似的揣很久不舍得抽。我就算烟瘾再大，哪能这么不懂事呢？"

时芷还愣了愣。她只给傅西泠买过一次烟，是从国外回来，去医院找他那次。居然留了这么久，还遭发小调侃……

其实类似这种小事，有很多。有时候时芷去参加傅西泠朋友那边的聚会，地点离她工作处稍近些，比傅西泠先到。朋友们会在她落座时停下聊天和游戏，优先照顾她。把车厘子移开，把其他水果挪过来；或者询问她吃没吃过晚饭，要不要点份辣卤牛肉面。

时芷最开始不适应，多少有些不好意思。朋友们打趣，说不把时芷给照顾好了，以后傅西泠也该不乐意和他们玩了。所以时芷知道傅西泠处处把她放心上，已经到了尽人皆知的地步。她觉得，这样就够了。傅西泠说过喜欢她这款，也说过很早就对她有好感。

时芷信。但她的确没往"唯一"这个方向想过。和傅西泠身边的人越来越熟悉后，很多蛛丝马迹里都在昭示着，有些事情，和她原有的认知是相悖的。起初诱导她仔细琢磨这件事的端倪，是无意间听见傅西泠朋友们的谈话内容。

那几天傅西泠有很多会要开，夜里也加班，便干脆住在他家的酒店里。

他问过时芷，要不要也去酒店住几天。时芷当时在工作，铆着劲想把十几万的年薪差给赚回来。她脑子里都是效率相关。觉得下班回家里更顺路、更方便，什么风月浪漫之类她想都没想，直接给拒绝了，说不去。换来傅西泠一声"啧"。

拒绝也没用。每天下班前，时芷都会收到傅西泠的微信，以各种理由勾她去酒店住。

食物上的勾引包括但不限于"订了麻辣小龙虾夜宵，吃不吃""我妈煲了汤送来，来喝吗""厨师团队做了冷吃牛肉"……

也有其他方式。有时候会直接说，"来我这儿睡""网约车已经到楼下了"。

这些或明或暗的"勾"，成功率几乎有百分之七十。时芷依然酷，但也招架不住傅西泠的盛情。比如那天晚上，傅西泠在视频里按着眉心，疲惫地说电脑看太多，眼睛不舒服。时芷打车去酒店找他，进门二话不说，就把她那副防蓝光眼镜给他戴上了。傅西泠就有点得意，笑着，散漫地靠在沙发里。

看她靠近，拉她手腕不放她走。这个人戴上防蓝光眼镜也没做正经事，浅黄色的镜片挡住他眉眼长相上的攻击性，反而有点斯文败类的样子。他亲着她，拨掉她的肩带，隔着吊带捻开内衣搭扣。“想”和“要”都明明白白写在眼里。

在最激烈的时候，时芷被深吻噤掉声音，某种情绪满胀到无处发泄。时芷紧紧皱眉，拽断了傅西泠脖子上搭的一款细铂金链。他们在充斥着二十四度空调冷风的酒店房间里，依然流汗。傅西泠无暇顾及脖颈上的微小刺痛，结束后才发现凝在脖子下侧的血痕。再到晚上，傅西泠就发颈下快要痊愈的伤口照片给时芷。

醉翁之意。说挺疼，可能发炎了，让她去给他涂碘伏。

有时候，傅西泠勾时芷去酒店住的理由很奇葩。比如今晚。时芷已经煮好晚饭了，收到傅西泠开完会第一时间发来的微信：我秘书养的狗会托马斯回旋，要不要看？

根本就是胡说八道。锅里的咖喱牛肉咕嘟咕嘟冒泡，时芷刚尝过，牛肉已经到火候。她叼着勺子，打字回复他：不如说你秘书会后空翻。

傅西泠回——

司机会。

你下楼看看？

真的是无所不用其极。时芷怼他：你到底是开酒店还是开武馆？

怼归怼，人还是去了。傅西泠固定落脚的房间就在办公室旁边，知道她要来，门没锁着，时芷推开房间门进去，听见傅西泠在接电话。是傅西沣从国外打来的。

到国外留学的傅西沣还是老样子。这才第二天，他已经有点到了耐心极限，电话里声音超大，像被火燎到屁股羽毛的大鹅：“傅西泠你什么意思，和我住的到底是什么人？！”

傅西泠坐在老板椅里。连续开会他有些疲惫，手里拎着苏打水，喝了半瓶左右，靠在椅子里。他仰着头活动脖颈，喉结滑动，脖子下侧贴着创可贴，声音平静：“不和你说过吗，一弟弟。”

“你没说这弟弟练跆拳道！”傅西沣在电话里控诉，说那位弟弟吓人，家里放了不倒翁沙袋，除了学习就是在楼下客厅里哐哐哐地练踢腿。听语气，傅西沣好像怕人家把他打死。

时芷有点想笑。也难怪傅西泠敢和大伯他们保证，傅西沣到国外惹不出什么事。她当时就想说，傅西沣哪有那么可信，原来是傅西泠留有后手。

手机习惯性地开了扬声器模式放在桌上，傅西泠轻笑：“适当运动能提高学习效率，人家是学霸，不是神经病，你不犯事，人家不会和你动手。”

傅西沣还在电话里嚷嚷着，傅西泠已经看见了落地窗里时芷的身影。不再理会被迫害妄想症的堂哥，他果断挂了电话。

他转着椅子，面对她，眼里噙着笑：“吃过晚饭了吗？”

时芷提了提手里的乐扣盒子：“正准备吃，来看你武馆开得怎么样。”她一本正经地开玩笑，他愣了愣，然后垂头笑了好半天。

“有我的份？”

“量够，味道不保证。”

“做的什么？”

“咖喱。”说完“咖喱”，他们又相视而笑。

时芷和傅西泠有过关于咖喱的共同经历，在旁人眼里也许会成为某种暗语默契。

傅西泠上次吃到时芷亲手煮的咖喱，是她在国外留学的时候。他们吵过一架。和好后，傅西泠和时芷说自己也得了流感，身体不舒服，时芷便给他煮了咖喱。但她自己习惯吃的咖喱是特别辣的那种，煮的时候没想起来傅西泠不吃辣这事。

傅西泠吃一口下去，蹙眉，咳了老半天，喝了半瓶水才有所缓解，耳朵脖子都咳红了，还不忘对她竖大拇指。他对她的咖喱，评价只有两个字：“真行！”

古希腊哲学家赫拉克利特说过：“人不能两次走进同一条河流。”傅西泠却敢第二次尝试时芷的咖喱。

他拒绝了酒店后厨给他们送晚餐，坚持要吃她做的。吃了两口，他发现这次并不辣。

傅西泠没吭声，把咖喱拍照往家庭群里发。

他们坐桌子同一侧。时芷稍微偏头，就能看见傅西泠对着手机微微扬起的唇角。他压着笑，抿了抿唇。傅西泠的肤色白，唇色倒是深了些许，半年前和傅西沣打架，唇伤导致某个地方有道较深的唇纹，蛮勾人的。但时芷想到个问题：“不是时候。”

傅西泠放下手机，偏头，和她对视：“什么不是时候？”

本来时芷是想调侃傅西泠的。他费挺大劲把她给诓过来了，连狗会托马斯回旋这种事都编得出来。结果她在经期，什么都不能做。

房间里的座机突然响起来，是酒店内部线路。他按免提接听，听见有工作人员询问，餐后甜品什么时候送过来。傅西泠说：“现在送吧。”

工作人员送来的甜品，是加了酒酿和红枣枸杞的红豆小汤圆。很明显，傅西泠也知道她在经期。甚至以他的头脑，一定也听懂了她那句“不是时候”是什么意思，他憋着没说，故意打趣有其他想法的她。

时芷反被调侃，不是很高兴地吃着甜汤。偏偏罪魁祸首还有脸过来占便宜，亲她沾着甜味的嘴。她终于爆发，狠咬回去：“你故意的！”

傅西泠食指揉着下唇，笑：“真狠。”

有夜虫扑在玻璃窗上，“啪嗒”一声。

傅西泠叫她：“时芷。”

她没好气：“干什么。”

“咖喱不错。”

时芷抬眼，发现傅西泠眼里噙满笑意。他知道她在收到微信前，已经煮好了两人份的咖喱，也知道不放辣椒是故意的。时芷喜欢傅西泠眼里的珍视和欢喜，好像捧着她对爱含蓄别扭的尝试，用放大镜细细去瞧。

感觉不错。

以前傅西泠不认识时芷。都是自己埋头忙工作，他也经常熬夜，熬完去洗个澡，套上一条家居裤倒头就睡。偶尔也会有失眠，抽烟，刷手机，打游戏，没觉得生活哪里不好，他过得津津有味。但现在有时芷了，他一眼看不见就惦记，总想着把人往自己身边引。

他忙时，她可能会先睡着。安静地盖着他的被子，侧躺在他的床上，她闭上眼没有白天时那么傲。长睫毛垂着，安安静静。不知道她都梦了些什么，有时候睫毛会像刚破蛹的幼蝶翅膀，颤几下。

特乖。他喜欢看时芷所有样子。

所以傅西泠明知道她在经期，也千方百计把时芷勾到酒店。其实他也不为做什么，塞了个暖水袋给她，还是各自忙各自的事情。同处一室就行了，吃到她爱意含蓄的、不辣的咖喱更开心。

时芷工作也拼，加班时间不比傅西泠少。有时候傅西泠都忙完了，她还在熬夜和北美那边的合作方沟通。

今晚也一样，傅西泠接到朋友的邀约电话，问他要不要去酒吧坐坐。时芷经期且还在忙，这几天他们确实都累，也就拒绝了。但朋友那边有些正事想找傅西泠聊，挺急的，所以躲开酒吧喧嚣，换了个安静角落和傅西泠谈事情。

傅西泠靠在阳台边聊电话，时芷走神时听到几句。是在说某家正在转让的商场内店面，他朋友似乎有意想接手，但毕竟谨慎，问傅西泠有没有什么看法。

桌上有几块泡泡糖，是何凡诚家小外甥给傅西泠的。时芷对这种童年时没有充分享受过的东西，也算有点兴趣，拆开一块，慢慢嚼着。

两人聊了几句正经事，离开酒桌的朋友被何凡诚他们给逮到了：

“好好好，和兄弟们玩躲酒呢？”

“我以为你是吐了呢，这半天还没回。”

“赶紧着，就等你了。”

朋友说：“别闹，和傅聊正经事呢。”

何凡诚在电话那边嚷嚷：“聊完赶紧回来。”

顺便又问了傅西泠去不去，朋友帮傅西泠给回答了：“不去，人忙着呢。干什么，叫傅来给你支着再告白吗？”

夜深，酒店房间里很静。朋友是在酒吧里打电话，在嘈杂里难免把说话的声音提高了些。

所以时芷都听见了。她听见何凡诚的大笑：“能给我支什么着，他那感情经历浅薄成什么样了，乏善可陈，哈哈哈哈哈……”

浅薄，乏善可陈。时芷嚼着泡泡糖，缓缓吹了个浅粉色泡泡，脑子里转着这两个词。

而傅西泠，他根本没听电话里的内容。他只觉得坐在他老板椅里，对着电脑屏幕吹泡泡糖的时芷特别可爱，根本不想听朋友们叽里呱啦的那些插科打诨。傅西泠把手机静音，拄着座椅的两侧扶手，垂头吻了时芷一下。

“泡泡糖吐掉。”

“干什么？”

“想亲一会儿。”

最初时芷还在想事情，没有很用心，后来渐渐地越来越有感觉，便主动搂了傅西泠的脖颈。亲得太久，该有的反应都有。

时芷闭着眼，听见傅西泠在她耳边叹息：“想要了。”

声音里带着微喘。很蛊，时芷差点忘掉了思考其他问题。

时芷也想过，电话里的何凡诚不知道她在，朋友没说过。他们的声音又都带着些酒意，防范心理不至于那么强。所以那两个用词，不是做戏给她看的，就是正常朋友间的交流。

但傅西泠……

他放弃克制，拉着她的手向下，问："手？"

把时芷呼吸都问乱了。这人这么会。

他感情经历浅薄？乏善可陈？这件事时芷琢磨着，却没开口问过。进一步得到证实，是因为姚姚的一些话。

见到姚姚那天，天气依然很闷。

下班前听到几个同事在讨论，希望这种几乎要闷死人的天气是雨前征兆。

"也该下场雨了吧，地表温度快七十摄氏度了。"

"家里阳台上养的油画竹芋已经被晒死了。"

"简直要命。"

"付总上午出去谈事，回来好像也不太舒服。"

傅西泠收工早些，开车去接时芷，带她去酒店那边住。车里开了空调很舒服，傅西泠发动车子："厨师煮了绿豆百合汤，待会儿回去喝。太闷，晚上可以去屋顶泳池。听说付倩中暑了？"

时芷说："你消息挺灵通。"

"下午在小叔那边，听小叔说的。"

傅西泠好像也不在意别人中暑的情况，接着就说道："小叔给拿了几瓶不错的香槟，晚上可以尝尝，冰一下，解暑。"

酒店的屋顶泳池到晚上十点钟以后，就不再对外开放了。忙完工作，时芷换泳衣去游了几个来回。这是傅西泠送她钻戒的地方，所以在心里多少有点特别情怀。

时芷和傅西泠坐在泳池边聊天，然后接到了傅西泠妈妈的电话。傅西泠妈妈说，姚姚的妈妈去家里哭诉过了，说姚姚闹着要离家出走，跑出去了，一直没回家，让傅西泠帮忙联系联系朋友，看能不能打听到。

时芷转头，看傅西泠安静地沉思片刻，便直接拨了酒店前台的电话。

"00019 这个 VIP 卡号，今天来酒店消费过？"

对方回答："有的老板。"

"房间号给我。"

"住在 1203 那间套房。"

傅西泠给长辈回电话："姚姚在酒店住着呢，不用担心。"

时芷问他："你怎么知道姚姚在？"

傅西泠说，姚姚和谁玩得好家长们都知道，她几个闺蜜家要是能找到人，电话就不会打到他这边，找何凡诚都比找他靠谱。

"姚姚家有我这酒店的卡，也有沈嘉家的，这几年姚姚和沈嘉闹得有点僵，估计不会去。"

这个闷热的深夜，时芷和傅西泠在泳池里，一边聊天一边喝冰过的香槟。然后，他们遇见了姚姚。

看起来，姚姚好像只是想找个没什么人的地方静一静，看见他们转头，表情变得有点尴尬。时芷问姚姚要不要一起喝香槟，姚姚摇头，迟疑片刻，又问："方便吗？"

很明显，接下来是姑娘间的谈心时刻，傅西泠没参与，说晚点有视频会议要开，就拿着手机回房间去了。在傅西泠走后，姚姚才真正放松下来。

姚姚很坦然地和时芷说："我知道傅西泠最近在酒店住，但我真不是来偶遇他的，我对他已经没有想法了。我是……和家里人吵架，手里只有酒店的储值卡，不来这边就得去沈嘉那边……"

时芷表示自己知道，又不擅长安慰，只倒了杯香槟给姚姚。

姚姚把香槟一饮而尽，说到姓齐的相亲对象。那个相亲对象是人渣。他们见面那天，他第一句话就是："你追傅西泠这事很多人知道，我不要别人挑剩下的。"

所以被姚姚泼了咖啡。齐家人不问缘由，只觉得丢面子，隐隐向姚姚家施压。都是小辈间的矛盾，姚姚家也请了几次客，这件事本来是过去了的。但姓齐的相亲对象开始报复，突然说自己对姚姚有意思，要追姚姚，长辈里竟然真有人信了这种鬼话，有撮合的意思。

姚姚说："别说是这种情况，哪怕他人很好，我不喜欢也绝对不会将就。"

在没来屋顶泳池之前，姚姚是独自喝过酒的，微醺，看着时芷忽然叹气。

"时芷，我还是好羡慕你。"

时芷明白姚姚的意思，学着傅西泠妈妈安慰人的样子，轻轻攥了攥姚姚的指尖。

泳池波光粼粼，姚姚有些走神，想起几家人一起去国外海岛旅行的过往。

他们去过两次。第二次去时，姚姚已经接近成年，比起小时候只惦记着吃喝玩乐，眼里多了些少女心思。

姚姚会拒绝像其他人那样在脸上涂满绿色的珊瑚友好型防晒泥，怕看起来像绿巨人；

也会拒绝穿那种长袖、长裤的浮潜服，执意穿露背露腿的漂亮泳装。

结果很惨，被晒黑很多，还被珊瑚划伤了腿。

姚姚曾站在水屋下面的浅水区域，在白色细沙里捡到以为是石块的巨大蜘蛛螺，兴奋地举着给大家看："你们快看！"

那天傅西泠赤着上身，穿花色的大短裤坐在水屋露台喝椰子。听见姚姚的声音，他看过去，也跟着大家一起笑。那个笑容，意气风发，姚姚惦记了很久很久。

刚刚姚姚来顶层时，看见傅西泠正蹲在泳池边对时芷笑。

当年看姚姚，他是那种"傻妹妹晒得挺黑""捡到的螺子居然挺大"，兄长感居多的，是调侃加欣慰的笑容。

但傅西泠蹲在泳池边想拉时芷上来时，是看挚爱的笑。

时芷抬手撩了一把水，傅西泠下意识去躲，没躲开，被池水砸得眯起眼。水顺着他下颌滴答，他抬手随便抹了抹，始终看着她，眼里满是亮晶晶的无奈和宠爱。被泼水，傅西泠也依然没放弃要拉时芷上去的念头，又被她有点坏坏的、要拉他下水的假动作拽得发怔，然后他们一起笑。

时芷大笑的样子非常美。池水波纹晃荡，他们打闹着，好像能看到爱情里最好的模样。

所以姚姚看得有些愣住，没能及时走开。被他们发现，约着喝香槟。

在姚姚眼里，傅西泠是真的好，靠谱、稳重、聪明、专情。

之前傅西泠情场失意，何凡诚曾经有过一段话形容他：

傅可太厉害了，你看着他是在一棵树上吊着的状况，怕他吊死吧？但他自己吊得挺爽。

你要问他，他可能还会兴高采烈地告诉你，他是搁那儿荡秋千呢。

就让他在一棵树上吊着吧，他不可能换人了。

姚姚有些丧气，趴在泳池边："时芷，你说，我以后能遇见像傅西泠这么专情的人吗？"

时芷有些迟疑地问：“傅西泠很专情吗？”

姚姚说：“……他还不够专情吗？！”

之后的时间里，时芷和姚姚在泳池旁探讨这个问题。据姚姚说，傅西泠身边从来就没有过关系特别的女性朋友。

“有阵子发小们都在打赌，赌傅西泠什么时候谈恋爱。”

姚姚清了清嗓子，脸红了：“我当时赌他很快就能谈，我以为是和我谈。赢是赢了，没想到和我没什么关系。”

姚姚都敢拍胸脯保证，时芷绝对是傅西泠的第一个女朋友。

时芷说：“有些关系，可以不用恋爱的。”

姚姚想了想，反驳：“可是不对啊，傅西泠那时候躲我躲得那么厉害，他要是有些乱七八糟的关系，肯定到处宣扬巴不得让我知道才对吧？”

确实是这么个道理。姚姚说，傅西泠的界限感很强，这么多年没听说过关于他的八卦。

倒是何凡诚和他们讲过，早些年傅西泠捡到过一张校牌，外省市的，一直留着。

是何凡诚在他家某本书里无意间翻到了，拿着和傅西泠开玩笑：“哟，这姑娘谁啊，挺好看。”

傅西泠直接抢回去：“别管。”

姚姚仰头喝香槟：“挺多年前的事情了，最开始听说时没放在心上过，后来追傅西泠那阵子才重新想起来。我问过何凡诚，那女生照片长什么样子，何凡诚个猪头，一点用都没有，他说他早给忘了。”

姚姚完全不懂，为什么时芷会觉得傅西泠身边有过很多人。

“除了校牌，我想不到有什么特别的女生存在过，或者，再去问问何凡诚？”

时芷没问何凡诚。她的的确确开始对傅西泠的感情史感兴趣了。

但她打算直接问本人。也许，钻戒内圈那句“No other love but you”不只代表着当下。

几天后，被期盼着的大雨终于来了，洗刷掉连日来的闷和燥。在雨水到来之际，时芷听说姚姚做了重大决定，要和朋友去南方一线城市搞事业，组建自己的工作室。

行程匆忙。临别前朋友们组了个局，给姚姚送行。

时芷加班，雨天又堵车，她赶到别墅时已经有些晚。她撑伞走在别墅区的道路上，想到高三那年晚课结束的深夜。

那时候也许是脑力消耗大，夜里放学她总是饿。但小姨家不会贴心到给她准备能充饥的食物，经常是她用拳头抵着胃，缓解饥饿，再做题做到完全忘记。

别墅的门开着，里面欢声笑语热闹一片，落地窗里都是人影。傅西泠他们在打台球，时芷进去时，看见他俯身在台球桌旁，拿着台球杆瞄准。

眼看要赢了。

不知道哪个朋友犯坏，瞧见时芷进门，直接就是一句：“哎哟，时芷来了啊。”

然后傅西泠分心，球没进，被打对手的朋友给一杆收了。傅西泠对娱乐项目里的输赢并不在意，就像他家里那些游戏记录，时芷赢了就赢了，就让她在他上面稳稳待着。

他放下球杆：“你们玩吧。”

朋友们嘘寒问暖，都不用傅西泠开口，已经在关心时芷有没有吃晚饭，七嘴八舌地嚷嚷起来。

“时芷，给你留小龙虾了。”

“一整盒，麻辣的。”

“刚掐时间给你订的烧烤，估计再有几分钟也能到呢。”

“欸，你订烧烤了？怎么没和我说，我给时芷订的比萨和炸鸡马上也到了啊。”

姚姚叉着腰，把骑手信息给朋友看，又突然想起来什么，拍着脑门：“冰箱里还有块三文鱼，给你留的，没切，让……哦，阿姨已经下班了，让傅西泠给你切切吧。”

吵闹又温馨。

但他们几乎同时开口，时芷一时不知道该回答谁才好。

傅西泠笑着拉时芷往餐厅走：“别理他们，都喝得差不多了。”

“你没喝？”

“喝了，不碍事。”

这别墅是姚姚的哥哥以前自己装修的，挺适合轰趴，不止有台球桌和飞镖盘，还到处都是零食、桌游道具。别墅面积挺大，算上地下室一共有四层。朋友们散在各个角落，也有人跟着过来蹭几块比萨，叼着走了。

傅西泠在拆小龙虾盒上的保鲜膜。时芷研究很久那个真心话问题的卡牌，然后拿了几罐啤酒，问他：“真心话大冒险来不来？”

“我们两个？”

“对，就我们两个。”

“来，想怎么玩？”

时芷非常后悔选了摇骰子。不知道是傅西泠手气好，还是他本来就懂些门道，比大小，从开局她就没赢过。她看中真心话问题卡牌里的某张。想要赢一次问问他。结果自己输得彻底。

连着三次选大冒险，先喝了两口啤酒，又被傅西泠托着下颌亲，下局又接着亲。

以前总是傅西泠问时芷：“学过武术？”“学过川剧变脸？”“学过铁砂掌？”

现在时芷输出火气来了，皱眉，也问他：“傅西泠，你是不是去学过摇骰子？”

傅西泠坐在餐厅宽大的实木椅子里，弓着背，小臂搭在腿上，笑得有些坏：“碰巧运气好。”

终于轮到时芷赢了一次。傅西泠直接选大冒险。

“……你重新选。”

“干什么，不让选大冒险？”

“叫你重新选。”

傅西泠笑着：“那真心话，问吧。”

时芷拿出那张早就看好的问题牌，推过去：“傅西泠，你有过几段感情？”

餐厅这边相对安静些，傅西泠直起身，把她连人带椅子一起拉过来，揽住她脖子：“终于想起好奇我的感情史了？”

“不好奇，问问。”

傅西泠拿出手机，边翻着边说：“照片给你看看？”

时芷跟着傅西泠往手机屏上看，发现他点的是单独相册，一张张翻过去，都是她的照片。

“我的感情史们，漂亮吗？”

窗外雨声沥沥，时芷忽然想起三年前的夏天，她纠结于要不要选择进兴荣集团工作。和傅西泠打听付倩这个人的时候，他曾说过一句话——

“时芷，你信不信有的人一眼就能定缘分。”

番外四 心瘾

傅西泠圈子里有个弟弟，挺会撒娇的性子。从初次泳池派对遇见时芷，就被时芷开香槟的动作给折服了，后来又被时芷在酒吧里传授过折扇开啤酒的技能。

弟弟是外向的活泼小狗，觉得时芷气场酷，但凡时芷在的场子，总爱往她身边凑。

傅西泠发朋友圈那天，弟弟在外面旅行，看见那张时芷戴着钻戒的照片和评论区里的追问，也跟着评论了好几条，问是不是傅西泠求婚成功了。得到确切消息那会儿，弟弟都跟着车队进沙漠了，还不忘用卫星电话打过来：“傅哥，等我回去一定要来我家吃饭啊，我替你们高兴，得好好恭喜你们。”

弟弟从沙漠回来，果然在家里组了聚会。叫了超级多的朋友，大张旗鼓，连气球彩带都买了，搞得像自己要结婚似的。连发小都打趣：“傅求婚成功，你这么高兴干什么？”

弟弟挺理直气壮：“我虽然叫着嫂子，但我心里是拿时芷当姐的。傅哥又像亲哥，我替他们高兴有什么不对？”

所以时芷和傅西泠一进门，就被嘣嘣嘣地撒了满身彩带。

她都愣了愣。感觉……像在原地结婚。

弟弟热情洋溢地拥抱了傅西泠。还想要拥抱时芷，被傅西泠用手机给怼着肩膀隔开了。

这种默默把人隔开的动作，傅西泠常有。

来之前时芷还问过他，怎么会答应来这弟弟家里聚。

傅西泠问：“为什么不答应？”

“以为你是有点吃醋的。”

“厉害了，能看出我吃不吃醋了？”

“所以，是没有？”

“不至于，那唐文庭整天含情脉脉地看你，我不也没说过什么？”

“哪有整天？”

唐文庭和时芷同在付倩手底下工作，但不在同部门，只是有天下班在外面遇见，唐文庭可能多看了她两眼。时芷都没注意，上了傅西泠的车子，才听他说。傅西泠不再顺着答，说：“你多个弟弟也挺好的。”

话题转换，从烦人唐到烦人亲戚。时芷对亲戚有应激，还没太听明白，下意识问他：“哪里好？”

“多个人来爱你。”

这地方和傅西泠爸妈在同一片别墅区。傅西泠和朋友们说：“待会儿帮我留意着门铃声。”

时芷就站在傅西泠身旁，下意识看他，类似于用目光询问，怎么了。傅西泠说没事，是他妈妈知道他们在这边聚着玩，说时芷已经上一天班了，到时间肯定会饿。又担心男生们喝起酒来不够体贴，所以，她提前煲好汤，差司机送来给时芷垫肚子的。

“等汤到，你先喝点。”

时芷亲戚缘太薄，几乎没有过这样被护着、被惯着的时候。

汤送来后，她给傅西泠妈妈发信息，表达谢意。上次送花给傅西泠的妈妈，他妈妈说过，好久没有在平平常常的日子里收到花束了。只是一句略带客套的随口感慨。之后时芷再去傅西泠家里做客，总能看见傅西泠的爸爸抱着大花束进门。

弟弟嚷嚷着“想喝傅姨的汤”，从自家厨房端了几个瓷碗出来。被家里活蹦乱跳的三只狗绊得直趔趄，嘴里“欸欸欸”地喊着，他依旧不舍得骂狗子一句。

他磕磕绊绊地护着碗，往这边走来。

沙发宽敞，傅西泠可能觉得时芷坐得远，动作自然地拉她手腕，带她往他那边挪了挪。

不知道什么时候起，他把她拉入了他的世界。周围都是温柔的人。时芷在这些温暖的瞬间，开始滋生出爱人的能力。

她加了傅西泠微信通讯录里的那位“Ring& 设计师”。暗中和设计师共同商量着风格，想给傅西泠也定一枚戒指。既然是奔着结婚去的。那她有的，她未婚夫也得有。

这会儿设计师发来信息，傅西泠就在身边，不方便多说。

聊几句，结束，时芷再抬眸，发现他们在起哄着吐槽傅西泠。

都说“七岁八岁狗都嫌”，谈恋爱的傅西泠也挺遭嫌弃的。主要是他这个人，恋爱后浑身洋溢着“不好意思我超幸福”的气质。时芷不在还好，只要她在，他眼睛稍往她这边一瞥，目光里总能染寸许笑意。

弟弟刚提起前阵子长辈场的聚会，就是傅西沣惹祸后，傅家给兜底的那顿饭。听说傅西泠喝白酒挺多的，他关心地问傅西泠那天有没有不舒服。傅西泠说：“还真有点来着。”

但紧跟着就是一句：“有人照顾，你嫂子帮我按过太阳穴，有效的。等你有了女朋友，试试。”

时芷腹诽。能有效个什么？那天明明她刚帮着按几下，傅西泠就说不用了，累手。

话题转来转去，又还是回到他们身上。关于时芷不知道自己是傅西泠初恋这事，不知道怎么就传开了。

聚会上大部分都是和傅西泠从小认识的熟人，有人提过两句，然后所有人都开始逮着这个梗过不去，总聊。还聊傅西泠以前那种对女生绝缘的劲儿。

这弟弟家里好多宠物。养了三只哈士奇，两只比哈士奇更神经兮兮的奶牛猫。

猫狗大战，在一楼和二楼来来回回奔跑，时不时蹬翻个摆件、撞倒个酒瓶。人又多，吵吵闹闹几乎掀翻房顶。时芷就坐在热闹里，听关于傅西泠的八卦。

听他们说，傅西泠小时候得罪过好多女孩子。

姚姚因为住得近，是第一个。小时候姚姚是短发，有一年留长了些，能梳个低马尾的小鬏鬏了。挺多人都说好看、灵动。

沈嘉从小最会讨长辈喜欢，才小学一二年级，就挺有心眼。见家长们都在，沈嘉就拿出科普书籍，指着上面雪白的一只鸟类，说姚姚的小鬏鬏特别可爱，像北长尾山雀。

那鸟团团绒绒的，是真萌。给姚姚高兴得不行，当即决定和沈嘉变成天下第一好，玩的吃的都共享，连着好多天都梳那个发型。

过完年，傅西泠和全家人从国外旅行归来，在傅家聚会时，被姚姚追着问：“傅西泠傅西泠，你看我头发好看吗？”

那时候他们都小，傅西泠玩心也重，他在国外看到个磁悬浮原理的摆件，很感兴趣。

回来后研究蛮久，问过老傅，要怎么才能达到那种漂浮的效果。老傅说不难，他读的那些书里有讲过。但具体是用了什么原理，老傅不说了，让傅西泠自己找答案。傅西泠琢磨两天，觉得用磁铁能实现自己想要的效果，打算动手做一个，便拿着各种工具材料堆在地毯上摆弄。

姚姚一直追问。电视不知道谁调的频道，正在放《水浒传》，片尾曲《好汉歌》铿锵有力。

傅西泠正处于狗都嫌的年纪，很快就被问烦了。他多少有些敷衍，眼睛还盯在磁铁上，说，好看好看好看，和刘欢老师一样的发型。

朋友说："姚姚那次哭得老惨了，坐在地毯上号得都能看见嗓子眼。"

傅西泠旁听着，没什么特别反应，只是在众人的目光纷纷都落在他身上时，才说了句："八百年前的事了。"

意思是：

多久了，还提？无聊不无聊？

当然不无聊。说起这种事，一个个都可高兴了。看出时芷在听，听得还颇感兴趣的样子，傅西泠也不真的阻止，就由着这群人嘴特损地扒他过去那些"黑历史"。

——女朋友开心就行。

有个朋友说，别看傅西泠长成这样，一直到大学毕业，和女生最亲密的动作，还停留在上高中时期。

高一，傅西泠表演小提琴独奏，下台时被胆子大的女生占便宜，趁乱拉过他手。时芷抬眼，看他。

傅西泠说："不是女生。"

朋友说："就是女生吧，男生拉你干什么啊，那也太变态了。"

"不知道，劲儿挺大，把我指关节都攥响了。"

何凡诚笑得从沙发扶手上滑落下去，捂着肚子重新起来："那啥，真不一定是女生干的吧？是不是沈嘉啊，奔着废了你去的？"

弟弟狂笑，笑到捶沙发。鹅鹅鹅的样子，和家里的疯狗疯猫差不多。

朋友里也有其他不谈恋爱的。

有的是因为玩心重，更乐意和兄弟们聚；

有的是因为海王性子，不喜欢稳定的恋爱关系。

傅西泠不太一样。他心理特成熟，是那种长辈们都很放心且看重的人。不恋爱这件事，在朋友眼里特别邪门。都以为傅西泠没有"情窦"这玩意儿呢，结果时芷一出现，傅西泠火速坠入热恋状态，也是真的邪门。

这么多人聚在宽敞的客厅里，时芷和傅西泠并没有什么过于亲密的行为。只是在所有人哄堂大笑时，他们也会笑着，看向对方。

在傅西泠不知道第几次看向时芷的时候，何凡诚问了个问题。

"傅，你觉得时芷今天发型怎么样，好看吗？"

天热，时芷之前把头发剪了，长度到锁骨处，刚刚喝汤嫌碍事，她用发绳绑了个低马尾。

从傅西泠的表情来看，好像觉得何凡诚问了句大废话："她不好看过？"

"不是，我问发型好不好看。"

"好看。"

另一个发小憋着笑："姚姚当年就这发型！"

一群人爆笑，说也就姚姚没在，不然得杀他们所有人灭口。笑过之后，何凡诚提起桩不算远的事——

去年十一月初，有个姐姐结婚。

何凡诚和傅西泠都是伴郎，周朗也去参加婚礼来着。

新娘人缘好，组了个九人伴娘团。伴娘团都是好姑娘，新娘都答应给单身人士介绍了，偏赶上傅西泠从国外回来，身上一股沉郁顿挫的气质。他穿着黑西装，白衬衫领口松了两颗扣子。沉默，不太理陌生人，但该他做的正经事倒是不落，帮长辈安排座位，帮新郎新娘挡酒。

仰头干杯时动作干脆，那叫一个帅。那天举行的是有湖景的大草坪婚礼，气温又很宜人。

天公作美，阳光明媚。到了婚礼流程结束、有机会交换联系方式的社交环节，好几个姑娘调出二维码后，都偷偷往傅西泠那边瞄。

傅西泠本人不知道。他伴郎的工作完成，嫌热，把西装外套脱了，叼着没点燃的烟，蹙眉，频频看手机。不知道在想什么。

何凡诚的评价是：

可烦人了，吸引走好几个女生的目光。

结果人家女生过去搭讪，他像没听见，隔着人问周朗借充电宝。

见时芷没什么反应，何凡诚故意卖关子，清清嗓子才继续："后来听傅说，好像是和你有点……吵架了。"

吵架嘛，本质是发现问题、解决问题。既然矛盾出现了，总要把事情沟通明白才行，所以还是要沟通。

何·心灵导师·凡诚当时是这样劝的。

劝完，何凡诚连着收到傅西泠好几条微信。只看文字都能感觉到他的火气。就那种男生赌气的狠话，类似于"没意思""真没意思""不如就这样吧"……

何凡诚盯着手机看半天，还琢磨呢，傅是不是发错人了啊。举着手机去问时，傅西泠轻飘飘一句："拿你练练。"

周朗当时也在。那个时期，周朗本来就不看好傅西泠和时芷。出于朋友的关心，他和何凡诚商量过后，想找傅西泠聊聊来着。备聊草稿是：长痛不如短痛，反正也矛盾频发，异国恋也难以维系，要不……

结果两人走到傅西泠那边，听见他在打电话。练的那些狠话是一句也没用上。他眉心还是紧蹙着的，抱臂，语气却很克制，平静得要命，还有那么丁点温柔。

叮嘱人家煎牛排看着点，别总煎煳，吃了对身体不好。和谁在通话，不言而喻。

何凡诚那些对傅西泠"一棵树上吊着荡秋千"的形容，就是那天说的。

他们都在笑。

时芷在众人欢声笑语的吵闹中，回眸，看见傅西泠懒懒地靠在沙发里，撑着头。时芷用目光询问，什么时候的事。

傅西泠浅笑着，知道她听不清，起身往她这边靠了些，耳语："给你买包那次。"

弟弟在沙漠晒得黑了几个度，眼周有一圈明显的墨镜轮廓。难得听说傅西泠吃瘪，不顾本人就在眼前，按下脚侧撒欢的哈士奇，全然不看身后在真皮沙发上磨爪子的奶牛猫，探身，急忙询问着：“何哥，然后呢？”

“然后？”

然后周朗那个老实人都生气了，说要把傅西泠锁房间里，不让他出去晃。还说他四个沉郁的死样子，把女生们的注意力都勾走了。

周朗当时：“耽误别人找对象！”

又是一阵哄堂大笑。

傅西泠本人喝着苏打水，无奈地对着时芷摇头。

弟弟挺喜欢研究各种酒，拿威士忌兑苏打水，给大家喝。

加了冰，口感不错。

弟弟嘴特甜，举杯时又说了不少祝福的喜庆话。也是因为这份热情，时芷纵着这弟弟，连莽夫调的酒都敢喝。

时芷酒量还行，平时喝红酒和啤酒从来没醉过。高度数白酒她不喜欢，不太喝，洋酒也是偶尔才沾。

可能是喝不惯，醉了。在回家路上，时芷坐在副驾里，闭着眼缓解头晕。

车窗开着缝隙，透气。月色烛烛，她头发被晚风吹得不老实，发梢在锁骨处摆动着，有些痒。脱离人群的热闹，也是这种痒，让时芷渐渐回忆起刚才何凡诚提起过的那次争执。

是去年十月底，生日前夕。时芷向来没有什么仪式感，生日不生日的根本不在乎。明明是十一月初的生日日期，在过去很多年里，都是入冬或者更晚，她才会在某个契机下忽然间记起。

那段时间刚好工作上很不顺，团队与团队间竞争激烈。像付倩和Morgan这种大领导，地位稳固，动摇不得。

所以，有些人阴险地选择来找下面人的不痛快。

说起来有点霉运，他们把目标放在了还是留学生的时芷身上。

时芷又特别刚。她在工作中是很狼性的人，不怕事，绝不服输、不低头，也绝不吃哑巴亏。有人挖坑给她，哪怕一招不慎进了坑，也必须要把这个坑自己填成小丘，再平静地站上去，傲视对方。

想竞争、想赢当然会累，无论是身还是心。

也会有闷在心里的气。

所以那段时间，时芷的脾气算不上好，哪还顾得上生日不生日的。

挖坑给她的是个出身很好的关系户，正激起她的所有仇富情绪。傅西泠刚好又买了很贵的包。几十万的背包当作礼物，轻飘飘地送给她，出手大方到令人生气。

时芷说话就难听起来，把傅西泠给气得直接回国了。

后来主动维系他们床搭子关系的人，还是傅西泠。但时芷也知道自己过分。所以一个月后，傅西泠再到国外，她还算挺主动的。

挖坑使绊子这些事，时芷明白，Morgan绝对是知情的。只是上位者有自己的考量。Morgan没有第一时间出来帮忙，而是在时芷自己漂亮地解决之后，才约了她去吃饭，赞她解决得漂亮。

时芷听懂了Morgan言语间的提拔意思。她们在餐厅小酌，喝红酒，谈工作和生活，然后时芷接到傅西泠的电话。她留学的城市那天风大，而电话里也是呼啸着风声的。

傅西泠说他在公寓。

那些风像顺着手机吹进她胸口。挂断电话，时芷的心跳略有些快。

Morgan 的司机送时芷回去。上楼后，她发现傅西泠就坐在门口地上，穿着轻便时尚的冬装，半张脸落在阴影里，静静地抬眸盯着她看。像欲都写在眼里的孤狼。

时芷开门，傅西泠从身后挨近，跟着进屋。

“喝酒了。”

“嗯。”

是她主动揽着他脖子，呼吸交错，唇珠若即若离地摩挲过他的唇。他反手用力，把门摔上。能感觉到他的反应，但他插在裤子口袋里的另一只手始终不肯拿出来，不抱她，也不回应。

傅西泠有他自己的原则。能够在生气时，依然往时芷冰箱里塞满牛排；也能够在生气后，偶尔和她通话说上几句。但他也没忘记，上次是怎么从这间公寓离开的。

时芷吻了傅西泠。她难得主动，傅西泠也终于把持不住，把手从裤子口袋里抽出来，扶在她脸侧，开始深吻，逼得她节节后退，最后和他一起倒进床里。

床品刚换过不到两天，还留有洗衣液的味道。傅西泠拄着床，蹙眉，深深地看时芷。

房间没开灯，昏暗里隐隐听到风声。

她带着些酒劲，后脑勺顶在床上，扬起下颌也看他。

特犟。

时芷就主动过那么一下，软话不说，头也不低。像是拿她没办法，傅西泠眯了眯眼睛，突然垂头咬她的耳朵。咬得挺狠，霸道，有点惩罚的意思。时芷一点没惯着，当即反击了，手肘对着傅西泠胸口就砸过去，被压住，按在枕头上。

这么打架似的折腾几下，傅西泠眼里终于有了点笑意，还有了点温柔：“想在这儿，还是去酒店？”

公寓隔音很差，要忍着不能发声。时芷不喜欢。她说，还是去酒店吧。

他们整理过衣服，去常去的那家酒店开房。时芷主动得厉害。

过后觉得丢脸，她把自己的主动行为都推给了酒精作祟，并且下了封口令，坚决不允许傅西泠再提起。那次的酒精作祟是借口，这会儿的酒精作祟才是真的。

所有细枝末节，包括那些极欲的对视、滴在彼此肌肤上混合起来的汗、拨开汗水浸透的发丝的烫的指尖、落在她颈窝的温热呼吸……时芷在车上，统统都想起来了。也包括傅西泠在她耳边笑着说的那句：“还知道内疚呢？”

往事如潮水，渐渐退去。时芷睁开眼，又有些头晕，在忽明忽暗的一盏盏路灯光影里重新闭眼。

“傅西泠。”

“不舒服？”

“没有。”

她不是想说这个，算了，缓缓，晚点再报仇。

傅西泠开着车，追问几句类似“确定没有哪里不舒服”的话。中途停下车，他去便利店买了蜂蜜。然后掉头，带她回他爸妈那边休息。

傅西泠的爸爸和妈妈，包括家里的阿姨，听说时芷不舒服，满怀担心地把人迎进去。

“你们休息，我照顾她。”傅西泠冲了杯温蜂蜜水，带时芷上楼回房间。

他扶着她喝蜂蜜水，时芷喝两口就已经没什么兴趣地停下。她推开水杯，咬了他的耳朵。

傅西泠好像懂她的行为，知道她是想起来在国外他咬她那次，笑着：“现在才想起来报仇，晚了些吧？”

她虽然醉酒，依然很犟：“不晚。”

“报仇的后果，想过吗？”

时芷仗着这边没有套，才敢嚣张地报仇，咬一次不够，还咬了第二次。她的唇很软，带着蜂蜜水的温度。傅西泠耳朵敏感，把剩下的半杯水放下，扣着她的后脑勺回应。

越发激烈。

在时芷提出疑问时，他答她一句反问：“我去便利店能只买蜂蜜？”

“……隔音吗？”

傅西泠说，他小时候练琴，必须隔音。

折腾到半夜。时芷这个仇报得，反倒是让自己有些吃不消。

酒醒了不少，时芷问傅西泠：“你那次是不是很生气？”

“当时可能是。”

“后来呢？”

“觉得你这也算对我特别，没见你和别人不讲理。”

“……没想过和我断吗？”

傅西泠回答得很快，不带丝毫犹豫：“没有。”

时芷都觉得自己有时候过分，没什么力气地趴在枕头上：“为什么？”

“心瘾。”

房间是傅西泠以前上学时住的，床没有他自己那边大，一米五的宽度。他们挨得近，傅西泠抱着时芷聊天。时芷想起朋友们讲的那些事情，说傅西泠小时候确实不讨喜，居然说可爱的女孩子发型像刘欢老师。还说了，她要是姚姚，是绝对不可能喜欢他的。

“要是有男生这么说我，我可能会动手，这么想姚姚也没有你们说得那么跋扈。”

“真以为姚姚是好人呢？”

时芷扭头。

“姚姚带着他们几个给我起外号，小学时候，沈嘉得意地叫过我好几年‘西冷牛排’。”

她把脸埋在枕头上笑。聊这些话题，时芷难免有些好奇傅西泠小时候的长相。傅西泠撂下一句“等着”，随手套上睡衣的上装，就出去了。怕吵醒家人，他脚步很轻，带了几本相册回来，指着照片给时芷讲拍照时的情景。

台灯的光线很柔和，落在那些相纸上。时芷看见姚姚讲过的海边水屋和热带鱼；看见傅家长辈们脸上越来越明显的岁月痕迹；也看见何凡诚、姚姚、沈嘉、傅西泠、傅西沣这些人的成长。

醉过酒，又做过某种运动，熬到两点钟时芷已经困到不行，反应慢，盯着傅西泠上学时候的照片，半天没翻页。傅西泠逗她：“看着迷了？”

“谁迷你，少做梦。”

“你心虚时候有点口不择言，自己知道吗？”

然后时芷把傅西泠给咬了，咬在肩膀上。

不知道什么时候睡着了。她或许叹过一句，有人能记录他们这些成长过程中的画面，真好。

时芷不知道，因为她半梦半醒间的话，傅西泠费了些时间开始准备这一年给她的生日礼物。

她没有准备。十一月对她来说并不特别，又是连自己的生日都没能记起来，只发现工作上有个不错的项目机会，投入了不少精力。意识到傅西泠生日临近，还是从朋友们闲聊的内容里筛出来的。

日期太近，正在定制的戒指也还需要更多时间。时芷只能临时抱佛脚。

然而，在送礼这件事情上，时芷的经验缺得不是一星半点。

下班直接去了商场，她逛到耐心都磨光了，也没看见什么特别的东西。感觉都不是生日必要的，在平时也能送。选来选去，时芷想起某天早晨傅西泠往脖子上戴项链的样子。

他这个人也挺时尚的，偶尔也给自己搭些配饰在身上，比如项链、手表、胸针这些。

时芷也见过他出席某些场合，穿正装，边和她说话，边系领带，不用照镜子，还挺带劲的。时芷决定买条领带给傅西泠。

她只是需要一个礼物，做她开口前的由头，却没想到，先收到礼物的是自己。

傅西泠生日那天是工作日，之前都说好的，下班后不和家人朋友们聚，直接和时芷回家。

他们生日差一天，没等到夜里十二点钟，傅西泠先把给时芷的礼物送了。

是一本相册。

里面是从各种渠道搜罗来的照片。有些应该来自时芷家的亲戚，照片很旧了，她都不太在主位。也有些来自时芷也想不通的地方：

她小学时候拍过的证件照、和同学拍过的卡通大头贴、初中运动会举班牌的照片，甚至有某年除夕在心理卫生中心拍的和时梅的合影……

还有沈嘉过生日的大合照。

后面是傅西泠帮她拍的一些照片，包括他们做手机屏保的双人身影。

傅西泠说，时芷，我来帮你记录。

就像在说，我来爱你。

时芷捧着相册看了很久，然后拿出她准备的礼物。

礼物不重要。重要的是，她这个仪式感方面的新手，第一次和傅西泠说了这句话："生日快乐。"

傅西泠能听懂。

他垂头笑笑，回答是："知道，我也爱你。"

番外五 婚礼计划

时芷开始对婚礼有计划，是在答应求婚的这年冬天。

入冬后，飘了两场雪。时芷下班前看过一份报告，内容关于本市新开的连锁江湖菜馆，营销做得好，某平台软文发了很多条，网红打卡也正热门，风头正旺。现在各行业都炒热度，有热度就有客流量。江湖菜馆并非个人经营，背后有企业投资做支撑的，算是兴荣集团旗下某些项目的竞品。

时芷约了傅西泠和周朗，打算在下班后过去尝尝这家蛮有名气的店。算是以饭局的名义，拉着男朋友和爱吃辣的朋友一起加班吧。

要是放在过去，时芷打死也做不出来这种事。让她主动欠别人哪怕丁点人情，那还不如直接要她的命。也就傅西泠勇。他敢半真半假地忽悠她，表面云淡风轻，实则死命玩心眼子，才能勉强和她攀上各种交易关系，在各种不走心的关系中存活下来。

现在不一样。时芷也能主动发微信问，有没有人想用兴荣集团的公款消费一下。

说什么公款消费，假的。其实还是傅西泠买单，只是没想到冤家路窄，在菜馆遇见沈嘉。

沈嘉估计也是来考察的，带了陶佳一起。两人迎着几个服务员“您好，欢迎光临”的声音进门时，时芷他们三个都快吃完了。

傅西泠刚拿了桌侧挂着的平板电脑，选了甜品。周朗本来可能想问的是“既然西泠请客，甜品我能不能多吃一份”，结果眼睛往门口那边瞥，突然压低声音改了个话题说：“西泠，那不是沈嘉吗。”

沈嘉和陶佳应该也看见他们了。沈嘉表面和气，略点头，带着陶佳去了稍远些的双人座位。

这家店服务很不错，甜点上得快。时芷和傅西泠对外人都比较心大，不在意，从沈嘉他们进门打过招呼后，两个人就没再往那边看过，只讨论甜品味道。倒是周朗吃着他的那份，挺明显地前后动着，像颗蚕蛹，躲开傅西泠挡住的视线，往沈嘉他们那边看了好几次。

“好像吵架了……我去……”周朗话说到半句，惊讶地愣住。

沈嘉他们坐的那侧传来玻璃破碎的声音，夹杂几声及时止住的惊呼，然后是椅子摩擦地板的刺啦声。时芷和傅西泠同时看过去，正看见陶佳愤怒地站起身。

沈嘉还在以举杯的动作停顿着，脚边有碎掉的玻璃杯，果汁溅到地板上。可能是陶佳打翻了沈嘉手里的杯……

菜馆大堂很静，只有播放着的音乐响着，附近的几桌顾客几乎都在或明或暗地打量他们。两个服务员立在两米开外的过道上，踌躇，又神色复杂地互相交换着目光，可能是拿不定主意要不要上前劝说。这种事毕竟麻烦。处理不好可能会被顾客不讲理地投诉，但不过去处理，又怕碎玻璃伤到其他路过的顾客。

时芷没忘记自己来吃饭的职责，冷静地观察服务员的表情，心里做了些评判。看来在这家餐厅里，经营者扣工资是常事。这样不好，反而让手下的人束手束脚，难以发挥温情。

“你有过去，难道我没有吗？沈嘉，为什么我可以对过去的感情视而不见，你就不行？”

陶佳脸是红的，怒视着沈嘉，极力克制情绪所以肩膀在抖。

双手紧攥丝绒连衣裙的裙摆，又松开，陶佳的眼眶也红了，往右侧指向时芷他们这边：“你这么喜欢看她，不如别偷偷摸摸了，干脆你过去和他们一起坐啊，我走！”

没想到吃瓜还能吃到自己人头上。时芷、傅西泠、周朗三个人收回视线，互相对视几秒。

周朗问：“沈嘉这么深情的吗，这是还惦记着时芷呢？分三年多了吧？”

这话傅西泠不爱听：“哪儿深情？纯粹是臆想症。”

周博士有学历包袱，老实地推了推眼镜：“我知道，那我也不能直说，说人家有病吧。”

时芷都懒得为前任费口舌，继续吃她的甜品。沙冰上面的山楂馅冰激凌有点酸，她用金属叉子戳两下，看向傅西泠。看到第三秒，傅西泠把自己那份荔枝口味的换给她。

不远处的喧嚣他们视而不见。陶佳抱着羊绒大衣一阵风似的路过他们身边跑出去，服务员尝试着和沈嘉沟通，想清理那些洒掉的果汁和碎玻璃。沈嘉还算有教养的，和服务员说了抱歉，也主动赔付了玻璃杯的钱。

结过账，沈嘉就拿着外套匆匆往外走。经过他们这边，撞上傅西泠不经意抬起的目光，沈嘉顿住脚步，脸色逐渐涨红，迟疑着想要开口说些什么。

这种场合，脸已经丢尽，说什么都不对。如果存心奚落，有的是挖苦的话。但傅西泠似乎觉得没必要，神色如常，问了个缓解尴尬的问题：“一起吃份冰激凌？”

“……不用了。”说完，沈嘉匆匆离去。

后来听朋友们说，陶佳和沈嘉分手了。沈嘉当然挽留过，又是迟来的深情，跑到陶佳家门口站了一夜，连陶佳的父母都很不忍心，劝陶佳再想想清楚。

陶佳在社交账号更新的动态只有一句：你看她的眼神，别人不知道不懂，我知道我懂。

陶佳去意已决，不再给沈嘉辩白的机会，很快动身去了国外。据说是打算继续学习艺术的。有朋友分析说：在陶佳和沈嘉谈恋爱的这三年里，也许沈嘉时常怀念时芷，把她当成过遗憾、意难平、第二代白月光。

陶佳的分手，也算赢了。终于让沈嘉重新爱上陶佳，念念不忘地想要追去国外。

因为在沈嘉眼里，得不到的才永远最好，说白了就是不懂得珍惜。像这种人，他活该不幸福。

听说这些时，时芷并没有评价。傅西泠也没有。别人懂不懂珍惜，和傅西泠无关。

外面很冷，他知道这种雪天打车慢，怕时芷跟着着凉，所以没喝酒，在聚会结束后先下楼去停车场发动车子。车开到酒吧楼下才给时芷拨电话，让她下楼。

休息日，时芷穿搭很随意，长款羽绒服的领子里露出休闲帽衫的黑色帽子。下楼梯时她还低头按手机，很慢很随性地走在清风细雪里。像知道有人爱。总不会被冷风吹得太久。

身后有朋友叫时芷，和她道别。她才停一停脚步，微微笑着回头，挥挥手。

路灯把时芷飘在风雪里的发丝染成金黄色，她再转回头时，迎着风眯了些眼睛，理着脖颈处堆叠的帽衫帽子看向傅西泠。

傅西泠知道时芷羽绒服里面的那件帽衫很厚，是内里加绒的那种。两天前，他们在家里沙发上做，他亲手帮她脱掉过这件。当时屋里供暖很足，衣服又厚，待他把她的帽衫丢在一旁，再单手拽着衣摆把自己身上的套头毛衣脱掉后，手重新托起她的腰窝，触到细腻皮肤上略带汗意的潮湿。令他着迷。不只是难挨地向上弓时，腰部肌肉的颤抖令他着迷。

那天的后来，时芷是有些疲惫的，傅西泠吻她眉心，问她以后会不会对这种深夜运动失去兴趣，慢慢就腻了。时芷的反应迷人。她眼睛都没睁开，皱眉，手已经蓄势待发地卡在他喉结处，一副随时可以灭口的模样。反问的是：“你腻了？”

听语气，特别像在说：“我看你是活够了。”

额角沾着被汗水打湿的发丝，很霸道，是令他着迷的模样。

哪怕现在，时芷这样带着浑身冷空气坐进副驾驶位、思维沉浸在手机内容里、沉默着系好安全带的样子，什么都不用说，什么都不用做，也令傅西泠着迷。因而，他没有及时发动车子。时芷后知后觉，抬头迎上傅西泠的目光，眼睛里意思特别明显：想什么呢，这里不能停车太久的。

傅西泠迅速亲了时芷一下，发动车子：“涨工资还是发奖金了？”

“你又知道？”

“猜你刚才边下楼梯边按的是计算器，钱挺多的吧？都需要动计算器算？”

时芷心情不错，眼睛很亮地对着他比了个十，又比了个七，然后说：“快开车。”

夏天那会儿，时芷说过，等她把亏掉的十几万年薪赚回来，再考虑结婚。这姑娘能力还是强的，才半年，就赚回来了，年底直接分到十七万。但傅西泠没催，也没问什么时候想结婚。他只是在开车驶入这个雪夜的时候，左手扶着方向盘，空出右手，给时芷比了个大拇指：“时老板牛。”

放下手，也没收回再握方向盘，而是亲亲密密地拉着时芷的手，拨着她指尖玩。

雪越下越大，迎着砸向车窗。街道上没遇见几辆车子，安静，空旷，莫名有种感觉。他们会并肩前行未来所有的路。

到家后，时芷从背包里掏出块酒心巧克力，塞进傅西泠嘴里，说请他喝酒。

朗姆夹心。傅西泠咬着巧克力，把她的手机从她牛仔裤口袋里摸出来，笑：“别以为能把话题岔过去，备注再给我看看？”

时芷被他呵着颈窝的痒，笑着倒进沙发里，又很犟地不肯低头，每次傅西泠问“改不改”，她都笑到发抖依然咬紧牙关“不改”。备注是时芷故意气傅西泠的，给他改了个“西冷牛排”这种。

窗外风雪模糊了夜色，最终时芷笑岔气了，捂着肚子，依然没松口。傅西泠就无奈地把她压在沙发里，深吻，一心二用，吻着，给自己改了个备注：“未婚夫”。

这个十二月，发生过很多事情——

到国外生活上百般不适应的傅西沣，每次沮丧想搞点事情出来，都要被室友弟弟练着踢腿灌输新信仰。

“有时间丧气还不如多读书。”

“我觉得你身上的有些悲剧，是因为脑子装得不够满。”

“喝酒伤脑子。”

……

在室友弟弟的影响下，傅西沣拿了学校某比赛的证书，还被老师发邮件夸奖过。

大伯收到这个消息，热泪盈眶。大伯母看着照片上抱着奖状的傅西沣，也偏过头去，擦拭眼角的潮湿。而傅西沣自己，终于被跆拳道嚯嚯嚯的踢腿声恐吓着、鞭策着，开始走上正途。

网络上每天都有各种消息，风起云涌般，最近媒体揭露了某连锁机构倒闭内幕，引起大量网友的讨论。破产原因并非经营不善，而是因为创始人对妻子长期家暴，并且多次婚内出轨，最终被妻子收集到证据，告上法庭。

万冉看到新闻，面对打马赛克的创始人形象，想到那个男人十年前的模样。那时候他没有西装可穿，穷得叮当响，牛仔裤白衬衣，干净，看起来诚实可信。而万冉自己，嗓子还没坏掉，在最有名的酒吧驻场。

那天是万冉生日，他拿着一朵玫瑰，在小巷子里单膝跪地，信誓旦旦，说以后一定会成功、一定会给万冉买更多鲜花。

两位主持人在谈论创始人即将面临其他合伙人和顾客的巨额索赔。万冉神情复杂地关掉电视，叼着细细的女士烟，偏头点燃。

当晚，万冉在社交账号上更新了动态，四个字，苍天有眼。

老钱又找到一家和时芷舅舅家当年情况差不多的小酒吧。酒吧面临倒闭，钱不多，但管理不严格，活也轻松，特别适合混日子。他脸上的皱纹更深，最近吹牛的话题是同事体检都查出各种基础病，他连血压都正常。被玲玲撇着嘴吐槽，肯定是医生搞错了，那样抽烟喝酒不可能健康。

姚姚在外面的创业困难重重，但预备役女强人有点乐在其中的意思。

和何凡诚通视频电话时，姚姚刚通宵过，困得右眼双眼皮都变成好几层。以前最爱睡美容觉的妹妹在视频里说，何凡诚你有没有觉得，我最近精神状态特好，容光焕发的呢。

何凡诚说，还真是，比你那个热玛吉有效，等我有空去看你。

“那你别空手来，记得给我带点好吃的啊，你家阿姨做的牛肉丸子也给我带点吧。”

而何凡诚暗恋的那个女生感情不顺，和前男友反反复复和好。最近终于还是分手了。

女生主动找到何凡诚，问：“我现在说我们有可能，会不会晚了些？”

何凡诚沉默地按灭烟蒂，然后点头：“是，时过境迁了。不好意思啊，我最近，没有谈恋爱的打算。”

傅西泠当年接手的旧街改造项目，现在已经开始盈利。那条街一改昔日衰败的形象，周围建起大型会展中心和商场，街上酒店、商铺热闹一片。只是玲玲他们偶尔听有人说起，这条街上之前有家开酒吧的老板，最近被人坑了。他们以为自己跟着大佬投资，其实是入了某种诈骗分子的圈套，一下子损失了十几万块。

傅西泠的小叔独自去了趟大溪地。据说，那是当年小叔和女朋友约定好的婚礼举办地点。小叔回来那天，是深夜，傅西泠去接机，直接送小叔回了他爸妈那边。家人们都在，也都没睡，准备了丰盛的夜宵，什么都不问，只是拥抱了略显疲惫的小叔。

小叔晒黑了些，吃饭时问傅西泠：“西泠啊，这一年又快要结束了，展望明年，有什么野心和计划？”

傅西泠挺狂。他说：“商业上的展望没意思，反正大多都能做到，生活上的野心倒是真的有一些。”

“什么野心？”

“时芷。”

家里墙上挂着他们的全家福照片。傅西泠心里正在盘算着，怎么把时芷勾回来，让她进他家的全家福。

而时芷，这个在年终刚刚拿到奖金的、有点牛气的姑娘，她在兴荣集团的国内外联合年会上，看见付倩和Morgan地位稳固地对其他人莞尔。她们盛装出席，大大方方接下各方或支持或暗中敌对的打量，像《蒙娜丽莎的微笑》般让人猜不透真实情绪。

时芷觉得很酷。于是她野心勃勃地计划着下一年的收成。

顺便，时芷也对傅西泠说了两件事：

一是玲玲和大诺发了年终奖，手头宽裕了些，想请傅西泠吃顿饭。

二是时芷要回老家去“看”时梅。

年底大家都很忙，这两件事时间撞上了，也难协调开。玲玲已经为请客买了整箱草莓，放不住，不去吃饭就白花钱了；时芷这边的车票也已经订好，寒假高峰，调时间难再有票。

所以他们分头行动。傅西泠去玲玲家赴约吃饭，时芷则独自一人回去“看”时梅。

玲玲和大诺买了很多东西，平时不舍得吃的水果和海鲜统统搬上了他们不足六十平方米的温馨小家的餐桌。娃娃机里抓来的各种娃娃堆在沙发上，玲玲穿着拖鞋，挠头，看门口堆着的七八个纸箱：“……姐夫，我们俩，本来也没准备出你那个阶层的丰盛，你还买这么多东西来，多不好意思，真是让你破费了。”

傅西泠笑着，只捡一句反问：“我什么阶层？”

“超——有钱的阶层啊。”

“没用。昨天被你时芷姐带去吃关东煮，都不让再加鱼籽福袋，说超额了。”

玲玲不知道那家关东煮店人均要150+，还挺义愤填膺地说：“时芷姐怎么这样，鱼籽福袋多好吃啊，姐夫，到我家你就敞开了吃，来，吃这个大虾！”

大诺也是老实人，用公筷给傅西泠夹菜，很实在地说：“姐夫多吃，这个虾绝对不是打折的，是活蹦乱跳的，很新鲜呢。”

时芷收到这一桌菜肴的视频时，人在心理卫生中心外面的小公园。眼前的景象令她感到意外。

这地方靠近城市边缘，小公园早已经废弃。以前树是枯树，休息椅是漆体斑驳的旧椅子，绿化无人治理，所以杂草丛生。在时芷的记忆里，这里的冬季荒凉、萧瑟。即便卫生中心的楼里，经常会放些舒缓的音乐广播；即便天气好时，医生会带着病人们集体在院子里做操。

在附近的孩童们心中，这地方都是他们鬼故事和恐怖传说的想象力滋生地。

现在不一样……

草坪被精心打理过，枯草长短相同，覆着新雪，等待着“春风吹又生”。人工湖泊结冰，有孩童欢呼着，在比谁推出去的石头滑得更远。休息椅设计成巨大鹅卵石形状，松树上装扮了圣诞灯饰。连心理卫生中心的墙都重新漆过。

宣传板上挂了这里夏日时拍过的照片，很美，湖畔花丛密布，草木葱茏。很像是油画里配色舒服的小花园。对这种无用投资出手这么豪，是谁的败家手笔，甚至不用想她也知道。

时芷长久地坐在小公园，想起过去和时梅的一段对话——

那时候林孝平刚去世，她们母女相依为命，在年关前坐上回这座小城的火车。车厢里人挤人，很多买不到坐票的人自带小椅子坐在过道里。

嘈杂，气味混合，并不很令人舒服。时梅有种解脱般的轻松，对生活变动有些期盼也有些紧张。她对时芷说：“萌萌啊，等我们到你大舅家就好了。大舅家有姥姥在，还有你大舅妈和哥哥，过几天你小姨、小舅他们应该也会回来的，妈妈喜欢热闹。”

也会说：“就是妈妈手里没什么钱，包红包不能包太多钱呢，等妈妈找到工作，包大红包给你们这些孩子。也给你姥姥。”

几个孩子在人工湖旁边玩了很久，鼻尖脸颊冻得通红，还意犹未尽地在冰面上滑石头。

有个孩子失误了。

其他人大笑着：

“你这是什么啊？”

“哈哈哈哈哈哈……”

“这也太逊了！”

“看我的看我的。”

“小石头冲呀！”

……

时芷喃喃道：“妈妈，这里现在很热闹了，你喜欢吗？”

风吹动人工湖边的一簇芦苇，摇摇晃晃，像谁在温柔地点头。

玲玲发来的那段小视频，时芷只静音看过。

去机场路上坐在公交车上时，她收到玲玲的微信新消息——

时芷姐，你反应好平淡。

时芷不解。她觉得自己回复得还行，比过去言简意赅的那种回复强多了，还夸了玲玲和大诺的手艺。但玲玲很快又发来信息：

你是不是只看菜了？？

菜不是重点，听听姐夫说的话！

时芷戴上耳机，去听那段录菜肴的视频的背景声音。是大诺在问傅西泠，“姐夫，像你这么有钱，是不是就什么都不会怕了？”

傅西泠说：“也会怕啊。”

玲玲很有这种小心思，平时看起来呆呆的，这会儿也知道装着继续录那盘油焖大虾，把摄像头反复拉远拉近。因为她做贼心虚，镜头拉得特别近，连虾头额角上的倒刺都能看得一清二楚。其实只是为了把傅西泠的声音录进来，发给时芷听。

他能怕什么？她这样想着，然后听见视频里没露面的人说，“怕时芷。”

时芷想打人。但傅西泠补充说明，不是怕她的脾气，是有那么一阵子，特怕时芷和他分开。

“你们也知道，你们时芷姐犟，分手了绝对不吃回头草。”

好吧。不打了，原谅他。

玲玲的解读很浪漫。傻姑娘说了，姐夫明明可以怕高处不胜寒，怕起点越高失败时会摔得越狠。

结果，他只怕和你分开！！！

这句是玲玲的原话，加了三个叹号发过来的。

还问她：时芷姐，那你怕什么，是不是也怕和姐夫分开？

时芷和傅西泠他们厮混久了，也有点坏。

逗人。她说：没有，我怕明年项目奖金没今年丰厚。

玲玲：是吗？

公交车到站，刹车略猛，时芷整个人握着手机晃了晃。

公交车停在小城镇的某所中学对面的站台。正是晚上放学时间，学生们在校服外面套着各色各样的羽绒服，三五成群地从校园里走出来。有几个学生发现公交车停靠，互相喊几句，冲刺着，赶在公交车关门前进来。

他们年轻、有活力，在车厢里讨论着学校发生的事情：

谁上课瞌睡被罚站、谁期末考试带小抄；

哪位老师留作业多，哪位老师上课打哈欠张嘴像河马……

其中一个男生说："你这么说，还不是因为朱老师下午批评过李佳梦。"

被吐槽的男生脸红了，偏开头："胡说，我没有那意思。"

公交车上早已经没有座位了。他们就拽着头顶的扶栏，挤在过道里，一路笑嘻嘻地闹着。

时芷想起之前在傅西泠家看相册的那个晚上，台灯光线下，那些相纸有些反光。有一册厚厚的相册里，全都是傅西泠高中时期的模样。其中一张，拍得不好，曝光了。

是傅西泠坐在家门口换篮球鞋，房门敞开着，阳光刺眼。他身上的球服有被汗打湿的那种湿痕，脸上、脖子上都是亮晶晶的汗水。拍照的人，大概是他的朋友，对方拿起相机的时候被发现了，他举起拇指、食指和中指，做了个阻止的动作。然后被拍下来。

那天晚上时芷问过傅西泠，高中时候会打篮球的男生招风，问他是不是还挺多姑娘给加油的。傅西泠认真想想，说，可能有吧，没太注意。

时芷觉得不可能。傅西泠就认真解释给她听，说他那时候狂，总和校队约着打球。人家校队里的队员训练得都挺猛的，他想赢都挺费劲了，哪还有多余的精力看场外。

"送水的有没有？"

"这个确实有。"

"你喝过？"

"没有。"

"为什么不喝？"

"我家教就这样，从小就不太习惯吃喝陌生人给的东西，怕有人投毒。"

有时候浪漫话听多了，时芷也会偶尔觉得，傅西泠会有更不一样的答案。

听完挺扫兴。回答的都是什么破玩意儿，她兴致缺缺闭了眼睛，准备睡觉，敷衍地回："哦，还能这样的……"

而傅西泠，他刚和她做过，身上有股懒洋洋的劲儿。他不知道把时芷说无语了，还挺顺着她聊，说"怎么不能"。

听说傅西泠后来还给时芷讲过：

以前国外有个老爷子，生意做得挺大，但儿子给人害死了。

这事传回国内，把傅家长辈们吓坏了，小学时期整天让司机接送他们几个，还给送饭。

为什么是听说？

因为傅西泠在隔天早晨吃早餐时，给她比了个大拇指，评价她："睡得挺好。"

餐桌上摆着一束浅紫色的紫罗兰，很香。但傅西泠的脸色不好看，挺赌气，又挺无奈。

他说她现在真是很行。开导别人都能聊特久，和他聊天，跟听见催眠曲似的，睡到他占便宜都不醒。

"占我什么便宜？"

"就亲了几下。"

就是在时芷回忆傅西泠那张臭脸时，公交车抵达终点站的。到机场后，时芷接到傅西泠的电话，说会去机场接她。

两小时航程。她在飞机上短暂地做了个梦。

梦里应该是很闷热的天气，像今年夏天高温预警频发的那段时间。但没有傅西泠妈妈煲的清火汤，没有何凡诚约的那场高温篮球，也没有工作变动和泳池求婚。

时芷在梦里回到高中，且情绪很焦急。她找不到校牌，四处翻看，书桌、书包到处找过都没有。隐约有种认知，不佩戴校牌会扣分。

同桌提醒她，会不会是之前体育课时，落在篮球场了。

“欸，时芷，你去哪儿？”

“篮球场——”

“可是，要上课了。”

和同桌的关系好像还不错的样子，时芷说：“和老师说我肚子疼吧，谢谢！”

踩着预备铃跑到门口，她撞见追她好久的李明韬。李明韬很关切地询问她，怎么要上课了还要往外跑，是不是哪里不舒服……

时芷脚步没停，错身避过那个啰唆的身影，继续往走廊尽头的楼梯口跑去。

嗯，依然讨厌李明韬。

她避开老师们，匆匆忙忙去了篮球场。几个校队的男生在分组训练，老师不在，这群人挺放肆，手机都掏出来了。有人放了周杰伦的《霍元甲》练运球，有人做仰卧起坐，也有人拍着篮球在球筐下面打对抗。

梦里时芷很茫然，体育课坐过哪里怎么也想不起来，关于体育课的印象全无。

好奇怪。隐隐听见两遍“请问您需要喝点什么”，梦境模糊过，可时芷没醒，又绕着篮球场漫无目的地寻找。

她看见一个身影。那男生穿着一身惹眼的红黑配色球衣，篮球鞋也是同色系的，黑色篮球护臂。在对手进攻时如同猎豹般紧紧盯着。对手做假动作，被他看穿。他从容不迫地看着人家，完全没被晃到，又准确地预判了对方后手动作，成功拦截下那人投出去的球。

球拍了几下，被他接到手里。很随意的小动作，篮球在他食指指尖上转着。被防守成功的人竖起拇指：“我去，你上周不是才受过伤吗，还这么强啊？”

“十个单手俯卧撑。”

对手直接把左手背到身后开做，轻轻松松数到了十，起身，抹汗：“不行，我不服，再来，傅西泠我们再来。”

被叫作傅西泠的人笑笑，拧开水瓶，仰头灌了好几口矿泉水，沁着汗的喉结滑动，他边喝水，边回视那人。目光有点张扬，也有点嚣张。

像是在说，来呗，又不可能输给你。

正式上课铃响起，时芷被惊得回神，收回视线继续找校牌。隐隐听见那些校队的人在抱怨天气热。

没找到，又不能旷课太久，时芷准备回教室，一滴汗顺着脸侧滑落，掉在地面上，无声地蒸发掉了。

“在找东西？”一个很好听的男声，微微喘着问道。

就是刚才那个叫傅西泠的。时芷“嗯”了一声，也没有想继续对话的意思，跑着回教室了。

老师很好，没有批评她的迟到，还关心地叫她肚子再不舒服就去医务室看看。只是天气实在太热，电风扇驱不散的闷和燥，不止时芷，差不多半个班的同学都在课堂上昏昏欲睡。

下课铃声终于响起。

下节数学，她去教室后面的饮水器接凉水喝，想提提神。后门外面有个身影，靠在走廊窗台，叫她："时芷。"

时芷回头，看见傅西泠。好像刚才上课时间都是匆匆而过，她就是在等待这一刻。她很自然地拿着水杯走出去。

傅西泠满头汗，在阳光下训练那么久，皮肤还是特别白。他很高，笑得有点坏，但帅，笑着问她："叫你就敢出来？"

"你们校队又没有认识我的人，能知道我的名字大概是捡到我校牌了吧？"时芷摊开手，意思让傅西泠物归原主。

傅西泠从兜里拿出校牌，凑近些，按着上面的小夹子直接夹到时芷校服的衣领上。汗落了一滴，在她手腕处。温热的。他抬手，用拇指轻轻地抹掉她手腕上那滴汗，转身走了。

时芷的心跳得很快。非常快。

然后……飞机降落，广播提示乘客暂时不要解开安全带、带好随身物品。

也许是因为在照片里见过傅西泠高中时的样子、初识时伸手让他还过手串、真的被他捡到过高中校牌……

梦境格外真实。

落地后，傅西泠接机。他和时芷讲了些在玲玲家吃饭时发生过的一些对话，顺便提到她舅舅舅妈被骗钱的事。而时芷坐在副驾驶座，有些走神地在回想她的梦。

车子驶出航站楼停车场，闸机在车辆经过时自动在 ETC 里扣费。

傅西泠突然"嘶"一声。她心不在焉地问："怎么了？"

他醋意挺浓地反问："飞机上让你遇见心动的异性了？"

"……为什么这么问？"

"看你这状态，挺意犹未尽的。"

"是有点。我还真遇到了。"

"啧。"

时芷给傅西泠讲这个令人悸动的梦。在梦里面，她没有做过"林萌"，一直都是"时芷"，而且从高中就认识他了。

"你是篮球校队的？"

"高看我了，我篮球打得真一般。"

"是吗？"

傅西泠对时芷这个梦挺感兴趣："怎么着，在梦里你先看上我了？"

"没有。"

"真没有？你表情不像。"

时芷真的挺喜欢她的梦，分析得还挺认真："我这种性格，应该不会早恋的。而且梦里也是担心迟到会被骂的那种普通学生，估计没什么家庭背景，还是要靠努力学习改命的。"

"这个原因啊，挺正经。"

时芷转头问傅西泠，不然他以为会是什么原因？傅西泠开着玩笑，说她以前暗着把他往外推的时候，经常说自己喜欢的不是他这个类型，喜欢沈嘉那种，以为她梦里也还是那个审美的。她顺着他的玩笑："那我梦里也不一定就喜欢你这种类型，但是……"

"但是什么？"

"我应该会撩你的。"

"那你挺坏，不处对象还瞎撩？"

时芷对飞机上的梦境没能继续，感到遗憾。她甚至在等机舱门打开的那段时间里，懒洋洋地闭着眼设想过，如果梦境继续，她会不会在隔天课间拿着冰镇过的饮料追到球场上。

会。她一定会。但不会疯狂地叫傅西泠的名字给他加油。她只会默默站在球场旁边，等他主动注意到她的存在。只要他目光在她身上停留超过两次，她就放下饮料，转身离开。

不留纸条。也不留电话号码。

傅西泠对此的评价是，他连陌生人给的水都不可能喝，还想送瓶饮料撩他？时芷皱眉："我就想这么撩，不行吗？"

"行，都行。"

时芷眼睛是亮的，像算计怎么涨工资涨奖金那样算计她的撩人计划。她说："我得给你留个印象，万一毕业以后想找你谈恋爱，有个前缘，再撩起来才不费劲。"

傅西泠说："其实都不用动那些小心思，只要是你，什么时候都不可能费劲。你也不用撩我，真要是你梦里那种情况，去给你送完校牌，估计我就该琢磨，怎么才能把你勾到和我同一个户口本上了。"

"傅西泠，你这么好泡？"

"只针对你。"

过了一会儿，傅西泠问时芷，梦里她穿的是哪种夏季校服。时芷说是傅西泠高中照片里的那种样式，女生校服是白衬衫，配不过膝的百褶短裙。

傅西泠就闷声笑："那我应该，更好泡了。"

时芷皱眉："你喜欢那种？"

"不喜欢，但你穿会好看。"

还和她盘逻辑，说他这种喜欢躲麻烦的性子，捡到女生校牌不可能亲自追到班级去还，到班门口随便给个同学转交就行了，亲手给戴上更没必要。

"真有那行为，估计是已经喜欢你了吧。"

就有种"你看，无论在现实还是在梦里，我永远先喜欢你"的得意。

路上就聊了这么一个话题。晚班航班，到家楼下已经将近夜里一点钟。关于傅西泠在小公园处的捐款修建，时芷反而没说什么感谢的话，只说："妈妈确实喜欢热闹些。"

这时候在地下车库，时芷也下车，傅西泠关车门后从驾驶位那边绕过来，拉着她的手，往电梯间那边走。车库很静，只有他们。他没有提自己联系心理卫生中心领导捐款的那些过程，按下电梯，说："那挺好，我这个做未来女婿的，也算是误打误撞地投其所好了。"

"花钱太多。"

"又不白花。"

时芷开始公事思维，怎么想都觉得，那地方的重修重建都是捐款，没有可以盈利的点。

傅西泠说："讨好未来岳母，哪能省钱？"他还开了个幼稚的鬼故事玩笑。说以后她真要是看上别人，想换人，估计她妈妈不能同意的，得亲自出面把那人带走。

进门脱掉厚羽绒服，时芷转身，傅西泠默契地揽着她的腰，把她往怀里按。他垂头，吻住她的唇。

“洗澡？”

浴缸很大，放水时间要挺久的。他们就在水满的时间，在淋浴间里，在沐浴露植物的清香和温暖的水流中纠缠。沐浴泡沫下细腻的触感，重新长长的、湿掉的头发，越来越乱的呼吸……

傅西泠把时芷抱起来时，她说：“幸好那个梦不是真的。”

“怎么了，刚才在车上不是还念念不忘的？”

“高中认识你不行，撩一下等到毕业再联系这种设想估计没用，作废，我等不及。”

傅西泠更用力，时芷咬住他的手臂。

这一夜睡得不错。几乎按照他们平时习惯的生物钟，同时在早晨六点半醒来。

时芷窝在蓬松的羽绒被里，懒洋洋地问：“傅西泠，结婚是不是很麻烦？”

他们曾在傅西泠堂姐的婚礼上，和朋友一起聊过类似的问题。那时候时芷就觉得，结婚是件好麻烦的事情，准备工作烦琐，几乎比项目计划书更复杂。大到要定礼服、婚礼举行地点、拍婚纱照、选摄影师化妆师司仪老师……小到婚礼的花朵种类、伴手礼的选择、座位的安排……

本来鼓起的勇气，时芷越想越一团乱麻。突然她又不想结婚了。

傅西泠没睡醒，睡眼惺忪地揽着时芷的腰，把鼻息往她颈窝里蹭，好一会儿才说：“应该是挺麻烦的……”

但紧接着，他就反应过来了，眯着眼睛从床上坐起，改口：“不麻烦。”

时芷狐疑：“不是特别多的事情要操心？”

傅西泠起床，赤着上身往外走：“等我一下。”

片刻后，这个男人神清气爽地回来了。昨晚折腾到三点钟才睡觉的好像不是他，他眼里噙着光和笑意，看上去像睡过十几个小时。

傅西泠手里抱着整整一盒的文件夹，一个个往外拿，放在时芷面前的床上。

时芷第一反应——这么多文件，什么大项目？

然而，每个文件夹里都是婚礼策划。各种类型的，双人旅行婚礼有，小范围朋友亲人的有，家庭参加的那种大型婚礼也有。地点也非常全面。

雪山婚礼，极光婚礼，海岛婚礼……图文并茂，每个文件夹厚度都像一册书，翻到最后，设计人很统一，落款是熟悉的签名：傅西泠。

“……你什么时候弄的？”

“你加班工作没空理我的时候。”

时芷翻着这些文件夹时，听见傅西泠清清嗓子，继续煽惑她：“结婚不麻烦，你负责选，我负责搞定，哪里不满意你找我算账。”

特别老练。时芷说傅西泠这样子像个结过至少三次婚的人。

“你答应结婚的这半年，我在心里和你结婚三百六十五次了，能不老练吗？”

“半年，哪来的三百六十五次？”

“每天两次想娶你，至少了。”

雪停了，阳光特别好，明晃晃地落满卧室。时芷身上穿着傅西泠的短袖T恤，手里抱着一册文件，坐在床上愣了会儿。她抬抬下颌，说："床头柜第二层抽屉里有个盒子。"

傅西泠去拿。那是时芷给傅西泠定制的戒指，夏天就开始和设计师沟通了。但就像她说过的，她对珠宝首饰这类真的很没研究，自己平时穿搭都是怎么简洁怎么来，完全不顾是否流行。所以，她自觉审美一般。她花心思想了很久，也没和设计师商量出要弄什么特别的元素在戒指里，还破罐子破摔地问过设计师，内圈设计个苏打水瓶子图案怎么样。

设计师回复时芷一个裂开的表情。这么一比。傅西泠当初那枚钻戒，内圈熔了时梅的金耳钉做接骨木花饰的巧思，真的很难超越。时芷最后没耐心了，直接抄作业，把剩下的一点金子重新寄给设计师，让人家熔了，也在男戒内圈做相同的花饰。

傅西泠拿出戒指，有些意外。她说："我这个可能没有那么多巧妙构思。"

"不需要。"

"那你……喜欢吗？"

"喜欢。"

傅西泠把戒指戴在无名指上，他抬手吻了一下那枚戒指："所以，你近期有和我办婚礼的打算？"

时芷说："对。"

傅西泠指她面前那堆文件："选选？"

方案都摆在眼前呢，他这么会享受的人，肯拿出手的必定都是好的。时芷想到姚姚说过的海岛旅行，老实说，还挺向往的："海边吧，我想试试潜水。"

"行。"

床头有两瓶苏打水，傅西泠拧开，一人一瓶，和时芷碰瓶颈相庆。两个聪明人，两个又酷又稳重的聪明人，今天反常，都有些开心得蒙了。一个忘记自己不喜欢喝苏打水，一个忘记准备矿泉水。时芷都喝到嘴里了，才发觉不对劲，皱眉："傅西泠我警告你啊，结婚是可以的，苏打水我肯定不会喝。"

傅西泠笑了好半天，拉她入怀："刚刚是失误，婚后你依然自由，想怎么生活就怎么生活。"

他们拥抱，十几秒后，又不约而同地想到小叔的事情，默契地同时开口，说的内容都一样——

"不要大溪地。"

"大溪地就算了。"

说完，相视而笑。

在忙碌中，年关到了。

时芷第一次在傅西泠家里过除夕夜，红着脸收了好多长辈的红包，还收到何凡诚家小外甥串门送来的一包辣条。他特地声明过："给时芷小舅妈，小舅妈最喜欢吃辣。"

长辈们聚在一起，推杯换盏，傅西泠趁乱躲酒带着时芷回楼上。家里的阿姨看见了，也看见他们十指紧扣的手。阿姨说："还是热恋期呢？"

傅西泠笑着点头："必须是。"然后比了个噤声的动作，继续往楼上走。

床上摊开着海岛婚礼的策划内容，他们最终选了斐济。时芷在这种事情上，很随性。反正有傅西泠把控，她不需要考虑过多细节，只随心情就好。

选斐济没有别的原因，就是觉得名字好听。然后翻到图文，斐济有鲨鱼潜水。照片里鲨鱼咬着喂食的鱼块，露着森森牙齿，她一指，说喜欢这个项目。人家婚礼都是怎么浪漫怎么来。时芷偏偏要下水，要和鲨鱼共舞。

傅西泠不阻止，还助纣为虐，一点没觉得这有什么问题，把宠老婆贯彻到底。直接决定了，说就去斐济。

婚纱已经在定制，其他的准备工作也有傅西泠和他家人在准备。时芷这边不打算邀请任何亲戚，所以婚礼选了小型的那种，只邀请傅西泠的家人和亲近的朋友。

傅西泠的手机响了，他接起电话："怎么了，大伯？"

是大伯母在说话，笑呵呵的："你大伯和你小叔在争呢，婚礼上有个新娘挽父亲手腕出场的流程，你们要是也有，大伯和小叔都想带时芷出场呢。"

"我爸没争？"

"怎么没争，被以男方父亲的名义淘汰了。"

傅西泠看了眼鲨鱼群照片，说不一定有他们这个流程。

"真有也不用争，就他们三个一起吧，接力换人送时芷，把她带到我面前。"

长辈们的哄笑声从手机里传来，傅西泠的妈妈开口："两个孩子，新年快到了。"

不是提醒他们要拜年或者怎么样，只是把手机拿到电视旁，给他们听倒计时和除夕钟声。时芷本来站在床边看烟花的，傅西泠喝得多，仰靠在沙发靠背上。手机按了通话静音键，放在沙发里。楼下听不到他们这边的声音，电视里的倒计时却一声不落地传来。

在除夕夜里十二点钟声敲响时，她转过身，两只手撑着沙发靠背，低头，和傅西泠接吻。

他身上有些酒气，和记忆里之前每个陪伴她的除夕一样。她问他有没有喝多，有没有感到不舒服。他倦着一双眼睛，说，有点。

时芷先说活该，谁让他听见那些婚礼相关的话题就上头，喝那么多，最后说："那我冲杯蜂蜜水给你？"

"不用，过来再亲会儿就好了。"

好像对于筹备婚礼这件事，他们也没怎么特别宣扬，但听到特别多恭喜的话。连朋友们的拜年信息里，都掺着各类对他们感情的祝贺。傅西泠揽着时芷坐在沙发里，略掉普通的拜年信息，给所有"白头偕老""百年好合""长长久久"这类都回复了。

时芷看在眼里："怎么，你还挺迷信的，真觉得祝福一下就能成真？"

傅西泠钩住她的脖颈，把吻落在她唇上："不是迷信，感情也不靠他们祝福不祝福。"

"那你只给他们回？"

"觉得他们说得对，算点赞。"

走到临近婚姻殿堂（也可能是水下鲨鱼笼）的这一步，傅西泠才问："和我谈恋爱没风险，现在知道了？是不是没诓你？"

窗外烟花声密集，房间忽明忽暗，被染上烟花的色彩。

这一年，他们的新年愿望——

时芷的是，升职加薪。

傅西泠的是，时芷能万事如意。

另外，还有些不用许愿也会发生的事情。

他们婚礼顺利，永远热恋。

番外六 一些爱

01

时芷和傅西泠感情好，但也会“冷战”。

起因是，时芷跟着付倩代表兴荣集团出席某商业会议，在会场遇见很多人，包括代表自家企业的傅西泠和傅西泠小叔。付倩和傅西泠小叔熟，见面少不了寒暄，会议开始前，他们两方人就站在铺着地毯的过道里聊了很久。

小叔挺靠谱的，知道自家侄媳妇不喜欢在职场里搞亲属关系，端着一张扑克脸，没多往时芷这边看过，和付倩该说什么说什么，完全不受影响。不靠谱的是傅西泠。

傅西泠端了杯苏打水靠在小叔身后的墙边，穿西装打领带，形象正经，却逮着时芷盯着瞧，目不转睛，特深情。时芷忽闪着涂了睫毛膏的长睫毛瞪了一眼，根本不管用。又摇头，示意傅西泠：你别看了。

但时芷出席会议前头发用卷发棒做了波浪纹，化淡妆，戴着付倩送的不对称款双 C 耳环，傅西泠越看越挪不开眼。尤其是耳环，有一只是垂款，下端坠着水滴形的珍珠。她一动，珍珠也跟着在她脸侧晃动。挺性感的。

傅西泠没收敛，盯得更认真。连付倩都察觉到不对劲，边说着话，边微侧头用眼角余光扫了眼斜后方的时芷。因为这事，时芷生气了，她总觉得傅西泠是故意的。

活动结束后，朋友们约了在清吧小聚。生气归生气，聚会还是要去的，也没分车，时芷就坐着傅西泠的跑车去了。

路上没搭理傅西泠。到了以后也没搭理，傅西泠递了几次话题时芷都不理的，他就改用微信和她聊。她调静音，当没看见。

但他们的冷战是种特殊气场——

不是其他情侣那种认认真真的生气，而且一生气大家都能看出来，还得朋友们想办法介入帮忙给找点话题、明里暗里给劝劝的那种。

在朋友们看来，这俩就和平时一样。穿正装进门被朋友们调侃是刚结完婚回来，他们还都是笑着的。在朋友们眼里这能是冷战？

不能的。

傅西泠接过软饮仍然会先给时芷；男生这边有东西撒了，时芷也仍然会在听人说话的间隙把纸巾递到傅西泠手里。他们坐得也近，挨着的，稍有点动作，手臂皮肤就会亲密地触碰、蹭在一起。谁也不知道，傅西泠偶尔拿起手机垂头认认真真打字，不是处理工作。

微信都是发给时芷的。时芷偶尔看手机也不是有公事要留意，都是在看傅西泠那些撩她的表情包和句子——

“看不看露骨照片？”

“看不看？”

“免费发你？”

“看完不要乱传播。”

“当你答应了？”然后，傅西泠发了他那年轻微脑震荡时检查拍的颈椎 CT 片给时芷，果然骨骼清晰。

“够不够露骨？”

时芷：“……”

她没回，扣下手机，再也不看了。

朋友说：“时芷，帮忙捡一下牌，好像掉到你那边去了。”

“好。”

时芷弯腰捡起掉在地上的扑克牌，傅西泠会自然地帮她撩住散着的头发。傅西泠无意间抬手摸了摸脖颈，时芷也会自然地把目光落在他颈侧、喉结。

他们的状态类似于：

我们在冷战，超严重，但只有我们自己知道。

而且冷战算什么？早晚会好的。

我们本来就是很好的啊，天下第一好呢。

所以冷战一晚上，愣是没人发现过。

只有坐在傅西泠右侧的何凡诚留意到，傅西泠每次看手机点开的对话框，都是时芷的。

人家时芷什么都没给他回过，对话框里都是傅西泠发出去的绿色框框……

何凡诚完全不担心。心想着：没大事，傅这准是又挂树上荡秋千呢。

荡吧，飞高高，挺好挺好。然后何凡诚就开始反思自己，觉得自己一个单身狗不该坐在傅西泠身边。再一看，傅西泠发完微信，用手背抵在唇前，暗暗弯一瞬唇角……

何凡诚自己和自己打赌，一块钱。赌这俩甭管是在闹些什么矛盾，都不用走出这家清吧，就能和好。

清吧老板算半个熟人，他们这群人消费又高，喝到打烊前夕，驻场歌手和部分店员都走了。除了一位趴桌上睡着的客人，几乎包场。几个朋友突然来了兴致，经老板允许，去弹吉他唱歌。两个抱着吉他，一个主唱。

“欸，咱这阵容，要是有个鼓手就好了。”

“可不是吗，那就凑齐了。”

“西泠不是学过乐器？过来试试？”

“你喝蒙了？西泠学的那是小提琴，和架子鼓有什么关系？”

“架子鼓的话，花架子要吗？”

这句是时芷问的，问完，几个朋友和傅西泠都偏头看她。她拨开耳侧碍事的波浪发，习惯性对着身旁的傅西泠摊开手掌。傅西泠最近比较常戴的配饰，是串檀香木配帝王绿翡翠的手串。她一伸手，他就知道什么意思。

傅西泠直接把手串从腕间捋下来，放在时芷掌心。早嫌波浪发造型碍事了，她拿手串当发绳用，绾着头发说：“如果只是节奏简单的歌，我可以试试。”

以前在舅舅家的小酒吧，没什么客人时，她和万冉学过一点架子鼓，能跟着曲子敲点简单节奏，不稳，糊弄糊弄玲玲和老钱那种外行，倒也还可以。技术确实一般，但时芷淡着表情的气势很足，长得又漂亮。糊弄外行够用，推动气氛也够用。

反正不算拖后腿。自己人又超级捧场，录像的，欢呼的，还有拿啤酒瓶当花献的。

时芷接过啤酒。她越过灯光和朋友，看傅西泠，看完仰头喝酒，很挑衅。清吧里没走的那位客人，是男士，趴桌上睡挺久了。

老板说是常客。最近心情好像不太好，经常是一个人来，喝完就睡，睡醒了自己能走。现在人醒了，看时芷看得入神。

客人觉得：哇，她真的很漂亮啊。

时芷穿黑色连衣裙，头发随意地绾着，帝王绿的翡翠戴在发间显得贵气，敲鼓又很酷。

这也太有魅力了。

估计也发现时芷和台上其他人不像情侣关系，这客人凑到舞台旁边，尝试着和时芷要联系方式来着。被她摇摇头，挺果断地给拒绝了。

但时芷和傅西泠在冷战嘛，拒绝时也没说“有男朋友”和“我男朋友在”这类话。这客人挺固执，回座位里坐着给朋友发信息，可能得到什么鼓励了，觉得自己还有戏，在时芷他们玩完，准备要离开时，又过去一次。

“那个……嗨，真不方便加个微信吗？”

时芷没客气。她对陌生追求者一向不客气，完全不是对熟人那种好说话的态度。她直接抬起鼓棒，在那位搭讪的男士和自己之间挡了段距离出来，目光凉飕飕的。

“不方便。”

搭讪者虽然喝过酒，也还算清醒的，举着双手往后退了几步：“不好意思，我没恶意的，就想认识认识你，不方便就算了，算了。”

傅西泠本人在呢，其他朋友都是看戏的态度。傅西泠也抱臂旁观，待那人走后，他才拿着手机走到时芷身旁。挺不正经的，搞得自己像个瞎撩的海王。

他伸手，叩两下鼓面，也问时芷：“方便加个微信吗？”

时芷一视同仁，拿鼓棒把傅西泠给隔开了。何凡诚他们在旁边嘎嘎乐，像一群刚放养归来的大鹅。聒噪，还说傅西泠活该。

刚才搭讪失败的客人回座位后，表面淡定，其实在疯狂地给朋友发信息掩饰尴尬。哭脸表情发一大串，诉说自己在清吧遇见了高冷女神，特难搭讪，好难过。

嘤嘤完，他再抬头，看见女神被别人撩了。本来看见女神一视同仁还挺安慰的。

觉得人家那么帅都被拒绝了，自己也就没那么心碎。

结果……

时芷正走下乐池台阶，拎起随身背包，被傅西泠拉住背包带子。

他逗她：“真不加？”

时芷依然说不加。说完顺手把包往傅西泠怀里一丢，让他拿，拽他领带：“但可以跟你回家。”

客人蒙了。

什么？这……这就跟着回家了？

其他朋友：“……噗哈哈哈哈哈哈哈哈！”

看戏好过瘾。何凡诚默默地摸出手机，给自己另一张银行卡里转了一块钱。有人问何凡诚，这是干吗呢，给谁转账这么抠门啊，就转一块钱？

何凡诚摆摆手。

“少管。你不懂，这种必输的赌局，赌注就不能超过一块钱。”

02

时芷和傅西泠也有过一次“错过”。

是在傅西泠初遇时芷并捡到她校牌的那几天，他去还校牌没还成，却亲眼看见“林萌”身手利落地翻墙进了学校。

傅西泠跟着老傅考察完外省的项目结束，他们就准备回去了。离开那天，他们坐老傅朋友的车去机场。路上，车停在商店门口买烟，傅西泠顺便买了罐碳酸饮料。

老傅他们在外面抽烟，傅西泠先坐进车里，单手抠开易拉罐。不知道是不是被哪个捣蛋鬼恶意摇晃过，刚抠开拉环，饮料就猝不及防地喷出来。

傅西泠意外地抬了下眉。他反应很快，拎着饮料罐的手直接伸出车窗外。

那是时芷放学回家的必经之路。她走在昏暗的路灯下，无意间抬头，看见路边一辆黑色轿车的车窗里伸出一只手。

街道寂静，只有那只手是动态的。骨形很好看，白净，拎着噗噗直冒的饮料罐，手腕上戴了细细的铂金链。琥珀色液体顺着他指尖滑落，滴在路边地上。

时芷脑子里背着数学公式，路过时往那车窗里瞥了一眼。有个男生敞着腿，垂头，手里拿了好几张纸巾，在车里擦洒在腿间的饮料。

这动作……就不适合多看。时芷移开眼，脑子里继续的还是那些公式，毫无波澜。

而傅西泠，他注意力在饮料渍上。毕竟是老爸朋友的车，等他把真皮座椅上的饮料擦干净，下车丢垃圾，也无意间往侧方胡同里看过。

时芷是独行侠，不结伴，走路时步伐习惯性放得很快。在傅西泠看过去的时候，昏暗的胡同里只剩下模糊的身影。依稀辨别得出校服颜色，背着书包。

傅西泠可能看过两秒，也可能没有。两位长辈抽完烟回来，他也喝着碳酸饮料，跟着长辈重新坐进车子里。

一次很早期的错过。街边开着大丽花，躲在杂草丛里的蟋蟀偶尔鸣几声。

车子驶离，时芷也越走越远。那时候他们都不知道，他们会在未来的某个闷热夏天，重新相遇。

03

付倩的团队团建，选了有沙漠的线路自驾。太阳毒，负责开车的男同事在午饭活动时有些中暑。

这时候时芷也已经有驾照，她戴着墨镜，顶上司机职位。沿公路开出去将近两百公里。

天色渐暗，手机导航提示，距离目的地只剩下几百米。

开进民宿所在的镇子，时芷单手控着方向盘，伸手滑了下屏幕。

没有任何消息。

出来团建前，傅西泠明明还问过她这次团建规划细节，挺关注的样子。从她早晨去机场到现在已经十二个小时过去，连条消息都没有？

付倩坐在副驾驶座，卸掉了平日工作时的犀利强势，难得穿柔软亲肤的休闲服饰，把时芷眉眼间那点琢磨看在眼里。付倩问时芷：“在等傅西泠电话？”

“没有。”

他们之间的关系付倩已经知道了。同事、领导是否知道她和傅西泠有瓜葛，时芷并不像读本科时那样在意。她现在比那时更自信。很清楚地知道自己的价值所在，得到任何利益褒奖，第一反应只会是“哦，是我表现不错”“是我胜任了这份工作”。

不会再担心是认识傅西泠的作用。

上次“冷战”回去复盘，傅西泠认真和时芷聊过这件事。他是那种，发生矛盾后要先把女朋友给逗笑、逗完再谈谈解决办法的人。不会是逗完拉倒，这事不管了，他对待感情很认真。聊过后，他们已经达成一致。所以傅西泠小叔到兴荣集团，也会不避讳地和时芷聊几句。

但时芷，不避讳是不避讳，可也确实不习惯和领导聊私事。

她总不好说，自己是觉得傅西泠没发微信这事反常吧？

怪怪的。

时芷抬手摸着泛红的脖颈不吭声，付倩也没再说别的。

热恋嘛，都懂的。

车拐进民宿院子前，时芷突然瞥见路边的一个身影。

民宿外燃着篝火，火焰熊熊跳跃。有个身高很优越的男人靠在一辆越野车旁，仰头吐出一团浅淡的烟雾。

时芷车速不慢，看见那人只有瞬间。天色暗，篝火不足以照明，那人的五官和车影都是模糊影像。看不清脖颈，看不清喉结，更看不清长相。

也许，有些人的气场，只凭感觉就能识别出是帅的？

时芷的心跳是真乱过。时芷皱眉，有些自我怀疑地想，自己这么容易对异性心动？

办理过入住，时芷拎着外套往外走。

——去找那个人。

这地方早晚温差大，夜里寒凉，她穿上牛仔外套走到民宿院子外的篝火旁，只看见越野车还敞着车门在原地。她走了几步，有人从身后靠近。

时芷感觉手腕被突然擒住，想都没想，直接向后方肘击。力道很凶，毫不留情。

手肘也被那个人扣住，声音调侃：“知道是我还这么用力？”

在陌生环境里响起熟悉的声音，闻到熟悉的衣物清香。时芷的猜想都得到了证实。

傅西泠松开时芷，自己坐进敞开车门的副驾驶座：“就那么一眼，认出我了？”

时芷才不说就那么一眼，自己心跳都乱过。她嘴硬：“以为遇见个合兴趣的异性呢，过来看看，是你就没意思了。”

傅西泠坐在车里笑，拉她手腕，把她拉近些：“一眼就觉得我合兴趣？”

时芷不接，转移话题：“你刚刚抽烟了？”

“没有，他们弄来的水烟。”

傅西泠也带着他的人出来团建，航班晚时芷他们两小时，落地后没聚餐，直接到这边，车开得快所以赶到他们前面。火光下他们的影子在地上摇晃，附近没人，傅西泠趁机占便宜，亲时芷。

亲完，他眼里仍有跳动的火光。亲也亲了，时芷开启无情模式，警告道：“团建也是工作的一部分，你别影响我。”

时芷认为，傅西泠他们肯定也定了这家民宿。没想到傅西泠只是过来看看她而已，其实住另一家，离这边还是有些距离的。

亲完，傅西泠直接走了。吊着她，夜里还发微信问她在做什么。

“和同事吃夜宵。”

时芷下意识往窗外看，想想，又加一句，问傅西泠：“你呢？”

傅西泠回了段视频，估计是找手底下的人要的，他的团队在K歌。视频录了一大圈，在傅西泠身上停留不过两三秒钟。他正敞着长腿坐在沙发里，偏着头听人说话，宽肩，出来团建穿得很舒适，手里玩着某品牌的经典小熊钥匙扣。

时芷以为他这么费心撩，夜里得约她私会呢。却根本没有。

随后的几天，他们也没单独见过。时芷到的地方，傅西泠他们团队也会到，而且总早于她。偶尔能看到些他们去过的蛛丝马迹：

比如冰激凌店门口玩耍的小孩，手里拿着玩的小熊钥匙扣，款式眼熟；

比如眼前的饭店牌匾，和两小时前她刚收到的照片里一模一样，而点餐时饭店老板推荐菜品，也提到，前面有一群公司团建的人来过，“喜欢吃这道菜和这道菜”；

比如某片飘在天边的云，被傅西泠在电话里描述成“形状像小提琴”，时芷他们的车子开出山体遮挡范围，看见时，只觉得像个葫芦。

就这么过了几天，两个团队都结束团建，回程。

傅西泠他们仍然是先到机场，早时芷一班飞机回去，到了有公事要忙，开公司的商务车回酒店签两份文件。签完看看时间，给时芷打电话。

“落地了？”

“很及时，刚到停车场。”

时芷举着手机走出机场出口，在停车场找到自己的车，坐进去。听见傅西泠和她报备方位，说他在酒店。时芷当然会先去找傅西泠，报这几天被吊着的仇。

往酒店开的路上，傅西泠一直也没挂电话，时芷手机开着扬声器放在副驾，他的声音偶尔传来，更多时候是翻看文件纸张的窸窸窣窣声响。

车子开下机场高速，傅西泠想起什么似的，突然开口：“在民宿外面，我其实没认出你。”

傅西泠没认出时芷。他只用眼角余光看见个模糊的、一闪即逝的侧影。车窗是开着的，长发随夜风飘，驾驶员扶着方向盘往他这边看过，很快转头。

“没认出你，但心跳挺快，就猜到肯定是你在开车。”

傅西泠在电话里给时芷说了另一种可能。他说，哪怕她本科毕业那时候他们没遇见，也有的是机会谈恋爱。因为时芷野心很大，且有足以支撑起自己野心的聪明头脑和能力。而这座城市里，有能力的人早晚会遇见。

这话题聊了挺久的，时芷已经把车停到酒店停车场里。进酒店旋转门前，她说：“你是在夸我的工作能力？”

“想什么呢，我是在和你谈情说爱。”

怕傅西泠听见自家酒店熟悉的轻音乐，时芷直接把电话挂了。到了傅西泠房间，推门。

他躺在沙发躺椅上，阳光过于充足，嫌晃眼，遮了顶黑色棒球帽在脸上。他手里攥着手机，正抱臂休息。两三分钟前还通话呢，时芷知道傅西泠不可能睡着。

过去拿开他的帽子，果然看见他含笑的眼睛。傅西泠拉她手腕，棒球帽掉在地上。

他钩她后颈，和时芷接吻，和她分享一块刚咬碎的棒棒糖。

吻得所有反应都来了，时芷开始报仇。

这仇不能不报。谁让傅西泠在半夜洗完澡、水珠都没擦干的时候赤着上身给她打视频？

她做梦都很不纯洁。然后睡醒一看对话框，傅西泠已经开始沙漠飙车模式，戴个墨镜，单手开越野车录像给她看。

好像只有她自己，还惦记那点深夜暧昧和情情爱爱。

“旧恨”涌上心头。时芷直接翻脸，说自己团建累，一脚把人蹬开。

傅西泠逗她：“这样终止，容易不行。”

时芷刀子嘴：“哦，你这么容易不行？”

傅西泠被怼得无话可说，喝冰矿泉水降温，把人抱回床上准备搂着她睡会儿。团建是真累。两个人都不是只能傻玩的角色。一个需要顾所有人，一个同事身体不适全程呕吐腹泻，充当起司机职务。

他们躺着亲着没多久，睡意就来了。半梦半醒时，时芷突然嘟囔一句：“不对。”

傅西泠句句有回应，人都困蒙了，也捧哏：“哪里不对？”

其实他都不知道时芷在说什么。

时芷说，傅西泠之前电话里的分析不对。本科毕业那会儿要是不认识，他们确实可能还有其他机会认识，但不一定能谈恋爱。因为时芷觉得，晚点认识的话，她都已经事业有成了，有钱有权的，再认识傅西泠时，说不定自己已经和别人谈着呢。

傅西泠瞬间不困了，蹙眉：“来，别睡，做。”

04

各自出去团建时，在当地市场，他们倒是默契地买过纪念品。

带回来的两个冰箱贴甚至一模一样。一起生活得久了，喜好也会有些同步。但傅西泠比较败家，胡乱发挥，然后因为出手过于阔绰，经常被时芷打。

他给时芷买过三千多块的发绳，也给时芷买过上万块的睡衣。

挨打，但不改。仍然会在给自己挑衣服时，把瞥到的某款丝巾买回去给时芷。

收到丝巾那天，时芷在忙工作。她的思维在正经事里卡着，满脑子都是“明天上午付倩开会到十点半，十一点半有商务午餐，约客户在十点半到十一点半之间比较合适”。

没反应过来傅西泠败家这事，还不经大脑地说了句“谢谢”。回神后，这事快要气死她了。但都已经收了，再逮着这件事去找碴，不是她的风格。

时芷暗暗在心里记了一笔。婚礼前夕，时芷收拾行李时，把那条丝巾给带上了。

他们出发去斐济，住外岛水屋。傅西泠比时芷忙多了，要沟通所有亲友的行程和后续流程，电话一个接一个。准新娘很清闲，洗澡，游泳，在水屋下面浮潜瞧了会儿小鱼。

之前姚姚说的海岛旅行，时芷脑海里没有构建出太多场景和想象，她没来过，也不知道姚姚说的蜘蛛螺。她找过，没看见，只看到蓝色的海星。

回来再洗澡，时芷满身沐浴露、洗发水清香地躺在沙发里，盖上了那条丝巾。

傅西泠本来是背对着时芷接电话的，时不时还得敲几下电脑。等他忙完，回头，看见时芷睡在落满阳光的沙发上。细长的腿，皮肤细腻，白得晃眼。

阳台门没关，海风轻柔地吹着，丝巾没被压住的角也跟着起起伏伏，像随时要被吹走。

傅西泠走过去，打算顺手帮时芷压一下。走近才发现，她只盖了丝巾，再也没有其他衣物。丝巾材质轻薄，透过光能看清身体轮廓。傅西泠动作一顿。

这还能忍着不碰，那确实可以出家了，他连犹豫都没有，直接改成垂头去吻她。时芷也回应的。自己亲够了就开始推人躲人，说潜水耗费体力，累，不做。

类似反应傅西泠遇见过。上次是有点活该，团建撩人他是故意的，被报复也很正常。

那这次呢？

手机又响。忙于筹备婚礼、无奈退开的傅西泠反思很久，人生大事摆在眼前呢，他忙晕了，完全没想起是丝巾的问题。

只是接电话的时候，他有点自我怀疑：

怎么回事，难道上次没能让时芷舒服？

这不应该吧！

05

婚礼流程简洁，类似于亲友自由行。时芷和傅西泠只在午餐时穿了婚纱和礼服，下午已经卸掉妆发，随船出发。

可能因为是婚礼，他们多多少少有些兴奋，细节像喝醉一样难记忆。

很多瞬间都是匆忙的。回过神时，他们已经换好黑色潜水服，跟着教练准备下水。

水下蔚蓝、冰冷，和泳池完全不同，身处其中觉得自己渺小极了。水温低，身体忍不住有些发抖，近距离观看各种鲨鱼共舞。

原来鲨鱼有很多种类啊。原来鲨鱼不是见人就要咬的啊。

想着这些，时芷不自觉地和傅西泠十指相扣，在她发现时，已经牵了很久。时芷心里又多了个“原来”。原来，和傅西泠牵手是让她有安全感的动作。

后来聊天，时芷问过傅西泠，婚礼那天是不是第一次玩鲨鱼潜水。

他说是。

专业人员提示过，那些鲨鱼不主动攻击人类，也嫌人肉不好吃。但它们张大嘴吃鱼块的样子，毕竟不温顺。所以时芷也问过傅西泠，有没有过哪怕瞬间的害怕。

“没有。”

“真没有，还是为了面子不说？”

“我人都高兴麻了。”

“什么？”

傅西泠说时芷的想法还挺多。在他看来，就算是身处鲨鱼群旁边，好歹也是结婚。一想到真的是娶她为妻，他都顾不上多看那些鲨鱼。因为没那心思。

时芷不说话了。再问要露馅，她当时的紧张全是看鲨鱼看的，还数了种类的。他们没有山盟海誓，只是跟着专业潜水员返回船上，再原路返回酒店。他们在船上摘掉那些潜水设备，帮时芷裹好大浴巾后，傅西泠问过她：“和我结婚开心吗？”

以前时芷很吝啬表达。虽然从海里回来，在船上吹了风有些冷，裹着浴巾也微微战栗着，但她这次认真回答了。

“傅西泠，我想过，如果没有你，我努力学习努力工作，日子过得应该也不会很差，也会让自己开心的。”

船靠岸，停稳。傅西泠摘掉手套，完全同意：“当然。”

“但有你，我更开心。”

他们是走在一起的。在从码头回酒店房间的路上，傅西泠紧紧揽着时芷的肩膀，帮她圈住浴巾。他摘掉潜水镜和泳帽，头发湿答答的还在滴水，身后是几艘出海的白船和剔透的果冻海。

天空蔚蓝，阳光灿烂。

听见这句话，傅西泠是高兴的，仰头笑了一声。跟拍摄影师连忙把这一幕记录下来。

再看这段录像，是一年后。

忘记是什么契机，朋友们聚在傅西泠家里看起婚礼记录。然后有个朋友点评傅西泠的那个笑容，说，原来男人有没有娶到最最心爱的人，看起来这么明显。

06

婚礼上还出现过乐子事——

傅西沣哭了。

傅西沣在国外被室友弟弟严格监管，不允许请厨师，也不允许出去买快餐、吃饭店。

必须在家做，一人一天轮换。一个五谷不分的懒人，愣是被逼出些独立生存的本领。

太久没吃过美食，在傅西泠和时芷的婚礼上吃几口海鲜，傅西沣的眼泪瞬间就下来了。

估计怕丢人，他掩饰说是为傅西泠和时芷高兴。

据何凡诚和姚姚他们观察，傅西沣后来吐的那次也不是喝多了。

“他绝对是吃多了，赌一百块。”

07

婚礼结束后，傅西泠和时芷还有剩余假期，也安排了蜜月旅行，只是没再选海岛这种浪漫地方。他们计划了去爬山、攀岩、走高空吊桥。

很多东西时芷也是怕的，本能恐惧，但恐惧起来，就总记起时梅那句“做女人一辈子不能低头”，然后老毛病又犯了。

走高空吊桥前时芷看着那高度，小腿肚子已经开始哆嗦，傅西泠发现了，问要不要换个项目玩，她皱着眉坚持：“不换。”

上去后，她整个人状态很差。桥面比想象中更陡，在风中晃晃悠悠，时芷把自己逼到没有退路，最终还是坚持走完了。

下桥解开防护装备时，她的嘴唇都是白的，还不肯松口。傅西泠一直在时芷身后，他不恐高，对这种高空项目得心应手。但也紧张到不行，因为担心时芷。担心到极致就难免有些生气，觉得这姑娘真的太犟了。

不行非上，这不是找罪受吗？

下吊桥之后，傅西泠就想把第二天安排的岩壁探险那些给取消掉。来之前看她兴致勃勃，在他家酒店顶层往下看时也没见她害怕，他真没想到她会有恐高。

但时芷想去。她觉得自己能行，忍忍就能过去，凭什么不试？

并且一句话把傅西泠那点火给灭了。

她说：“我刚才恐高时，默念过你的名字。”

绝杀。

傅西泠：“……”

他还能说什么，乖乖陪着吧。

08

在傅西泠看来，这世界上没有比时芷更迷人的姑娘了。几分钟前，时芷紧紧攥着吊桥两侧的缆绳，动作僵硬得像复健期，从延迟时间就能看出来，她每走一步都走得十分艰难。

下了吊桥，她泛白的唇色还没缓过来，先一句话打消了他取消岩壁探险的念头，然后扶着墙，不肯说自己腿软，只说："傅西泠，你快点过来扶我。"

时芷很少有这种"柔弱"时刻。扶着她走下山石阶时，傅西泠有种错觉，像看到七老八十的他们自己。像老夫老妻，搀扶着下山。傅西泠把这个想法和时芷说了，她说不可能，她七八十岁了也能健步如飞。

下山路走到后半段，时芷彻底缓过来，没那么沉默，问傅西泠，以前是不是玩过很多这种项目。

傅西泠说："是多，总和朋友约。"

时芷递给他一个怀疑的目光。认识这么久，她没见过他和谁约过这种项目。

没遇见时芷前，有空时，傅西泠也喜欢挑战这些极限运动。觉得刺激。

认识时芷的第一年，他满脑子都是把他们那点交易关系维持下去。

第二年、第三年，时芷出国留学，他有空都跑国外了。后来谈恋爱，傅西泠就对极限运动不太热衷得起来，总觉得出去找刺激，还不如在家里和时芷待着。

看她散着一头柔顺的长发忙工作；

看她生气皱眉不理人；

看她安静睡觉或者安静刷手机……

这些都挺有意思，百看不腻。然后傅西泠反应过来，问时芷是不是不喜欢那条丝巾。

时芷面无表情地说："喜欢死了。"

嘲讽他时的样子也可爱迷人。

现在，这个迷人的姑娘是他老婆。

09

雪夜。

很久没下过这么大的雪，雪大到下班时好几条街都堵车。时芷和傅西泠堵在长长的、望不见尽头的汽车尾灯里，后来干脆换了路线。去B大找周朗吃小龙虾。

麻辣驱散掉寒凉，窗外的雪越下越大。

这一年，周朗博士即将毕业。周博士被校方聘请，已经看到合同了，拼搏这么久，终于有了薪金可观的工作，也有了在这座城市立足的资本。

小龙虾是周朗请客，死活要请，一定要请。还加了份大的。

周博士高兴，喝点酒把傅西泠以前的事都给抖搂出来了。说以前时芷和"哔哔"处对象的时候，他们在这家小龙虾店遇见过。傅西泠吃饭都不消停，总看她，一顿饭看好几次呢。

"哔哔"是沈嘉。

周博士听说沈嘉那些破烂事，觉得提起来好丢人的，给手动消音了。

傅西泠坦坦荡荡："爱看。"

这顿饭吃到最后，周朗又醉了，步伐不稳，却是肉眼可见的开心。说再过年要把爸妈也接来。

傅西泠送周朗回宿舍，下来时，时芷穿着羽绒服仰头，安静地在看雪落。他问：“想什么呢？”

她现在学会了分享。告诉傅西泠，自己刚收到姚姚的信息，下星期姚姚回来，要聚会。

刚刚在朋友圈看到，万冉那边是回南天，抱怨说要疯了。

“傅西泠，回南天到底什么感觉？”

“不太好受，有机会带你去试试？”

“可以。”

傅西泠帮时芷戴上羽绒服帽子：“回家吧，雪大了。”

雪下了整夜，第二天窗外一片洁白。时芷起床洗漱时，听傅西泠说，他昨晚梦了个特牛的事。她嘴里含着牙膏泡沫，用眼神询问，什么事？

“梦到我百岁寿辰。”

长寿哦。时芷吐掉泡沫，还算捧场：“那是挺牛。”

“不是这个意思。”

“不然什么意思？”

傅西泠说，寿辰上有人采访他，问他这辈子最幸福的事情是什么，他答的是，每天睁眼就能看见他老婆。时芷擦嘴，从镜子里看傅西泠。

这个人很聪明也很有能力，有眼界所以不会走弯路，未来有可预见的前途，真能长命百岁，肯定是个人物。但他觉得，每天和她在一起这件事，最值得在百岁寿辰提起，甚至最牛？

傅西泠已经先时芷一步洗漱过，换了黑色高领毛衣，在戴手表。

时芷说：“要不要接吻。”

他不回答，扣好表带，直接过来搂她的腰，得寸进尺吻得很深。

雪天路滑，时芷没单独开车，蹭傅西泠的车到兴荣集团。

下车时，傅西泠说晚上来接她。时芷浅浅笑着，比了个 OK 的手势。

很平常、普通的对话，关车门前的对视，却和婚礼那天互相说“我愿意”时是一样的。

“我们将永远热恋、相爱。

“直到死亡将我们分开。”